70 YEARS

NEW CHINA
EXCELLENT LITERARY
WORKS LIBRARY

1949—2019

新 中 国 70 年
优 秀 文 学 作 品 文 库

中 篇 小 说 卷
NOVELLAS

梁 鸿 鹰 / 主 编

4

第 四 卷
1987—1994

SH 中国言实出版社

本卷目录

（1987—1994）

风景

方 方

　　……在浩漫的生存布景后面，在深渊最黑暗的所在，我清楚地看见那些奇异世界……

——波特莱尔

一

　　七哥说，当你把这个世界的一切连同这个世界本身都看得一钱不值时，你才会觉得自己活到这会儿才活出点滋味来，你才能天马行空般在人生路上洒脱地走个来回。

　　七哥说，生命如同树叶，来去匆匆。春日里的萌芽就是为了秋天里的飘落。殊路却同归，又何必在乎是不是抢了别人的营养而让自己肥绿肥绿的呢？

　　七哥说，号称清廉的人们大多为了自己的名声活着，虽未害人却也未为社会及人类做出什么贡献。而遭人贬斥的靠不义之财发富的人却有可能拿出一大笔钱修座医院抑或学校，让众多的人尽享其好处。这两种人你能说谁更好一些谁更坏一些么？

　　七哥只要一进家门，就像一条发了疯的狗毫无节制地乱叫乱嚷，仿佛是对他小时候从来没有说话的权利而进行的残酷报复。

　　父亲和母亲听不得七哥这一套，总是叫着"牙酸"然后跑到门外。京广铁路几乎是从屋檐边擦过。火车平均七分钟一趟，轰隆隆驶来时，夹带着呼啸而过的风和震耳欲聋的噪音。在这里，父亲和母亲能听到七哥的每一个音节都被庞大的车轮碾得粉碎。

依照父亲往日的脾气，七哥第一次这么干时，父亲就会拿出刀割下他的舌头。而现在父亲不敢了。七哥现在是个人物。父亲得忍住自己全部的骄傲去适应这个人物。

七哥已经很高很胖了。他脸上时常地泛出红油油的光。肚子恰如其分地挺出来一点点。很难想象支撑他这一身肉的仍然是他早先的那一副骨架。我怀疑他二十岁那次动手术没有割去盲肠而是换了骨头。否则就不好解释打那以后他越长越胖这个事实了。七哥穿上西装打上领带便仪表堂堂地像个港商。后来又戴了副无框眼镜便酷似教授抑或什么专家。七哥走在大街上常有些姑娘忍不住含情脉脉地凝视他。七哥在外面说话毫无疯狗气。文质彬彬地卖弄他那些据说是哲人也得几十年修炼才能悟出的思想。

七哥住过晴川饭店。起先父亲不信。父亲每天到江边溜达都能看到那高白高白的房子。父亲在汉口活了偌些年从来还没见过这么高的房子，便咬定只有毛主席或者是周总理这个级别的人才能住。母亲说毛主席和周总理来不及住进去就逝世了。父亲说那还有胡总书记和赵总理住哩。父亲说这话时是一九八四年。

七哥解释不清，便说那大楼里的"晴川饭店"写得像"暗川饭店"，不信你们去查证。

父亲和母亲自然是不敢设想自己有机会去那里瞧瞧。直到有一天报上登着个体户住进晴川饭店的消息后，五哥和六哥各带一千块钱去了一趟，第二日回来对父亲说小七子的确在那里住过，那字真的写得像"暗"川饭店。

七哥说去那里总是坐"的士"，每回都有穿红衣服的小侍者为我打开车门，然后还鞠个躬，说："欢迎您的光临。"

五哥和六哥是坐公共汽车去的，下了大桥，还走了好远的路，无法证实七哥的话。但父亲母亲不必做何证实也完全相信了。

父亲再往江边转悠时，遇见熟人便忍不住说："那个晴川饭店也就那样，我小七子住过好些回数。"

"哦？就是睡床底下的那个小七子？"熟人常惊叹着问。

父亲说："是呀，是呀，硬是睡出个人物来了。"父亲说这话时，脸上充满慈爱和骄傲之气。

其实，过去父亲总怀疑七哥不是他的儿子。在母亲肚皮隆起时，父亲才知道有这么回事。父亲蹲在门口推算日期。算着算着便抓过母亲扇了两嘴巴。父亲说那时候他跟一只货船到安庆去了。一个老朋友要死了想再见他一面。他前后去了十五天，而母亲却在这段日子里怀上了七哥。母亲风骚了一辈子，这一点父亲是知道的。他一走半月，母亲如何能耐得住寂寞？父亲觉得隔壁的白礼泉最为可疑。白礼泉精瘦精瘦，眼珠滴溜溜地不怀好意，薄嘴皮能言会道勾引女人还有富余。而最关键的是父亲亲眼见过他和母亲打情骂俏。父亲越想越觉得真理在握。为此在母亲生七哥坐月子的时间里，父亲看都不看七哥一眼，若无其事地坐在屋门口大口喝酒，把下酒的炒黄豆嚼得"巴喀巴喀"地响。

服侍母亲的事全是大哥干的。大哥那时已经十七岁了。他十分庄严地照料这个小肉虫一样软软的七弟。半年后父亲头一次看了七哥。他看得很仔细，然后像扔个包袱一样把七哥朝床上一甩。七哥瘦瘦巴巴的，全然不似高高壮壮的父亲的骨肉。父亲揪住母亲的头发，追问她七哥到底是谁的儿子。母亲声嘶力竭地同他吵闹，骂他是野猪是恶狗瞎了眼的魔鬼，说他到安庆去为他过去的情人送终还有脸回家吵架。父亲和母亲的喉咙都大得惊人。平均七分钟一趟的火车都没能压住他们的喧闹。于是左邻右舍来看热闹，那时正是晚饭时候，一个个的观众端着碗将门前围得密密匝匝。他们一边嚼着饭一边笑嘻嘻地对父亲和母亲评头论足。母亲朝父亲吐唾沫时，就有议论说母亲这个姿势没有以前好看了。父亲怒不可遏地砸碗时，好些声音又说砸碗没有砸开水瓶的声音好听。不过了解内情的人会立即补充说他们家主要是没有开水瓶，要不然父亲是不会砸碗的。所有人都能证明父亲是这个叫河南棚子的地方的一条响当当的好汉。

这个问题毋庸置疑，父亲的确是条好汉。全家人都崇拜父亲，母亲自然更甚。母亲一辈子唯一值得她骄傲的就是她拥有父亲这么个人。尽管她同他结婚四十年而挨打次数已逾万次，可她还是活得十分得意。父亲打母亲几乎是他们两人生活中的一个重要内容。母亲需要挨完打后父亲低三下四谦卑无比且极其温存的举动。为了这个，母亲在一段时间没挨打后还故意地挑起事端引得父亲暴跳如雷。母亲是个美丽的女人，自然风骚无比。但她的确从未背叛过父亲。她喜欢在男人们面前挑逗和卖弄那是她的天性，仅此而已。母亲说难道世界上还会有比父亲更像男人的吗？母亲说如果有那才是真的见鬼了。母亲说除非父亲先她而死她才会滚到另一个男人怀里。母亲说这话时才二十五岁，而现在她已六十了，父亲仍然健在。母亲毫无疑问地履行着她的诺言。所以父亲怀疑七哥是隔壁白礼泉的崽子显然是不讲道理。白礼泉比母亲小十八岁，母亲常忍不住去逗弄他，偶尔也动手动脚，但七哥绝对无误是父母的儿子。因为只有父亲这样的人才可能生出七哥这样的儿子。这个道理直到二十五年后七哥突然一天说他被调到团省委当一个什么官了之后父亲才想明白。父亲从七哥那里听说团省委的人下一步就是去党省委，有运气到中央也是不难的。父亲几乎有点接受不了这个事实。父亲这辈子连县一级的官都没见过。父亲跟他认识的同样对方也认识他的最大的官员——搬运站的站长——一共只说过两句半话。有半句是站长没听完就接电话去了。而现在，他的小七子居然比站长大好些级别且还只有二十来岁。鉴于这点，对七哥一进家门就狂妄得像个无时无刻不高翘起他的尾巴的公鸡之状态，父亲一反常规地宽容大度。

二

父亲带着他的妻子和七男二女住在汉口河南棚子一个十三平米的板壁屋子里。父亲从结婚那天就是住在这屋。他和母亲在这里用十七年时间生下了他们的九个儿女。第八个儿子生下来半个月就死掉了。父亲对这条小生命的夭折痛心疾首。父亲那年四十八岁。新生儿不仅同他一样属虎而且竟与他的生日同月同日同一时辰。十五天里，父亲欣喜若狂地每天必抱他的小儿子。他对所有的儿女都没给予过这样深厚的父爱。然而第十六天小婴儿突然全身抽筋随后在晚上咽了气。父亲悲哀的神情几乎把母亲吓晕过去。父亲买了木料做了一口小小的棺材把小婴儿埋在了窗下。那就是我。我极其感激父亲给我的这块血肉并让我永远和家人待在一起。我宁静地看着我的哥哥姐姐们生活和成长，在困厄中挣扎和在彼此间殴斗。我听见他们每个人都对着窗下说过还是小八子舒服的话。我为我比他们每个人都拥有更多的幸福和安宁而忐忑不安。命运如此厚待了我而薄了他们这完全不是我的过错。我常常是怀着内疚之情凝视我的父母和兄长。在他们最痛苦的时刻我甚至想挺身而出，让出我的一切幸福去与他们分享痛苦。但我始终没有勇气做到这一步。我对他们那个世界由衷感到不寒而栗。我是一个懦弱的人为此我常在心里请求我所有的亲人原谅我的这种懦弱，原谅我独自享受着本该属于全家人的安宁和温馨，原谅我以十分冷静的目光一滴不漏地看着他们劳碌奔波，看着他们的艰辛和凄惶。

那时是一九六一年。九个儿女都饿得伸着小细脖呆呆地望着父母。父亲和母亲才断然决定终止他们年轻时声称的生他一个排的计划。

小屋里有一张大床和一张矮矮的小饭桌。装衣物的木盆和纸盒堆在屋角。父亲为两个女儿搭了个极小的阁楼。其余七个儿子排一溜睡在夜晚临时搭的地铺上。父亲每天睡觉前点点数，知道儿女们都活着就行了。然后他一头倒下枕在母亲的胳膊上呼呼地打起鼾来。

父亲说这地方之所以叫河南棚子就是因为祖父他们那群逃荒者在此安营扎寨的缘故。河南棚子在今天差不多是在市中心的地盘上了。向南去翻过京广铁路便是车站路。汉口火车站阴郁地像个教堂立在路的尽头。走出车站路向右拐，便上了中山大道。这一段中山大道，几乎有门即是店。铁鸟照相馆老通城饭店首家服装厂扬子街江汉路六渡桥诸如此类汉口繁华处几乎占全。父亲每天越过中山大道一直走到滨江公园去练太极拳。父亲总是骄傲地对他的拳友们说他是河南棚子的老住客。而实际上老汉口人提起河南棚子这四个字如果不用一种轻蔑的口气那简直是等于降低了他们的人格。

父亲说祖父是在光绪十二年从河南周口逃荒到汉口的。祖父在汉口扛码头。自他干上这一行后到四哥已经是第三代干这了。三哥总说爷爷若一来便当兵，没准参加辛亥革命，没准还当上一个头领，那家里就发富多了。说不定弟兄姐妹都是北京的高干子弟。父亲便吼放屁。父亲说人若不像祖父那样活着那活得完全没有意思。祖父是个腰圆膀粗力大如牛有求必应的人。祖父老早就加入了洪帮。那时"打码头"风气极盛，祖父是打码头的好手。洪帮所有的龙头拐子都对他倍加赏识。祖父认朋友而不认是非，每有所唤都狂热地冲在最前面。父亲说他十四岁就跟着祖父打码头。他亲眼见过祖父是何等的英勇和凶悍。后来祖父在一次恶战中负了重伤。肋骨被打断了好几根，全身血流如注宛若红布裹着一般。祖父被抬到家时已经奄奄一息。尽管如此祖父却一直带着微笑。父亲说大头佬殷其周专门派人为祖父送来了云南白药。殷其周是当时汉口最有名的"码头皇帝"。父亲至今提起他的名字还激动得战栗不已。不过那药仍然没能救活祖父。祖父把手在父亲的肩上拍了两下便咽了气。那时父亲正跪在祖父面前垂泪。他见祖父头一歪便号叫一声扑在他身上。立即所有人都知道祖父已经走了。啜泣声便如远天滚过的雷。为祖父洒泪哀伤的人几乎是一望无边。父亲至今也没想明白究竟是怎么回事。父亲猜测大约是祖父善打码头的缘故。父亲时年二十岁，除了身子比祖父稍稍单薄一点以外差不多同祖父一模一样。父亲安葬了祖父的第三天便被头佬叫去打码头。他虎视眈眈地往那儿一站，对方的人立即目瞪口呆。竟有人颤着声问他是人还是鬼。

父亲每回说到这里都要仰面哈哈大笑。笑罢又大饮一口酒，把十来颗黄豆扔进嘴里嚼得"巴喀巴喀"响。

父亲每回喝酒都要没完没了地讲述他的战史。这时刻他所有的儿子都必须老老实实坐在他的身边听他进行"传统教育"。有一次二哥想上他的朋友家去温习功课以便考上一中，不料刚走到门口，父亲便将一盘黄豆连盘子扔了过去。姐姐大香和小香立即尖声叫起。黄豆撒了一地，盘子划破了二哥的脸，血从额头一直淌到嘴角。父亲说："给老子坐下，听听你老子当初是怎么做人的。"从此，逢到父亲这种时候谁也不敢把屁股挪动一下。七哥有几回都把尿憋了出来，湿了一裤。

最喜欢听父亲说往事的只有母亲。母亲记忆力比父亲强多了。父亲忘却的日期地点人名字全靠母亲提醒，如果母亲也忘记了，父亲就得使劲地搔着脑袋想，想得一脸痛苦表情。父亲不想出来是绝不往下讲的。遇到这种意外，父亲的儿女们才如同大赦。有一回父亲为了想民国三十六年轰动武汉的徐家棚码头之争的日期整整地想了一星期。一星期后仍没想起便只好用季节代替日期重新召拢他的听众。父亲说那是民国三十六年的冬天，日本人刚跑掉，粤汉铁路通了车，徐家棚码头业务大增油水肥厚，一些头佬都眼馋得发疯，相互寻衅械斗好几次都没有结果，洪帮头子王理松托人约了父亲。父亲那几日正手痒，便一口应允了。父亲为了打徐家棚码头凌晨三点就起了床，过江的时候天还漆黑，凛冽的风横吹过来刺得脸皮一阵阵发麻。父亲穿一件黑袄，搭肩往腰间一扎，显得威风凛凛。他上船前喝了至少八两酒，酒精把他的血烧得一窜一窜的周身痒痒，故而他对挤进骨缝的寒风感到莫名的欢喜。他望着浩渺长江，脸上像拿破仑一样毫无惧色。父亲手上拿的是扁担，父亲每次用的都是这根，深棕色油光油光的。他挥动起来得心应手，他觉得这玩意儿不比关公的青龙偃月刀逊色。父亲的同伴熊金苟坐在船舱里瑟瑟发抖。父亲指着他的腿笑得全身抽搐，然后说："老子恨不得把你这个熊包扔到江里喂鱼。"江水浑浊不堪，小船咿呀地摇着一支很媚人的歌，在浅黑色的凌晨显得清丽幽婉。熊金苟总是哆嗦。不管父亲怎么辱骂他都不停止这个活动。这使得他旁边的几个人都一块儿干起这活儿来。熊金苟有个瞎眼的老母和三个细弱如草的小姑娘，第四个又把他老婆的肚子撑得老高老高了。父亲他们抵岸时天还没亮。他们捷足先登立即抢占了徐家棚的上中下码头。父亲他们全都剽悍体壮，吓得对方手足发软。当有人发现华清街的哑巴打手队之后，更是屁滚尿流地边跑边哀号爹妈何故只给了两条腿。华清街的哑巴是鲁老十豢养的一群打手。那时说起"华清街之虎"鲁老十，人们会情不自禁地发抖。他的打手心毒手辣且从来不问为什么出手便打。不过他们也的确不会问为什么。父亲与鲁老十从无交情，哑巴中倒有一二曾崇拜过祖父。父亲他们那次自然打赢了。天亮以后他们把对方丢下的尸体绑上石头沉入江底。父亲是给一个姓张的人系的石头。父亲说他认识这个人。他们在一个码头干过活。父亲记得他曾经在父亲趔趄一下时扶了父亲一把。父亲晓得张是很老实的，但不晓得这回死在乱棒之下的怎么恰恰是他。想来想去父亲还是说这是命。父亲的腿在那一天被铁棍撕了个三角口，血流如喷。父亲对流血已经很习惯了，他只用土擦了一下，第二天就去码头干活。那道伤痕至今还染着泥土的色彩留在父亲的腿上。打赢了的头佬总是在当夜便灯红酒绿地频频举杯祝捷。而那时，父亲们却在自己的茅棚中擦洗伤口抑或为受伤的同伴寻医为死去的朋友落泪。打哆嗦的熊金苟连轻伤都没负。他把父亲搀到屋里然后笑盈盈地走了。父亲说没打死他实是件遗憾的事，因为半个月后的又一次械斗，他被头佬定为"打死"对象。头佬们为了扛着尸体打赢官司悄悄派手下人在混乱中将熊金苟打死了。父亲亲眼看见一根铁棍砸向熊金苟的。父亲喊了他一声，结果在他迟钝地一扭头时，铁棍正砸在他天灵盖上。他连哼也没哼便"噗"地倒地，血浆流淌着把他的头变得像个新品种西瓜。

父亲那一晚喝得酩酊大醉。他揍了母亲一顿然后起誓说他再不去打码头了。不过，父亲自然是要食言的。他打架斗殴像抽了鸦片一样难得戒掉。

父亲的精力过剩。他不这么消耗便会被堵塞在体内而散发不出的精力折磨而死。

那一幕幕悲壮的往事总是能让父亲激动得手舞足蹈。他有时还大口地喝着酒然后叫喊道："儿子们你们什么时候能像老子这样来点惊险的事呢？"

三

父亲现在落寞得有些痛苦了。而像父亲这样的人能为什么事情产生痛苦感那的确不是件很容易的事。毋庸置疑的是父亲确实痛苦了。父亲还是住在老房子里，而他的儿女们却一个个飞了出去。地铺上起伏的鼾声和讨厌的骚动以及阁楼上无端的娇笑，统统被寂静所替代。房子倒显得空荡起来。过年时，每个儿女各出十块钱为他买了一个沙发。沙发靠着墙壁，父亲从来不坐它。父亲说坐了屁股疼。晴天的时候，父亲便去马路边打牌，而雨天里便靠在床上长吁短叹。父亲说："只有小八子陪我了。"父亲说这话时让我感动了好几天。后来父亲在我的覆身之土上种了些一串红。父亲对母亲说像小八子的头发。

苍凉的冬天到来的时候，父亲便闷着头默默地喝他的酒。北风吹得门板和窗咣咣地响。火车蓦然鸣一下整个房子在颤动中几乎意欲醉倒。母亲用她满是眼屎的目光凝望父亲。父亲退休之后就再也没揍过母亲，这使得母亲一下子衰老了起来。父亲和母亲之间已经没什么话好谈了，他们只是默契地生活。语言成了多余的东西。

回家次数最多的是七哥。七哥还没有成家。他总是在星期六回来。这天晚上偶尔也有其他弟兄拖儿带女地过来小坐片刻。父亲对他花团锦簇且粉团团的孙辈们毫无兴趣，父亲说人要像这么养着就有一天会变成猪。这话使父亲所有的媳妇对他恨之入骨。父亲说她们懂个屁。看我们小七子，不就是老子的拳脚教出来的么？要当个人物就得过些不像人的日子。

父亲每次这么说都令七哥心如刀绞。七哥不想对父亲辩白什么。他想他对父亲的感情仅仅是一个小畜生对老畜生的感情。是父亲给了他这条命。而命较之其他的一切显然重要得多。七哥总是在星期天一早就走，他厌恶这个家。他不想看父亲喝酒骂人然后"叭"地在屋中央吐一口浓绿浓绿的痰。他看不惯骨瘦如柴的母亲一见男人便做少女状，然后张嘴便说谁家的公公与媳妇如何，谁家的岳母勾引女婿。小屋里散发着永远的潮湿气，这气息总是能让七哥不由自主地打寒噤。

七哥在星期天一早出门时多半手里拿根渔竿。有熟人路遇便说"你可真有闲情逸致啊"，七哥只是笑笑。七哥从河南棚子穿巷走街，总摆一副富态高雅的架势，以显示他并非此地土著。七哥的外貌变化之大如沧海桑田以至于人们绝不可能想象他就是十几年前常在这一带转悠着拾破烂捡菜叶的小七子。

七哥表面上很是平静。他抿着嘴一副神态自若的样子。但他的眼睛里却充填着仇恨。倘若仔细地盯着他三分钟，你就会发现他的眼珠宛若两颗炸弹随时可能起爆。而他的生命则正是为了这起爆而存在。

七哥捡破烂的时候是五岁。那是孪生的五哥六哥在一天偷吃了水果铺腐烂的苹果同时患急性痢疾送进医院时，七哥主动提出的。当时父亲正暴跳如雷。住院那一笔开销将他三个月所有的工资贴进去还远不够数。七哥蹲在门槛上看父亲吐着唾沫骂人。七哥感到喉咙痒了便轻咳了一声。父亲听见一步上前，一脚把他踢翻在门外。父亲说你再咳我掐死你。七哥说我不是咳我是想说我去捡破烂。父亲说你早就该去了。老子养了你五年，把你养得不如一条狗。

七哥对于他五岁就敢在河南棚子穿梭于小巷小道中拾破烂的胆略极其诧异。大香姐姐的孩子五岁还每天要叼着大香姐姐的奶头而小香姐姐的孩子五岁却还不会自己蹲下撒尿。七哥记得他捡的第一件东西是一块破了角的手绢。手绢上有些黏黏糊糊的东西。七哥用舌头舔了一下，是甜的，便又舔了好多下，直到那手绢湿漉漉的。七哥相信他至死都不会忘记他蹲在墙根下虔诚地舔手绢的模样。七哥很少说话，有大人指着他的小篮子说些什么他也从来不理。七哥每天要把小篮子装到他提不动为止。他拾的破烂都堆在窗口下。那里因为埋了他的弟弟而有一块空地。七哥见过他的这个小弟弟，见过父亲亲他的小脸。那一刻七哥还摸了摸自己的脸，他不记得父亲在他这儿亲过没有。七哥对小弟弟能永远安宁地躺在那下面羡慕至极。他看见父亲把小弟弟放进一个盒子里然后又盖上了土。他很想让父亲也给他一个盒子让他老是睡在里面动也不动。然而他不敢开口。

七哥常常很饿很饿，看见别人吃东西便忍不住涎水往下巴那儿流。久而久之，下巴处流了两道白印子。那天七哥走过天桥到了火车站。又往前一点还走进了儿童商店。那里面有很多打扮得像画上一样的小娃娃。他们在买衣服和皮鞋。七哥对衣服皮鞋毫无欲望，他看见一个穿粉红衣的小姑娘在吃桃酥。她嚼得沙沙直响。七哥走到她身边，他闻到了那饼的香味，那香使七哥的胃和肠子一起扭动起来。七哥便一伸手抓住了那桃酥。小姑娘"妈呀"一叫松了手，桃酥便在七哥手上了。小姑娘的妈妈瞪着眼说了句"小要饭的"便拉走了她的女儿。七哥简直不敢相信这块小饼归他所有了。他战战兢兢咬了一口，没有任何人干涉，的确是他的。便发了疯一样吞咽下去。七哥从来没有过这样的幸福时刻，那一瞬间获得的快感几乎使他想奔跑回去告诉家里的每一个人。七哥后来就常去儿童商店。他从任何一个小孩手上抓来的东西都归他所有。他吃了许多他根本想不出来应该叫什么名字的东西。儿童商店给了七哥童年中最璀璨的岁月。

七哥七岁上了小学。这是父亲极不情愿的事。父亲自己不识字，但他觉得自己活得也很自在也很惬意。父亲说世界上总得有人不识字才行。要不那些苦力活谁去干呢？父亲说这话是针对二哥的。二哥初中毕业坚持要考高中而不肯去帮父亲拉板车。二哥说读完了中学又去扛包完全是浪费人才。二哥同父亲吵了三夜，三哥也为二哥帮忙，父亲才气哼哼地向儿子妥协。这是在父亲做人的历史上极少出现的事情。父亲说政府怎么糊里糊涂的？让人都学了文化码头还办不办？凭良心说父亲的认识还是深刻的。码头要办下去就得有人扛码头。而读过书的人都不肯干这活儿，可不就是得让一些人不读书专门充实码头么？父亲是不会知道科学能发展到用金属做一个机器人出来的。

七哥终于在政府的要求下去上小学了。七哥对上学不感兴趣。他头一天衣衫褴褛地走进教室就听到有声音说怎么来了这么个脏狗。后来，全班人都叫他脏狗。七哥对学校和同学的厌恶便从第一天就开始了。

新中国70年优秀文学作品文库

中篇小说卷

七哥不再捡破烂。母亲说破烂卖不了什么钱不如去黑泥湖捡点菜回来。七哥便去捡菜了。七哥每天下午都逃学。一吃过中饭他就挎上篮子往郊外走。他要走过黄浦路从黄家墩穿刘家庙然后到黑泥湖一带。这里地多人少，到处是农民的菜园。有时只走到刘家庙就能拾到很好的菜叶。夏天的时候七哥还得带上叉子。父亲说每天都得叉一串青蛙回来给他下酒。七哥喜欢叉青蛙。他在河沟边跳来跳去敏捷而迅疾地叉中一个青蛙时总是高兴得想笑出声来。七哥在家里却从来没笑过。所有认识他的人都说这孩子天生缺少笑神经。

那一天，七哥走到刘家庙附近，见农民们都坐着小凳在田里给白菜间秧，七哥便静静地蹲在了一个大嫂身后。大嫂间一把秧往自己篮子里扔去时，手边总是要漏掉几棵。这便是属于七哥的了。七哥捡了半篮之后，大嫂身后又跟了一个小姑娘。七哥厌恶地瞥瞥她。她的手比七哥利索，总是先将大嫂漏下的拾进自己的小篮子。七哥几乎为此想砍掉她的手。这时刻大嫂回了头。大嫂问你们这是何苦呢？就这几棵菜？小姑娘说不捡菜就没有吃的。七哥说我也是。大嫂说你们就不累？小姑娘说累比挨打好受多了。七哥说我也是。那大嫂便叹口气扯下许多很好的菜秧给了七哥和小姑娘，把他们的篮子装得满满的。小姑娘高兴得笑个不停。七哥没笑，但心里也高兴极了。

后来七哥认识了小姑娘。她叫够够。够够说她住三眼桥。她是老五。生下她时她父亲一看是个女孩气得大吼她母亲一声："你够没够？"她母亲慌忙回答："够，够。"两人吵了一架后，就给她起个名字叫够够。尽管有了够够，她父亲却还是没让她母亲停止生产。够够又添了两个妹妹。够够说她妈妈又要生了，这回大家都说生男孩。她家已有七仙女了。就是八仙过海也得有一个异性。

七哥常常能碰上够够，碰上够够就约她一起走，于是他们总是在铁路边碰头。够够小嘴灵得像鸟儿，七哥总怀疑她是鸟变的。够够叽叽喳喳起来没个完，七哥便安静地听着，刚开始时有些不耐烦，后来就习惯了，再后来就喜欢听她讲。七哥想要是小香姐姐也能像够够这样该多好。够够和七哥的小香姐姐一样大，都比七哥大两岁。小香姐姐却从来不理睬七哥。她要是想起七哥时就是七哥倒霉的时候到了。那天晚上父亲喝酒喝得高兴，小香姐姐连忙凑上去对父亲说七哥见到白礼泉就一面哭一面喊爸爸，还从白礼泉手上接过一块糖。父亲一听勃然大怒，他使劲地放下酒杯，吼着七哥："给老子过来！"七哥已经吓得站不起来了。他如狗一般爬到父亲脚下。父亲用大脚趾抬起他的下巴，骂道："你这个杂种。"然后一脚蹬翻了他。父亲令五哥提起七哥，将七哥推到墙壁前面壁而立。之后又指示六哥扒下七哥的裤子，用竹条抽打五十下，五哥和六哥乐呵呵地干这些。父亲赏识他们时才会让他们干这些活儿。小香姐姐坐在床沿边让大香姐姐用红药水给她染指甲。她俩尖声地笑着。七哥忍着全部的痛苦去听她们笑得如歌一般流畅。父亲又坐下喝酒了，嘴唇咂得"叭叭"地响。而母亲自始至终地低头剪着脚指甲，还从脚掌上剪下一条条的破皮。母亲喜欢看人整狗，而七哥不是狗，所以母亲连头都没抬一下。火车轰隆隆从门外驰过。雪亮的光一闪一闪。和它们叠在一起的是竹条以及它挥舞出来的音响。这一切成为七哥脑海中永恒的场景。

铁道线不知从何而来。伸延前去，又不知指向何处。够够在哪儿呢？或许她的灵魂一直在这儿漂荡，引得七哥无法克制自己而一次次走向那里。

这日子，是七哥最美丽和善良的日子。它在无数黑浓黑浓的日子里微弱地闪烁几星绚烂的光点。

四

只要大哥在家的日子，七哥就用他迷迷蒙蒙的眼睛一眨不眨地盯着大哥。大哥不理他，大哥不编造谎言让父亲的拳脚砸得他透不来气。大哥不用最刻薄的语言诅咒他，大哥不把他当白痴般玩物当一头要死没死的癞狗。小时候七哥以为大哥是他的父亲，后来才弄清他只是大哥。大哥和父亲是两类完全不同的东西。

大哥对七哥现在这副不可一世的模样从心底生厌。时间简直是个魔术师。当年睡在父亲床底下的七弟居然蜕掉了他那副可怜巴巴的外表而人模狗样地在小屋中央指手画脚。每逢大哥在家，七哥若酸溜溜地炫耀他的哲言，大哥必定会暴吼一声："小七子，你再动一下嘴皮看我割了你的舌！"

可惜大哥在家时间少极了，少极了。七哥从记事起就知道大哥从来不在家睡觉。弟兄们一天天长大，地铺上已经挤不下七条汉子了。父亲便一脚把七哥踢到了床底下，而大哥则开始成日成月成年地上夜班。

大哥总是在星光灿烂的时刻推门而出。他手里提着一个饭盒，里面有半斤米和一小碟咸菜。清早大哥回到家时，父亲和母亲都上班了，大哥便一头栽到床上呼呼地睡到太阳落山，然后起来同一家人一起吃晚饭。到星光灿烂父亲打长长的呵欠时，大哥便又推门而出，手里拎着那个饭盒。日复一日。年复一年。

大哥小学四年级没读完就进工厂了。大哥曾经留过两级。他跟二哥同了一年学之后又跟三哥同学。大哥比三哥大四岁，几乎高出三哥一个整头。班上同学都如三哥般弱小。他们管大哥叫"刘大爷"。起先大哥还乐呵呵地答应，后来三哥说那是骂他留级生大爷哩，大哥这才一听人如此叫唤便翻下虎脸。大哥打架出奇勇敢，出手迅猛有力，打在兴头上敢抡刀杀人。这是父亲最赏识他的地方。所有的同学对大哥都畏之如虎。其实大哥很少揍他的同学。他们太弱了。大哥不屑于对这种"小萝卜"——大哥的话——动手。大哥说他绝不学父亲。他不打比自己弱小的人。而父亲，打起自己的妻子和儿女像喝酒一样频繁且兴奋。

大哥是被学校开除的。那天上体育课，体育老师油头粉面的，他让大哥抬了跳箱又抬垫子。垫子是给女生翻跟斗的。大哥说他不抬。体育老师便说刘大爷不抬谁又会去抬呢？大哥便走上前，挥起小臂给了老师一肘，只一会儿，那白粉捏的一样的鼻子便淌出了两道红血。所有的学生都吓傻了，女生还嘤嘤地有人哭泣。大哥扫了他们一眼扬长而去。学校原本不想开除大哥，因为在场同学都证明老师骂了大哥大哥才动的手。晚上，那老师灰着脸跟在教导主任身后来到了河南棚子。父亲在门口堵住了他们。教导主任说是来向大哥道歉并也希望大哥向老师道歉的。父亲一瞪眼骂了几句直指祖宗的脏话然后说："幸亏你撞在我儿子手下，他实在比老子小时候窝囊。换了我，莫说你的鼻子，叫你的牙都一颗剩不下。"父亲说完笑得洪钟一样嘹亮。教导主任和体育老师都不约而同地发起抖来。然后他们连退几步。大惶大惑的一副神态望着父亲，踉跄着远去。

大哥从此不再上学了。这是他第一天背起书包就盼望的事。大哥刚满十五岁。父亲把他送进了铁厂当学徒。大哥当了锻工。父亲说干这行拿钱多而且练身体。果然没多久大哥的胳膊就粗了起来，浑身黑油油的闪着乌光。大哥二十岁的时候已经像父亲那样粗壮了。他的下巴上浮出毛茸茸的胡子。大哥有时就用他这一点可怜的胡子扎七哥的脸。七哥一直等待着大哥的胡子长长。他常想如果长长了不是也可以像小香姐姐那样扎起小辫子吗？

大哥过了二十岁以后，脾气就变大了。晚饭时动不动就发火。进家门总是用大脚轰然一下踢开。大哥对父亲母亲都吵过架，吵得天翻地覆的。七哥总是爬进床底一动不敢动，他不明白大哥为了什么。后来有一天，大哥同父亲打了一场恶架，那以后家里就平安了好多。

大哥和父亲打架，说起来完全是隔壁白礼泉的责任。白天里大哥是回家睡觉的。中午的饭总是母亲从她工作的打包社回来做。那时五哥六哥都刚上小学不久，而七哥还在从事拾破烂的事业。

母亲打包的手脚极利索。母亲的舌头嘴唇都仿佛是蜜做的。打包社的领导都吃她那一套，额外让母亲每天提前半个钟头回家弄饭。母亲洗菜时得去公用水管。母亲在那里经常碰得到白礼泉。白礼泉在武钢上班。三班倒的工作让人觉得他总在家里。母亲跟男人说话老使出一股子风骚劲。她扭腰肢的时候屁股也一摆一摆的像只想下蛋的母鸡。母亲的眼光很独特。从那里面射出来的光能让全世界的男人神魂颠倒。母亲在白礼泉面前从无顾忌。白礼泉的老婆漂亮苗条是他手掌上的明珠。但明珠生不出一个孩子而母亲却一气生了九个。这使得母亲常常嘲笑白礼泉而且一直要笑到他无地自容为止。无地自容的结果便是抬起头来同母亲调情。那天母亲洗完菜同白礼泉一起嘻嘻哈哈地走回屋里。白礼泉调侃着跟在母亲身后也嘻嘻地笑。白礼泉的手指细长细长跟父亲短粗短粗的手指感觉完全不一样。母亲弯下腰切菜时，她的乳房便像两只布袋一样垂了下来。白礼泉站在母亲背后将双手绕着母亲，然后细长的手指便捏揉起那两只布袋。母亲不理会他的动作，只是嘴里假骂道馋猫馋狗馋猪之类。白礼泉挨着骂手指却依然熟练而快速地运动。他的手越来越灵活，活动的地域也越来越广，母亲不由得兴奋地咯咯大笑。就在这个时候躺在床上的大哥醒了。大哥没吭气只是长长地打了一个呵欠。

母亲说："贱货！这时间了还不起？"大哥说："贱货也是你生的。全都一块儿贱也不错。"白礼泉说："哎呀，老人白天就这么睡？下午小五小六小七几个不闹翻天？"大哥说："摊上这样的爹娘，只给了这一点地方，有什么法子。"白礼泉忙说："你要不嫌弃，白天可以睡我屋里。我两口子都上班，你去睡觉还可以看个门。我那个收音机是五灯的，不放心得很哪。"大哥说："这主意倒不坏。"母亲说："那太谢谢你白叔叔了。"

白礼泉倒是言行一致。果然，大哥在白天住到他家里去了。先一段时间日子也过得相安无事。后来那天三八妇女节放假半天，白礼泉的老婆枝姐在家休息，于是日子便有异峰突兀而起了。枝姐在半天的休息时间里要把房间重新摆布一下，大哥便上前帮了忙。一阵折腾，大哥汗流浃背顺手脱下外衣。他露出黧黑的臂膀，凸起的肌肉在黑皮肤下鼓胀。阳光从窗口斜射进来，落在大哥熠熠发光的肩膀上。大哥有几次都不小心碰着了枝姐，让枝姐心里颤抖了好几回。在架床的时候，枝姐的手指叫床板夹了一下，疼得她尖声叫起，眼睛里一下子涌出泪花。大哥便一步上前捉住她的手将她的手指放进嘴里。大哥用他厚软的舌在枝姐手指上舔来舔去。大哥说这是止痛的祖传秘方。枝姐全信了。这之后她就老是夹着手，每次都要大哥动用祖传秘方。

枝姐比大哥大九岁，早过三十了。可是枝姐因为没有生小孩便依旧一副粉脸含春的少女模样。枝姐珠黑睛亮，眉若新月，随意瞟人一眼，便见得柔情如水似的娇羞。这对于青春勃发的大哥自然如铁遇磁。

从那天起，枝姐老是上半天班。不是病假就是调休什么的。最先察觉的是母亲。母亲一字不识但直感却像所有杰出的女人那样灵敏。母亲对大哥说："你小心那骚狐狸。她要勾引你哩。"大哥说："就不会说我在勾引她？"母亲说："你这王八蛋小子简直和你父亲一个样。"大哥说："那女人简直跟你一样。"母亲说："怎么跟我一样？"大哥说："见男人就化了。巴不得上钩。"母亲说："你小心点，她男人别看骨瘦如柴，倒也不是个好惹的货。"大哥说："未必比我父亲还厉害一些？"母亲说："你那天看见了什么？"大哥说："什么都看见了。女人不值钱。"母亲便身体后倾着朗声大笑起来："好小子，有出息。你老娘可没让他占多少便宜。你得比白礼泉高明点才行。"大哥也笑了，说："那当然。我儿子大概已经在她肚子里了。"母亲惊喜地问："真的？"

大哥和白礼泉的女人不干不净弄得邻近的人家都晓得了。那都是母亲在外面说的。母亲逢人就夸口，说是别看白礼泉的女人一扭三摆的妖精样，可在我大小子怀里比猫还乖哩。父亲好晚才知道，只是说想不到儿子也到了偷鱼吃的年岁了。

白礼泉最后一个听说。他不敢在枝姐面前逞凶便找上门来同大哥对骂。大哥说："你再骂一句，我叫枝儿跟你离婚。她现在听我的。"白礼泉说："我离了你想要她？"大哥说："那当然。""好吧。那房子是我的，我要收回。你娶她吧，让她住在你们那个猪窝里。跟你的父亲住一起，跟你的弟兄住一起。让你全家人把她从头发根到脚丫都看个一清二楚。还顺便看你俩是怎么过夜的。"白礼泉的话便是砸在大哥胸口上的石头。大哥突然脸色苍白，眼泪差点没落下来。这副熊样子不光被白礼泉看到了也被刚干完活下班回家的父亲以及看热闹的观众们看到了。白礼泉阴险地笑出了声。他嘴上继续说一些刻毒且下流的话。而大哥却默然不语。父亲上前"叭"地扇了大哥一个耳光，大骂大哥窝囊得不如一条虫。然后说："白礼泉的女人看上你这种东西那成色也就跟拉客的窑姐儿没什么两样。"大哥听完父亲的话便猛虎一样扑向父亲和父亲扭打成一团。大哥咒骂父亲，说世界上像父亲这样愚蠢低贱的人数不出几个。混了一辈子，却让儿女吃没吃穿没穿的像猪狗一样挤在这个十三平米的小破屋里。这样的父亲居然还有脸面在儿女面前有滋有味地活着。

这场架打得灰尘四起，旁观者皆避之不及。父亲的脸被大哥拳头打得青肿满是，而大哥的门牙叫父亲打脱了，手臂也被父亲用刀砍了一道深口，缝了十四针。

第二日白礼泉没去上班，中午乐滋滋地到家里来对大哥说上午他陪枝姐一起去了医院，只一会儿，就把她肚子里的胎儿打掉了。白礼泉说他虽然想要个小孩，但也不能养着个野种。大哥怒目圆睁暴吼了一声："给老子滚！"

从此大哥再也没理睬枝姐，每当两人路遇，枝姐忧戚戚地频频顾盼大哥，大哥则抱拳当胸，傲然而去。

到大哥同大嫂结婚已是十年以后的事了。十年间，他除了自己家里的女人外，对全世界的女人都摆出一副不屑一顾的架势。母亲曾打算给他说门亲。大哥说："你只要带她进这个家门我就杀了她。"

这十年中的第九年里，枝姐上班时被卡车压断大腿，流血而尽死去。在场的人都听见她一直叫着"大根"的名字。人们以为那是她丈夫。而实际上，"大根"是大哥的名字。

五

七哥最痛恨他的姐姐大香和小香。七哥从记事起就没同她们说过话。七哥记得他很小很小的时候尿湿了裤子，姐姐大香便用指甲拼命地掐他的屁股。大香为了学有钱人家的女孩，总是把指甲留得尖尖的。而小香更毒。只要她在家里，她就不许七哥站起来走路。小香说七哥是狗投生的，必须爬行。七哥忍气吞声，从不敢违抗。晚上吃饭时，小香则多半会指着七哥的黑膝盖告诉父亲说七哥故意学狗爬不学人走。小香长得像父亲又像母亲。小香伶牙俐齿活泼爱笑却心狠手辣，父亲宠爱她，每次为了让她高兴不惜惩治七哥。小香比七哥大两岁，出生在双胞胎五哥和六哥之后，在家排行也算老八了，故而娇得鼻眼不正。七哥在父亲的拳脚下奄奄一息，而小香则捂着嘴"吃吃"笑个不停，还把七哥麻木地忍受的姿态学给大香看。小香干这样的事一直干到七哥下乡那天。

在大哥同父亲打架之后，家里能给七哥一点温暖的就是二哥了。很久很久，七哥对二哥都没什么印象。二哥总是和三哥一起进出。七哥在他眼里似乎有又似乎无。七哥不记得二哥同他说过话没有，直到那件事发生之前。

那是一个夏天，七哥被父亲揍过之后便爬回到大床底下。他只有到这个黑洞洞的充满他熟悉的潮湿气的地方才感到几分安全。七哥那天浑身火辣辣地疼。他趴在那里一动也不想动。伤疼和闷热闷热的天气几乎让他觉得自己快要死了。他这样趴了一天一夜。屋外每过一列火车都仿佛从他身上碾过。轰隆隆的声音使劲地撞击着他的脑袋，撞得似乎就要爆炸，他想爬出来，可一动弹大腿内侧便如刀剜割一样。七哥想干脆让我死吧，便"呵"了一声死了过去。

等他醒来之时，七哥感到自己被人抱着。他的腿依然如刀剜割。他睁开眼睛见到一个陌生的脸庞，恍惚之中听到滴水之声。水滴了很长时间，七哥才渐渐看清那陌生的脸庞原来是二哥。二哥用毛巾擦着他的身体。七哥温顺地倚在二哥怀中一动不动。他第一次感到生命的安全，第一次认识到人体的温暖。晚上直到父亲回来的时候二哥仍小心地抱着七哥。"怎么搞得像个小少爷？"父亲说。

二哥将七哥放在床上，撩开盖在他腿上的布，对父亲说："他还是条命。你也不要太狠了。他的腿伤口烂了，长了蛆。你要想让他活，就不能让他再睡床底下。里面又湿又闷，什么虫都有。"父亲看了七哥，冷冷地说："他是老子养出来的，用不着你来教训。"二哥说："正因为他是你的儿子也是我的弟弟，我才要求你好好爱护他。"父亲顺手重重地给了二哥一耳光。父亲说："让你读点书你就邪了，在老子面前咬文嚼字。你给我滚。"

二哥愤怒地盯了父亲一眼，一跺脚出去了。七哥自然又回到了床底下，把他的小棉絮弄成弯的，他想象那是二哥的手臂，他躺在那手臂里宛如在二哥的怀中。

以后，二哥便格外地关照七哥了。每天吃饭时，二哥都有意坐在七哥旁边。二哥一筷子一筷子为七哥夹菜。而在此之前，七哥几乎全靠吃白饭填肚子，尽管家里的菜几乎全都是他捡来的。

那年冬天，七哥差不多满十二岁了。母亲说原先小五小六到这时候总能挖一些藕回来，小七子倒好，只会捡些烂菜叶。二哥说何必哩，捡什么吃什么好了。小香立刻叫道妈妈我要吃藕。七哥便用极干瘪的声音说我明天就去挖藕。

第二天刮风，寒飕飕的。七哥一出家门就被风吹斜了身子。他斜斜地行走，小竹篮里还搁了一条麻袋。他一路走一路在算计哪一块藕塘比较好。风把七哥的脸吹得红通通的。左脸颊上的冻疮又鼓胀了起来。七哥并不觉得这日子有什么特殊的苦，他已经习惯这样的生活了。万一哪一天让他安安逸逸地享受一天，他倒是会惊恐不安地以为出了什么大事。七哥在铁路边碰上了够够。够够当时正迎着风尖起嗓门唱歌。那歌子的词是七哥一辈子忘不了的。"美丽的哈瓦那，那里有我的家，明媚的阳光照进屋，门前开红花。"够够总是唱这支歌，一遍又一遍地对七哥说如果有一个新家在哈瓦那，门口种满了鲜艳的花朵那该多好哇。讲得他俩都极羡慕哈瓦那了。

藕塘里的水已经抽干了。大人们已经仔细地挖过一遍。七哥绕着藕塘四周看了看，然后迅疾地扒下棉衣棉裤，等不及够够冲上来劝阻，他便下到了塘里。泥浆一下子淹到了他的胸部。七哥太矮小了。他的脸上现出恐惧状，吓得够够惊呼大叫快来人救命呀。几个路过的中学生把七哥扯了出来，然后把他送进一个牛棚里。牛棚里有一个独眼的老头。他给七哥倒了一杯滚烫的开水。七哥浑身筛糠一般颤抖。够够像大人一样用生气的口吻令七哥脱下泥浆浸透的衣裤。七哥穿着空心棉衣棉裤，和独眼老头一起蜷在屋角的稻草堆中。七哥看着够够拿着脏衣服往湖边走去。在风中她像一只奇怪的大虾，弓着背越走越远。够够为他洗净泥浆，然后在牛棚中的火盆前为他烘烤。她的脸焕发出一层奇特的红光，眼珠嵌在红光之中宛若两块宝石。七哥呆呆地看着她。外面的风刮得干枝干叶噼噼啪啪地响。时而几声呼啸在长天中一划而过。七哥突然感到眼睛潮湿了。他觉得这时刻如若能痛哭一场该是多么愉快。够够无意识地瞟了七哥一眼，七哥便立即装作一副平常的神态。七哥从来不曾把他的心向任何人袒露过。七哥从不愿意让别人能猜测出他心里正想些什么。

天全黑了，够够才将七哥的衣裤烘干。七哥穿上后说了句很舒服。但他心里知道，今天又难逃过一顿毒打了。出门时，独眼老人叹着气从屋里拿出两节藕，分给七哥和够够。

七哥一路无言。分手时，够够将那一节藕也给了七哥说我家里不爱吃藕。七哥默默地接过放入麻袋。够够说你这个人怎么总是有心事的样子。七哥憋了半天终于说明天再告诉你。

七哥刚跨入家门，小香便叫："爸、妈，野种回来了。"母亲冲上来揪住七哥的耳朵吼道："你还晓得回家？你玩得好快活，害得你二哥一晚上去黑泥湖了。"七哥未缓过劲来，迎面又挨了一嘴巴，这是父亲扇过来的。父亲说："你怎么不死？回家干什么？铁路又没有栏杆。为你这个小臭虫全家人都睡不成觉。你以为我们都像你这样舒服？"父亲骂了又打。七哥不语。他挨打从来都不语。他以往常想着长大了他将首先揍父亲还是首先揍母亲这个问题。而这回，他一直在回忆牛棚中红红的火光中够够的脸庞和眼睛。他的表情竟出奇的平静，这使得父亲极为恼怒。小香说："爸，你看他还在笑。"父亲立即一脚踢向七哥的小腿，七哥轰然摔倒在地。红光在他的眼前烧成一片红云，腾腾地升起。所有的一切：人、物及声音，都在这红云中弥漫和溶化。七哥真的不禁咧嘴笑了一笑。

七哥的腿红肿得无法迈步。他一步也不能行走。几乎在床底下躺了三天。他的视线里的红云依然漂浮和升腾，七哥这三天过得安静极了。二哥几次唤他出来要带他去医院，七哥都没答应。七哥说我是在休息哩。

第四天父亲说我家里的儿子命贱，没有人生病躺好几天这事。母亲弯下腰对着床下叫："你还弄得像个阔少爷哩，你再不去捡菜就休想吃一颗米。"

父亲和母亲上班之后，七哥爬了出来，他摇晃着走出门。他走到那次同够够碰面的那一段铁路上。他坐在铁轨上一边等，一边想把什么都对够够说。等了好久好久，够够没来，七哥只好自己独自捡菜去了。

回来的路上，七哥又遇到牛棚。他想见见那独眼老人，想再去那稻草堆中蜷缩着看奇特的红光。七哥进去时，老人愣了一愣，然后问："跟你一起的小姑娘呢？"七哥说："她没来。我等了她好半天。"老人说："前两天你们都一起回去的？"七哥说："前两天我病了没出来。"老人说："前天下午，一个女孩被火车碾了，不晓得是不是她。"七哥立即呆了。世界上所有的女孩都死掉也不能死够够。七哥拼了全身力气疯狂地向铁路边奔跑。他一声声呼唤"够够"的声音像野地里饿狼凄厉地嚎叫。

那出事的地方已经看不出有什么血迹了。只有在路坡底下，七哥看到一截竹篮上的提把，提把上拴着一根白纱布做的小绳子。这是够够编的，是很久前的一天七哥亲眼看见她编的。

够够永远消失了。七哥为此大病一场，几乎一星期昏迷不醒。这场病耗去了家里很多钱。父亲答应给大香和小香一人买一条围巾的钱；答应给五哥六哥一人买一双凉鞋的钱；答应为母亲买一双尼龙袜子的钱以及大哥存了多年打算买手表的钱全部被七哥这场病消耗一空。所有人都沉下脸不理睬七哥。连大哥都阴郁着面孔一句话不说。

此后七哥每天还是沿着他和够够的路线去捡菜。他每天都在够够死去的地方默默地坐十几分钟。他坐在这里用心向够够诉说他的一切。

八年的捡菜史给至今二十八岁的七哥留下了深深的印记。他曾尽情地怀念过够够和享受过完全归他所有的孤独。七哥大学毕业回来的第二天便不知不觉去了一趟黑泥湖。那里变化惊人。昔日的菜地上几乎全部覆盖着高低不等的房子。他已经无法辨认哪条路通向哪里了。只有一个地方无论发生什么变化，七哥也能一眼认出。七哥喜欢独自地坐在那里。七哥想够够该有三十了。说不定够够能成为他的妻子。尽管够够比他大两岁，可这又算得了什么呢？只要是够够，就是大十岁大一百岁七哥也不在乎。然而够够永远只能是十四岁。

铁轨纠缠一起又分离开来，蜿蜒着扭曲着延伸向远方。七哥不知道它从何处而来又将指向何处。七哥常想他自己便是这铁轨般的命运。

六

当七哥觉得家里唯一能同他对话的人只有二哥时，二哥却已经死了。七哥想起二哥的死因，心底里总是升出一股冰凉的怜惜之感。

父亲却对二哥的死愤愤然至极。每逢二哥忌日父亲便大骂二哥是世界上最没出息的男人，混蛋一个，却装得像个情种。然后接下去必然骂这都是读书读木了脑袋。父亲骂二哥时若遇三哥在场二人便有一场恶战。

三哥和二哥关系好得让人难以思议。三哥是个粗鲁得像父亲一般不打人就难受的人，而二哥却文质彬彬的不像是父亲的儿子。二哥只比三哥大一岁。他俩共睡一个枕头几乎直到二哥死去的前夜。二哥是个极细瘦的人，个子高得不那么顺眼。父亲对二哥这副骨架非常之不满，常愤愤然说这哪里像我哪里像我？然后捶着三哥的胸脯说真货是这样的是这样的。母亲为此跟父亲怄过好多回气。母亲疼爱二哥超过她另外六男二女，这原因是二哥救过母亲一条性命。那时二哥才三岁，摇摇晃晃地刚学会小跑步。一天母亲牵着二哥去买盐。行至路口遇见父亲搬运站的几个朋友。母亲便挑逗着同他们打情骂俏。搬运工男女相遇常有骇人之举，这便是扒下对方裤子或伸手到对方裤裆。虽是下流无比却也公开无遗。母亲撇下二哥同他们疯打到一辆货车旁，笑得长一声短一声接不上气。突然二哥颠颠地小跑到母亲身边，极怪异地大叫："妈妈，我要撒尿！"那正是初冬时分，二哥若湿了裤子便没有了穿的。于是母亲立即抱着二哥往背风处跑。母亲刚一跑开，货车上的绳子便断了。货箱垮下来砸死了那群男人中的三个，其中之一刚喊完母亲的绰号还没来得及说完下面的话便脑浆四溅。母亲听得身后巨响如爆几乎魂飞魄散。她抱起二哥放肆地号啕大哭起来。二哥这时说："妈妈，要回家。不尿尿了。"事后母亲想起二哥是临出门时才撒的尿，按正常情况那时他不应该叫撒尿的。而且那声音怪异使母亲在回忆时还感到几丝丝毛骨悚然。父亲说看来是有些莫名其妙。

二哥是一个言语极少的人。他的眼睛凹入脸庞显得阴郁而深沉。倘若不是他的鼻梁挺拔且嘴角的线条很好看的话，他那双眼睛就令人不堪入目了。恰恰上帝给了他相应那对眼睛的鼻子和嘴，这使得他显示出一种很独特的漂亮。邻人常夸双胞胎五哥和六哥算得上河南棚子最英俊的小伙子，而七哥，还有我都认为：五哥六哥同二哥相比还差一个等级。五哥六哥一肚子浅俗的人生哲学和空洞洞的眼睛使他们脸庞上那漂亮的组合毫无生气。

风景

二哥用眼神就能治服父亲用拳头都难以治服的三哥，对这一点父亲始终感到是一种耻辱。尽管耻辱，他却不能不接受这一事实。二哥和三哥结成的是钢铁同盟。这使得父亲想揍他们中的一个时不能不踌躇再三。为此二哥和三哥挨打次数极少。五哥六哥先是嫉妒后来则是献媚，意欲加入二哥三哥的联盟。二哥不置可否而三哥却严辞拒绝了。三哥说不能让小七子一个人挨打，你俩得分担一些。三哥是家中的"二霸王"。这绰号是大香姐姐起的。"大霸王"自然是指父亲。三哥比大香姐姐大两岁。在一次争吵中大香姐姐脱口叫出"二霸王"三个字。三哥听了很得意，竟不再与大香姐姐吵闹且俨然是她的一个什么保护人。三哥在相当长一段时间充当河南棚子小年轻的"拐子哥"，名气一直蔓延到球场街及西马路一带。所有知道他的人都尽可能不去惹他。三哥手下有一帮小喽啰。他们在百姓面前虎狼般凶煞恶极蛮不讲理，但在三哥面前却低三下四如同猪狗。他们都知道三哥的厉害。三哥曾跟一个走江湖卖狗皮膏药的师傅学过几年武艺。那师傅是父亲早年拜把子的兄弟，对三哥的教导极为尽心。三哥一巴掌砍下能使三块砖同时断裂是河南棚子的小哥们儿亲眼所见。三哥赤手空拳能使十个像他一样粗壮的小伙子在进攻他时全都仰翻在地。三哥威武有力鲁莽无比却能屈服于二哥的眼神。三哥跟二哥好得像一个人。而二哥却是同三哥全然不同的人。

其实若不是一件偶然的事改变了二哥的命运，二哥是不会同家里人有什么质的变化的。那件事的出现使二哥步入一条与家里所有人全然不同的轨道。二哥愉快地在这轨道上一滴一滴地流尽鲜血而后死去。

那一瞬间发生的事还是在七哥刚出生的年月。二哥和三哥每天都去铁路外抑或货场偷煤。家里的煤从来都是这样弄来的。偷窃者对于这么干是否合法不予考虑。家里要煤烧而家里又无钱买煤，无条件地向外界索取便成了自然而然的事。二哥和三哥从多大开始干这活儿已经记不清了，只知道初始只是拾煤渣而已，而后是三哥进行了改革才发展成为后一阶段的用麻袋偷。冬天里，煤块烧得哔哔剥剥响时，父亲便放口称赞三哥聪明能干，是块好料。

那天火车经黄浦路道口时放慢了速度。三哥一挥手便扒了上去。二哥略一迟疑，也上了去。火车轰隆隆地向前开着。他俩在车上将煤装了满满一麻袋。快进煤厂时，三哥将麻袋往下一扔，然后自己飘然而下。二哥又迟疑了一下。待他小心翼翼跳下来时，却没能见到三哥的影子。二哥沿铁路往回走。当他走到一个池塘附近忽听见一个女孩惊恐万状的声音："救命呀！哥哥，你可别死呀！"二哥便朝那声音奔了去。我知道，就是这个惊恐的颤抖的声音改变了二哥整个的人生，使他本该活八十岁的生命在三十岁时戛然中断，把剩余的五十年变成蒙蒙的烟云，从情人的眼前飘拂而去，无声无息。

池塘里一双手挣扎的姿势像一个优秀的舞蹈演员在用空间线条感召他的观众们。二哥连鞋也没脱便跳了下去。二哥的游泳技术是没话说的，从河南棚子翻过天桥到长江边至多只要半个钟头。夏天里的中午和黄昏，二哥三哥以及许多他们这样的人常去那里玩水。他们游到对岸然后再游回来简直像吃完饭用手抹抹嘴一样容易。尽管每年都有一两个伙伴沉入江底而成为长江的儿子，但这种悲剧一点也没影响他们畅游长江的情绪和兴致。二哥在同伴之中不是游得最好但也不差。这个小池塘对他来说便有澡盆之嫌了。二哥只几下就扑到了溺水者身边。那家伙性急而死死地勒住了二哥的脖子。二哥便只好凶狠地给了他一拳然后托着他的头从容地游到岸边。那家伙的肚子隆得圆圆像个孕妇。二哥拍了拍便一屁股坐在上面一松一压。女孩子尖叫道你不要弄死他你不要弄死，然后去撕扯二哥衣服，二哥只好又给了她一巴掌。那一下委实重了一点，女孩苍白的脸上顿时起了五条红杠。女孩"哇"地大哭掉头跑了，这动作使二哥呆愣了好一会儿。

女孩再来时身后跟了两个张皇失措的大人。女孩说这是她的父母。他们的儿子此刻已经苏醒了，只是疲惫不堪地躺在地上不想动弹。他见到父母的第一句话是："没有他我就完了。"然后将目光移向二哥。那眼光中的感激、钦佩、真诚、温情一下竟使二哥的心好一阵战栗。二哥从来没见过这样的眼光。

二哥以恩人的姿态出现在这个家庭里自然成为最受欢迎的人。溺水的男孩跟二哥一样大，叫杨朦。他的妹妹小三岁，叫杨朗。他们的父亲是市里一所大医院的著名的医生而他们的母亲则是中学里的语文教员。为此他们的家庭显得极洁净且极雅致。他们住在天津路英租界的一幢红楼房里。他们有七间房子，整整占据了一层楼。仅保姆许姨住的房间都比二哥家的屋子大两个平米。他们一家四口人住四间屋子还剩下一间客厅和一间贮藏室。杨朦说这房子是他的外祖父留下来的。他的祖父的一幢房子更漂亮，前面还有花园，但他父亲老早就把它贡献给国家了。

说实话，这个家庭对二哥来说仿佛是外星来客。二哥是河南棚子长大的。他几乎都认定夫妻打架，父子斗殴，兄妹吵闹是每个家庭中最正常的现象。只有这些纠纷，才使家像个家，使自家人像自家人。否则跟公共场所有什么区别？而杨家却全然另一种活法。一家人这般地相亲相爱，这般地民主平等，这般地文质彬彬，这般地温情脉脉。二哥初次进杨家门时差不多不知道手如何动作脚如何迈步，两三个月后才稍稍适应过来。二哥完全被杨家的气氛所陶醉了。他觉得只有到了这儿他的心才感觉到它是为一个真正的人在跳动。他不知不觉地三天两头闯进杨家。

杨朦准备考到男一中去读高中。他是学校的尖子，胜利在握。而就学于民办中学的二哥学习成绩却平平淡淡。杨朦对自己的恩人极诚恳热情，谈话亦十分投机。于是二人结为莫逆之交。二哥渐渐地学会了喝咖啡。开始他以为那深褐色的水是中药，是杨大夫给他消毒的。后来才明白那玩意儿叫咖啡，上等人都爱喝它。二哥在杨家品尝到许多他从未吃过或见过的东西。有一天喝银耳汤，杨朗牙疼不喝多出一碗。杨朦硬叫二哥喝了。结果二哥一夜浑身燥得无法入睡。半夜里还怀疑汤里是不是放了什么怪药。问杨朦时，叫杨朦哈哈大笑了一阵。

二哥也打算考到男一中去。杨朦帮他补习了几天功课说凭二哥的智力今后考清华问题不大。这使得二哥的生活中陡然地树起了一个目标。

晚上，做完功课，语文老师常常拿出一本书来，轻言慢语地朗读给大家听。她的声音极柔美。缓缓的，像是从天上飘下来的。与二哥幻觉中神仙的声音完全一样。二哥常想母亲若也能这样那该是多么好呵。母亲说话仿佛有只手在她喉管里拼命地撑大她的声音。母亲唾沫横飞常使她旁边的人不得不时时用衣袖抹抹脸。母亲从来不读书，但母亲绝顶聪明。母亲会从许多语言中挑出最俏皮最刻毒且下流得让人发笑的话来骂人，令对方哭笑不得左右不是。而语文老师和她的儿女连最一般的粗话都不曾讲过。有一回二哥讲家里的玻璃窗被人砸了的事时不留意带出一句"他妈的"，立即让一屋人都皱上了眉头。杨朗还捂着耳朵说："难听死了，像小流氓一样。"二哥当即脸红得像抹了彩，好半天抬不起头来。没人再说他什么，自此他在杨家不敢吐一个脏字。二哥听语文老师读过高尔基的《海燕》，朱自清的《荷塘月色》以及但丁的《神曲》。一个星期六，月亮很好。月光穿透窗外的树影把屋里映得斑驳一片。杨朗让大家都坐在这碎月零光之下，然后把留声机上足发条。音乐轻缓地升起时，杨朗着一身白裙，赤着脚飘然上前，对着月光低吟：

> 我看见，那欢乐的岁月、哀伤的岁月——我自己的年华，把一片片黑影连接着掠过我的身。紧接着，我就觉察（我哭了）我背后正有个神秘的黑影在移动，而且一把揪住了我的发，往后拉，还有一声吆喝（我只是在挣扎）："这回是谁逮住你？猜！""死。"我答话。听那，那银铃似的回音："不是死，是爱！"

她最后一句爆发出热烈的欢笑，然后房间里的灯大亮。所有人都被她美丽的表演所感染，杨朦跳了起来，大叫："朗朗太了不起了！"

二哥被月光下飘动的那条白色之影震惊了。那一句一句的诗将他的心一层一层缠绕得紧紧。最外一层显赫地裸露着"不是死，是爱"五个字。在热烈的掌声鼓完后的那一刹那，二哥从心底涌出无限无限的忧伤。这忧伤之泉直到他死都不曾停止过喷涌。二哥咽气的最后一瞬还说的是"不是死，是爱"，然后才垂下他的头。他的眼睛是杨朦去关上的。那两口深奥的洞穴中装着没有人能够理解的忧伤。

二哥开始发奋。借着复习功课的名义，他三天两头到杨家去。他只要一进这家的大门，骚动的心立即变得安宁而平和。

二哥这么做使得三哥颇为不满。三哥不想读书，也觉得二哥犯不着读。三哥说父亲没文化不也活得挺快活？二哥说可他的儿女们活得并不快活。三哥说我觉得还蛮好嘛。二哥说我觉得像狗一样，特别是小七子，连狗都不如。二哥说这话时，七哥正一脸污垢地坐在门口，把鼻涕往嘴里抹，嘴还喷喷地咂响。

三哥对杨家有一种天生的厌恶。尤其对杨朗。他说这女孩子完全是妖精投胎。他说头一回时二哥只是瞪了他一眼。说第二回时，是二哥在路上碰到杨朗之后。那天是二哥和三哥在去偷煤的路上遇到杨朗和杨朦的。杨朦见二哥和三哥手里拿着麻袋便问你们去哪里。二哥支吾说去弄些煤。二哥回避了偷字也回避了捡字。杨朦说需要我帮忙吗？杨朦话音刚落，杨朗就拽着他的衣服说："那怎么行？脏死了，脏死了。"三哥这时板着脸对二哥说："我一个人先走。"二哥忙对杨氏兄妹说了声："我走了。"便同三哥匆匆而去。三哥脱口骂了句"臭妖精"。二哥立即站定，眼睛里喷着火，他咬牙切齿说："你这是第二次骂了，如果我再听到第三次，我跟你的兄弟关系从此了结。"三哥莫名其妙，委屈得很。只得嘴上连连喊叫几句："我怎么啦？我怎么啦？"

过了好多天，杨朗说"脏死了"的话被她母亲——语文老师——知道了。语文老师要杨朗向二哥赔礼道歉。杨朗说"请原谅"时倒是大大方方而二哥却"刷"地一下红了脸。二哥嗫嚅着向语文老师说他和弟弟实际是去偷煤的。语文老师没说什么只是长叹了一口气。那叹声显得那般沉重以致二哥的心被压迫得一阵阵发疼。那一晚复习功课老是走神。临走前，语文老师第一次把二哥送上了马路。月光铺在沥青路上泛起一片白色。语文老师说："我知道你家里很困难，但人穷要穷得有骨气。这一点你应该理解。"二哥使劲地点了点头。

风景

二哥错就错在他不该把语文教师的话原版说给父亲听。父亲气得当即把手里的酒瓶朝地上一砸，怒吼道："什么叫没有骨气？叫她来过过我们这种日子，她就明白骨气这东西值多少钱了。"二哥吓得不敢吭气。父亲说："你小子再敢去什么羊家猪家的，老子定砍了你的腿。"母亲也说："哼，他们那种人不就是靠我们工人养活的吗？他们是吸我们的血才肥起来的。"二哥说："他们家是医生，又不是资本家。"母亲说："你若替他们讲话，就跟他们姓杨好了。"父亲说："小子，什么叫骨气让我来告诉你。骨气就是不要跟有钱人打交道，让他们觉得你是流着口水羡慕他们过日子。"

二哥叫父亲说得一脸羞愧。他觉得自己的确有点像流着口水的角色。二哥果然一连几天没去杨家。他很难受，心口像坠着许多石头沉甸甸地在胸膛内摆来摆去。第七天，二哥和三哥背着煤回来时，遇到了杨朗。杨朗迎上前，说："你怎么不来了呢？"二哥张了张嘴，答不出。杨朗说："你恨我了是不是？我不是已经承认错误了吗？"二哥凝神望了她几秒才偏过头低沉地回了一句："我不配去。"杨朗随二哥进了屋，她第一次看清了这是一个什么样的家。杨朗说："你晚上还去吧，要不哥哥又要责怪我了。"二哥说："你告诉杨朦，我家里有事，这几天不能来。"杨朗说："好吧。"她退出去的时候，手不小心碰着了正往屋里走的七哥。她尖叫一声，迅速跳到门外，然后掏出小手绢一边走一边使劲地擦。直到她人影消失前的最后一个动作还是在擦手。

二哥最终还是没去杨家。他也没能考上一中。但这实在不能怪他没努力。好长一段时间他总是在路灯下复习功课，而临考前的一个星期，天一直下着雨。这使他根本找不到一块读书的地方。只得在家里窝在众弟兄中，一遍又一遍地听父亲讲他当年的故事。八点钟和全家人一起睡觉。

二哥被录取到八中。这在我们家已经是第一个了。如果不是七哥在极偶然的情况下去上了大学，那么，二哥这个高中生就算是家里学历最高的人了。杨朦自然上了一中。这也是二哥早料到的。假期中，杨朦曾经到家里玩过几次。他和二哥坐在门口看着一辆辆火车从眼边掠过，两人谈了很多很多。开学之后，渐渐二哥与杨家日益淡泊以致完全没有了往来。

二哥是一个出色的学生。他的派头和说话的口气同家里人越来越不一样了。他对父亲说他要上大学，他想当一个建筑师。他要让父亲和母亲住进他亲手设计的世界上最美丽的房子里。他说这些话时，深凹的眼睛里放射的光芒能照进所有人的心。父亲和母亲像被电击了一般呆望了他好一会儿。屋外一阵汽笛长鸣，小屋在火车的轰隆中摇摆时，父亲才一下子醒悟。父亲一反常态像一个小孩子一样狂喜狂叫道："我儿子有出息。像我的种。"然后把二哥横看竖看拍拍打打了好半天。那一天全家人都兴奋至极，只有七哥一如往日小狗般爬进床底睡得死沉。

二哥上大学当建筑师的梦自然和许多许多人的梦一样，叫一场"文化大革命"冲得粉碎。二哥尽可以当红卫兵司令，但他仍然感到心灰无比。他没参加任何一派，他被父亲指示回来干活。他有一排半截子大的弟妹，他得为生活劳碌。父亲给二哥弄了一辆板车，二哥每天到黄浦路货场往江边拖货，他能挣不少钱。冬天的时候，他让他的弟妹们都穿上了线袜子。

一天晚上，家里人全都睡下了。家里人总是睡得很早，因为明天要干活也因为不睡下小屋里便拥挤不堪嘈杂不堪。在屋里的鼾声此起彼伏时，突然门被敲得轰响。所有人都在同一刻被惊醒。这似乎是记忆中未曾有过的事情。父亲首先喊骂起来："魂掉了？哪有这样个敲法？"不料答话的竟是杨朦。二哥从地铺上一跃而起，他显然有些紧张，仿佛预料到了什么。二哥开了门，他看见杨朦的右手紧紧揽着杨朗而杨朗全身哆嗦着两眼红肿。二哥急问："出了什么事？"杨朦脸色很冷峻，说话时却很悲哀。他说他们的父母下午双双出去，到现在尚未回来。他们兄妹等到晚上觉得奇怪，便到父亲卧室里看看有没有什么纸条。结果发现父母联名给杨朦的信。信上要杨朦对家里所有发生的事都不要太吃惊。他唯一的责任就是照顾好妹妹。然后在最后一行写下"别了，亲爱的孩子们"几个字。杨朦的话还没说完，屋里的父亲立即吼了起来："蠢猪，还慢慢说什么？他们去找阎王爷了。还不快去找。"杨朦说："朗朗已经受不了了，许姨上个月就被赶回了老家。我想请你照顾她一下。"二哥说："我去替你找，你照顾朗朗。"杨朦说："那怎么行？"此刻父亲已经下了床。他用脚踢着正趴在地铺上听杨朦说话的三哥四哥五哥六哥，嘴上说："起来起来，今晚都去找人。"父亲转身对杨朦说："让二小子陪姑娘，这几个小子都派给你，你尽管指使他们。"杨朦说："伯伯我该怎么感谢您呢？"父亲说："少说几句废话就行了。"

二哥几乎是将杨朗背回去的。她软弱得无法走路，嘴上喃喃地说些二哥完全听不清楚的话。二哥三天三夜没有合眼。杨朗到家之后便发起了高烧。她的眼泪已经哭干了。脸烧得通红通红，嘴唇上的燎泡使她的模样完全变了。二哥为她请医生为她煮稀饭喂药然后小心地趴在床边哀声求她一定要坚强些。

第四天杨朦精疲力竭回来说父母找到了。他俩双双跳了长江。他母亲结婚时的一条白纱绸将他们的腰紧紧扎在一起。尸体在阳逻打捞出时已经肿胀得变了形。杨朦说完这些，双腿一软跪在地上痛苦地呕吐起来。他几天没吃什么，

风景

呕出一些黄水。脖子上的青筋扭动和鼓胀得令二哥无法直视。如果不是二哥急中生智，突然伏在他耳边说："千万别这样，朗朗见了，就完了。"杨朦恐怕也挺不住了。朗朗正在屋里昏睡，一切情况都尽可能瞒着她。

一个星期后，丧事在二哥三哥及诸兄弟共同帮助努力下，算是比较顺利地办完了。医生和语文老师的骨灰合放入一口小小的白坛之中。父亲帮忙在扁担山寻了一块墓地，于是他们便长眠在那座寂寥的山头。二哥站在坟边，望着满山青枝绿叶黑坟白碑，心里陡生凄惶苍凉之感。生似蝼蚁，死如尘埃。这是包括他在内的多少生灵的写照呢？一个活人和一个死者这之间又有多大的差距呢？死者有没有可能在他们的世界里说他们本是活着的而世间芸芸众生则是死的呢？死，是不是进入了生命的更高一个层次呢？二哥产生一种他原先从未产生过的痛苦。这便是对生命的困惑和迷茫而导致的无法解脱的痛苦。这痛苦后来之所以没能长时间困扰他并致使他消沉于这种困扰之中，只是因为他几乎在产生这痛苦的同时也产生了爱情。爱情的强烈和炽热熔化了他的生命。在爱情的天空之下，他活得那么坚强自如和坦然。直到一个阴天里爱情突然之间幻化为一阵烟云随风散去，他的生命又重新凝固起来。他的为生命而涌出的痛苦才又顽固地拍击着他的心。他想起扁担山上那幅青枝绿叶黑坟白碑的图景，也蓦然记忆起自己关于生命进入高一层次的思考。那个夜晚他便用刮胡子刀片割断了手腕上的血管。他将手臂垂下床沿，让血潺潺地流入泥土之中。同他挤在一床的三哥到清晨起床时才发现他已命若游丝了。闻讯而来的杨朦杨朗惊骇地看着一地的血水。杨朗失声叫道："为什么非得去死呢？"二哥那一刻睁开了眼睛，清晰地说了一句"不是死，是爱！"然后头向一边歪去。

这是一九七五年在江汉平原东荆河北岸发生的事。迄今业已十个年头了。

七

七哥现在想起来当年他听到二哥的死讯之时完全像听到一个陌生人之死一样，表情很淡泊，尽管二哥曾有一段时间待他相当不错。七哥那时下乡也有一年了。他在大洪山中一座被树围得密密实实的小山村里。他一直没有回去。大哥歪歪倒倒的几个字告诉他二哥已死这个消息。这是他收到家中的唯一的一封信。他没有回信。

七哥下乡那天家里很平静。他一个人悄悄走的。走到巷口时，遇到小香姐姐同一个黑胡子男人。小香姐姐正同那男人搂搂抱抱地迎面而来。这是小香姐姐的第几个男人七哥已经搞不清了。只是不久前听母亲对父亲说小香姐姐要嫁给这个男人。一来她可以不下乡了，二来她已经有了他的孩子。小香姐姐已经不能再打胎了，要不她以后就根本不能生育。这是医生对陪小香姐姐去检查的母亲说的。小香的风骚劲同当年母亲的一模一样。唯一不同的是小香的男人换了许多而母亲的男人却只有父亲一个。七哥见到小香姐姐时忙谦卑地站到路边，让她嬉笑着过去然后自己再踽踽而行。小香姐姐仿佛根本没见到七哥一样，连瞟都没瞟他一眼。七哥最仇恨家里的三个女性，尤其以小香姐姐为最。七哥曾发过一个毒誓：若有报复机会，他将当着父亲的面将他的母亲和他的两个姐姐全部强奸一次。七哥起这个誓时是十五岁。原因是那一天他在床底下睡觉时五哥六哥带了一个女孩到屋里来。一会儿七哥听见那女孩子挣扎着哭泣，床板在七哥上面咯吱咯吱地响得厉害。七哥不知出了什么事便伸出了头。七哥看见五哥和六哥都赤裸着下身。五哥伏在女孩身上而六哥则按着她分开的腿。六哥看见七哥便使劲照他的头击了一下，吼道："你什么也没看见，说！"七哥嗫嚅着说："我什么也没看见！"然后缩回床底。他听见那女孩一阵阵的呻吟声，那呻吟中的痛苦使七哥感到浑身刺痛。他觉得只有眼见着世界灭亡的人才能发出那样的痛苦之声。当即他便想他得让他仇视的人：他的母亲和他的姐姐们也这么痛苦一次。

七哥的誓言当然成了他嘲笑自己的材料。当他后来有无数机会之时，他却毫无这种报复的欲望。

七哥是孤独一人进的小山村。这是七哥自己挑的地方。这里下了汽车还得走整整一天的山路。七哥就是想到这么一个地方，让所有人都不知道他在哪里。

七哥和他房东的儿子共睡一张床。这是他有生以来第一次在正经八百的床上睡觉。油污的床单下垫着玉米秆和稻草。满屋里散发着一股植物的香味。屋后有三棵香果树。七哥仰躺着。两尺之外的空间不再有黑压压的床板和父母翻身而引起的吱嘎之声。三步开外没有他并排躺在地铺上的一排兄长起伏的鼾声和梦呓。空间很大，有老鼠从梁上"刷"地跑过。月光白惨惨地从屋瓦的缝里泄了下来。云遮云开，那光如在屋子里飘忽。七哥突然感到万分恐惧。房东的儿子睡在那一头，死寂一般毫无声响。这让七哥觉得他正躺在人类之外的另一个世界。他从未想到过的关于死的问题在那一晚却想了数次。七哥想是不是他已经死了而他本人还不知道。人们把他埋在这里并告诉他这是到农村去而实际上却是在阴间的一个什么地方。七哥一连许多天都这么想个不停。他还试图在男人中找到他的弟弟——我。他想他的弟弟很可能是在这群人里，只不过他们分别已久彼此认不出来了。七哥他很高兴自己知道很多别人悟不到的东西。他明白他周围的人都是先他而来的阴魂。这些阴魂也不知道自己死了。他们很自豪地认定自己在阳世而且活得很舒服。七哥想只要看他们走路那种飘来飘去的劲儿，就知道换了世界。

七哥不同村里任何一个人交往。不到非说话不可的时候他绝不开口。他像一条沉默的狗，主人叫舔哪儿就乖乖地去哪儿舔上几口。村里人开始都说七哥老实透了，后来又说七哥其实是阴险至极。不叫的狗最为厉害这是老幼皆知的古训。最后大家还是一致认为七哥是个怪物。七哥对那些纷纷繁繁的议论充耳不闻。七哥认定正常的死人是不说话的。

七哥到村里住了三个月后听说村里最近开始闹鬼了。七哥觉得好笑，我们自己不都是鬼吗？七哥对那些越说越惊心动魄的鬼的故事毫不理会。但他倒是希望自己能碰上那鬼。说不定那是小八子，七哥这么想。

房东的儿子每天吃饭时都带回鬼的故事。那鬼是极瘦的。喏，像他那样。他指了指七哥。走起路来像飘一样。鬼每天围着村口的银杏树飘三圈然后就进林子。进了林子鬼就变成了白的。从一棵树飘到另一棵树。每飘到一棵树下就发出一阵凄厉的叫声。那声音极古怪。从林子上空缓缓越过村子然后转一个弯又回到林子里。就这么一直到下半夜，鬼才化作一股烟气消散。

过几日房东儿子又说：鬼现在要在林子很深很深的地方尖叫。那里的野兽都吓跑了。猎民在那里连一只野鸡都打不到。

再几日，房东儿子又报道：村头老鱼头的女儿回娘家，上山时崴了脚，半夜才跛到家。她在林子边遇见了鬼。起先她没发现，是鬼先飘到她跟前的。她吓得使劲把鬼一推拔腿就跑。到家后她说鬼是滑溜溜的。

村里到处都是鬼影，奇怪的是鬼并没有干恶事。便有人商讨是不是把鬼抓来看看究竟是什么样的。这主意自然是青年人出的。七哥原本也想去看看鬼到底是怎么回事，但他那天实在太困便在天一擦黑时倒床睡下了。

那天夜里没有月亮。七八个年轻人都伏在林子里。房东的儿子也去了。他们个个都发着抖。抖得一边的灌木都不断发出簌簌的声音。子夜时分，鬼就围着树绕圈子了。果然极瘦，果然飘一般地走路。走入林子之后发现它果然是白色的。年轻人胆怯着不敢动手。终于其中一个干过猎人的小伙子抛了一根圈套，一下圈住了鬼。鬼凄厉地叫了。一连三声，又长又亮。全村人都听见了。它叫完之后，轰然倒下，不再声响。年轻人用绳子捆住了鬼。手摸上去，那鬼果然滑溜溜的。抬到村边亮处，才发现是一个活人。他均匀地呼吸着，沉睡一般。

房东的儿子点了火，他失声叫了起来。人们都认出了，这是七哥。七哥浑身赤裸着。他身上的肌肤极白，他依然平稳地呼吸着，还很随意地翻了一个身。

有人照七哥屁股上狠踢了一脚。七哥"哎哟"一声，突然醒了。他莫名其妙地看着一圈又一圈围着他的男人和女人，眨了眨眼，低下头又发现自己一丝不挂。他低吼一句："你们要干什么？"那声音沉闷而有力，仿佛是从远天穿过无数山脊之后落在这儿的。于是有人问七哥你是不是天神派来的。七哥说不是，我一直在阴间里老老实实做真正的死人。七哥是按自己的思路回答的，却叫所有的人毛骨悚然。天亮了，人们惶惶惑惑地散去。房东的儿子找回七哥的衣裤，极恭敬和谦卑。

七哥好久不明白到底他那一晚出了什么事。"鬼"仍然每夜出来在林子里飘荡。

七哥是一九七六年突然被推荐上大学的。他去的那所学校叫"北京大学"。在此前，七哥几乎没听过这所学校的名字，更不知道北京大学是中国最了不起的学府。七哥走的是狗屎运。七哥的父亲是苦大仇深的码头工人，这使其他知青望尘莫及。再加上村里人一直吵闹着要将七哥送走，鬼气在他们的生活中已日见浓郁了，为此他们不能再忍受下去。北大不怕鬼，却极欣赏七哥苦大仇深的家史。父亲自七哥出生那天起就与他为敌，这会儿却不期然为他办了件好事。

七哥惆怅着走出那树林密绕的小山村。七哥觉得自己在那里已经活了一个世纪，眼下他又重新投胎回到人间了。七哥走上公路时，太阳已经当顶，光线明亮得让他感到一阵阵晕眩。一阵风过，路旁的树扬起轻松的呼呼声。鸟也叫得十分轻快。七哥喘了口气。他摸摸心口，觉得心跳动得比原先要响亮多了。

七哥要去北京，而且要堂堂正正坐火车去北京，而且火车要耀武扬威地从家门口一驰而过，这消息使得全家人都愤怒得想发疯。就凭癞狗一样的七哥，怎么能成为家里第一个坐火车远行的人呢？七哥到家那晚，父亲边饮酒边痛骂。七哥默默地爬到他的领地——床底下，忍着听所有的一切。

七哥走的那天下着大雨。七哥只有一双洗得发白的球鞋。他怕到了学校没有鞋穿所以光着脚上的路。父亲和母亲一早都上班了，他们连一句话都没说，仿佛眼中并没有七哥这么个人。大哥把七哥送到巷口，然后给了他一毛钱，说雨太大了你坐一段公共汽车吧。七哥没有坐车。他淋着雨穿过大街小巷。他的行李越来越重，衣服紧紧贴在身上。他的骨头凸了出来使得七哥很有立体感。七哥想得很清楚，棉絮打湿了是没什么关系的，夏季的太阳一个下午就能把它晒干。

七哥一走三年未归。家里人简直不知他的死活。没人打听他，他也未曾写信。直到三年后七哥神采奕奕地出现在家门口时，所有在家里见到他的人都大吃了一惊。

"怎么都发呆了？还不是和你们一样的一个脑袋上七个孔。"七哥说。

归来的七哥已经完全是另一副样子了。

八

三哥宽肩细腰上身呈倒三角形，是女人尤为欣赏的体形。三哥在夏日里脱去汗衫，光膀子摇着大蒲扇坐在路边歇凉时，所有路过的女人都忍不住心跳要将他多看几眼。三哥袒臂露胸，肌肉神气活现地凸起，将皮肤撑得饱满。邻居白礼泉那天看了美国电影《第一滴血》后回来吹嘘说："嗬，那个美国佬好块头，简直快赶上隔壁的小三子了。"弄得河南棚子好些人争相去看史泰龙的好块头。结果回来都说真不错，是快赶上小三子的块头了。但是三哥的相貌不及史泰龙，这也是公认的。三哥原先倒也长得像父亲年轻时一样英俊。但三哥脸上老是露一副凶相，渐渐地，便长出父亲所没有的横肉。那横肉便使三哥的模样不容易叫人接受。

父亲说，心里没有女人的男人才生长出这种霸王肉来。

三哥心里是没有女人的。三哥对女性持有一种敌视态度。三哥尽管已经过了三十五岁几乎奔四十了他却仍然没有结婚。他根本不想结婚。常常有女人去找他去向他献殷勤。三哥也不拒绝，在她们愿意的情况下三哥也留她们过夜。三哥怀着一股复仇的心理与她们厮混。三哥发泄的全是仇恨而没有爱。而女人们要的是三哥的身体倒并不在乎感情是怎样的色彩。三哥是在二哥死后招到航运公司的。二哥的死给了三哥生命中最沉重的一击。二哥是三哥在人间一睁开眼就朝夕相处的亲哥哥。他爱他甚于超过爱自己是因为三哥清楚记得他小时候莽莽撞撞干的许多坏事都被二哥勇敢地承担了。二哥为此遭过不少毒打但在他长大后从来没对三哥提过一句。三哥把这一切都牢记在心里。三哥正是这样一种人：谁要真心对他好，他也是肝脑涂地以心相报。而二哥除此外，还是与他一脉相承的兄长。二哥却被女人折磨死了。女人从那天起便像一把匕首插在三哥的心口上，使得三哥一见女人心口便痛得渗出血来。他常常愤怒地想女人怎能配得上男人的爱呢？男人竟然愚蠢到要去爱一个女人的地步了么？每当在街上他看见男人低三下四地拎一大堆包跟在一个趾高气扬的女人身后抑或在墙角和树下什么的地方看见男人一脸胆怯向女人讨好时他都恨不得冲上去将那些男女统统揍上一顿。这种事三哥不是没干过。一天晚上他送醉了酒的他的船长回家，返回时他抄近道走的是龟山上的小路。月光如水，山静如死。三哥打着饱嗝跌撞着乱窜，忽然他看见一棵树下的两个人影。他原本走过去视而不见的。不料人影中之一扑通一下跪到地上。他听见那是个男人的声音。那男人可怜巴巴地说："求求你答应我。没有你我活不下去。"另一个人影只是用鼻子"哼"了一声，这果然是个女人。三哥七孔都冒出怒火。他连犹豫都没有，大吼一声冲上去，朝那熊包一般的男人拳打脚踢。然后回过身将吓傻的女人胸口抓住，用全力横扫几巴掌。巴掌在女人脸颊上撞击得啪啪响。声音清脆悦耳。三哥的心这才舒坦了许多。如此他才丢下那对男女继续打着饱嗝下山了。

三哥在驳船上当水手。他的船长十分赏识他。三哥安心住在船上从不觉得水手是份丢人的职业。三哥身高力大干起活儿来从不耍滑。三哥还能陪船长喝酒。这是船长感到最兴奋的事。船长说三哥是他有生以来最默契的酒友。他们俩在一起能将两斤白酒喝得瓶底朝天。夏天的时候，船长常会冒出些疯狂念头。他叫驳船继续行驶而自己拉了三哥跳入长江一路游去。船长和三哥游泳的本事也不相上下。他俩胆大包天，在长江里宛如两条棕色的龙。船长对三哥说如果掉进旋涡就平摊开身体不要动，旋涡就会把你自动地甩出来。三哥故意激他，说是你又没进去过怎么倒向我传授经验？船长急了说你不信？这是老水手都清楚的。三哥说我没见过的都不信。船长突然指着一个旋涡说那我就叫你见一次。没等三哥阻止他便几下冲了进去。三哥大汗淋漓呆愣愣地踩着水不敢往前。旋涡转得比想象的要快，三哥看不清船长在什么地方。但是一会儿他听见了呼叫。是船长在他的侧面嘻嘻地招手。当三哥游过去后船长说险些丢了命。三哥说如何？船长说像是有许多手把你往江底拽。我已觉得完了的时候一下子被放出来了。船长说平摊着不动也不行，得看什么时候动。三哥默然不语。忽而他见到一个旋涡立即对船长说了句看我的，便一头扎了进去。三哥在旋涡里身不由己。他被许多只巨手像掷球一样掷来掷去。他的肚皮上有另一种磁力将他往水底吸去。三哥不由失声叫了起来："救命呀。"他没有叫完又喝了好几口水。三哥瞬间想也好，进阴曹地府可能还能见到二哥哩。这一刻三哥被一只手轰地一下抛了出来。三哥傻瓜一样不明了方向。直到船长游到他跟前他才清醒。船长游过去扇了三哥几耳光，大声训斥道："小命也是可以开玩笑的？你死了，我还要受处分哩。"三哥的脸上火辣辣的但他感到很舒服。三哥说："我以旋涡报答旋涡。"

晚上抛锚后船长和三哥在甲板上饮酒。船长敬了三哥三杯酒，连声说一条好汉一条好汉一条好汉。

　　船长和三哥在甲板对酌时常叹说要有女人就好了。船长有老婆和两个小子，夜里也牵肠挂肚地想。三哥唯在这点上与船长不投。三哥说酒比女人好。最便宜的酒也比最漂亮的女人有味道。三哥说时常咂咂嘴连饮三杯。江上清风徐来，山间明月笼罩。取不尽用不竭。三哥说人生如此当心满意足。船长说你没有女人为你搭一个窝没有女人跟你心贴着心地掉眼泪你做人的滋味也算没尝着。三哥不语。

　　三哥想他宁愿没尝着做人的滋味。女人害死了他的二哥，他还能跟女人心贴着心么？三哥说这简直是开玩笑。当年二哥对杨朗好到什么地步几乎没人想得出来。二哥原本可以不下乡然而杨朗下乡二哥也就下了。他把板车交给了四哥。三哥为了二哥也一块儿下到杨朗的队里。二哥几乎把该杨朗干的活儿全部揽下了，连杨朦都插不上手。那时间杨朗绕着二哥又是说又是笑。两人在河边草滩上抱着打滚连三哥都不好意思多看几眼。二哥一分一分地存钱。他要买最漂亮的家具布置新房。他要把家弄得像杨朗过去的家一样舒适。三哥也为这个目的同二哥一起奋斗着。一次又一次招工，没有杨朗。二哥一次又一次放弃自己的机会。三哥也陪伴着。每年修水利，二哥一星期都要回村一次。几十里路连夜走哇，只是为了看一眼他心爱的人。每年如此每星期如此。到有一天杨朗终于拿到了表格。杨朗填了表到县里去了。她一去就是三天。回来告诉大家这次必走无疑。职业是护士。二哥几乎将全公社的知青都请来喝了酒。有人告诉他杨朗是用贞操换来的职业。二哥呆愣了，手上的酒瓶落在地上。杨朦转身而去。他揪住了他妹妹的头发。杨朗承认了。但她没说那男人是谁。三哥手上已经拿了刀。三哥准备杀人去的。杨朗说她既然把身子交给了那个男人就打算和那人结婚。二哥让杨朦松开了他的手。他忍受不了他心爱的人被她哥哥揪扯住头发。二哥一缕一缕替杨朗理顺发丝，颤着声说："我知道你是迫不得已。我不怪你。我不计较那些。但你不能同那人结婚。那是个禽兽。"杨朗说："你就死了心吧。我不可能嫁给你了。"二哥惊问为什么，杨朗说："我从来就没爱过你。我只是看你可怜才应付你一下。你千万不要当真。"二哥脸色煞白，他长啸一声冲出门去。三哥扔下刀追了出去。三哥把二哥拖到自己的屋里，他让半昏迷的二哥躺下了。他自己也躺在一边。三哥的怒火一蹿一蹿，他想去狠狠教训一顿杨朗，然而他寸步不敢离开二哥。他知道这给他的二哥是致命的一击。他知道二哥活不长了。三哥忧郁地想着迷迷糊糊睡了过去。他没料到他的二哥失去了爱情连一夜都不打算活。

　　杨朗终于走了而杨朦留了下来。他在二哥的坟前盖了个草棚。他说他将陪

新中国70年优秀文学作品文库

中篇小说卷

伴他的朋友直到他死。他替他的妹妹赎罪。三哥为此扔掉了那把准备杀死杨朗的刀子。这兄妹俩迥异的表现使三哥猜不透究竟是什么原因。三哥只能去设想：女人天生阴毒。

船长对三哥听说的一切不置可否。他只是对三哥说等你有一天碰上一个好女人时，你就知道男人跟女人比简直是臭虫一个。

可惜船长没能见到三哥碰到好女人的日子。船长对三哥说那一番话不久，驳船在青山岬水道翻了。一船人都沉到江底包括船长而唯独三哥逃了出来。

这是一九八五年的初春时节。三哥从此不敢上船，连游泳都不敢了。于是他辞了职。他像一个孤魂飘飘荡荡来无影去无踪。好多天好多天后，三哥申请了一个执照，添置了一套工具。每天坐在地下商场侧门，见人买了皮鞋便追着问："钉个掌怎么样？"

九

七哥成天里忙忙碌碌，又是开这个会又是起草那个文件又是接待先进典型又是帮助落后青年。每晚一头倒下床脑袋里混沌一片。他不知道自己究竟在干些什么事和干这些事的意义何在。他只知道如此这般卖命干了就能博得领导好印象。好印象的结果是提拔。而提拔的结果是有社会地位有权力。而有权力的结果是工资高加房子分到手福利优厚以及来自四方的尊敬。如此，一个人的命运才能得到最为彻底的改变。七哥觉得他活着的目的就是为了改变命运。他想象不出来如果不上大学他将是什么样子。

七哥到学校第一个晚上梦游时就被同寝室的同学抓到了。

七哥睡的是上铺。下床时他蹬倒了床边的方凳子。他的下铺立即醒来。他看见七哥一件件脱下背心短裤然后赤裸着往外走，心里甚是骇然。七哥出门后，他便叫醒全屋人一起悄然跟上。他们跟着七哥出了宿舍楼，七哥看见树就绕圈子。绕了几圈后便发出令人毛骨悚然的尖啸。几个同学由害怕到不解，继而终有人悟出，说恐怕是梦游。于是一起上前，几双手拼命摇撼七哥。七哥睁开眼猛眨几下，身体一惊颤，说你们干什么？一同学说：你梦游了，我们想叫你回去。七哥茫然四顾，再低头看自己一身，突然醒悟。他挣脱同学的手，疯狂地奔进房间，爬上床铺，一动不动。七哥想起曾经有过的关于鬼的故事。他想这么说来村子里白色的皮肤光滑的鬼就是他自己了。

七哥自小卑微惯了，入校后依然眉眼中露出怯生生之气，一副极委琐的样子。梦游的事成为全体同学的话柄，这使七哥愈加缩头缩脑自惭形秽。七哥每天三点一线。宿舍——教室——食堂。无人睬他他也懒睬旁人。如此相安无事几乎一年。

学校的生活自是清苦。而对于七哥却是好得不得了的日子。七哥削尖的脸由此而圆润起来。七哥毕竟是父亲的儿子。父亲所有儿子中没有一个不是身架均匀五官搭配极佳的好男儿。七哥委琐归委琐，但相貌在那儿搁着。班上有极风流俊雅的女生叹惜说七哥如果有三分洒脱也可称全系的美男子。而七哥却嗫嗫嚅嚅的完全与洒脱无缘。美男子的称号只得落在七哥的下铺身上。

七哥的下铺是从苏北一个乡下来的。苏北佬在公社读高中时很能写文章。曾写过好几篇公社书记的先进事迹报道。这些报道通过有线广播弄得全县人都知道了那书记的大名。出了名的书记便在苏北佬毕业一年后乐呵呵地将他推荐到了大学。临走前欢送会上又开了他的入党宣誓会。为此，苏北佬一到学校便成了班上党支部的宣传委员。苏北佬白白净净典型的江南小生模样，大眼小唇温文尔雅故而很得那些女生的喜爱。班上女生大多高干子弟或女干部。自己泼辣能干张牙舞爪成性却对温顺柔弱的男人有兴趣。这当然也是奇怪之至的事情。苏北佬被几个豪放过人的女孩子追得狗一样乱窜却不见他对其中某个产生兴趣。这劲头弄得女生泪眼涟涟男生醋意十足。

不料一日系里召集全系大会，在会上宣读了一封来信。信写得情真意切。写信人是一位女清洁工，说是她因患骨癌对生活感到绝望之时遇上了田水生。七哥想田水生不就是苏北佬？是田水生诚恳的谈话使她放弃了死的计划。这之后田水生常常去看望她鼓励她。陪她去长城饱览万里河山去香山欣赏深秋红叶，教会了她很多做人的真理。于是他们俩相爱了，爱得很深很深。但是近半年来，她的病情恶化得很厉害。癌细胞已遍布全身。水生却对她忠心耿耿百般照顾。为了使她享受到做人的幸福，水生已答应同她结婚。信中说："我即将告别这个世界走向死亡那遥远的甬道。在我踏上那甬道之前，我有责任将这个青年美好的灵魂展现出来。我渴望向全世界人宣布我的丈夫是一个了不起的人。"

来信引起的反响不啻有人在图书馆放了炸弹且准时爆响了。苏北佬一下子成了英雄。报社记者络绎不绝。每一篇报道都催人泪下。苏北佬出去讲用过好多次。据说每一次讲用效果皆佳。动人心弦的故事给命运套上了极艳丽的花环。苏北佬同清洁工结婚了。半年不到，她死了。而她给苏北佬带来的花环却依然栩栩如生大放异彩。

七哥却从苏北佬极诚挚的语言和极慷慨的激情之后看出那一丝丝古怪而诡

谲的笑意。那笑意随着女人的离世而愈加明朗。一天早上起来苏北佬竟拿着小梳子对着小圆镜梳头发而嘴里却哼着一支极欢快的歌子。房间里同学都去早锻炼了。七哥刷牙回来听见这歌子不由直勾勾地盯着他。苏北佬放下镜子看见了七哥也看见了七哥直勾勾的目光。他尴尬地假咳两声逃也似的出了房门。那女清洁工死了才二十三天。这数字是七哥掐指算了好一会儿才算出的。

苏北佬知道七哥已勾去了他的真正的魂灵。苏北佬对七哥一下子亲善起来。七哥得了阑尾炎住院动了手术。这期间只有苏北佬天天来看望他。七哥从来没领教过时时被人记挂的感觉。面对苏北佬的殷勤和关心，七哥苍白的脸上不由自主浮出许多感激之情。苏北佬总是淡然一笑说没什么没什么。

七哥的伤口快合拢的那一天，七哥斜躺在病床上看书。那一堆书都是苏北佬带给七哥解闷的。七哥过去几乎没读过几本文学书籍，倒是这次住院开了一点眼界。窗外干风吹打着树枝啪啪地响。劈栅栏木条的人居然成为美国总统这一事使七哥激动不安，以致苏北佬进门来时七哥仍满额汗珠手指颤抖。

苏北佬坐在七哥床边，无言地也用那直勾勾的目光看着七哥。七哥感到他的魂灵也要被这目光勾走了。七哥突然说我理解了你。苏北佬说理解了就好。七哥说我应该怎么办？苏北佬说换一种活法。七哥说怎么活？苏北佬说干那些能够改变你的命运的事情，不要选择手段和方式。七哥说得下狠心么？苏北佬说每天晚上去想你曾有过的一切痛苦，去想人们对你低微的地位而投出的蔑视的目光，去想你的子孙后代还将沿着你走过的路在社会的低层艰难跋涉。

七哥果然想了整整一夜。往事潮水一样涌来而又卷去。七哥惊恐地叫出了声。护士来时他正大汗淋漓地打着哆嗦。伤口又崩裂了。一丝一线地渗着血。护士说："做噩梦了？"七哥说："是，做噩梦了。"

一场噩梦已过。当太阳高升之时，七哥突然感到生命的原动力正在他周身集聚感到血液正欢快而流畅地奔涌感到骨骼为了他的青春正巴格巴格地作响，他感到由衷的解脱和由衷的轻松。

那一年，七哥二十岁。两年后他分回了武汉。他在汉口一所普通的中学教书。七哥明白这里绝不是他的久留之地。七哥对寂然地活着已经腻味了。七哥渴望着叱咤风云而这种机会只要去寻找和创造总归还是会出现的。

十

七哥现在最难见到面的是他的四哥。七哥对四哥无好感亦无恶感。四哥对七哥也是这般。

四哥是个哑巴。他在六个月时发高烧而父亲那天打码头负了伤母亲为父亲忙碌去了。高烧之后四哥虽然活了下来却丧失了听和说的能力。四哥能吃能喝心情愉快地在这个家庭中生长。只有他从来没挨过父亲的拳脚。这使得四哥对父亲格外亲热。只有四哥在看见父亲下班后才会欣喜地迎上前用他混浊不清的话叫着"爸"……"爸"。四哥只会叫这一个字，他不会叫妈。为此母亲并不因为他的残疾而格外怜爱他。

四哥十四岁就出去干零工了。他先跟泥瓦匠打下手。后来二哥随杨朗下乡后把他名下的板车交给了四哥，四哥便当了装卸工。一直稳定地干到今天。

四哥的经历平凡而顺畅。四哥二十四岁便和一个盲女子结了婚。四哥有眼而她有灵敏的耳和灵巧的嘴。这是一个完整人的家庭。四哥分了间十六平方米的房子。这比父母住了一辈子的那间还要大一点。四哥便在这里和他的妻子生儿育女。四哥先生了一个女儿后来又生了一个儿子。四哥是赶在只许生一个的前面生的这个儿子。四哥的儿女漂亮如父聪明如母。这使得四哥每日咿咿哦哦地兴奋不已。四哥家里已添置了电视机和洗衣机。四嫂说电冰箱的钱也快攒齐了。

七哥到四哥家里去过一次。他看见四哥家的墙壁上贴满了各种奖状。那全是四嫂和侄儿侄女的。没有四哥一张。七哥问四嫂：为什么没有四哥的呢？四嫂说他又不会说甜言蜜语。人家选先进时他又不晓得是干什么。四哥四嫂留七哥吃了饭。四哥拿出一瓶洋河大曲。四哥在这点上同父亲一模一样。只是四哥酒后绝不打他的儿女。七哥想这大约是四哥从未挨过打的缘故吧。

能有几人像四哥这样平和安宁地过自给自足的日子呢？这是因为嘈杂繁乱的世界之声完全进入不了他的心境才使得他生活得这般和谐和安稳的么？

四哥又聋又哑呵。

十一

七哥在该恋爱的年龄里就自然而然地恋爱了。那女孩比七哥小两岁，长得眉清目秀的。连父亲都诧异万分，说小七子还真有能耐，把这样的姑娘都弄到了手。这是有七哥以来父亲夸奖他的第一句话。女孩教英语，外语学院毕业的。女孩的父亲是大学里的教授。儒雅之家使得女孩天生一股娴静悠然落落大方的风度。这气质使七哥大为倾倒。七哥同她恋爱了两年，便将自己也熏染得如教授之子般温文尔雅。七哥已经同他的女朋友一起商量买家具的事了。但因学校里一直没有房子，买家具和结婚的事就搁了下来。按照工龄和级别，七哥还得等上三年才能有一个小小的单间。这怨不了谁。学校里的老教师也不过如此，更何况小字辈。七哥几乎快没了耐心。

暑假里，七哥出了一趟差，到上海去观摩学习了二十天。回来时船逆流而行，时间极枯燥难熬。七哥认识了他的上铺，一个眼角已叠起鱼尾纹的女士。女士穿着很时髦谈吐不凡与七哥的女朋友比又有另外一番大家气派。三天的路程，七哥同她很聊得来。下船时，她给七哥留了地址和她家的电话号码。七哥看着她写下"水果湖"几个字就知道他遇上的不是一个普通人家的女性，及至她写下电话号码时，七哥心里猛然划过一道闪电。这电光刺得他的心有些隐隐作疼而疼过之后蓦地生出许多的兴奋。七哥含笑说去你那里玩儿欢迎吗？女士说大门永向有识之士敞开。

三天后，七哥给女士打了一个电话。她说她一直在等七哥电话。七哥的心陡地动了一动。于是七哥开始约她散步或吃饭她也约七哥看内部电影或看演出。

七哥已经知道了她的父亲是何许人物。她比七哥大八岁，是老三届的学生。她父亲倒霉时她下了乡。她为了赎罪拼命地干活。结果她得了病。她丧失了生育能力。那是一个暴风雨的日子，她不顾月经来临而坚持上大堤抢险。在堤坝有裂缝时她像男人一样跳进水里同大家手挽手地阻止了洪水的冲击。最后她昏倒在了浪里。人们将她拖出来后她住了一个月的医院。出院时医生告诉了她这个对于女人来说最不幸的消息。她当时二十二岁，还没想过找男朋友的事为此对生育问题更不介意。她只是淡淡地笑了笑。随着年龄的增长，这个问题才显得越来越严重。每次结识一个男朋友她都把这个情况诚实地告诉对方。大多人都叹口气终止了同她的交往。她过了三十五岁后，心灵上的创伤已经无法愈合。她想如果四十岁她还是这样孑然一身地生活那么她就到当年使她丧失她最宝贵东西的大堤上去自杀。就在她把这个问题一遍又一遍地考虑时，她认识了七哥。她愿意同七哥接触的初衷仅仅是像所有女人一样喜欢同外貌漂亮而又显得有知识的男人接触，喜欢同陌生的异性谈自己心里深处的东西。但她万没料到半个月后她遭到七哥猛烈的追求。她在告诉七哥她不能为他生育时七哥连惊异的表示都没有，一如既往地出现在她身边，陪她买东西喝咖啡走亲友，在人烟稀少的地方把手臂揽在她的腰上偶尔还微笑着在她额上留一个吻。在她的充满女性气息的房间里七哥总是拥抱着她使她气都喘不上来。这种充满热烈之情的拥抱使她感到迷醉而她的心底却痛苦不堪。在情绪稍稍平静时就有一个声音警钟似的呼叫这个男人感兴趣的不是你而是你的父亲。她想摆脱这个警钟而这声音却响得愈加频繁。

有一天她终于忍不住了。她问七哥："如果我父亲是像你父亲一样的人，你会这样追求我吗？"七哥淡淡一笑，说："何必问这么愚蠢的问题呢？"她说："我知道你的动机、你的野心。"七哥冷静地直视她几秒，然后说："如果你还是一个完整的女人你会接受我这样家庭这样地位的人的爱情吗？"她低下了头。

几天后，七哥把她带到了河南棚子，带到了我们的家。七哥掀开床板指着那潮湿幽暗的地方告诉她他曾在那儿睡到他下乡的前一日。七哥搬开新添的沙发用脚划出一块地盘说那是他的五个哥哥睡觉的地方。七哥说他的大哥因为没有地方住便成年累月上夜班。

屋里除了多出一架长沙发和小方桌上的一台黑白电视机外，一切都还是老样子。小屋的窗子因搭厨房而封死了，为此只剩得屋顶上嵌着的那片玻璃瓦。屋里全部的光线都是由那儿透入。墙壁还是当年的报纸糊的。泛黄的纸上还展示着昔日那些极有趣的文章。七哥说："你如果在这样的地方生活过一年，你就明白我所做的一切是多么重要。我选择你的确有百分之八十是因为你父亲的权力。而那百分之二十是为了你的诚实和善良。我需要通过你父亲这座桥梁来到达我的目的地。"七哥说："我还可以告诉你在我认识你之前我有过一个女朋友。她父亲是个大学教授。我同她的关系已经很深了。我在几乎快打结婚证时碰到了你。你和你父亲比她和她父亲对我来说重要得多。"七哥说在中国教授这玩意儿毫不值钱。"他对我就像这些过时的报纸一样毫无帮助。所以我很果断地同原先那个女友分了手。我是带着百倍的信心和勇气走向你的。我一定要得到。"七哥的话语言之凿凿掷地作金石声。她惊愕得使那张青春已逝的脸如被人扭了一般，歪斜得可怖。她跨了一步给了七哥一个响亮的耳光然后抽身逃去。

七哥淡淡地笑了笑没说什么。七哥怀着无限的自信等待她的回心转意。七哥知道她需要他比他需要她更为强烈。有人写了一部小说叫悲剧比没有剧好。七哥没看过那小说但他觉得那题目起得棒极了。有魔鬼比什么都没有要好。七哥想她最终会得出这么个结论的。

七哥的判断像诸葛亮一样准确无误。三天刚过，她红肿着眼泡来找七哥了。她没有别的男人可找。她只有七哥。况且七哥的确还不是个很差的角色。她对七哥说她是一时冲动，没能从七哥的角度去理解七哥。她请求七哥谅解。七哥一言未发，只是上前吻了吻她。她激动得热泪盈盈。七哥固然利用她达到自己的目的而她也一样地利用七哥去获得全新的生活。七哥当天就把她所渴望的给了她。那种生命最彻底的快感使她衰败下去的容颜又焕发出光彩。当她神采奕奕出现在她的朋友们的面前时，人们几乎没法将她同昔日的形象相比。这是七哥为她创造的青春。由此她对七哥更是死心塌地和严加看管。

其实七哥全然不是寻花问柳之辈。七哥全部的用心不在那上面。如果认识不到这一点那就实在小看了七哥。七哥觉得把情欲看得很重是低能动物的水平。七哥不属于这些。七哥的目的在于进入上层社会，做叱咤风云的人物做世界瞩目的人物做一呼百应的人物。七哥想将他的穷根全部斩断埋葬，让命运完整地翻一个身。七哥想拯救自己。他觉得他有责任使自己像别人一样过上极美好的日子。否则他会因为感到世界亏待了他而死后阴魂不散。

七哥调到了团省委，这是七哥提出的去处。七哥看过一张统计表，那上面记有解放以来历届团干离任后的情况。七哥记不得他们各自都干了些什么具体职业。但他唯一的印象是：从那扇门出来的人几乎全部升上了高处而且还在继续上升着。那些相当级别的职位一个挨一个排列着如一条冰凉的蛇从七哥心头爬过。七哥打了个寒噤然后欣喜若狂。七哥知道他已经找到了他的终南捷径。

七哥分到了很宽敞的房子。在他原先的学校拥有三十年教龄的老师也没资格住上七哥现在的这房子。七哥的房子布置得像宫殿。落地的双层窗帘，先锋的组合音响，遥控的彩色电视还有松软宽大的席梦思。七哥结婚前夕，父亲和母亲相携着去过一次。父亲坚持说那床一定要睡坏骨头的，而母亲则生气地说那窗帘浪费了好几件褂子的衣料。

七哥的蜜月是在广州和深圳度过的。七哥住在深圳湾大酒店的那几夜几乎夜夜都失眠。他的全身如火灼一般难受而又如火灼一般兴奋。他在他的妻子睡着之后还忍不住一次次把脸埋进她的胸脯里。七哥对她感激涕零。七哥有一种预感，那就是她给他带来的幸运，很可能在某一个日子超出他的想象。

那一段日子七哥纵情享受恣意欢笑如入天堂之门，却有另一个女孩子把眼泪哭干了把嘴唇咬破了。她的老父老母只能咬牙切齿地痛骂几句"小人"之类无伤大雅的话然后陪着伤心欲绝的女儿长长地叹气。

十二

五哥辞职干个体户时并不知道六哥也辞职干个体户了。他俩碰面时是在轮船上。五哥进餐厅吃晚饭时看见了正在端菜的六哥，五哥惊叫了一声以致六哥手一滑菜盘掉在了地上。他俩相视片刻哈哈大笑了。五哥到南京去订购一批汗衫而六哥则去南通进货棉纱长袜。

五哥和六哥是一对双胞胎。他俩的心似乎是沟通的。五哥想到的东西六哥也能想到。五哥感冒六哥百分之百也要伤风流鼻涕。最奇特的是小学时一次语文考试，三个造句，他俩造得完全一样而实际上他俩的座位却隔得很远。五哥六哥自小是一对坏种。打架骂人偷盗玩女孩无恶不作。直到各自娶了老婆添了儿子才走上正轨，像模像样地过开了日子。

五哥第一次带女朋友到家里来时，父亲和母亲正在吵架。那是为了母亲买回来的酒是兑过水的，父亲一怒之下连酒壶都扔到了铁路上。恰巧一列火车开过，酒壶碾成了薄铁皮。于是母亲便横着嗓子同父亲吵开了。五哥的女朋友如同巡视大员般，毫不把父亲和母亲放在眼里，只傲慢地将屋子环视一遍，说："就这屁点破屋？"五哥未曾来得及答话，父亲却撇开母亲朝这边吼开了。父亲说："嫌老子屋破，这里还没你的地盘哩。"那女朋友也不示弱："这老家伙吃错了药，怎么见什么人就吼什么人？"说罢扬长而去。气得五哥跳起来对父亲乱叫了一通便又噔噔噔地去追赶那女朋友。父亲发了一会儿呆，摇摇头说："日月颠倒了，颠倒了。"然后自己找了个空瓶，长吁短叹地打酒去了。

结果是，五哥的女朋友再也不肯来家了，五哥只好做了上门女婿。五哥的女朋友是汉正街的。六哥常陪五哥去那里，于是六哥也找了个汉正街的姑娘。六哥知趣，不敢带女朋友回家，主动对父亲说想要倒插门。父亲大手一挥："去去去，少废话。你俩反正是一对。"六哥如获大赦，轻松地告别了这个家，住进了老婆屋里。五哥和六哥几乎同时（只差三天呀）各得一子。肥墩墩的，让岳父岳母们欢天喜地。五哥六哥当女婿比当儿子舒服多了。渐渐地不太记得河南棚子的老父老母。

汉正街自古便是商贾云集之处。以谦祥益商店为中心，上至武圣路下至集家嘴，沿街经商的个体户而今已经达两千多户。长街小摊，百货纷呈。五哥问清楚几乎有一千家已经成万元户，立即心慌意乱头脑混沌了。五哥是建筑队的泥瓦工，工资不算低。即使不低，细细想来辛辛苦苦一个月还不及个体户一天赚的钱多。五哥觉得自己活得窝囊，他得赚大钱过富日子才不枉做人一遭。五哥连同老婆商量一下的情绪都没有，当天便打了辞职报告。六哥只比五哥早一天。六哥的邻居仅从一百五十元的资金起家，不到一年已成了万元富户。这变化是六哥亲眼所见。六哥眼珠都快突出来了，他想了一夜，辞去了运输公司汽车修理工的职务。

五哥订购的汗衫原本就是积压货。五哥订了一万件但却只销出了一千五。钱周转不了，五嫂夜夜指着五哥的鼻尖骂祖宗。五哥怕老婆，五哥在这一点上完全不像父亲。连日里五哥东奔西跑得下巴都尖了，汗衫还是积压着。

那天五嫂又砸杯子扔碗地骂祖宗了，五哥只好溜之乎也。五哥信步溜达到航空路。航空路到商场一带是"飞虎队"的地盘。"飞虎队"是市民给那些流动小贩们的绰号。"飞虎队"的小贩们拉起生意来可以说是死皮赖脸。抬高价短斤两是他们的拿手好戏。圈套也做得像真的。五哥看见几个女子围着一个小贩高声议论羊毛衫的价格。五哥一眼看出他们都是一伙的。假卖假买地哄来一些真正的顾客。一个红衣女子的眉眼不断地向路人扫来扫去。她看到了五哥。她叫了声："哎呀，这羊毛衫要是让这个男的穿上简直可以成为三镇第一美男子。"五哥笑了笑，走过去。问小贩："多少钱一件？"小贩说："看你穿着肯定合适，我心里高兴，就便宜点卖给你，二十六吧，别人我都是卖三十呢。"五哥用手捏了捏，深知毛线中腈纶多于羊毛，便又笑笑说："出厂价，十六块，这我清楚。"然后意味深长地丢下一声笑，甩手而去。他听见小贩和几个女子冲着他的背脊骂骂咧咧的声音。五哥从来都不是好惹的家伙。五哥在家以外的地盘上还从来没输过。这回自然也是。五哥心里暗笑一下，拐到一个稍清静的地方，然后放开嗓子爆喊一声："工商局的人来了！"

这声喊宛如扔下一枚炸弹。五哥的眼前炸窝了。抢收衣服的，逃窜的，装作顾客若无其事地混杂入人群的，互相叮咛的，应有尽有丑态万千。一忽儿，"飞虎队"无踪无影，只丢些空纸盒在路上。五哥看得有趣，不由倚在墙根下捧腹大笑。待五哥笑得上气难接下气时，他的肩膀被一只手拍了一下。五哥回过头，认出了是红衣女子。五哥一笑，说："怎么不跑？"红衣女子冷冷地说："想看看你还有几手。"五哥说："闹着玩玩，何必当真。"红衣女子说："闹着玩也得看地方看人。"五哥呵呵一笑："你们拉客过后又骂人也没有看人看地方呀。"红衣女子打量了一下五哥，说："你还像个人物呀。"五哥说："当然。河南棚子的儿子汉正街的女婿，堂堂正正是个人物。"红衣女子说："汉正街的？万元户？"五哥说："万元户还得过两年。"红衣女子说："这么说是同行了？何必拿一路人开心，不都是端这个饭碗的？"五哥说："那我就道声对不起了。要不要去云鹤酒楼压惊？"红衣女子说："哥们儿还痛快，去就去。"

五哥同红衣女子一道上了三楼，红衣女子拿起菜谱就点。心狠手辣地完全不顾及五哥腰里并没带几块钱。烧甲鱼炖海参炒虾米白斩鸡外带一碗三鲜汤和四瓶青岛啤酒。点得五哥暗叫苦也。

红衣女子问五哥生意做得如何。五哥灌几口啤酒长叹一气说正在倒霉。红衣女子问缘故。五哥便如实说了汗衫的滞销。红衣女子说："再不好销的东西，只要想好了办法，总是能赚到钱的。"五哥说："有什么好点子？"红衣女子说："就这么白给你出？"五哥说："当然给好处。"红衣女子说："怎么讲？"五哥伸出右手："五十张。"红衣女子说："半千还算钱？如果让你一件汗衫赚一块钱，那你得了多少？给我了多少？简直小气得不像男人。"五哥说："未必给你一千！"红衣女子说："说良心话，这我还不一定要呢。做生意眼光要放长远一点。"五哥默然不语。见啤酒已尽，说："我再去要两罐啤酒来。"五哥在服务台拿了啤酒刚转身欲回饭桌，见红衣女子正背对服务台，不禁心头一转，将啤酒装进裤兜里，自言自语道"再去买两盘冷菜"，便悠悠然地下了楼。五哥下了楼便直奔一路汽车站，一口气坐到了六渡桥，打着饱嗝到朋友家推了一夜麻将，第二日凌晨才摇摇晃晃地回到了家。

五嫂开门第一件事便是送给了五哥几耳光。五哥不动气，慢慢说："跟你讲件滑稽事。"便添油加醋地将昨日白吃一顿的事细细讲述了一遍。五嫂不由得笑得倒在了床上，大骂女人的愚蠢和男人的狡猾。骂声中不禁为这男人是自己的丈夫而感到自豪起来。五哥这时则歪在沙发上呼呼地大睡开了。

一清早六哥大汗淋漓奔来时五哥还没起来。六哥将五哥打起，愤怒地叫道："今天无论如何帮兄弟一把。"五哥忙问什么事。六哥说："我一早刚把摊子摆出去，一个女的带了几个人，二话不说砸了我的摊子。他们人多，我又不敢对抗。临了，那女的丢下这件汗衫说一千块准备好，我到时来取。"五哥跳起来抓过汗衫细细查看。汗衫的胸前用圆珠笔勾勒了一个霍元甲打拳的形象。五哥心头豁然一亮，眉头舒展，连声叫："妙极了妙极了。"倒将六哥弄得莫名其妙。五哥方将昨日之事一五一十说了一遍，拍着胸脯对六哥说："你今天的损失我负责加倍赔你。绝不放空屁。"

五哥将他积压的近万件汗衫五千件印上了霍元甲三千件印上了陈真。电视连续剧刚放过不久，人们对这二人印象颇深。五哥拿出二十件送给玩武术的小伙子，不到三天，五哥的摊前购者如云。五哥暗暗又抬了三次价，汗衫依然畅销。五哥发了财，五嫂每日见五哥都眉开眼笑，又端茶又打扇还撒娇般地在五哥面前扭来扭去。五哥脑子里却抹不掉那红衣女子的模样。但是那女人却一直没有出现。

三个月后，五哥从广州回来，刚出汉口火车站，一个女人朝他嫣然一笑。蓦然他认出那是红衣女子，只不过红衣被一件橄榄绿的棒针衫所代替。五哥立即向她迎去。红衣女子说："怎么，还认识？"五哥说："恩人嘛，当然不敢忘。"红衣女子说："我家在这附近，要不要去坐坐？"五哥说："当然想，只要你瞧得起。"红衣女子笑道："你一表人才又聪明又能干，我巴结都来不及哩。"五哥说："我唯一佩服的女人就是你。"红衣女子眼一斜说："是吗？"五哥被那一眼望得心乱了。五哥觉得这女人同他老婆比简直像仙女同讨饭婆相比一样。五哥想要是能同这女人享受一场那么他也就宛若神仙了。五哥说："你家里……还有谁？"红衣女子说："就我一个。我丈夫到深圳去了。"五哥说："我刚从南边回。我提前了两天。我老婆还当我是后天到哩。"红衣女子笑了笑。五哥趁机把手放在了她的腰上。

五哥跟着她拐弯抹角。五哥满心欢喜。他几乎是怀着甜蜜的感情打量他身边这个女人的一切，眼睛眉毛嘴唇以及胸脯。五哥都有点按捺不住了。

五哥刚跟红衣女子走进家门，后脚便跟进几个彪形大汉。五哥觉出有些不对，忙堆起笑，说："上次你帮了大忙。我准备了两千块钱酬劳你。"红衣女子冷笑一声："我说一千就只要一千。钱我已经从你兄弟那儿取来了。不过事情还不那么简单。"五哥出汗了，说："还有什么，尽管说，尽管说。"红衣女子说："你姑奶奶不是随便让人耍的。冒充工商局的，是要第一次；在云鹤酒楼一拍屁股开溜是要第二次；今日一路不怀好意是要第三次。我明白告诉你，我今天只想叫人揍你一顿，叫你记清楚闹着玩玩得看人看地方。"

五哥无言以对。五哥自然也不会轻易讨饶。五哥毕竟是父亲的儿子。父亲说过做男人就是把刀架在脖子上也要硬着筋骨。五哥此刻便硬着了筋骨。五哥见几条大汉脱下了衣服，每人都露一件由他摊上卖出去的印有霍元甲的汗衫，不由得心一沉。突然，五哥说："朋友，我讲几句话。"红衣女子说："有屁快放。"五哥说："我们是一账还一账，所以今天这顿打我认了。打伤了我看病，打残了我躺床，打死了我不怪。不过这笔账了结后，我们井水不犯河水，不必死结冤家。生意兴旺靠朋友，互相拆台栽跟头。"红衣女子说："你还是条汉子。你放心。你死不了残不了。血还是要放一点的。拆台的事我不做，其他的人我不保证。"

红衣女子说罢出了门。五哥立即被拳脚包围了。很快五哥便人事不知地瘫倒在地。五哥醒的时候，天已黑了。屋里亮着灯。红衣女子正哗啦哗啦地滑动着编织机织毛衣。五哥艰难地站起来，一言不发，向门外走去。五哥快要跨出大门。忽飘来那女子软软的声音："代我跟你兄弟道个歉。说那天我认错了人。"

五哥回家时叫了出租车。一家人见他血淋淋的模样都惊呼大叫。五哥没敢说也没脸皮说挨打之故，只说在汽车上同流氓争吵结果动起手来。五哥躺了整一星期。父亲闻知后，鼻子一嗤说五哥是笨蛋加癞皮狗一个。笨在居然能被人打到这种地步。癞在居然还大大方方地躺上七天。父亲委实感叹一代不如一代。

一切都恍如梦般。五哥伤好之后生意照常做了下去。五哥担心还会有人前来挑衅，结果，一连几个月都相安无事。五哥不由从心底服了那女子。他曾到处打听过红衣女子的下落。五哥想同她交个朋友。可惜五哥至今仍未打听到。

五哥现已是汉正街万元户之一了。六哥自然也不例外。汉正街的万元户说起来只千来户人家而其实远远不止。潜伏在地底下的万元户们至少也有几百。五哥和六哥这种人，发富之后学会的第一桩事便是赌钱。起先是麻将。后来嫌麻将太磨人也太费脑子，便掷骰子。有人读过金庸的小说《鹿鼎记》，知道那里面有个善赌的韦小宝，便在摇骰子时爆喊一声："韦小宝来啦！"五哥六哥均不知韦小宝为何物，但每次轮到他们掷时，也长长地吆喝："韦小宝哇！"

偶尔五哥回河南棚子看看父亲母亲时，见父亲端端地坐在小凳上与一帮老朽们以一毛两毛钱这样的数目打牌，脸红脖子粗地叫喊这个是臭牌那个是霉星，便也如父亲嗤他一样对父亲嗤一鼻子。五哥说他们现在下赌注根本不数钞票的张数。父亲不服便傲然问道那怎么算账？五哥说把钱摞起来用尺量厚薄。五哥说我下得最凶的一次赌注是十个厘米。父亲说十个厘米有多少？未必比一百块还多？五哥说压紧一点也就差不多一千块。父亲"呸"地朝五哥吐了一口浓痰，怒道："吹牛找你孙子去莫找你老子。"五哥大骂着父亲混蛋透顶而去。而同父亲一起的牌友们直到五哥走得没影儿了惊愕的面孔还没复原。

这回父亲怀疑五哥和六哥是不是他的儿子了。

十三

七哥瞧不起五哥和六哥到了极点。七哥常在肚子里用最恶毒最尖刻的话骂五哥和六哥。童年时代五哥和六哥给七哥的伤害令七哥永生难忘。但七哥在组织个体户们座谈时却每一次都以自豪的口吻提到他有两个哥哥都是个体户。七哥说他对他的这两个哥哥极其敬重，因为他们全靠自己的勤劳和智慧创造自己的生活。七哥鼓励个体户青年不要自卑要自信，要认识到自己这个职业的高尚和伟大。七哥还诙谐地说他们这些搞政治工作的人只能靠嘴皮吃饭，别的什么本事都没有。假如有一天我干腻了这一行就辞职去干个体户。七哥说起码可以到深圳广州跑几趟而这两处他还没去过哩。七哥的话让那些常往南边跑的个体户们都笑了起来。个体户们都纷纷称赞七哥说这个人难得，便将七哥视为知音。而实际上他们都不知道七哥度蜜月在深圳住了二十天。

元旦时，七哥回了一趟家。恰恰五哥六哥也携子来家了。五哥六哥自小就没把七哥放在眼里，到现在依然是。他们完全不顾七哥是广大个体户的知音这一事实。五哥和六哥你一言我一语大声讥刺七哥费心思往上爬不如费心思赚点钱，然后故意把儿子的胖脸亲得"叭叭"地响。那响声在七哥的心上像是锤子砸下一样，一锤一锤地让他痛苦。

　　父亲对七嫂极不满意。父亲想这女人大概有妖术，要不凭她那年龄和不能生儿子这罪该万死的毛病怎么能把七哥给勾引上呢？父亲想没有男人愿意讨一个不会生孩子的女人。而女人生不下孩子，父亲想，那还有什么用？父亲说不孝有三无后为大。父亲说现如今又不能讨小，看小七子你今后怎么办？父亲说不如把你那个休掉，再找个年轻漂亮的。七哥说瞎吵什么，你懂个屁。七哥一句话噎得父亲说不上来了。父亲在七哥面前显得很谦卑。父亲常想着七哥是省里头的人。

　　元旦刚过几天，父亲突然颠颠赶到武昌来找到七哥。父亲说大香和小香都要请七哥吃饭，叙叙姐弟之情。七哥听得大吃一惊，那惊愕的程度不亚于听说里根总统请他赴宴。片刻，七哥冷笑一声："黄鼠狼给鸡拜年，哪有好心。"父亲说："她们当不了黄鼠狼，你也不是鸡。"七哥说："我从来都只当没有姐姐的。"父亲说："你们都是我养的。都是从你妈一个人肚子里钻出来的，有没有姐姐由不得你。"七哥又是一声冷笑。七嫂说既然请，那就去吧。何况父亲又老远跑来了。七哥听七嫂的，便淡淡地回父亲说："请就请。有吃的何乐而不为？"

　　小香姐姐住在黄孝河边。小香姐姐当年嫁的那个黑胡子男人是个无业游民。小香姐姐跟他结婚三个半月后生了一个女孩。那黑胡子要的是男孩而小香姐姐却没有办到。小香姐姐在七哥面前可以为所欲为地打骂撕咬，却不能将她的丈夫奈何下去。没等女孩满两岁黑胡子假称回老家将小香卖到了河南。河南乡下的日子清苦，这使小香一次又一次地逃跑，终于三年后跑了回来。到家里怀里又抱着一个男孩。那天母亲几乎以为她是个讨饭的。直到小香姐姐凄苦地喊了声妈妈，母亲才认出这是她的小女儿。

　　小香姐姐一年不到又结了婚。没有男人小香姐姐是活不下去的。甚至只有一个男人她也依然觉得日子难熬。小香姐姐为这回的丈夫生了一个儿子。小香的丈夫是菜农，因为妻子生了一个女孩而一怒之下与之离婚。这回小香称了他的心愿，便万事百事由着小香姐姐。儿子已经有了，老婆的意义就不大了。逗儿子逗得高兴时，即使小香领了情人来家调情他也无所谓。他抱着儿子给小香做菜还殷勤地问客人味道如何。

小香姐姐有了一女二子。河南带回的那个连户口都没有。小香姐姐想起了七哥。

几乎同时，大香姐姐也在想七哥了。大香结婚甚早。大香有三个小老虎似的儿子。小的也都初中毕业了，而大的业已开始了待业。大香姐姐十八岁就结了婚。大香姐姐丈夫是木匠，木匠比大香大十岁。大香姐姐小日子过得十分富足。大香常常在休假之日坐在门口晒太阳，嗑着瓜子同一帮老娘儿们扯三拉四地聊天。星期天则提一点吃的或酒回河南棚子看望父母亲。大香姐姐住在三眼桥，这也是汉口下层人历来所居之地。

父亲告诉大香和小香，说是七哥答应去她们那里吃饭。大香说那就先去我那儿吧。小香说不不不，先去我那儿。大香说你那破地方，七弟怎么能踏得进脚。小香说你不要什么都想得到手，你的日子过得够好的了。大香说就是日子过得好了，才要多为子孙后代想。小香说我则是一心为七弟着想。大香说你心肠好，怎么小时候不为七弟想？小香说你比七弟大那么多却从不照顾他。大香姐姐和小香姐姐争吵得互相骂了祖宗，倒没想到她俩是同一个祖宗下的儿女。

父亲说吵个什么名堂，就在我这儿吧。你们俩一起做东，打点好酒来。老子陪小七子喝酒，你俩有什么屁就在饭桌上放。父亲的话令两个女儿皆大欢喜。

七哥那天进门时见到大香姐姐和小香姐姐的笑容几乎当场呕吐。火车依旧哐啷哐啷地从门前开过，震得房子微微颤动。小桌放在了屋中央。桌面上加了一层圆桌面。扩大了的桌面上已摆上了香肠卤牛肉花生米之类冷盘。酒是黄鹤楼牌的。父亲眯着眼边闻边咂着嘴唇。桌上倒了三杯酒。父亲把大哥也叫来了。七哥父亲大哥，三个男人坐在桌旁。而所有的女人——母亲大香小香——都在他们身边忙碌，谦卑地问七哥菜如何酒如何。七哥不知道到底为了什么事。他只觉得自己仿佛在一个陌生人家里做客。

父亲在三杯酒下肚后，舌头便又润滑了起来。父亲说："小七子你这辈子不能光你两口子过。"七哥说："您这是什么意思？"父亲说："得有儿子。要不你费老命奔的前途有谁能接着走下去？"大哥说："小七子，爸爸的话说得对。你的社会地位再高，你一死百事全了。还是得有儿子继承才是。"七哥没言语。他觉得父亲和大哥的话倒是不错。七哥想自己把自己的命运彻底地翻了个面，可又怎么样呢？没有儿孙为自己的这番奋斗自豪。亦没有儿孙能享受到自己的成果。这岂不是有些枉然？父亲说："小七子，你可以过继一个儿子。"小香姐姐立即说："我的老二，你晓得的，身体又结实，长相也不错，为了弟弟到老有依靠，我豁出去把他交给你了。"七哥吃了一惊："你儿子？"小香姐姐夹了一只鸡腿给七哥，说："是呀，那是个好小子。"大香姐姐说："小七子别听她的。那小子是她跟河南乡下农民养的，蠢头蠢脑。我那个老三，一表人才，年龄虽大了点，不过，过继给你也合适。"七哥又一惊："你说三毛？"大香姐姐说："是呀，三毛常说他最佩服的人就是他七舅哩。"小香姐姐说："三毛十五岁了怎么合适？"大香姐姐说："那也比杂种要好呀。"大香姐姐和小香姐姐又一顿好吵。七哥心烦意乱毫无吃兴。一桌酒菜便如毒药般让他汗毛耸起。七哥站起来，对父亲和大哥说："我不吃了。"父亲喝息了大香和小香的战火对七哥说："再坐坐，你不陪你老子也陪陪你大哥。"大哥说："七弟要走就让他走。不过话还是得跟你说明白。你小时在家里受够了苦，这我清楚。吃得苦中苦方为人上人。现如今你出息了，再出息的人也得有子嗣。大香和小香的儿子是你的外甥。你们血缘亲近，你过继哪一个可以挑，但最好还是要过继有血缘关系的。否则，我们家不承认那个孙子。"七哥说："我得想想。"七哥一出家门，大香姐姐和小香姐姐的声音便在身后炸起。走了老远，还能听到她俩尖锐的叫喊。这一切使七哥恍若又回到了他过去的日子。七哥恐惧地加快了脚步，而心底里却一忽儿一个寒噤。七哥终于忍不住了，他扶着一棵树，勾下头将适才的饭菜呕吐一尽。他想将心底的恐惧和寒气一起呕出去。吐完，七哥望着灰蒙蒙的天空，想：家里过去又在什么时候承认过我这个儿子的呢？

三天后七哥回家了一趟。七哥告诉父亲：他已到孤儿院领了一个小男孩子，那孩子刚一岁。七哥说："不管你们承认不承认他是你们的孙子，但我得说，他是我的儿子！"七哥说完扬长而去。七哥的行为叫父亲目瞪口呆。父亲想骂人而终未骂出。父亲不敢骂七哥。父亲心里的七哥是政府的儿子而不是他的。

十四

河南棚子盖起了好些新房子。那些陈旧的板壁屋便如衣衫褴褛的童养媳夹杂在青枝绿叶般的新娘子之间。据说新火车站要修到建设大道的方向去，教堂般的汉口火车站从此结束它的使命。穿越城市的铁路要改为高质量的公路，公路两边的破旧房屋全部拆除，重新起盖高楼大厦。

邻居们都欢呼雀跃，纷纷盘算旧屋该折价多少，如何向政府讨价还价多分几套房子。只有父亲愁眉不展。父亲说没火车叫他是睡不着觉的。父亲说住楼房沾不到地气人要短寿。父亲说小八子怎么办？那几日父亲常坐在窗口下唠唠叨叨地说："我只有一个小八子还留在身边。"

我知道我再也不可能和父亲母亲一起了。二十多个幸福的岁月，我享受到了无比无比多而热烈的亲情之爱。那温暖的土层包裹着我弱小的身躯。开放在这热土之上的一串红火一般的艳丽。火车雄壮地隆隆而过，那播撒的光芒雪亮地照耀父亲的小屋。很难想象没有父亲这小屋会是什么样子。

父亲把我挖出的那天是个大晴天。太阳刺眼地照射着大地。父亲叫来了三哥。三哥将小木盒置入一个大纸盒里，然后用绳子捆绑好。三哥说："我把他埋到二哥旁边吧，有个伴儿。"三哥把纸盒架在自行车后，左脚一蹬，右脚飞越过纸盒踩上踏板。三哥的车铃丁零按响的时候，父亲和母亲，相拥着望着我们远去。他们像一对恩爱的老夫妻慈善着面孔望了很远很远，然后一起颓然地坐在门槛上。这一天我才发现，父亲和母亲已经非常苍老非常憔悴非常软弱了。

三哥将我埋在二哥身边，然后抚着二哥的墓碑，阴着面孔长舒了一口气。直到天黑三哥才缓缓地向山下走去。他的脚步是那么沉重和孤独，一声声敲打着地心仿佛告诉这山头所有的朋友，他累极了累极了。

星星出来了。灿烂的夜空没能化解这山头上的静谧，月光惨然地洒下它的光，普照着我们这个永远平和安宁的国土。

我想起七哥的话。七哥说生命如同树叶，所有的生长都是为了死亡。殊路却是同归。七哥说谁是好人谁是坏人直到死都是无法判清的。七哥说你把这个世界连同它本身都看透了之后你才会弄清你该有个什么样的活法。我将七哥的话品味了很久很久，但我仍然没有悟出他到底看透了什么到底作怎样的判断到底是选择生长还是死亡。我想七哥毕竟还幼稚且浅薄得像每一个活着的人。

而我和七哥不一样。我什么都不是。我只是冷静而恒久地去看山下那变幻无穷的最美丽的风景。

原载《当代作家》1987 年第 5 期
中国作家协会 1987—1988 年全国优秀中篇小说

伏羲伏羲

———

刘　恒

一

　　话说民国三十三年寒露和霜降之间的某个逢双的阴历白昼，在阴阳先生摇头晃脑的策划之下成了洪水峪小地主杨金山的娶亲吉日。早晨天气很好，不到五十岁的杨金山骑着自家的青骡子，他的亲侄儿杨天青骑着一头借来的小草驴，两人一前一后双双踏上了去史家营接亲的崎岖山道。

　　太阳已经高过岭脊，雾蒙蒙的像个让南瓜汤泡碎了的鸡蛋黄。杨金山在骡子腰上晃来晃去，脑袋上的礼帽像个掀翻了而倒扣着的灯碗。十六岁的杨天青秃头刮得白而又白。在秋日肃冷的早风中闪着天真而健康、喜悦而生动的光芒。他们和他们胯下的牲口在山顶消失之后，疲软的太阳也随即消失，阴云四溢，风里流窜出阴沉的潮味儿。挨到晌午终于下起了雨。起初像老人的尿，不久便如线如注，山谷内外沙沙沙响得连声了。

　　等着喝喜酒的人纷纷跳着脚回家，剩几个耐性大的聚在屋檐下抽烟袋，酸溜溜地预言着新娘子的长相。都说史家营王麻子的二闺女长得奇俊，又是谁都不曾见过，便七嘴八舌连荤带素地把她描成一棵水汪汪的嫩芽，叹息这生灵要由杨金山来糟蹋了。倒不是觉着他不配，而是认为他的福气未免太大了些。没有三十亩山地的家当，别说二十岁的雏儿，就是脱了毛的母羊也未必看得上那条瘦弱虚空的汉子。

　　杨金山不是本事很大的男人，阳气颇衰微的。他和前妻在一条土炕上滚了差不多足有三十来年，却没有任何造就，此乃最好的证据。日本人替他清了这笔账。他们头一次来洪水峪扫荡那天，金山的前妻恰好在落马岭的芝麻地里锄草，隔着老宽老宽的一条山谷，哪个瞎了眼的鬼子一枪就把这个汗淋淋的不会养孩子的女人毙掉了。人家把她当成了老八团神出鬼没的游击兵。

抗日战争最吃紧那几年，小地主杨金山朝思暮想的是造一个孩子，为造一个孩子而找一个合适的同谋。他对年轻女人产生了异乎寻常的兴趣。尽管他的最终目的是顺利地制造一个健康的后代，然而眼下假如没有瘟头瘟脑的侄子在跟前碍眼，他深感自己会从被雨淋湿的骡子背上腾空而起，像只老鹰似的向那个骑着毛驴的女人扫过去，扑过去，压过去，了结一种浓厚的趣味。

女人唤作王菊豆，双十的年纪，生着杨树般颀长的身材和一团小蘑菇似的粉脸。她用两条直溜溜的长腿卡着那头活泼的小草驴，稳重地沿着下行的山道移动。红袄闪耀，像一堆阴雨烧不灭的火，淋了雨的发髻黑油油地放光，又像一大块烧乏了的乌炭。

"天青，看摔了你婶儿！"

天青两脚泥巴，闪闪跌跌地走在毛驴和骡子之间，用枯树枝懒洋洋地却又不停顿地去拂扫那头驴子的后部。他不是嫌牲口走得慢，而是在忍受一种深刻且神秘的无聊。他每扫一下，草驴就默契地甩动尾巴，无意识地将排泄器官露给他欣赏。他神情木讷得很，似乎沉浸于某种困难的研究，被众多细节诱惑了。

"天青，到头里牵住缰绳。"

山道呈现了一个坡度，杨金山看到前边的驴蹄子在打滑，有些不放心。侄子漫不经心的样子也让他恼火。做叔叔的竟然不知道，十六岁的后生大抵也是饱含了某种趣味的。

天青依照吩咐绕近驴脑袋，一手扯住牛皮短缰，一手拽住粗麻笼头，手指肚触到了热乎乎软乎乎湿乎乎的牲口下巴。不由得回脸看了看，雨丝后面的脸蛋子让他吃了一惊。在史家营看到的那片如云如霞的胭脂全坏了，花搭搭的雨迹纵流横淌，像一颗纹络美观的落了秧的熟南瓜。天青忽而想到，应该用一块干干的清洁的白布把这个南瓜包起来，最好是把它揣到怀里。天青忽而又感到空虚，他牵着毛驴在泥道盘桓，觉得自己正一丝一丝地化成漫天雨雾中的一股凉气。秋雨破坏了他叔叔的喜事，也把他无忧无虑的心境破坏了。

"到石堂子避避雨不？雨大了。"

"湿也湿了，走吧。"

"天青，把我的衫子给你婶儿披上。"

"不啦！湿也湿了……"

婶子的声音很细微，但叔叔却不再有新的言语和动作了。天青没有回头，耳朵里只有吧唧吧唧的声音，是牲口的八只硬蹄和自己的两只脚在泥水里活动。驴唇把一些暖气喷到他手背上，痒痒的却是光光的脑壳和后脖颈，似乎是女人嘴里的气在吹他。

后来，雨就大得不行了。离石板茌三里地的谷口有一间石堂子，像扩张的蛤蟆嘴一样对着泥泞的小路。叔叔骂骂咧咧地从骡鞍鞒上跳下来，又捧油罐子似的把女人抱到地上。婶子钻进了蛤蟆嘴，叔叔也挤进去了，天青凑到跟前，发觉里面已没有多大余地。叔叔和婶子的眼睛表达着完全相反的意思，天青就闹不明白自己到底该不该进去。叔叔的目光更确凿，天青便知道自己是进不去的了。

"你到林子里找地界儿避避，拴牢牲口，小心让秋雷惊了狗日的。"

天青走了几步，叔叔又追上来扔给他一条羊肚子汗巾，把沉甸甸的礼帽也移到他头上。石堂子里黑洞洞的，然而天青分明感到婶子的眼睛射出了许多温暖，使他感动，也使他更加委屈。他在几十丈开外的椴木林子里拴上牲口，靠着树干蹲了一会儿，然后犹犹豫豫地钻到断崖下面的草凹子里去了。

雨在植物和土地上打出冷凄凄的声音，又夹杂了一些火辣辣热爆爆的响动。草丛后面的天青完全着了迷，恍惚发现了神奇的景象，死呆呆地惊住了。婶子似乎尖叫了一声。他以为婶子似乎是愉快地要么就是愤怒地尖锐咆哮了一声。天青把秃脑袋探到雨里，拼命地摆布两只湿漉漉的耳朵，结果他什么都听不到了，只体味了大雨凉冰冰的急骤的运动。蛤蟆嘴那边没有声息，但是老天爷显然正在协助叔叔静悄悄地完成某种事项。秋天的淫雨拖延了喜事，却又使它在实质问题上提前了。当三人两畜重新踏上山道，十六岁的杨天青已经不需要任何证据。婶子的腰肢不胜娇懒，红袄的肩背上染了石堂子里的干土末子，胭脂的一部分也涂到叔叔的额上及腮上去了，连耳廓都挂了一块淡淡的猩红。叔叔叭叭地吐着痰水，咳嗽着，在鞍鞒上东张西望，样子十分的满足。婶子埋着眼，脸蛋子粉得依旧，像是快活，也像是不快活，周身笼罩着清凌凌的仙气。真正难过的是天青，不晓得饥冷的壮身坯此时完全疲乏，明明在牵驴走，却感到腿上背上脑壳上有牲口蹄子不住践踏，执意要把他踩到烂泥里去。由女人压着的那头驴，倒似乎有着比他更好一些的处境，他便毫无来由地尽情地骂它。

"狗日的，你瞎了不成！"

"畜生！懒得你！"

他梗着脖子，像个发了脾气的泥猴儿，惹得叔叔在后边咻咻地笑起来。

"天青，时辰咋着也耽误啦，不急。"

"侄子，累了就歇歇……"

听到婶子的声音他几乎要哭，立即安静了，很羞怯地垂着头，走得比牲口还稳重。做叔叔的的确不知道，侄子心里的那些趣味是很脆弱的。天青自己也不知道，背后那张粉嘟嘟的嫩脸使他到底想了些什么。前响他跟着叔叔欢天喜地地进了史家营王麻子的宅院，出来的时候却揣了一脑袋古怪的念头。他惊讶未来的婶子竟有那么小小的一张薄嘴，又惊讶她的身材，细细长长的像一棵好树。随后他的感觉就平淡了，隐伏起来了。路上，那头小草驴意外地给了他大量的新鲜感，绵绵而至的秋雨又使他感到莫名其妙的忧伤。叔叔的言行举止变得越来越愚蠢。天青嘟嘟嚷嚷骂那头驴骂得有些累的时候，突然醒悟到他是在骂他的叔叔。他不理会叔叔咪咪的笑声，但他疑心婶子听出了什么，她的暗示通过那头驴传达到他扯着缰绳的手上，他的回答是赶紧闭嘴。他之所以想哭是他自以为和那年轻女人之间有着一种默契，她每看他一眼，都让他觉得是在青玉米地里锄草，棒子叶在割他的胸脯子，又痒又痛。他不看她，但知道她脸上的胭脂像血一样。他想拿舌头去舔它们，他想舔它们的时候觉得衣服里爬着一条蛇，围着他的身子绕来绕去，使他刺痒得浑身乱颤。他表面上是牵驴引路，却在心窝里向一张俊俏柔嫩的脸蛋子伸出了肉滚滚的年轻舌头。他终于明白了自己想干什么，明白之后反而一举陷入了更大的糊涂。他再次咒骂那头毛驴，便是很明确地骂着自己，骂着使他烦恼的一切了。

因为路不好走，因为避雨，也因为避雨时发生了重要的事件，杨金山一行返回洪水峪时，村落已经埋入黄昏。雨后的村巷里竖着些稀稀落落的身影，黑蓝的山岗上一些鸟在活泼地啼叫，谷底的山溪暴涨，轰轰隆隆地向低处倾泻，声音响得老远。

亲族里帮忙的妇人将备好的食物端出来，贺喜的人聚在炕上、地上、院子中，坐着蹲着站着往嘴里塞了些冰凉的物件儿，不久便散去了。二道婚没有多大仪式，也没有洞房可闹。新娘子很喜人，不能趁乱摸一摸委实可惜，但老规矩是不能破的。洪水峪的秋日一向晴朗，而今落下这么大的雨水，可见这门亲事不遂老天爷的心意。人们只在肚子里掂量这一层，没有哪个嘴来点透它。事后，一些多事的人编派新娘子，说她人生得俊，但是没有吃相。依据是她吞粉条时的样子像吃面，嘴片片弄出了太大的响动，很蠢。他们不知道她饿了，也不知道这对得意扬扬的杨金山来说几乎算不了什么。女人做事很泼脱，只有他才明白，因为她肥硕的身子也是泼脱的，比麻袋似的前妻强得远。他只担心这对手会掏空了自己。

想入非非的杨天青却是乏顿了，钻进小厢房便鼾声如雷，竟忘了半夜起来给叔叔那头青骡子填喂草料。饥饿的牲口在槽头上愤愤地磨牙，声音盖过了大北屋持续到后半夜的零乱喘息和男主人的湿润的咳嗽声。

民国三十三年寒露和霜降之间那个落雨的秋日，一头小草驴为洪水峪驮来了一位美貌的年轻妇人。不论从哪方面来说这都是个值得纪念的日子。日本人正在周围的山地全面退却；老八团派出的工作队渗透过来开展减租减息；小地主杨金山因为用三十亩山地里的二十亩换来一个小娘儿们，从而摆脱了负担，开始全心全意奋不顾身地制造他的后代。至于杨天青么，这日子意味了他的觉醒。他仓促地持久地维护了自己的情欲。他爱上了他的婶子。依照文静的说法，他是一见钟情的了。尽管他的念头掺了不少下作，然而他的表现并没有跌到一般情人的标准以下去。

那些瓜葛都是十六岁以后的事了。

杨天青没有父母兄弟。曾经有过，后来没有了。十一岁那年夏天，父亲杨金河在玉石沟南坡上掏了个地窝子，领着全家在荒草梁子上烧地造田。一日傍晚，父亲指使天青到村里找金山叔叔借口粮，因为突降暴雨他便在叔叔家宿了一夜。第二天背了五升玉米早早地赶回玉石沟，发觉整个南坡已经变了模样。几十亩大小的一坡树木连同刚刚开出的几垄新地全都滑跌了，几乎填平了山谷，地窝子和睡在里面的亲人自然也都埋了进去。死的活的再不能晤面，万恶的鼓龙包只一夜便使他成了孤儿，连一颗牙一块碗片都不给他找到。他试着找过的，然而泥石流凝固得像岩石一样坚硬，只徒然地磨烂了一双小手。

叔叔杨金山收养了他。有心把侄子当儿子对待，无奈小崽子就是不认爹，只认叔，始终不大亲近。叔叔把田产割一角，父亲也不至于到玉石沟烧荒，父母兄长也就不至于丧掉性命。他是怨着叔叔的。杨金山脑筋活络，索性将侄子做了长工，吃穿都好，交派的也多是细活儿，骨子里却隔得分明而透彻。

金山不指望天青，他就不信自己遗不下一块血亲骨肉。只要能有个儿子，倾家荡产也干，把王麻子的二闺女生吞了也干！小娘儿们算个什么东西？她是他的地，任他犁任他种；她是他的牲口，就像他的青骡子，可以随着心意骑她抽她使唤她！她还是供他吃的肉饼，什么时候饥馋了就什么时候抓过来，香甜地或者凶狠地咬上一口。花二十亩地的大价换个嫩人，他得足够地充分地使用她。他一次又一次把她掀翻在炕席上，就确信自己是在讨债。讨债的人来不得多少情面，挂一脸杀气便是了。和别的男人女人差不多，他给了她许多凶暴的夜晚，又比别人少些冷静和温存，连侄子都看出那女人正在迅速枯萎。大半年干下来，看不到未来的儿子有什么动静，女人的肚皮平得像鼓，有弹性却没有货色。杨金山弄得真是累了，紧要关头老是咳得上不来气，气不足便里里外外落个软软软，很有些悲哀。身子明明显露不行，动得反而更勤奋，似乎要把被窝里的自己和别人一块儿毁掉。他在女人眼里就成了野兽，自己倒并不觉得，以为狠得出邪也是分内的事，于己于她都是必须的。必须的事项不止一件，炕上不饶人，田地里更是不饶人，娘儿们是家里另一个只吃饭不领钱的长工，地位并不在天青以上。伏天扎在棒子地里锄草，汗气呼啦的小婶子让杨天青不断地生出复杂情绪，既有纯洁的无形的关怀，也有同命相怜的悲悯。除了这些，便是那健康的肢体所引发的无穷尽的潜在的放肆了。只要叔叔的眼睛不在，天青的眼睛就能得到有限的自由，使他有胆量有机会把视线抛到婶子的腰上腿上和别的生动处，深深浅浅上上下下地反复纠缠。这田野是天宽地阔而没有先生的私塾，天青自习着人生的学问，将最有底蕴最有趣味的书来天天捧阅。那女人迟钝些，不曾料想侄子竟有所企图，自己的每一页正被个小后生哗哗地掀开来。天青最初爱读的，恐怕是从后面看过去的她的撅着屁股锄地的样子。如果她知道这秘密，怕要收缩起来，不会那么欣然翘然了。

"婶子，你歇歇，我多拉几锄就有啦！"

婶子笑悠悠歇下来，能让天青感到极大满足，锄片子顿时拉得生风。他喜欢给婶子表演，让她看看他有多么强壮、多么仁义。免不了给一番夸奖，也免不了递汗巾和水罐给他，天青就被快乐托得飘起来，觉得苦乏的日月真好，婶子真好，自己真好，连叔叔也是好的了。杨金山活该倒霉，眼看侄子一天比一天勤快，白天做活勇猛，夜里不用招呼就爬起来喂骡子，他竟不加考究地逢人便夸："这孩子晓得事理了，出息了！"确实晓得事理了，但是天青把玩的事理要丰厚活泼些，不像他叔叔考虑得那么简约。天青得到快乐，得到更多的却是忧愁。读书读得生厌，他便迫切地需要行动了，身坯里涌出杂乱的号召，却不给一丝明确的指示，他简直不知道该怎样处置自己的手脚。炎热的夏夜里把自己赤条条地往破苇席子上一摔，翻来覆去地烙饼，手指头不免舞些鬼使神差的勾当。一夜复一夜，不论醒着还是睡着，天青脑袋里乱纷纷的全是破碎的梦，美梦。梦里难言的景象每覆灭一次，他的悲哀就加一层，仿佛在与向往的人和事做永久的诀别。他不相信自己能够确切地完成那件事。在白日梦里做得如醉如痴若颠若狂，在真日子真地界里却根本做不到，他甚至不敢用调皮的目光看她一眼。她终日笼罩着仙气，一举手一投足都引来他几乎没有理由的敬仰。她耳后发丝里那块蜘蛛似的黑痣，让他崇拜了足有半年，以后他又看上了她扭头看东西或说话的样子。不是具体器官，而是一种笼统的神态让他喜欢得不行。每当她由于各种因素扭过头来，那条扭曲的脖子和一高一低的肩膀就让他心灵抖动，想甜蜜地哼哼一下，就像接受温存的抚摸似的。外人没有发现杨天青吃饭睡觉走路干活儿的模样与以往有什么区别，每天从村巷村口过路，总是那几个晒阳儿的老人评价他。今天说胖了，明天又说瘦了且高了，他们似乎把握着小后生的许多体态变迁，然而即使饱经沧桑的人也没发现这个忠厚仁义的年轻人已经走火入魔。只有杨天青明白，自己眼看就要完蛋了。

正在降临的是又一个初秋，天青依照叔叔的吩咐给厢房的火炕整理烟道，不畅通的地方太多，索性把整个炕面和烟囱底部全给刨开了。山墙原本就和烟囱垒在一起，烟膛子一塌，很结实的墙竟也牵连着露出拳头大的一个白洞，透亮了。天青起初没有发现它的意义，他专心致志地清扫堵塞了烟道的柴草灰，直至那个露洞的另一边传来惊心动魄的声音。不知聆听了几秒，他的脸腾一下飞出了红霞，腿肚子抽筋似的抖起来。不知又过了几秒，一个重要的决断迅速完成。他像猫一样从坑洼不平的炕道爬到山墙跟前去，又像贼一样把苍白的面孔贴近可供窥望的神秘洞穴。反应过于敏捷，动作也太露骨，这些都令人羞愧，然而杨天青完全陷入了恬不知耻的状态，只想切切实实地张望一下而已。这个望一眼的欲望已经把他折磨得太久，也把他折磨得太残酷了。他弓在炕角，没有呼吸，没有动作，好像在积聚力量随时准备子弹出膛似的射过墙洞，一下子击中目标。

二

那种声音又持续了片刻，但杨天青什么也没看到。角度有问题。山墙外面是猪圈，也是一家人排泄的场所，人或站或蹲的部位在圈门附近。那个新生的小洞恰好嵌在死角上，只能看到猪圈的一部分，只有猪而没有人的那一部分。天青却不肯离开，头皮和额头因为调整姿势而交替摩擦废烟道的石头内壁，满面星星块块地涂了柴草灰，像一头野性即将发作的恶魔。喷溅的声音还是终止了。接着是肢体伸展和摆弄衣服的声音，再接着是跨越圈门和在院子的石板地上踏踏走路的声音。它没有任何犹豫地响到灶间里去，静了一会儿，又没有任何负担地愉快地朝小厢房响过来了。女人迈进门槛，在屋顶底下炕道上边看到的是个类似山神庙里的泥胎似的东西。天青用直挺挺的脊背抵着那面墙，一条腿压在屁股下面，另一条腿像半截枯树干搭在炕土上边，是个非常仓促也非常可疑的姿态。女人的欣赏不深入，只浅浅地笑了笑。

"咋弄个包公相哩！不会干轻些？"

"婶子……麻地的活儿净了吧？"

"麻棵子生得粗，不好割，还立着小半坡哩！你叔晌午不回来，让我把饭送过去……缸里没水，你歇口气挑一担咋着？"

"我挑……"

"歇歇就去吧。"

"我去。"

"到水泉把脸擦洗擦洗，看脏的！"

"……我洗。"

天青嘴巴子应得利索，就是不能动弹。僵硬的身子已经松弛下来，可墙壁上似乎仍有一只手死揪着他不放。女人疑惑地看看他，以为累煞了，又递出一个微笑便走出去。天青软绵绵地下了炕，没忘记摸一块垒石把那个不要脸的洞洞塞住。担起水桶往水泉慢慢走，老觉得婶子蜜一样的笑里有那个鬼洞洞的原因，羞惭得心都要从嘴里蹦出来了。不久便释然，深感那是个天知地知的秘密，用不着责怪的。等着听到水泉潺潺的流动声，他早把惊恐忘到脑后，并且极迅捷地想着另一种水的音响了。

山泉从岩石缝儿里渗出来，积成磨盘大的水池，又从四周溢出去，亮闪闪地注入谷底的溪流。天青舀满了水桶，然后把整个脑袋扎进透明的泉眼。水很凉，激得头皮和五官一块儿疼痛起来。他像儿马一样嗖地昂起下巴，嗷嗷地吼了几声，听凭脸上的水珠沿着脖子往下淌，打湿他的衣襟和衣领。他撩起袖子擦脸，看见了婶子给他打的补丁，平时不在意，而今却以为那旧布就是花朵，密匝匝的针脚便是奇异的花边儿了。

那天后晌，天青使炕道通畅之后没有来得及干别的。山墙和烟囱的修复推迟到第二天。麻地里有不少活儿需要扫尾，沤麻的池子也没有掏好，金山夫妇一大早便离了院子，剩天青一个人愁眉苦脸地搅泥巴砌墙。不是没干过泥瓦活儿，可这道墙似乎特别难砌。石头跟石头不接缝，泥也稀溜溜地粘不住，瓦刀哆哆嗦嗦地竟险些砍了手背。杨天青止不住心猿意马，可是好歹把该垒的都垒起来了，在工程的细节上还体现了自己的创造。他在猪圈那一边的外墙上钉了五个枣木楔子，把屋檐下乱摆的锈梨、破筐、烂篓统统用绳子系了挂在那儿，透出一种说不上来的合适和整洁。叔叔见了这个发明，不仅不挑剔，反而很愉快地看着吊在半空的破烂，对天青言道："你咋日弄的哩！不赖！多砸几个桩桩，把狗日碍眼的玩意儿全吊上去晒着。"

天青显得过于腼腆，经不住夸奖似的。杨金山和王菊豆都没弄懂，侄子那是做贼心虚，地地道道的做贼心虚。他们让他骗了。他在第一回合就让他的对手吃了败仗。

三天后的一天凌晨，杨天青借助黎明前的昏暗和积蓄已久的胆量，把炕里角靠山墙竖着的粮食口袋往左挪了半尺，把另一条一模一样的粮食口袋往右挪了半尺。他手持瓦刀把一块马马虎虎的墙皮磕了下来。他摸到了像瓶塞子一样的可以活动的石头，形状很熟悉，但他没有立即拔它。这个沉甸甸的阴谋使他不能不谨慎从事，况且那种渴望也让他害怕。公鸡正准备第三遍啼叫，婶子尚未起身，圈棚里有那头猪的鼾声。时间尚早，做不做揪心事，还不是来不及细想。天青的思索仍旧没有得到明确的结论，他一边诅骂自己，一边把那块瓶塞子或小抽屉似的石头拔了下来，小股秋风挟着猪圈味道直扑上他的面孔。他什么也不看，倦懒地钻回被窝，捧着脑袋继续思考。他不担心角度问题，那是细心测量过的。他也不担心败露，内孔有粮食口袋掩着，外孔隐藏在装烂棉花的破筐后面，视线的通道是筐壁上的残洞，在外人眼里绝不会察出破绽的。他不担心这些外在的琐事。他疑虑的是自身。如此下作是否对不住美丽的婶子？看一看果真会舒服吗，更不舒服了怎么办？喜欢一个人是否应该只看她的脸而不要冒犯她别的地方？婶子让他看不够想不够到底是怎么回事，莫非前世生了缘分？天青不停地问自己，也为自己找着理由。他的自问远不到清晰的程度，他伏在小厢房光滑的炕席上思绪纷纭，像在脑子里煮着一锅烂粥。他想象老天爷，想象山神，但它们并不打算救他，只有婶子在脑海里亲切地向他招手。

杨天青一直合不上眼，听天由命地瞧着正在退去的夜。黑色蓝起来，蓝得不稳固，顷刻之间就淡了白了，一切都清清楚楚地重新回到眼里。

北屋的门轴响了几声，没有咳嗽，因而肯定不是叔叔，杨天青箭上弦刀出鞘似的紧张起来。她走到院子里了，打开鸡窝了，走进灶间了，把柴火扔地上了，她朝猪圈这边走过来了，她的腿碰响圈门的木栅栏终于跨到站到蹲到那个奇妙的老地方来了！

杨天青呼吸不畅，觉得自己正在死，灵魂已从脚心逃了出去。他披着一角被子，紧紧偎着粮食口袋，把一只瞪得发麻的眼睛哆哆嗦嗦地向透亮的洞穴逼近。目光穿透山墙和墙外挂着的破筐头，劈开早晨淡淡的薄雾，闪电般地照亮了一个陌生新奇而又无比鲜艳的世界。拥有这世界的无意中敞开了自己，让初涉而稚嫩的惊诧于它的高低和它的黑白，且让他为一些形状和颜色而深深迷醉。

它不该是这个样子。它理应是这个样子。因为它不可能有比这更适宜的样子。天青终于读到了最隐秘最细致的一页，震惊得眼花缭乱。紧张中得到一些满足，却留下更多的不懂，不懂蔓延开来，使他对自己膨胀的身体也不大理解了。

天青的感觉是饮了一缸烈酒，薄脸皮紫了足有十天。他见人耷拉脑袋，不爱说话，出门进门像飘着一条影子。做活比往日更狠，也更有耐性。金山两口子拾掇一天秋菜的工夫，他一个人去落马岭刨净了小一亩的山药，还把干秧子全数背到猪圈沤了冬肥。金山往清水镇运秋粮换钱，徒手赶一匹骡子。天青背一架粮食跟着他。骡子前晌到，天青晌午刚过也到了，肩上的分量一上秤，比骡子驮的少不上一寸秤杆。叔叔在摊子上买大饼喂他，这不言不语的侄子吞起来就没了斤两，胃口壮得让人不放心。长辈似乎刚刚发觉，眼前的后生至少高出他半头，眨眼间生成一条大汉了。可喜的是性子越来越温厚平和，只是常常愣呆呆地看山看云，心事仿佛很沉重。金山也不去探讨，以为这孩子有些愚木，于做活无碍便无须理会了。他不知道这侄子讨了他多大的牺牲，他当然更不知道在小厢房徐徐展开的那个阴谋，和他最珍贵的一份财产所处的微妙而危险的处境。他实实在在地大意了。

因为劳累，天青睡眠的声音很大，咬牙、打鼾、甩胳膊、吧嗒嘴唇。然而这并没有妨碍他不时地选择一个恰当的机会来重温赏心悦目的旧课。体态轻盈的王菊豆无意地配合了他，而且似乎准备无限期地配合下去。就像村中老人们屡屡到山神庙烧香磕头一样，天青找到了最令他神往的膜拜仪式。他侵入了一个崭新的天地，灵魂也随之升华。他的悟性来自视觉，由饥渴而至放肆，由放肆而至虔诚，最终知道了喜欢一个人不仅是喜欢她裹了布衣的表象，而且要喜欢到丝丝缕缕，包括每一块皮和每一根毛发。天青对婶子的喜欢不知不觉间已经达到格外纯粹的地步，无可挽回，也不可救药了。他正在逐步地忽略叔叔的存在。

杨金山照旧在女人身上磨他的功夫，一如既往地做着关于儿孙的老梦。王菊豆则疲乏了，为自己也为男人悲哀，好在日出日落无比仓促，使她没有多少机会闲散和叹息，她把身心全部交给了维持家业和生命的各项活动，极本分的。

那是些平静的日子。日本人已经败了，山外或许添了许多热闹，洪水峪却没有大的事件。老八团由北山梁翻过来猛虎一样往南岭开拔，路经村子连个短歇都不留，气昂昂地走了过去。民兵队招呼各家备水备干粮伺候大军，杨金山只让天青拎去一桶烧开的泉水，女人想烙几张饼却让喝住了。

"显你家富足？咋就没个心肺！"

他立在道边看那强壮的队伍，看得无趣了，就拦住一个喝水的兵，想问问。

"日本人踏实了？"

"踏实了！"

"真走了不成？"

"滚他娘的蛋啦！"

"……哪个来？"

"啥？"

"问哪个来哩！"

"眼下不是来了。"

八路的下巴上淌着水，晃着大枪蹿出去了。这兵也就是天青的年纪，眉眼生得怪扎实。前妻如果有本领，生一东西给他，总该有这么大了。可惜她竟是个废物。真有这么威猛的儿子，他绝不会送他去吃军粮。终归是没有，什么也没有，想到这一层金山那颗心就酸麻了。扭过脑袋看到菊豆在摸索一个女兵的袖子，肠子里的邪火嗖一下便燎上了头顶。看她一脸贱气，不确确凿凿也是个废物么？

"给我回家！饭煳到锅上老子宰你！"

菊豆刷一下白了脸，哆嗦着离开了。女兵或许认为她是儿媳妇，是女儿，然而都不像。一边的蛮横和另一边的驯顺完全昭示了一种关系，那是乡野亘古难变的牢固组合，任何力量都无法摇撼它的。

天青扎在人堆里，用充血的眼睛盯着他的叔叔。婶子屈辱的背影伤了他的心，连老八团新奇的枪炮也无意端详了。

"咱们看谁宰了谁吧！"

他在心里把这个怒吼扔给他的叔叔。她是他的神。看哪个敢碰她！十七岁的杨天青顶着一颗亮晃晃的秃头，准备一跃而起了。

"天青，有啥看头儿？家去喂喂骡子，先到老乔家把借的簸箩讨回来。娘的，别人的家什咋就使不够，不开眼的东西们……"

天青听到叔叔的吩咐，不知怎么就软了下来，刚刚挺起的劲道一下子就泄了。他乖乖地绕进了村巷，去完成家长的指示，模糊地想着那张受惊受辱的俏脸，胸口有些疼痛，眼底也悠悠地涌起了大股的潮气。

他仍旧是个孩子，里里外外都是。

平静的局面一直维持到土地改革。世上不乏因祸得福的人，小地主杨金山却是因妻得福。卖掉二十亩好地换来一场二婚，最初多少也心疼，做梦也没想到此举使他失去了做地主的资格。婚后在女人身上贪心了些，为了迟迟不来的儿子付了太多的力气，家业不仅没成长反而生了败象，这又使他连富农的成分都攀不上去了，小地主摇身一变成了上中农，这福气能说不是女人换来的么？远在史家营的老丈人却倒了血霉。杨金山付的一大包银洋让王麻子悉数购置了田产，没舍得吃没舍得喝，拘谨的家道眼看着一天天殷实起来了，万不料眨眼间就成了罪孽累累的恶人。史家营传来些吓人的消息，说是分地那天老地主王麻子昏了头，抢着一根镐起奋起保卫他新生的产业，结局是让人吊小鸡子似的拴到一棵核桃树上，大扁担拍得暴响，把一条老腿砸得摸不着成段的骨头，有出气没进气地翻开了白眼儿。事情说大了，但王麻子让一伙贫农揍断了腿却是真的。王菊豆过不几天悄悄赶回去探望了一次，白发苍苍的老爹已经有缓，而且似乎终于醒过味儿来了，把上中农杨金山骂了个狗血喷头不亦乐乎！

"狗日的！我霸了谁？他才是恶霸哩！他霸了我的亲闺女……你他娘害苦了我啦！"

王菊豆肿着眼窝回到洪水峪，让细心的村里人一连几夜听到哀切切的哭声，听得最愁闷的自然是小厢房里那个多情的家伙。金山劝了头一夜，第二夜已经不耐烦，再一夜便狼嚎似的叫骂起来了。

"嚎不够！你爹死了我给他发丧，有你哭够的时辰！不中用的东西……你有脸哭？"

天青伏在炕沿上，把暴虐的咒骂接过来，一句一句地塞到嘴里咬碎了吞咽。他不明白叔叔何以生那么大的怒火，然而话里藏的一些意思总算嚼出了味道。他帮不了她的忙。他诧异那么美丽的身子竟然不能孕育，更诧异叔叔压迫了那美好的全部却仍旧欺侮她、呵斥她。到底是怎么回事呢？

传来一些撕扯的声音。啪的一响，像是嘴巴。听婶子低低的呻吟，是嘴巴无疑了。天青猫似的一骨碌从炕上爬了起来。又静些了。叔叔不言不语的似乎在固执地做什么莽事。

"他叔，可怜我！你就让我歇过这几天吧，我哭得腔子里没东西啦……"

"闭嘴……我剁掉你！"

"他叔……"

"随你！随你！杨家我金山这一脉迟早断在你手里，你个害人的精怪呀！早知道我那二十亩地就喂了狗，换驴换羊也强过你！"

"……他叔！"

"狗日的，你存心让我家断子绝孙不成？我土埋脖子了，还怕毁不了你！……亲亲哎，你给我上心些吧……"

一阵乱七八糟的响动过后，婶子悄无声息，叔叔却一边咳嗽，一边压着粗重的嗓门，竟抽抽搭搭万分伤感地哭起来了。天青蹲在厢房门口，以为自己的耳朵出了毛病。

静了。睡了。大北屋像一座坟，夜色是无边的坟场，星星是茂密的鬼火。天青钻进被子，觉得是躺入了棺材，四周散发着腐烂的气息。是猪圈的脏味儿正灌进来。他想到墙上那个别别扭扭的破洞，也有哭的念头了。继而想到隔壁那头猪睡得那么平稳大度，就把涌到喉头的哀声咽回了肚子。他咬着牙，要给自己争口气似的。睡梦中的景象黯淡了，早晨醒来，他的话比往日更少些，看人看东西的目光露出凶狠的颜色。长辈和同辈们在村巷里遇到他，得不到多少问候和亲近，都说这后生让他亲叔使唤呆了，像金山一样成了不合群不入套的怪人。有眼光细致的出来提醒，说他从小心事就多，灵巧劲儿跟全家一块儿葬在玉石沟里了。这是个不敢随便招惹的坯子。然而老人们觉得孩子委实可怜，金山待他应当公道些，不该丢下活儿让他死做。像牲口一样累他，多壮的人也要木讷了。他们不知道，做活的时候天青最愉快，常人承受不住的劳顿能够使他忘掉一些事，恨和梦想也随之淡些。有人填喂草料，做一头像青骡子一样的牲灵也是不错的。天青是金山家的牲口，他自己明白。王麻子的女儿是金山家的另一匹牲口，他同样明白。他愉快而冷静地做活的时候，把这些明白按在心里，等待那个暂时还看不见的爆发的日子。骡子能踢死人，桑峪不是有个给大户放马的光棍儿被踢死了么？老八团一个号兵不是让缴获的东洋马踢伤，最后死在去南岭的路上了么？这并不是多么困难的事情。

三

漫长的冬日里，天青赶着叔叔的宝贝骡子去清水镇拉脚。不是第一年做这个生意，熟门熟道，叔叔已经不担心骡子会有什么闪失。叔叔端着一碗薯干酒，一边喝一边数给他几个小钱，看着他怎样费劲儿地把它们塞进腰里。金山苍老了，眼神儿却依旧精明。放走了天青，宅院会冷落，但是这对他长久而无效的努力可能要好些。他到黄塔李大仙那里给自己也给女人抓了药，还没吃已感到身子里骚扰着旺盛的阳气，可以放心地收拾那盘热腾腾的火炕和那个冷冰冰的娘儿们了，白昼也将失去忌讳。他催促天青快快上路。

婶子担着水桶送他到村巷里，不知怎么就伸手在侄子的棉袄上捏了一把。

天青靠着那匹青骡，目光晕晕乎乎地停在女人小巧的嘴巴上，似乎怕它张开而露出细碎的嫩牙。他是想摸她一摸的，这个从未实现过的愿望每一次分别都来强烈地袭击他，他不知该怎么做。如果她知道几年里他怎样熟透了她的身体，还会给他老母似的关怀么？她又捏了他袄袖子一把，村巷里没人，天青的两条腿哆嗦起来，狠狠地扭着缰绳。

"太薄啦！来年让你叔叔多花几个钱，我给你厚扎扎絮一件……这衣裳怕要冻着你哩！"

"我结实，冻一下就冻一下。"

"揽不到活儿早些回来，外头生人生脸，咋也不如家里。"

"……记下了。"

"挣了钱多花几个在吃上，你叔叔他人贪，你带回一驮子钱来也喜不了他。吃饱了身子要紧……记清了？"

"清了。水泉有冰，婶子你担水离待着，看跌了筋骨……我走啦。"

"走吧。遇上恶人长个心眼儿，别让他瞒哄了。别惦着你叔，家里有我哩……"

"记下了，我记下了。"

天青眼里的火苗让婶子低了头。这小火苗见过多次，哪一次也没有燃起来，像一根太潮的木炭。烧不出旺火，彼此间就永远看不出各自胸怀里藏的是什么东西。他给她的是侄子的憨厚，从她那儿得来婶子的贤惠，而这些都凑不成他想要的那份炽热。匆匆上路的天青，心里装着的除了凄凉，还是凄凉。青骡子愉快地在前头走起来，他把鞭子搭在肩上，像是被骡子拖拽着离开了冬天的洪水峪，冻硬的山道也缠绵得似乎没有尽头了。

天青给铁匠铺驮煤，给粮栈运谷子，也给迎亲的外乡人送喜箱喜被喜衣服。最好的生意是配合新政府的干部调动，那些山外人骑牲口到偏僻的地方任职，从骡子上爬下来的时候往往塞了太多的钱，使他惊惶而不好意思，好在一五一十还数得清楚。白天拖着两只冻脚陪骡子走山道，晚上在大车店的炕上喂虱子，容不得多少奇想，然而那张脸和那条身子却是每天都要看到，并且反复揣摩的。冷冽的寒风里，她的肉身为他开一朵大丽花出来，让他恍然嗅到春天的甜味儿。

天青在腊月的雪地里忙碌，他的叔叔却命中注定地陷入了一种疯狂。是从哪一晚开始的呢？人们最初以为是狼的声音，越听越像，再一听又不是了。太阳出来，有人看见菊豆青了一只眼，肿得像个生南瓜蛋蛋，去水泉担水时一走一跛，不是脚坏了便是腿坏了。静了没几夜，狼羔子一样的惨叫又从金山家的大北屋张扬到村子的上空，人们就不忍心再听下去了。

妇委会一个娘儿们委员在村巷里拦住金山，往他铁青的脸上喷开了唾沫。

"菊豆咋了你啦？你杀她不成！"

"我的娘儿们，要杀要剐随我！"

"啥社会了？糟辱娘儿们斗争你！"

"好歹日不着你……"

"狠的你！揪出来尿泡膜的看看，你还是个人，你鬼金山还算个人？"

老娘儿们嘴快，可赶不上金山舌头毒。他眯着小眼儿，一嘴黄牙不怀好意地龇开来，咝咝地吐出辣气。

"美他娘的胎！你男人咋收拾你来？头发毛让汉子扯着满街拖死狗，是哪个？先把你男人撂躺下再来拾掇我，你听清了？"

"……你个鬼呀！"

妇委会的娘儿们落荒而逃。村里的头面人物也来呵斥他，他佯装一副哭相，要紧的关节就不软不硬地甩几句，多有理的嘴也让他冷不防给噎住了。他的理由反倒占了上风。

"你孙子抱上了，扯啥清闲？你家娘儿们裤裆利索，不是我的。妥妥捣鼓你的去！我断子绝孙不碍你们的事，不中用的娘儿们给了你，看你能咋着？！"

"你揍她能揍一个出来不成？"

"看看吧，揍出个活的，我给她做猫做狗，揍不出活的，图个乐子！我亏不亏？老子一辈子白活亏不亏！"

"打坏了，村里有法子治你！"

"崩了我才好！我活够啦……"

话说到这个地步，金山竟能弹几滴眼泪下来，别人也就无话，觉得不可妄猜他的心地，无子无后到底是大悲哀，可恶中便有了可怜与可恕了。

腊月将尽时节，杨金山张罗杀猪的家什。好篓子好筐都盛了别的物件，他就想到山墙上吊的那个烂筐，以为装个猪头和一团下水是足够的。他举着锄把子将它挑下来，无意中见了那个洞。他不认为那是个有卑鄙意味和侵略意味的洞穴，一块墙石歪歪扭扭塞着它，看上去不过是一块剥落的墙皮罢了。它剥落的部位是那么奇巧，竟没有引起他的疑虑，可见人的警觉多么有限，而人的提心吊胆和战战兢兢是多么没有必要的。大约是那块墙石塞得有点儿慌乱有点儿歪斜的缘故，金山不想让它掉下来，于是多此一举地跳上厢房的土炕，要把

伏羲伏羲

它摆弄得顺眼一些。每年都和天青抬着秋粮爬到这个地方，他不曾注意墙角落有什么缺陷。天青怎样费尽心机地掩护了它，又如何数百次成功地利用了它，是与他完全无关的谜。他在前台，天青在幕后演了些什么，向来不知道，似乎也没有知道那些古怪事情的眼力。他心平气和地拔掉了抽屉似的石头，把眼睛凑过去，不由得大吃一惊。不是有所醒悟，而是在蚀空了墙灰的石头缝儿里发现了一堆嫩红的小老鼠，崽子们扎堆的蛆一样，让他看了肉麻。他伸手把它们拨拉到猪圈里去了。气急败坏的样子让人疑心他在嫉妒老鼠子孙的兴旺。如果此时王菊豆恰好在猪圈里蹲着，可能会启发他的智力，给他一个明白。但是墙外没有人也没有声音，他就认定了那洞无非是一个洞，不是人为而是老鼠制造的。离烟囱近，离粮食也近，的确是个不愁饥寒的好去处，老鼠的行为和金山的判断就这么天衣无缝地契合在一起了。他毁了它们的好梦，到底胜了它们一筹，输掉的是什么，他和老鼠有着一样的无知和茫然。

腊月二十八，在外拉脚的杨天青返回了洪水峪。溪流上肿着宽厚的白冰，骡子踏上去砰砰地打滑脚，他小心把它牵过去，没走几步就发觉水泉那边有双眼睛在看着他。他松开缰绳，绕着结冰的石头台阶慢慢向她走去，她把花布罩衫扔到水泉的冰洞里，两只紫胖的僵手在胯上腰上搓来搓去。她抖出了一线微笑，下牙露出黑晃晃的豁口，少了一颗，不只一颗，她的笑已失去往日整齐的模样。他站住了，又在她白白的额上见到一块青伤，在她粉粉的腮上盯出一块鼓出来的紫肿。他眼神儿零乱起来，知道他不在的日子家里出了大事，那个哀笑把底细透给了他。

"天青……咋不捎个信儿就回来了？"

"都是西水那边的生意，见不着熟脸。婶子，你这是咋啦？"

"初五回史家营，洗洗衣裳，脏了半冬，看娘家人笑话我……你先家去吧。"

"你的脸咋啦？"

"没啥怜惜，自家不长眼，担水叫冰滑跌了，我洗净了就回去……你叔他杀猪哩！"

"说妥了来年杀么，咋又急了？"

"杀了好。日子咋过也是个过……"

"你的牙磕崩了？"

"我把它吃到肚儿里啦。"

婶子想笑笑，却突然红了眼圈，两汪泪冻得颤颤的不肯掉下来。天青找不到话，跨过去要帮助把冷水里泡的衣服拎上来，让婶子拦住了。两只手碰了婶子冻红的胳膊儿，鼻腔里不知怎么就泛起了酸楚，心也疼得缩紧，目光死死地留在那些伤上。

"看你瘦的，这一下有肉吃啦！听听，那猪哭它的命哩。"

婶子说着便低了头，大颗的眼泪终于冰粒子似的砸进了泉水。那头猪高一声低一声地嚎丧，天青迈进宅院，发觉它已经在小炕桌上躺好，除了开开合合地长嘴，绳索完全地固定了它。它用最后的力气给自己唱着暴烈的挽歌。叔叔站在它脑袋旁边，在袄袖子上得意扬扬地慢悠悠地蹭着那把刀，让它唱得尽意些，长久些。叔叔整个人在天青眼里显出了十二分的毒辣和野蛮。他敲掉了婶子的牙，伤了那张俏脸，还不够，还泄不掉杀气。他急等着见血的样子，让天青看了呕心得慌。

天青拴好骡子，别的不干，先把钱递过去。叔叔将一沓花花绿绿的纸币抓在掌上，没做什么表情。

"多少？"

"你数吧，就这些。"

"歇歇脚，尽早帮我拾掇了它。"

"这猪没起膘哩。"

"人也要膘不是，让它养养咱吧！"

"杀了可惜。"

"你不吃咋的？达摩庄来人说西水那边有劫道的，没撞上吧……那骡子咋看着瘦了？"

天青不声不响地走进了小厢房。都瘦了。人瘦猪瘦骡子瘦，叔叔的老脸长刀似的，瘦得近乎走形。鬼知道他都累了些什么，暖暖的冬炕竟蹲不起膘来。

"你干啥去啦？赶集了不成？一件烂衣裳就涮不够！瓦盆藏裆里了？快找！等着盛血哩。整日哭咧咧的，我拿镐把子抡你！还不快些，你抬脸看看日头。"

叔叔这是跟婶子说话么？天青蹲在厢房地上，脖子上的大筋一勃一勃地弹起来。他在外奔走的时辰，家里确乎出了事了，婶子身腰如旧，可见还为那件老事，但叔叔的口气里有往日不曾流露过的厌恶，似乎那女人是个必须切齿痛恨的仇敌，要随时准备给予殴打。

叔叔在吆喝，用刀面啪啪地拍打那头阉猪的肚子，逗得它更高亢地啸叫。尖刀不理会这个虚张声势，在空中划了美丽的圆弧，笔直地沿着脖腔刺了进去。猪哽咽了一下，留出片刻停顿。天青按牢晃动的猪头，无意中抬眼，看到婶子散了架似的弯下腰身，竟瘫坐在北屋的门槛上了。快刀嗖一下抽出了血浆，在瓦盆上呼啦啦溅出了黑红的扇面似的瀑布，门槛上那张脸映照了生动的血色，显出死一样的苍白。猪发出奇大的惨叫，不久便衰微，旋即转入一种乐天知命的安详。叔叔傲然地觉得那红水淌得有失汹涌，复又挺刀直进，扎进了湿淋淋的血口子，在心的位置上横翻竖搅，把拳头和小臂浇满了滴滴答答的红粒子和红条子。叔叔还笑，扬着亮晶晶的额头招呼女人来给他抹汗，抹净了又吩咐将薯干酒斟一盅端给他喝。女人软得持不稳八钱酒，哆哆嗦嗦地把酒喂到他胡须上，相就的功夫，又喂到下巴上去了。叔叔居然不恼，摊着两只吓人的血爪子咻咻地笑起来。暴虐的杀害使他尝到十足的快乐，目光里胀满了陶醉，看猪看人几乎不存什么区别。天青的后脖颈触到了嗖嗖的冷气，眼中的婶子也抖得更加分明，好像头发上缠了一只手在不快不慢地摇她，筛她。

猪头齐轧轧地割下来了，天青端着它，看看它的眼，脱离了肉身，眼却开着，嘴也开着，舌头上淌出了一些粉红的气泡，给他的手指涂了更多的黏腻。他让火燎了似的把它扔进了破筐，这个盛器让他盯了很久。他恍惚领略了腾腾杀气中的一个原因，不敢肯定，就牢牢地监视那把刀的走向，在猪的尸体上摆出更凶的样子给叔叔看，险些将一条猪腿活活地扯下来。他殷勤地配合了叔叔的杀伐，又示威似的将前裆的两只蹄脚咔吧一下劈裂，惊得掌刀人连连唏嘘赞叹。

"小子，有劲道！"

"天青，让让！看刀闪了你……"

天青不肯罢手，甩了小棉袄，揽绳索一样抽出了一团大肠，水灵灵青鼓鼓地绕了粗臭的一臂。举止虽然残忍，悬着的那颗心却悄悄降下，晓得叔叔的逞威不是对着自己来的。然而婶子身上依旧缠着一只手，固执地摇她，筛她，使她不能翩翩地行路。似乎她的筋骨和魂灵已经跟随那头畜生一并给人杀掉了。

红红白白的肉朵子在屋檐的铁钩子上冻了起来，溅了血的宅院再度清冷。除夕晚上，肉吃到嘴里来了，天青用舌头把软嘟嘟的白膘子卷到肚子里去，仔细地端详守着炕桌的另外两个人。婶子吃得很小心，缓缓地以牙齿切割，半天不曾咽一下，叔叔的嘴发出连贯的吐噜吐噜的声音，像吮面条一样将大块的肥肉吞下去，他饮酒时嘴唇的动静活似转着一根干燥的门轴，吱吱呀呀响得十分古怪。眼看吃得差不多了，叔叔竟然摇头晃脑地哼哼起来，没完没了地重复着一个意思。

"我那亲娘哎！"

婶子挪他的酒杯，他很清醒地一把夺了过去，潮湿的小眼睛一眨不眨地盯着屋檐。

"我那念儿疼儿的娘哎……"

晕乎乎的似乎要唱，只是找不到一个确定的调子，便用两只干枯的大手啪啪地拍击大腿和膝盖。

"我那打了儿骂了儿蹬了腿儿的老娘哎……睁眼看看你的绝户儿子吧……娘哎！"

除夕的灯影里面，飘荡着烧不透的煤油味儿和啪啪的拍打大腿的声音。天青吃不下去了；肚子里的东西急着要翻上来。

半夜时分，睡在厢房里的天青猛然听到一声尖嚎。不像人，可也不像狼，他扣在枕头上紧张地分辨。等新的一声嚎叫传来，他终于判定那声嘶力竭的是他婶子，惨号后面扩展着是他叔叔无声无息的绝望，和一种非人的残酷的暴力。

天青摸出厢房，光着两只大脚潜到大北屋的窗户底下。他像惯于夜伏的猛兽似的蹲在黑暗里，两眼霍霍地放光。他记得斧子就在台阶附近，剁猪蹄时用过的，悄悄摸了一遍却没有。还要摸索，光脚适时地踩到了镰刀柄，冒汗的大手哆哆嗦嗦地抓紧了它。

"他叔……你要拧死我啦……"

"祖奶奶！你舒坦了吧？我日你祖宗十八代，这一回你可舒坦了吧！"

"……我不活哩！"

"便宜！你个掐不死咬不烂的货！叫……你叫……还叫不？我整不软你我就不是个人！我日你……"

不知施了什么手段，女人的半声尖叫让个软软的东西塞住，化成唔唔吭吭的混沌。炕沿上又发出咚咚的撞击，似乎在揪着一颗脑袋游戏似的磕了。叔叔得趣地大喘，在炕席上不停地翻来覆去，就像不停地掀着一条装满了粮食的破麻袋。

四

见识浅薄的杨天青脚掌冰凉，不知如何是好。当他确信听到了笤帚疙瘩或烧火棍在肉上的抽打声，满腔怒火再也无法按捺，发疯地抡圆了粗壮的胳膊，把整个身子都带得蹦跳张狂起来。镰刀削掉了悬在屋檐上的一块冻肉，又闪电似的舞出耀眼的白光，狠狠地锛进了北屋的榆木立柱。屋里霎时安静，打的声音和挨打的声音都不响了。

"……谁？"

天青不答，脚下石板地的冰凉已经穿透了他的身子，心和脑袋一律变得僵硬。

"谁？"

"……我。"

"天青么？"

"……是我。"

"骡子喂了？"

"喂了。"

天青挪着光脚，眼珠机警地转动起来。

"婶子病了么？"

"没啥……心口疼，想是吃差了。"

"别是急症吧？我到黄塔请人来看看好不哩？小心耽误了。"

"不着忙……这阵儿踏实了。"

"我去睡啦？"

"……睡吧。才是啥东西响来？吓煞。"

"黑灯瞎火的，谁知啥哩！"

天青回到厢房，怎么也睡不稳，在炕席上盘着两条腿想心事。没有扳下那柄镰刀，是想让施虐的人仔细看看它，让他明白到底是榆木桩子硬还是自己的脑壳硬，再向女人下狠手时也好掂量着些。往深处思谋思谋，又觉得这个警告不太牢靠。他担心超出侄子的身份，给叔叔找到把柄，更担心女人有所提防，将他视为心术不轨的歹货。后半夜，忧心忡忡的杨天青再次溜出去，从房柱上撤下了镰刀，把削到地上的那块猪肉也抛向屋后邻家的旧房基里去了。他先前的愤怒已经无影无踪，甚至希望宁静的大北屋再生出惊人的响动来。什么也没有。只有两个人一促一缓一壮一细的睡声吹在灰白的窗纸和窗棂上，在窗外人的心里勾出无可名状的欲火和空虚。

那年洪水峪成立了互助组。那年发生了许许多多的事件。大年初一的凌晨，杨金山的侄子杨天青在小厢房烧得不热的火炕上辗转反侧，在思想里拥抱一个近在咫尺的女人，直至曙色微明。

雄壮的太阳缓慢地热腾腾地升了起来。

上中农杨金山五十五岁的时候跨进了一生最悲哀的岁月。终于不行了。疯了似的折腾自己炕上的人，全是因为对这个不行有了一天比一天强烈的预感。往地里背百把斤的一篓肥喘得赛过风箱，镐头举不过十几下就腰麻腿酥，都是成人后不曾遇到过的难堪事。无法忍受的大难堪是在被子底下，完满的配合已经做不到，忽一日就连勉强的交接也撑不住了。他乞灵于花样翻新的袭击，试图以淋漓的殴打找回失掉的希望和愉快，它们却更迅速地离他而去，只给他留下一些欲哭欲死的怪念头。随便拧紧哪块白肉，或者抬脚将她自北墙踢至南墙，他觉着那是打着自己。女人挨杀似的抽搐着叫唤，便是替他向不公平的日月鸣冤了。寻死觅活的女人转嫁了他的绝望，他喜欢揍她，专捡她料不到的地方和料不到的时机揍她。她眼神飘忽战战兢兢地在他眼前走过，使他体味到自己的强壮，短时间忘掉那种种的不堪和不行。女人已经不是女人，没有器官也没有韵味，只是干巴巴的一团骨肉，是他下拳脚的地方。他待那匹骡子反倒好些。他待天青也不赖，厚道的侄子日出而作日落而息，比骡子更让他省心。许多把柄滑过去，一向不理会年轻的后生是个什么威胁，更不知道那双眼如何在女人身上狂奔疾走。如果他后脑勺上生了眼睛，或许会看清侄子那张木呆呆的脸面，上边写满了要杀掉他的意思。谁在谁的掌心里攥着，两个男人里至少有一个还在糊涂。事情外边的女人，则是长久地糊涂着了。

春天一个日子，一家三人在地里间苗，山梁上悠悠地荡着暖风，扫得人身心困倦。菊豆中途回家做饭去了，叔侄俩一前一后蹲在棒子地里，很细致地做活，使零乱的青苗群渐渐地疏朗整洁起来。叔叔不耐做，不到晌午就歪到地边的草地上，昂着下巴晒开了老阳儿。天青蹲在田里不肯歇，叔叔就隔远地跟他说话，一边说一边用痰水去淹草坡上乱爬的蚂蚁。

"天青，桑峪那个大脚娘儿们见过没？"

"见过，姓张吧？"

"张家的老寡妇……她是媒婆子。"

"知道。"

"我前天里在老乔家见她呢。"

"唔。"

"她扯天扒地要给你说一个。"

"……谁？"

"没吐口就把她回绝啦。"

"嗯。"

"我养你这些年，叔的难处你心里怕亮堂着哩！做谁的儿随你，做哪家的姑爷随你。好歹是我兄弟的种。家里日子紧巴，日后宽畅了，你想咋办就咋办……你说哩？"

"说不来……没想过。"

"踏实干一年，看明年村里肯不肯给咱家分户。你自己单过遂心些……我给你钱办事，多了少了的别怪你叔。你叔白活一世，留什么也没用场，早晚都是你的哩。"

"我另立户自己挣，你的留给婶子吧。"

"给她不顶给了畜生！我前脚走她后脚就得招一个来。我金山的血脉断就断自己手里，断她手上我咽不下这口气！狗日的咋还不送饭来……把他娘的狗腿当柴火烧了不成？"

金山爬起来窥望蛇一样绕在山岗上的小路，白白的道上没有人，只印着稀落落的树影。晌午过了，日头有些歪，影子也悄悄地倾斜。菊豆的青袄终于从岭后闪上了空荡荡的石路，张皇地向田野滑过来了。金山呼一下弹起身子，见了猎物一样向来人扑过去，把她截在远远的一个山凹里。天青没有跟上，紧张地站到高处，想看得清楚些。听不到叔叔在吼什么，婶子一味地后退，已经退到草地上去了。天青看到装吃食的小篮子在坡上滚，接着看到婶子在坡上滚，叔叔跳大神儿似的追着踢着。叔叔咆哮了片刻，在婶子背上踹了最后一脚，便匆忙地窜回道路，一股黑风似的往村里卷去。婶子低头坐在草里，长久地抚着脊背，又踉跄地去寻找滚跌了的小篮子。天青把狂乱的心跳压稳，要把看到的这些都忘掉。等女人将吃食送到地边，在背后哀哀地隐泣抹泪的时候，他正装模作样地伏在半尺来长的苗丛里，仔细地清除争肥争地的废苗子和长势迅猛的杂草。他只给她一个沉默而无言的脊梁，半天不肯转身。女人泪眼蒙眬地看着他。

"天青……吃了再干……"

"你先吃。"

"……我不吃啦！"

女人猛烈地抽搭起来。天青停了手，看着脚下的地，还是迟迟不肯回脸。

"你咋了，婶子？"

"天青……我把话先撂给你，你叔他迟早杀了我！日子没得过了，你见啥听啥给史家营捎个信儿。别拦他！让老东西杀了我吧……我不指望活哩……"

"我叔他脾气赖。"

"他可是个人？你叔他可是个人？我屈呀！天青，我受他的你也受他的不成？亲侄儿哎，你跟婶子交代交代，我在你们杨家可怎么活？我迟早给他打死，我受不下啦……"

婶子噎了气，哭得十分艰难。天青抱着脑袋，找不到妥帖的话说，想做的事只有一件，就是跑过去把不幸的女人揽到胸口，让她滔滔地哭个顺畅。头一次听到她悲切的倾诉，竟有这么多话给他，使他明白女人离他不远，伸手便能抓到，也使他更恐惧地游移于侄子的本分，不知道后面等他的是些什么。

眼前的黄土点点滴滴地湿润起来，已经更没有法子去看她。背上热辣辣地燃着一堆火，想必是她红肿的眼在看着他了。

"天青……趁热吃吧。"

"就吃。我去一下……回来就吃。"

他佯装解手，匆忙地翻过棒子地前面的山包，找棵桦树靠着蹲下来，眼里憋的水喇喇地泻到脸上和衣服上。他撞那棵树，咬一块桦树皮含在嘴里，把奔涌的悲声完全地堵回肚子里去，一点儿也不给她听到。他深深地触到了一种奇大的悲惨，是她的，也是他的。

金山不见踪影。他打女人的借口原本是因为送饭迟误，女人告诉他骡子卧在槽里不起身，也不吃东西，他的借口就换了一个，只是打得更充分也更凌厉些。女人伤了腰，间苗时用着半跪半趴的姿势，天青没有表达什么，殷勤的只有那张笨嘴，歇歇吧歇歇吧地劝阻，声音倒比往日更添些冰冷。这冰冷首先给自己来感觉，不这样就挡不住自己，因为整整一个后晌都在酝酿要不要把不听劝的女人拦腰抱起来，抱到棒子地外面去。决心下了一百次，毁灭了一百次，只徒然地磨着冰冷的嘴唇。女人在他的声音里得到安慰，不在乎那些刻意的冷淡，因为他潮湿的眼睛及里面不褪的红色已经在热着她的心，并且暗暗地品味着了。

骡子果然得了急症，金山在它腹皮上按到很大一个软包，疑是绞肠痧。等不及娘儿们和侄子下地回来，就闭了院门，将摇摇摆摆不肯走路的牲口牵离了村子。晚饭时辰，老乔家来人传金山留的话，说是到达摩庄请人医治，治不好就去桑峪，一时回不来的，叮嘱趁着天好早些把苗子间出来，园子里的菜早晚留意些，小心让哪家的猪崽子拱吃了，等等。来人又哧哧地笑了，告诉菊豆和天青，金山走时满脑袋流汗，摸牲口肚子当口像是有泪掉下来了。宝贝要死了，金山怕也活不成。菊豆听到这个玩笑只咧了咧嘴角，天青什么反应也没有，闷闷地喝着玉米粥。叔叔今晚不回来了。院子里只有他和婶子了。他的全部思想都停留在这个从来没有遇到的事情上。局面来得太突然，不能肯定往日是否渴念过，有些怕。撂下碗筷，见女人出来进去走得很轻捷，怕得便更狠，暗知在无数的夜晚里，自己早就无数次地把这种机会设计操演过了。

"踏实睡，用不着三更伺弄歪骡子啦！"

"婶子，喊我起炕……赶早把菜地浇浇，我睡得贪。"

"踏实睡你的，你啥时候睡过整觉？他不在了你还怕啥？"

"起早浇了吧，看他回来找话说……我是累惯了的，干一事少一事。"

"你就是个木头？"

婶子拾掇了鸡窝，站在院子的月光里，脸上融着灰灰的一团，天青辨不出那上面松了捆绑的浅笑和柔情，是不是有他要找的意思。她嗔怪他是个木头，是怨他呢，还是唤他呢？她要唤他完成一件事情么？婶子嘱他早早歇息，便轻巧地移回北屋去了，闭紧的门给天青丢下一个庄重。他趿到厢房，把木头甩上炕席，指肚儿摸来摸去，要剐掉这木头上的羞惭和胆怯，让它如他所愿的那样活泼起来。北屋油灯灭了，他屋里那盏灯一直就没点。不知躺了多久，想着如何站到北屋台阶上，又想如何对付那两扇黑门。步骤很完全，然而每想到走进门去，思绪就纷乱颤抖不止，阴谋和勇气也随之一塌糊涂了。他拉住夹被把自己紧紧捂了起来，连脑袋也一并捂住，终于退缩了，没下炕，没进院子，没上台阶，什么动作也没有。木头和苇席棉被长成了一体，沉沉地入了梦，不再忧愁梦外的一切。有心去梦里演习他的计划，然而悠悠就是不见花朵似的那片身子，倒恍惚看到一个不相干的人，搂着一匹骡子哀哀地哭泣，踢他踹他也不走，拎了斧子砍他，胳膊却举不起来，满世界轰轰地响着流泪的声音和吧嗒着嘴唇舔泪吃泪的声音。

天青醒了，手在被子里寻找丢失的斧头，找不着，哭泣的声音却依旧持续着。窗外有人，他霎时惊住，看清了与梦里不同的情况。刚刚撩开被角，抽泣便迅速消失，北屋的门轴远远地低低地叫了一声。月光很白，铺了青石板的院子像一池水。天青在窗户上趴了半天，仰身倒回枕头，疑心自己是迷了梦了。却又不信。耳朵是真切的，心也是真切的。却还是不信。事情无论如何不会这个样子。是他想这么做，做不成，因而恍惚了。梦见看见听见了那么多，全是因为脑袋有些发颠。人颠了什么都能看到，叔叔有一回不是看到爷爷了么？爷爷在圈里拉了一摊东西，去灶间掀掀锅盖，又给骡子抓了一把黑豆，就走了。叔叔亲眼见来着，只是没敢跟爷爷说话。自己刚才找了半天斧头，在窗户上见了婶子，全是招了颠的缘故，跟叔叔没两样的。天青安慰了自己，却一夜不曾睡稳，早早地爬起来，看着晨光里直挺挺的顶门棍发呆，顶它是防兽防风，一向如此，现在却使他生了气恼，怪自己昨晚为什么不留个疏漏。再想想，又看出这气恼没有道理，便拖着困乏的身子到园子里浇菜去了。北屋闭着门，婶子还睡着。他怕看到她，却未想她是不是也怕。如果两个人相互怕起来，这宽敞的院子就没法子待了，直到把水引进菜地，稍稍清醒的杨天青才动了这个念头。不等他叹气，婶子清凌凌的声音已经从村巷里鸟叫似的悠出来，在招呼他归家吃饭。往日也这么叫，却从来没有如此悠扬。天青愉快地抬起头，在溪流对面的山岗上见到了起伏的绿色，又在绿色上面看到了一幕干干净净的蓝色的天空。他也想叫一叫了，觉得悠扬的叫会使他生出两扇翅膀，舒展地飞到山谷的早风里去。

这是春天里无比晴朗的一个日子。太阳很好，风也很好，小溪流在很好的风和阳光里汩汩地奔波欢腾，给弯曲的山沟绕上了一条清亮的白光，给洪水峪奏出了不停顿的美妙声音。在同一片温暖的阳光下，杨金山的侄子杨天青和杨金山的妻子王菊豆迈进了落马岭附近青苗茁壮的棒子地，而杨金山本人则牵着病入膏肓的爱骡在由达摩庄至桑峪的山间小道上艰难跋涉。人人都怀了希望，希望人人不同。杨金山的思想已经被牲口占据，对亲人布置的陷阱视而不见。即将失掉贞洁的女人则无所畏惧，暂时忘记了沉重的不幸和悲哀，把近乎淫荡的快笑抛在山花初绽的山岗上。年轻后生伴随着暗自思恋了多年的妇人，在阳光一样明媚的笑声中解除了最后的禁锢，奔向他朝思暮想的神奇境界。

事情从这一天的晌午开始，断断续续地持续到黄昏骤降，随后便依照通常的节奏进入了一个长达几十年的不可思议的漫长过程。那个暖洋洋的晌午是个竖纪念碑的时刻，也是个挖掘坟墓的时候。他们把该做的一切都做了一遍，从而晕眩了。

事情没有明确的起因。只是空前愉快地干了一前晌农活儿，彼此说了许多话，当然都是不太相干的话。然后面对面坐在草坡上咀嚼从家里带的干粮，从同一个葫芦模样的器具里斟水喝，用的是同一个瓷碗。腌萝卜粗粗的也只一根，两个人各咬了一边，留着不同的牙印儿。不久便咬乱了，你嘴里有了我的，我嘴里也含了你的，传递了几次女人竟叼住别人的那一边长久地吮起盐味儿来了。饭吃得越来越没有滋味，滋味已经渗到了别的地方。天青鼓着两只眼睛，近乎呆傻地盯住几株刚刚被踏倒的小草，看它们如何顽固地重新弓起了身子，看它们碧绿的伤口如何缓慢地溢出了黏稠的浆液。当它们挺立如初的时候，他立即伸出大脚再一次踏盖过去，脚心里几乎生了疼痛的感觉，似乎有一把绣花针在轻轻地刺上来。

女人的腮里滚着食物，风吹细了她的眼，阳光在她丰润的皮上跳动，她的红唇上装饰了几颗食物的残渣，墨发周围有一只不知疲倦的昆虫在飞舞盘旋。

天青的喉咙里无端地涌出大量唾液，像陈年的薯干酒一样燎着他的舌根。

"婶子……"

"啥？"

"昨黑间害梦害煞哩。"

"梦爹来梦娘来？"

"梦……梦着婶子哭。"

"我哭？咋着哭？"

女人把红红的笑脸转给他，隐了许多意味，他却不看，只端详那张脸下的几个部分，目光起伏错落。女人的见识毕竟老成，况且昂亢的水准并不在他以下，又自恃握了操纵的力量，便清清楚楚地包抄起来。

"天青，你怕了吧？"

"……怕啥？"

"你也是五尺高的汉子！"

"我……我怕啥？"

"不怕咋把个窝儿捂得严严的哩？"

"风大，不挡风挡狼不是。"

"你看婶子像只狼不？"

"婶子……"

"妥妥看看你苦命的婶子，我像狼不？"

天青的懦弱似乎激怒了女人，活像刀子一样甩过来割他，脸上却不失笑。然而这笑容的甜意分明是淡了，流布的是渐渐浓起来的自怨自艾和天青一时不能通晓的哀悯。天青低头无话，证实了昨夜非梦，脑袋反而更加沉重，径直地扎到胸口上了。憋闷惊惶之中感到头发茬上降下一片东西，风吹而不落，轻摇而不走，终于明白这柔软的南瓜叶似的一块温暖是女人的手掌。他闭着眼，用牙把浑身的哆嗦咬住，咬不住的就任凭它们被那个掌心吸了去，哆嗦却还有，不停地沿着手脚向外施放。

"婶子……叔叔他……"

"别提他！让老东西死去！"

"婶子，放羊的在坡上……"

"羊群翻到阴坡去了。"

"……你干啥？"

"你说，婶子像狼不？"

"婶子别耍笑我……"

"天青，你嘴瞒了人眼可瞒不了哩！"

"停窗根哭的是你？"

"是我！你叔让我死，我不死！老天有眼，让它看我咋活着！天青，我是喜哩……想让你伴我喜兴哩……活活咒那个老不死的！你叔他毁我半世啦！"

那手求援似的抓住他的头发，太短拢不住，就滑下来揪住了他的衣领，脖子上的大筋勒得转眼粗壮圆滚，勃勃地涌着青血。

"天青，你疼我！"

"轻些，看打了水罐……"

"你心里装得下我不？任你拿哩！"

"婶子……我裂啦！我心尖尖裂啦……婶子哎，你要笑我不成？"

"要吃你！怕你就走。"

却不让走，也不欲走。然后就无话。一颗蓬松的头抵到怀里，把他生了硬须的下巴顶得高高翘起来。蛇似的两条软臂在脖根上胳膊上胡乱缠绕。最终选定了一个姿态，紧箍着他的腰脊不放了。天青的眼睛已经没有用处，只觉到有个香软的东西在啄他，脸上洒了点点湿润。呼气的嘴便不再摆脱，紧促地火辣辣地搜寻过去，与正在找他的嘴撞个正着，不顾气闷和牙痛，狠狠地长久地做了一个吕字。太阳在他眼里猛烈地摇晃起来。手和身子闪电般地接受了一种指引，跳成了忙碌的舞蹈。仰下来见的是金子铸的天空，万条光束穿透了硬和软的一切。俯过去见的是漫山青草，水一样载着所有冷的和热的起伏飘游。不相干的因了快速的触击达成牢固的衔接，就像山脉和天空因为相压相就而融汇出无边的一体。显得惊慌失措同时更显得有条不紊的杨天青头一次感到了自己呼吸的困难，天塌下来埋住了他，他刚刚领略到一丝绝望便掉进了前所未见的佳境，袭击了他的是类似快活而超越了快活的雷霆与风暴。他大吃了一惊，身心随之痉挛。

眼里悬着的是颗正在爆炸的太阳，颜色发黑，像个埋在火烬里的烧焦了的山药蛋，像一张晾在屋檐上的刚刚剥下来不久的母猪的毛皮。一切都是黑的了。

　　此时，五十里山路以外的桑峪情况良好。妖医梁大头只一眼便诊准了病骡子的症结，正操起半尺长的一把白刀子，在骡子的腹皮上晃来晃去，要选定一个剁捅的位置。劳顿的杨金山不忍目睹，悄悄溜到主人家的门外，靠着院墙歇息瞭望。杂七杂八地想到许多事，大都与骡子的过去和未来有关。人世沧桑，最忠厚牢靠的伴儿竟是个畜生，让他委实不解。活着的人里没有哪个让他如此牵挂，时时念想的只有远在地府的爹娘和未曾降世的儿孙。纠缠阴间的事情不是担心爹娘是否在那边受苦，而是神秘于自己的将来。在幻象中安排儿孙的生活，图的是这个不可知的将来。让他忧心忡忡百思难解的，是爹娘交下来的自己这条生命将怎样不断代地旺盛地传递下去。他疑心前世有孽，所以天神要指派不生养的女人来惩治他，一个不够，竟有两个，先先后后地来促他灰心，使他活得不能畅意。他对骡子的种种关切，或许就是感知了相似的命运，所以要在苦命的牲灵身上将一种深刻的体恤来加倍地扩展和烙印了。

　　悲痛的杨金山沐浴着春天的阳光，淡然地想到家，更淡然地想到妻子和侄子。他想到她和他的时候似乎是在想着庭院中的两件摆设，因此他绝不能料想重重的山岭背后正在深化的一个进程，也绝不能料想在属于他的田野里如何爆发了一项冲突。那是和间苗或铲草完全无关的事件，却更为劳累。侄子强健过人的肌体在他反复耕耘的田垄里伸进了犁铧，并且比他有效百倍地狂放地播着种子了。

　　杨金山听到了骡子疼痛的啸叫。刀子划破皮肤的声音像撕碎了窗户纸一样，吱啦吱啦地勾出了他的眼泪。

　　遥远的杨天青也在叫着的，于灿烂的升腾中。似乎有更大的痛苦，嗓音也因之更为高亢。像一个暴虐地杀人或者绝望地被杀的角色，他动用了不曾动用的男人的伟力，以巨大的叫声做了搏战的号角。

　　"婶子！婶子……"

　　这是起始的不伦不类的语句。

　　"菊豆！我那亲亲的菊豆……"

　　中途就渐渐地入了港。

　　"我那亲亲的小母鸽子哎！！"

　　收束的巅峰上终于有了确切的认识和表白。

　　太阳在山坡上流水，金色的棒子地里两只大蟒绕成了交错的一团，又徐徐地滑进了草丛，鸣叫着，扑棱着，颠倒着，更似两只白色丰满的大鸟，以不懈的挣扎做起飞的预备，要展翅刺上云端。

"我那亲亲的小母鸽子哎！"

那一年女人二十六，杨天青是幸福的二十二岁。以后的年月里，在一系列精密选择的时间和地点，在充满幸福与罪恶的阴谋中，杨天青根据他牢固不变的想象力无数次地重申了这句宣言，女人便也无数次地毫无厌倦地承接了这个吼叫和呻吟，并衷心地为之陶醉。

两人遵循的朝拜仪式中，它是不变的禅语，凝结了具体的本质性的信仰，又沾染了原始的诗意，因此便被他和她永恒地诉说和聆听着了。

洪水峪的生活有了新模样。互助组形成燎原之势，顽固的单干者们已经土崩瓦解。小满时令，乡里来人组织了识字班，召集青壮年和妇女参加扫盲突击。一旦黄昏降临，村口老核桃树下面便齐聚了几十条粗细不同的嗓子，肃声地念着人、口、手，以及马、牛、羊、天、地、水。

杨金山不入互助组，以劳力的数量和质量而论，他认为自己非常强大，因而不能容忍外人来分享。他也不让年轻的妻子和侄子介入识字班，在核桃树底下饱受蚊虫叮咬而又念经似的嗡嗡不休，在他看来是万分可笑的蠢举。他认为自家的生活中有许多迫切的事情急等着做，断不能悠闲懒散。

究竟做些什么，却又常常无数而无绪。家里另外两个人不时受到相互矛盾的指派，水缸明明满着，却严令去担水，刚刚遛过骡子回来，又催促把它牵到山上去再放。两个人负着沉重的隐私，不由得挂出低声下气的外表，内里却分明地感知老东西在日复一日恍惚，并且不可逆转地糊涂着了。骡子大病一次，主人也跟着失掉灵性，这或许就是造化的精心布置，要使年轻的他和她更大胆地放荡，更没有顾忌地来彼此偷窃。纵情的举动便额外地添加了信心，在天地不知的暗处增强了速决的频率，所言所做真个是无不销魂而呜呼了！

糊涂着的杨金山也奇怪于女人的变化。每逢自己莫名其妙地狠毒起来，仍旧可以招致畏惧的颤抖，却再也听不到那种令人快意的母狼一样的尖叫声。女人的白牙咬破红唇，任凭他在光滑的皮肤上制造出一块又一块青紫的瘀斑，任凭他砍伐树木似的将那柔软的躯体弯来折去，表现了一种誓死忍耐的决绝。他最为诧异的是女人不仅忍辱含垢，而且前所未见地显示了主动的顺从和殷勤，她渴望完成的欲望是那么迫切，几乎使他疑心这是对他的无能的一种巨大羞辱。白日里下地，见她屡次丢开锄头惊惶地隐入灌木丛，窃以为那是跑肚或尿慌，万不曾料想她是怎样伏在僻静处频繁地呕着又喜又悲的涩水。歇息时只见虎背熊腰的侄子在密林深处游来荡去，以为是寻找蘑菇或山雀蛋，却不见那双大手如何秘密地攥着几颗酸溜溜的野杏，更不见它们以怎样的传递方式塞进女人焦渴的嘴巴。妻子和侄子在规矩地做活，茂密的庄稼预兆着满意的收成。被阴谋暗暗侵蚀的杨金山竟然没有一丝挑剔，只对身旁两具不知疲倦而精力旺盛的身子抱了许多不明不白的嫉妒。自家的手脚似乎越来越迟钝，也想抖擞，然而五尺长的大锄杆子再也拉不出风来了。他的悲哀就不能不局限在这个无知的地步，听凭一颗茁壮的种子在他的田野里孕育生长，于后知后觉中预备着为他人做个受骗的父亲。这甜蜜爽人的角色便只能沉在一个永远不醒的老梦里了。

杨金山得知女人怀胎是在三个月以后。当他再度野性发作而狂扇她的嘴巴时，突然发觉她没有伸手拦挡，却蹊跷地紧紧地护着肚子。他扯开那双手，目光游移起来，女人禁不住端详和抚摸，摊开两臂泫泫地落了泪。追问之后，他险些一脑袋栽下炕去，喷出了一声奇大的响亮的怪笑。随后便捧住那丘白白的肚子无声而猛烈地哭泣，皱巴巴的脸鬼一样胡乱扭动，整个身子都抽搐摇摆起来了。

"狗日的，你咋不早说！"

厢房里的杨天青给那声怪笑惊得睁大了两只眼，紧张地准备与一场迟早会降临的危机抗争。听到了一连串啪啪的清脆的声音，好半天才判断出那是狂喜的人在忘乎所以地打着自己的嘴巴，他稍稍地松了一口气。

"老天爷开了眼啦！"

"菊豆，我待你亏了心哩！"

"亲爹哎，你儿得了天助有救啦……"

颠乱的声音响了小半夜，不久便也宁静而安顿了。三颗心在不同的腔子里搏动，各自想着异样的心事。天青的思想是确凿的，那是他的而不是别人的儿子，他从女人那里得知了那个人的窘状，况且长年无子的历史也确切地做了证明。但是那种喜极而泣的声音震撼了他，使他头一次辨清了自己的罪孽，知道欺诳的不只是叔叔，在一个绝顶紧要的地方他辱没了自己的爹娘。他做了万人唾骂当剐当诛的见不得人的恶事了！日后该怎么活，成了解不开的难题，像不可攀的山岗一样在他眼前陡然高耸起来，他孤独地做了一只走投无路的野兽。长夜难眠，他咬着炕席的苇子片排泄苦闷，一时竟感到那咔咔磨着的是两排尖利的狼牙，刹那间便无所畏惧了。

杨金山欣喜若狂，第二天就摆出了两样的态度。他早早地招呼天青起身，在必做的活儿里添入一项揭火煮饭。玉米粥煮好，天青又被命令去张罗鸡食、猪食，然后是空着肚子劈柴、担水、饮牲口。做着这一切的时候，杨金山站在北屋台阶上袖手四顾，瘦脸恬淡，像个财产上一夜之间便暴发的人，沉醉在对周围事物的有效支配中。王菊豆一动不动地盘腿坐着，遵循丈夫固执而古怪的意愿，她必须每时每刻对肚子里的另一个人负起保护的责任，因而也就必须暂时放弃行动的自由。透过窗户上破裂的挡风纸，她看到侄子驯服地做着往日由她来做的种种劳务，笨手笨脚而又卖劲儿的样子使她大为伤感。杨金山亲手端来早饭和腌香椿，见女人眼里有泪，以为是让自己感动的，于是他也感动起来，鼻子竟有些酸楚。在香椿叶上点了几滴芝麻油，觉得不够又点了几滴，舌头吧唧吧唧地舔着油瓶子，似乎在品尝自己心胸的博大。

"多吃！"

菊豆窘迫地埋头在碗里。

"别乱动！伤了胎……看老子不宰你！力气活儿叫天青干，你得养养骨血。"

温情飘荡，凶残的男人居然在女人的肩膀上搁了一只手，一只不是用来施放暴力而是用来真心抚慰的大手。女人的几颗泪哆嗦着溅进粥碗。他很满足，暗暗发誓要把更大的关怀补偿给她。然而他对近在眼前的微妙现象没有一点儿意识，女人突然降热泪，是因为她白如骨片的耳朵在院子里一群母鸡的啄食声和两只猪崽子囫囵吞咽的哼哼声里捕捉着另一种音响，无可奈何的忙碌喘息透露了日后的情景，也把丈夫的用意揭开了。她因为日益胀大的肚子而获得的赦免，会在那个年轻茁壮的男人身上转为更沉重的压迫，掉到受不下的更不堪的处境里去。她和他的命紧紧地系在别人手里，肚子里多一个生灵，反倒系得越发紧束了。她已经没了办法，那个人或许也没了办法，院子里嗒嗒嗒的脚步声响得只是一团昏乱和不知所措，全不见春天草地上的愉快和勇猛，像是要伸着脖子来等人处置了。

菊豆不再下地。金山的心思也不在庄稼上，手忙脚乱地像丢了魂，不时地撇着老腿在村巷里转悠。绝处逢生的喜悦使他更加糊涂，只想迫切地向遇到的每一个人公布他的壮举。以奔六十去的不老之身使一个女人坐了胎，几十年的奋斗终于有了结果，在他看来无论如何也是一件值得炫耀的事情。听到消息的人像是为他高兴，当然那高兴并不在他们得知自家的女人有喜以上，甚至不比得知自家的母畜有孕之后所表示的欢快更多。人有男女，畜有公母，生养是天经地义的事，没什么大惊小怪的。他们只是觉得金山可怜，因为他费事似乎太多了一些。金山得到许多不浓不淡的家常话，渐渐明白别人并不曾看中他的无上的光荣，未免太不把这个大事当作大喜事，于是心头略感不快。但是他仍旧挂了笑脸走路，脚底板一掀一掀地想多流露些类似年轻人的弹力，也想把那分得意和满足留给自我来欣赏。

在八月的田野里侍弄庄稼，杨金山每每不能坚持到日落。与魂不守舍的叔叔相比，侄子反倒更为镇静和从容。引水浇玉米，叔叔到渠头张罗半天，居然昏头昏脑地把水引到别人家的地里，天青只是一笑，再悄悄地把水引回来。这呆事轮到他做下，叔叔怕要跳脚，近来叔叔是越来越频繁地对着他跳脚了。等孩子出世，叔叔会把更大的威风逞给他，他不在乎这些，他从叔叔的行为里得到许多勇气，负疚的心情日益漠然。他不怕这个人，无情支配他的这个人常常让他觉得可笑。他很踏实，因为他总在想着女人肚子里的那个孩子，以及制造这个孩子时那些无意的激动人心的最初步骤。他为自己的能力惊讶，也为不可想象的女人的能力惊讶，亲叔叔以主人的身份呵斥他的时候几乎引不起他的愤怒，他的后盾是巨大的快活和巨大的信心。只在肯做，他什么都做得来，包括在实质上做一个人的丈夫，做另一个不可知的人的父亲。他觉得自己是在讨还民国三十三年那个落雨的秋天被人欠下的债务。她是他的。他的！他对那个名义上的父亲只有轻蔑，他也在替她轻蔑着那个人。

杨天青独自承担了三个人的劳动，落马岭夏秋之交的田野里洒满了他的汗水。杨金山的土地上见不到杨金山，洪水峪的善良人便哀叹那个呆侄子的忠厚和寂寞。

"天青，我家去看看。你把靠崖根的几梯棒子拾掇拾掇，晚饭不急，干妥了再回来。"

干妥了往往是在前夜，山岭上悬着密麻麻的星花，白灿灿地罩着归家的小道和他疲倦不堪的身子。走进宅院他就不是自己了，好像睡够了刚刚爬起来，叮叮当当地捅灶热饭，吃粥时把嘴皮吮得一阵脆响。他是想告诉让油灯映在大北屋窗纸上的那个人影，他一切都好，她不必把头垂得那么低，也不必那么僵硬。他还是她想要的那个他，结实着哩！那人影每一晃动都使他更快地丢掉疲倦，同时又让他更深地陷到另一种疲倦里去。在厢房里疲倦着，懊丧自己竟忘了那么多，只剩下许多甜蜜的碎片，因肿胀和破裂而悄悄融化，浸出模糊的陌生的一堆。他想实在地触一触她了。猛然想到孩子，热辣的念头便暗自消失，化成满腔的温柔和肃穆，使他复又记起了自己的责任。那是需要耐性的长久事业。

王菊豆的肚子吹气似的大了起来。家里没有人的时候，偶尔无聊，也敢蹑到村巷里晒晒老阳儿。腰身过于饱满，有乡亲遇见便常常凑上来问到生养的年月，她笑而寡言，吞吞吐吐地说不清楚。

"怕是腊月吧？"

问得紧了，她反而去求教问的人，无知的样子让一些善生的娘儿们觉得可笑。她回答金山的时候也是这句话，金山也无知，因而把这个犹犹豫豫的说法看得很严肃。他扳着手指头回想造孽的日子，恍然记起一次半次的成功，如何成功却模糊了。女人就红着脸提醒他，那一次怎样，另一次又怎样，不是那一次便是另一次了。金山于是频频点头，仿佛确有那么一次，然而究竟是哪一次又是怎样的一次，仍旧是无从印证的模糊。次数太多，行与不行的界限也不大确定，他就不再计较。总算喂鼓了女人的肚子，别的可以一概抹煞，况且他不是一贯强悍的么！鬼迷心窍的杨金山想到女人的顺从，真以为自己确有点石成金的本领了。他已经计算着新的成功，有一便该有二，种一次是完全不够的，不够的！他忽略了女人眼色里的慌张，不晓得女人在求助于他的糊涂，只以为那是怀想他对她的种种侮弄而浮出来的娇羞。他感到慰藉。他喜欢她战战兢兢的样子。女人的胆怯让他加倍地尝到了为夫为父的喜悦。他要让咒他无后的人看看，堂堂正正的杨金山就要做那个小崽子的父亲了。

第二年正月十六日，坐落在洪水峪村南的杨金山的宅院一片繁忙，产妇凄厉的叫声自半夜响到黎明。大北屋的油灯陡然熄灭，接生婆累得昏头昏脑地跟跄到台阶上，向脸色苍白的杨金山郑重宣告：一把大酒壶，一个带把儿的大酒壶！边说边把一个带血的手指直挺挺地伸出来，以它来象征降世者与另一类有别的最显著最紧要的标志。不用比画金山也明白了，嘹亮的哭声把底细全部告诉了他。他的儿子很强壮，他的儿子对一切很满意，他的儿子在呼叫父亲，那哭声孝得不能再孝了。

"狗日的！我那儿哎！"

杨金山一头撞进了大北屋，猛兽似的向母子俩扑了过去，在炕沿上跌翻了身子。

守在院子里的乡亲不胜唏嘘。

杨天青不在家，初五就赶着骡子到西水一带驮脚去了。似乎要避开那件事，在外周游了近一月。归来是在十九天之后，在村外遇到老乔家的二小子，说菊豆生了一个男孩儿，名字已经定了，唤作杨天白。按族里的旧名谱起的，天白恰好对着天青，是他的弟弟。二小子又要笑，说再揍一个出来，怕要叫作天黑，天黑的名儿还真没见过。

“快去看看吧，你弟弟胖着哩！”

“我婶子……咋样了？”

“淌了半缸血，你叔把她当佛供着，忘了当初咋着治弄她来，你快去看看吧。”

天青呼了一口气，却拉不开腿，呆呆地站了片刻。他把骡子牵到山上，在一面草坡上躺下来。一蓬枯萎的野蒿子拂着他的脸，头顶上的白云在冷风里匆忙地赶路，树林里此起彼伏地响着嗖嗖的冰凉的声音。

那人是他弟弟。这层意思竟没有想过。他既然唤作天白，那么他天青必得做他的堂兄弟，这是杨姓的名谱里早已排定了的。他想不到这一层，是因为他一直企图做他的父亲，他确乎是个父亲。然而事情已经明确，对儿子他只能以兄弟相称，直至永远。他也将无尽无休地做那个女人的侄子，永远无法改变。遥想落马岭野地里的一幕，两条命透彻骨髓的联合，却原来都是无益的徒劳，只是一时的凑趣了。他无法容忍。这不公平。太不公平。他不能理解那个小畜生凭什么要被叫作杨天白。陈年的名谱是祖宗里的混蛋灌多了薯干酒之后说的昏话，他不能答应事情落到这个地步，自己这条命说什么也不能让他们这般戏弄，他得吼天叫地把自己的东西要回来、偷回来、夺回来！他不怕杀了谁。他不怕。杀谁却不知道。或许就该杀了自己？该杀么？

杨天青跨进院子的时候，又成了以往的那个人，恭顺而委琐。先在槽头上围着牲口安顿了一阵儿，然后把揣热的钱塞到叔叔贪婪的巴掌里。钱是厚厚的一沓，叔叔喜笑颜开，把他上上下下地打量，他就憨蠢地低了头，仿佛对自己的能干很不好意思。

“骡子劲道差些了吧？”

“不差。”

“天天喂的啥？”

“黑豆。叔让喂黑豆，不敢买麸子，怕瘪害了它不是……”

“喂得不赖，有膘！”

天青眼看着别处，耳朵却搜寻北屋里的动静，听到窸窸窣窣的声音。女人竟然怯得不敢招呼他一声么？

“……婶子生了？”

“生了。”

“生的啥？”

“儿子。”

"胖不？"

"猪崽子！"

"……挺结实？"

"像个骨碡。"

"……"

天青舔着嘴唇，等着，叔叔打个呵欠，似乎不理会他的意思，也不准备把他请到坐着月子的北屋里去。侄子犹如外人。

"你歇吧。院子里抬胳膊抬脚轻些个，看惊了小崽子，他睡不实。"

"婶子好不？"

"奶水足着哩，吃不清！"

"有奶就踏实了。"

"可不……你担水去？不歇歇？"

"这缸……空了。"

"要担就担去吧。"

天青在水泉结了冰的石条子上蹲了半天。溪流对岸有人赶着羊群走过，见他渴坏了似的咔咔地嚼着冰凌，像吃干粮一样。他东倒西歪地担起两桶水，似乎喝多了酒，又像扮演着一出山梆子戏，幽幽地唱着什么。他不停地以袄袖子刮脸，不知是对付冷汗还是对付风催的寒泪。

惊蛰那天后晌，杨金山去村西办事。杨天青攀上柴垛，隔墙看着叔叔的背影透迤远去，随后跳下来斗胆奔向北屋，撩开了厚重肮脏的棉布门帘子。菊豆捧着一只乳，正给没出满月的天白喂奶。两个人没有话，先是彼此痴迷地看着，然后就把目光合成一股，共同投到褓褓里小小的面孔上。天白吃力地含着奶头，两颗黑亮的眸子却忽东忽西的极是灵活。天青的大手不由得捏向了他。

"轻些，冤家！"

"把我想死！"

"像你不？"

"我啥样儿？"

"看他便知了……"

天青嘻嘻地笑起来，女人把脸弯到天青的胸襟嗅来嗅去，在腋窝旁稳稳地靠住，天青的爪子就移上女人的奶包找不见路似的仓皇地乱走，女人便也嘻嘻地呜咽起来。突然静了嘴，一块儿听着窗外。窗外也静着，只有懒散的母鸡在咕咕地觅食。

伏羲伏羲

"走吧，他回来可了不得！"

"回不来，怕才到哩！"

"撞上就毁啦！"

"撞上罢了，我怕？"

"他可不拿斧子砍翻了你……"

"砍去！三个够他砍一气的。"

"人后充啥牛胆子，你个鬼呀！"

"算啦……这次拉倒！"

天青把手紧催了几下，由女人的腹窝里恋恋地拔出来。天白已经松了小口，粉红的舌尖顶在唇间缝隙里，鼻管一扩一扩地香甜地睡去了。女人敞着白胸，从炕沿上端起一只碗，很苦闷地自揉自握，把盛开的奶花射进去，溅到天青手上的几朵让他埋头舔吃了。

"留奶袋子里怕啥？"

"胀煞哩！"

"真就吃不清？"

"吃不清。"

天青着了魔，下巴耷拉下来，死盯着葫芦把儿似的嗞嗞喷水的奶尖儿。让女人清清楚楚地看见了一股孩子气。

"傻啦！想吃？"

"我……"

"想吃……你吃去。"

"不疼？"

"我那冤家哎！"

天青哈着碗似的大嘴扣了过去，将热绵绵的肉坨团团包住，甜腥的浓汁渗进喉咙之后，他就觉着自己真是这女人的宠物，而女人则是他的仙了。他在白日梦里琢磨着将她吞掉。

杨金山回到院子，见天青正坐在篓子上哼小曲儿，手里绕着骡子的麻绳笼头，往上面编纳一朵破布剪出的花饰。他默默地从侄子身旁走过去，始终没闹明白那是哪里弄来的高兴。都说侄子呆，看来确是呆了，然而那呆的后面似乎有什么东西让人不放心。刚才拒了媒婆提的婚事，礼钱索得太狠，就是倒贴钱，他一时也舍不得丢开这条过人的劳力。侄子若知道了这些，还会唱小曲儿给自己听么？如果明知道了还要唱，高兴里便有恶意了。睡他的屋吃他的粮，厚道的侄子不像是抵触什么，怕是真高兴着哩！碗沉炕暖不高兴才有怪。杨金山释然了。

谷雨前夕杨天白过了百日。第二天杨金山独自去史家营为老丈人送喜酒，日头偏西了仍不见回来，那头骡子却在晚饭时辰嗒嗒地闯进了门道。鞍鞯光溜溜的，槽里添了料豆，畜生竟不吃。以为叔叔给人拦在巷子里说话，等久了却还是不露，村头村尾均不见影子。

"路上跌了？"

"骑了一辈子牲口，他会跌？"

"不跌咋不回来？"

"回来不回来由他……"

"我去南岭崖道上看看？"

"等吧。"

菊豆向天青交换了一个眼色，天青却不懂，扒净饭碗就出去，在老乔家借了一只马灯架子，逆着山道奔向南岭之夜。

走着走着才略微有些懂，唰地冒了冷汗。回头看看村子，那座屋宇淹在黑风之中，似乎有两只秀眼在突突地放光，把一块黑割成阴沉的碎末儿。不敢想了。

在南岭一个阴风阵阵的道弯儿里，杨天青踩到了一颗头。虽说拎着马灯，静静摊开着的仍旧像是黑长的顽石。踩了也没有声息，就把灯光移上那张脸，腿上的肉绷紧，似乎有心再踏上一脚。路旁的草丛后边有崖，把这块软石头掀下去，不碎也能成饼，心事或许竟能就此了结。然而爹娘在冷冷地看着他了。这天白的父亲最终是把天白的另一个父亲狠狠地撂到了背上，鬼挪尸似的挟着一星鬼火，踟蹰地走在漫山的阴森里。

起初以为杨金山是醉了酒，因为全身上下无伤无血，扔到北屋炕上，开着的嘴巴微微地吐着辣气。一夜无话，菊豆悚然时掐天白的腋壮胆，哭声不能再大了，金山的表情却无比安详，睡得如僵若死。厢房里的杨天青睡得也不错，吭吭唧唧地扯着响鼾，因懊丧而赌气似的。天明以后杨金山不睁眼也不醒，两个醒过来的这才觉得情况不妙。请来族里的老人，擂胸打背扭胳膊，把死人颠翻了三遭，喷了无数冷水，好歹折腾出一丝活气。先睁开一只眼，随后动了一只手，却不说话，歪嘴馋狗似的拖出了一条长涎，伴着零乱的呜呜声。菊豆皱着青眉远远地看他，不知是悲是喜。天青却有些忍不住，外人刚刚走净，他就倚在门框上哧哧地呆笑起来。那人想动难动，欲说难说，怪模样委实滑稽。天青咧着嘴快活，心里没有不幸，女人更是没有，然而可恶的天白竟哀声哀气地大放悲声，让女人一奶头儿噎住了他。

七

"他咋了？"

"说的呢，咋了？"

两个人踱到灶间里，都问却都不答，天青把女人挤到角落的秫秸堆上，嘴和手仓促地逗出几个手段，直至听到软软的笑声。

"晌午烙面饼！"

再吐话时，男人就用了主子的口气。北屋里那一个分明已经废掉，是人是畜难说了。

以后人们知道了原委，精明过人的杨金山是中了风，与骡子和酒都没有关系，由黄塔请来的乡医也说，这是瘫症，无药可治的。料理好了可以不死，若有硬朗的前缘助着，或许还能下炕走走，说出一句半句整话，然而人确是不中用了，不论做什么用。抓了十几剂汤药，吃了果然不行，便只好单一吃饭吃水，上下两个穴总算通畅，进出无碍，苦恼的是和天白做了一类，香的臭的稀的干的都需要女人来伺候，彻底地告别了往日的威风。上中农杨金山苦度一世，图的是做个人上人，最不济也求做个不弯腰的汉子，到头来却不知栽到哪一路恶鬼手里，扔了全数资格。像日本人打响了三八枪，前妻一嘴泥咟倒在芝麻地里，他也或坐或卧在炕角那块苇席上，被打透了似的一点儿一点儿硬下去，眼看着完蛋了。

六天之后的一个午夜，一条黑影顺理成章地游进了厢房，炕席嚓嚓地低吟了两个时辰。月光里闹着几多嘈杂和纷繁，犹如大群的野蝗在夜色中飞跃滑动，山岗也在摇撼中劳累了，疲乏地连连乱抖。

"我那亲亲的小母鸽子哎！"

一支响箭嗖地划过山风，射入茫茫大气，在暗蓝微黑的背景上布出了星星白火。远天里凝着一声不绝的长叹，零乱呼吸便小到无，化作无边的静了。

大祸悬头的杨金山迟钝了足有三旬，一天早晨突然说清了半句话。菊豆正托着胯骨为他刮屎，听他呜呜地乱卷舌头便不耐烦，手下得很重，听懂了才吓一跳。

"……皮疼！"

菊豆疑是听差了，索性再重些，玉米秫擦着瘦黑的腚窝子，像搓着一块墙皮。

"……刮烂我！"

音调似是似非的不准，却让她不由得轻了手，脸上闪了道根深蒂固的畏缩。事后告诉天青，就比肩凑到跟前，东问西问地问了些，那块老舌头却又一嘴肥膘似的囫囵起来，发问的人便放了心。老东西确实不值得一惧了，乐事已然无可阻挡。

杨金山顿悟他的悲剧，是在数夜春风狂度之后，在一个简短清醒的后夜。睁眼时见到一席月光，儿子安卧于炕的另一端，像飘着半段橡木。席面余下的部分空空荡荡，不知丰肥的女人哪儿去了。目光缓缓地搜尽炕里炕外的阴黑处所，确认了她的不在，脑筋搅拌着，搅拌得渐渐加速，终于断了弦似的在头皮里炸了嗡的一声巨响。

四更时厢房的门轴浅浅起动，像是一句猫歌。苦熬苦候的杨金山再也无法容忍这一打击，好坏手脚一齐乱扒，决意要爬起来，竖着站到地上。灼热的人影闪进房，在炕沿高低处见到一个头朝下的人，正蠕动着挣脱倒挂在枕头下的那只瘫脚。吧嗒一声，居然脱离了，四肢全部地伏了地。热着的人影儿顿时冷却，颤巍巍地侥幸地移过去扶他。算计准确的杨金山趁她俯腰之机一掌攀住了她的散发，用这只尚存余力的好手传递他的愤怒，他快马收缰似的狂勒起来。女人扑倒在地，头颅被引着撞向炕沿，一时惊傻了，竟软软地无从反抗。不知谁的脚抵开炕膛火口上的挡石，红光四射，映出了一粗一嫩两只变形的花脸。

"……宰你！"

"他叔……"

"……宰！"

"你疯啦！"

"……杀鬼……杀！"

"你杀吧！杀吧。"

"……骚……狗……"

以下的一长串审问听不清了，菊豆咬着牙不叫，恍然听到头发根嘣嘣的断裂声。金山得不到答复，就扭着手里的脑袋往通红的火口上捅，终于挑醒了女人的意志。搏斗以男人的失败告停，降服他原来用不着多大的力气，他的野蛮不过是一层虚妄。

"你瘫了！还想欺我？做梦吧！"

菊豆爬上炕席，抚着针扎似的头皮盘腿坐下来，想到无数受虐的夜晚，看着让她推翻在衣柜旁气急败坏的男人，她想哭。

"摸摸裤裆里剩下啥？屎！"

"我把事情做下了，明说给你。"

"拍拍你那良心，你杀了我多少回？短命的怕早几年就给你整死哩！天爷照料咱了，给了一个天青。你妥妥听准，那人是天青！老不死的你恼吧……"

杨金山趴在那儿不动，像倾听发自地府里的声音，唰唰地冷着一串寒战。地上炕上的就这么对峙了一夜，菊豆无心料理他，管自入睡。杨金山度过了人生最为旷达最具悟性的光辉时刻，不幸的是未能坚守，做出了不知深浅的举动。菊豆清晨醒来，嗅到一股燎猪毛的呛味儿，抬头便看到那张锅巴似的烤焦了的黑脸，和那脸上失去眉毛却仍旧不停眨动的一双朽目。焦的只是表层，命还在。看破红尘的杨金山确实企图把脑袋当木炭塞进火口，然而不知为什么在最后关头突然改变了主意。杨天青抬他上炕时他一声不吭，枕头挤破了燎泡也不曾吟一下，直到四周无人时，他才脸贴墙嘴啃席哗哗地淌出了混浊的老泪。世界对他来说是万分险恶了。

杨金山把宝箱钥匙交给女人，又付了一大笔药钱。烧伤治愈后，洪水峪便多了一条活鬼，探视他的乡亲都说，那人是不能看了。又说他的命为何如此硬朗，两碗粥一顿竟不够喝哩！天青把烧伤解释成自跌自误，人们都信，然而人们都以为金山家的宅院罩着谜，解不开的。不论何时去人，总能见到杨金山望着火炕另一端的儿子，表情神秘。老看老看，眼都舍不得眨，这不够不休的馋相不是很怪么？

杨金山病中爱子，是村中老人的一段糊涂话。丧父的愚侄为叔叔克尽孝道，是挂在他们嘴边的另一种糊涂。他们不放心的只有那个俏娘儿们，但一时也找不到理由。他们无意间结了同盟悄悄监视，却始终找不到把柄。才华黯淡的人们无法领会欲海出征的景象，自然也无法想见苗壮的桅樯如何撑阔了一领白帆，飞一样在日月里奔驰。

时令过了大暑，蚊虫因为炎热而更加活跃。那天神态安稳的杨金山没有吃晚饭，像往日一样专注地看着天白。菊豆见他不动筷子，以为是热蒸的，就倒了一碗凉水，跟那碗小米饭一起摆在他枕头边儿上。她是越来越傲慢了，天才黑就抚得天白睡牢，也不看金山是否醒着，腰条款摆目空一切地离了北屋。杨金山感到了由厢房辐射而来的意气风发的热烈气氛，他看着天白，不动声色。

两个水手操作在航线上，驾驭着星光灿烂的夏夜，未曾提防暗暗拱出来的礁石和由远天滚滚而来的狂风骤雨。土炕和屋顶尚未倾斜，他们在颠覆地努力中突然听到了一个被掐断的哭声和一声紧紧压抑着的咆哮。杨天青腾腰下炕，挺着光溜溜的身子冲了出去。女人徒然地罩着褻衣，因恐惧而更加酥软，跨了没几步就蹲在门槛上了。

杨金山以一只有力的大手攥着天白，小崽子猪腿粗细的软脖儿充实了他的掌心，他快意地咧着鬼一样的大嘴，调动着全身的力量。他要消灭他。他是用拐棍把子钩住褓褓开始第一步的，他的最终目的是掐死这个饱含欺骗的谬种，否则死不瞑目。

他险些做成了这件事。

杨天青粉碎了他的报复。这个侄子以同样的方式和同样的果决掐住了他。金山在窒息中松了手，然而窒息并没有离开他。他无动于衷地静候末日降临，在突然闪出的油灯的微火中发现了另一个男人的裸体，吊在他脑袋边不远处的雄大器官居然保持了惊人的挺拔，直令他万念俱灰只想速死。

"天杀的！毁了他吧！"

杨金山听到了女人的声音。想到她偷获和领略的那番新局面，当是自己从不曾给过的，这声音竟让他听出了合理。或许娶了她真就是一个错误，违了天意，如村中老者反复指点的那样。老天爷却选中了他的侄子，人世确乎难料，死在侄子的手里可见也是前生注定的了。杨金山呼吸困难，不由自主地很舒畅地撒了一泡尿，觉得自己正从潮湿的炕席上浮起来。

"愣啥？毁了老不死的！"

"闭灯！"

那铁环一样的杀手竟松开了。杨金山听到了天白的哭叫，一会儿便缓下来，似乎吮到了奶水。以为自己很下力了，却还是不行，金山颇感羞愧。换了那双手准妥，然而真换来了，自己就不会在个骚娘儿们跟前临了如此的惨状。他想到从自己身上失去的遥远的雄壮岁月，仍求速速一死。

天青又伸出一只手，搁在他脑袋旁边。

"活够了吧？"

金山不答，等着。

"我不绝你的日子。你还能吃饭，妥妥喘你的气，我伺候你，听清了？"

金山不信，仍等着。

"再毁我儿子一指头，咱们就看！"

那只手抽了回去，女人低低地叹了一声。炕沿儿前两个人影儿贴着，又分开来。

"活够了告诉我，好办！菊豆，领孩子睡，怕他不成？……算啦，容我日后想想……愁死我！"

叽叽喳喳地商讨了一番，天青驼着光身子独自出去了。女人抱着孩子唉声叹气地坐了一夜，金山却睡得很好。第二天，杨天青背着杨金山从村巷里穿过，人们问他干什么去，天青憨笑不答，金山则眯着眼像睡着了一样。来到小溪流一块大石头后面，天青放下瘫子，先脱自己的衣服，跳到水塘里试着泡泡，又爬上来脱金山的衣服，金山呜呜地挣扎起来。

"怕淹死？由不得你！"

天青把瘦鸡似的叔叔抱进了水塘，浸了浸，就让他坐在里面了。水淹到金山的脖子，他惊惶地眨着黏垢重重的小眼儿，抱住了侄子的一条腿。天青怪声怪气地笑着，把从货点儿为菊豆买的肥皂反复看看，也给金山看看，然后就磨花砖似的在叔叔肮脏的头发上快活地搓了起来。头一次用这玩意儿，两个人都为那白白的蓬松的泡沫惊讶，搓至金山肋骨的时候，放了心的老东西居然痒得频频躲闪，而且暗自嘻笑了。天青把荡涤干净的叔叔摊到大石头的平面，让夏日前晌的温暖光线去照射他，自己则泡到水里，攥着肥皂仔细研究。洪水峪众乡亲看到了一幅无比和谐充满人性的动人景象，天青的憨厚和仁义几乎可以竖碑了。

金山看出侄子要伺候他是真的，而公然地侵害他也是真的。他挡不住侄子跟娘儿们造孽，却无法拒绝使生命得以维持的种种伺候。他能做的只有不看天白，随时随地让目光避开那个谬种。这是一个仅次于死亡的痛苦问题，既然老命尚需苟且，那么对此视而不见也就不是无法忍受的了。他发现原来自己也和别人一样，怕死，尤怕横死。让他死掉对别人来说是件轻而易举的事。他为自己不得不这么活着而万分羞愧，但是他不想死，的确不想。他在幻觉中屡次看到自己像往日那样威风地站了起来，等盼到那一天，好瞧的事可就多啦！他现在不能死，绝不能。他远在地府的祖宗和爹娘给了他最充足的声援，他们饶不了天青那个败类，阴间已没有兔崽子容身的位置。油锅怕是正在点燃，阎罗们已唱起来了。

得胜的杨金山就这么时时地陷进一种陶醉，半夜偷淫而去的菊豆几乎引不起他的哀伤和愤懑，他从旁计算着他们积累的罪恶，为那最后的惩罚而开心。

杨金山的武器只剩下地狱的油锅了。他在梦想中把妻子和侄子炸成了焦脆可口的麻花儿，每天每夜不停地咀嚼这胜利的果实。感觉良好，他已经咬碎了他们。他们完了。他们惨叫起来了。

"我那亲亲的小母鸽子哎！"

他们果然就跌进了与死无异的深渊。却又一次次地活过来，不知是谁拯救了他们。于是重整旌旗，准备奔赴来日里更为浩荡的飘摇。他们已经彻底地视死如归了。

丰姿绰约的王菊豆首先领悟了巨大的危机。错了三日不来红，先是一悦，而后大惧，粉脸唰地失了血色。厢房里愁云密布，忧郁的杨天青也没了办法。那红姗姗来迟，毕竟来了，然而授者和受者平添了许多胆怯，一举一动都带着懊恼和猜疑，事情竟然做不下去。这可如何是好哩！

十月无战事。

秋天，王菊豆蒙着花手巾风摆杨柳似的出了村庄，逢人便说去乡里赶集，却悄悄地赴了十几里之外的双清庵。焚了八炷香，给一个泥胎磕了无数的头。暗暗地跟了一个老尼姑走到大殿的后山墙，扑通一声就跪了下来。尼姑问明道理，幽幽一乐，说她刚才拜错了偶像。尼姑说明了招胎与拒胎的不同，领她到一个偏殿，让她跪在一个巫婆般笑着的泥塑脚下，自己也合掌闭目，苍蝇似的嗡嗡起来。最后给取了一包药，吩咐必得用的时候才能看，如何用，却是到一个僻静的地方才肯细说，菊豆未听先红脸，听后就紫了。那药不是吃的。

"咋着续哩？"

"男人给你续。"

"续散了咋办？"

"有一口水行了……"

细细道来，菊豆仍是似懂非懂。离了双清庵，走在秋风流爽的山道上才逐渐理出头绪，顿悟那不过是个类似葱秆子挑了豆酱来吃的办法，让尼姑说得玄虚了。

一试大痛。

二试巨痛。

王菊豆便又去赶集了。恭敬地找到老尼姑，加倍地付了香钱，轻声轻气地说那仙药像是不行。尼姑辩解了几句，然后上上下下十分轻蔑地打量着她。

"才用一次就受不下了？"

"辣煞了！剜肉比这好些个，受不下了。男人疼得咬我哩……"

"你可疼？"

“疼煞！”

“不疼你俩可有够？”

尼姑盯着她的俏脸，像是要跳过来咬她几嘴。菊豆自知冒犯，就不再言语，尼姑又塞给一包药，不好不接，便揣下了。

八

“你说养了六个孩儿，是真的？”

“真个的。”

“图乐子没个够，还得添嘴！”

“男人图哩……”

“你不图？”

“我……”

“用药十番，保你厌了！”

“我用。”

晚间，两人凑在厢房的油灯底下仔细剖析检验那些药面儿，欲用不忍用，却又不能不用。天青再次疼得大抖，叼住了女人的肩膀，女人也疼，咬牙忍住了。

愤怒的杨天青把药包扬到地上，恍惚嗅到了辣椒面子的呛味儿。狗尼姑想必是在香灰里掺了那物件儿，他和菊豆让个老窟窿给作践了。两个人用清水泡了身子，彼此抚慰了痛苦处，有冤难申，终夜无眠。

杨天青却再也摆不脱老尼姑给的生动启发。他想到了肥皂，想到了蒿子叶，最后他还想到了司空见惯的物质：醋。

他犹豫不决地策划着全新的举动。

洪水峪仿照邻村的榜样，成立初级社了。动员的干部找到杨金山，老东西歪在炕上装聋作哑，死也不肯交出那十亩地。干部们找到天青，让他拿主意。他只是笑，嘿嘿地摊着两只大手，像是很呆钝的样子。

“有粮吃咋都行！”

干部们刚觉着有门儿，他却呆呆地补几句，笑得更纯朴了。

“我叔死性，搞急火了怕他弯了命不是！他好赖有口气，地我替他种着，他蹬了腿儿我就让婶子把地交出来。我光棍儿一个迟早是社里的人，你们丢了我我还没地儿讨饭哩！”

"你婶子娘家是地主，你叔不交地是听她叨咕啥了吧？"

"婶子爹是地主，婶子不是。她念政府的好哩，乡里拨的棉花不是也有她二两么？听叔唠叨那娘儿们喜得泪麻麻的，她念咱政府的仁义哩。"

"你叔死了，你动员她交地？"

"我动员！"

"还有骡子。"

"也交，让咱咋着咱咋着。"

"你叔啥时候有个死哩，瘫了瘫了看着倒比往日硬朗，这老东西命不赖……你捺个手印儿吧，日后别反悔！"

"不悔，说的吧！"

杨金山成了名正言顺的单干户。这是洪水峪早年诸多不可思议的事件中很平常的一件。有些不可思议的怪事则埋伏在暗地里，以隐晦的方式悄悄运行。

杨天白闪闪跌跌地走起路来了。杨天白吱吱呀呀地说起话来了。他学舌先学了一个娘，后学了一个爹。他盲目地把爹声呼给见到的每一个男人，甚至呼给那匹骡子。最终还是叶落归根地呼给了杨金山。白发苍苍一脸伤痕的老者是他父亲，他早早地确立了这个认识，从此爹声不绝于耳。他费劲地学会了称呼天青的方法，嗓膛太软，唤哥时尤如叫饿，他一定忘不掉被唤作哥哥的那个人永远无法改变的忧郁表情。

杨天白的大头大脸酷肖天青，然而洪水峪没有人破译这个重要的遗传密码。人们不记得杨天青儿时的脸相，况且杨天白又从他母亲那里继承了过多的俊秀。

这是一个优秀的后代。不仅优于杨金山，也优于杨天青。他的眼珠儿比他们灵活。他的下巴咬得很紧，还不惯于在思索时耷拉下来，因而他尚未具备鲜明的种族特征。他无忧无虑地大哭小笑的时候，他的前辈们正在经受平凡的苦难，而他的生身父母则为人世中一个小小的具体难题苦思冥想，束手无策。

杨天青在一块肥皂上下了手。它可以去油污，可以辣得眼疼，自然也可以杀死精水。终归无效，不是也比老尼姑的辣椒面儿好得多得多么！

杨天青用镰刀切割，得到一小碗蚕豆大的颗粒，黄蜡蜡恰似熟透的野榛子。鼻子闻闻不放心，又用舌头舔舔，还是不放心。厢房之夜不再浪漫，两个人光着身子迟迟不肯行动，装了肥皂粒儿的小碗摆在四条腿之间，在油灯忽明忽暗的照耀下像是一件非凡的圣器，正在酝酿难以预料的魔法。

菊豆在碗里加了两口水。天青伸出哆哆嗦嗦的手指夹了一块，在碗沿上小心研磨。活像筷子夹不住山雀蛋，光滑的小东西频频溜掉，天青极有耐心地捕捞，又以极大的耐心磨出了白而透明的层层泡沫儿。他仰天长叹了一声，深感自己的精力已经耗完，对以后的任何步骤都没有兴趣了。女人徐徐打开自己，表情悲怆，一副听天由命的样子。

那一次足足塞了三颗。

事后杨天青一连数日愁眉不展，回味那些奇怪的滑，他便立即想到老八团的大兵，想到他们吭吭地往枪膛里顶子弹的样子。他填的是肥皂块儿。他觉得生龙活虎的自己成了器物，饱满光洁如花似玉的菊豆也成了器物。他很烦恼，不明白好端端的一件事怎么闹成了这副鬼模样。

青春岁月受到遏制，难以蓬勃，变得格外陌生和无趣了。肥皂用得很节省，因为几乎不用。不用并不意味着色胆包天，而是因为他们以无比顽强的意志抗拒着同样无比顽强的诱惑。依旧秘密同房，无拘束的却只有用以吃饭的口舌与用来操锄种田的手指。相拥落泪的时候，天青为了寻找乐观，便讲述山墙上那个早年的秘密洞穴，深得要领地描绘一种排泄的姿态，甚至诉及了排泄物的一以贯之的颜色。以为她会笑的，她却畏寒似的缩起来，咬住他的一块肉强忍号啕。

"冤家！"

"亲亲！"

"咱俩死吧！"

"你活我死！"

"你死我就不活！"

"亲亲！"

以被子蒙严了头，雌雄大恸。

厢房里也有冷静的策划和残酷的讨论。女人说到忘情处舌尖儿乱点，像一条白硕的毒虫。

"我百日里剁豆腐，咒死他！"

"死了也无用。"

"你说咋办哩？"

"咋办也无用。"

"敞开儿生养，让人嚼去！"

"只嚼嚼也罢了……"

"就做了坏分子，咋着？"

"……死倒强些！"

"冤家哎！带我们母子逃生了吧。"

"何地落腿哩！"

"去口外给蒙人放羊。"

"说的吧！地给哪个？丢了地不如丢口命，那年闹饥荒口外饿过来多少人？看了麻哩！"

"日子眼看不是人过的啦！我今生要不妥妥跟了你，我哪日就扎了泉眼子！"

"昏话！你容个空儿，让我……"

"不指望啦！"

"你就愁死我，愁死我你可省心！"

"恼我？你个鬼呀！"

非夫妻的争嘴，火候倒熟过夫妻。杨天青至少有一瞬感到了女人的可恶与拖累，好在从不曾认为女人多余。假若感到女人多余，他自己便也是多余的了。

孤独的杨金山越活越有韧性。小孽种杨天白在村巷里能够四下乱窜的时候，老东西也学会走几步了。不是严格地走，而是坐在一个倒扣的篓子上，凭着好手好脚的支撑歪斜着往前挪动。要想置身于村巷北墙那片喜人的阳光之下，他得费掉两个时辰。他喜欢这个工作。天白当着巷子里的过路人唤他爹爹，围着他的篓子绕膝玩耍，都让他满意。这不是他的儿子，可也不会是别人的儿子，至少一时不会。消沉的侄子和妻子越来越无精打采，他们想入天堂却入了阎罗的重围，它们是帮助金山的，他和她已经惶惶不可终日。杨金山在老阳儿里眯着眼，确实看到小鬼儿们做了他的前锋，不由得一阵快活，快活得昏昏欲睡。天白稚气的爹声传来，加入了他的报复，两个深辱家门的人已经不能不败给他了。他是洪水峪爹中之一，天青不是。过去以为天青夺了他，而今才悟透是他夺了天青。他死也不会给了！他深知了自己的强大，和另外两个人的衰微。收工时辰，由地里累回来的侄子木然地背他回家，老东西俨然是位彻底的胜利者。打击他胜利者情绪的事情不多，但是他的确无法忍受菊豆后半夜从厢房带回来的肥皂味儿。做事便做事，居然要洗净了自己！害得他妒火如焚。

几年间用了多少肥皂，天青已记不住了。图节省颗粒削得越来越碎，使钱的地方又越来越多，忽一日便舍不得再买。为了自己也莫名其妙的名誉，他怀着玉碎的决心给女人灌了几勺五分钱一瓶的杏树汁儿似的水醋。不辣，也不滑，比尼姑和自己的前一个发明均好些。夜的回合已经压得格外稀少，厢房里大抵只有一人独睡。醋却是不时地谨慎地用着的。下地时天青觉得痒，看看却已泛白，而女人终于糜烂了。千真万确，阎罗正在无情地围剿他们。他们已经招架不住。菊豆佯装心口疼，疼得昏在村巷里，招来众人围着。天青佯装匆匆赶来，以骡子负了她惶惶而去。拐过玉石沟的山弯儿，菊豆直起软腰，见天青在悄悄地咬牙。两人一畜奔了邻乡的卫生院，如赴屠场。

医生问得紧，菊豆险些说出一个醋字。誓死不招供，就招来许多审判。杨天青在诊室外听到有人说他的菊豆白净似雪的躯体太愚昧、太肮脏，就想蹦进去掐死那个胡言乱语的狗大夫。菊豆给人全面深入地洗了洗，端着一瓶药水梦游似的走了出来。天青背地里捉住她的手，想着他对她的磨难，想着生死与共却非人非鬼的未来岁月，就想抱了她的身子，永永远远地去保卫她，不惜以命相殉。

政府的巡回医疗队开到村子里来了。黄昏时男女老少聚在核桃树周围，看女护士捏着根小彩棒在腮里乱捅，捅得两唇之间白沫儿飞扬。做过刷牙示范，又掏出一柄小剪刀，嚓嚓地切着白指甲，那指甲小得竟如一片鱼鳞，让乡野汉子看得如醉如痴。之后另一位女大夫开讲，村干部们神秘莫测地驱走全体男人和孩子，留下一群老少不等的妇女。天青恍然看到，被汽灯照亮的那张中堂大小的画儿，绘的是半个屁股，红红的不知给谁切开了。

夜半王菊豆在被筒里掰着手指头为他转述。他也着了迷，伸出两只手加加去去地扳弄起来。别的女人或许不上心，她可是在意的，未听漏一个字。他们接受和探讨的是洪水峪古来未见的邪说。那是一种逃避卵子的方法。

同炕共枕的事业并未因此而美好。所谓安全期对他们来说始终是充满恐惧的危险日子。侥幸没有怀孕，只能说是天助。

"我那亲亲的小母鸽子哎！"

登峰造极的呻吟已经远不如往日纯粹，让机械性的计算和逃避败坏了。日后如火如荼的避孕大战波及当代的洪水峪，忠诚的党的工作者们愤怒于众人的反抗，然而他们绝对想不到岁月埋没了一位无师自通的勇士。他的顽强和智慧无与伦比。

疲乏的杨天青不足三十岁便苍老了。

杨天白上学前一年的阴历六月初八，史家营鬼迷心窍的老地主王麻子服了砒霜，到地狱张罗变天的事去了。洪水峪这边有人找王菊豆训示，说她爹那是要复辟，你若想接着复辟将是同样的下场，若不想复辟呢，自有贫下中农监督着你，不会不让你活的。天青也被唤来，吩咐他不要沾婶子娘家的事，沾多了说不清，仔细伺候叔叔便罢了。王菊豆事隔多日之后才去史家营奔丧，天青送她到南岭。娘家那边老爹的坟头早已没了热气，有泪不敢多流的老娘悄悄塞给她一个鼻烟壶，叮咛万不可给人看到，过南岭时甩到涧里就踏实了。那壶及壶里的毒药是王麻子早年去城里办货时置办的，起初说是喂那些到村里扫荡的日本人，又说八路催粮催紧了也喂，最后又扬言要毒杀抢了他产业的贫协首领。他用威胁笼罩了他嫉恨的几乎所有的人。结果倒是他自己先忍不住，馋嘴猫似的匆匆忙忙地服下了。他可能终于明白，配吃这玩意儿的只有自己。王菊豆返回洪水峪的时候面孔苍凉六神无主，像一片霜打的菜叶儿，直让人担心她是否也吞吃了什么东西。杨金山躺在炕上呜呜地向她招手，想打听点儿事，她默默地拧给他一个背。她对老东西已无话可讲，一眼也不想看他了。

子时光景，王菊豆小心翼翼地摸进厢房露风的破门，像吹入了一股鬼气。杨天青划火时差点碰翻了灯盏，腾出半个枕头给女人，她却不解衣也不躺下，呆呆地望着灯芯儿。天青有些怕了，伸手扯她时，见她掌心里攥着一个烫花的瓷壶。

"拿的啥？"

"还能有啥哩。"

"你这是咋了呢？"

"不咋着，闭了灯吧？"

"亮着去，心里不踏实。"

"你可有啥不踏实。"

"……你面相不对付。"

女人不理会，挪近灯光，在窗台的青砖上磕那个小壶的瓷口儿，一撮麦子粉似的盐末儿似的亮东西洒了出来。天青就怕得不行了。

"菊豆！你想开些……"

"狠狠心，在南岭我就服了它！"

"昏话！好端端找死哩！"

"死了清爽。"

"你舍了我，可舍得下天白？"

"就狠心舍了你们，我可少遭八代的罪哩，我受不了啦！老东西不死不活，我终又跟不了你，天白一日大过一日，我就活活地不敢看人！我怕是活得够啦……"

九

天青夺掉鼻烟壶，封了口塞入枕底，为女人松带宽衣拂泪，调集浑身解数把她梳拢得款款软将下来，自己也悠然长叹了一声。

"啥鬼日子也过来了，日后也能挨下去。劫数不到，就吃了也无用。有咱们三个吃他的那一天，等着吧！"

"不是我吃，必是他吃。"

"哪个？"

"还有哪个！"

"吃死了他，都别活！"

"天青，我们领着天白逃了吧！去口外我当骡子当马伺候你，今生今世我亏不了你们父子两个，我给你当骡子当马呀……天青，你就听我一句，领我们逃了吧！"

"碗大一个天，窜到哪儿是个咋？"

"你就不开眼！冤家哎……"

杨天青拢不住她，小母鸽子展开黑压压的翅膀，已飞成了一只苍鹰。

王菊豆踅回北屋，在黎明前暗蓝色的纯净的天光中看到天白赤着膀子坐在炕沿上，两条不到七足岁的瘦腿耷拉着，阴沉沉的目光却像个阅尽沧桑的老人。她哆嗦了一下，站不稳了。炕角瘫子躺的地方发出一声准备充分的冷笑，含混不清而又刻毒无比。她涌着血的腔子里堵了冰块，一点儿一点儿地僵住了。儿子无言地钻进被筒，将小枕头拉离一尺。她以母亲的柔手在余下的夜色里不停地抚摸他，一直摸到太阳阴森森地升上来，手里的冰悄悄融化。早雾里有杨金山的屎尿气息嘲弄地弥散着，雄鸡正在引吭高歌。

山外的风横扫穷乡僻壤，洪水峪也要兴高采烈地公社化了。邻乡传到谣言，称一头犍牛只折二十块的价，若是一头小驴儿呢，简直就得白送。杨天青就担心那匹衰老的骡子。他踱到叔叔的炕头，简短地交代了人世的变迁和时局的发展，想看看老东西有什么反应，平时见他能吃能睡，以为瘫子活得如旧，细端详才发觉这棵老树已朽得不行了。这么大的事变，财产眼看要归公，老东西却不恼不急，只是淡淡地晃着两颗黄色的眼珠，在丑疤累累的脸上凝了一个轻松而持久的微笑。这笑容麻木不仁却意味深长，让天青从骨头缝里发冷。他诧异这不中用的废人竟如此耐活，就这么不肯死，便疑心天意是否含了阴险的报复，要拖累着他，累至无穷。菊豆的心思或许真有几分道理，活得确实太乏了，迟早壮人也得成了瘫子，不知羞耻地在裤裆里屙出屎尿，在众人眼下栽下万世的难堪。人怎么能这么活，他不明白。他想杀了这个拖累么？他真想杀了这个拖累让自己好好地喘几口气么？上苍沉默不语。杨天青呼吸急促地颤抖起来，又在亲叔面前做了大孝的贤侄。

"落马岭的地怕是保不住哩！"

凝固的微笑分明在四处游动。

"骡子也得充公，驮脚挣钱是不行了。"

微笑痉挛着聚拢，在脸上扭成个疙瘩。

"我把它牵出去卖了，得几个算几个。你看行不哩。叔……"

微笑挂了声音，白刃似的向他胸口掏了过来。天青木然地立着，心口窝哗哗地喷出了血浆，手脚随之软软地松弛，撑不硬了。他听清了粘在老舌头上的那个咒骂，世上不会有第二个人能懂，他不听只看那毒蛇芯子般的舌条便也确切地懂得了。

"……败……家的……杂……种，天……杀了……你，你你……"

那只挥鞭似的枯手在浓烈的屎尿气味中舞着圆圈，像一面讨伐的旗帜。空气中弥漫着微笑的碎片，爆炸般的腥臊气浪令人窒息。杨天青跌跌撞撞地逃了出去。远至西水为老骡子与人讨价还价的时候，惨不忍睹的微笑始终在周围的山岭和溪谷徜徉徘徊，近乎愉悦地抛出了不祥的恶兆，随风漫天飞舞。

洪水峪的上中农杨金山领略了出类拔萃的独特人生之后，在山区秋日一个平凡的黄昏之前，悄然地干净利索地死掉了。那天晌午他喝了两碗粥，自我感觉甚佳，便拖着篓子往村巷的太阳地儿里挪腾。他终于背抵北墙坐稳时，太阳已斜了一大块。杨金山靠在那便不动了，像是浴了太多的小风和阳光，沉醉于一种梦境的美好。天白一边喊爹一边舞着柳树枝在他身边跑过，老乔家的娘儿们打个招呼也过去了，谁家的鸡咕咕地恋着他的老山鞋，啄食落在上面的粥痂和痰迹。菊豆自园子里拾掇了秋菜回来，摊着两只脏手扫了他一眼。但见他面含浅笑陶醉地注视着落日的姹色霞光，亮晶晶的瞳仁像两粒珠子。她先去灶间捅了火口，在瓦盆的陈水里洗了手脸，然后才擦着前襟双眉轻皱地走过来背他。只随意地碰了一下，他便大幅度地倾斜，不等拦扶，已经塌了山墙似的轰然倒地。仍在含笑注视着，因了角度和位置的变换他现在注视的是一摊碧绿新鲜的鸡屎，另一摊鸡屎被他的脑袋和耳朵砸在脸皮和青石板之间了。

村巷里抖出了一声干枯的号叫。这声音多年不闻，已使老少男女感到陌生。他们惊奇地循声而来，看到了躺在窄巷的两个人，一动一静，有声或无声，里面的一个分明是丢了命了！另一个披头散发的乱滚，打了自己打死的，又啪啪地拍地拍墙，啃死人身上的衣服，撕扯搭在脸上的乱发，喉咙里的呜叫滔滔不绝，搅烂了洪水峪夕阳淡淡的黄昏。犹如往日沉没在丈夫的残暴里，她又在经受超凡的殴打，叫得声声凄凉，惨绝人寰。然而那丈夫明明是笑着，况且已睡死在神秘的笑里面，永远地归西了。她竟舍不下这个累人而无用的瘫子么？她竟不嫉恨这个狠辣的男人么？她保不准真就是个难得的软娘儿们哩！不是小心伺候着，老东西死不了这么体面，早成了席上的一块烂肉。这娘儿们到底不赖，贤仁至此。真难为她这场好哭。死鬼扣在地上还笑，想必是乐着自己的福气了。洪水峪数他睡的娘儿们最俏嫩，就死了也不枉为人一世。身后剩这么一朵花，不知给谁采了去，老棍子下了坟地也静不下心哩！看看这哭有多俊，诱煞了。看客们终于将她拽了起来，几只有力的爪子托了她的屁股和后背，径直抬入宅院。抬另一位时便如抬了一口待剥的死羊，听任那脑袋在石阶和门槛上磕碰，一路叮哐地响到北屋潮湿的炕席上去了。

"狗日的！轻些！"

人丛后面跳出一个愤怒的声音，笨手笨脚的狗日的们果然就轻了些，乡亲们闪开身子，哆嗦着两片小嘴唇的杨天白就亮了相。看样子还想吼什么，稚气十足的嗓门却哑了。他娘哭得死去活来的时候，他扎在人堆里不肯往前走，受了惊吓似的使劲往后顿屁股，谁拉他也不动弹。此时为了可怜的爹爹终于骂起来了，却依然没有眼泪。他走上前来拨开炕边的成年人，在父亲的脖子底下塞了一个枕头。那脸是歪着的，他认真地把它扳正，让它冲着房枰，手一松那脸却又朝着墙了。来回校正了三四次，金山的脑袋似乎装了弹簧，怎么摆弄也无效。杨天白捧着老父白发苍苍万分固执的头颅，哇一声哭了起来，唐突得很，把屋里屋外的人吓了一跳。十来个鼻子都酸了。哭晕的菊豆本想缓缓胸闷，此时索性并入了与小儿的重唱。人们取下门板，以条凳和篓子垫着，在北屋门口为金山支起了灵台，又在灯盏里添了煤油，三五根火柴划过，长明灯便悠悠地亮起来了。

怀揣二百块骡子钱的杨天青跨进宅门，看见灵台和灵台上摆着的那颗头。叔叔脑袋朝外躺在门板上，肩膀旁边搁着黄泉引路的灯火。全明白了，不用看也明白，因为远在村口的老核桃树底下他就听到了送灵的歌声，儿子尖嫩的嗓音挣脱了菊豆有气无力的嘶叫，在山谷的暮气中来回流窜，像一枚悠扬的哨子。

他面孔痴呆地穿过人群，一边东张西望一边解肩上的包袱。哭声奇怪地戛然而止，炕上的菊豆和炕下的天白似乎受了莫大的干扰，困惑地看看来人的举动。杨天青从包袱里掏出了铅笔盒、橡皮、尺子、练习本，数了数交给天白。又掏出了一顶毡帽和一包糖果，还要掏，忽然想起了什么，把包袱皮卷紧推给了女人。里面是钱和一条花格子头巾。菊豆擤了一把鼻涕，把包裹塞到了屁股底下。最后杨天青没头苍蝇似的在屋中走动起来。这个像是无家可归的吓傻了的年轻汉子，让围观者里的老少娘儿们好一阵难过。

杨天青好半天才明白了应该先干什么事，他下定决心挨近死人，摸了摸瘫掉的那条腿，又摸了摸同一边的脚腕儿，死人的热量大得惊人，燎得他手心滚烫。他的目光怕挨揍似的哆嗦到上边儿，盯住了叔叔生命犹存的笑脸。微开的眼缝里射出了一束弹丸，扑一下贴住了他。他哈着大嘴蹲下了。

有人拉他胳膊，他就顺势站起来。拿了毡帽在死人头上比试了一番，扣上了。取了糖果摊在屋外台阶上，招呼人丛里的孩子过来。没有人动，他便再次抱着脑袋蹲下了。不哭，然而不休地嘟囔。让人听了害怕。

"尝尝吧，都尝尝吧。"

"苹果香的琉璃球，甜煞哩！"

"大家伙儿拈一颗尝尝吧。"

"尝尝吧，你们……"

他的鼻子有响动，渐渐地生了节奏，无助而无望地抽泣着了。人们劝慰，劝得夜色渐浓，咽声断绝，便恋恋难舍地散去，把院子留给了惨淡的明月，射出一地青白。

婶侄两个守灵，那儿子睡到厢房去了。院门紧闭，男人和女人的四只眼无碍地互视，发动了激烈的交流。另一位正在黄泉暗道上赶路，已经顾不上监督人世的纠葛。这边的一切都与他毫不相干了。

"你做下了？"

"说的啥鬼话！"

"做啥瞒着我？"

"你鬼迷了心啦！我可做了啥？"

"你瞒我是轻我，我做强过你，你个妇道人家不怕日后雷击了？"

"魔怔！你叔他整寿去的哩，他福大，我倒省了心了！你看他个好脸，可是吃了的……你就冤了我吧，我苦命人好赖是善不得了。"

"戏够了，做了便做了，怕我顶不下来毁了你不是？两人的事么，逞啥硬哩！"

"咋就不信！千把刀万把刀剐你个迷了窍儿的呆子！"

"我乱了心，踏实不下哩。"

"灯灭了……不点上？"

杨天青到死人身旁把灯点燃，用取灯棒拨了拨油绳，栗子大的火头噼噼剥剥的溅出黄色的煤油花儿，在夜风里一闪就败了。

他倒吸了一口冷气。

厢房台阶上坐着一个人，浴着月影显得强壮而阴险，却是沉默的天白，小小的身板一堵墙似的大在了秋风低诉的夜里。这院子有什么东西胀得装不下，要崩裂了。

父子俩彼此远远地望着。兄弟俩远远地望着彼此。目光渐渐凝结，又渐渐消散。在深层把握底细的那一个已经有些撑不住，夸张地咳嗽起来。

"风冷！弟，睡去吧……"

"有哥照看你爹哩，睡去吧！"

"明儿个入殓，你瞌睡了咋着？"

"不睡不让你打幡哩……"

小人儿缩着膀子隐回去了，天青打着激灵看看杨金山的死笑，伸手在他合不拢的眼皮上拂了一下，还不闭就着劲狠撸，不再注意结果，逃似的躲到炕沿坐下来，吧嗒吧嗒地嘬开了旱烟叶儿。

真乏了。乏得像是没有力气活了。有福气的是谁？是活的是死的？已想不大清楚，也不懂该怎么想了。

"小瓷壶哩？扔了么？"

"扔啦？见不了人的罪物扔啦！"

他不明白女人哪儿弄来这么旺的火气。见女人取出那个壶，脚板的血便呼呼地涌到了脖子，牙齿咯咯地咬起来。

"还留着？掂量日后喂了我吧！事情都是我坏下的，我活得尽够了……"

"天青，你存心让我吃了不成？"

"吃吧！吃吧！我也吃，都吃！"

小瓷壶挟带着女人的冤屈击中灵台，在门板上迅猛地撞了一个滚儿，咣啷啷弹落屋角。杨天青无心争执，冷静之后拾起它进了猪圈，掘地三尺，以猪的粪尿深深地埋葬了它。天色将明，女人又哀声哀气地演唱起来，为死人尽职尽责地奏响了送行的挽歌。洪水峪在出殡的热闹日子里早早地醒过来了。

大彻大悟充满人生智慧的死者以藐视和怜悯的微笑看着这一切，黄泉坦途浩荡，十万阎罗齐聚欢腾，天地轮回，阴阳人世，洞察一切的杨金山精神抖擞，急欲重返人间，要向辜负了他的无情日月发动报复性的神圣大战。然而他的躯壳灵巧地钻进了一口棺材，叫十几枚生锈的大钉子咣咣地楔住了。

杨金山给人埋掉不久，他的儿子上了小学。他在地底下刚刚寂寞够一年，他的儿子已是升入二年级的优等生。天白与堂兄不睦，常见天青涎着脸与他说话，他小嘴儿吧吧地抢白一气，掉头便走，剩天青竖着愣神儿卖呆。天白对娘孝敬，但菊豆似乎常年不大快活。那院子里所有人都不怎么快活。天青端给人看的是一张沉思劳顿的脸，丝丝缕缕的除了愁纹还是愁纹。三十大几的汉子，年华正旺，不该这么老相的。然而光棍儿就难说了。光棍儿不愁谁愁？愁的就是无从发落的光溜儿棍子哩！

杨金山死后，天青主动与菊豆母子分了户，各挣各的工分，各领各的粮，但是饭还在一个锅里做，盛到碗里天青就端到厢房或巷子里去吃。他知道眼下菊豆是个寡妇，那寡妇有五个谨慎，他这光棍儿便须有十个小心垫着。错半个念头，日子就毁了，人也就毁了，再不能垒起来。天打五雷轰的事情已经做下，两条孤命需格外小心。为了天白也得小心！

然而这确乎是人能够过的日子么？

杨天青深感自己正在成为名副其实的光棍儿。宽宽的火炕越来越宽得多余，他的儿子每时每刻都监视着他，也监视着她，使他们难温旧梦。每当他下决心利用某个时机或某个场所的时候，他的儿子总是适时地面无表情地出现在他的面前，儿子本人不来，也要派冷酷的眼睛来，如高悬的明镜闪耀在空气里。天青在四面八方看到儿子的眼，儿子以另一个父亲的名义严峻地认真地围剿着他，让他五内俱焚心灰意冷。他有一次想掐死这个小崽子，却十次百次地想掐死自己淹死自己吊死自己！女人的腰已经胖起来，失去了往日的苗条，但她仍是他眼里的引火棒，随时都会燃尽了他。他想到自己烧成一堆火，让女人来取暖，也让他来舔她的每一寸皮。她是他唯一的仙，他不向任何别的丑娘儿们俏娘儿们取笑，他器重她的全身并且热爱她每一根毫毛，甚至她腿根里冬日积存的污垢。没有谁可以阻挡他，拦住他去路的只有他的儿子。这是他的种，他的种正在长成大树，把游着飞云的五彩蓝天遮盖起来了。

十

饥荒年过后，菊豆有了新嗜好。每一季都要回一次娘家。一去半个月，回来的时候便容光焕发。她走后三天，天青去云南岭打柴或剜草药，隔三天又去，隔三天再去，直到他婶子由史家营翩然回来。王菊豆在娘家遵循同样的时间表，她也去南岭，干相同的闲活儿。老不死的地主婆常常叹息女儿的薄命和勤快。

在史家营和洪水峪中腰的南岭獾子崖下，远离山道和人烟的草丛后面隐着一穴浅洞，两炕大小，人站不直，需弯着进去。

粮食吃不饱，路也远，两个人赶来聚首往往办不成什么事，没有力气。办不成事也来，因这里是他们夫妻的家。

天青燃上一堆火，脱下袄来让女人给他拿虱子，自己则翻在草堆上，看女人镶在洞口的剪影。他大口地叹气，难得如此自在，却更大声地叹气。女人过来拂拂他的额头，在腮上嘬一下，又忙忙碌碌地去光亮处杀虱子，指甲盖挤得啪啪脆响。巨大的幸福就压了下来，胀满了一个洞，使他几乎不能喘气。

"昨儿个天白又得个奖状。"

"可有上次那个大？"

天青认真地想了想。

"一样的纸，黄底儿，花边儿。"

"奖的啥？"

"算术得个第一，写文儿得个第二。"

"又粗心写差了字不是？"

"谁知道哩。问他，兔羔子不理我！"

"就不能去大队问问教员？"

"说的吧！是我的儿？问疑了……问疑了……不理我也随他！这小崽子……"

天青的鼻子幽幽地酸上来，再说不下去。菊豆为他披了袄，与他在草堆里紧拥着，叹气，远远近近地聊些无关的话。天青说你多好一个人，我这一世亏了你。菊豆说你多仁义一条汉子，是我这不争气的娘儿们亏了你了。说着说着就泣不成声，像两个丢了娘的婴儿。

温暖的季节，难免分而又合地翻山越岭，赶到獾子崖的家穴里做成一星半点旧事。知道有限，知道不可免，也明白所失与所得是什么，就从容了，不大看重那稍纵即逝的快活。这是方法的一种，为了彼此抚慰各自的灵魂。有时就局促起来，因赤裸相视而难堪，仿佛对活到这个地步感到很不好意思。恰如做了山中兽林中鸟，处境相类，却没有那份自由。伴着他们始终有个窘字，还有一个便是那绵绵不绝的愁了。

"我那亲亲的小母鸽子哎！"

这声音给闷在洞穴里，犹如从潮湿的岩壁上渗出了山的叹息，带了别一个世界的味道。两个相叠的倦人就拆了下来，游着迷茫的眼。

"种不下吧？"

"日子对，种不下。"

"总不做囊子也干了。"

"迟早要干了的。"

枯萎的语调像是在谈论地里的庄稼。确是干涸了。天青的脖子与腿上的筋藤条一样伏着，触上去就觉得那是长出肉外的束束软骨，很韧也很滑。菊豆两包新坟似的胸浅了，像永远也填不满的装谷子用的小口袋。钻出洞去，突临的天光便照亮女人的轮廓，晶莹着的只有黑发里的白发，不知何时竟多了起来。天青把自己的柴拨给她一半，看她吃力地背走，那肘上的方补丁和屁股上的圆补丁勾得他要下泪。他急促地跟几步，停下来，再跟两步，就站着不能动了。

"菊豆，别走闪了呀！"

"菊豆，你看着走……"

柴压得女人转不了身，一只手无力地向他摇。他无言了，它还在摇，一直摇到不见。天青愣在荒凉的山岗上，不知自己该往哪里走。山道弯曲，在他眼里已不是路。他脚下的路越走越窄，窄得眼看就要消失了。

山地闹四清四不清的年月，史家营王麻子的遗孀以适当的高龄幸福地辞别了人世，也拆掉了她女儿暗地架设的爱情桥梁。失去回娘家的借口，两个穴居人就把舒适的山洞重新还给了黄狐和野獾子。它们对这里的喜爱和需要绝不在他们俩之上。它们更适合四处漂泊，漫山流窜。荒野毕竟是它们的。它们讨厌在这儿或在那儿嗅出的人的味道。它们希望山风把这种可怜巴巴的味道吹向九霄云外，吹到它再也回不来的地方去。

那年王菊豆得了腰疼症，不能下地挣分了。偶尔上工，爬到炕上两天起不来。小学毕业的杨天白放弃了上初中的准备，休学之后便拎着锄杆子做了社员。田野里多了一个勤快人，都说杨金山下的好种，能文能武的真是不赖，寡妇人头老来有望了。

光棍儿杨天青踩住了一块云。路已没了。他等着哪天云开雾散便一头栽下去，或许竟能没着没落地飞起来，了结了一生的残梦。

山村洪水峪陷入了生动的岁月。乡亲们认字与不认字的共同识别了一件新事物。认字的捷足先登挥起如椽大笔，不认字的也到大队部往家里张罗不要钱的粉的绿的或白的纸张。乡风淳厚的人们突然地屈服于偷袭同类的诱惑，准备各自八面出击，打一场让日本人头疼过的更加神出鬼没的山地游击战。

第一张大字报说的是大队长某年某月因某事打了某人六个嘴巴。道歉是道过了，但是应该赔得更实在。这张纸的尾巴上豁然写道：把钱交出来，我要治牙疼！

另一张大字报表的是某人故意放养家里的瘟猪，把半个村子的猪都连累得死掉了。纸上签名的是十八家的户主。看样子有心要使某人倾家荡产。

新一张大字报击中了脾气随和的大队书记。称他捏过某媳妇的某个器官。啥器官却不讲。只道某媳妇没上吊也没说出来是怕着他。现在不怕了，她要斗争他，看他再捏不捏！

斗争！斗争！这是最后的斗争哩！

就乱了。就一塌糊涂而有趣了。

终于在一张纸上读到了菊豆。书法是半熟的柳体，署名的却是二傻子田锅。傻子记不清年月，代笔的有良心而没有杜撰。情景却渲染了。下边的人没有看清，压在上面的确是菊豆无疑，地点在南岭山道旁的灌木丛，田锅起初以为是狍子或黄狐哩！厚道仁义的老乡亲们感到诧异，但是不敢看这张纸。只有一群起哄的赖子挡住田锅，让他讲。傻子惊惶地吧嗒着嘴唇，不知如何讲起。有人递给他一支烟卷儿。

"她咋压着来？"

"像在水泉捣衣裳不？"

田锅抽着烟平静了，弯腰做伏地状，见众人大笑便皱着眉头直起来，怕人抢去似的在烟棒上使劲儿嘬嘴。

他一起一伏地像认真做着一件事。有烟抽他肯一天到晚这么做下去。杨姓族里的见到这一幕，都灰溜溜地绕开了。准备回家为别人炮制更硬的炸弹。傻子也跳出来了。这个世界已不成个世界了。毁了狗日的吧！

杨天白读到这张纸以前先读到了一些人古怪的表情和更为古怪的窃笑。读懂之后又看见了人堆里表演的田锅。他扭头钻进了大队部旁边的木工房，出来的时候手里掭着一把寒光闪闪的斧子。他一点儿也不张牙舞爪，英俊的脸甚至显得过于平静，像进山伐木一样溜溜逛逛地朝那堆愉快的笑声凑过去。无声的信号使人群唰一下散开，傻子惊讶地闪过冲脑门刮来的凉风，顿时聪明了。他紧紧捏着半个烟蒂，毫无目的地狂奔起来。怒火熊熊的杨天白终于爆发了，像子弹一样紧紧追着他，雪耻的斧头像奔腾的马脑袋，令人恐怖地一纵一纵地朝前猛蹿。傻子向遥远的南岭失声大叫。

"饶命呀！杀了呀！"

"我压着我来！"

"我屁股压着我肚子来！杀了呀……"

二傻子田锅由梯地的坡头滚了下去，像野羊一样哗哗地蹚过了溪水，一头扎进了幽深的老林子，枯树枝嘎巴嘎巴地响了很久。

杨天白把斧子扔回木工房就回家了。

"好样的，天白！"

"你爹是上中农，咱怕谁？！"

同道的族里人与他搭腔，他理也不理。脸是少见的阴沉，似乎已崩溃于强烈的打击。回到宅院，见母亲在灶间做饭，猪圈里是起粪的堂兄，他就不知道该做什么好了。想静下来装下镐把，怎么也装不对付，索性抡起来砸烂了窗沿下的咸菜缸，还撒不了气，就把镐头和镐把扔到院墙外面的地里去了。

三个人之间两天无语，哑着。

田锅的老实爹拎了半斤桃酥给菊豆赔不是，吭吭地讲不出什么，就骂儿子，骂顺了舌头，便夸天白的孝敬，夸菊豆的贞洁，夸天青那侄子的厚道，最后连死人也夸了。说杨金山真是顶精明有福气的庄户把式呀！

"这鸡子吃得肥哩！"

来不及夸圈里的猪，他就给菊豆请出去了，走出半里地还在点头哈腰，似乎儿子得罪了山山岭岭，他就必须给草草木木赔上一万个不是加两万个小心。

人人都活得有些不行了。

二傻子田锅傻得更加不堪，终于做出了开天辟地的事，让洪水峪全村为之羞愧。他把菜缸里夹咸萝卜用的六道木筷子伸到了不该伸的难以想象的地方，在直肠上过于陶醉地穿了一个洞。腹膜感染差点儿弄死他，由县医院回来半年才恢复了活气，并且似乎比过去机灵了不少。他不懂羞惭，因而老是甜蜜地笑着。下贱人逗他辱他，他还是笑着，很幸福。

"哥这儿有根筷子，田锅你用不哩？"

"我用你娘那窟窿……"

笑得就更甜蜜而聪明了，仿佛万物为他所用，想用什么就能用到什么。世界对他是仁慈的。以后人们听说，他爱上队里那头三岁的漂亮的小草驴儿了。

杨天青在洪水峪平淡的骚乱中度过了四十岁生日。他修大寨田时卖呆力让垒石砸伤了脚，躺在厢房的土炕上养伤，回想了一生中诸多难忘的往事。他心平气和，原谅了一切从而也原谅了自己。人世是公平的，老天爷照料了他，让他得到了能够得到的一切。他没有什么抱怨的了。

菊豆过来给他敷药，见他目光呆呆地盯着熏黑的屋顶，就心有灵犀地红了眼圈。

"天白指鸡骂狗的，不听就罢了。"

"我儿是好儿子，听他骂也舒心哩！"

"哪天我把事情说给他。"

"那是要他的命，随他吧。"

"苦了你……"

天青抓住她的手，愣愣地往怀里拉，两人就拥合了。儿子的眼悠悠地悬在了一处，天青狠心地不看不想，以嘴抚平她眼窝的深沟。冷得久惯了，菊豆有些惊惶。天青颤巍巍地往低处扳她，终于促她跳了起来。

"几年冷也冷了，看毁了咱俩！"

"天白轧地哩，回不来。"

"他半腰闯回来的时候少？"

"闯回来就说给他。菊豆哎，咱俩都老啦，老得不行啦……我那菊豆！"

"做就拣个时辰……"

风韵犹存的王菊豆从厢房里撤出来，做饭洗衣时通红着脸，感到了多日不见的快活，像是复归了往昔的岁月。自己的男人忘不掉自己，她骄傲地踏实了。

冬季一个日子，在大寨田里给梯地垒墙的杨天白打短歇时没有喝队里烧的热豆汤，借口回家寻块干粮就匆匆地走开了。路上他一直想着母亲近来的脸色，及堂兄可疑的宁静，刚踏入村巷便吹起了哨子，大口吐痰，让鞋底在青石板上磕得重些。

院子无人。屋里无人。圈里灶间里没有，柴垛秫秸垛后边也没有。天白的头发嗖嗖地竖了起来，像老鼠一样乱停乱窜。他从案板上抄起一把菜刀，撩开北屋的炕席，又撩开厢房的炕席，寻找必须砍杀的东西。他心里万分冷静，如果堂兄果真做下了，又让他抓住了，他就剁了他！像切瓜一样剁了他。

他想杀了母亲！

他想起北屋后山墙的菜窖，脑袋咣咣地裂起来。窖口捂着盖子，不像有人。捂得这么严紧，不可能有人。去年芦花鸡就让他误封在里面，被烂菜的霉气熏死了。想到死鸡，他提刀的手有些打软。挪开木盖子他看到了扶梯，看到了几束萝卜和一团浓浓的黑。他回去以刀换了把手电，下决心钻了进去。

只迈了三节梯格他就靠在那儿不动了。昏黄的光柱照射着土豆堆，和土豆堆旁的几条麻袋。娘和堂兄并着头，丑恶地缩着身子像是承着天大的冤屈和愤怒，要给人世一个黑暗的放纵的反抗。两人已不省人事，但醒着的听到了合二为一的光滑的呼吸声。

杨天白以悲愤的心情做了一件从未做过的事情，他为他四十四岁的母亲穿上了裤子。把她背到北屋的炕上以后，他已经不准备去背另一个了。

他闭紧了院门，考虑要不要把窖口堵上。想了想终于没有做，懒得做，因为浑身上下没有一点儿力气。他苦笑着傻子了似的看着菜刀的亮刃儿，想用脖子好好地在上面试一下。

纯净的空气使王菊豆睁了眼，又闭上了。意识尚未清醒，嘴唇喃喃地要说什么，几个让天白不忍听的字眼儿便随着口涎一块儿流了出来。

"天青，我憋闷呀……要死啦……"

母亲求助的手在席子上抓来抓去，勾起了残破的苇片，咔咔的像是喉骨断裂的声音。天白看得愣了神儿。母亲发丝上粘了菜窖的蛛网，像一朵凋谢的白花儿。

他打湿了毛巾，为母亲拂去脸上的尘土，擦得很仔细。那只手还在枕头旁边抓来抓去，像挠着一颗心，要挠得它滴出鲜淋淋的血来。

"天青，我那苦命的冤家哎……"

"闭嘴吧！娘！……你闭嘴吧！"

杨天白再也支撑不住，跳起来朝菜窖跑去。杨天青给撂到厢房的破苇席上，嘴巴仍旧死鱼似的张着半圆，里面似乎含着不及吐出的千言万语或一句半句的呻吟，又像叼着不解的惊讶。他惊讶为什么在他寻找生命欢乐的关键时刻，总是受到不公正的突然袭击和捉弄。他想用菜窖的木头盖子把自己和女人隔离于上面阳光明媚的世界，却没有想到压迫他的力量无孔不入，一氧化碳的浊气把持续的羞辱和报复推到了极点。他无法理解。他因为无法理解而发出丑陋的无声的惊呼。直到杨天白往他头上泼了两瓢泉水，又用最刻毒的语言诅咒他的时候，他的大嘴才缓慢合拢，咬紧了。

"王八蛋！"

他听到了儿子的声音。滚到膝盖和胳膊肘下面的山药蛋已经消失，而裤腰带分明系得很紧，在不熟悉的地方结了不熟悉的疙瘩，他的神志便再度模糊，永远不打算睁眼了。他失去了观察任何物体和情景的欲望，温暖的菊豆在心窝里伴着他，他已经别无所求。

十一

杨天白没有上工。他自己凑合着做了晚饭，只给自己和母亲盛上。母亲吃不下，也羞于吃，却指了指厢房。天白不搭理，她又胆怯地哀求地朝那边指了指。天白死勾勾地盯着她，盯得她浑身打冷战。

"顾了你自己吧！这家有我没他！"

黑洞洞的小厢房里鸦雀无声。

第二天收工回来，杨天白看到堂兄那畜生离开灶间，手里颤巍巍地端着一碗粥。他冷笑着从旁边走过。恶毒地啐了一口唾沫，摔摔打打地丢着农具。那畜生就不敢动了。

"天白，活儿累不？"

"累死牲口累不死人！"

"我脚伤好了，明儿个上工……"

"哪个拦着你！"

"弟，你哥……"

"狗日的有脸填嘴！心肠哩！"

杨天青把粥碗搁回灶间，古怪地笑着，迷迷瞪瞪地走到猪圈，打个愣儿又走向鸡窝，终于大吃一惊似的仓皇地逃进了厢房，咕通一声，像是绊倒了顶门杠。安静了。片刻之后是女人几乎听不见的啜泣，像几只饿鼠在暗处里磨牙。冤家脸上的苦笑和儿子脸上的快意深深地杀着她了。却大羞而无言。

杨天白不肯退让，局面终于闹到不分食就不过的地步。杨天青分到了一口水缸和一口小号铁锅，外加两只破碗和一些别的器具，过起了独立门户的日子。他盘了一口泥灶，火旺却倒烟，在村巷老远的地方就能听到他连续不断的咳嗽声，那种死去活来的味道让人听了怪难受。人们不知道这条光棍儿安安稳稳的日子里发生了什么事。他处事那么仁义，不像是与亲戚闹纠纷的人。分食也好，光棍子图的不就是无牵无挂的自在日月么？但是人们又看到这体魄健壮的汉子与往日不大相同，神情木然，地里的活儿做得很不利索，打歇时不论旁人如何谈笑，总躲个静地界儿远远地看山，找一件总也找不着的景致。便说，这可怜的光棍儿显然是熬坏了，不行了。

那干净的寡妇也有些蹊跷。村巷里总也见不到她，碾子和园子里也少见。逢了妇女的会或大队里演电影，别想找到她，一概是不去，借口腰疼和心疼。

心口疼是娘儿们常落的疾患，但人们却叨咕，说这俏寡妇像是也守得乏了，不行了。族里沾亲的妇人去拜望她，发现她脸皮子变薄，蒙了一层又一层褪不掉的害羞，听话接话时溜溜儿地躲旁人的眼。许多乡亲忆起了二傻子编的那张纸，其中几个精明的想得更为深入，再看女人和女人的侄子时便用了异样的眼光，值得研究的东西不由得丰富起来。人们背地里多了一件事，饮食和睡眠也就有些滋味，不再乏乏得打不起精神来了。

四个月之后，王菊豆神不知鬼不觉地去了史家营附近的四马台，在亲妹子家一住不回，过起了寄人篱下的日子。护送了她的杨天白返村时像尊凶神，逼退了一切猜疑、询问、安抚的目光。不足十八岁的后生走路鼻子眼儿朝天，把谁也不放在眼里。人们就叹息小崽子的草莽，说是比老金山的怪性子更不招人待见，整日杀声杀气的迟早有哪条软命得断在他的手心，临了毁了老金山的血脉。

光棍儿杨天青一天比一天恍惚了。

天白在园子里摘花椒，让树上的刺碰了手，血流得不多却不止。在一边割韭菜的天青睡着了似的走过去，捉住天白的手要看看。天白措手不及，堂兄的力气又奇大，就恼了。

"你干啥！"

"我给你治，看这血粒子……"

他慈祥地笑着，捂小兔一样攥着天白的伤指，竟探嘴嗍了起来。天白恼羞成怒，使猛力甩他，把他甩得跪到了菜畦上。杨天青仍旧不肯松开，苍白的面孔猛烈哆嗦，看着吓人。

"我是你爹！天白……"

天白愣住了，一阵恶心。

"老子是你亲爹！儿子哎！"

"狗日的你疯啦！你疯啦！"

天白不能摆脱，终于恼怒地踹了一脚，把杨天青当胸踏翻在绿油油的韭菜地里。他走到园子边缘突然站住了，像听清了什么，像念起了什么，回头看看躺在那里的人。轻轻抽搐的那个人从来没有像现在这样令他恐惧，他害怕了。

"你真是疯了……"

他向水泉走了几步，然后飞跑起来，在溪边的柳树棵子里像狂风一样奔驰，一直刮到远离村庄的密林深处。躺在园子里的那个却无比安详，他抚着疼痛的胸口窝子，感到茂密的韭菜毛从两边摸着他僵硬的脸皮，一边是女人的手，另一边是儿子的手。他看见了儿子哭婴一般的白白胖胖的脸蛋儿，看见了女人落雪山丘似的美丽绝伦的乳房，蓝天上的白云盛开了，天边的花束勃然怒放，淹没了他的眼睛。

又过了四个多月，另一个值得纪念的日子终于降临了。清晨，大队的有线喇叭招呼各家派一个成人到队部开会，传达领袖指示。天白早早地离了院子，没有注意厢房的动静。邻家的汉子进院讨烟叶子抽，见北屋空着，就推开了厢房的门。炕上没有天青，烟笸箩搁在枕头旁边，他乐呵呵地装满了一口袋，又卷了一泡才向外走。这时他无意中看看北墙，好像有什么东西不对付，走到门外又回头扫了一眼。烟口袋哗地散到地上，他哆嗦了半天，终于大叫起来，磕磕绊绊地冲进了村巷。天白明明在老乔家门口跟人聊天儿，他却视若无睹，疯了似的朝干部家跑去。

"不好啦！不好啦！"

"出了人命啦……"

"光棍儿扎了缸眼子啦！"

洪水峪上空轻雾缭绕，林子里有鸟的叫声，太阳正爬起来，让雾遮掩得黯淡无光。凄厉的呼喊被这个寂寞的早晨吸了去，也被沉睡的山峰吸了去，显得有些夸张而不太真实。喊他娘的啥哩？庄户人揉着蒙眬的睡眼，三三两两地走出农家小院，打着呵欠。喊他娘的啥哩！这狗日的天光很不赖么，露水多大，庄稼足实的是饱了。

干部们赶到了天白的前头。小队长看明白情景就夯开了两条胳膊，堵在厢房门口像发表演说或煽动起义一样大喊大叫，显得非常激动，非常的胸有成竹。

"报告大队！报告大队！"

"报告公社！我们要报告公社！"

"不能坏了现场，干部们站出来……"

"退出去！妇女都退出去！"

终于醒悟的人们已经野蜂似的围了过来，院里院外的人头黑蛆一样扎成了团儿。

杨天青对此无动于衷。他赤着身子，在腰眼子打了一个大折扣，很优美地扎在北墙根摆的那口水缸里。水从缸沿溢到地皮，湿了黑乎乎的一片，这一片便是他投到缸里的上半个身子的重量了。昨晚上人们不明白他为什么见星星了还急着担水，一个人有那么多水要吃么？现在他们已经明白。

杨天青对着人们的是尖尖的赤裸的屁股和两条青筋暴突的粗腿，像是留给人世或乡亲们的问候。那块破抹布似的东西和那条腌萝卜似的东西悬垂于应在的部位，显示了浪漫而又郑重的色彩。壮年人惊讶于那个屁股的白，几乎疑心平时不大注意的自己的这个东西或许也能如此干净。青年和少年则夹紧了裤裆，慌乱地想到自己和迟早要与自己有关的一些美好的麻烦。妇女们不曾看到，让未谙世事的小儿报信儿，儿子跑回来腆着小鸡子拿手长长短短地一比，就羞红了脸，还儿子一个清脆的嘴巴。

杨天白傻了。他破例地被邀进厢房，却找不到能待的地方。他以热烈而又冷淡的目光注视姿态神奇的死人，最后大胆地盯住了那微微敞开的胯部。他目不斜视，似乎已对那团美丽而又丑陋的物质着了迷。他研究它的属性，怕冷一样大抖了几下，仿佛已经有所得，已经辨出了自己十八年前走过的狭窄道路，以及曾经给他以养育的原始而神秘的住宅。他拨开人群走出去，搬了根杏木桩，起先坐在上面，后来就没头没脑地抡着一把斧子劈起了它，劈出了整齐划一的干燥的杏木段子，就这么劈到人群走散。公社的干部大摇大摆地走进院子时，杨天白已是汗泪如雨，痛不欲生。

几个儿童在山坡上叽叽喳喳地前进。

"天青伯好大一个本儿本儿！"

"咱长成了都有好大的活儿哩！"

"本儿本儿哎！天青伯的本儿本儿哎！"

他们抽几根谷穗子，持在手里像旗帜一样挥舞，欢呼着冲上了鲜花点点的山岗。

一九六八年阳历九月七日，洪水峪的大光棍儿和爱情英雄杨天青与世长辞，无畏而莫名其妙的慷慨就义了。他以身殉私的行为给山村带来一些不必要的骚动，但是乡亲们毕竟处于见多识广的幸福岁月，注意力很快就分散，不再纠缠糊涂的自杀者。他死因非常明确，熬光棍儿熬灰了心，寻那么个怪法子可以理解。但是同姓的老辈子人怜惜他，称他是口渴，喝水时犯了炸心病，死得很舒坦的。又称他要么就是在水里见了什么，想进去会一会，不料进去就出不来了，或者是会上了想见的东西，不想出来了。他会的是什么，人们不太明白，不易猜就不猜它了。他死前几个月总在傍黑时蹲到南岭的小高坡上抽烟，远远地向南边看，想必思谋的是同一个东西了。最后给他在水缸里捞到，是他的福。死得还算不软。

王菊豆没有回来参与侄子的丧事，因为几乎就在得到凶信儿的同时，她早产了一个精瘦的男性婴儿。这很能说明问题的消息是将近半年之后由四马台传过来的，洪水峪乡亲听到它恍然大悟，继而大怒，继而大快，继而大悲，继而……就什么也没有了。王菊豆在妹子家终于住不下去，领着名叫小二儿的东西回了自己的家乡，众人冷淡地同时又关切地迎接了她。仍旧参照了族里的老名谱，摆来摆去甩不脱一个天字，老辈子做主，把二小子唤了天黄。以天字论，说明杨天青受尽磨难而得到的仍旧是个弟弟，跟天白一样。但人们只知道这小个儿的是天青的种，却不知道那光棍儿多么有福，还留着一个种。眼看着大的小的长成了一个模子，却一致认定那大的是老金山的后，和小的是完全不同的传人。

话说民国三十三年秋天——那个落雨的秋天的日子已经死掉四十多年了。事到如今，远近闻名的俏寡妇已经苍老得不成个样子。她的闻名一是因为美貌过人，一是因为她给叔侄俩各孕了一个儿子，为两条血脉付了牺牲且忍受了极大的耻辱。每逢清明时节，她就去杨家坟地在两个辨不清谁是谁的土堆中间坐下，掏出干干净净的手帕，抑扬顿挫地放开苍凉的喉管，为她伺候过的两个男人高歌一曲，那悲哀的调子是洪水峪所能听到的最动人的音乐。

"我那苦命的汉子哎……"

坟堆静静的，不知睡在里面的人感觉如何。谁是那苦命的汉子呢？两个人为女人和儿子的所有权打得怎样了呢？是杨金山踏翻了杨天青，还是杨天青掐住了杨金山呢？看老寡妇哭的伤心样儿，莫非已打得不可开交了么？这是文化不够的洪水峪人时时担心的严重问题。在他们看来，有仇的人早晚会大打出手，而寂寞黄泉自古便是头破血流的世界了。

杨天白和杨天黄活得比父亲们强。天白娶妻后性子柔了不少，只是不肯听人提他的爸爸。他自己也做了爸爸，他很疼儿子。天黄认真读书，竟读进了县城师范。眼界比较开，又时时激愤于自己来历不明或来历太明的身世，活得努力但总散着些玩世不恭的味道。脸俊似娘，体壮如爹，很合适做一种俘虏。分配到桑峪小学教语文，弄大了一个肚子；调到西水教数学，又喂大了一个肚子；最后调至齐家庄，还是多情，眼见一位女教员的肚子鬼使神差地大起来。人们就认定他是一个淫棍。不过这一次虽然仍旧刮了胎，但他已经安静，看样子有心守着这唯一的肚子永永远远地周旋下去了。洪水峪有人在县街上见过他俩，小娘儿们果然俊白，她拖着天黄的胳膊像拖着一件吸引力十足的战利品。令纯朴乡亲不乐意的是小娘儿们的牛仔裤，让人用过的臀熟坏了似的胀得滚圆，像一匹每时每刻都在发情每时每刻都准备踢谁一蹄子的小母马儿！天黄那不争气的小崽子逢了天煞星，算是完蛋了。他就不肯像他爹那么认真。他爹？那是一条多么仁义多么厚道多么懂规矩的汉子呀！

那汉子活到眼下怕要伤心得不行。他的小母鸽子已不是鸽子，也不是鹰，而是一只脱了毛的老母鸡了。老母鸡没有什么不好。老母鸡在照料她的雏和雏的雏儿。母鸡终归是母鸡。母鸡永远有着公鸡不可替代也不可比拟的优点。天青那光棍可以安息了。

夏日来临，在他为叔叔净过身的透明的水塘里，经常聚满了时时在纪念他的扑澡的半大孩子。他们从水里爬出来，让阳光尽情照耀赤裸的身子，照耀他们茁壮成长的下体。晒得热了，就下意识地攀比起来。有早熟的便傲岸地在大石头上� 步，一颠一颠地像敲着一把结实的小榔头儿。一旦受到膀胱的催促，便情绪激昂地站到石边。白花花的尿绳就拉出了阳光的七彩，击中小溪对岸的野花，惊散了嬉戏翻飞的蝴蝶。这种莫大的荣耀使成功者愉快。

比较软弱的失败者不屈地鼓起了嘴。他们望着天空，寻找他们的救星和伟大的男性之神。他们恢复了无畏的必胜的意志。

"你赛过天青伯的本儿本儿，就服你！"

"他是大人。"

"你爹要赛过天青伯的本儿本儿，就服你！"

"他死了！早死了！"

"你赛过死人的本儿本儿，就服了你！"

"算啦，咱不跟鬼比。"

孩子们就不响了，就惭愧地把自己遮掩起来。他们没有见过活着的天青，也没有见过死时的天青，但是他们知道一个不朽的传奇。那传奇的内容有时会打乱他们年幼的梦境，使他们自己跟着冲动或悲哀起来。大苦大难的光棍儿杨天青，一个寂寞的人，分明是洪水峪史册上永生的角色了。

原载《北京文学》1988 年第 3 期
第三届《小说月报》优秀中篇小说"百花奖"

伏羲伏羲

妻妾成群

苏 童

一

　　四太太颂莲被抬进陈家花园时候是十九岁，她是傍晚时分由四个乡下轿夫抬进花园西侧后门的。仆人们正在井边洗旧毛线，看见那顶轿子悄悄地从月亮门里挤进来，下来一个白衣黑裙的女学生。仆人们以为是在北平读书的大小姐回家了，迎上去一看不是，是一个满脸尘土疲惫不堪的女学生。那一年颂莲留着齐耳的短发，用一条天蓝色的缎带箍住，她的脸是圆圆的，不施脂粉，但显得有点苍白。颂莲钻出轿子，站在草地上茫然环顾，黑裙下面横着一只藤条箱子。在秋日的阳光下颂莲的身影单薄纤细，散发出纸人一样呆板的气息。她抬起胳膊擦着脸上的汗，仆人们注意到她擦汗不是用手帕而是用衣袖，这一点给他们留下了深刻的印象。

　　颂莲走到水井边，她对洗毛线的雁儿说："让我洗把脸吧，我三天没洗脸了。"雁儿给她吊上一桶水，看着她把脸埋进水里，颂莲弓着的身体像腰鼓一样被什么击打着，簌簌地抖动。雁儿说："你要肥皂吗？"颂莲没说话，雁儿又说："水太凉是吗？"颂莲还是没说话。雁儿朝井边的其他女佣使了个眼色，捂住嘴笑。女佣们猜测来客是陈家的哪个穷亲戚。他们对陈家的所有来客几乎都能判断出各自的身份。大概就是这时候颂莲猛地回过头，她的脸在洗濯之后泛出一种更加醒目的寒意，眉毛很细很黑，渐渐地拧起来。颂莲瞟了雁儿一眼，她说："你傻笑什么，还不去把水泼掉？"雁儿仍然笑着："你是谁呀，这么厉害？"颂莲揉了雁儿一把，拎起藤条箱子离开井边，走了几步她回过头，说："我是谁？你们迟早要知道的。"

第二天陈府的人都知道陈佐千老爷娶了四太太颂莲。颂莲住在后花园的南厢房里，紧挨着三太太梅珊的住处。陈佐千把原先下房里的雁儿给四太太做了使唤丫环。

第二天雁儿去见颂莲的时候心里胆怯，低着头喊了声四太太，但颂莲已经忘了雁儿对她的冲撞，或者颂莲根本就没记住雁儿是谁。颂莲这天换了套粉绸旗袍，脚上趿双绣花拖鞋，她脸上的气色一夜间就恢复过来，看上去和气许多，她把雁儿拉到身边，端详一番，对旁边的陈佐千说，她长得还不算讨厌。然后她对雁儿说，你蹲下，我看看你的头发。雁儿蹲下来感觉到颂莲的手在挑她的头发，仔细地察看什么，然后她听见颂莲说："你没有虱子吧，我最怕虱子。"雁儿咬住嘴唇没说话，她觉得颂莲的手像冰凉的刀锋切割她的头发，有一点疼痛。颂莲说："你头上什么味？真难闻，快拿块香皂洗头去。"雁儿站起来，她垂着手站在那儿不动。陈佐千瞪了她一眼："没听见四太太说话？"雁儿说："昨天才洗过头。"陈佐千拉高嗓门喊："别废话，让你去洗就得去洗，小心揍你。"

雁儿端了一盆水在海棠树下洗头，洗得委屈，心里的气恨像一块铁坠在那里。午后阳光照射着两棵海棠树，一根晾衣绳拴在两根树上，四太太颂莲的白衣黑裙在微风中摇曳。雁儿朝四处环顾一圈，后花园阒寂无人，她走到晾衣绳那儿，朝颂莲的白衫上吐了一口唾沫，朝黑裙上又吐了一口。

陈佐千这年刚好五十挂零。陈佐千五十岁时纳颂莲为妾，事情是在半秘密状态下进行的。直到颂莲进门的前一天，元配太太毓如还浑然不知。陈佐千带着颂莲去见毓如。毓如在佛堂里捻着佛珠诵经。陈佐千说，这是大太太。颂莲刚要上去行礼，毓如手里的佛珠突然断了线，滚了一地，毓如推开红木靠椅下地捡佛珠，口中念念有词，罪过，罪过。颂莲相帮去捡，被毓如轻轻地推开，她说，罪过，罪过，始终没抬眼看颂莲一眼。

颂莲看着毓如肥胖的身体伏在潮湿的地板上捡佛珠，捂着嘴无声地笑了一笑，她看看陈佐千，陈佐千说，好吧，我们走了。颂莲跨出佛堂门槛，就挽住陈佐千的手臂说："她有一百岁了吧，这么老？"陈佐千没说话，颂莲又说："她信佛？怎么在家里念经？"陈佐千说："什么信佛，闲着没事干，滥竽充数罢了。"

颂莲在二太太卓云那里受到了热情的礼遇。卓云让丫环拿了西瓜子、葵花子、南瓜子还有各种蜜饯招待颂莲。他们坐下后卓云的头一句话就是说瓜子，这儿没有好瓜子，我嗑的瓜子都是托人从苏州买来的。颂莲在卓云那里嗑了半天瓜子，嗑得有点厌烦，她不喜欢这些零嘴，又不好表露出来。颂莲偷偷地瞟陈佐千，示意离开，但陈佐千似乎有意要在卓云这里多呆一会儿，对颂莲的眼神视若无睹。颂莲由此判断陈佐千是宠爱卓云的，眼睛就不由得停留在卓云的脸上、身上。卓云的容貌有一种温婉的清秀，即使是细微的皱纹和略显松弛的皮肤也遮掩不了，举手投足之间，更有一种大家闺秀的风范。颂莲想，卓云这样的女人容易讨男人喜欢，女人也不会太讨厌她。颂莲很快地就喊卓云姐姐了。

陈家前三房太太中，梅珊离颂莲最近，但却是颂莲最后一个见到的。颂莲早就听说梅珊的倾国倾城之貌，一心想见她，陈佐千不肯带她去。他说，这么近，你自己去吧。

颂莲说，我去过了，丫环说她病了，拦住门不让我进。陈佐千鼻孔哼了一声，她一不高兴就称病。又说，她想爬到我头上来。颂莲说，你让她爬吗？陈佐千挥挥手说，休想，女人永远爬不到男人的头上来。

颂莲走过北厢房，看见梅珊的窗上挂着粉色的抽纱窗帘，屋里透出一股什么草花的香气。颂莲站在窗前停留了一会儿，忽然忍不住心里偷窥的欲望，她屏住气轻轻掀开窗帘，这一掀差点把颂莲吓得灵魂出窍，窗帘后面的梅珊也在看她，目光相撞，只是刹那间的事情，颂莲便仓皇地逃走了。

到了夜里，陈佐千来颂莲房里过夜。颂莲替他把衣服脱了，换上睡衣，陈佐千说，我不穿睡衣，我喜欢光着睡。颂莲就把目光掉开去，说，随便你，不过最好穿上睡衣，会着凉。陈佐千笑起来，你不是怕我着凉，你是怕看我光着屁股。颂莲说，我才不怕呢。她转过脸时颊上已经绯红。这是她头一次清晰地面对陈佐千的身体，陈佐千形同仙鹤，干瘦细长，生殖器像弓一样绷紧着。颂莲有点透不过气来，她说，你怎么这样瘦？

陈佐千爬到床上，钻进丝棉被窝里说，让她们掏的。

颂莲侧身去关灯，被陈佐千拦住了，陈佐千说，别关，我要看你，关上灯就什么也看不见了。颂莲摸了摸他的脸说，随便你，反正我什么也不懂，听你的。

颂莲仿佛从高处往一个黑暗深谷坠落，疼痛、晕眩伴随着轻松的感觉。奇怪的是意识中不断浮现梅珊的脸。那张美丽绝伦的脸也隐没在黑暗中间。颂莲说，她真怪。你说谁？三太太，她在窗帘背后看我。陈佐千的手从颂莲的乳房上移到嘴唇上，别说话，现在别说话。就是这时候房门被轻轻敲了两记。两个人都惊了一下，陈佐千朝颂莲摇摇头，拉灭了灯。隔了不大一会儿，敲门声又响起来……陈佐千跳起来，恼怒地吼起来，谁敲门？门外响起一个怯生生的女孩声音，三太太病了，喊老爷去。陈佐千说，撒谎，又撒谎，回去对她说我睡下了。门外的女孩说，三太太得的急病，非要你去呢。她说她快死了。陈佐千坐在床上想了会儿，自言自语说她又要什么花招。颂莲看着他左右为难的样子，推了他一把，你就去吧，真死了可不好说。

这一夜陈佐千没有回来。颂莲留神听北厢房的动静，好像什么事也没有。唯有知更鸟在石榴树上啼啭几声，留下凄清悠远的余音。颂莲睡不着了，人浮在怅然之上，悲哀之下。第二天早早起来梳妆，她看见自己的脸发生了某种深刻的变化，眼圈是青黑色的。

颂莲已经知道梅珊是怎么回事，但第二天看见陈佐千从北厢房出来时，颂莲还是迎上去问梅珊的病情，给三太太请医生了吗？陈佐千尴尬地摇摇头，他满面倦容、话也懒得说，只是抓住颂莲的手软绵绵地捏了一下。

颂莲上了一年大学后嫁给陈佐千，原因很简单，颂莲父亲经营的茶厂倒闭了，没有钱负担她的费用。颂莲辍学回家的第三天，听见家人在厨房里乱喊乱叫，她跑过去一看，父亲斜靠在水池边，池子里是满满一池血水，泛着气泡。父亲把手上的静脉割破了，很轻松地上了黄泉路。颂莲记得她当时绝望的感觉，她架着父亲冰凉的身体，她自己整个比尸体更加冰凉。灾难临头她一点也哭不出来。那个水池后来好几天没人用，颂莲仍然在水池里洗头。颂莲没有一般女孩无谓的怯懦和恐惧。她很实际。父亲一死，她必须自己负责自己了。在那个水池边，颂莲一遍遍地梳洗头发，借此冷静地预想以后的生活。所以当继母后来摊牌，让她在做工和嫁人两条路上选择时，她淡然地回答说，当然嫁人。继母又问，你想嫁个一般人家还是有钱人家？颂莲说，当然有钱人家，这还用问？继母说，那不一样，去有钱人家是做小。颂莲说，什么叫做小？继母考虑了一下，说，就是做妾，名分是委屈了点。颂莲冷笑了一声，名分是什么？名分是我这样人考虑的吗？反正我交给你卖了，你要是顾及父亲的情义，就把我卖个好主吧。

陈佐千第一次去看颂莲，颂莲闭门不见，从门里扔出一句话，去西餐社见面。陈佐千想毕竟是女学生，总有不同凡俗之处，他在西餐社订了两个位置，等着颂莲来。那天外面下着雨，陈佐千隔窗守望外面细雨蒙蒙的街道，心情又新奇又温馨，这是他前三次婚姻中从所未有的。颂莲打着一顶细花绸伞姗姗而来，陈佐千就开心地笑了。颂莲果然是他想象中漂亮洁净的样子，而且那样年轻。陈佐千记得颂莲在他对面坐下，从提袋里掏出一大把小蜡烛，她轻声对陈佐千说，给我要一盒蛋糕好吧。陈佐千让侍者端来了蛋糕，然后他看见颂莲把小蜡烛一根一根地插上去，一共插了十九根，剩下一根她收回包里。陈佐千说，这是干什么，你今天过生日？颂莲只是笑笑，她把蜡烛点上，看着蜡烛亮起小小的火苗。颂莲的脸在烛光里变得玲珑剔透，她说，你看这火苗多可爱。陈佐千说，是可爱。说完颂莲就长长地吁了口气，噗地把蜡烛吹灭。陈佐千听见她说，提前过生日吧，十九岁过完了。

陈佐千觉得颂莲的话里有回味之处，直到后来他也经常想起那天颂莲吹蜡烛的情景，这使他感到颂莲身上某种微妙而迷人的力量。作为一个富有性经验的男人，陈佐千更迷恋的是颂莲在床上的热情和机敏。他似乎在初遇颂莲的时候就看见了销魂种种，以后果然被证实。难以判断颂莲是天性如此还是曲意奉承，但陈佐千很满足，他对颂莲的宠爱，陈府上下的人都看在眼里。

二

后花园的墙角那里有一架紫藤，从夏天到秋天，紫藤花一直沉沉地开着。颂莲从她的窗口看见那些紫色的絮状花朵在秋风中摇曳，一天天地清淡。她注意到紫藤架下有一口井，而且还有石桌和石凳，一个挺闲适的去处却见不到人，通往那里的甬道上长满了杂草。蝴蝶飞过去，蝉也在紫藤枝叶上唱，颂莲想起去年这个时候，她是坐在学校的紫藤架下读书的，一切都恍若惊梦。颂莲慢慢地走过去，她提起裙子，小心不让杂草和昆虫碰蹭，慢慢地撩开几枝藤叶，看见那些石桌石凳上积了一层灰尘。走到井边，井台石壁上长满了青苔，颂莲弯腰朝井中看，井水是蓝黑色的，水面上也浮着陈年的落叶，颂莲看见自己的脸在水中闪烁不定，听见自己的喘息声被吸入井中放大了，沉闷而微弱。有一阵风吹过来，把颂莲的裙子吹得如同飞鸟，颂莲这时感到一种坚硬的凉意，像石头一样慢慢敲她的身体，颂莲开始往回走，往回走的速度很快，回到南厢房的廊下，她吐出一口气，回头又看那个紫藤架，架上倏地落下两三串花，很突然地落下来，颂莲觉得这也很奇怪。

卓云在房里坐着，等着颂莲。她乍地发觉颂莲的脸色很难看，卓云起来扶着颂莲的腰，你怎么啦？颂莲说，我怎么啦？我上外面走了走。卓云说，你脸色不好，颂莲笑了笑说身上来了。卓云也笑，我说老爷怎么又上我那儿去了呢。她打开一个纸包，拉出一卷丝绸来，说，苏州的真丝，送你裁件衣服，颂莲推卓云的手，不行，你给我东西，怎么好意思，应该我给你才对。卓云嘘了一声，这是什么道理？我见你特别可心，就想起来这块绸子，要是隔壁那女人，她掏钱我也不给，我就是这脾气。颂莲就接过绸子放在膝上摩挲着，说，三太太是有点怪。不过，她长得真好看。卓云说，好看什么？脸上的粉霜一刮掉半斤。颂莲又笑，转了话题，我刚才在紫藤架那儿呆了会儿，我挺喜欢那儿的。卓云就叫起来，你去死人井了？别去那儿，那儿晦气。颂莲吃惊道，怎么叫死人井？卓云说，怪不得你进屋脸色不好，那井里死过三个人。颂莲站起身伏在窗口朝紫藤架张望，都是什么人死在井里了？卓云说，都是上代的家眷，都是女的。颂莲还要打听，卓云就说不上来了。卓云只知道这些，她说陈家上下忌讳这些事，大家都守口如瓶。颂莲愣了一会儿，说，这些事情，不知道就不知道吧。

陈家的少爷小姐都住在中院里。颂莲曾经看见忆容和忆云姐妹俩在泥沟边挖蚯蚓，喜眉喜眼天真烂漫的样子，颂莲一眼就能判断她们是卓云的骨血。她站在一边悄悄地看她们，姐妹俩发觉了颂莲，仍然旁若无人，把蚯蚓灌到小竹筒里。颂莲说，你们挖蚯蚓做什么？忆容说，钓鱼呀，忆云却不客气地白了颂莲一眼，不要你管。颂莲有点没趣，走出几步，听见姐妹俩在嘀咕，她也是小老婆，跟妈一样。颂莲一下蒙了，她回头愤怒地盯着她们看，忆容咻咻地笑着，忆云却丝毫不让地朝她撇嘴，又嘀咕了一句什么。颂莲心想这叫什么事儿，小小年纪就会说难听话。天知道卓云是怎么管这姐妹俩的。

颂莲再碰到卓云时，忍不住就把忆云的话告诉她。卓云说，那孩子就是嘴上没拦的，看我回去拧她的嘴。卓云赔礼后又说，其实我那两个孩子还算省事的，你没见隔壁小少爷，跟狗一样的，见人就咬，吐唾沫。你有没有挨他咬过？颂莲摇摇头，她想起隔壁的小男孩飞澜，站在门廊下，一边啃面包，一边朝她张望，头发梳得油光光的，脚上穿着小皮鞋，颂莲有时候从飞澜脸上能见到类似陈佐千的表情，她从心理上能接受飞澜，也许因为她内心希望给陈佐千再生一个儿子。男孩比女孩好，颂莲想，管他咬不咬人呢。

只有毓如的一双儿女，颂莲很久都没见到。显而易见的是他们在陈府的地位。颂莲经常听到关于对飞浦和忆惠的谈论。飞浦一直在外面收账，还做房地产生意，而忆惠在北平的女子大学读书。颂莲不经意地向雁儿打听飞浦，雁儿说，我们大少爷是有本事的人。颂莲问，怎么个有本事法？雁儿说，反正有本事，陈家现在都靠他。颂莲又问雁儿，大小姐怎么样？雁儿说，我们大小姐又漂亮又文静，以后要嫁贵人的。颂莲心里暗笑，雁儿褒此贬彼的话音让她很厌恶，她就把气发到裙裾下那只波斯猫身上，颂莲抬脚把猫踢开，骂道，贱货，跑这儿舔什么骚？

颂莲对雁儿越来越厌恶，至关重要的一点是她没事就往梅珊屋里跑，而且雁儿每次接过颂莲的内衣内裤去洗时，总是一脸不高兴的样子。颂莲有时候就训她，你挂着脸给谁看，你要不愿跟我就回下房去，去隔壁也行。雁儿申辩说，没有呀，我怎么敢挂脸，天生就没有脸。颂莲抓过一把梳子朝她砸过去，雁儿就不再吱声了。颂莲猜测雁儿在外面没少说她的坏话。但她也不能对她太狠，因为她曾经看见陈佐千有一次进门来顺势在雁儿的乳房上摸了一把，虽然是瞬间的很自然的事，颂莲也不得不节制一点，要不然雁儿不会那么张狂。颂莲想，连个小丫环也知道靠那一把壮自己的胆，女人就是这种东西。

到了重阳节的前一天，大少爷飞浦回来了。

颂莲正在中院里欣赏菊花，看见毓如和管家都围拢着几个男人，其中一个穿白西服的很年轻，远看背影很魁梧的，颂莲猜他就是飞浦。她看着下人走马灯似的把一车行李包裹运到后院去，渐渐地人都进了屋，颂莲也不好意思进去，她摘了枝菊花，慢慢地踱向后花园，路上看见卓云和梅珊，带着孩子往这边走，卓云拉住颂莲说，大少爷回家了，你不去见个面？颂莲说，我去见他？应该他来见我吧。卓云说，说的也是，应该他先来见你。一边的梅珊则不耐烦地拍拍飞澜的头颈，快走快走。

颂莲真正见到飞浦是在饭桌上。那天陈佐千让厨子开了宴席给飞浦接风，桌上摆满了精致丰盛的菜肴，颂莲睃巡着桌子，不由得想起初进陈府那天，桌上的气派远不如飞浦的接风宴，心里有点犯酸，但是很快她的注意力就转移到飞浦身上了。飞浦坐在毓如身边，毓如对他说了句什么，然后飞浦就欠起身子朝颂莲微笑着点了点头。颂莲也颔首微笑。她对飞浦的第一个感觉是出乎意料地英俊年轻，第二个感觉是他很有心计。颂莲往往是喜欢见面识人的。

第二天就是重阳节了，花匠把花园里的菊花盆全搬到一起去，五颜六色地搭成福、禄、寿、禧四个字。颂莲早早地起来，一个人绕着那些菊花边走边看，早晨有凉风，颂莲只穿了一件毛背心，她就抱着双肩边走边看。远远地她看见飞浦从中院过来，朝这里走。颂莲正犹豫着是否先跟他打招呼，飞浦就喊起来，颂莲你早。颂莲对他直呼其名有点吃惊，她点点头，说，按辈分你不该喊我名字。飞浦站在花圃的另一边，笑着系上衬衫的领扣，说，应该叫你四太太，但你肯定比我小几岁呢，你多大？颂莲显出不高兴的样子侧过脸去看花。飞浦说，你也喜欢菊花，我原以为大清早的可以先抢风水，没想你比我还早。颂莲说，我从小就喜欢菊花，可不是今天才喜欢的。飞浦说，最喜欢哪种？颂莲说，都喜欢，就讨厌蟹爪。飞浦说，那是为什么？颂莲说，蟹爪开得太张狂。飞浦又笑起来说，有意思了，我偏偏最喜欢蟹爪，颂莲睃了飞浦一眼，我猜到你会喜欢它。飞浦又说，那又为什么？颂莲朝前走了几步，说，花非花，人非人，花就是人，人就是花，这个道理你不明白？颂莲猛地抬起头，她察觉出飞浦的眼神里有一种异彩水草般地掠过，她看见了，她能够捕捉它。飞浦叉腰站在菊花那一侧，突然说，我把蟹爪换掉吧。颂莲没有说话。她看着飞浦把蟹爪换掉，端上几盆墨菊摆上。过了一会儿，颂莲又说，花都是好的，摆的字不好、太俗气。飞浦拍拍手上的泥，朝颂莲挤挤眼睛，那就没办法了，福禄寿禧是老爷让摆的，每年都这样，老祖宗传下来的规矩。

颂莲后来想起重阳赏菊的情景，心情就愉快。好像从那天起，她与飞浦之间有了某种默契，颂莲想着飞浦如何把蟹爪搬走，有时会笑出声来，只有颂莲自己知道，她并不是特别讨厌那种叫蟹爪的菊花。

你最喜欢谁？颂莲经常在枕边这样问陈佐千，我们四个人，你最喜欢谁？陈佐千说那当然是你了。毓如呢？她早就是只老母鸡了。卓云呢？卓云还凑合着，但她有点松松垮垮的了。那么梅珊呢？颂莲总是克制不住对梅珊的好奇心。梅珊是哪里人？陈佐千说，她是哪里人我也不知道，连她自己也不知道。颂莲说那梅珊是孤儿出身？陈佐千说，她是戏子，京剧草台班里唱旦角的。我是票友，有时候去后台看她，请她吃饭，一来二去的她就跟我了。颂莲拍拍陈佐千的脸说，是女人都想跟你。陈佐千说，你这话对了一半，应该说是女人都想跟有钱人。颂莲笑起来，你这话也才对了一半，应该说有钱人有了钱还要女人，要也要不够。

颂莲从来没有听见梅珊唱过京戏，这天早晨窗外飘过来几声悠长清亮的唱腔，把颂莲从梦中惊醒，她推推身边的陈佐千问是不是梅珊在唱？陈佐千迷迷糊糊地说，她高兴了就唱，不高兴了就笑，狗娘养的。颂莲推开窗子，看见花园里夜来降了雪白的秋霜，在紫藤架下，一个穿黑衣黑裙的女人且舞且唱着。果然就是梅珊。

颂莲披衣出来，站在门廊上远远地看着那里的梅珊。梅珊已沉浸其中，颂莲觉得她唱得凄凉婉转，听得心也浮了起来。这样过了好久，梅珊戛然而止，她似乎看见了颂莲的眼睛里充满了泪影。梅珊把长长的水袖搭在肩上往回走，在早晨的天光里，梅珊的脸上、衣服上跳跃着一些水晶色的光点，她的绾成圆髻的头发被霜露打湿，这样走着她整个显得湿润而忧伤，仿佛风中之草。

你哭了？你活得不是很高兴吗，为什么哭？梅珊在颂莲面前站住，淡淡地说。颂莲掏出手绢擦了擦眼角，她说也不知是怎么了，你唱的戏叫什么？叫《女吊》，梅珊说你喜欢听吗？我对京戏一窍不通，主要是你唱得实在动情，听得我也伤心起来。颂莲说着她看见梅珊的脸上第一次露出和善的神情，梅珊低下头看看自己的戏装，她说，本来就是做戏嘛，伤心可不值得。做戏做得好能骗别人，做得不好只能骗骗自己。

陈佐千在颂莲屋里咳嗽起来，颂莲有些尴尬地看看梅珊。梅珊说，你不去伺候他穿衣服？颂莲摇摇头说他自己穿，他又不是小孩子。梅珊便有点悻悻的，她笑了笑说他怎么要我给他穿衣穿鞋，看来人是有贵贱之分。这时候陈佐千又在屋里喊起来，梅珊，进屋来给我唱一段！梅珊的细柳眉立刻挑起来，她冷笑一声，跑到窗前冲里面说，老娘不愿意！

颂莲见识了梅珊的脾气。当她拐弯抹角地说起这个话题时，陈佐千说，都怪我前些年把她娇宠坏了。她不顺心起来敢骂我家祖宗八代。陈佐千说这狗娘养的小婊子，我迟早得狠狠收拾她一回。颂莲说，你也别太狠心了，她其实挺可怜的，没亲没故的，怕你不疼她，脾气就坏了。

以后颂莲和梅珊有了些不冷不热的交往。梅珊迷麻将，经常招呼人去她那里搓麻将，从晚饭过后一直搓到深更半夜。颂莲隔着墙能听见隔壁洗牌的哗啦哗啦的声音，吵得她睡不好觉。她跟陈佐千发牢骚，陈佐千说，你就忍一忍吧，她搓上麻将还算正常一点，反正她把钱输光了我不会给她的，让她去搓，让她去作死。但是有一回梅珊差丫环来叫颂莲上牌桌了，颂莲一句话把丫环挡了回去，她说，我去搓麻将？亏你们想得出来。丫环回去后梅珊自己来了，她说，三缺一，赏个脸吧。颂莲说我不会呀，不是找输吗？梅珊来拽她的胳膊，走吧，输了不收你钱，要不赢了归你，输了我付。颂莲说，那倒不至于，主要是我不喜欢。她说着就看见梅珊的脸挂下来了，梅珊哼了一声说，你这里有什么呀？好像守着个大金库不肯挪一步，不过就是个干瘪老头罢了。颂莲被呛得恶火攻心，刚想发作，难听话溜到嘴边又咽回去了，她咬着嘴唇考虑了几秒钟，好吧，我跟你去。

另外两个人已经坐在桌前等候了，一个是管家陈佐文，另一个不认识，梅珊介绍说是医生。那人戴着金丝边眼镜，皮肤黑黑的，嘴唇却像女性一样红润而柔情，颂莲以前见他出入过梅珊的屋子，她不知怎么就不相信他是医生。

颂莲坐在牌桌上心不在焉，她是真的不太会打，糊里糊涂就听见他们喊和了，自摸了。她只是掏钱，慢慢地她就心疼起来，她说，我头疼，想歇一歇了。梅珊说，上桌就得打八圈，这是规矩。你恐怕是输得心疼吧。陈佐文在一边说，没关系的，破点小财消灾灭祸。梅珊又说，你今天就算给卓云做好事吧，这一阵她闷死了，把老头儿借她一夜，你输的钱让她掏给你。桌上的两个男人都笑起来。颂莲也笑，梅珊你可真能逗乐，心里却像吞了只苍蝇。

　　颂莲冷眼观察着梅珊和医生间的眉目传情，她想什么事情都是逃不过她的直觉的。当洗牌时掉下一张牌以后，颂莲弯腰去捡，一下就发现了他们的四条腿的形状，藏在桌下的那四条腿原来紧缠在一起，分开时很快很自然，但颂莲是确确实实看见了。

　　颂莲不动声色。她再也不去看梅珊和医生的脸了。颂莲这时的心情很复杂，有点惶惑，有点紧张，还有一点幸灾乐祸，她心里说梅珊你活得也太自在了也太张狂了。

<h1 style="text-align:center">三</h1>

　　秋天里有很多这样的时候，窗外天色阴晦，细雨绵延不绝地落在花园里，从紫荆、石榴树的枝叶上溅起碎玉般的声音。这样的时候颂莲枯坐窗边，睇视外面晾衣绳上一块被雨淋湿的丝绢，她的心绪烦躁复杂，有的念头甚至是秘不可示的。

　　颂莲就不明白为什么每逢阴雨就会想念床笫之事。陈佐千是不会注意到天气对颂莲生理上的影响的。陈佐千只是有点招架不住的窘态。他说，年龄不饶人，我又最烦什么三鞭神油的。陈佐千抚摸颂莲粉红的微微发烫的肌肤，摸到无数欲望的小兔在她皮肤下面跳跃。陈佐千的手渐渐地就狂乱起来，嘴也俯到颂莲的身上。颂莲面色绯红地侧身躺在长沙发上，听见窗外雨珠迸裂的声音，颂莲双目微闭，呻吟道，主要是下雨了。陈佐千没听清，你说什么？项链？颂莲说，对，项链，我想要一串最好的项链。陈佐千说，你要什么我不给你？只是千万别告诉她们。颂莲一下子就翻身坐起来，她们？她们算什么东西？我才不在乎她们呢。陈佐千说，那当然，她们谁也比不上你。他看见颂莲的眼神迅速地发生了变化，颂莲把他推开，很快地穿好内衣走到窗前去了。陈佐千说你怎么了，颂莲回过头，幽怨地说，没情绪了，谁让你提起她们的？

　　陈佐千怏怏地和颂莲一起看着窗外的雨景。这样的时候整个世界都潮湿难耐起来，花园里空无一人，树叶绿得透出凉意。远远的那边的紫藤架被风掠过，摇晃有如人形。颂莲想起那口井，关于井的一些传闻。颂莲说，这园子里的东西有点鬼气。陈佐千说，哪来的鬼气？颂莲朝紫藤架努努嘴，喏，那口井。陈佐千说，不过就死了两个投井的，自寻短见的。颂莲说，死的谁？陈佐千说，反正你也不认识的，是上一辈的两个女眷。颂莲说，是姨太太吧。陈佐千脸色立刻有点难看了，谁告诉你的？颂莲笑笑说谁也没告诉我，我自己看见的，我走到那口井边，一眼就看见两个女人浮在井底里，一个像我，另一个还是像我。陈佐千说，你别胡说了，以后别上那儿去。颂莲拍拍手说，那不行，我还没去问问那两个鬼魂呢，她们为什么投井？陈佐千说，那还用问，免不了是些污秽事情吧。颂莲沉吟良久，后来她突然说了一句，怪不得这园子里修这么多井。原来是为寻死的人挖的。陈佐千一把搂过颂莲，你越说越离谱，别去胡思乱想。说着陈佐千抓住颂莲的手，让她摸自己的那地方，他说，现在倒又行了，来吧。我就是死在你床上也心甘情愿。

花园里秋雨萧瑟，窗内的房事因此有一种垂死的气息，颂莲的眼前是一片深深的幽暗，唯有梳妆台上的几朵紫色雏菊闪烁着稀薄的红影。颂莲听见房门外有什么动静，她随手抓过一只香水瓶子朝房门上砸去。陈佐千说你又怎么了，颂莲说，她在偷看。陈佐千说，谁偷看？颂莲说是雁儿。陈佐千笑起来，这有什么可偷看的？再说她也看不见。

颂莲厉声说，你别护她，我隔多远也闻得出她的骚味。

黄昏的时候，有一群人围坐在花园里听飞浦吹箫。飞浦换上丝绸衫裤，更显出他的倜傥风流。飞浦持箫坐在中间，四面听箫的多是飞浦做生意的朋友。这时候这群人成为陈府上下关注的中心，仆人们站在门廊上远远地观察他们，窃窃私语。其他在室内的人会听见飞浦的箫声像水一样幽幽地漫进窗口，谁也无法忽略飞浦的箫声。

颂莲往往被飞浦的箫声所打动，有时甚至泪涟涟的。她很想坐到那群男人中间去，离飞浦近一点，持箫的飞浦令她回想起大学里一个独坐空室拉琴的男生，她已经记不清那个男生的脸，对他也不曾有深藏的暗恋，但颂莲易于被这种优美的情景感化，心里是一片秋水涟漪。颂莲踟蹰半天，搬了一张藤椅坐在门廊上，静听着飞浦的箫声。没多久箫声沉寂了，那边的男人们开始说话。颂莲顿时就觉得没趣了，她想，说话多无聊，还不是你诓我我骗你的，人一说起话来就变得虚情假意的了。于是颂莲起身回到房里，她突然想起箱子里也有一管长箫，那是她父亲遗物。颂莲打开那只藤条箱子，箱子好久没晒，已有一点霉味，那些弃之不穿的学生时代的衣裙整整齐齐地摞着，好像从前的日子尘封了，散出星星点点的怅然和梦想。颂莲把那些衣服腾空了，也没有见那管长箫。她明明记得离家时把箫放进箱底的，怎么会没有了呢？雁儿，雁儿你来。颂莲就朝门廊上喊。雁儿来了，说，四太太怎么不听少爷吹箫了？颂莲说，你有没有动过我的箱子？雁儿说，前一阵你让我收拾箱子的，我把衣服都叠好了呀？

颂莲说，你有没有见一管箫？箫？雁儿说，我没见，男人才玩箫呢！颂莲盯住雁儿的眼睛看，冷笑了一声，那么说是你把我的箫偷去了？雁儿说，四太太你也别随便糟践人，我偷你的箫干什么呀？颂莲说，你自然有你的鬼念头，从早到晚心怀鬼胎，还装得没事人似的。雁儿说，四太太你别太冤枉人了，你去问问老爷少爷大太太二太太三太太，我什么时候偷过主子一个铜板的？颂莲不再理睬她，她轻蔑地瞄着雁儿，然后跑到雁儿住的小偏房去，用脚踩着雁儿的杂木箱子说，嘴硬就给我打开。雁儿去拖颂莲的脚，一边哀求说，四太太你别踩我的箱子，我真的没拿你的箫。颂莲看雁儿的神色心中越来越有底，她从屋角抓过一把斧子说，劈碎了看一看，要是没有明天给你个新的箱子。她咬着牙一斧劈下去，雁儿的箱子就散了架，衣物铜板小玩意滚了一地，颂莲把衣物都抖开来看，没有那管箫，但她忽然抓住一个鼓鼓的小白布包，打开一看，里面是个小布人，小布人的胸口刺着三枚细针。颂莲起初觉得好笑，但很快地她就发觉小布人很像她自己，再细细地看，上面有依稀的两个墨迹：颂莲。颂莲的心好像真的被三枚细针刺着，一种尖锐的刺痛感。她的脸一下变得煞白。旁边的雁儿靠着墙，惊惶地看着她。颂莲突然尖叫了一声，她跳起来一把抓住雁儿的头发，把雁儿的头一次一次地往墙上撞。颂莲噙着泪大叫，让你咒我死！让你咒我死！雁儿无力挣脱，她只是软瘫在那里，发出断断续续的呜咽。颂莲累了，喘着气倏尔想到雁儿是不识字的，那么谁在小布人上写的字呢？这个疑问使她更觉揪心。颂莲后来就蹲下身子来，给雁儿擦泪，她换了种温和的声调，别哭了，事儿过了就过了，以后别这样，我不记你仇。不过你得告诉我是谁给你写的字。雁儿还在抽噎着，她摇着头说，我不说，不能说。颂莲说，你不用怕，我也不会闹出去的，你只要告诉我我绝对不会连累你的。雁儿还是摇头。颂莲于是开始提示。是毓如？雁儿摇头。那么肯定是梅珊了？雁儿依然摇头。颂莲倒吸了一口凉气，她的声音有些颤抖了。是卓云吧？雁儿不再摇头了，她的神情显得悲伤而愚蠢。颂莲站起来，仰天说了一句，知人知面不知心呐，我早料到了。

陈佐千看见颂莲眼圈红肿着，一个人呆坐在沙发上，手里捻着一枝枯萎的雏菊。陈佐千说，你刚才哭过？颂莲说，没有呀，你对我这么好，我干什么要哭？陈佐千想了想说，你要是嫌闷，我陪你去花园走走，到外面吃宵夜也行。颂莲把手中的菊枝又捻了几下，随手扔出窗外，淡淡地问，你把我的箫弄到哪里去了？陈佐千迟疑了一会儿，说，我怕你分心，收起来了。颂莲的嘴角浮出一丝冷笑，我的心全在这里，能分到哪里去？陈佐千也正色道，那么你说那箫是谁送你的？颂莲懒懒地说，不是信物，是遗物，我父亲的遗物。陈佐千就有点发窘说是我多心了，我以为是哪个男学生送你的。颂莲把手摊开来，说，快取来还我，我的东西我自己来保管。陈佐千更加窘迫起来，他搓着手来回地走，这下坏了，他说，我已经让人把它烧了。陈佐千没听见颂莲再说话，房间里一点一点黑下来。他打开电灯，看见颂莲的脸苍白如雪，眼泪无声地挂在双颊上。

这一夜对于他们两个人来说都是特殊的一夜，颂莲像羊羔一样把自己抱紧了，远离陈佐千的身体，陈佐千用手去抚摸她，仍然得不到一点回应。他一会儿关灯一会儿开灯，看颂莲的脸像一张纸一样漠然无情。陈佐千说，你太过分了，我就差一点给你下跪求饶了。颂莲沉默了一会儿，说，我不舒服。陈佐千说，我最恨别人给我看脸色。颂莲翻了个身说，你去卓云那里吧，反正她总是对人笑的。陈佐千就跳下床来穿衣服，说，去就去，幸亏我还有三房太太。

第二天卓云到颂莲房里来时，颂莲还躺在床上。颂莲看见她掀开门帘的时候打了个莫名的冷颤。她佯睡着闭上眼睛，卓云坐到床头伸手摸摸颂莲的额头说，不烫呀，大概不是生病是生气吧。颂莲眼睛虚着朝她笑了笑，你来啦。卓云就去拉颂莲的手，快起来吧，这样躺没病也孵出毛病来。颂莲说，起来又能干什么？卓云说，给我剪头发，我也剪个你这样的学生头，精神精神。

卓云坐在圆凳上，等着颂莲给她剪头发。颂莲抓起一件旧衣服给她围上，然后用梳子慢慢梳着卓云的头发。颂莲说，剪不好可别怪我，你这样好看的头发，剪起来实在是心慌。卓云说，剪不好也没关系的，这把年纪了还要什么好看。颂莲仍然一下一下地把卓云的头发梳上去又梳下来，那我就剪了，卓云说，剪呀，你怎么那样胆小？颂莲说，主要是手生，怕剪着了你。说完颂莲就剪起来。卓云的乌黑松软的头发一绺绺地掉下来，伴随着剪刀双刃的撞击声。卓云说，你不是挺麻利的吗？颂莲说，你可别夸我，一夸我的手就抖了。说着就听见卓云发出了一声尖厉刺耳的叫声，卓云的耳朵被颂莲的剪刀实实在在地剪了一下。

甚至花园里的人也听见了卓云那声可怕的尖叫，梅珊房里的人都跑过来看个究竟。她们看见卓云捂住右耳疼得直冒虚汗，颂莲拿着把剪刀站在一边，她的脸也发白了，唯有地板上是儿绺黑色的头发。你怎么啦？卓云的泪已夺眶而出，她的话没说完就捂住耳朵跑到花园里去了。颂莲愣愣地站在那堆头发边上，手中的剪刀当地掉在地上。她自言自语地说了一声，我的手发抖，我病着呢。然后她把看热闹的佣人都推出门去，你们在这儿干什么？还不快给二太太请医生去。

梅珊牵着飞澜的手，仍然留在房里。她微笑着对颂莲看，颂莲避开她的目光，她操起芦花帚扫着地上的头发，听见梅珊忽然咯咯笑出了声音。颂莲说，你笑什么？梅珊眨了眨眼睛，我要是恨谁也会把她的耳朵剪掉，全部剪掉，一点不剩。颂莲沉下了脸，你这是什么意思？难道我是有意的吗？梅珊又嬉笑了一声说那只有天知道啦。

颂莲没再理睬梅珊，她兀自躺到床上去，用被子把头蒙住，她听见自己的心怦然狂跳。她不知道自己的心对那一剪刀负不负责任，反正谁都应该相信，她是无意的。这时候她听见梅珊隔着被子对她说话，梅珊说，卓云是慈善面孔蝎子心，她的心眼点子比谁都多。梅珊又说，我自知不是她对手，没准你能跟她斗一斗，这一点我头一次看见你就猜到了。颂莲在被子里动弹了一下，听见梅珊出乎意料地打开了话匣子。梅珊说你想知道我和她生孩子的事情吗？梅珊说我跟卓云差不多一起怀孕的。我三个月的时候她差人在我的煎药里放了泻胎药，结果我命大，胎儿没掉下来。后来我们差不多同时临盆，她又想先生孩子，就花很多钱打外国催产针，把阴道都撑破了，结果还是我命大，我先生了飞澜，是个男的。她竹篮打水一场空，生了忆容，不过是个小贱货，还比飞澜晚了三个钟头呢。

四

天已寒秋，女人们都纷纷换上了秋衣，树叶也纷纷在清晨和深夜飘落在地，枯黄的一片覆盖了花园。几个女佣蹲在一起烧树叶，一股焦烟味弥漫开来，颂莲的窗口砰地打开，女佣们看见颂莲的脸因憎怒而涨得绯红。她抓着一把木梳在窗台上敲着，谁让你们烧树叶的？好好的树叶烧得那么难闻。女佣们便收起了笤帚箩筐，一个胆大的女佣说，这么多的树叶，不烧怎么弄？颂莲就把木梳从窗里砸到她的身上，颂莲喊，不准烧就是不准烧！然后她砰地关上了窗子。

四太太的脾气越来越大了。女佣们这么告诉毓如。她不让我们烧树叶，她的脾气怎么越来越大了？毓如把女佣呵斥了一通，不准嚼舌头，轮不到你们来搬弄是非。毓如心里却很气。以往花园里的树叶每年都要烧几次的，难道来了个颂莲就要破这个规矩不成？女佣在一边垂手而立，说，那么树叶不烧了？毓如说，谁说不烧的？你们给我去烧，别理她好了。

女佣再去烧树叶，颂莲就没有露面，只是人去灰尽的时候见颂莲走出南厢房。她还穿着夏天的裙子，女佣说她怎么不冷，外面的风这么大。颂莲站在一堆黑灰那里，呆呆地看了会儿，然后她就去中院吃饭了。颂莲的裙摆在冷风中飘来飘去，就像一只白色蝴蝶。

颂莲坐在饭桌上，看他们吃。颂莲始终不动筷子。她的脸色冷静而沉郁，抱紧双臂，一副不可侵犯的样子。那天恰逢陈佐千外出，也是府中闹事的时机。飞浦说，咦，你怎么不吃？颂莲说，我已经饱了。飞浦说，你吃过了？颂莲鼻孔里哼了一声，我闻焦煳味已经闻饱了。飞浦摸不着头脑，朝他母亲看。毓如的脸就变了，她对飞浦说，你吃你的饭，管那么多呢。然后她放高嗓门，注视着颂莲，四太太，我倒是听你说说，你说那么多树叶堆在地上怎么弄？颂莲说，我不知道，我有什么资格料理家事？毓如说，年年秋天要烧树叶，从来没什么别扭，怎么你就比别人娇贵？那点烟味就受不了。颂莲说，树叶自己会烂掉的，用得着去烧吗？树叶又不是人。毓如说，你这是什么意思，莫名其妙的。颂莲说，我没什么意思，我还有一点不明白的，为什么要把树叶扫到后院来烧，谁喜欢闻那烟味就在谁那儿烧好了。毓如便听不下去了，她把筷子往桌上一拍，你也不拿个镜子照照，你颂莲在陈家算什么东西？好像谁亏待了你似的。颂莲站起来，目光矜持地停留在毓如蜡黄有点浮肿的脸上。说对了，我算个什么东西？颂莲轻轻地像在自言自语，她微笑着转过身离开，再回头时已经泪光盈盈，她说，天知道你们又算个什么东西？

整整一个下午，颂莲把自己关在室内，连雁儿端茶时也不给开门。颂莲独坐窗前，看见梳妆台上的那瓶大丽菊已枯萎得发黑，她把那束菊花拿出来想扔掉，但她不知道往哪里扔，窗户紧闭着不再打开。颂莲抱着花在房间里踱着，她想来想去结果打开衣橱，把花放了进去。外面秋风又起，是很冷的风，把黑暗一点点往花园里吹。她听见有人敲门。她以为是雁儿又端茶来，就敲了一下门背，烦死了，我不要喝茶。外面的人说，是我，我是飞浦。

颂莲想不到飞浦会来。她把门打开，倚门而立。你来干什么？飞浦的头发让风吹得很凌乱，他捆着头发，有点局促地笑了笑说，他们说你病了，来看看你。颂莲嘘了一声，谁生病啊，要死就死了，生病多磨人。飞浦径直坐到沙发上去，他环顾着房间，突然说，我以为你房间里有好多书。颂莲摊开双手，一本也没有，书现在对我没用了。颂莲仍然站着，她说，你也是来教训我的吗？飞浦摇着头，说，怎么会？我见这些事头疼。颂莲说，那么你是来打圆场的？我看不需要，我这样的人让谁骂一顿也是应该的。飞浦沉默了一会儿说，我母亲其实也没什么坏心，她天性就是固执呆板，你别跟她斗气，不值得。颂莲在房间里来回走着，走着突然笑起来，其实我也没想跟大太太斗气，真的，我也不知道自己是怎么回事，你觉得我可笑吗？飞浦又摇头，他咳嗽了一声，慢吞吞地说，人都一样，不知道自己的喜怒哀乐是怎么回事。

他们的谈话很自然地引到那支箫上去。我原来也有一支箫，颂莲说，可惜，可惜弄丢了。那么你也会吹箫啦？飞浦高兴地问。颂莲说，我不会，还没来得及学就丢了。飞浦说，我介绍个朋友教你怎样？我就是跟他学的。颂莲笑着，不置可否的样子。这时候雁儿端着两碗红枣银耳羹进来，先送到飞浦手上。颂莲在一边说，你看这丫头对你多忠心，不用关照自己就做好点心了。雁儿的脸羞得通红，把另外一碗往桌上一放就逃出去了。颂莲说，雁儿别走呀，大少爷有话跟你说。说着颂莲捂着嘴扑哧一笑。飞浦也笑，他用银勺搅着碗里的点心，说，你对她也太厉害了。颂莲说，你以为她是盏省油灯？这丫头心贱，我这儿来了人，她哪回不在门外偷听？也不知道她害的什么糊涂心思。飞浦察觉到颂莲的不快，赶紧换了话题，他说，我从小就好吃甜食，像这红枣银耳羹什么的，真是不好意思，朋友们都说，女人才喜欢吃甜食。颂莲的神色却依旧是黯然，她开始摩挲自己的指甲玩，那指甲留得细长，涂了凤仙花汁，看上去像一些粉红的鳞片。喂，你在听我讲吗？飞浦。颂莲说，听着呢，你说女人喜欢吃甜食，男人喜欢吃咸的。飞浦笑着摇摇头，站起身告辞。临走他对颂莲说，你这人有意思，我猜不透你的心。颂莲说，你也一样，我也猜不透你的心。

十二月初七陈府门口挂起了灯笼，这天陈佐千过五十大寿。从早晨起前来祝寿的亲朋好友在陈家花园穿梭不息。陈佐千穿着飞浦赠送的一套黑色礼服在客厅里接待客人，毓如、卓云、梅珊、颂莲和孩子们则簇拥着陈佐千，与来去宾客寒暄。正热闹的时候，猛听见一声脆响，人们都朝一个地方看，看见一只半人高的花瓶已经碎伏在地。

原来是飞澜和忆容在那儿追闹，把花瓶从长几上碰翻了。两个孩子站在那儿面面相觑，知道闯了祸。飞澜先从骇怕中惊醒，指着忆容说，是她撞翻的，不关我的事。忆容也连忙把手指到飞澜鼻子上，你追我，是你撞翻的。这时候陈佐千的脸已经幡然变色，但碍于宾客在场的缘故，没有发作。毓如走过来，轻声地然而又是浊重地嘀咕着，孽种，孽种。她把飞澜和忆容拽到外面，一人掴了一巴掌，晦气，晦气。毓如又推了飞澜一把，给我滚远点。飞澜便滚到地上哭叫起来，飞澜的嗓门又尖又亮，传到客厅里。梅珊先就奔了出来，她把飞澜抱住，睃了毓如一眼，说，打得好，打得好，反正早就看不顺眼，能打一下是一下！毓如说，你这算什么话？孩子闯了祸，你不教训一句倒还护着他？梅珊把飞澜往毓如面前推，说，那好，就交给你教训吧，你打呀，往死里打，打死了你心里会舒坦一些。这时卓云和颂莲也跑了出来。卓云拉过忆容，在她头上拍了一下，我的小祖奶奶，你怎么尽给我添乱呢？你说，到底谁打的花瓶？忆容哭起来，不是我，我说了不是我，是飞澜撞翻了桌子。卓云说，不准哭，既然不是你你哭什么？老爷的喜日都给你们冲乱了。梅珊在一边冷笑了一声，说，三小姐小小年纪怎么撒谎不打愣？我在一边看得清清楚楚，是你的胳膊把花瓶带翻的。四个女人一时无话可说，唯有飞澜仍然一声声哭嚷着。颂莲在一边看了一会儿，说，犯不着这样，不就是一只花瓶吗？碎了就碎了，能有什么事？毓如白了颂莲一眼，你说得轻巧，这是一只瓶子的事吗？老爷凡事喜欢图吉利，碰上你们这些人没心没肝的，好端端的陈家迟早要败在你们手里。颂莲说，耶，怎么又是我的错了？算我胡说好了，其实谁想管你们的事？颂莲一扭身离开了是非之地，她往后花园去，路上碰到飞浦和他的一班朋友，飞浦问，你怎么走了？颂莲摸摸自己的额头，说，我头疼。我见了热闹场面头就疼。

颂莲真的头疼起来，她想喝水，但水瓶全是空的。雁儿在客厅帮忙，趁势就把这里的事情撂下了。颂莲骂了一声小贱货，自己开了炉门烧水。她进了陈家还是头一次干这种家务活，有点笨手拙脚的。在厨房里站了一会儿，她又走到门廊上，看见后花园此时寂静无比，人都热闹去了，留下一些孤寂，它们在枯枝残叶上一点点滴落，浸入颂莲的心。她又看见那架凋零的紫藤，在风中发出凄迷的絮语，而那口井仍然向她隐晦地呼唤着。颂莲捂住胸口，她觉得她在虚无中听见了某种启迪的声音。

颂莲朝井边走去，她的身体无比轻盈，好像在梦中行路一般，有一股植物腐烂的气息弥漫井台四周，颂莲从地上捡起一片紫藤叶子细看了看，把它扔进井里。她看见叶子像一片饰物浮在幽蓝的死水之上，把她的浮影遮盖了一块，她竟然看不见自己的眼睛。颂莲绕着井台转了一圈，始终找不到一个角度看见自己，她觉得这很奇怪，一片紫藤叶子，她想，怎么会？正午的阳光在枯井中慢慢地跳跃，幻变成一点点白光，颂莲突然被一个可怕的想象攫住，一只手，有一只手托住紫藤叶遮盖了她的眼睛，这样想着她似乎就真切地看见一只苍白的湿漉漉的手，它从深不可测的井底升起来，遮盖她的眼睛。颂莲惊恐地喊出了声音，手，手。她想反身逃走，但整个身体好像被牢牢地吸附在井台上，欲罢不能。颂莲觉得她像一株被风折断的花，无力地俯下身子，凝视井中。在又一阵的晕眩中她看见井水倏然翻腾喧响，一个模糊的声音自遥远的地方切入耳膜：颂莲，你下来。颂莲，你下来。

卓云来找颂莲的时候，颂莲一个人坐在门廊上，手里抱着梅珊养的波斯猫。

新中国 70 年优秀文学作品文库

中篇小说卷

卓云说，你怎么在这儿？开午宴了。颂莲说，我头晕得厉害，不想去。卓云说，那怎么行？有病也得去呀，场面上的事情，老爷再三吩咐你回去。颂莲说，我真的不想去，难受得快死了，你们就让我清静一会儿吧。卓云笑了笑，说，是不是跟毓如生气呀？没有，我没精神跟谁生气，颂莲露出了不耐烦的神情，她把怀里的猫往地上一扔，说，我想睡一会儿，卓云仍然赔着笑脸，那你就去睡吧，我回去告诉老爷就是了。

这一天颂莲昏昏沉沉地睡着，睡着也看见那口井，井中那片紫藤叶，她浑身沁出一身冷汗。谁知道那口井是什么？那片紫藤叶是什么？她颂莲又是什么？后来她懒懒地起来，对着镜子梳洗了一番。她看见自己的面容就像那片枯叶一样憔悴，毫无生气。她对镜子里的女人很陌生。她不喜欢那样的女人。颂莲深深地叹了一口气，这时候她想起了陈佐千和生日这些概念，心里对自己的行为不免后悔起来。她自责地想我怎么一味地耍起小性子来了，她深知这对她的生活是有害无益的，于是她连忙打开了衣橱门，从里面取出一条水灰色的羊毛围巾，这是她早就为陈佐千的生日准备的礼物。

晚宴上全部是陈家自己人了。颂莲进饭厅的时候看见他们都已落座。他们不等我就开桌了。颂莲这样想着走到自己的座位前，飞浦在对面招呼说，你好了？颂莲点点头，她偷窥陈佐千的脸色，陈佐千脸色铁板阴沉，颂莲的心就莫名地跳了一下，她拿着那条羊毛围巾送到他面前，老爷，这是我的微薄之礼。陈佐千嗯了一声，手往边上的圆桌一指，放那边吧。颂莲抓着围巾走过去，看见桌上堆满了家人送的寿礼。一只金戒指，一件狐皮大衣，一只瑞士手表，都用红缎带扎着。颂莲的心又一次咯噔了一下，她觉得脸上一阵燥热。重新落座，她听见毓如在一边说，既是寿礼，怎么也不知道扎条红缎带？

颂莲装作没听见，她觉得毓如的挑剔实在可恶，但是整整一天她确实神思恍惚，心不在焉。她知道自己已经惹恼了陈佐千，这是她唯一不想干的事情。颂莲竭力想着补救的办法，她应该让他们看到她在老爷面前的特殊地位，她不能做出卑贱的样子，于是颂莲突然对着陈佐千莞尔一笑，她说，老爷，今天是你的吉辰良日，我积蓄不多，送不出金戒指皮大衣，我再补送老爷一份礼吧。说着颂莲站起身走到陈佐千跟前，抱住他的脖子，在他脸上亲了一下，又亲了一下。桌上的人都呆住了，望着陈佐千。陈佐千的脸涨得通红，他似乎想说什么，又说不出什么，终于把颂莲一把推开，厉声道，众人面前你放尊重一点。

五

陈佐千这一手其实自然，但颂莲却始料不及，她站在那里，睁着茫然而惊惶的眼睛盯着陈佐千，好一会儿她意识到发生了什么，她捂住了脸，不让他们看见扑簌簌涌出来的眼泪。她一边往外走一边低低地碎帛似的哭泣，桌上的人听见颂莲在说，我做错了什么，我又做错了什么？

即使站在一边的女仆也目睹了发生在寿宴上的风波，她们敏感地意识到这将是颂莲在陈府生活的一大转折。到了夜里，两个女仆去门口摘走寿日灯笼，一个说，你猜老爷今天夜里去谁那儿？另一个想了会儿说，猜不出来，这种事还不是凭他的兴致来，谁能猜得到？

两个女人面对面坐着，梅珊和颂莲。梅珊是精心打扮过的，画了眉毛，涂了嫣丽的美人牌口红，一件华贵的裘皮大衣搭在膝上；而颂莲是懒懒的刚刚起床的样子，手指上夹着一支烟，虚着眼睛慢慢地吸。奇怪的是两个人都不说话，听墙上的挂钟嘀嗒嘀嗒响，颂莲和梅珊各怀心事，好像两棵树面对面地各怀心事，这在历史上也是常见的。

梅珊说我发现你这两天脾气坏了，是不是身上来了？

颂莲说这跟那个有什么联系，我那个不准，也不知道什么时候来，什么时候又去了。

梅珊说聪明女人这事却糊涂，这个月还没来？别是怀上了吧？颂莲说没有没有，哪有这事？

梅珊说你照理应该有了，陈佐千这方面挺有能耐的，晚上你把小腰儿垫高一点，真的，不诓你。

颂莲说梅珊你嘴上真是没遮拦，亏你说得出口。

梅珊说不就这么回事，有什么可瞒瞒藏藏的，你要是不给陈家添个人丁，苦日子就在后面了。我们这样人都一回事。

颂莲说陈佐千这一阵子根本就没上我这里来，随便吧，我无所谓的。梅珊说你是没到那个火候，我就不，我跟他直说了，他只要超过五天不上我那里，我就找个伴。我没法过活寡日子。他在我那儿最辛苦，他对我又怕又恨又想要，我可不怕他。

颂莲说这事多无聊，反正我都无所谓的，我就是不明白女人到底是个什么东西，女人到底算个什么东西，就像狗、像猫、像金鱼、像老鼠，什么都像，就是不像人。

梅珊说你别尽自己糟践自己，别担心陈佐千把你冷落了，他还会来你这儿的，你比我们都年轻，又水灵，又有文化，他要是抛下你去找毓如和卓云才是傻瓜呢！她们的腰快赶上水桶那样粗啦。再说当众亲他一下又怎么样呢？

颂莲说你这人真讨厌，我不是这个意思，我是说我自己。

梅珊说别去想那事了，没什么，他就是有点假正经，要是在床上，别说亲一下脸，就是亲他那儿他也乐意。

颂莲说你别说了真让人恶心。

梅珊说那么你跟我上玫瑰戏院去吧，程砚秋来了，演《荒山泪》，怎么样，去散散心吧？

颂莲说我不去，我不想出门，这心就那么一块，怎么样都是那么一块，散散心又能怎么样？

梅珊说你就不能陪陪我，我可是陪你说了这么多话。

颂莲说让我陪你有什么趣呢，你去找陈佐千陪你，他要是没工夫你就找那个医生嘛。

梅珊愣了一下，她的脸立刻挂下来了。梅珊抓起裘皮大衣和围脖起身，她逼近颂莲朝她盯了一眼，一扬手把颂莲嘴里衔着的香烟打在地上，又用脚碾了一下。梅珊厉声说，这可不是玩笑话，你要是跟别人胡说我就把你的嘴撕烂了，我不怕你们，我谁也不怕，谁想害我都是痴心妄想！

飞浦果然领了一个朋友来见颂莲，说是给她请的吹箫老师。颂莲反而手足无措起来，她原先并没把学箫的事情当真。定睛看那个老师，一个皮肤白皙留平头的年轻男子，像学生又不像学生，举手投足有点腼腆拘谨，通报了名字，原来是此地丝绸大王顾家的三公子。颂莲从窗子里看见他们过来，手拉手的。颂莲觉得两个男子手拉手地走路，有一种新鲜而古怪的感觉。

看你们两个多要好，颂莲抿着嘴笑道，我还没见过两个大男人手拉手走路呢。飞浦的样子有点窘，他说，我们从小就认识，在一个学堂念书的。再看顾家少爷，更是脸红红的。颂莲想这位老师有意思，动辄脸红的男人不知是什么样的男人。颂莲说，我长这么大，就没交上一个好朋友。飞浦说，这也不奇怪，你看上去孤傲，不太容易接近吧。颂莲说，冤枉了，我其实是孤而不傲，要傲总得有点资本吧。我有什么资本傲呢？

飞浦从一个黑绸箫袋里抽出那支箫，说，这支送你吧，本来它是顾少爷给我的，借花献佛啦。颂莲接过箫来看了看顾少爷，顾少爷颔首而笑。颂莲把箫横在唇边，胡乱吹了一个音，说，就怕我笨，学不会。顾少爷说，吹箫很简单的，只要用心，没有学不会的道理。颂莲说，就怕我用不上那份心，我这人的心像沙子一样散的，收不起来。顾少爷又笑了，那就困难了，我只管你的箫，管不了你的心。飞浦坐下来，看看颂莲，又看看顾少爷，目光中闪烁着他特有的温情。

箫有七孔，一个孔是一份情调，缀起来就特别优美，也特别感伤，吹箫人就需要这两种感情。顾少爷很含蓄地看着颂莲说，这两种感情你都有吗？颂莲想了想说，恐怕只有后一种。顾少爷说有也就不错了，感伤也是一份情调，就怕空，就怕你心里什么也没有，那就吹不好箫了。颂莲说，顾少爷先吹一曲吧，让我听听箫里有什么。顾少爷也不推辞，横箫便吹。颂莲听见一丝轻婉柔美的箫声流出来，如泣如诉。飞浦坐在沙发上闭起了眼睛，说，这是《秋怨曲》。

毓如的丫环福子就是这时候来敲窗的，福子尖声喊着飞浦，大少爷，太太让你去客厅见客呢。飞浦说，谁来了？福子说，我不知道，太太让你快去。飞浦皱了皱眉头说，叫客人上这儿来找我。福子仍然敲着窗，喊，太太一定要你去，你不去她要骂死我的。飞浦轻轻骂了一声，讨厌。他无可奈何地站起来，又骂，什么客人？见鬼。顾少爷持箫看着飞浦，疑疑惑惑地问，那这箫还教不教？飞浦挥挥手说，教呀，你在这儿，我去看看就是了。

剩下颂莲和顾少爷坐在房里，一时不知说什么好。颂莲突然微笑了一声说，撒谎。顾少爷一惊，你说谁撒谎？颂莲也醒过神来，不是说你，说她，你不懂的。顾少爷有点坐立不安，颂莲发现他的脸又开始红了，她心里又好笑，大户人家的少爷也有这样薄脸皮的，爱脸红无论如何也算是条优点。颂莲就带有怜悯地看着顾少爷，颂莲说，你接着吹呀，还没完呢。顾少爷低头看看手里的箫，把它塞回黑绸箫袋里，低声说，完了，这下没情调了，曲子也就吹完了。好曲就怕败兴，你懂吗？飞浦一走箫就吹不好了。

顾少爷很快就起身告辞了。颂莲送他到花园里，心里忽然对他充满感激之情，又不宜表露，她就停步按了按胸口，屈膝道了个万福。顾少爷说，什么时候再学箫？颂莲摇了摇头，不知道。顾少爷想了想说，看飞浦安排吧，又说，飞浦对你很好，他常在朋友面前夸你。颂莲叹了口气，他对我好有什么用？这世界上根本就没人可以依靠。

颂莲刚回到屋里，卓云就风风火火闯进来，说飞浦和大太太吵起来了。颂莲先是愣了一下，接着就冷笑道，我就猜到是这么回事。卓云说，你去劝劝吧。颂莲说，我去劝算什么？人家是母子，随便怎么吵，我去劝算什么呢？卓云说，你难道不知道他们吵架是为你？颂莲说，耶，这就更奇怪了，我跟他们井水不犯河水，干吗要把我缠进去？卓云斜睨着颂莲，你也别装糊涂了，你知道他们为什么吵。颂莲的声音不禁尖厉起来，我知道什么？我就知道她容不得谁对我好，她把我看成什么人了？难道我还能跟她儿子有什么吗？颂莲说着眼里又沁出泪花，真无聊，真可恶。她说，怎么这样无聊？卓云的嘴里正嗑着瓜子，这会儿她把手里的瓜子壳塞给一边站着的雁儿，卓云笑着推颂莲一把，你也别发火，身正不怕影子斜，无事不怕鬼敲门，怕什么呀？颂莲说，让你这么一说，我倒好像真有什么怕的了。你爱劝架你去劝好了，我懒得去。卓云说，颂莲你这人心够狠的，我是真见识了。颂莲说，你太抬举我了，谁的心也不能掏出来看，谁心狠谁自己最清楚。

第二天颂莲在花园里遇到飞浦。飞浦无精打采地走着，一路走一路玩着一只打火机。飞浦装作没有看见颂莲，但颂莲故意高声地喊住了他。颂莲一如既往地跟他站着说话。她问，昨天来的什么客人？害得我箫也没学成，飞浦苦笑了一声，别装糊涂了，今天满园子都在传我跟大太太吵架的事。颂莲又问，你们吵什么呢？飞浦摇摇头，一下一下地把打火机打出火来，又吹熄了，他朝四周潦草地看了看，说，呆在家里时间一长就令人生厌，我想出去跑了，还是在外面好，又自由，又快活。颂莲说，我懂了，闹了半天，你还是怕她。飞浦说，不是怕她，是怕烦，怕女人，女人真是让人可怕。颂莲说，你怕女人？那你怎么不怕我？飞浦说，对你也有点怕，不过好多了，你跟她们不一样，所以我喜欢去你那儿。

后来颂莲老想起飞浦漫不经心说的那句话，你跟她们不一样。颂莲觉得飞浦给了她一种起码的安慰，就像若有若无的冬日阳光，带着些许暖意。

以后飞浦就极少到颂莲房里来了，他在生意上好像也做得不顺当，总是闷闷不乐的样子。颂莲只有在饭桌上才能看他，有时候眼前就浮现出梅珊和医生的腿在麻将桌下做的动作，她忍不住地偷偷朝桌下看，看她自己的腿，会不会朝那面伸过去。想到这件事她心里又害怕又激动。

这天飞浦突然来了，站在那儿搓着手，眼睛看着自己的脚。颂莲见他半天不开口，扑哧笑了，你葫芦里卖的什么药，怎么不说话？飞浦说，我要出远门了。颂莲说，你不是经常出远门的吗？飞浦说，这回是去云南，做一笔烟草生意。颂莲说，那有什么，只要不是鸦片生意就行。飞浦说，昨天有个高僧给我算卦，说我此行凶多吉少。本来我从不相信这一套，但这回我好像有点相信了。颂莲说，既然相信就别去，听说那里土匪特别多，割人肉吃。飞浦说，不去不行，一是我想出门，二是为了进账，陈家老这样下去会坐吃山空。老爷现在有点糊涂，我不管谁管？颂莲说，你说得在理，那就去吧，大男人整天窝在家里也不成体统。飞浦搔着头沉默了一会儿，突然说，我要是去了回不来，你会不会哭？颂莲就连忙去捂他的嘴，别自己咒自己。飞浦抓住颂莲的手，翻过来，又翻过去研究，说，我怎么不会看手纹呢？什么名堂也看不出来。也许你命硬，把什么都藏起来了。颂莲抽出了手，说，别闹，让雁儿看见了会乱嚼舌头。飞浦说，她敢我把她的舌头割了熬汤喝。

颂莲在门廊上跟飞浦说拜拜，看见顾少爷在花园里转悠。颂莲问飞浦，他怎么在外面？飞浦笑笑说，他也怕女人，跟我一样的。又说，他跟我一起去云南。颂莲做了个鬼脸，你们两个倒像夫妻了，形影不离的。飞浦说，你好像有点嫉妒了，你要想去云南我就把你也带上，你去不去？颂莲说，我倒是想去，就是行不通。飞浦说，怎么行不通？颂莲搡了他一把，别装傻，你知道为什么行不通。快走吧，走吧。她看见飞浦跟顾少爷从月牙门里走出去，消失了。她说不清自己对这次告别的感觉是什么，无所谓或者怅怅然的，但有一点她心里明白，飞浦一走她在陈家就更加孤独了。

六

陈佐千来的时候颂莲正在抽烟。她回头看见他时的第一个反应就是把烟掐灭。她记得陈佐千说过讨厌女人抽烟。陈佐千脱下帽子和外套，等着颂莲过去把它们挂到衣架上去。颂莲迟迟疑疑地走过去，说，老爷好久没来了。陈佐千说你怎么抽起烟来了？女人一抽烟就没有女人味了。颂莲把他的外套挂好，把帽子往自己头上一扣，嬉笑着说，这样就更没有女人味了，是吗？陈佐千就把帽子从她头上捞过来，自己挂到衣架上，他说，颂莲你太调皮了。你调皮起来太过分，也不怪人家说你。颂莲立刻说，说什么？谁说我？到底是人家还是你自己，人家乱嚼舌头我才不在乎，要是老爷你也容不下我，那我只有一死干净了。陈佐千皱了下眉头说，好了好了，你们怎么都一样，说着说着就是死，好像日子过得多凄惨似的，我最不喜欢这一套。颂莲就去摇陈佐千的肩膀，既不喜欢，以后不说死就是了，其实好端端的谁说这些，都是伤心话。陈佐千把她搂过来坐到他腿上，那天的事你伤心了？主要是我情绪不好，那天从早到晚我心里乱极了，也不知道为什么，男人过五十岁生日大概都高兴不起来。颂莲说，哪天的事呀，我都忘了。陈佐千笑起来，在她腰上掐了一把，说，哪天的事？我也忘了。

隔了几天不在一起，颂莲突然觉得陈佐千的身体很陌生，而且有一股薄荷油的味道，她猜到陈佐千这几天是在毓如那里的，只有毓如喜欢擦薄荷油。颂莲从床边摸出一瓶香水，朝陈佐千身上细细地洒过了，然后又往自己身上洒了一些。陈佐千说，从哪儿学来的这一套。颂莲说，我不让你身上有她们的气味。陈佐千踢了踢被子，说，你还挺霸道。颂莲说了一声，想霸道也霸道不起呀。忽然又问，飞浦怎么去云南了？陈佐千说，说是去做一笔烟草生意，我随他去。颂莲又说，他跟那个顾少爷怎么那样好？陈佐千笑了一声，说，那有什么奇怪的，男人与男人之间有些事你不懂的。颂莲无声地叹了一口气，她摸着陈佐千精瘦的身体，脑子里倏尔浮现出一个秘不告人的念头。她想飞浦躺在被子里会是什么样子？

作为一个具有了性经验的女人，颂莲是忘不了这特殊的一次的。陈佐千已经汗流浃背了，却还是徒劳。她敏锐地发现了陈佐千眼睛里深深的恐惧和迷乱。这是怎么啦？她听见他的声音变得软弱胆怯起来。颂莲的手指像水一样地在他身上流着，她感到手下的那个身体像经过了爆裂终于松弛下去，离她越来越远。她明白在陈佐千身上发生了某种悲剧，心里有一种奇怪的感情，不知是喜是悲，她觉得自己很茫然。她摸了下陈佐千的脸说，你是太累了，先睡一会儿吧。陈佐千摇着头说，不是不是，我不相信。颂莲说，那怎么办呢？陈佐千犹豫了一会儿，说，有个办法可能行，就是不知道你肯不肯？颂莲说，只要你高兴，我没有不肯的道理。陈佐千的脸贴过去，咬着颂莲的耳朵，他先说了一句话，颂莲没听懂，他又说一遍，颂莲这回听懂了，她无言以对，脸羞得极红。她翻了个身，看着黑暗中的某个地方，忽然说了一句，那我不成了一条狗了吗？陈佐千说，我不强迫你，你要是不愿意就算了，颂莲还是不语，她的身体像猫一样蜷起来，然后陈佐千就听见了一阵低低的啜泣，陈佐千说，不愿意就不愿意，也用不到哭呀。没想到颂莲的啜泣越来越响，她蒙住脸放声哭起来，陈佐千听了一会儿，说，你再哭我走了。颂莲依然哭泣，陈佐千就掀了被子跳下床，他一边穿衣服一边说，没见过你这种女人，做了婊子还立什么贞节牌坊？

陈佐千拂袖而去。颂莲从床上坐起来，面对黑暗哭了很长时间，她看见月光从窗帘缝隙间投到地上，冷冷的一片，很白很淡的月光。她听见自己的哭声还萦绕在她的耳边，没有消逝，而外面的花园里一片死寂。这时候她想起陈佐千临走说的那句话，浑身便颤得很厉害，她猛地拍了一下被子，对着黑暗的房间喊，谁是婊子，你们才是婊子。

这年冬天在陈府是不寻常的，种种迹象印证了这一点。陈家的四房太太偶尔在一起说起陈佐千脸上不免流露暧昧的神色，她们心照不宣，各怀鬼胎。陈佐千总是在卓云房里过夜，卓云平日的状态就很好，另外的三位太太观察卓云的时候，毫不掩饰眼睛里的疑点，那么卓云你是怎么伺候老爷过夜的呢？有些早晨，梅珊在紫藤架下披上戏装重温舞台旧梦，一招一式唱念做都很认真，花园里的人们看见梅珊的水袖在风中飘扬，梅珊舞动的身影也像一个俏丽的鬼魅。

　　　　四更鼓哇
　　　　满江中啊人声寂静
　　　　形吊影影吊形我加倍伤情
　　　　细思量啊
　　　　真是个红颜薄命
　　　　可怜我数年来含羞忍泪
　　　　枉落个娼妓之名
　　　　到如今退难退我进又难进
　　　　倒不如葬鱼腹了此残生
　　　　杜十娘啊拼一个香消玉殒
　　　　纵要死也死一个朗朗清清

　　颂莲听得入迷，她朝梅珊走过去，抓住她的裙裾，说，别唱了，再唱我的魂要飞了，你唱的什么？梅珊撩起袖子擦掉脸上的红粉，坐到石桌上，只是喘气。颂莲递给她一块丝帕，说，看你脸上擦得红一块白一块的，活脱脱像个鬼魂。梅珊说，人跟鬼就差一口气，人就是鬼，鬼就是人。颂莲说，你刚才唱的什么，听得人心酸。梅珊说，《杜十娘》，我离开戏班子前演的最后一出戏就是这。杜十娘要寻死了，唱得当然心酸。颂莲说，什么时候教我唱唱这一段？梅珊瞄了颂莲一眼，说得轻巧，你也想寻死吗？你什么时候想寻死我就教你。颂莲被呛得说不出话，她呆呆地看着梅珊被油彩弄脏的脸，她发现她现在不恨梅珊，至少是现在不恨，即使她出语伤人。她深知梅珊和毓如再加上她自己，现在有一个共同的仇敌，就是卓云。颂莲只是不屑于表露这种意思。她走到废井边，弯下腰朝井里看了看，忽然笑了一声，鬼，这里才有鬼呢，你知道是谁死在这井里吗？梅珊依然坐在石桌上不动，她说，还能是谁，一个是你，一个是我。颂莲说，梅珊你老开这种玩笑，让人头皮发冷。梅珊笑起来说，你怕了？

你又没偷男人，怕什么，偷男人的都死在这井里，陈家好几代了都是这样。颂莲朝后退了一步，说，多可怕，是推下去吗？梅珊甩了甩水袖，站起来说，你问我我问谁，你自己去问那些鬼魂好了。梅珊走到废井边，她也朝井里看了会儿，然后她一字一句念了个道白：屈、死、鬼、呐——她们在井边断断续续说了一会儿话，不知怎么就说到了陈佐千的暗病上去。梅珊说，油灯再好也有个耗尽的时候，就怕续不上那一壶油呐。又说，这园子里阴气太旺，损了阳气也是命该如此，这下可好，他陈佐千陈老爷占着茅坑不拉屎，苦的是我们，夜夜守空房。说着就又说到了卓云，梅珊咬牙切齿地骂，她那一身贱肉，反正是跟着老爷抖，你看她抖得多欢，恨不得去舔他的屁眼，说又甜又香，她以为她能兴风作浪，看我什么时候狠狠治她一下，叫她又哭多又喊娘。

颂莲却走神了，她每次到废井边总是摆脱不了梦魇般的幻觉。她听见井水在很深的地层翻腾，送上来一些亡灵的语言，她真的听见了，而且感觉到井里泛出冰冷的瘴气，湮没了她的灵魂和肌肤。我怕，颂莲这样喊了一声转身就跑，她听见梅珊在后面喊，喂你怎么啦你要是去告密我可不怕我什么也没说过。

这天忆云放学回家是一个人回来的，卓云马上就意识到什么，她问，忆容呢？忆云把书包朝地上一扔说，她让人打伤了，在医院呢。卓云也来不及细问，就带了两个男仆往医院赶。他们回家已是晚饭时分，忆容头上缠着绷带，被卓云抱到饭桌上，吃饭的人都放下筷子，过来看忆容头上的伤。陈佐千平日最宠爱的就是忆容，他把忆容又抱到自己腿上，问，告诉我是谁打的，明天我扒了他的皮。忆容哭丧着脸，说了一个男孩的名字。陈佐千怒不可遏，说他是谁家的孩子？竟敢打我的女儿。卓云在一边抹着眼泪说，你问她能问出什么名堂来？明天找到那孩子，才能问个仔细，哪个丧尽天良的禽兽不如的东西，对孩子下这样的毒手？毓如微微皱了下眉头，说，吃你们的饭吧，孩子在学堂里打架也是常有的事，也没伤着要害，养几天就好了。卓云说，大太太你也说得太轻巧了，差一点就把眼睛弄瞎了，孩子细皮嫩肉的受得了吗？再说，我倒不怎么怪罪孩子，气的是指使他的那个人，要不然，没冤没仇的，那孩子怎么就会从树后面蹿出来，抡起棍子就朝忆容打？梅珊只顾往碗里舀鸡汤，一边说，二太太的心眼也太多，孩子间闹别扭，有什么道理好讲？不要疑神疑鬼的，搞得谁也不愉快。卓云冷冷地说，不愉快的事在后面呢，这口气怎么咽得下去？我倒是非要搞个水落石出不可。

谁也想不到的是，第二天吃午饭的时候，卓云领了一个男孩进了饭间，男孩胖胖的，拖着鼻涕。卓云跟他低声说了句什么，男孩就绕着饭桌转了一圈，挨个看着每个人的脸，突然他就指着梅珊说，是她，她给了我一块钱。梅珊朝天翻了翻眼睛，然后推开椅子，抓住男孩的衣领，你说什么？我凭什么给你一块钱？男孩死命挣脱着，一边嚷嚷，是你给我一块钱，让我去揍陈忆容和陈忆云。梅珊啪地打了男孩一个耳光，骂，放屁，我根本就不认识你个小兔崽，谁让你来诬陷我的？这时候卓云上去把他们拉开，佯笑着说，行了，就算他认错了人，我心中有个数就行了。说着就把男孩推出了吃饭间。

梅珊的脸色很难看，她把勺子朝桌上一扔，说，不要脸。卓云就在这边说，谁不要脸谁心里清楚，还要我把丑事抖个干净啊。陈佐千终于听不下去了，一声怒喝，不想吃饭给我滚，都给我滚！

这事的前后过程颂莲是个局外人，她冷眼观察，不置一词。事实上从一开始她就猜到了梅珊，她懂得梅珊这种品格的女人，爱起来恨起来都疯狂得可怕。她觉得这事残忍而又可笑，完全不加理智，但奇怪的是，她内心同情的一面是梅珊，而不是无辜的忆容，更不是卓云。她想女人是多么奇怪啊，女人能把别人琢磨透了，就是琢磨不透她自己。

七

颂莲的身上又来了，没有哪次比这回更让颂莲焦虑和烦躁了。那摊紫红色的污血对于颂莲是一种无情的打击。她心里清楚，她怀孕的可能随着陈佐千的冷淡和无能变得可望而不可即。如果这成了事实，那么她将孤零零地像一叶浮萍在陈家花园漂流下去吗？

颂莲发现自己愈来愈容易伤感，苦泪常沾衣襟。颂莲流着泪走到马桶间去，想把污物扔掉，当她看见马桶浮着一张被浸烂的草纸时，就骂了一声，懒货。雁儿好像永远不会用新式的抽水马桶，她方便过后总是忘了冲水。颂莲刚要放水冲，一种超常的敏感和多疑使她萌生一念，她找到一柄刷子，皱紧了鼻子去拨那团草纸，草纸摊开后原形毕露，上面有一个模糊的女人，虽然被水沤烂了，但草纸上的女人却一眼就能分辨，而且是用黑红色的不知什么血画的。颂莲明白，画的又是她，雁儿又换了个法子偷偷对她进行恶咒。她巴望我死，她把我扔在马桶里。颂莲浑身颤抖着把那张草纸捞起来，她一点也不嫌脏了，浑身的血液都被雁儿的恶行点得火烧火燎。她夹着草纸撞开小偏屋的门，雁儿靠着床在打盹，雁儿说，太太你要干什么？颂莲把草纸往她脸上摔过去，雁儿说，什么东西？等到她看清楚了，脸就灰了，嗫嚅着说不是我用的。颂莲气得说不出话，盯视的目光因愤怒而变得绝望。雁儿缩在床上不敢看她，说，画着玩的，不是你。颂莲说，你跟谁学的这套阴毒活儿？你想害死我你来当太太是吗？雁儿不敢吱声，抓了那张草纸要往窗外扔。颂莲尖声大喊，不准扔！雁儿回头申辩，这是脏东西，留着干吗？颂莲抱着双臂在屋里走着，留着自然有用，有两条路随你走。一条路是明了，把这脏东西给老爷看，给大家看，我不要你来伺候了，你哪是伺候我？你是来杀我来了。还有一条路是私了。雁儿就怯怯地说，怎么私了？你让我干什么都行，就是别撵我走。颂莲莞尔一笑，私了简单，你把它吃下去。雁儿一惊，太太你说什么？颂莲侧过脸去看着窗外，一字一顿地说，你把它吃下去。雁儿浑身发软，就势蹲了下去，蒙住脸哭起来，那还不如把我打死好。颂莲说，我没劲打你，打你脏了我的手。你也别怨我狠，这叫作以其人之道还治其人之身。书上说的，不会有错。雁儿只是蹲在墙角哭，颂莲说，你这会儿又要干净了，不吃就滚蛋，卷铺盖去吧。雁儿哭了很长时间，突然抹了下眼泪，一边哽咽一边说，我吃，吃就吃。然后她抓住那张草纸就往嘴里塞，发出一阵撕心裂肺的干呕声。颂莲冷冷地看着，并没有什么快感，她不知怎么感到寒心，而且反胃得厉害。贱货。她厌恶地看了一眼雁儿，离开了小偏房。

雁儿第二天就病了，病得很厉害，医生来看了，说雁儿得了伤寒。颂莲听了心里像被什么钝器割了一下，隐隐作痛。消息不知怎么透露了出去，佣人们都在谈论颂莲让雁儿吞草纸的事情，说四太太看不出来比谁都阴损，说雁儿的命大概也保不住了。陈佐千让人把雁儿抬进了医院。他对管家说，尽量给她治，花费全由我来，不要让人骂我们不管下人死活。抬雁儿的时候，颂莲躲在房间里，她从窗帘缝里看见雁儿奄奄一息地躺在担架上，她的头皮因为大量掉发而裸露着，模样很怕人。她感觉到雁儿枯黄的目光透过窗帘，很沉重地刺透了她的心。后来陈佐千到颂莲房里来，看见颂莲站在窗前发呆。陈佐千说，你也太阴损了，让别人说尽了闲话，坏了陈家名声。颂莲说，是她先阴损我的，她天天咒我死。陈佐千就恼了，你是主子，她是奴才，你就跟她一般见识？颂莲一时语塞，过了会儿又无力地说，我也没想把她弄病，她是自己害了自己，能全怪我吗？陈佐千挥挥手，不耐烦地说，别说了，你们谁也不好惹，我现在见了你们头就疼。你们最好别再给我添乱了。说完陈佐千就跨出了房门，他听见颂莲在后面幽幽地说，老天，这日子让我怎么过？陈佐千回过头回敬她说，随你怎么过，你喜欢怎么过就怎么过，就是别再让佣人吃草纸了。

一个被唤做宋妈的老女佣，来颂莲这儿伺候。据宋妈自己说，她在陈府里从十五岁干到现在,差不多大半辈子了,飞浦就是她抱大的,还有在外面读大学的大小姐,也是她抱大的,颂莲见她倚老卖老,有心开个玩笑,那么陈老爷也是你抱大的啰。宋妈也听不出来话里的味道,笑起来说,那可没有,不过我是亲眼见他娶了四房太太,娶毓如大太太的时候他才十九岁,胸前佩了一个大金片儿,大太太也佩一个,足有半斤重啊。到娶卓云二太太就换了个小金片儿,到娶梅珊三太太,就只是手上各戴几个戒指,到了娶你,就什么也没见着了,这陈家可见是一天不如一天了。颂莲说,既然陈家一天不如一天,你还在这儿干什么?宋妈叹口气说,在这里伺候惯了,回老家过清闲日子反而过不惯了。颂莲捂嘴一笑,她说,宋妈要是说的真心话,那这世上当真就有奴才命了。宋妈说,那还有假?人一生下来就有富贵命奴才命,你不信也得信呀,你看我天天伺候你,有一天即使天塌下来地陷下去,只要我们活着,就是我伺候你,不会是你伺候我的。

宋妈是个愚蠢而唠叨的女佣。颂莲对她不无厌恶,但是在许多穷极无聊的夜晚,她,一个人坐灯下,时间长了就想找个人说话。颂莲把宋妈喊到房间里陪着她说话,一仆一主的谈话琐碎而缺乏意义,颂莲一会儿就又厌烦,她听着宋妈的唠叨,思想会跑到很远很奇怪的角落去,她其实不听宋妈说话,光是觉得老女佣黄白的嘴唇像虫卵似的蠕动,她觉得这样打发夜晚实在可笑,但又问自己,不这样又能怎么样呢?有一回就说起了从前死在废井里的女人。

宋妈说那最后一个是四十年前死的,是老太爷的小姨太太,说她还伺候过那个小姨太太半年的光景。颂莲说,怎么死的?宋妈神秘地眨眨眼睛,还不是男男女女的事情?

家丑不可外扬,否则老爷要怪罪的。颂莲说,那么说我是外人了?好吧,别说了,你去睡吧。宋妈看看颂莲的脸色,又赔笑脸说,太太你真想听这些脏事?颂莲说,你说我就听。这有什么了不得的?宋妈就压低嗓门说,一个卖豆腐的!她跟一个卖豆腐的私通。颂莲淡淡地说,怎么会跟卖豆腐的呢?宋妈说,那男人豆腐做得很出名,厨子让他送豆腐来,两个人就撞上了。都是年轻血旺的,眉来眼去的就勾搭上了。颂莲说,谁先勾搭谁呀?宋妈嘻地一笑说,那只有鬼知道了,这先后的事说不清,都是男的咬女的,女的咬男的。颂莲又问,怎么知道他们私通的?宋妈说,探子!陈老太爷养了探子呀,那姨太太说是头疼去看医生,老太爷要喊医生上门来,她不肯。老太爷就疑心了,派了探子去跟踪。也怪她谎撒得不圆。到了那卖豆腐的家里,挨到天黑也不出来。探子开始还不敢惊动,后来饿得难受,就上去把门一脚踹开了,说,你们不饿我还饿呢。宋妈说到这里就咯咯笑起来，颂莲看着宋妈笑得前仰后合的，她不笑，端坐着说了声，恶心。颂莲点了一支烟，猛吸了几口，忽然说，那么她是偷了男人才跳井的？宋妈的脸上又有了讳莫如深的表情，她轻声说，鬼知道呢？反正是死在井里了。

夜里颂莲因此就添了无名的恐惧，她不敢关灯睡觉。关上灯周围就黑得可怕，她似乎看见那口废井跳跃着从紫藤架下跳到她的窗前，看见那些苍白的泛着水光的手在窗户上向她张开，湿漉漉地摇晃着。

没人知道颂莲对废井传说的恐惧，但她晚上亮灯睡觉的事却让毓如知道了。毓如说了好几次，夜里不关灯，再厚的家底都会败光的。颂莲对此充耳不闻，她发现自己已经倦怠于女人间的嘴仗，她不想申辩，不想占上风，不想对鸡毛蒜皮的小事表示任何兴趣，她想的东西不着边际，漫无目的，连她自己也理不出头绪。她想没什么可说的干脆不说，陈家人后来都发现颂莲变得沉默寡言，他们推测那是因为她失宠于陈老爷的缘故。

眼看就要过年了，陈府上上下下一片忙碌，杀猪宰牛搬运年货。窗外天天是嘈杂混乱。颂莲独坐室内，忽然想起了自己的生日。自己的生日和陈佐千只相差五天，十二月十二，生日早已过去了，她才想起来，不由得心酸酸的，她掏钱让宋妈上街去买点卤菜，还要买一瓶四川烧酒。宋妈说，太太今天是怎么啦？颂莲说，你别管我，我想尝尝醉酒的滋味。然后她就找了一个小酒盅，放在桌上。人坐下来盯着那酒盅看，好像就看见了二十年前那个小女婴的样子，被陌生的母亲抱在怀里。其后的二十年时光却想不清晰，只有父亲浸泡在血水里的那只手，仍然想抬起来抚摸她的头发。颂莲闭上眼睛，然后脑子里又是一片空白，唯一清楚的就是生日这个概念。生日，她抓起酒盅看着杯底，杯底上有一点褐色的污迹，她自言自语，十二月十二，这么好记的日子怎么会忘掉的？

除了她自己，世界上就没人知道十二月十二是颂莲的生日了。除了她自己，也不会有人来操办她的生日宴会了。

宋妈去了好久才回来，把一大包卤肺、卤肠放到桌上，颂莲说，你怎么买这些东西，脏兮兮的谁吃？宋妈很古怪地打量着颂莲，突然说，雁儿死了，死在医院里了。颂莲的心立刻哆嗦了一下，她镇定着自己，问，什么时候死的？宋妈说，不知道，光听说雁儿临死喊你的名字。颂莲的脸有些白，喊我的名字干什么？难道是我害死她的？宋妈说，你别生气呀，我是听人说了才告诉你。生死是天命，怪不着太太。颂莲又问，现在尸体呢？宋妈说，让她家里人抬回乡下去了，一家人哭哭啼啼的，好可怜。颂莲打开酒瓶，闻了闻酒气，淡淡地说了一句，也没什么多哭的，活着受苦，死了干净。死了比活着好。

颂莲一个人呷着烧酒，朦朦胧胧听见一阵熟悉的脚步声，门帘被哗地一掀，闯进来一个黑黝黝的男人。颂莲转过脸朝他望了半天，才认出来，竟然是大少爷飞浦。她急忙用台布把桌上的酒菜一股脑地全部盖上，不让飞浦看到，但飞浦还是看见了，他大叫，好啊，你居然在喝酒。颂莲说，你怎么就回来了？飞浦说不死总要回家来的。飞浦多日不见变化很大，脸发黑了，人也粗壮了些，神色却显得很疲惫的样子。颂莲发现他的眼圈下青青的一轮，角膜上可见几缕血丝，这同他的父亲陈佐千如出一辙。

你怎么喝起酒来了，借酒浇愁吗？

愁是酒能消得掉的吗？我是自己在给自己祝寿。

你过生日？你多大了？

管它多大呢，活一天算一天，你要不要喝一杯？给我祝祝寿。

我喝一杯，祝你活到九十九。

胡诌。我才不想活那么长，这恭维话你对老爷说去。

那你想活多久呢？

看情况吧，什么时候不想活就不活了，这也简单。

那我再喝一杯，我让你活得长一点，你要死了那我在家里就找不到说话的人了。

两个人慢慢地呷着酒，又说起那笔烟草生意。飞浦自嘲地说，鸡飞蛋打，我哪里是做生意的料子，不光没赚到，还赔了好几千，不过这一圈玩得够开心的。颂莲说，你的日子已经够开心的了，哪有不开心的事？飞浦又说，你可别去告诉老爷，否则他又训人。颂莲说，我才懒得掺和你们家的事，再说，他现在见我就像见一块破抹布，看都不看一眼。我怎么会去向他说你的不是？颂莲酒后说话时不再平静了，她话里的明显的感情倾向是对着飞浦来的。飞浦当然有所察觉。飞浦的内心开放了许多柔软的花朵，他的脸现在又红又热，他从皮带扣上解下一个鲜艳的绘有龙凤图案的小荷包，递给颂莲。这是我从云南带回来的，给你做个生日礼物吧，颂莲瞥了一眼小荷包，诡谲地一笑说，只有女的送荷包给情郎，哪有反过来的道理呀？飞浦有点窘迫，突然从她手里夺回荷包说，你不要就还给我，本来也是别人送我的。颂莲说，好啊，虚情假意的，拿别人的信物来糊弄我，我要是拿了不脏了我的手？飞浦重新把荷包挂在皮带上，讪讪说，本来就没打算给你，骗骗你的。颂莲的脸就有点沉下来了，我是被骗惯了，谁都来骗我，你也来骗我玩儿。飞浦低下头，偶尔偷窥一下颂莲的表情，沉默不语了。颂莲突然又问，谁送的荷包，飞浦的膝盖上下抖了几下，说，那你就别问了。

八

两个人坐着很虚无地呷酒。颂莲把酒盅在手指间转着玩，她看见飞浦现在就坐在对面，他低着头，年轻的头发茂密乌黑，脖子刚劲傲慢地挺直，而一些暗蓝的血管在她的目光里微妙地颤动着。颂莲的心里很潮湿，一种陌生的欲望像风一样灌进身体，她觉得喘不过气来。意识中又出现了梅珊和医生的腿在麻将桌下交缠的画面。颂莲看见了自己修长姣好的双腿，它们像一道漫坡而下的细沙向下塌陷，它们温情而热烈地靠近目标。

这是飞浦的脚，膝盖，还有腿，现在她准确地感受了它们的存在。颂莲的眼神迷离起来，她的嘴唇无力地启开，嚅动着。她听见空气中有一种物质碎裂的声音，或者这声音仅来自她的身体深处。飞浦抬起了头，他凝视颂莲的眼睛里有一种激情汹涌澎湃着，身体尤其是双脚却僵硬地维持原状。飞浦一动不动。颂莲闭上眼睛，她听见一粗一细两种呼吸紊乱不堪，她把双腿完全靠紧了飞浦，等待着什么发生。好像是许多年一下子过去了，飞浦缩回了膝盖，他像被击垮似的歪在椅背上，沙哑地说，这样不好。颂莲如梦初醒，她嗫嚅着，什么不好？飞浦把双手慢慢地举起来，作了一个揖，不行，我还是怕。他说话时脸痛苦地扭曲了。我还是怕女人。女人太可怕。颂莲说，我听不懂你的话。飞浦就用手搓着脸说，颂莲我喜欢你，我不骗你。颂莲说，你喜欢我却这样待我。飞浦几乎是哽咽了，他摇着头，眼睛始终躲避着颂莲，我没法改变了，老天惩罚我，陈家世代男人都好女色，轮到我不行了，我从小就觉得女人可怕，我怕女人。特别是家里的女人都让我害怕。只有你我不怕，可是我还是不行，你懂吗？颂莲早已潸然泪下，她背过脸去，低低地说，我懂了，你也别解释了，现在我一点也不怪你，真的，一点也不怪你。

颂莲醉酒是在飞浦走了以后，她面色酡红，在房间里手舞足蹈、摔摔打打的。宋妈进来按她不住，只好去喊陈老爷陈佐千来。陈佐千一进屋就被颂莲抱住了，颂莲满嘴酒气，嘴里胡言乱语。陈佐千问宋妈，她怎么喝起酒来了？宋妈说我怎么会知道，她有心事能告诉我吗？陈佐千差宋妈去毓如那里取醒酒药，颂莲就叫起来，不准去，不准告诉那老巫婆。陈佐千很厌恶地把颂莲推到床上，看你这副疯样，不怕让人笑话。颂莲又跳起来，勾住陈佐千的脖子说，老爷今晚陪陪我，我没人疼，老爷疼疼我吧。陈佐千无可奈何地说，你这样我怎么敢疼你？疼你还不如疼条狗。

毓如听说颂莲醉酒就赶来了。毓如在门口念了几句阿弥陀佛，然后上来把颂莲和陈佐千拉开。她问陈佐千，给她灌药？陈佐千点点头，毓如想摁着颂莲往她嘴里塞药，被颂莲推了个趔趄。毓如就喊，你们都动手呀，给这个疯货点厉害。陈佐千和宋妈也上来架着颂莲，毓如刚把药灌下去，颂莲就啐出来，啐了毓如一脸。毓如说，老爷你怎么不管她，这疯货要翻天了。陈佐千拦腰抱住颂莲，颂莲却一下软瘫在他身上，嘴里说，老爷别走，今天你想干什么都行，舔也行，摸也行，干什么都依你，只要你别走。陈佐千气恼得说不出话，毓如听不下去，冲过来打了颂莲一记耳光，无耻的东西，老爷你把她宠成什么样子了！

南厢房闹成一锅粥，花园里有人跑过来看热闹。陈佐千让宋妈堵住门，不让人进来看热闹。毓如说，出了丑就出个够，还怕让人看？看她以后怎么见人？陈佐千说，你少插嘴，我看你也该灌点醒酒药。宋妈捂着嘴强忍住笑，走到门廊上去把门。看见好多人在窗外探头探脑的。宋妈看见大少爷飞浦把手插在裤袋里，慢慢地朝这里走。她正想让不让飞浦进去呢，飞浦转了个身，又往回走了。

下了头一场大雪，萧瑟荒凉的冬日花园被覆盖了兔绒般的积雪，树枝和屋檐都变得玲珑剔透、晶莹透明起来。陈家几个年幼的孩子早早跑到雪地上堆了雪人，然后就在颂莲的窗外跑来跑去追逐，打雪仗玩。颂莲还听见飞澜在雪地上摔倒后尖声啼哭的声音。还有刺眼的雪光泛在窗户上的色彩。还有吊钟永不衰弱的嘀嗒声。一切都是真切可感。但颂莲仿佛去了趟天国，她不相信自己活着，又将一如既往地度过一天的时光了。

夜里她看见了死者雁儿，死者雁儿是一个秃了头的女人，她看见雁儿在外面站着推她的窗户，一次一次地推。她一点不怕。她等着雁儿残忍的报复。她平静地躺着。她想窗户很快会被推开的。雁儿无声地走进来了，带着一种头发套子，挽成有钱太太的圆髻。颂莲说，你上哪儿买的头发套子？雁儿说，在阎王爷那儿什么都有。然后颂莲就看见雁儿从髻上抽出一根长簪，朝她胸口刺过来。她感觉到一阵刺痛，人就飞速往黑暗深处坠落。她肯定自己死了，千真万确地死了，而且死了那么长时间，好像有几十年了。

颂莲披衣坐在床上，她不相信死是个梦。她看见锦缎被子上真的插了一根长簪，她把它摊在手心上，冰凉冰凉。这也是千真万确的，不是梦。那么，我怎么又活了呢，雁儿又跑到哪里去了呢？

颂莲发现窗子也一如梦中半掩着，从室外穿来的空气新鲜清冽，但颂莲辨别了窗户上雁儿残存的死亡气息。下雪了，世界就剩下一半了。另外一半看不见了，它被静静地抹去，也许这就是一场不彻底的死亡。颂莲想我为什么死到一半又停止了呢，真让人奇怪。另外的一半在哪里？

梅珊从北厢房出来，她穿了件黑貂皮大衣走过雪地，仪态万千容光焕发的美貌，改变了空气的颜色。梅珊走过颂莲的窗前，说，女酒鬼，酒醒了？颂莲说，你出门？这么大的雪。梅珊拍了拍窗子，雪大怕什么？只要能快活，下刀子我也要出门。梅珊扭着腰肢走过去，颂莲不知怎么就朝她喊了一句，你要小心。梅珊回头对颂莲嫣然一笑，颂莲对此印象极深。事实上这也是颂莲最后一次看见梅珊迷人的笑靥。

梅珊是下午被两个家丁带回来的。卓云跟在后面，一边走一边嗑着瓜子。事情说到结果是最简单了，梅珊和医生在一家旅馆里被卓云堵在被窝里，卓云把梅珊的衣服全部扔到外面去，卓云说，你这臭婊子，你怎么跑得出我的手心？

这天颂莲看着梅珊出去又回来，一前一后却不是同一个梅珊。梅珊是被人拖回北厢房去的，梅珊披头散发，双目怒睁，骂着拖拽她的每一个人。她骂卓云说我活着要把你一刀一刀削了死了也要挖你的心喂狗吃。卓云一声不吭，只顾嗑着瓜子。飞澜手里抓着梅珊掉落的一只皮鞋，一路跑一路喊，鞋掉啰，鞋掉啰。颂莲没有看见陈佐千，陈佐千后来是一个人进北厢房去的，那时候北厢房已经被反锁上了。

颂莲无心去隔壁张望，她怀着异样沉重的心情谛听着梅珊的动静。她很想知道陈佐千会怎么处置梅珊。但是隔壁没有丝毫的动静。一个家丁守在门口，摇着一串钥匙，开锁，关锁。陈佐千又出来了，他站在那里朝花园雪景张望了一番，然后甩了甩手，朝南厢房里走过来。

好大的雪，瑞雪兆丰年呐。陈佐千说。陈佐千的脸比预想的要平静得多。颂莲甚至感觉到他的表现里有一种真实的轻松。颂莲倚在床上，直盯着陈佐千的眼睛，她从中另外看到了一丝寒光，这使她恐惧不安。颂莲说，你们会把梅珊怎么样？陈佐千掏出一支象牙牙签剔着牙，他说，我们能把她怎么样？她自己知道应该怎么样。颂莲说，你们放她一马吧。陈佐千笑了一声说，该怎么样就怎么样。

颂莲彻夜未眠，心如乱麻。她时刻谛听着隔壁的动静，心里想的都是自己的事情。每每想到自己，一切却又是一片空白，正好像窗外的雪，似有似无，有一半真实，另外一半却是融化的虚幻。到了午夜时分，颂莲忽然又听见了梅珊唱她的京戏，有点不相信自己的耳朵，屏息再听，真的是梅珊在受难夜里唱她的京戏。

叹红颜薄命前生就

美满姻缘付东流

薄幸冤家音信无有

啼花泣月在暗里添愁

枕边泪呀共那阶前雨

隔着窗儿点滴不休

山上复有山

何日里大刀环

那欲化望夫石一片

要寄回文只字难

总有这角枕锦衾明似绮

只怕那孤眠不抵半床寒

整个夜里后花园的气氛很奇特，颂莲辗转难眠，后来又听见飞澜的哭叫声，似乎有人把他从北厢房抱走了。颂莲突然再也想不出梅珊的容貌，只是看见梅珊和医生在麻将桌下交缠着的四条腿，不断地在眼前晃动，又依稀觉得它们像纸片一样单薄，被风吹起来了。好可怜，颂莲自言自语着，听见院墙外响起了第一声鸡啼，鸡啼过后世界又是一片死寂，颂莲想我又要死了。雁儿又要来推窗户了。

颂莲迷迷糊糊半睡半醒着。这是凌晨时分，窗外一阵杂沓的脚步声惊动了颂莲，脚步声从北厢房朝紫藤架那里去。颂莲把窗帘掀开一条缝，看见黑暗中晃动着几个人影，有个人被他们抬着朝紫藤架那里去。凭感觉颂莲知道那是梅珊，梅珊无声地挣扎着被抬着朝紫藤架那里去。梅珊的嘴被堵住了，喊不出声音。颂莲想他们要干什么，他们把梅珊抬到那里去想干什么。黑暗中的一群人走到了废井边，他们围在井边忙碌了一会儿，颂莲就听见一声沉闷的响声，好像井里溅出了很高很白的水珠。是一个人被扔到井里去了。是梅珊被扔到井里去了。

大概静默了两分钟，颂莲发出了那声惊心动魄的狂叫。陈佐千闯进屋子的时候看见她光着脚站在地上，拼命揪着自己的头发。颂莲一声声狂叫着，眼神黯淡无光，面容更像一张白纸。陈佐千把她架到床上，他清楚地意识到这是颂莲的末日，她已经不是昔日那个女学生颂莲了，陈佐千把被子往她身上压，说你看见什么？你到底看见了什么？颂莲说，杀人。杀人。陈佐千说，胡说八道。你看见了什么？你什么也没有看见。你已经疯了。

第二天早晨，陈家花园爆出了两条惊人的新闻。从第二天早晨起，本地的人，上至绅士淑子阶层，下至普通百姓，都在谈论陈家的事情，三太太梅珊含羞投井，四太太颂莲精神失常，人们普遍认为梅珊之死合情合理，奸夫淫妇从来没有好下场。但是好端端的年轻文静的四太太颂莲怎么就疯了呢，熟知陈家内情的人说，那也很简单，兔死狐悲罢了。

第二年春天，陈佐千又娶了第五位太太文竹。文竹初进陈府，经常看见一个女人在紫藤架下枯坐，有时候绕着废井一圈一圈地转，对着井中说话。文竹看她长得清秀脱俗，干干净净，不太像疯子，问边上的人说，她是谁？人家就告诉她，那是原先的四太太，脑子有毛病了。文竹说，她好奇怪，她跟井说什么话？人家就复述颂莲的话说，我不跳，我不跳，她说她不跳井。

颂莲说她不跳井。

原载《收获》1989年第6期
第四届《小说月报》优秀中篇小说"百花奖"

黄金时代

王小波

一

我二十一岁时，正在云南插队。陈清扬当时二十六岁，就在我插队的地方当医生。我在山下十四队，她在山上十五队。有一天她从山上下来，和我讨论她不是破鞋的问题。那时我还不大认识她，只能说有一点知道。她要讨论的事是这样的：虽然所有的人都说她是一个破鞋，但她以为自己不是的。因为破鞋偷汉，而她没有偷过汉。虽然她丈夫已经住了一年监狱，但她没有偷过汉。在此之前也未偷汉。所以她简直不明白，人们为什么要说她是破鞋。如果我要安慰她，并不困难。我可以从逻辑上证明她不是破鞋。如果陈清扬是破鞋，即陈清扬偷汉，则起码有一个某人为其所偷。如今不能指出某人，所以陈清扬偷汉不能成立。但是我偏说，陈清扬就是破鞋，而且这一点毋庸置疑。

陈清扬找我证明她不是破鞋，起因是我找她打针。这事经过如下：农忙时队长不叫我犁田，而是叫我去插秧，这样我的腰就不能经常直立，认识我的人都知道，我的腰上有旧伤，而且我身高在一米九以上。如此插了一个月，我腰痛难忍，不打封闭就不能入睡。我们队医务室那一把针头镀层剥落，而且都有倒钩，经常把我腰上的肉钩下来。后来我的腰就像中了散弹枪，伤痕久久不褪。就在这种情况下，我想起十五队的队医陈清扬是北医大毕业的大夫，对针头和钩针大概还能分清，所以我去找她看病，看完病回来，不到半个小时，她就追到我屋里来，要我证明她不是破鞋。

陈清扬说，她丝毫也不藐视破鞋。据她观察，破鞋都很善良，乐于助人，而且最不乐意让人失望。因此她对破鞋还有一点钦佩。问题不在于破鞋好不好，而在于她根本不是破鞋。就如一只猫不是一只狗一样。假如一只猫被人叫成一只狗，它也会感到很不自在。现在大家都管她叫破鞋，弄得她魂不守舍，几乎连自己是谁都不知道了。

陈清扬在我的草房里时，裸臂赤腿穿一件白大褂，和她在山上那间医务室里装束一样，所不同的是披散的长发用个手绢束住，脚上也多了一双拖鞋。看了她的样子，我就开始琢磨：她那件白大褂底下是穿了点什么呢，还是什么都没穿。这一点可以说明陈清扬很漂亮，因为她觉得穿什么不穿什么无所谓。这是从小培养起来的自信心。我对她说，她确实是个破鞋，还举出一些理由来：所谓破鞋者，乃是一个指称，大家都说你是破鞋，你就是破鞋，没什么道理可讲。大家说你偷了汉，你就是偷了汉，这也没什么道理可讲。至于大家为什么要说你是破鞋，照我看是这样：大家都认为，结了婚的女人不偷汉，就该面色黝黑，乳房下垂。而你脸不黑而且白，乳房不下垂而且高耸，所以你是破鞋。假如你不想当破鞋，就要把脸弄黑，把乳房弄下垂，以后别人就不说你是破鞋。当然这样很吃亏，假如你不想吃亏，就该去偷个汉来。这样你自己也认为自己是个破鞋。别人没有义务先弄明白你是否偷汉再决定是否管你叫破鞋。你倒有义务叫别人无法叫你破鞋。陈清扬听了这话，脸色发红，怒目圆睁，几乎就要打我一耳光。这女人打人耳光出了名，好多人吃过她的耳光。但是她忽然泄了气，说：好吧，破鞋就破鞋吧。但是垂不垂黑不黑的，不是你的事。她还说，假如我在这些事上琢磨得太多，很可能会吃耳光。

倒退到二十年前，想象我和陈清扬讨论破鞋问题时的情景。那时我面色焦黄，嘴唇干裂，上面沾了碎纸和烟丝，头发乱如败棕，身穿一件破军衣，上面好多破洞都是橡皮膏粘上的，跷着二郎腿，坐在木板床上，完全是一副流氓相。你可以想象陈清扬听到这么个人说起她的乳房下垂不下垂时，手心是何等的发痒。她有点神经质，都是因为有很多精壮的男人找她看病，其实却没有病。那些人其实不是去看大夫，而是去看破鞋。只有我例外。我的后腰上好像被猪八戒筑了两耙。不管腰疼真不真，光那些窟窿也能成为看医生的理由。这些窟窿使她产生一个希望，就是也许能向我证明，她不是破鞋，有一个人承认她不是破鞋，和没人承认大不一样。可是我偏让她失望。

我是这么想的：假如我想证明她不是破鞋，就能证明她不是破鞋，那事情未免太容易了。实际上我什么都不能证明，除了那些不需证明的东西。春天里，队长说我打瞎了他家母狗的左眼，使它老是偏过头来看人，好像在跳芭蕾舞，从此后他总给我小鞋穿。我想证明我自己的清白无辜，只有以下三个途径：

1.队长家不存在一只母狗；2.该母狗天生没有左眼；3.我是无手之人，不能持枪射击。

结果是三条一条也不成立。队长家确有一棕色母狗，该母狗的左眼确是后天打瞎，而我不但能持枪射击，而且枪法极精。在此之前不久，我还借了罗小四的气枪，用一碗绿豆做子弹，在空粮库里打下了二斤耗子。当然，这队里枪法好的人还有不少，其中包括罗小四。气枪就是他的，而且他打瞎队长的母狗时，我就在一边看着。但是我不能揭发别人，罗小四和我也不错。何况队长要是能惹得起罗小四，也不会认准了是我。所以我保持沉默。沉默就是默认。所以春天我去插秧，撅在地里像一根半截电线杆，秋收后我又去放牛，吃不上热饭。当然，我也不肯无所作为。有一天在山上，我正好借了罗小四的气枪，队长家的母狗正好跑到山上叫我看见，我就射出一颗子弹打瞎了它的右眼。该狗既无左眼，又无右眼，也就不能跑回去让队长看见——天知道它跑到哪儿去了。

我记得那些日子里，除了上山放牛和在家里躺着，似乎什么也没做。我觉得什么都与我无关。可是陈清扬又从山上跑下来找我。原来又有了另一种传闻，说她在和我搞破鞋。她要我给出我们清白无辜的证明。我说，要证明我们无辜，只有证明以下两点：

1.陈清扬是处女；2.我是天阉之人，没有性交能力。

这两点都难以证明。所以我们不能证明自己无辜。我倒倾向于证明自己不无辜。陈清扬听了这些话，先是气得脸白，然后满面通红，最后一声不吭地站起来走了。

陈清扬说，我始终是一个恶棍。她第一次要我证明她清白无辜时，我翻了一串白眼，然后开始胡说八道，第二次她要我证明我们俩无辜，我又一本正经地向她建议举行一次性交。所以她就决定，早晚要打我一个耳光。假如我知道她有这样的打算，也许后面的事情就不会发生。

二

我过二十一岁生日那天，正在河边放牛。下午我躺在草地上睡着了。我睡去时，身上盖了几片芭蕉叶子，醒来时身上已经一无所有（叶子可能被牛吃了）。亚热带旱季的阳光把我晒得浑身赤红，痛痒难当，我的小和尚直翘翘地指向天空，尺寸空前。这就是我过生日时的情形。

我醒来时觉得阳光耀眼，天蓝得吓人，身上落了一层细细的尘土，好像一层爽身粉。我一生经历的无数次勃起，都不及那一次雄浑有力，大概是因为在极荒僻的地方，四野无人。

我爬起来看牛，发现它们都卧在远处的河岔里静静地嚼草。那时节万籁无声，田野上刮着白色的风。河岸上有几对寨子里的牛在斗架，斗得眼珠通红，口角流涎。这种牛阴囊紧缩，阳具直挺。我们的牛不干这种事。任凭别人上门挑衅，我们的牛依旧安卧不动。为了防止斗架伤身，影响春耕，我们把它们都阉了。

每次阉牛我都在场。对于一般的公牛，只用刀割去即可。但是对于格外生性者，就须采取锤骗术，也就是割开阴囊，掏出睾丸，一木锤砸个稀烂。从此后受术者只知道吃草干活，别的什么都不知道，连杀都不用捆。掌锤的队长毫不怀疑这种手术施之于人类也能得到同等的效力，每回他都对我们呐喊：你们这些生牛蛋子，就欠砸上一锤才能老实！按他的逻辑，我身上这个通红通红、直不愣登、长约一尺的东西就是罪恶的化身。

当然，我对此有不同的意见，在我看来，这东西无比重要，就如我之存在本身。天色微微向晚，天上飘着懒洋洋的云彩。下半截沉在黑暗里，上半截仍浮在阳光中。那一天我二十一岁，在我一生的黄金时代。我有好多奢望。我想爱，想吃，还想在一瞬间变成天上半明半暗的云。后来我才知道，生活就是个缓慢受锤的过程，人一天天老下去，奢望也一天天消失，最后变得像挨了锤的牛一样。可是我过二十一岁生日时没有预见到这一点。我觉得自己会永远生猛下去，什么也锤不了我。

那天晚上我请陈清扬来吃鱼，所以应该在下午把鱼弄到手。到下午五点多钟我才想起到戽鱼的现场去看看。还没走进那条小河岔，两个景颇族孩子就从里面一路打出来，烂泥横飞，我身上也挨了好几块，直到我拎住他们的耳朵，他们才罢手。我喝问一声：

鸡巴，鱼呢？

那个年纪大点的说：都怪鸡巴勒农！他老坐在坝上，把坝坐鸡巴倒了！

勒农直着嗓子吼：王二！坝打得不鸡巴牢！

我说：放屁！老子砍草皮打的坝，哪个鸡巴敢说不牢？

到里面一看，不管是因为勒农坐的也好，还是因为我的坝没打好也罢，反正坝是倒了，戽出来的水又流回去，鱼全泡了汤，一整天的劳动全都白费。我当然不能承认是我的错，就痛骂勒农，勒都（就是那另一个孩子）也附和我，勒农上了火，一跳三尺高，嘴里吼道：

王二！勒都！鸡巴！你们姐夫舅子合伙搞我！我去告诉我家爹，拿铜炮枪打你们！

说完这小兔崽子就往河岸上蹿，想一走了之。我一把薅住他脚脖子，把他揪下来。

"你走了我们给你赶牛哇？做你娘的美梦！"

这小子哇哇叫着要咬我，被我劈开手按在地上。他口吐白沫，杂着汉话、景颇话、傣话骂我，我用正装京片子回骂。忽然间他不骂了，往我下体看去，脸上露出无限羡慕之情。我低头一看，我的小和尚又直立起来了。只听勒农啧啧赞美道：

"哇！想日勒都家姐啊！"

我赶紧扔下他去穿裤子。

晚上我在水泵房点起汽灯，陈清扬就会忽然到来，谈起她觉得活着很没意思，还说到她在每件事上都是清白无辜。我说她竟敢觉得自己清白无辜，这本身就是最大的罪孽。照我的看法，每个人的本性都是好吃懒做，好色贪淫，假如你克勤克俭，守身如玉，这就犯了矫饰之罪，比好吃懒做、好色贪淫更可恶。这些话她好像很听得进去，但是从不附和。

那天晚上我在河边上点起汽灯，陈清扬却迟迟不至，直到九点钟以后，她才到门前来喊我：王二，混蛋！你出来！

我出去一看，她穿了一身白，打扮得格外整齐，但是表情不大轻松。她说道：你请我来吃鱼，做倾心之谈，鱼在哪里？我只好说，鱼还在河里。她说好吧，还剩下一个倾心之谈。就在这儿谈罢。我说进屋去谈，她说那也无妨，就进屋来坐着，看样子火气甚盛。

我过二十一岁生日那天，打算在晚上引诱陈清扬，因为陈清扬是我的朋友，而且胸部很丰满，腰很细，屁股浑圆。除此之外，她的脖子端正修长，脸也很漂亮。我想和她性交，而且认为她不应该不同意。假如她想借我的身体练开膛，我准让她开。所以我借她身体一用也没什么不可以。唯一的问题是她是个女人，女人家总有点小气。为此我要启发她，所以我开始阐明什么叫作"义气"。

在我看来，义气就是江湖好汉中那种伟大友谊。水浒中的豪杰们，杀人放火的事是家常便饭，可一听说及时雨的大名，立即倒身便拜。我也像那些草莽英雄，什么都不信，唯一不能违背的就是义气。只要你是我的朋友，哪怕你十恶不赦，为天地所容，我也要站到你身边。那天晚上我把我的伟大友谊奉献给陈清扬，她大为感动，当即表示道：这友谊她接受了。不但如此，她还说要以更伟大的友谊还报我，哪怕我是个卑鄙小人也不背叛。我听她如此说，大为放心，就把底下的话也说了出来：我已经二十一岁了，男女间的事情还没体验过，真是不甘心。她听了以后就开始发愣，大概是没有思想准备。说了半天她毫无反应。我把手放到她的肩膀上去，感觉她的肌肉绷得很紧。这娘们随时可能翻了脸给我一耳光，假定如此，就证明女人不懂什么是交情。可是她没有。忽然间她哼了一声，就笑起来。还说："我真笨！这么容易就着了你的道儿！"

我说："什么道儿？你说什么？"

她说："我什么也没有说。"

我问她我刚才说的事儿你答应不答应？她说呸，而且满面通红。我看她有点不好意思，就采取主动，动手动脚。她揉了我几把，后来说，不在这儿，咱们到山上去。我就和她一块到山上去了。

陈清扬后来说，她始终没搞明白我那个伟大友谊是真的呢，还是临时编出来骗她。但是她又说，那些话就像咒语一样让她着迷，哪怕为此丧失一切，也不懊悔。其实伟大友谊不真也不假，就如世上一切东西一样，你信它是真，它就真下去；你疑它是假，它就是假的。我的话也半真不假。但是我随时准备兑现我的话，哪怕天崩地裂也不退却。就因为这种态度，别人都不相信我。我虽然把交朋友当成终生的事业，所交到的朋友不过陈清扬等二三人而已。那天晚上我们到山上去，走到半路她说要回家一趟，要我到后山上等她。我有点怀疑她要晾我，但是我没说出来，径直走到后山上去抽烟。等了一些时间，她来了。

陈清扬说，我第一次去找她打针时，她正在伏案打瞌睡。在云南每个人都有很多时间打瞌睡，所以总是半睡半醒。我走进去时，屋子里暗了一下，因为是草顶土坯房，大多数光从门口进来。她就在那一刻醒来，抬头问我干什么。我说腰疼，她说躺下让我看看。我就一头倒下去，扑到竹板床上，几乎把床砸塌。我的腰痛得厉害，完全不能打弯。要不是这样，我也不会来找她。

陈清扬说，我很年轻时就饿纹入嘴，眼睛下面乌黑。我的身材很高，衣服很破，而且不爱说话。她给我打过针，我就走了，好像说了一声谢了，又好像没说。等到她想起可以让我证明她不是破鞋时，已经过了半分钟。她追了出来，看见我正取近路走回十四队。我从土坡上走下去，逢沟跳沟，逢坎跃坎，顺着山势下得飞快。那时正逢旱季的上午，风从山下吹来，喊我也听不见。而且我从来也不回头。我就这样走掉了。

陈清扬说，当时她想去追我，可是觉得很难追上。而且我也不一定能够证明她不是破鞋。所以她走回医务室去。后来她又改变了主意去找我，是因为所有的人都说她是破鞋，因此所有的人都是敌人。而我可能不是敌人。她不愿错过了机会，让我也变成敌人。

那天晚上我在后山上抽烟。虽然在夜里，我能看见很远的地方。因为月光很明亮，当地的空气又很干净。我还能听见远处的狗叫声。陈清扬一出十五队我就看见了，白天未必能看这么远。虽然如此，还是和白天不一样。也许是因为到处都没人。我也说不准夜里这片山上有人没人，因为到处是银灰色的一片。假如有人打着火把行路，那就是说，希望全世界的人都知道他在那里。假如你不打火把，就如穿上了隐身衣，知道你在那里的人能看见，不知道的人不能看见。我看见陈清扬慢慢走近，怦然心动，无师自通地想到，做那事之前应该亲热一番。

陈清扬对此的反应是冷冰冰的。她的嘴唇冷冰冰，对爱抚也毫无反应。等到我毛手毛脚给她解扣子时，她把我推开，自己把衣服一件件脱下来，叠好放在一边，自己直挺挺躺在草地上。

陈清扬的裸体美极了。我赶紧脱了衣服爬过去，她又一把把我推开，递给我一个东西说：

会用吗？要不要我教你？

那是一个避孕套。我正在兴头上，对她这种口气只微感不快，套上之后又爬到她身上去，心慌气躁地好一阵乱弄，也没弄对。忽然她冷冰冰地说：

喂！你知道自己在干什么吗？

我说当然知道。能不能劳你大驾躺过来一点？我要就着亮儿研究一下你的结构。只听啪的一声巨响，好似一声耳边雷，她给我一个大耳光。我跳起来，拿了自己的衣服，拔腿就走。

三

那天晚上我没走掉。陈清扬把我拽住，以伟大友谊的名义叫我留下来。她承认打我不对，也承认没有好好待我，但是她说我的伟大友谊是假的，还说我把她骗出来就是想研究她的结构。我说，既然我是假的，你信我干吗。我是想研究一下她的结构，这也是在她的许可之下。假如不乐意可以早说，动手就打不够意思。后来她哈哈大笑了一阵说，她简直见不得我身上那个东西。那东西傻头傻脑，恬不知耻，见了它，她就不禁怒从心起。

我们俩吵架时，仍然是不着一丝。我的小和尚依然直挺挺，在月光下披了一身塑料，倒是闪闪发光。我听了这话不高兴，她也发现了。于是她用和解的口气说：不管怎么说，这东西丑得要命，你承不承认。

这东西好像个发怒的眼镜蛇一样立在那里，是不大好看。我说，既然你不愿意见它，那就算了。我想穿上裤子，她又说，别这样。于是我抽起烟来。等我抽完了一支烟，她抱住我。我们俩在草地上干那件事。

我过二十一岁生日以前，是一个童男子。那天晚上我引诱陈清扬和我到山上去，那一夜开头有月光，后来月亮落下去，出来一天的星星，就像早上的露水一样多。那天晚上没有风，山上静得很。我已经和陈清扬做过爱，不再是童男子了。但是我一点也不高兴。因为我干那事时，她一声也不吭，头枕双臂，若有所思地看着我，所以从始至终就是我一个人在表演。其实我也没持续多久，马上就完了。事毕我既愤怒又沮丧。

陈清扬说，她简直不敢相信这件事是真的：我居然在她面前亮出了丑恶的男性生殖器，丝毫不感到惭愧。那玩意儿也不感到惭愧，直挺挺地从她两腿之间插了进来。因为女孩子身上有这么个口子，男人就要使用她，这简直没有道理。以前她有个丈夫，天天对她做这件事。她一直不说话，等着他有一天自己感到惭愧，自己来解释为什么干了这些。可是他什么也没说，直到进了监狱。这话我也不爱听。所以我说：既然你不乐意，为什么要答应？她说她不愿被人看成小气鬼。我说你原本就是小气鬼。后来她说算了别为这事吵架。她叫我晚上再来这里，我们再试一遍。也许她会喜欢。我什么也没说。早上起雾以后，我和她分了手，下山去放牛。

那天晚上我没去找她，倒进了医院。这事原委是这样：早上我到牛圈门前时，有一伙人等不及我，已经在开圈拉牛。大家都挑壮牛去犁田。有个本地小伙子，叫三闷儿，正在拉一条大白牛。我走过去，告诉他，这牛被毒蛇咬了，不能干活。他似乎没听见。我劈手把牛鼻绳夺了下来，他就朝我挥了一巴掌。我当胸推了他一把，推了他一个屁股蹲儿。然后很多人拥了上来，把我们拥在中间要打架。北京知青一伙，当地青年一伙，抄起了棍棒和皮带。吵了一会儿，又说不打架，让我和三闷儿摔跤，三闷儿摔不过我，就动了拳头。我一脚把三闷儿踢进了圈前的粪坑，让他沾了一身牛屎。三闷儿爬起来，抢了一把三齿要砍我，别人劝开了。

早上的事情就是这样。晚上我放牛回来，队长说我殴打贫下中农，要开我的斗争会。我说你想借机整人，我也不是好惹的。我还说要聚众打群架。队长说他没想整我，是三闷儿的娘闹得他没办法。那婆娘是个寡妇，泼得厉害。他说此地的规矩就是这样。后来他说，不开斗争会，改为帮助会，让我上前面去检讨一下。要是我还不肯，就让寡妇来找我。

会开得很乱。老乡们七嘴八舌，说知青太不像话，偷鸡摸狗还打人。知青们说放狗屁，谁偷东西，你们当场拿住了吗？老子们是来支援边疆建设，又不是充军的犯人，哪能容你们乱栽赃。我在前面也不检讨，只是骂。不提防三闷儿的娘从后面摸上来，抄起一条沉甸甸的拔秧凳，给了我后腰一下，正砸在我的旧伤上，登时我就背过气去了。

我醒过来时，罗小四领了一伙人呐喊着要放火烧牛圈，还说要三闷儿的娘抵命。队长领了一帮人去制止，副队长叫人抬我上牛车去医院。卫生员说抬不得，腰杆断了，一抬就死。我说腰杆好像没断，你们快把我抬走。可是谁也不敢肯定我的腰杆是断了还是没断。所以也不敢肯定我会不会一抬就死。我就一直躺着。后来队长过来一问，就说：快摇电话把陈清扬叫下来，让她看看腰断了没有。过了不一会儿，陈清扬披头散发眼皮红肿地跑了来，劈头第一句话就是：你别怕，要是你瘫了，我照顾你一辈子。然后一检查，诊断和我自己的相同。于是我就坐上牛车，到总场医院去看病。

那天夜里陈清扬把我送到医院，一直等到腰部 X 光片子出来，看过认为没问题后才走。她说过一两天就来看我，可是一直没来。我住了一个星期，可以走动了，就奔回去找她。

我走进陈清扬的医务室时，身上背了很多东西，装得背篓里冒了尖。除了锅碗盆瓢，还有足够两人吃一个月的东西。她见我进来，淡淡地一笑，说你好了吗？带这些东西上哪儿？

我说要去清平洗温泉。她懒懒地往椅子上一仰说，这很好。温泉可以治旧伤。我说我不是真去洗温泉，而是到后面山上住几天。她说后面山上什么都没有，还是去洗温泉吧。

清平的温泉是山坳里一片泥坑，周围全是荒草坡。有一些病人在山坡上搭了窝棚，成年住在那里，其中得什么病的都有。我到那里不但治不好病，还可能染上麻风。而后面荒山里的低洼处沟谷纵横，疏林之中芳草离离，我在人迹绝无的地方造了一间草房，空山无人，流水落花，住在里面可以修身养性。陈清扬听了，禁不住一笑说：那地方怎么走？也许我去看看你。我告诉她路，还画了一张示意图，自己进山去了。

我走进荒山，陈清扬没有去看我。旱季里浩浩荡荡的风刮个不停，整个草房都在晃动。陈清扬坐在椅子上听着风声，回想起以往发生的事情，对一切都起了怀疑。她很难相信自己会莫名其妙地来到这极荒凉的地方，又无端地被人称作破鞋，然后就真的搞起了破鞋。这件事真叫人难以置信。陈清扬说，有时候她走出房门，往后山上看，看到山丘中有很多小路蜿蜒通到深山里去。我对她说的话言犹在耳。她知道沿着一条路走进山去，就会找到我。这是无可怀疑的事。但是越是无可怀疑的事就越值得怀疑。很可能那条路不通到任何地方，很可能王二不在山里，很可能王二根本就不存在。

　　过了几天，罗小四带了几个人到医院去找我。医院里没人听说过王二，更没人知道他上哪儿去了。那时节医院里肝炎流行，没染上肝炎的病人都回家去疗养，大夫也纷纷下队去送医上门。罗小四等人回到队里，发现我的东西都不见了，就去问队长可见过王二。队长说谁是王二？从来没听说过。罗小四说前几天你还开会斗争过他，尖嘴婆打了他一板凳，差点把他打死。这样提醒了以后，队长就更想不起来我是谁了。那时节有一个北京知青慰问团要来调查知青在下面的情况，尤其是有无被捆打逼婚等情况，因此队长更不乐意想起我来。罗小四又到十五队问陈清扬可曾见过我，还闪烁其词地暗示她和我有过不正当的关系。陈清扬则表示，她对此一无所知。

　　等到罗小四离开，陈清扬就开始糊涂了。看来有很多人说，王二不存在。这件事叫人困惑的原因就在这里。大家都说存在的东西一定不存在，这是因为眼前的一切都是骗局。大家都说不存在的东西一定存在，比如王二，假如他不存在，这个名字是从哪里来的？陈清扬按捺不住好奇心，终于扔下一切，上山来找我来了。

　　我被尖嘴婆打了一板凳后晕了过去，陈清扬曾经从山上跑下来看我。当时她还忍不住哭了起来，并且当众说，如果我好不了要照顾我一辈子。结果我并没有死，连瘫都没瘫，这对我是很好的事，可是陈清扬并不喜欢。这等于当众暴露了她是破鞋。假如我死，或是瘫掉，就是应该的事，可是我在医院里只住了一个星期就跑出来。对她来说，我就是那个急匆匆从山上赶下去的背影，一个记忆中的人。她并不想和我做爱，也不想和我搞破鞋，除非有重大的原因。因此她来找我就是真正的破鞋行径。

　　陈清扬说，她决定上山找我时，在白大褂底下什么都没穿。她就这样走过十五队后面的那片山包。那些小山上长满了草，草下是红土。上午风从山上往平坝里吹，冷得像山上的水，下午风吹回来，带着燥热和尘土。陈清扬来找我时，乘着白色的风。风从衣服下面钻进来，流过全身，好像爱抚和嘴唇。其实她不需要我，也没必要找到我。以前人家说她是破鞋，说我是她的野汉子时，她每天都来找我。那时好像有必要。自从她当众暴露了她是破鞋，我是她的野汉子后，再没人说她是破鞋，更没人在她面前提到王二（除了罗小四）。大家对这种明火执仗的破鞋行径是如此的害怕，以致连说都不敢啦。

关于北京要来人视察知青的事，当地每个人都知道，只有我不知道。这是因为我前些日子在放牛，早出晚归，而且名声不好，谁也不告诉我，后来住了院，也没人来看我。等到我出院以后，就进了深山。在我进山之前，总共就见到了两个人，一个是陈清扬，她没有告诉我这件事。另一个是我们队长，他也没说起这件事，只叫我去温泉养病。我告诉他，我没有东西（食品、炊具等等），所以不能去温泉。他说他可以借给我。我说我借了不一定还，他说不要紧。我就向他借了不少家制的腊肉和香肠。

陈清扬不告诉我这件事是因为她不关心，她不是知青。队长不告诉我这件事，是因为他以为我已经知道了。他还以为我拿了很多吃的东西走，就不会再回来。所以罗小四问他王二到哪儿去了时，他说：王二？谁叫王二？从没听说过。对于罗小四等人来说，找到我有很大的好处，我可以证明大家在此地受到很坏的待遇，经常被打晕。对于领导来说，我不存在有很大的便利，可以说明此地没有一个知青被打晕。对于我自己来说，存在不存在没有很大的关系。假如没有人来找我，我在附近种点玉米，可以永远不出来。就因为这个原因，我对自己存不存在的事不太关心。

我在小屋里也想过自己存不存在的问题。比方说，别人说我和陈清扬搞破鞋，这就是存在的证明。用罗小四的话来说，王二和陈清扬脱了裤子干。其实他也没看见。他想象的极限就是我们脱裤子。还有陈清扬说，我从山上下来，穿着黄军装，走得飞快。我自己并不知道我走路是不回头的。因为这些事我无从想象，所以是我存在的证明。

还有我的小和尚直挺挺，这件事也不是我想出来的。我始终盼着陈清扬来看我，但陈清扬始终没有来。她来的时候，我没有盼着她来。

四

我曾经以为陈清扬在我进山后会立即来看我，但是我错了。我等了很久，后来不再等了。我坐在小屋里，听着满山树叶哗哗响，终于到了物我两忘的境界。我听见浩浩荡荡的空气大潮从我头顶涌过，正是我灵魂里潮兴之时。正如深山里花开，龙竹笋剥剥地爆去笋壳，直翘翘地向上。到潮退时我也安息，但潮兴时要乘兴而舞。正巧这时陈清扬来到草屋门口，她看见我赤条条坐在竹板床上，阳具就如剥了皮的兔子，红通通亮晶晶足有一尺长，直立在那里，登时惊慌失措，叫了起来。

陈清扬到山里找我的事又可以简述如下：我进山后两个星期，她到山里找我。当时是下午两点钟，可是她像那些午夜淫奔的妇人一样，脱光了内衣，只穿一件白大褂，赤着脚走进山来。她就这样走过阳光下的草地，走进了一条干河沟，在河沟里走了很久。这些河沟很乱，可是她连一个弯都没转错。后来她又从河沟里出来，走进一个向阳的山洼，看见一间新搭的草房。假如没有一个王二告诉她这条路，她不可能在茫茫荒山里找到一间草房。可是她走进草房，看到王二就坐在床上，小和尚直挺挺，却吓得尖叫起来。

陈清扬后来说，她没法相信她所见到的每件事都是真的。真的事要有理由。当时她脱了衣服，坐在我的身边，看着我的小和尚，只见它的颜色就像烧伤的疤痕。这时我的草房在风里摇晃，好多阳光从房顶上漏下来，星星点点落在她身上。我伸手去触她的乳头，直到她脸上泛起红晕，乳房坚挺。忽然她从迷梦里醒来，羞得满脸通红。于是她紧紧地抱住我。

我和陈清扬是第二次做爱，第一次做爱的很多细节当时我大惑不解，后来我才明白，她对被称作破鞋一事，始终耿耿于怀。既然不能证明她不是破鞋，她就乐于成为真正的破鞋。就像那些被当场捉了奸的女人一样，被人叫上台去交代那些偷情的细节。等到那些人听到情不能持，丑态百出时，怪叫一声：把她捆起来！就有人冲上台去，用细麻绳把她五花大绑，她就这样站在人前，受尽羞辱。这些事一点也不讨厌。她也不怕被人剥得精赤条条，拴到一扇磨盘上，扔到水塘里淹死。或者像以前达官贵人家的妻妾一样，被强迫穿得整整齐齐，脸上贴上湿透的黄表纸，端坐着活活憋死。这些事都一点也不讨厌。她丝毫也不怕成为破鞋，这比被人叫作破鞋而不是破鞋好得多。她所讨厌的是使她成为破鞋那件事本身。

我和陈清扬做爱时，一只蜥蜴从墙缝里爬了进来，走走停停地经过房中间的地面，忽然它受到惊动，飞快地出去，消失在门口的阳光里。这时陈清扬的呻吟就像泛滥的洪水，在屋里蔓延。我为此所惊，伏下身不动。可是她说，快，混蛋，还拧我的腿。等我"快"了以后，阵阵震颤就像从地心传来。后来她说她觉得自己罪孽深重，早晚要遭报应。

她说自己要遭报应时，一道红晕正从她的胸口褪去。那时我们的事情还没完。但她的口气是说，她只会为在此之前的事遭报应。忽然之间我从头顶到尾骨一齐收紧，开始极其猛烈地射精。这事与她无关，大概只有我会为此遭报应。

后来陈清扬告诉我，罗小四到处找我。他到医院找我时，医院说我不存在，他找队长问我时，队长也说我不存在，最后他来找陈清扬，陈清扬说，既然大家都说他不存在，大概他就是不存在吧，我也没有意见。罗小四听了这话，禁不住哭了起来。

我听了这话，觉得很奇怪。我不应该因为尖嘴婆打了我一下而存在，也不应该因为她打了我一下而不存在。事实上，我的存在乃是不争的事实。我就为这一点钻了牛角尖。为了验证这不争的事实，慰问团来的那一天，我从山上奔了下去，来到了座谈会的会场上。散会以后，队长说，你这个样子不像有病。还是回来喂猪吧。他还组织人力，要捉我和陈清扬的奸。当然，要捉我不容易，我的腿非常快。谁也休想跟踪我。但是也给我添了很多麻烦。到了这个时候我才悟到，犯不着向人证明我存在。

我在队里喂猪时，每天要挑很多水。这个活计很累，连偷懒都不可能，因为猪吃不饱会叫唤。我还要切很多猪菜，劈很多柴。喂这些猪原来要三个妇女，现在要我一个人干。我发现我不能顶三个妇女，尤其是腰疼时。这时候我真想证明我不存在。

晚上我和陈清扬在小屋里做爱。那时我对此事充满了敬业精神，对每次亲吻和爱抚都贯注了极大的热情。无论是经典的传教士式，后进式，侧进式，女上位，我都能一丝不苟地完成。陈清扬对此极为满意。我也极为满意。在这种时候，我又觉得用不着去证明自己是存在的，从这些体会里我得到一个结论，就是永远别让别人注意你。北京人说，不怕贼偷，就怕贼惦记。你千万别让人惦记上。

过了一些时候，我们队的知青全调走了，男的调到糖厂当工人，女的到农中去当老师。单把我留下来喂猪，据说是因为我还没有改造好。陈清扬说，我叫人惦记上了。这个人大概就是农场的军代表。她还说，军代表不是个好东西。原来她在医院工作，军代表要调戏她，被她打了个大嘴巴。然后她就被发到十五队当队医。十五队的水是苦的，也没有菜吃，待久了也觉得没有啥，但是当初调她来，分明有修理一下的意思。她还说，我准会被修理到半死。我说过，他能把我怎么样？急了老子跑他娘。后来的事都是由此而起。

那天早上天色微明，我从山上下来，到猪场喂猪。经过井台时，看见了军代表，他正在刷牙。他把牙刷从嘴里掏出来，满嘴白沫地和我讲话，我觉得很讨厌，就一声不吭地走掉了。过了一会儿，他跑到猪场里，把我大骂了一顿，说你怎么敢走了。我听了这些话，一声不吭。就是他说我装哑巴，我也一声不吭。然后我又走开了。

军代表到我们队来蹲点，蹲下来就不走了。据他说，要不能从王二嘴里掏出话来，死也不甘心。这件事有两种可能的原因，一是他下来视察，遇见了我对他装聋作哑，因而大怒，不走了。二是他不是下来视察，而是听说陈清扬和我有了一腿，特地来找我的麻烦。不管他为何而来，反正我是一声也不吭，这叫他很没办法。

军代表找我谈话，要我写交代材料，他还说，我搞破鞋群众很气愤，如果我不交代，就发动群众来对付我。他还说，我的行为够上了坏分子，应该受到专政。我可以辩解说，我没搞破鞋。谁能证明我搞了破鞋？但我只是看着他。像野猪一样看他，像发傻一样看他，像公猫看母猫一样看他。把他看到没了脾气，就让我走了。

最后他也没从我嘴里套出话来。他甚至搞不清我是不是哑巴。别人说，我不是哑巴，他始终不敢相信，因为他从来没听我说过一句话。他到今天想起我来，还是搞不清我是不是哑巴。想起这一点，我就万分的高兴。

五

最后我们被关了起来，写了很长时间的交代材料。起初我是这么写的：我和陈清扬有不正当的关系。这就是全部。上面说，这样写太简单。叫我重写。后来我写，我和陈清扬有不正当关系，我干了她很多回，她也乐意让我干。上面说，这样写缺少细节。后来又加上了这样的细节：我们俩第四十次非法性交。地点是我在山上偷盖的草房。那天不是阴历十五就是阴历十六，反正月亮很亮。陈清扬坐在竹床上，月光从门里照进来，照在她身上。我站在地上，她用腿圈着我的腰。我们还聊了几句，我说她的乳房不但圆，而且长得很端正，脐窝不但圆，而且很浅，这些都很好。她说是吗，我自己不知道。后来月光移走了，我点了一根烟，抽到一半她拿走了，接着吸了几口。她还捏过我的鼻子，因为本地有一种说法，说童男的鼻子很硬，而纵欲过度行将死去的人鼻子很软，这些时候她懒懒地躺在床上，倚着竹板墙。其他的时间她像澳大利亚考拉熊一样抱住我，往我脸上吹热气。最后月亮从门对面的窗子里照进来，这时我和她分开。但是我写这些材料，不是给军代表看。他那时早就不是军代表了，而且已经复员回家去了。不管他是不是代表，反正犯了我们这种错误，总是要写交代材料。

　　我后来和我们学校人事科长关系不错。他说当人事干部最大的好处就是可以看到别人写的交代材料。我想他说的包括了我写的交代材料。我以为我的交代材料最有文采。因为我写这些材料时住在招待所，没有别的事可干，就像专业作家一样。

　　我逃跑是晚上的事。那天上午，我找司务长请假，要到井坎镇买牙膏。我归司务长领导，他还有监视我的任务。他应该随时随地看住我，可是天一黑我就不见了。早上我带给他很多酸琶果，都是好的。平原上的酸琶果都不能吃，因为里面是一窝蚂蚁，只有山里的酸琶果才没蚂蚁。司务长说，他个人和我关系不坏，而且军代表不在。他可以准我去买牙膏。但是司务长又说，军代表随时会回来。要是他回来时我不在，司务长也不能包庇我。我从队里出去，爬上十五队的后山，拿个镜片晃陈清扬的后窗。过一会儿，她到山上来，说是头两天人家把她盯得特紧，跑不出来。而这几天她又来月经。她说这没关系，干吧，我说那不行。分手时她硬要给我二百块钱。起初我不要，后来还是收下了。

　　后来陈清扬告诉我，头两天人家没有把她盯得特紧，后来她也没有来月经。事实上，十五队的人根本就不管她。那里的人习惯于把一切不是破鞋的人说成破鞋，而对真的破鞋放任自流。她之所以不肯上山来，让我空等了好几天，是因为对此事感到厌倦。她总要等有了好心情才肯性交，不是只要性交就有好心情。当然这样做了以后，她也不无内疚之心。所以她给我二百块钱。我想既然她有二百块钱花不掉，我就替她花。所以我拿了那些钱到井坎镇上，买了一条双筒猎枪。

　　后来我写交代材料，双筒猎枪也是一个主题。人家怀疑我拿了它要打死谁。其实要打死人，用二百块钱的双筒猎枪和四十块钱的铜炮枪打都一样。那种枪是用来在水边打野鸭子的，在山里一点不实用，而且像死人一样沉。那天我到井坎街上时，已经是下午时分，又不是赶街的日子，所以只有一条空空落落的土路和几间空空落落的国营商店。商店里有一个售货员在打瞌睡，还有很多苍蝇在飞。货架上写着"吕过吕乎"，放着铝锅铝壶。我和那个胶东籍的售货员聊了一会儿天，她叫我到库房里看了看。在那儿我看见那条上海出的猎枪，就不顾它已经放了两年没卖出去的事实，把它买下了。傍晚时我拿它到小河边试放，打死了一只鹭鸶。这时军代表从场部回来，看见我手里有枪，很吃了一惊。他唠叨说，这件事很不对，不能什么人手里都有枪。应该和队里说一下，把王二的枪没收掉。我听了这话，几乎要朝他肚子上打一枪。如果打了的话，恐怕会把他打死。那样多半我也活不到现在了。

那天下午我从井坎回队的路上，涉水从田里经过，曾经在稻楳里站了一会儿。我看见很多蚂蟥像鱼一样游出来，叮上了我的腿。那时我光着膀子，衣服包了很多红糖馅的包子（镇上饭馆只卖这一种食品），双手提包子，背上还背了枪，很累赘。所以我也没管那些蚂蟥。到了岸上我才把它们一条条揪下来用火烧死。烧得它们一条条发软起泡。忽然间我感到很烦很累，不像二十一岁的人。我想，这样下去很快就会老了。

后来我遇上了勒都。他告诉我说，他们把那条河岔里的鱼都捉到手了。我那一份已经晒成了鱼干，在他姐姐手里。他姐姐叫我去。他姐姐和我也很熟，是个微黑俏丽的小姑娘。我说一时去不了。我把那一包包子都给了勒都，叫他给我到十五队送个信，告诉陈清扬，我用她给我的钱买了一条枪。勒都去了十五队，把这话告诉陈清扬，她听了很害怕，觉得我会把军代表打死。这种想法也不是没有道理，傍晚时我就想打军代表一枪。

傍晚时分我在河边打鹭鸶，碰上了军代表。像往常一样，我一声不吭，他喋喋不休。我很愤怒，因为已经有半个多月了，他一直对我喋喋不休，说着同样的话：我很坏，需要思想改造。对我一刻也不能放松。这样的话我听了一辈子，从来没有像那天晚上那么火。后来他又说，今天他有一个特大好消息，要向大家公布。但是他又不说是什么，只说我和我的"臭婊子"陈清扬今后的日子会很不好过。我听了这话格外恼火，想把他就地掐死，又想听他说出是什么好消息以后再下手。他却不说，一直卖着关子，只说些没要紧的话，到了队里以后才说，晚上你来听会吧，会上我会宣布的。

晚上我没去听会，在屋里收拾东西，准备逃上山去。我想一定发生了什么大事，以致军代表有了好办法来收拾我和陈清扬，至于是什么事我没想出来，那年头的事很难猜。我甚至想到可能中国已经复辟了帝制，军代表已经当上了此地的土司，他可以把我锤骗掉，再把陈清扬拉去当妃子。等我收拾好要出门，才知道没有那么严重。因为会场上喊口号，我在屋里也能听见。原来是此地将从国营农场改做军垦兵团。军代表可能要当个团长。不管怎么说，他不能把我阉掉，也不能把陈清扬拉走。我犹豫了几分钟，还是把装好的东西背上了肩，还用砍刀把屋里的一切都砍坏，并且用木炭在墙上写了："×××（军代表名），操你妈！"然后出了门，上山去了。

我从十四队逃跑的事就是这样。这些经过我也在交代材料里写了。概括地说，是这样的：我和军代表有私仇，这私仇有两个方面：一是我在慰问团面前说出了曾经被打晕的事，叫军代表很没面子；二是争风吃醋，所以他一直修理我。当他要当团长时，我感到不堪忍受，逃到山上去了。我到现在还以为这是我逃上山的原因。但是人家说，军代表根本就没当上团长，我逃跑的理由不能成立。所以人家说，这样的交代材料不可信。可信的材料应该是，我和陈清扬有私情。俗话说，色胆包天，我们什么事都能干出来。这话也有一点道理，可是我从队里逃出来时，原本不打算找陈清扬，打算一走算了。走到山边上才想到，不管怎样，陈是我的一个朋友，该去告别。谁知陈清扬说，她要和我一起逃跑。她还说，假如这种事她不加入，那伟大友谊岂不是喂了狗。于是她匆匆忙忙收拾了一些东西跟我走了。假如没有她和她收拾的东西，我一定会病死在山上。那些东西里有很多治疟疾的药，还有大量的大号避孕套。

我和陈清扬逃上山以后，农场很惊慌了一阵。他们以为我们跑到缅甸去了。这件事传出去对谁都没好处，所以就没向上报告，只是在农场内部通缉王二和陈清扬。我们的样子很好认，还带了一条别人没有的双筒猎枪，很容易被人发现，可是一直没人找到我们。直到半年以后，我们自己回到农场来，各回各的队，又过了一个多月，才被人保组叫去写交代。也是我们流年不利，碰上了一个运动，被人揭发了出来。

六

人保组的房子在场部的路口上，是一座孤零零的土坯房。你从很远的地方就能看见，因为它粉刷得很白，还因为它在高岗上，大家到场部赶街，老远就看见那间房子。它周围是一片剑麻地，剑麻总是暗绿色，剑麻下的土总是鲜红色。我在那里交代问题，把什么都交代了。我们上了山，先在十五队后山上种玉米，那里土不好，玉米有一半没出苗。我们就离开，昼伏夜行，找别的地方定居。最后想起山上有个废水碾，那里有很大一片丢荒了的好地，水碾里住了一个麻风寨跑出来的刘大爹。谁也不到那里去，只有陈清扬有一回想起自己是大夫，去看过一回。我们最后去了刘大爹那里，住在水碾背后的山洼里，陈清扬给刘大爹看病，我给刘大爹种地。过了一些时候，我到清平赶街，遇上了同学。他们说，军代表调走了，没人记着我们的事。我们就回来。整个事情就是这样的。

我在人保组里待了很长时间。有一段时间，气氛还好，人家说，问题清楚了，你准备写材料。后来忽然又严重起来，怀疑我们去了境外，勾结了敌对势力，领了任务回来。于是他们把陈清扬也叫到人保组，严加审讯。问她时，我往窗外看。天上有很多云……

人家叫我交代偷越国境的事。其实这件事上，我也不是清白无辜。我确实去过境外。我曾经打扮成老傣的模样，到对面赶过街。我在那里买了些火柴和盐，但是这没有必要说出来。没必要说的话就不说。

后来我带人保组的人到我们住过的地方去勘查。我在十五队后山上搭的小草房已经漏了顶，玉米地招来很多鸟。草房后面有很多用过的避孕套，这是我们在此住过的铁证。当地人不喜欢避孕套，说那东西阻断了阴阳交流，会使人一天天弱下去。其实当地那种避孕套，比我后来用过的任何一种都好。那是百分之百的天然橡胶。

后来我再不肯带他们去那些地方看，反正我说我没去国外，他们不信。带他们去看了，他们还是不信。没必要做的事就别做。我整天一声不吭。陈清扬也一声不吭。问案的人开头还在问，后来也懒得吭声。街子天天有好多老傣、老景颇背着新鲜的水果蔬菜走过，问案的人也越来越少。最后只剩了一个人。他也想去赶街，可是不到放我们回去的时候，让我们待在这里无人看管，又不合规定。他就到门口去喊人，叫过路的大嫂站住。但是人家经常不肯站住，而是加快了脚步。见到这种情况，我们就笑起来。

人保组的同志终于叫住了一个大嫂。陈清扬站起来，整理好头发，把衬衣领子折起来，然后背着手去。那位大嫂就把她捆起来，先捆紧双手，再把绳子在脖子和胳膊上扣住。那大嫂抱歉地说，捆人我不会呀。人保组的同志说，可以了。然后他再把我捆起来，让我们在两张椅子上背靠背坐好，用绳子拦腰捆上一道，然后他锁上门，也去赶集。过了好半天他才回来，到办公桌里拿东西，问道：要不要上厕所？时间还早，一会儿回来放你们。然后又出去。

到他最后来放开我们的时候，陈清扬活动一下手指，整理好头发，把身上的灰土掸干净，我们俩回招待所去。我们每天都到人保组去，每到街子天就被捆起来，除此之外，有时还和别人一道到各队去挨斗。他们还一再威胁说，要对我们采取其他专政手段——我们受审查的事就是这样的。

后来人家又不怀疑我们去了国外，开始对她比较客气，经常叫她到医院去，给参谋长看前列腺炎。那时我们农场来了一大批军队下来的老干部，很多人有前列腺炎。经过调查，发现整个农场只有陈清扬知道人身上还有前列腺。人保组的同志说，要我们交代男女关系问题。我说，你怎知我们有男女关系问题？你看见了吗？他们说，那你就交代投机倒把问题。我又说，你怎知我有投机倒把问题？他们说，那你还是交代投敌叛变的问题。反正要交代问题，具体交代什么，你们自己去商量。要是什么都不交代，就不放你。我和陈清扬商量以后，决定交代男女关系问题。她说，做了的事就不怕交代。

于是我就像作家一样写起交代材料来。首先交代的就是逃跑上山那天晚上的事。写了好几遍，终于写出陈清扬像考拉熊。她承认她那天心情非常激动，确实像考拉熊。因为她终于有了机会，来实践她的伟大友谊。于是她腿圈住我的腰，手抓住我的肩膀，把我想象成一棵大树，几次想爬上去。

后来我又见到陈清扬，已经到了九十年代。她说她离了婚和女儿住在上海，到北京出差。到了北京就想到，王二在这里，也许能见到。结果真的在龙潭湖庙会上见到了我。我还是老样子，饿纹入嘴，眼窝下乌青，穿过了时的棉袄，蹲在地上吃不登大雅之堂的卤煮火烧。唯一和过去不同的是手上被硝酸染得焦黄。

陈清扬的样子变了不少，她穿着薄呢子大衣，花格呢裙子，高跟皮靴，戴金丝眼镜，像个公司的公关职员，她不叫我，我绝不敢认，于是我想到每个人都有自己的本质，放到合适的地方就大放光彩。我的本质是流氓土匪一类，现在做个城里的市民，学校的教员，就很不像样。

陈清扬说，她女儿已经上了大二，最近知道了我们的事，很想见我。这事的起因是这样的：她们医院想提拔她，发现她档案里还有一堆东西。领导上讨论之后，认为是"文革"时整人的材料，应予撤销。于是派人到云南外调，花了一万元差旅费，终于把它拿了出来。因为是本人写的，交还本人。她把它拿回家去放着，被女儿看见。该女儿说，好哇，你们原来是这么造的我！

其实我和她女儿没有任何关系。她女儿产生时，我已经离开云南了。陈清扬也是这么解释的，可是那女孩说，我可以把精液放到试管里，寄到云南让陈清扬人工授精。用她原话来说就是：你们两个混蛋什么干不出来。

我们逃进山里的第一个夜晚，陈清扬兴奋得很。天明时我睡着了，她又把我叫起来，那时节大雾正从墙缝里流进来。她让我再干那件事，别戴那劳什子。她要给我生一窝小崽子，过几年就耷拉到这里。同时她揪住乳头往下拉，以示耷拉之状。我觉得耷拉不好看，就说，咱们还是想想办法，别叫它耷拉。所以我还是戴着那劳什子。以后她对这件事就失去了兴趣。

后来我再见陈清扬时，问道，怎么样，耷拉了吧？她说可不是，耷拉得一塌糊涂。你想不想看看有多耷拉。后来我看见了，并没有一塌糊涂。不过她说，早晚要一塌糊涂，没有别的出路。

我写了这篇交代材料交上去，领导上很欣赏。有个大头儿，不是团参谋长就是政委，接见了我们，说我们的态度很好。领导上相信我们没有投敌叛变。今后主要的任务就是交代男女关系问题。假如交代得好，就让我们结婚。但是我们并不想结婚。后来又说，交代得好，就让我调回内地。陈清扬也可以调上级医院。所以我在招待所写了一个多月交代材料，除了出公差，没人打搅，我用复写纸写，正本是我的，副本是她的。我们有一模一样的交代材料。

后来人保组的同志找我商量，说是要开个大的批斗会。所有在人保组受过审查的人都要参加，包括投机倒把分子，贪污犯，以及各种坏人。我们本该属于同一类，可是团领导说了，我们年轻，交代问题的态度好，所以又可以不参加。但是有人攀我们，说都受审查，他们为什么不参加。人保组也难办。所以我们必须参加。最后的决定是来做工作，动员我们参加。据说受受批斗，思想上有了震动，以后可以少犯错误。既然有这样的好处，为什么不参加？到了开会的日子，场部和附近生产队来了好几千人，我们和好多别的人站到台上去。等了好半天，听了好几篇批判稿，才轮到我们王陈二犯。原来我们的问题是思想淫乱，作风腐败，为了逃避思想改造，逃到山里去。后来在党的政策感召下，下山弃暗投明。听了这样的评价，我们心情激动，和大家一起振臂高呼：打倒王二！打倒陈清扬！斗过这一台，我们就算没事了，但是还得写交代，因为团领导要看。

在十五队后山上，陈清扬有一回很冲动，要给我生一群小崽子，我没要。后来我想，生生也不妨，再跟她说，她却不肯生了，而且她总是理解成我要干那件事。她说，要干就干，没什么关系。我想纯粹为我，这样太自私了，所以就很少干。何况开荒很累，没力气干。我所能交代的事就是在地头休息时摸她的乳房。

旱季里开荒时，到处是热风，身上没有汗，可是肌肉干疼。最热时，只能躺在树下睡觉。枕着竹筒，睡在棕皮蓑衣上，我奇怪为什么没人让我交代蓑衣的事。那是农场的劳保用品，非常贵。我带进山两件，一件是我的，一件是从别人门口顺手拿来的。一件也没拿回来。一直到我离开云南，也没人让我交还蓑衣。

我们在地头休息时，陈清扬拿斗笠盖住脸，敞开衬衣的领口，马上就睡着了。我把手伸进去，有很优美的浑圆的感觉。后来我把扣子又解开几个，看见她的皮肤是浅红色。虽然她总穿着衣服干活，可是阳光透过了薄薄的布料。至于我，总是光膀子，已经黑得像鬼一样。

陈清扬的乳房是很结实的两块，躺着的时候给人这样的感觉。但是其他地方很纤细。过了二十多年，大模样没怎么变，只是乳头变得有点大，有点黑。她说这是女儿作的孽。那孩子刚出世，像个粉红色的小猪，闭着眼一口叼住她那个地方狠命地吃，一直把她吃成个老太太，自己却长成个漂亮大姑娘，和她当年一样。

年纪大了，陈清扬变得有点敏感。我和她在饭店里重温旧情，说到这类话题，她就有恐慌之感。当年不是这样。那时候在交代材料里写到她的乳房，我还有点犹豫。她说，就这么写。我说，这样你就暴露了。她说，暴露就暴露，我不怕！她还说是自然长成这样，又不是她捣了鬼。至于别人听说了有什么想法，不是她的问题。

过了这么多年我才发现，陈清扬是我的前妻哩。交代完问题人家叫我们结婚。我觉得没什么必要了。可是领导上说，不结婚影响太坏，非叫去登记不可。上午登记结婚，下午离婚。我以为不算呢。乱秧秧的，人家忘了把发的结婚证要回去。结果陈清扬留了一张。我们拿这二十年前发的破纸头登记了一间双人房。要是没有这东西，就不许住在一间房子里。二十年前不这样。二十年前他们让我们住在一间房子里写交代材料，当时也没这个东西。

我写了我们住在后山上的事。团领导要人保组的人带话说，枝节问题不要讲太多，交代下一个案子吧。听了这话，我发了犟驴脾气：妈妈的，这是案子吗？陈清扬开导我说：这世界上有多少人，每天要干多少这种事，又有几个有资格成为案子。我说其实这都是案子，只不过领导上查不过来。她说既然如此，你就交代吧。所以我交代道：那天夜里，我们离开了后山，向作案现场进发。

七

我后来又见到陈清扬，和她在饭店里登记了房间，然后一起到房间里去，我伸手帮她脱下大衣。陈清扬说，王二变得文明了。这说明我已经变了很多。以前我不但相貌凶恶，行为也很凶恶。

我和陈清扬在饭店里又做了一回案。那里暖气烧得很暖，还装着茶色玻璃。我坐在沙发上，她坐在床上，聊了一会儿天，逐渐有了犯罪的气氛。我说，不是让我看有多耷拉吗，我看看。她就站起来，脱了外衣，里面穿着大花的衬衫。然后她又坐下去，说，还早一点。过一会儿服务员来送开水。他们有钥匙，连门都不敲就进来了。我问她，碰上了人家怎么说？她说，她没被碰上过。但是听说人家会把门一摔，在外面说：真他妈的讨厌！

我和陈清扬逃进山以前，有一次我在猪场煮猪食。那时我要烧火，要把猪菜切碎（所谓猪菜，是番薯藤、水葫芦一类东西），要往锅里加糠添水。我同时做着好几样事情。而军代表却在一边喋喋不休，说我是如何之坏。他还让我去告诉我的臭婊子陈清扬，她是如何之坏。忽然间我暴怒起来，抡起长勺，照着梁上挂的盛南瓜子的葫芦劈去，把它劈成两半。军代表吓得一步跳出房去。如果他还要继续数落我，我就要砍他脑袋了。我是那样凶恶，因为我不说话。

　　后来在人保组，我也不大说话，包括人家捆我的时候。所以我的手经常被捆得乌青。陈清扬经常说话。她说：大嫂，捆疼了。或者：大嫂，给我拿手绢垫一垫，我头发上系了一块手绢。她处处与人合作，苦头吃得少。我们处处都不一样。

　　陈清扬说，以前我不够文明。在人保组里，人家给我们松了绑。那条绳子在她的衬衣上留下了很多道痕迹。这是因为那绳子平时放在烧火的棚子里，沾上了锅灰和柴草末。她用不灵活的手把痕迹掸掉，只掸了前面，掸不了后面。等到她想叫我来掸时，我已经一步跨出门去。等到她追出门去，我已经走了很远，我走路很快，而且从来不回头看。就因为这些原因，她根本就不爱我，也说不上喜欢。

　　照领导定的性，我们在后山上干的事，除了她像考拉那次之外，都不算案子。像我们在开荒时干的事，只能算枝节问题。所以我没有继续交代下去。其实还有别的事。当时热风正烈，陈清扬头枕双臂睡得很熟。我把她的衣襟完全解开了。这样她袒露出上身，好像是故意的一样。天又蓝又亮，以致阴影里都是蓝黝黝的光。忽然间我心里一动，在她红彤彤的身体上俯身下去。我都忘了自己干了些什么了。我把这事说了出来，以为陈清扬一定不记得。可是她说，"记得记得！那会儿我醒了。你在我肚脐上亲了一下吧？好危险，差一点爱上你。"

　　陈清扬说，当时她刚好醒来，看见我那颗乱蓬蓬的头正在她肚子上，然后肚脐上轻柔地一触。那一刻她也不能自持。但是她还是假装睡着，看我还要干什么。可是我什么都没干，抬起头来往四下看看，就走开了。

　　我写的交代材料里说，那天夜里，我们离开后山，向作案现场进发，背上背了很多坛坛罐罐，计划是到南边山里定居。那边土地肥沃，公路两边就是一人深的草。不像十五队后山，草只有半尺高。那天夜里有月亮，我们还走了一段公路，所以到天明将起雾时，已经走了二十公里，上了南面的山。具体地说，到了章风寨南面的草地上，再走就是森林。我们在一棵大青树下露营，拣了两块干牛粪生了一堆火，在地上铺了一块塑料布。然后脱了一切衣服（衣服已经湿了），搂在一起，裹上三条毯子，滚成一个球，就睡着了。睡了一个小时就被冻醒。三重毯子都湿透了，牛粪火也灭了。树上的水滴像倾盆大雨往下掉。空气里飘着的水点有绿豆大小。那是在一月里，旱季最冷的几天。山的阴面就有这么潮。

陈清扬说，她醒时，听见我在她耳边打机关枪。上牙碰下牙，一秒钟不止一下。而且我已经有了热度。我一感冒就不容易好，必须打针。她就爬起来说，不行，这样两个人都要病。快干那事。我不肯动，说道：忍忍吧。一会儿就出太阳。后来又说：你看我干得了吗？案发前的情况就是这样的。

案发时的情形是这样：陈清扬骑在我身上，一起一落，她背后的天上是白茫茫的雾气。这时好像不那么冷了，四下里传来牛铃声。这地方的老傣不关牛，天一亮水牛就自己跑出来。那些牛身上拴着木制的铃铛，走起来发出闷闷的响声。一个庞然大物骤然出现在我们身边，耳边的刚毛上挂着水珠。那是一条白水牛，它侧过头来，用一只眼睛看我们。

白水牛的角可以做刀把，晶莹透明很好看。可是质脆容易裂。我有一把匕首，也是白牛角把，却一点不裂，很难得。刃的材料也好，可是被人保组收走了。后来没事了，找他们要，却说找不到了。还有我的猎枪，也不肯还我。人保组的老郭死乞白赖地说要买，可是只肯出五十块钱。最后连枪带刀，我一样也没要回来。

我和陈清扬在饭店里作案之前聊了好半天。最后她把衬衣也脱下来，还穿着裙子和皮靴。我走过去坐在她身边，把她的头发撩了起来。她的头发有不少白的了。

陈清扬烫了头。她说，以前她的头发好，舍不得烫。现在没关系了。她现在当了副院长，非常忙，也不能每天洗头。除此之外，眼角脖子下有不少皱纹。她说，女儿建议她去做整容手术。但是她没时间做。

后来她说，好啦，看吧，就去解乳罩。我想帮她一把，也没帮上。扣在前面，我把手伸到后面去了。她说看来你没学坏，就转过身来让我看。我仔细看了一阵，提了一点意见。不知为什么，她有点脸红，说，好啦，看也看过了，还要干什么？就要把乳罩戴上。我说，别忙，就这样吧。她说，怎么，还要研究我的结构？我说，那当然。现在不着急，再聊一会儿。她的脸更红了，说道：王二，你一辈子学不了好，永远是个混蛋。

我在人保组，罗小四来看我，趴窗户一看，我被捆得像粽子一样。他以为案情严重，我会被枪毙掉，把一盒烟从窗里扔进来，说道：二哥，哥们儿一点意思，然后哭了。罗小四感情丰富，很容易哭。我让他点着了烟从窗口递进来，他照办了，差点肩关节脱臼才递到我嘴上。然后他问我还有什么事要办，我说没有。我还说，你别招一大群人来看我，他也照办了。他走后，又有一帮孩子爬上窗台看，正看见我被烟熏得睁一眼闭一眼，样子非常难看。打头的一个不禁说道：耍流氓。我说，你爸你妈才耍流氓，他们不流氓能有你？那孩子抓了些泥巴扔我。等把我放开，我就去找他爸，说道：今天我在人保组，被人像捆猪一样捆上。令郎人小志大，趁那时朝我扔泥巴。那人一听，揪住他儿子就揍。我在一边看完了才走。陈清扬听说这事，就有这种评价：王二，你是个混蛋。

其实我并非永远是混蛋。我现在有家有口，已经学了不少好。抽完了那根烟，我把她抱过来，很熟练地在她胸前爱抚一番，然后就想脱她的裙子。她说：别忙，再聊会儿，你给我也来支烟，我点了一支烟，抽着了给她。

陈清杨说，在章风山她骑在我身上一上一下，极目四野，都是灰蒙蒙的水雾。忽然间觉得非常寂寞，非常孤独。虽然我的一部分在她身体里摩擦，她还是非常寂寞，非常孤独。后来我活过来了，说道：换换，你看我的，我就翻到上面去。她说，那一回你比哪回都混蛋。

陈清扬说，那回我比哪回都混蛋，是指我忽然发现她的脚很小巧好看。因此我说，老陈，我准备当个拜脚狂。然后我把她两腿捧起来，吻她的脚心。陈清扬平躺在草地上，两手摊开，抓着草。忽然她一晃头，用头发盖住了脸，然后哼了一声。

我在交代材料里写道，那时我放开她的腿，把她脸上的头发抚开。陈清扬猛烈地挣扎，流着眼泪，但是没有动手。她脸上有两点很不健康的红晕。后来她不挣扎了，对我说，混蛋，你要把我怎么办？我说，怎么了？她又笑，说道：不怎么。接着来。所以我又捧起她的双腿。她就那么躺着不动，双手平摊，牙咬着下唇，一声不响。如果我多看她一眼，她就笑笑。我记得她脸特别白，头发特别黑，整个情况就是这样的。

陈清扬说，那一回她躺在冷雨里，忽然觉得每一个毛孔都进了冷雨。她感到悲从中来，不可断绝。忽然间一股巨大的快感劈进来。冷雾，雨水，都沁进了她的身体。那时节她很想死去。她不能忍耐，想叫出来，但是看见我她又不想叫出来。世界上还没有一个男人能叫她肯当着他的面叫出来。她和任何人都格格不入。

陈清扬后来和我说，每回和我做爱都深受折磨。在内心深处她很想叫出来，想抱住我狂吻，但是她不乐意。她不想爱别人，任何人都不爱；尽管如此，我吻她脚心时，一股辛辣的感觉还是钻到她心里来。

我和陈清扬在章风山上做爱，有一只老水牛在一边看。后来它哞了一声跑开了，只剩我们两人。过了很长时间，天渐渐亮了。雾从天顶消散。陈清扬的身体沾了露水，闪起光来。我把她放开，站起来，看见离寨子很近，就说：走。于是离开了那个地方，再没回去过。

八

我在交代材料里说，我和陈清扬在刘大爹后山上作案无数。这是因为刘大爹的地是熟地，开起来不那么费力。生活也安定，所以温饱生淫欲。那片山上没人，刘大爹躺在床上要死了。山上非雾即雨，陈清扬腰上束着我的板带，上面挂着刀子。脚上穿高筒雨靴，除此之外不着一丝。

陈清扬后来说，她一辈子只交了我一个朋友。她说，这一切都是因为我在河边的小屋里谈到伟大友谊。人活着总要做几件事情，这就是其中之一。以后她就没和任何人有过交情。同样的事做多了没意思。

我对此早有预感。所以我向她要求此事时就说：老兄，咱们敦敦伟大友谊如何？人家夫妇敦伦，我们无伦可言，只好敦友谊。她说好。怎么敦？正着敦反着敦？我说反着敦。那时正在地头上。因为是反着敦，就把两件蓑衣铺在地上，她趴在上面，像一匹马，说道：你最好快一点，刘大爹该打针了。我把这些事写进了交代材料，领导上让我交代：

1. 谁是"敦伦"；

2. 什么叫"敦敦"伟大友谊；

3. 什么叫正着敦，什么叫反着敦。

把这些都说清以后，领导上又叫我以后少拽文，是什么问题就交代什么问题。

在山上敦伟大友谊时，嘴里喷出白汽。天不那么凉，可是很湿，抓过一把能拧出水来。就在蓑衣旁边，蚯蚓在爬。那片地真肥。后来玉米还没熟透，我们就把它放在捣臼堕捣，这是山上老景颇的做法。做出的玉米粑粑很不坏。在冷水里放着，好多天不坏。

陈清扬趴在冷雨里，乳房摸起来像冷苹果。她浑身的皮肤绷紧，好像抛过光的大理石。后来我把小和尚拔出来，把精液射到地里。她在一边看着，面带惊恐之状。我告诉她：这样地会更肥。她说：我知道。后来又说：地里会不会长出小王二来——这像个大夫说的话吗？

雨季过去后，我们化装成老傣，到清平赶街。后来的事我已经写过，我在清平遇上了同学，虽然化了装，人家还是一眼就认出我来。我的个子太高，装不矮。人家对我说：二哥，你跑哪儿去了？我说：我不会讲汉话哟！虽然尽力加上一点怪腔，还是京片子。一句就露馅了。

回到农场是她的主意。我自己既然上了山，就不准备下去。她和我上山，是为了伟大友谊。我也不能不陪她下去。其实我们随时可以逃走，但她不乐意。她说现在的生活很有趣。

陈清扬后来说，在山上她也觉得很有趣。漫山冷雾时，腰上别着刀子，足蹬高筒雨靴，走到雨丝里去。但是同样的事做多了就不再有趣。所以她还想下山，忍受人世的摧残。

我和陈清扬在饭店里重温伟大友谊，说到那回从山上下来，走到岔路口上。那地方有四条岔路，各通一方。东西南北没有关系，一条通到国外，是未知之地；一条通到内地；一条通到农场；一条是我们来的路。那条路还通到户撒。那里有很多阿伦铁匠，那些人世世代代当铁匠。我虽然不是世世代代，但我也能当铁匠。我和那些人熟得很，他们都佩服我的技术。阿伦族的女人都很漂亮，身上挂了很多铜箍和银钱。陈清扬对那种打扮十分神往，她很想到山上去当个阿伦。那时雨季刚过，云从四面八方升起来。天顶上闪一缕缕阳光。我们有各种选择，可以到各方向去。所以我在路口上站了很久。后来我回内地时，站在公路上等汽车，也有两种选择，可以等下去，也可以回农场去。当我沿着一条路走下去的时候，心里总想着另一条路上的事。这种时候我心里很乱。

陈清扬说过，我天资中等，手很巧，人特别浑。这都是有所指的。说我天资中等，我不大同意，说我特别浑，事实俱在，不容抵赖。至于说我手巧，可能是自己身上体会出来的，我的手的确很巧，不光表现在摸女人方面。手掌不大，手指特长，可以做任何精细的工作。山上那些阿伦铁匠打刀刃比我好，可是要比在刀上刻花纹，没有任何人能比得上。所以起码有二十个铁匠提出过，让我们搬过去，他打刀刃我刻花纹，我们搭一伙。假如当初搬了过去，可能现在连汉话都不会说了。

假如我搬到一位阿伦大哥那里去住，现在准在黑洞洞的铁匠铺里给户撒刀刻花纹。在他家泥泞的后院里，准有一大窝小崽子，共有四种组合形式：

1. 陈清扬和我的；

2. 阿伦大哥和阿伦大嫂的;

3. 我和阿伦大嫂的;

4. 陈清扬和阿伦大哥的。

陈清扬从山上背柴回来,撩起衣裳,露出极壮硕的乳房,不分青红皂白,就给其中一个喂奶。假如当初我退回山上去,这样的事就会发生。

陈清扬说,这样的事不会发生,因为它没有发生,实际发生的是,我们回了农场,写交代材料出斗争差。虽然随时都可以跑掉,但是没有跑。这是真实发生了的事。

陈清扬说,我天资平常,她显然没把我的文学才能考虑在内。我写的交代材料人人都爱看。刚开始写那些东西时,我有很大抵触情绪。写着写着就入了迷。这显然是因为我写的全是发生过的事。发生过的事有无比的魅力。

我在交代材料里写下了一切细节,但是没有写以下已经发生的事情:

我和陈清扬在十五队后山上,在草房里干完后,到山涧里戏水。山上下来的水把红土剥光,露出下面的蓝黏土来。我们爬到蓝黏土上晒太阳。暖过来后,小和尚又直立起来。但是刚发泄过,不像急色鬼。于是我侧躺在她身后,枕着她的头发进入她的身体。我们在饭店里,后来也是这么重温伟大友谊。我和陈清扬侧躺在蓝黏土上,那时天色将晚,风也有点凉。躺在一起心平气和,有时轻轻动一下,据说海豚之间有生殖性的和娱乐性的两种搞法,这就是说,海豚也有伟大友谊。我和陈清扬连在一起,好像两只海豚一样。

我和陈清扬在蓝黏土上,闭上眼睛,好像两只海豚在海里游动。天黑下来,阳光逐渐红下去。天边起了一片云,惨白惨白,翻着无数死鱼肚皮,瞪起无数死鱼眼睛。山上有一股风,无声无息地吹下去。天地间充满了悲惨的气氛。陈清扬流了很多眼泪。她说是触景伤情。

我还存了当年交代材料的副本,有一回拿给一位搞英美文学的朋友看,他说很好,有维多利亚时期地下小说的韵味。至于删去的细节,他也说删得好,那些细节破坏了故事的完整性。我的朋友真有大学问。我写交代材料时很年轻,没什么学问(到现在也没有学问),不知道什么是维多利亚时期地下小说。我想的是不能教坏了别人。我这份交代材料不少人要看。假如他们看了情不自禁也去搞破鞋,那倒不伤大雅,要是学会了这个,那可不大好。

我在交代材料里还漏掉了以下事实,理由如前所述。我们犯了错误,本该被枪毙,领导上挽救我们,让我写交代材料,这是多么大的宽大!所以我下定决心,只写出我们是多么坏。

我们俩在刘大爹后山上时，陈清扬给自己做了一件筒裙，想穿了它化装成老傣，到清平去赶街。可是她穿上以后连路都走不了啦。走到清平南边遇到一条河，山上下来的水像冰一样凉，像腌雪里红一样绿。那水有齐腰深，非常急。我走过去，把她用一个肩膀扛起来，径直走过河才放下来。我的一边肩膀正好和陈清扬的腰等宽，记得那时她的脸红得厉害。我还说，我可以把你扛到清平去，再扛回来，比你扭扭捏捏地走更快。她说，去你妈的吧。

筒裙就像个布筒子，下口只有一尺宽。会穿的人在里面可以干各种事，包括在大街上撒尿，不用蹲下来。陈清扬说，这一手她永远学不会。在清平集上观摩了一阵，她得到了要扮就扮阿伦的结论。回来的路是上山，而且她的力气都耗光了。每到跨沟越坎之处，她就找个树墩子，姿仪万方地站上去，让我扛她。

回来的路上扛着她爬坡。那时旱季刚到，天上白云纵横，阳光灿烂。可是山里还时有小雨。红土的大板块就分外的滑。我走上那块烂泥板，就像初次上冰场。那时我右手扣住她的大腿，左手提着猎枪，背上还有一个背篓，走在那滑溜溜的斜面上，十分吃力。忽然间我向左边滑动，马上要滑进山沟，幸亏手里有条枪，拿枪拄在地上。那时我全身绷紧，拼了老命，总算支持住了。可这个笨蛋还来添乱，在我背上扑腾起来，让我放她下去。那一回差一点死了。

等我刚能喘过气来，就把枪带交到右手，抡起左手在她屁股上狠狠打了两巴掌，隔了薄薄一层布，倒显得格外光滑。她的屁股很圆。鸡巴，感觉非常之好的啦！她挨了那两下登时老实了。非常的乖，一声也不吭。

当然打陈清扬屁股也不是好事，但是我想别的破鞋和野汉子之间未必有这样的事。这件事离了题，所以就没写。

九

我和陈清扬在章风山上做爱时，她还很白，太阳穴上的血管清晰可见。后来在山里晒得很黑。回到农场又变得白皙。后来到了军民共建边防时期，星期天机务站出一辆大拖拉机，拉上一车有问题的人到砖窑出砖。出完了砖再拉到边防线上的生产队去，和宣传队会齐。我们这一车是历史反革命，贼，走资派，搞破鞋的，等等，敌我矛盾人民内部都有，干完了活到边境上斗争一台，以便巩固政治边防。出这种差公家管饭，武装民兵押着蹲在地上吃。吃完了我和陈清扬倚着拖拉机站着，过来一帮老婆娘，对她品头论足。结论是她真白，难怪搞破鞋。

我去找过人保组老郭，问他们叫我们出这种差是什么意思。他们说，无非是让对面的坏人知道这边厉害，不敢过来。本来不该叫我们去，可是凑不齐人数。反正我们也不是好东西，去去也没什么的。我说去去原是不妨，你叫人别揪陈清扬的头发，搞急了老子又要往山上跑。他说他不知道有这事，一定去说说。其实我早想上山，可是陈清扬说，算了，揪揪头发又怎么了。

我们出斗争差时，陈清扬穿我的一件学生制服。那衣服她穿上非常大，袖子能到掌心，领子拉起来能遮住脸腮。后来她把这衣服要走了。据说这衣服还在，大扫除擦玻璃她还穿。挨斗时她非常熟练，一听见说到我们，就从书包里掏出一双洗得干干净净用麻绳拴好的解放鞋，往脖子上一挂，等待上台了。

陈清扬说，在家里刚洗过澡，她拿我那件衣服当浴衣穿。那时她表演给女儿看，当年怎么挨斗。人是撅着的，有时还得抬脸给人家看，就和跳巴西桑巴舞一样。那孩子问道：我爸呢？陈清扬说：你爸爸坐飞机。那孩子就咯咯笑，觉得非常有趣。我听见这话，觉得如有芒刺在背。第一，我也没坐飞机。挨斗时是两个小四川押我，他俩非常客气，总是先道歉说：王哥，多担待。然后把我撅出去。押她的是宣传队的两个小骚货，又撅胳膊又揪头发，照她说的好像人家对我比对她还不好，这么说对当年那两个小四川不公平。第二，我不是她爸爸。等斗完了我们，就该演节目了。把我们撺下台，撺上拖拉机，连夜开回场部去。每次出过斗争差，陈清扬都性欲勃发。

我们跑回农场来，受批判，出斗争差，这也是一阵阵的。有时候团长还请我们到他家坐，说起我们犯错误，他还说，这种错误他也犯过。然后就和陈清扬谈前列腺。这时我就告辞，除非他叫我修手表。有时候对我们很坏，一礼拜出两次斗争差。这时政委说，像王二陈清扬这样的人，就是要斗争，要不大家都会跑到山上去，农场还办不办？平心而论，政委说的也有道理，而且他没有前列腺炎。所以陈清扬书包里那双破鞋老不扔，随时备用。过了一段时间，不再叫我们出斗争差，有一回政委出去开会，团长到军务科说了说，就把我放回内地去了。

有关斗争差的事是这样的：当地有一种传统的娱乐活动，就是斗破鞋。到了农忙时大家都很累。队长说，今晚上娱乐一下，斗斗破鞋。但是他们怎么娱乐的，我可没见过。他们斗破鞋时，总把没结婚的人都撺走。再说，那些破鞋面黑如锅底，奶袋低垂，我不爱看。

后来来了一大批军队干部，接管了农场，就下令不准斗破鞋。理由是不讲政策。但是到了军民共建时期，又下令说可以斗破鞋，团里下了命令，叫我们到宣传队报到，准备参加斗争。马上我就要逃进山去，可是陈清扬不肯跟我走。她还说，她无疑是当地斗过的破鞋里最漂亮的一个。斗她的时候，周围好几个队的人都去看，这让她觉得无比自豪。

团里叫我们随宣传队活动，是这么交代的：我们俩是人民内部矛盾，这就是说，罪恶不彰，要注意政策。但是又说，假如群众愤怒了，要求狠狠斗我们，那就要灵活掌握。结果群众见了我们就愤怒。宣传队长是团长的人，他和我们私交也不坏，跑到招待所来和我们商量：能不能请陈大夫受点委屈？陈清扬说，没有关系。下回她就把破鞋挂在了脖子上，但是大家还是不满意。他只好让陈清扬再受点委屈。最后他说，大家都是明白人，我也不多说。您二位多担待吧。

我和陈清扬出斗争差的时候，开头总是待在芭蕉树后面。那里是后台。等到快轮到我们时，她就站起来，把头上的发卡取下来衔在嘴里，再一个个别好，翻起领口，拉下袖子，背过双手，等待受捆了。

陈清扬说，他们用竹批绳、棕绳来捆她，总把她的手捆肿。所以她从家里带来了晾衣服的棉绳。别人也抱怨说，女人不好捆。浑身圆滚滚，一点不吃绳子。与此同时，一双大手从背后擒住她的手腕，另一双手把她紧紧捆起来，捆成五花大绑。

后来人家把她押出去，后面有人揪住她的头发，使她不能往两边看，也不能低下头，所以她只能微微侧过头去，看汽灯青白色的灯光。有时她正过头来，看见一些陌生的脸，她就朝那人笑笑。这时她想，这真是个陌生的世界！这里发生了什么，她一点不了解。

陈清扬所了解的是，现在她是破鞋。绳子捆在她身上，好像一件紧身衣。这时她浑身的曲线毕露。她看到在场的男人裤裆里都凸起来。她知道是因为她，但为什么这样，她一点不理解。

陈清扬说，出斗争差时，人家总要揪着她头发让她往四下看，为此她把头发梳成两缕，分别用皮筋系住，这样人家一只手提住她的手腕，另一只手揪她的头发就特别方便。她就这样被人驾驶着看到了一切，一切都流进她心里。但是她什么都不理解。但是她很愉快，人家要她做的事她都做到了，剩下的事与她无关。她就这样在台上扮演了破鞋。

等到斗完了我们，就该演文艺节目了。我们当然没资格看，就被撵上拖拉机，拉回场部去。开拖拉机的师傅早就着急回家睡觉，早就把机器发动起来。所以连陈清扬的绑绳也来不及松开。我把她抱上拖车，然后车上颠得很，天又黑，还是解不开。到了场部以后，索性我把她扛回招待所，在电灯下慢慢解。这时候陈清扬面有酡颜，说道：敦伟大友谊好吧？我都有点等不及了！

陈清扬说，那一刻她觉得自己像个礼品盒，正在打开包装，于是她心花怒放，她终于解脱了一切烦恼，用不着再去想自己为什么是破鞋，到底什么是破鞋，以及其他费解的东西：我们为什么到这个地方来，来干什么，等等。现在她把自己交到了我手里。

在农场里，每回出完了斗争差，陈清扬必要求敦伟大友谊。那时总是在桌子上。我写交代材料也在那张桌子上，高度十分合适。她在那张桌上像考拉那样，快感如潮，经常禁不住喊出来。那时黑着灯，看不见她的模样。我们的后窗总是开着的，窗后是一个很陡的坡。但是总有人来探头探脑，那些脑袋露在窗台上好像树枝上的寒鸦。我那张桌子上老放着一些山梨，硬得人牙咬不动，只有猪能吃。有时她拿一个从我肩上扔出去，百发百中，中弹的从陡坡上滚下去。这种事我不那么受用，最后射出的精液都冷冰冰。不瞒你说，我怕打死人，像这样的事倒可以写进交代材料，可是我怕人家看出我在受审查期间继续犯错误，给我罪加一等。

+

后来我们在饭店里重温伟大友谊，谈到各种事情。谈到了当年的各种可能性，谈到了我写的交代材料，还谈到了我的小和尚。那东西一听别人谈到它，就激昂起来，蠢动个不停。因此我总结道，那时人家要把我们锤掉，但是没有锤动。我到今天还强硬如初。为了伟大友谊，我还能光着屁股上街跑三圈。我这个人，一向不大知道要脸。不管怎么说，那是我的黄金时代。虽然我被人当成流氓。我认识那里好多人，包括赶马帮的流浪汉，山上的老景颇，等等。提起会修表的王二，大家都知道。我和他们在火边喝那种两毛钱一斤的酒，能喝很多。我在他们那里大受欢迎。

除了这些人，猪场里的猪也喜欢我，因为我喂猪时，猪食里的糠比平时多三倍。然后就和司务长吵架，我说，我们猪总得吃饱吧。我身上带有很多伟大友谊，要送给一切人。因为他们都不要，所以都发泄在陈清扬身上了。

我和陈清扬在饭店里敦伟大友谊，是娱乐性的。中间退出来一次，只见小和尚上血迹斑斑。她说，年纪大了，里面有点薄，你别那么使劲。她还说，在南方待久了，到了北方手就裂。而蛤蜊油的质量下降，抹在手上一点用都不管。

说完了这些话，她拿出一小瓶甘油来，抹在小和尚上面。然后正着敦，说话方便。我就像一根待解的木料，躺在她分开的双腿中间。

陈清扬脸上有很多浅浅的皱纹，在灯光下好像一条条金线。我吻她的嘴，她没反对。这就是说，她的嘴唇很柔软，而且分开了。以前她不让我吻她嘴唇，让我吻她下巴和脖子交界的地方。她说，这样刺激性欲。然后继续谈到过去的事。

陈清扬说，那也是她的黄金时代。虽然被人称作破鞋，但是她清白无辜。她到现在还是无辜的。听了这话，我笑起来。但是她说，我们在干的事算不上罪孽。我们有伟大友谊，一起逃亡，一起出斗争差，过了二十年又见面，她当然要分开两腿让我趴进来。所以就算是罪孽，她也不知罪在何处。更主要的是，她对这罪恶一无所知。

然后她又一次呼吸急促起来。她的脸变得赤红，两腿把我用力夹紧，身体在我下面绷紧，压抑的叫声一次又一次穿过牙关，过了很久才松弛下来。这时她说很不坏。

很不坏之后，她还说这不是罪孽。因为她像苏格拉底，对一切都一无所知。虽然活了四十多岁，眼前还是奇妙的新世界。她不知道为什么人家要把她发到云南那个荒凉的地方，也不知为什么又放她回来。不知道为什么要说她是破鞋，把她押上台去斗争，也不知道为什么又说她不是破鞋，把写好的材料又抽出来。这些事有过各种解释，但没有一种她能听懂。她是如此无知，所以她无罪。一切法律书上都是这么写的。

陈清扬说，人活在世上，就是为了忍受摧残，一直到死。想明了这一点，一切都能泰然处之。要说明她怎会有这种见识，一切都要回溯到那一回我从医院回来，从她那里经过进了山。我叫她去看我，她一直在犹豫。等到她下定了决心，穿过中午的热风，来到我的草房前面，那一瞬间，她心里有很多美丽的想象。等到她进了那间草房，看见我的小和尚直挺挺，像一件丑恶的刑具。那时她惊叫起来，放弃了一切希望。

陈清扬说，在此之前二十多年前一个冬日，她走到院子里去。那时节她穿着棉衣，艰难地爬过院门的门槛。忽然一粒沙粒钻进了她的眼睛。这是那么的疼，冷风又是那样的割脸，眼泪不停地流。她觉得难以忍受，立刻大哭起来，企图在一张小床上哭醒。这是与生俱来的积习，根深蒂固。放声大哭从一个梦境进入另一个梦境，这是每个人都有的奢望。

陈清扬说，她去找我时，树林里飞舞着金蝇。风从所有的方向吹来，穿过衣襟，爬到身上。我待的那个地方可算是空山无人。炎热的阳光好像细碎的云母片，从天顶落下来。在一件薄薄的白大褂下，她已经脱得精光。那时她心里也有很多奢望。不管怎么说，那也是她的黄金时代，虽然那时她被人叫作破鞋。

陈清扬说，她到山里找我时，爬过光秃秃的山岗。风从衣服下面吹进来，吹过她的性敏感带，那时她感到的性欲，就如风一样捉摸不定。它放散开，就如山野上的风。她想到了我们的伟大友谊，想起我从山上急匆匆地走下去。她还记得我长了一头乱蓬蓬的头发，论证她是破鞋时，目光笔直地看着她。她感到需要我，我们可以合并，成为雄雌一体。就如幼小时她爬出门槛，感到了外面的风。天是那么蓝，阳光是那么亮，天上还有鸽子在飞。鸽哨的声音叫人终生难忘。此时她想和我交谈，正如那时节她渴望和外面的世界合为一体，溶化到天地中去。假如世界上只有她一个人，那实在是太寂寞了。

陈清扬说，她到我的小草房里去时，想到了一切东西，就是没想到小和尚。那东西太丑，简直不配出现在梦幻里。当时陈清扬也想大哭一场，但是哭不出来，好像被人捏住了喉咙。这就是所谓的真实。真实就是无法醒来。那一瞬间她终于明白了在世界上有些什么，下一瞬间她就下定了决心，走上前来，接受摧残，心里快乐异常。

陈清扬还说，那一瞬间，她又想起了在门槛上痛哭的时刻。那时她哭了又哭，总是哭不醒。而痛苦也没有一点减小的意思。她哭了很久，总是不死心。她一直不死心，直到二十年后面对小和尚。这已经不是她第一次面对小和尚。但是以前她不相信世界上还有这种东西。

陈清扬说，她面对这丑恶的东西，想到了伟大友谊。大学里有个女同学，长得丑恶如鬼（或者说，长得也是这个模样），却非要和她睡一个床。不但如此，到夜深人静的时候，还要吻她的嘴，摸她的乳房。说实在的，她没有这方面的嗜好。但是为了交情，她忍住了。如今这个东西张牙舞爪，所要求的不过是同一种东西。就让它如愿以偿，也算是交友之道。所以她走上前来，把它的丑恶深深埋葬，心里快乐异常。

陈清扬说，到那时她还相信自己是无辜的。甚至直到她和我逃进深山里去，几乎每天都敦伟大友谊。她说这丝毫也不能说明她有多么坏，因为她不知道我和我的小和尚为什么要这样。她这样做是为了伟大友谊，伟大友谊是一种诺言。守信肯定不是罪孽。她许诺过要帮助我，而且是在一切方面。但是我在深山里在她屁股上打了两下，彻底玷污了她的清白。

新中国70年优秀文学作品文库

中篇小说卷

十一

我写了很长时间交代材料，领导上总说，交代得不彻底，还要继续交代。所以我以为，我的下半辈子要在交代中度过。最后陈清扬写了一篇交代材料，没给我看，就交到了人保组。此后就再没让我们写材料。不但如此，也不叫我们出斗争差。不但如此，陈清扬对我也冷淡起来。我没情没绪地过了一段时间，自己回了内地。她到底写了什么，我怎么也猜不出来。

从云南回来时我损失了一切东西：我的枪，我的刀，我的工具。只多了一样东西，就是档案袋鼓了起来。那里面有我自己写的材料，从此不管我到什么地方，人家都能知道我是流氓。所得的好处是比别人早回城，但是早回来没什么好，还得到京郊插队。

我到云南时，带了很全的工具，桌拿子、小台钳都有。除了钳工家具，还有一套修表工具。住在刘大爹后山上时，我用它给人看手表。虽然空山寂寂，有些马帮却从那里过。有人让我鉴定走私表，我说值多少就值多少。当然不是白干。所以我在山上很活得过。要是不下来，现在也是万元户。

至于那把双筒猎枪，也是一宝。原来当地卡宾枪老套筒都不稀罕，就是没见过那玩意儿。筒子那么粗，又是两个管，我拿了它很能唬人。要不人家早把我们抢了。我，特别是刘老爹，人家不会抢，恐怕要把陈清扬抢走。至于我的刀，老拴在一条牛皮大带上。牛皮大带又老拴在陈清扬腰上。睡觉做爱都不摘下来。她觉得带刀很气派。所以这把刀可以说已经属于陈清扬。枪和刀我已说过，被人保组要走了。我的工具下山时就没带下来，就放在山上，准备不顺利时再往山上跑。回来时行色匆匆，没顾上去拿，因此我成了彻底的穷光蛋。

我对陈清扬说，我怎么也想不出来在最后一篇交代里她写了什么。她说，现在不能告诉我，要告诉我这件事，只能等到了分手的时候。第二天她要回上海，她叫我送她上车站。

陈清扬在各个方面都和我不同。天亮以后，洗了个冷水澡（没有热水了），她穿戴起来。从内衣到外衣，她都是一个香喷喷的 lady。而我从内衣到外衣都是一个地道的土流氓。无怪人家把她的交代材料抽了出来，不肯抽出我的。这就是说，她那破裂的处女膜长了起来。而我呢，根本就没长过那个东西。除此之外，我还犯了教唆之罪，我们在一起犯了很多错误，既然她不知罪，只好都算在我账上。

我们结了账，走到街上去。这时我想，她那篇交代材料一定淫秽万分。看交代材料的人都心硬如铁，水平无比之高，能叫人家看了受不住，那还好得了？陈清扬说，那篇材料里什么也没写，只有她真实的罪孽。

陈清扬说她真实的罪孽，是指在清平山上。那时她被架在我的肩上，穿着紧裹住双腿的筒裙，头发低垂下去，直到我的腰际。天上白云匆匆，深山里只有我们两个人。我刚在她屁股上打了两下，打得非常之重，火烧火燎的感觉正在飘散。打过之后我就不管别的事，继续往山上攀登。

陈清扬说，那一刻她感到浑身无力，就瘫软下来，挂在我肩上。那一刻她觉得如春藤绕树，小鸟依人，她再也不想理会别的事，而且在那一瞬间把一切都遗忘。在那一瞬间她爱上了我，而且这件事永远不能改变。

在车站上陈清扬说，这篇材料交上去，团长拿起来就看。看完了面红耳赤，就像你的小和尚。后来见过她这篇交代材料的人，一个个都面红耳赤，好像小和尚。后来人保组的人找了她好几回，让她拿回去重写，但是她说，这是真实情况，一个字都不能改。人家只好把这个东西放进了我们的档案袋。

陈清扬说，承认了这个，就等于承认了一切罪孽。在人保组里，人家把各种交代材料拿给她看，就是想让她明白，谁也不这么写交代。但是她偏要这么写。她说，她之所以要把这事最后写出来，是因为它比她干过的一切事都坏。以前她承认过分开双腿，现在又加上，她做这些事是因为她喜欢。做过这事和喜欢这事大不一样。前者该当出斗争差，后者就该五马分尸千刀万剐。但是谁也没权力把我们五马分尸，所以只好把我们放了。

陈清扬告诉我这件事以后，火车就开走了。以后我再也没见过她。

原载台湾《联合报》副刊 1991 年
入选改革开放四十年最具影响力小说

一地鸡毛

———

刘震云

第一章

小林家一斤豆腐变馊了。

一斤豆腐有五块，二两一块，这是公家副食店卖的。个体户的豆腐一斤一块，水分大，发稀，锅里炒不成团。小林每天清早六点起床，到公家副食店门口排队买豆腐。排队也不一定每天都能买到豆腐，要么排队的人多，排到，豆腐已经卖完了；要么还没排到，已经七点了，小林得离开豆腐队去赶单位的班车。最近单位办公室新到一个处长老关，新官上任三把火，对迟到早退抓得挺紧。最使人感到丧气的是，队眼看排到了，上班的时间也到了。离开豆腐队，小林就要对长长的豆腐队咒骂一声：

"妈了个 ×，天底下穷人多了真不是好事！"

但今天小林把豆腐买到了。不过他今天排队排到七点十五，把单位的班车给误了。不过今天误了也就误了，办公室处长老关今天到部里开会，副处长老何到外地出差去了，办公室管考勤的临时变成了一个新来的大学生，这就不怕了，于是放心排队买豆腐。豆腐拿回家，因急着赶公共汽车上班，忘记把豆腐放到了冰箱里，晚上回来，豆腐仍在门厅塑料兜里藏着，大热的天，哪有不馊的道理？

豆腐变馊了，老婆又先于他下班回家，这就使问题复杂化了。老婆一开始是责备看孩子的保姆，怪她不打开塑料袋，把豆腐放到冰箱。谁知保姆一点不买账。保姆因嫌小林家工资低，家里饭菜差，早就闹着罢工，要换人家，还是小林和小林老婆好哄歹哄，才把人家留下；现在保姆看着馊豆腐，一点不心疼，还一股脑儿把责任都推给了小林，说小林早上上班走时，根本没有交代要放豆腐。小林下班回来，老婆就把怒气对准了小林，说你不买豆腐也就罢了，买回来怎么还让它在塑料袋里变馊？你这存的是什么心？小林今天在单位很不愉快，他以为今天买豆腐晚点上班没什么，谁知新来的大学生很认真，看他八点没到，就自作主张给他划了一个"迟到"。虽然小林气鼓鼓上去自己又改成"准时"，但一天心里很不愉快，还不知明天大学生会不会汇报他。现在下班回家，见豆腐馊了，他也很丧气，一方面怪保姆太斤斤计较，走时没给你交代，就不能往冰箱里放一放了？放一块豆腐能把你累死？一方面怪老婆小题大作，一斤豆腐，馊了也就馊了，谁也不是故意的，何必说个没完，大家一天上班都很累，接着还要做饭弄孩子，这不是有意制造疲劳空气？于是说：

"算了算了，怪我不对，一斤豆腐，大不了今天晚上不吃，以后买东西注意放就是了！"

如果话到此为止，事情也就过去了，可惜小林憋不住气，又补了一句：

"一斤豆腐就上纲上线个没完了，一斤豆腐才值几个钱？上次你丢手打碎了一个暖水壶，七八块钱，谁又责备你了？"

老婆一听暖水壶，马上又来了火，说：

"动不动你提暖水壶，上次暖水壶怪我吗？本来那暖水壶就没放好，谁碰到都会碎！咱们别说暖水壶，说花瓶吧！上个月花瓶是怎么回事？花瓶可是好端端地在大立柜边上放着，你抹灰尘给抹碎了，你倒有资格说我了！"

接着就戗到了小林跟前，眼里噙着泪，胸部一挺一挺的，脸变得没有血色。根据小林的经验，老婆的脸一无血色，就证明她今天在单位也很不顺。老婆所在的单位，和小林的单位差不多，让人愉快的时候不多。可你在单位不愉快，把这不愉快带回来发泄就道德了？小林就又气鼓鼓地想跟她理论花瓶。照此理论下去，一定又会盘盘碟碟牵扯个没完，陷入恶性循环，最后老婆会把那包馊豆腐摔到小林头上。保姆看到小林和小林老婆吵架，已经习惯了，就像没看见一样，在旁边若无其事地剪指甲。这更激起了两个人的愤怒。小林已做好破碗破摔的准备，幸好这时有人敲门。大家便都不吱声了。老婆赶紧去抹脸上的眼泪，小林也压抑住自己的怒气。保姆把门打开，原来是查水表的老头来了。

查水表的老头是个瘸子，每月来查一次水表。老头子腿瘸，爬楼很不方便，到每一个人家都累得满头大汗，先喘一阵气，再查水表。但老头积极性很高，有时不该查水表也来，说来看看水表是否运转正常。但今天是该查水表的日子，小林和小林老婆都暂时收住气，让保姆领他去查水表。老头查完水表，并没有走的意思，而是自作主张在小林家床上坐下了。老头一坐下，小林心里就发凉，因为老头一在谁家坐下，就要高谈阔论一番，说说他年轻时候的事。他说他年轻时曾给某位死去的大领导喂过马。小林初次听他讲，还有些兴趣，问了他一些细节，看他一副瘸样，年轻时竟还和大领导接触过？但后来听得多了，心里就不耐烦，你年轻时喂过马，现在不照样是个查水表的？大领导已经死了，还说他干什么？但因为他是查水表的，你还不能得罪他。他一不高兴，就敢给你整个门洞停水。老头子手里就提着管水闸的扳手。看着他手里的扳手，你就得听他讲喂马。不过今天小林实在不欢迎他讲马，人家家里正闹着气，你也不看一看家庭气氛，就擅自坐下，于是就板着脸没过去，没像过去一样跟他打招呼。

　　但查水表的老头不管这个，自己从口袋已经掏出了烟。划火点着烟，屋里就飘起了老头鼻腔的味道。小林知道老头接着就要讲马，但小林猜错了，这次老头没有讲马，而是一脸严肃地说，他要谈些正事。他说，据群众反映，这个门洞有人偷水，晚上不把水管笼头关死，故意让水往下滴，下边放个水桶接着；滴水水表不转，桶里的水不成偷的了？这样下去是不行的，大家都偷水，自来水厂如何受得了？

　　听了老头的话，小林与小林老婆脸上都一赤一白的。说来惭愧，因为上个礼拜小林家就偷过几次水，是小林老婆在单位闲聊中听到的办法，回来指使保姆试验。后来小林看不上，觉得这事太委琐，一吨水才几分钱，何必干这个？一夜水管滴滴答答个没完，大家也难心安理得睡觉。于是在第三天就停止了。但这事老头子怎么会知道？是谁汇报的？小林和小林老婆都不约而同想到了对门。对门住着一对胖子，女主人自称长得像印度人，眉心常点着一个红豆。他们家也有一个孩子，大小与小林家孩子差不多，两家孩子常在一起玩，也常打架；为了孩子，小林老婆与印度女人有些面和心不和。两家主人不和，两家保姆却很要好，虽然不是一个省来的，却常在一起共同商讨对付主人的办法。准是两家保姆乱串，印度女人得知小林家滴过两回水，就汇报了老头子，现在有了老头子一番话。但这种事如何上得了台面，如何说得出口？说出口以后在人前怎么站？小林赶紧到老头子跟前，正色声明，这门洞有没有人偷水他不知道，但他家是决不干这种事。他家虽然穷，但穷有穷的骨气！小林老婆也上去说，谁反映的这事，就证明谁偷水，不然他怎么会知道偷水的方法，这不是贼喊捉贼是什么？老头子听了他们的话，弹了一下烟灰：

　　"行了，这事就到这里为止了。以前大家偷没有偷，就既往不咎了，以后注意不偷就行了！"

说完，站起来，做出宽宏大量的样子，一瘸一瘸走了，留下小林和小林老婆在那里发尴。

由于有偷水这件事的介入，使豆腐发馊事件变得不那么重要了。小林心里还责备老婆，一个大学生，什么时候学得这么市民气，偷了两桶水，值不了几分钱，丢人现眼让人数落了一顿。小林老婆也自感惭愧，就不好意思再追究馊豆腐一事，只是瞪了小林一眼，自己就下厨房做饭去了。因为这件事的介入，使本来要爆发战争的家庭平静下来，小林又有些感激老头子。

晚饭一个炒豆角，一个炒豆芽，一碟子小泥肠，一碗昨天剩下的杂烩菜。小泥肠主要是让孩子吃的，其他三个菜是让小林、小林老婆和保姆吃的。但保姆不吃剩菜，说她一吃剩菜就闹肚子。为此小林老婆还和保姆吵过一架，说你倒成贵族了，我还吃剩菜，你倒闹肚子，过去你在农村吃什么来着？保姆便又哭又闹，闹罢工，要换人家。最后还是小林从中斡旋，才又把她留下。把人留下人家就有了资本，从此更不吃剩菜。小林老婆也没办法，吃饭时只好和小林先吃剩菜，剩菜吃完再吃新的。吃饭时孩子很闹，抓东抓西的，看样子有些想流鼻涕，小林老婆怀疑她是否想感冒。好歹把饭吃完，已经快八点半了。按照惯例，这时保姆洗碗，小林给孩子洗澡，老婆应该上床睡觉。因老婆上班比小林远，清早上班要早起，早点上床睡觉理所当然。但今天老婆没有早睡，脚也没洗，坐在床前想心事。老婆一想心事，小林心里就有些发毛，不知老婆心事想过以后，会不会又提出什么新的话题。不过今天老婆不错，心事想过以后，没有说什么，草草洗完脚就上床睡觉了。老婆睡觉有这点好处，平时嘴唠叨，一上床就不唠叨了，三分钟就能入睡，响起轻微的鼾声，比孩子入睡还快。前几年刚结婚，小林对这点很不满意，哪能上床就入睡？问：

"你怎么躺倒就着，长此以往，可让人受不了！"

老婆不好意思地解释：

"累了一天，跟猪似的，哪有不躺倒就着的道理！"

后来有了孩子，生活越来越复杂，几次折腾搬家，上班下班，弄吃喝拉撒，弄大人小孩，大家都很疲劳，老婆也变得爱唠叨了，这时小林倒觉得老婆上床就入睡是个优点，大家闹矛盾有个盼头，只要头一挨枕头，战争就停止了。所以小林觉得世界上没有绝对的优点缺点，优点缺点是可以转化的。

老婆入睡，孩子入睡，保姆入睡，三个人都响起鼾声，小林检查了一下屋里的灯火水电，也上床睡觉。过去临睡觉之前，小林有看书看报的习惯，动不动还爬起来记笔记。现在一天家务处理完，两个眼皮早在打架，于是这一切过程都省略了。能早睡就早睡，第二天清早还要起床排队买豆腐。想起买豆腐，小林突然又想起今天那一斤变馊的豆腐，现在仍在门厅里扔着，没有处理。这是导火索。明天清早老婆起来再看到它，说不定又会节外生枝，于是又从床上爬起来，到门厅打开灯，去处理那包馊豆腐。

第二章

　　小林的老婆叫小李，没结婚之前，是一个静静的、眉清目秀的姑娘。别看个头小，小显得小巧玲珑，眼小显得聚光，让人见了从心里怜爱。那时她言语不多。打扮不时髦，却很干净。头发长长的。通过同学介绍，小林与她恋爱。她见人有些腼腆。与她在一起，让人感到轻松、安静，甚至还有一点淡淡的诗意。那时连小林都开始注意言语、注意身体卫生了。哪里想到几年之后，这位安静的富有诗意的姑娘，会变成一个爱唠叨、不梳头，还学会夜里滴水偷水的家庭妇女呢？两人都是大学生，谁也不是没有事业心，大家都奋斗过，发愤过，挑灯夜读过，有过一番宏伟的理想，单位的处长局长，社会上的大大小小机关，都不在眼里，哪里会想到几年之后，他们也跟大家一样，很快淹没到黑压压的千篇一律千人一面的人群之中呢？你也无非是买豆腐、上班下班、吃饭睡觉洗衣服，对付保姆弄孩子，到了晚上你一页书也不想翻，什么宏图大志，什么事业理想，狗屁，那是年轻时候的事，大家都这么混，不也活了一辈子？有宏图大志怎么了？有事业理想怎么了？"古今将相在何方，荒冢一堆草没了！"一辈子下来谁不知道谁！有时小林想想又感到心满意足，虽然在单位经过几番折腾，但折腾之后就是成熟，现在不就对各种事情应付自如了？只要有耐心，能等，不急躁，不反常，别人能得到的东西，你最终也能得到。譬如房子，几年下来，通过与人合居，搬到牛街贫民窟；贫民窟要拆迁，搬到周转房；几经折腾，现在不也终于混上了一个一居室的单元？别人家一开始有冰箱彩电，小林家没有，让小林感到惭愧，后来省着攒着，现在不也买了？当然现在还没组合家具和音响，但物质追求哪里有个完。一切不要着急，耐心就能等到共产主义。倒是使人不耐心的，是些馊豆腐之类的日常生活琐事。过去总说，老婆孩子热炕头，是农民意识，但你不弄老婆孩子弄什么？你把老婆孩子热炕头弄好是容易的？老婆变了样，孩子不懂事，工作量经常持久，谁能保证炕头天天是热的？过去老说单位如何复杂不好弄，老婆孩子炕头就好弄的？过去你有过宏伟理想，可以原谅，但那是幼稚不成熟，不懂得事物的发展规律。千里之行，始于足下，小林，一切还是从馊豆腐开始吧。第二天早上六点，小林照例爬起来，到公家副食店前排队买豆腐。这时老婆已经睡醒，大睁着两眼在看天花板。老婆入睡快，醒来脑子清醒得也快，不像小林，睡觉起来头半天是木的，得半个小时才能缓过劲儿来，老婆只要五分钟就可以清醒，续上入睡前的思路。这是优点，也是缺点，如果两个人正闹矛盾，老婆早晨醒来，又会迅速续上昨天的事情，继续补课。看今天老婆发呆的样子，又回到了昨天入睡前坐在床沿上想心事的模样，小林心里就有些打鼓，不知老婆又要搞什么名堂。但老婆见他起床，并没有搭理他。小林就有些放心，赶忙刷牙洗脸，拿上塑料袋悄悄出门。但等小林刚要去拉门，老婆在床上发了言：

"我说你，今天的豆腐就别买了！"

原来老婆并没有放过他，仍要续昨天的豆腐事件。小林心里就"嘟嘟"地冒火，一斤馊豆腐，已经扔了，又过了一夜，还真纠缠个没完了？于是说：

"馊了一斤豆腐，还至于今后不买了？今天买回放到冰箱里不就结了！你还要纠缠多少年！"

老婆向他摆摆手：

"我不是跟你说豆腐，我想了一夜，我再也不能在这个单位待了，我一定得调，你得跟我来商量商量这事！你不能对我的事漠不关心！"

原来并不是豆腐事件，小林有些放心。但老婆说的是调工作，调工作也是个让人窝心烦躁的事，比馊豆腐事件还复杂。本来老婆的工作单位不错，大学毕业坐办公室，每天也就是搞搞文件，写写工作总结，余下的时间是喝茶看报纸。但老婆性格很直，像小林初到单位一样，各方面关系一开始没处理好，留下后遗症。后来觉悟了，改正了，但以前总留下伤疤，免不了有磕磕碰碰的时候。单位不愉快，回来就向小林唠叨，说要换个单位。小林就拿自己现身说教，说只要将幼稚不懂事的毛病改掉，时间长了自然会适应，换什么单位，天下单位都一样。再说换个单位是容易的？我们都无权无势，两眼一抹黑，哪个单位会要你？老婆就说小林没本领，看着老婆在水深火热之中，一点帮不上忙。小林说，外边帮不上忙，内里不也帮了？不也向你解释了？解释不也是帮忙？就把老婆劝下了。老婆唠叨一顿，怨气出了，第二天就不说了，仍照常上班。如果这样下去，老婆慢慢也会适应，没有单位非换不可的烦恼。但小林家搬了几次家，搬来搬去，住的离小林老婆单位越来越远。当初搬家时，因房子越搬越好，老婆很高兴，说咱们终于在北京也有个房子了，把主要精力花在布置房子上，怎么装窗帘，怎么布局，怎么摆冰箱和电视，还差什么东西，苦恼主要在这个方面。等家伙收拾得差不多了，老婆就又不满意了，怪这个地方离她单位太远。因她的单位在这条线上没有班车，她得挤公共汽车上班，往返一趟，得三四个小时。清早六点起床，晚上八点回来，顶着星星出去，戴着月亮回来，天天如此，车又挤，老婆就受不了，觉得是非换单位不可了。小林看着老婆每天下班疲惫不堪的样子，也觉得这和在单位不愉快不同，在单位不愉快可以忍耐、改正，离单位太远无法人为缩短距离，是得换个离家近一点的单位。真要决定换单位，两人才感到面前的困难像山一样，因为换不换单位，并不是小林和小林老婆能决定的。瞎猫撞老鼠，小林和小林老婆找了几个单位，人家都是一口回绝，连个商量的余地都不留，弄得小林和小林老婆挺丧气。小林说：

"算了算了，别跑了，再跑也是瞎跑，你凑合着吧，北京还有比你上班更远的呢！别光想路程，想想纺织女工，人家上一天班，站着干一天活，你上班是喝茶看报纸，还不知足吗？"

小林老婆发了火：

"你没有本事，就让我凑合。你当然能凑合了，天天有班车坐，我挤四个小时车的滋味你哪里有体验？我非换单位不可，要不换单位，我明天就不上班，你挣钱养活我们娘俩！"

第二天就真不去上班。把小林急坏了。急了一次真管用，小林开动脑筋，真想出一个办法，前三门有一个单位，听有人说，那单位管人事的头头，和小林单位的副局长老张是老同学。小林帮老张搬过家，十分卖力，老张对小林看法不错。老张自与女老乔犯过作风问题以后，夹着尾巴做人，对下边同志特别关心，肯帮助人，只要有事去求他，他都认真帮忙。小林觉得这事如去找老张，老张不至于一口回绝。通过老张介绍，说不定前三门那个单位倒有些希望。前三门那个单位虽离小林家也很远，如坐公共汽车，也得两个小时，但前三门那里和小林家连地铁，地铁跑得快，四十分钟就够了，况且地铁不像公共汽车那么挤，有时上车还有座位。小林将这想法向老婆说了，老婆也很高兴，同意去那个单位，让小林去找老张。小林找到老张，将老婆的困难摆出来，又提出前三门那个单位，说听说老领导在那里有熟人，想请老领导帮帮忙。老张果然痛快，说：

"可以，可以，单位那么远，是应该换一换！"

又说：

"前三门那个单位，我也不熟，但管人事的同志，是我的同学，我给他写一封信，你找他，看他能不能给办！"

小林又大着胆子说：

"最好老领导再给他打一个电话！"

老张摸着胖脑袋哈哈笑了，照小林头上打了一巴掌：

"现在的年轻人，比我们那时精明多了！好，好，我给你打一个电话！"

老张又打了一个电话，又给小林写了一封信。小林捧到这封信，如同捧到圣旨一样高兴。小林老婆看到信，也很高兴。小林拿着这信到前三门的单位去，果然管用。管人事的头头接见了他，看了那封信说：

"老张是我的老同学，当年在大学，我们两个都爱搞田径！"

小林斜欠着身子坐在头头办公桌前，忙接上去说：

"现在老张也爱锻炼！"

头头看他一眼，突然又问起老张前一段出事的事，让小林讲一讲细节。小林感到有些为难，讲不好，不讲也不好，于是只拣些重要的讲了讲，说老张也只是和女老乔在办公室里坐了一坐，并没有真正在一起，其他一切都是谣传。那头头听后哈哈笑了，说：

"这个老张，还是那么可爱！"

最后才谈起小林老婆调动的事。那头头情绪正好，说：

"行，行，老张托的事，就是我的事，我看看下边哪个单位缺人！"

这不等于答应了？小林回来向老婆一汇报，老婆马上抱着他在脸上乱亲。两人度过了一个愉快的夜晚。如果就这样等着，小林老婆一定能调成，能每天坐着地铁到前三门那个单位上班。但这时小林和小林老婆聪明反被聪明误，自己把事情办坏了。本来人家管人事的头头正在努力，小林和小林老婆仍不放心，小林老婆打听出一个熟人的丈夫，也在前三门那个单位工作，而且是一个处长，就同小林商量，单是一个管人事的头头是否太单薄，是否也找找这个处长？当时小林也没犯考虑，觉得多一个人就多一份力量，找一找总没什么坏处。于是就又找了这个处长。谁知道这一找不要紧，让人家管人事的头头知道了，管人事的头头马上停止了努力。小林再去找他，他比以前冷淡了，说：

"你不是也找某某了，让他给办办看吧！"

小林这才着了急，知道自己犯了路线性错误。找人办事，如同在单位混事，只能投靠一个主子，人家才死力给你办；找的人多了，大家都不会出力；何况你找多了，证明你认识的人多，显得你很高明，既然你高明能再找人，何必再找我？这时除了不帮忙不说，这容易产生抵触心理，说不定背后再给你帮点倒忙，看你不依靠我依靠别人这事能办成！小林和小林老婆认识到这个道理，明白过来，事情已经晚了。两个人一开始是互相埋怨，埋怨以后，又共同想补救的办法。但这时能想出什么补救办法？小林只好再找老张，让他给同学再打电话。但老张又不是你的亲兄弟，人家是单位的副局长，老找人家也不好。于是小林老婆调工作的事，就这样不上不下地放着。时间一长，小林事情一忙就暂时把这件事给忘记了。但小林老婆忘不了，时常一个人坐在那里想心事。昨天发生了馊豆腐事件，馊豆腐事件过去以后，她没洗脚坐在床边想的，就是这件事，今天早早起来，她将这话题又重新向小林提出。小林一开始以为老婆又让他找老张，但再找老张小林已很憷头，于是说：

"事情已经让咱们办坏了，光让我找老张有什么用？"

小林老婆说：

"这次不让你找老张，还让你找前三门单位那个管人事的头头。"

再找管人事的头头，比让他找老张还憷头，小林说：

"因为找你那个熟人的丈夫，人家态度都冷淡了，如何有脸面再找人家？再找作用也不大！"

小林老婆说：

"为什么作用不大，这事我想了，你也别光怪我那个熟人的丈夫，这不是问题的关键，关键还是功夫下得不够。现在社会上办事，光动嘴皮子如何行？我考虑，咱得给他上个供。现在苍蝇没有不见血的，你不出血，他能给你来真的？还是得出血！"

小林说：

"只和人家见过几次面，熟都不熟，连人家家在哪里住都不知道，这供如何上？"

小林老婆发了火：

"看你说话的口气，就是对我的事情漠不关心！上次你要入党，给女老乔送了什么？那时咱们那么困难，孩子吃奶都没有钱，我不照样让你送了？轮到我的事，你怎么就这么推三挡四的，你这存的是什么心！"

说着说着脸就白了。小林见她越说越多真生气了，忙说：

"好，好，咱送，咱送，看送了能起什么作用？"

话说到这里就算完了。白天两人照常上班。等晚上回来，两人匆匆吃完饭，交代保姆看好孩子，就一起到前三门单位管人事的头头家里去上供。但真到上供，供上些什么，两人都犯了难。两人来到商店，逛了半个小时，拿不定主意。礼太小了送不出去，礼太大了又心疼钱。最后小林老婆相中了一个工艺品，一个玻璃匣子里镶嵌了几个花鸟和小鱼，美观大方，四十多元，可以买。但两人商量半天，觉得这个礼品也不合适，管人事的头头能会喜欢花鸟？别以为是随便十几块钱买的贱价货搪塞他，那样作用更不好。最后又转，转到食品冷饮柜，小林突然眼睛一亮，说：

"有了！"

小林老婆问：

"什么有了？"

小林便向老婆指了指一箱一箱的"可口可乐"，上边挂着一块牌子——"大减价，一块九一听"，而可口可乐的正常价格，却是三块五。"可口可乐"拿得出手，一听一块九，一箱二十四听，也就四十多块，看着体积大，又是名牌饮料，拿出来实用大方，管人事的头头肯定喜欢。只是不知它为何减价。小林老婆说：

"别是过期了吧，那样就不好了！"

问了售货员，也不过期，实在是奇怪，好像是单为今天他们送礼准备的。小林说：

"看这样子，今天顺利，这事肯定能成！"

老婆兴致也高了，马上掏钱买了一箱，由小林扛着，两人挤上公共汽车去送礼。兴高采烈到了管人事头头家的楼下，已是晚上八点半，时间也合适。但等两人进楼道刚要上楼，从楼上走下来一个人，正是前三门单位管人事的头头……小林忙向他打招呼，倒让正下楼的头头吃了一惊，等看清是小林，因在家门口，倒比在办公室客气，忙止住脚步笑着说：

"你们来了？"

小林说：

"王叔叔，这是我爱人，为她工作的事，老张让我们再来找您一次！"

头头说：

"我知道了，那个工作的事，我这里没有问题，关键是下边接收单位不好办，你们如能找到哪个处室可以接收，让他们再来找我不就行了？今天晚上我出去还有点事，车子在下边等着，恕不能接待你们了！"

小林和小林老婆心里都凉了半截。这不等于回绝了？等头头走到了楼外，小林才意识到自己肩上还扛着一箱"可口可乐"，忙向楼外喊：

"王叔叔，我还给您带了一箱饮料！"

头头在楼外笑着答：

"我这里还缺几筒饮料？扛回去自己喝吧！"

接着，车子发动开走了，把小林和小林老婆尴到了楼道里。尴了半天，两人才缓过劲来。小林将箱子摔到楼梯上：

"× 他妈的，送礼人家都不要！"

又埋怨老婆：

"我说不要送吧，你非要送，看这礼送的，丢人不丢人！"

小林老婆也说：

"这个人怎么这么恶劣，这个人怎么这么小心眼！"

两人便重新扛着饮料回家。因为礼没有送出去，回家以后两人又为买礼心疼了半天，四十多块钱买一箱"可口可乐"放到家里，这不是吃饱了撑的？一箱"可口可乐"怎么处理？退回商店，入口的东西人家一律不退；自己喝了吧，哪能关起门没事喝"可口可乐"？过了两天，还是老婆聪明，把"可口可乐"打开，时常拿出一筒让孩子到院子里去喝。过去从来没买过饮料，也没买过带鱼，孩子穿得破烂，在院子里穷出了名。一次倒是买了带鱼，是贱价处理的，有些发臭，臭味跑到了楼道里，让对门印度女人到处宣扬，现在让小女儿拿着"可口可乐"到处喝，也起一个正面宣传的作用，也算这箱"可口可乐"买的没有白费。只是工作的事仍没有着落，仍是小林和小林老婆继续窝心的问题。

第三章

家里来了客人。小林晚上下班回来，一进楼道，就知道家里来了客人。因为他家的门大开着，里边传出外地老家人的咳嗽声。等小林回到家，果然，里间床上正坐着两个皮肤晒得焦黑、头上暴着青筋的老家人，脚边放着几个七十年代的帆布提包，提包上还印着毛主席语录。两个人正在不住地抽烟，咳嗽，毫不犹豫地将烟灰和痰弹吐了一地。小林的小女儿也被烟呛得不住地咳嗽，在烟雾里乱跑。小林本来今天心情不错，办公室新到处长老关，别看平时一脸严肃，原来对人却没坏心眼，季度评奖，给小林评了个头奖，多发给他五十块钱。虽然五十块钱不算什么，但多五十总比少五十强，拿回来总能买老婆个高兴。谁知兴冲冲回家，老婆还没下班，家里却来了两个老家人。小林像被兜头浇了一桶凉水，一天的好兴致，立即跑得无影无踪。本来老家来人应该高兴，多年不见的乡亲，见了叙叙旧也没什么不可，但老家经常来人，就高兴叙旧不起来，反过来倒成了一种负担。家里来人不得招待？招待一次就得几十块钱。

新中国７年优秀文学作品文库

中篇小说卷

经常来人，家庭就受不了。老家来人和别的同学朋友来还不一样，别看老家来的人焦黑、头上暴着青筋，是农村人，但农村比城里人礼还多，同学朋友招待不好人家可以原谅，这些农村人招待不好他反倒不高兴，回到老家说你。他们认为你在北京，来到北京理应该你招待，全不知小林在北京也是社会的最底层，也整天清早排队买豆腐，只是客人来了，才多加两个菜。有时小林看老家人那故作傲慢的样子，不禁又好气又好笑，你们在家才吃什么！老家人来，如果单是吃一顿饭，还好应付，往往吃过饭，他们还要交代许多事让小林办。搞物资、搞化肥、买汽车、打官司，走时还让小林给买火车票。小林哪里有那么强的办事能力！自己老婆的工作都办不了，送礼人家都不收，还能给别人打官司办汽车？买火车票小林照样得去北京站排队。一开始小林爱面子，总觉得如说自己什么都不能办，也让家乡人看不起，就答应试一试，但往往试一试也是白试，虽然有些同学分到了不同的单位，但都是刚到单位不久，还没到掌权的地步，哪里办得成？免不了回头还是尴尬。后来渐渐学聪明了，学会了说"不，这事我办不了！"当然说这话人家会看不起，但看不起是早晚的事。早看不起倒可以省下麻烦。但老家仍是源源不断来人，来了起码吃你一顿饭。问题的复杂性还在于，小林老婆是城市人，城市到底比农村关系简单，来的人很少。人家家老不来人，自己家老来人，来了就要吃饭，农村人又不讲究，到处弹烟灰吐痰，也让小林不好意思。按说小林老婆在这方面还算开通，一开始来人不说什么，后来多了，成了常事，成了日常工作，人家就受不了，来了客人就脸色不好，也不去买菜，也不去下厨房。小林虽然怪老婆不给自己面子，但人家生气得也有道理，两人如倒个个儿，小林也会不高兴。于是除了责备妻子，也怪自己老家不争气，捎带自己让人看不起。老家如同一个大尾巴，时不时要掀开让人看看羞处，让人不忘记你仍是一个农村人。对门印度女人就说过，看他们家那土样，一家子农村人，弄得小林老婆很不高兴。所以小林时常提心吊胆，一到下班，就担心今天老家是否来人了？有时在家里坐，一听院子里有人说外地口音，他就心惊胆战，忙跑到阳台上看，看这外地口音是否进了自己的门洞，如不是进这门洞，才松一口气。虽然小林不盼望自己老家来人，却盼望老婆那边来人。那边如也来人，小林故意热情些，也可抵消一些自己这边来人，让老婆心理平衡一些。但人家来人少，让小林时刻亏着心。老家的父母也不懂小林心情，觉得自己儿子在北京，是个可炫耀的事情，时常说："我儿子在北京，你们找他去！"人家来了，小林就不能不热情。不热情怠慢人家，人家就不高兴，回去说你忘本。但忘本也就忘本，这个本有什么可留恋的！小林也给自己父母写信，说我这里也很忙，经济很难，以后不要图你们面子好看，故意往这里介绍人。信写好以后，小林还故意让老婆看了看，老婆没领他这个情，照地下吐了一口唾沫：

"早知你家是这样，当初我就不会嫁给你！"

小林马上火了，指着老婆说：

"当初我也把家庭情况向你说了，你说不在乎，照你这么说，好像我欺骗你！"

但斗气归斗气，家里还是照常来人。因人照常来，久而久之小林老婆也习惯了。习惯了就自然了。无非是脸色不高兴。这就使小林很满意。小林也自觉，客人来了，吃饭只加两个大路菜，无非是一条鱼，或是一只鸡，没有酒水。老家人不满意，只好让他们不满意，总比让老婆不满意要好。

但今天来的两个客人，使小林觉得只加两个菜绝对说不过去。这两个人一个老头子，一个年轻人，一开始小林没有认出来，上去问他们是哪个村的，听那老头子一说话，小林认出来了，是自己小学时的老师。这老师姓杜，小林上小学时，跟他学了五年，杜老师既教数学，又教语文。一年冬天小林捣蛋，上自习跑出去玩冰，冰炸了，小林掉到了冰窟窿里。被救上来，老师也没吵他，还忙将湿衣裳给他脱下来，将自己的大棉袄给他披上。这样的老师，十几年没见，现在到了自己门上，如何使小林不激动？小林上去握住他的手：

"老师！"

老师见他激动，也激动起来，拉住小林说：

"小林！街上遇到你，肯定我认不出来！"

又忙把年轻人向他介绍，说是自己的儿子。

大家激动过，小林问老师来北京的意思。老师把意思一说，小林又有些胆战心惊，原来老师得了肺气肿，到底发展没发展成肺癌，老家医院水平低，诊断不出来。这时老师想起他培养的学生，还就属小林混得高，混到了北京，于是带儿子来投奔他，想让他找个医院给确诊确诊。如果是癌症，最好能住院治疗；如果不是癌症是肺气肿，也望能做一下手术。小林一边说："咱慢慢商量，咱慢慢商量！"一边转动脑筋。可北京哪里有他熟悉的医院？这时门开了，小林老婆下班回来。小林一看表，已是晚上七点半。小林见了老婆又是一番胆战心惊，一边看老婆的脸色，一边向老婆介绍，这是自己的老师和儿子，这是自己的爱人。老婆见又来了一屋人，屋里烟气冲天，痰迹遍地，当然不会有好脸色，只是点点头，就进了厨房。一会儿，厨房就传来吵声，老婆在责备保姆，都七点半了，怎么还没给孩子弄饭？小林知道那责备声是冲着自己，也怪自己大意只顾跟老师聊天，忘了交代保姆先给孩子弄饭。何况来了两个客人，加上小林、小林老婆、保姆、孩子，一下成了六口人，这饭还没准备呢。于是就让老师先坐着，自己去厨房给老婆解释。解释之前，他先掏出今天单位发的五十块钱，作为进见礼；然后又解释说，实在没办法，这是自己小学时的老师，不同别人，好歹给弄顿饭，招待过去就完。谁知老婆一把将五张人民币打飞了，说：

"去你妈的，谁没有老师！我孩子还没吃饭，哪里管得上老师了！"

小林拉她：

"你小声点，让人听见！"

小林老婆更大声说：

"听见怎么了，三天两头来人，我这里不是旅馆！再这样下去，我实在受不了了！"

就坐在厨房的水池上落泪。

小林怒火一股股往头上冲。但现在生气也不是办法，客人还在里间坐着，只好先退出来，又去陪老师。但看老师的样子，已经听见了他们的争吵。老师到底有文化，不比别的老家人，招待不好故意傲慢，马上大声说：

"小林你不必忙，俺已经在外面吃过饭了。俺住在劲松地下旅馆，也就是来看看你，给你带了点老家土产，喝了这杯水，俺就该走了，晚了怕坐不上车！"

接着拉开了帆布提包，让儿子把两桶香油送到了厨房。

小林感到心中更加不忍。他知道老师肯定没有吃饭，只是怕他为难，故意说这话给他老婆听。也许是两桶香油起了作用，也许是老婆觉悟过来，饭到底还是做了，做得还不错，四个菜，把孩子吃的虾仁都炒了一盘。好歹吃完饭，小林将老师和他儿子送出门。路上老师一个劲儿地说：

"我一来，给你添了麻烦。本来我不想来，可你师母老劝我来看看你，就来了！"

小林看着老师的满头白发，蹒跚的步子，脸上皱褶里都是土，自己也没有让他在家洗洗脸，心里不禁一阵辛酸，说：

"老师身体有病，该来北京看看。我先给你们找个便宜旅馆住下，明天我就去给老师找医院！"

老头子忙用手止住小林：

"你忙你的，我还有办法！"

接着摘下帽子，从里边拿出一张纸条：

"来时怕找不到你，我找了县教育局李科长。李科长有一同学，在某大机关当司长，看，都给我写了信！我投奔他，他那么大的干部，肯定有办法！"

老师话说到这里，小林就不再坚持。因让他找医院，他也肯定找不出什么好医院，是瞎耽误老师的时间，还不如让人家去找司长。于是就只好将老师和他儿子送到公共汽车上，和他们再见。看着公共汽车开远，老师还在车上微笑着向他招手，车猛地一停一开，老头子身子前后乱晃，仍不忘向他挥手，小林的泪刷刷地涌了出来。自己小时上学，老师不就是这么笑？等公共汽车开得看不见了，小林一个人往回走，这时感到身上沉重极了，像有座山在身上背着，走不了几步，随时都有被压垮的危险。

第二天上班，小林在办公室看报纸，看到一篇悼念文章，悼念一位已经死去好多年的大领导，说大领导生前如何尊师爱教，曾把他过去少年时代仅存的两个老师接到北京，住在最好的地方，逛了整个北京。小林本来对这位死去的大领导印象不错，现在也禁不住骂道：

"谁不想尊师重教？我也想让老师住最好的地方，逛整个北京，可得有这条件！"

就把这张报纸扔到了废纸篓里。

第四章

孩子病了。流鼻涕，咳嗽。老婆说：

"你老师有肺气肿，上次他来咱们家一次，是不是把孩子给传染上了？"

孩子有病，小林也很着急。孩子一病，和不病时大不一样，小林和小林老婆，起码得一个人请假在家照顾。这时单靠保姆是不行的。但老婆胡乱联系，又责备他的老师，使小林心里很愤怒。上次老师走后，小林两天没理老婆，怪她破坏他的情感，当着老师的面让他下不来台。人家吃了你一顿饭，却给你提来两桶香油，两桶香油有十斤，现在北京自由市场一斤香油卖八块，十斤就是八十多块，你一顿饭值八十吗？两天来吃着老师的香油，老婆也面有愧色，也觉自己做得太过分。但现在孩子病了，她有气无处撒，又想反攻倒算，拿小林的老师做筏子，小林就有些不客气，说：

"孩子有病，还是先检查。如检查出不是肺气肿传染，你提前这么责备人家，不就不道德了吗？"

于是两人都请假，带孩子去医院检查。但检查是好检查的？说来说去还是一个字：钱。现在给孩子看一次病，出手就要二三十；不该化验的化验，不该开的药乱开。小林觉得，别人不诚实可以，连医生都这么不诚实了，这还叫人怎么活？一次孩子拉稀，看下来硬是要了七十五。小林老婆又好气又好笑，抖着双手向小林说：

"一泡屎值七十五？"

每次给孩子看完病，小林和小林老婆都觉得是来上当。但孩子一病，这个当你还非上不可。你别无选择。譬如现在，路上孩子又有些发烧，温度还挺高，这时两人都忘记了相互指责，忘记了是去上当，精力都集中到孩子身上，于是加快步伐挤车去医院。到医院一检查，原来也无非是感冒。但拿着药单子到药房窗口一划价，四十五块五毛八。小林老婆抖着单子说：

"看，又宰人了吧！你说，这药还拿不拿？"

小林没"说"，也没理她。刚才小林有些着急，小孩发烧那么高，不知出了什么问题，不知是不是老师给传染了。现在诊断出是感冒，小林就放了心。放心之后，小林又开始愤怒，刚才你断定是我的老师传染，现在经过医院诊断，不成感冒了？小林本想跟她先理论理论这事，再说宰人不宰人的事，但看到药房前边排队的人很多，来往的人也很多，这个场合理论不对，就没有理她，只是没好气地向老婆说：

"怕宰你就别来呀，人家谁请你非拿药不可了？"

老婆马上抱起孩子：

"照这么说，我就真不拿药了！"

抱着孩子就走。看着老婆赌气不拿药，小林倒着了急。他知道老婆的脾气，赌上气九牛拉不回来。赌气不拿药，回家孩子怎么办？忙又撵出去，拦住老婆：

"哎，哎，这事你还能真赌气呀，把药单子给我！"

谁知老婆这次不是赌气，她看着小林说：

"这药不拿了，不就是感冒吗？上次我感冒从单位拿的药还没吃完，让她吃点不就行了？大不了就是'先锋'、'冲剂'、退烧片之类，再花钱不也是这个！"

小林说：

"那是大人药，大人小孩不一样！"

小林老婆说：

"怎么不一样，少吃一点就是了。这事你别管，不花四十五块，我也能让孩子三天好了。药吃完我再到单位要！"

小林觉得老婆说的也有道理。他用手摸了摸孩子的头，不知是孩子刚刚睡醒的缘故，还是嗅到了医院的味道，烧突然又退了下去。眼睛也有神了，指着医院对面的"哈密瓜"要吃。看情况有些缓解，小林觉得老婆的办法也可试一试。于是就跟老婆一块出医院，给孩子买了一块"哈密瓜"。吃了一块"哈密瓜"，孩子更加活泼，连咳嗽一时也不咳了，跳到地上拉着小林的手玩。小林高兴，老婆也高兴。大家一高兴，心胸也就开阔了，小林也不再追究老婆说过老师传染不传染的话了，那都是着急时没有办法乱发的火，不足为凭。既然不追究了，孩子的病也确诊了，老婆想出办法，看病又省下四十五块钱，这不等于白白收入？大家心情更开朗。小林对老婆也关心了。路过小吃街，小林对老婆说：

"你不是爱吃炒肝，吃一碗吧！"

小林老婆咂巴咂巴嘴说：

"一块五一碗，也就吃着玩，多不划算！"

小林马上掏出一块五，递给摊主：

"来一碗炒肝！"

炒肝端上来，小林老婆不好意思地看了小林一眼，就坐下吃起来。看她吃的爱惜样子，这炒肝她是真爱吃。她捡了两截肠给孩子吃，孩子嚼不动又吐出来，她忙又扔到自己嘴里吃了。她一定让小林尝尝汤儿。小林害怕肠，以为肠汤一定不好喝，但禁不住老婆一次一次劝，老婆的声音并且变得很温柔，眼神很多情，像回到了当初没结婚正谈恋爱的时候。小林只好尝了一口。汤里有香菜，热腾腾的，汤的味道果然不错。老婆问他味道怎么样，他说味道不错，老婆又多情地看了他一眼。想不到一碗炒肝，使两人重温了过去的温暖。这种情绪一直持续到晚上。因孩子病得不重，回家后老婆让她吃了药，她就自己玩去了。晚上也不咳了，睡得很死。等外间保姆传来鼾声，小林和小林老婆都很有激情。事情像新婚时一样好。事情过去以后，两人又相互抚摸着谈起了天，重新总结今天孩子病的原因。小林老婆主动承认错误，说今天一时性急，错怪了小林的老师。小林说既然不怪老师，就怪我们夜里没看好，让孩子蹬了被子。老婆说也不怪夜里没看好，就怪一个人。小林心里一"咯噔"，问是谁，老婆用手指了指外间门厅。这是指保姆。接着老婆说了保姆一大堆不是，说保姆斤斤计较，干活不主动，交代的任务故意磨蹭，爱在保姆间乱串，爱泄露家中的机密；对孩子也不是真心实意，两人上班不在家，她让孩子一个人玩水，自己睡觉或看电视，孩子还有个不感冒的？等今年九月份，一定送孩子入托，把她辞出去。她一个人工资四十元，吃喝费用得六十元，还用小林老婆的卫生巾、化妆品，再加上水果杂用，一月一百多，占一个人的工资，家里哪会不穷？等孩子入托，辞了保姆，一个月省下这么多钱，家里生活肯定能改善，前途还是光明的。小林也受了鼓舞，加上他平时对保姆印象也不好，也跟着老婆说了一阵子话。说完感到气都出了，心里很畅快。两人又亲了一下，才分开身子睡觉。老婆一转身三分钟睡着了，小林没睡着，想了想刚才的一番议论，又感到有些羞愧。两人温暖一天，最后把罪过归到保姆身上，未免有些小气。人家一个十几岁的小姑娘，出门几千里在外，整天看你脸色说话，就是容易的？小林感到自己也变得跟个娘儿们差不多了，不由感叹一声。但接着疲倦也上来了，两个眼皮一合，也就睡着了，不再想那么多。

　　但等第二天早晨，小林又感到昨天对保姆的指责没有错。清早老婆上班，小林照常出去排豆腐。排完豆腐，小林本来应该去上班，但今天下着小雨，来排豆腐的人少，豆腐买的顺利，看看表，还有富余时间，因惦着孩子感冒，就又回家看了一趟。回家后，发现保姆床也没叠，孩子的饭也没做，药也没喂，给了孩子一盆洗脸水让她玩，她呢，正在给自己鼓捣吃的。清早起来小林和小林老婆都吃的剩饭，把昨天的剩饭泡了泡，就着咸菜吃下了肚。保姆不吃剩饭，你再熬点新粥也就罢了，谁知她正在用给女儿做饭的小锅下挂面，进房一股香气，她加了香菜，加了豆腐干，还卧里一个鸡蛋。保姆见他突然回来，也有些吃惊，忙用筷子将鸡蛋往面条底下捺。但不管怎么捺，还是让小林发现了。小林怒火一股股往脑门冲，这不是故意败坏人吗？起床孩子不弄，自己倒先偷着做好的吃。大家都不容易，我们背后议论你，把一切罪过归到你身上固然不对，但你也忒不自觉，忒不值得尊重和体谅。但小林没有再指责保姆。按说现在抓住了罪证，当面指责一顿十分痛快，但保姆是这种样子，你指责她一顿，岂敢保证你走了以后，她会不把气撒到孩子身上？于是只是把孩子正在玩的保姆的洗脸水，气鼓鼓地夺过来倾到了马桶里。孩子一玩水，又开始流鼻涕；水被夺走，便坐在地上拧着屁股哭。小林没理，摔上门就上班去了。边匆忙下楼边心里骂：

　　"妈的，九月份一定让你滚蛋！"

　　晚上下班回家，孩子的感冒似乎又加重了，鼻子囊囊的，一个劲咳嗽；摸摸头，烧也有点升上来。小林知道，这和保姆一天捣蛋肯定有关系。但他又不敢把清早保姆捣蛋的事告诉老婆，那样肯定会引起另一场轩然大波。不过不知老婆今天怎么了，一脸喜色，对孩子病情加重也不在意，喜滋滋地自己坐在床前想心事。老婆一有这种脸色，肯定有好事。来厨房看看，果然，老婆买回来一截香肠。买了香肠不说，还买回来一瓶"燕京"啤酒。这肯定是给小林买的。过去单身汉时，小林最爱喝啤酒。自结婚以后，这种爱好渐渐就根除了。一瓶一块多，喝它干嘛。就是不说钱，平时谁有喝啤酒的心思！小林摸不透老婆今天的心思，忙进里间问：

"喂，你今天怎么了？"

老婆吃吃地笑。

小林感到有些奇怪：

"你笑什么？说出来我听听！"

老婆说：

"小林，我告诉你，我的工作问题解决了！"

小林吃了一惊：

"什么？解决了？你去前三门单位了？管人事的头头答应了？"

老婆摇摇头。

小林问：

"找到新的单位了？"

老婆摇摇头。

小林禁不住泄气：

"那解决什么？"

老婆说：

"这工作我不调了！"

小林说：

"怎么不调了，你对单位又有感情了？你不怕挤公共汽车了？"

小林老婆说：

"感情谈不上，但以后不挤公共汽车了。我们单位的头头说，从九月份开始，往咱们这条线发一趟班车！你想，有了班车，我就不用挤公共汽车，四十分钟也到了。自己单位的班车，上车还有座位，这不比挤地铁去前三门单位还好？小林，我想通了，只要九月份通班车，我工作就不调了。这单位固然不好，人事关系复杂，但前三门那个单位就不复杂了？看那管人事头头的嘴脸！我信了你的话，天下老鸦一般黑。只要有班车，我就不调了，睁只眼闭只眼混算了。这不是工作问题解决了！"

一地鸡毛

1683

小林听了老婆一番话，也很高兴。家中的一件大事，过去天天苦恼，时常为此闹矛盾，现在终于有了着落。虽然工作问题的解决实际上是以不解决为解决，但不管怎样，解决了老婆就安心了，就没有烦恼了，就不会情绪激动了，家里就不会再为此闹矛盾了。说来问题解决也简单，靠小林和小林老婆自己去求人，去送东西到处碰壁，最终解决无非是单位发了一趟班车。但不管怎么解决，小林也马上和老婆一样高兴起来，说：

"好，好，这以后不存在这问题了？你就不再跟我闹了？"

老婆说：

"是不存在呀！"

又娇嗔道：

"谁跟你闹了？你没有本事解决，还怪我跟你闹！最后不还是靠我自己解决！就等九月份了！"

小林说：

"是呀，是呀，是靠你自己解决，就等九月份！"

大家情绪很好。孩子的病也压过去了。吃饭时大家喝了啤酒。晚上孩子保姆入睡，两人又欢乐了一次。欢乐时两人又很有激情。欢乐之后，两人都很不好意思。昨天欢乐，今天又欢乐，很长时间没这么勤了。接着两人又抚摸谈心，说九月份。九月份真是个好日子，老婆工作问题解决，孩子入托辞退保姆，家里可节省一大笔开支。两人又展望起未来，憧憬九月份的幸福日子，讨论节省下的开支如何应用。后来老婆又说，现在孩子还小，要不再让孩子在家待一年，再用一年保姆，等明年再送孩子入托。小林想起早晨保姆的事，马上恶狠狠地说：

"不，就今年，不为孩子，也为保姆，马上让她滚蛋！"

老婆与保姆矛盾很深，听小林这么说，也很高兴，又亲了他一下，翻过身就睡着了。

第五章

九月份了。九月份有两件事，一、老婆通班车了；二、孩子入托辞退保姆。老婆通班车这一条比较顺，到了九月一号，老婆单位果然在这条线通了班车。老婆马上显得轻松许多。早上不用再顶星星。过去都是早六点起床，晚一点儿就要迟到；现在七点起就可以了，可以多睡一个小时。七点起床梳洗完毕，吃点饭，七点二十轻轻松松出门，到门口上班车；上了班车还有座位，一直开到单位院内，一点不累。晚上回来也很早，过去要戴月亮，七点多才能到家，现在不用戴了；单位五点下班，她五点四十就到了家，还可以休息一会儿再做饭。老婆很高兴。不过她这高兴与刚听到通班车时的高兴不同，她现在的高兴有些打折扣。本来听说这条线通班车，老婆以为是单位头头对大家的关心，后来打听清楚，原来单位头头并不是考虑大家，而是单位头头的一个小姨子最近搬家搬到了这一块地方，单位头头的老婆跟单位头头闹，单位头头才让往这里加一线班车。老婆听到这个消息，马上有些沮丧，感到这班车通的有些贬值。自己高兴的有些盲目。回来与小林唠叨，小林听到心里也挺别扭，感到似乎是受了污辱。但这污辱比起前三门单位管人事的头头拒不收礼的污辱算什么，于是向老婆解释，管他娘嫁给谁，管是因为什么通的班车，咱只要跟着能坐就行了。老婆说：

"原来以为坐班车是公平合理，单位头头的关心，谁知是沾了人家小姨子的光，以后每天坐车，不都得想起小姨子！"

小林说：

"那有什么办法。现在看，没有人家小姨子，你还坐不上班车！"

小林老婆说：

"我坐车心里总感到有些别扭，感到自己是二等公民！"

小林说：

"你还像大学刚毕业那么天真，什么二等三等，有个班车给你坐就不错了。我只问你，就算沾了人家小姨子的光，总比挤公共汽车强吧！"

小林老婆说：

"那倒是！"

小林又说：

"再说，沾她光的又不是你自己，我只问你，是不是每天一班车人？"

老婆说：

"可不是一班车人，大家都不争气！"

小林说：

"人家不争气，这时你倒长了志气。你长志气，你以后再去坐公共汽车，没人拉你非坐班车！你调工作不也照样求人巴结人？给人送东西，还让人晾到了楼道里！"

老婆这时扑哧笑了：

一地鸡毛

"我也就是说说，你倒说个没完了。不过你说的对，到了这时候，还说什么志气不志气，谁有志气，有志气顶他妈屁用，管他妈嫁给谁，咱只管每天有班车坐就是了！"

小林拍巴掌：

"这不结了！"

所以老婆每天显得很愉快。但小孩入托一事，碰到了困难。小林单位没有幼儿园，老婆单位有幼儿园，但离家太远，每天跟着老婆来回坐车也不合适，这就只能在家门口附近找幼儿园。门口倒是有几个幼儿园，有外单位办的，有区里办的，有街道办的，有居委会办的，有个体老太太办的。这里边最好的是外单位办的，里边有幼师毕业的阿姨，可以教孩子些东西；区以下就比较差些，只会让孩子排队拉圈在街头走；最差的是居委会或个体办的，无非是几个老太太合伙领着孩子玩，赚个零用钱花花。因孩子教育牵扯到下一代，老婆对这事看得比她调工作还重。就撺掇小林去争取外单位办的幼儿园，次之只能是区里办的，街道以下不予考虑。小林一开始有些轻敌，以为不就是给孩子找个幼儿园吗？临时待两年，很快就出去了，估计困难不会太大，但他接受以前一开始说话腔太满，后来被老婆找后账的教训，说：

"我找人家说说看吧，我也不是什么领导人，谁知人家会不会买我的账，你也不能限制得太死！"

对门印度女人家也有一个孩子，大小跟小林家孩子差不多，也该入托，小林老婆听说，她家的孩子就找到了幼儿园，就是外单位办的那个。小林老婆说话有了根据，对小林说：

"怎么不限制死，就得限制死，就是外单位那个，她家的孩子上那个，咱孩子就得上那个，区里办的你也不用考虑了！"

任务就这样给小林布置下了。等小林去落实时，小林才感到给孩子找个幼儿园，原来比给老婆调工作困难还大。小林首先摸了一下情况，外单位这个幼儿园办的果真不错，年年在市里得先进。一些区一级的领导，自己区里办的有幼儿园，却把孙子送到这个幼儿园。但人家名额限制得也很死，没有过硬的关系，想进去比登天还难。进幼儿园的表格，都在园长手里，连副园长都没权力收孩子。而要这个园长发表格，必须有这个单位局长以上的批条。小林绞尽脑汁想人，把京城里的同学想遍，没想出与这个单位有关系的人。也是急病乱投医，小林想不出同学，却突然想起门口一个修自行车的老头。小林常在老头那里修车，"大爷""大爷"地叫，两人混得很熟。平时带钱没带钱，都可以修了车子推上先走。一次在闲谈中，听老头说他女儿在附近的幼儿园当阿姨，不知是不是外单位这个？想到这个碴，小林兴奋起来，立即骑上车去找修车老头。如果他女儿是在外单位这个，虽然只是一个阿姨，说话不一定顶用，但起码打开一个突破口，可以让她牵内线提供关系。找到修车老头，老头很热情，也很豪爽，听完小林的诉说，马上代他女儿答应下来，说只要小林的孩子想入他女儿的托，他只要说一句话，没有个进不去的。只是他女儿的幼儿园，不是外单位那个，而是本地居委会办的。小林听后十分丧气。回来将情况向老婆作了汇报，老婆先是责备他无能，想不出关系，后又说：

"咱们给园长备份厚礼送去，花个七十八十的，看能不能打动她！对门那个印度孩子怎么能进去？也没见她丈夫有什么特别的本事，肯定也是送了礼！"

小林摆摆手说：

"连认识都不认识，两眼一抹黑，这礼怎么送得出去？上次给前三门单位管人事的头头送礼，没放着样子！"

老婆火了：

"关系你没关系，礼又送不出去，你说怎么办？"

小林说：

"干脆入修车老头女儿那个幼儿园算了！一个三岁的孩子，什么教育不教育，韶山冲一个穷沟沟，不也出了毛主席！还是看孩子自己！"

老婆马上愤怒，说小林不能这样对孩子不负责任；跟修车的女儿在一起，长大不修车才怪；到目前为止，你连外单位幼儿园的园长见都没见一面，怎么就料定人家不收你的孩子？有了老婆这番话，小林就决定斗胆直接去见一下幼儿园园长。不通过任何人介绍，去时也不带礼，直接把困难向人家说一下，看能否引起人家的同情。路上小林安慰自己，中国的事情复杂，别看素不相识，别看不送礼，说不定事情倒能办成；有时认识、有关系，倒容易关系复杂，相互嫉妒，事情倒不大好办。不认识怎么了？不认识说不定倒能引起同情。世上就没好人了？说不定这里就能碰上一个。但等小林在幼儿园见到园长，才知道自己的想法幼稚天真。幼儿园园长是个五十多岁的老太太，人倒挺和蔼，看了小林的工作证，听了小林的诉说，答复很干脆，说她这个幼儿园不招收外单位的孩子；本单位孩子都收不了，招外单位的大家会没有意见？不过情况也有例外，现在幼儿园想搞一项基建，一直没有指标，看小林在国家机关工作，如能帮他们搞到一个基建指标，就可以收下小林的孩子。小林一听就泄了气，自己连自己都顾不住，哪能帮人家搞什么基建指标，如有本事搞到基建指标，孩子哪个幼儿园不能进，何必非进你这个幼儿园？他垂头丧气回到家，准备向老婆汇报，谁知家里又起了轩然大波，正在闹另一种矛盾。原来保姆已经闻知他们在给孩子找幼儿园；给孩子找到幼儿园，不马上要辞退她？她不能束手待毙，也怪小林小林老婆不事先跟她打招呼，于是就先发制人，主动提出要马上辞退工作。小林老婆觉得保姆很没道理，我自己的孩子，找不找幼儿园还用跟你商量？现在幼儿园还没找到，你就辞工作，不是故意给人出难题？两人就吵起来。到了这时候，小林老婆不想再给保姆说好话，说，要辞马上辞，立即就走。保姆也不服软，马上就去收拾东西。小林回到家，保姆已将东西收拾好，正要出门。小林幼儿园联系的不顺利，觉得保姆现在走措手不及，忙上前去劝，但被老婆拦住：

"不用劝她，让她走，看她走了，天能塌下来不成！"

小林也无奈。可到保姆真要走，孩子不干了。孩子跟她混熟了，见她要走，便哭着在地上打滚；保姆对孩子也有了感情，忙上前又去抱起孩子。最后，保姆终于放下嗷嗷哭的孩子，跑着下楼走了。保姆一走，小林老婆又哭了，觉得保姆在这干了两年多，把孩子看大，现在就这么走了也很不好，赶忙让小林到阳台上去，给保姆再扔下一个月的工资。

保姆走后，家里乱了套。幼儿园没找着，两人就得轮流请假在家看孩子。这时老婆又开始恶狠狠地责骂保姆，怪她给出了这么个难题，又责怪小林无能，连个幼儿园都找不到。小林说：

"人家要基建指标，别说我，换我们的处长也不一定能搞到！"

又说：

"依我说，咱也别故意把事情搞复杂，承认咱没本事，进不了那个幼儿园，干脆，进修车老头女儿的幼儿园算了！这个幼儿园不也孩子满当当的！"

事到如今，小林老婆的思想也有些活动。整天这么请假也不是个事。第二天又与小林到修车老头女儿的幼儿园看了看，印象还不错。当然比外单位那个幼儿园差远了，但里面还干净，几个房间里圈着几十个孩子，一个屋子角上还放着一架钢琴。幼儿园离马路也远。小林见老婆不说话，知道她基本答应了，心里一块石头才算落了地。

回来，开始给孩子做入托的准备。收拾衣服、枕头、吃饭的碗和勺子、喝水的杯子、揩鼻涕的手绢。像送儿出征一样。小林老婆又落了泪：

"爹娘没本事，送你到居委会幼儿园，你以后就好自为之吧！"

但等孩子体检完身体，第二天要去居委会幼儿园时，事情又发生了转机，外单位那个幼儿园，又接受小林的孩子。当然，这并不是小林的功劳，而是对门那个印度女人的丈夫意外给帮了忙。这天晚上有人敲门，小林打开门，是印度女人的丈夫。印度女人的丈夫具体是干什么的，小林和小林老婆都不清楚，反正整天穿得笔挺，打着领带，骑摩托上班。由于人家家里富，家里摆设好，自家比较穷，家里摆设差，小林和小林老婆都有些自卑，与他们家来往不多。只是小林老婆与印度女人有些接触，还面和心不和。现在印度女人的丈夫突然出现，小林和小林老婆都提高了警惕：他来干什么？谁知人家挺大方，坐在床沿上说：

"听说你们家孩子入托遇到了困难？"

小林马上感到有些脸红。人家问题解决了，自己没有解决，这不显得自己无能？就有些支吾。印度女人丈夫说：

"我来跟你们商量个事，如果你们想上外单位那个幼儿园，我这里还有一个名额。原来搞了两个名额，我孩子一个，我姐姐孩子一个，后来我姐姐孩子不去了，如果你们不嫌这个托儿所差，这个名额可以让给你们，大家对门住着！"

小林和小林老婆都感到一阵惊喜。看印度女人丈夫的神情，也没有恶意。小林老婆马上高兴地答：

"那太好了，那太谢谢你了！那幼儿园我们努力半天，都没有进去，正准备去居委会的呢！"

这时小林脸上却有些挂不住。自己无能，回过头还得靠人家帮助解决，不太让人看不起了？所以倒没像老婆那样喜形于色。印度女人的丈夫又体谅地说：

"本来我也没什么办法，只是我单位一个同事的爸爸，正好是那个单位的局长，通过求他，才搞到了名额。现在这个社会，还不是这么回事！"

这倒叫小林心里有些安慰。别看印度女人爱撷是非，印度女人的丈夫却是个男子汉。小林忙拿出烟，让他一支。烟不是什么好烟，也就是"长乐"，放了好多天，有些干燥了，但人家也没嫌弃，很大方地点着，与小林一人一支，抽了起来。

孩子顺利地入了托。小林和小林老婆都松了一口气。从此小林家和印度女人家的家庭关系也融洽许多。两家孩子一同上幼儿园。但等上了几天，小林老婆的脸又沉了下来。小林问她怎么回事，她说：

"咱们上当了！咱们不该让孩子上外单位幼儿园！"

小林问：

"怎么上当？怎么不该去？"

小林老婆说：

"表面看，印度女人家帮了咱的忙，通过观察，我发现这里头不对，他们并不是要帮咱们，他们是为了他们自己。原来他们孩子哭闹，去幼儿园不顺利，这才拉上咱们孩子给他陪读！两个孩子以前在一块玩，现在一块上幼儿园，当然好上了。我也打听了，那个印度丈夫根本没有姐姐！咱们自己没本事，孩子也跟着受欺负！我坐班车是沾了人家小姨子的光，没想到孩子进幼儿园，也是为了给人家陪读。"

接着开始小声哭起来。听了老婆的话，小林也感到后背冷飕飕的。妈的，原来印度家庭没安好心。可这事又摆不上桌面，不好找人理论。但小林心里像吃了马粪一样感到龌龊。事情龌龊在于：老婆哭后，小林安慰一番，第二天孩子照样得去给人家当"陪读"；在好的幼儿园当陪读，也比在差的幼儿园胡混强啊！就像蹭人家小姨子的班车，也比挤公共汽车强一样。当天夜里，老婆孩子入睡，小林第一次流下了泪，还在漆黑的夜里扇了自己一耳光：

"你怎么这么没本事，你怎么这么不会混！"

但他扇的声音不大，怕把老婆弄醒。

第六章

今年大白菜丰收。

小林站在市民排起的长队里，嘴里哈着寒气，开始购买冬贮大白菜。大家一人手里捏着一个纸片。天冷了，有人头上已经扣上了棉帽子。大家排队时间一长，相互混熟了，前边一个中年人让给小林一支烟，两人燃着，说些闲话。一到购买冬贮大白菜，小林的心情是既焦急又矛盾。看着别人用自行车、三轮车、大筐往家里弄大白菜，留下一地菜帮子，他很焦急，生怕大白菜一下卖完，他拉了空，冬天里没有菜吃。等到挤到人群里去买，他心里又觉得是上当。年年买大白菜，年年上当。买上几十棵便宜菜，不够伺候它的，天天得摆、晾、翻，天天夜里得收到一起码着。这样晾好，白菜已经脱了好几层皮。一开始是舍不得吃，宁肯再到外面买；等到舍得吃，白菜已经开始发干、萎缩，一个个变成了小棍棍，一层层揭下去，就剩下一个小白菜心，弄不好还冻了，煮出一股子酸味。每到第二年春天，面对着剩下的几根小棍棍，小林和小林老婆都发誓，等秋天再不买大白菜。可一到秋天，看着一堆堆白菜那么便宜，政府在里边有补贴，别人家一车一车推，自己不买又感到吃亏。这种矛盾焦急心理，小林感到是一种折磨，其心理损耗远远超过了白菜的价值。所以今年一到秋天小林便下定决心：坚决不买大白菜。与老婆商量，老婆也同意，说把冬贮菜的亏烂刨下去，也不见得便宜到哪里去。于是他们今年真没有买大白菜。但这样仅坚持了三天，小林又扣上棉帽子排到了买冬贮菜的行列。这并不是小林的意志不坚强，而是今年北京大白菜过剩，单位号召大家买"爱国菜"，谁买了"爱国菜"可以到单位报销。这样，不买白不买，小林和小林老婆马上又改变了最初的决定，决定马上去买"爱国菜"，而且单位能报销多少，就买多少。小林单位可报销三百斤，小林老婆单位可以报销二百斤，于是两人决定买五百斤，这比往年自己决定买大白菜的量还多。小林专门借了办公室副处长老何家的三轮车。小林说：

"原来说不买大白菜了，谁知单位又要报销，逼着你非再麻烦一次！"

由于这麻烦是报销引起的而不是自己决定的，所以小林一边排队买菜，一边又感到委屈，叹了一口气，用脚踢了踢"爱国菜"，漫不经心地看前边称菜。但小林很快又克服了漫不经心。因大家买菜都不花钱，竞争还挺激烈，生怕排到自己"爱国菜"脱销，眼珠子瞪得都挺大。小林也不由紧张起来，将棉帽子的帽翅卷了起来，露出耳朵。

五百斤大白菜买回家，家里便充满了大白菜的气味。小林心情不好。但由于这大白菜不花钱，老婆的积极性倒挺高，在那里晾晒。不过结果小林仍然知道，无非变成七八十个小棍棍。看着它堆积那么高，一个冬天要吃掉它，也叫人倒胃口。不过老婆心情开朗，小林也跟着心情好起来，家里气氛倒是比以前轻松。大白菜拉回家来的第二天，小林老家又来了人，一队来了六个，小林心里一阵紧张，小林老婆的脸也变了颜色。不过这六个客人并没有吃饭，坐了一会儿就走了，说是去东北出差。小林才放下心来。小林老婆脸上的颜色也转了过来，送客人时显得很热情，弄得大家都很满意。

这天，小林下班早，到菜市场去转。先买了一堆柿子椒，又用粮票换了二斤鸡蛋（保姆走后，粮食宽裕了许多，可以腾出些粮票换鸡蛋），正准备回家，突然看到市场上新添了一个卖安徽板鸭的个体食品车，许多人站队在那里买。小林过去看了看，鸭子太贵，四块多一斤；但鸭杂便宜，才三块钱一斤。小林女儿爱吃动物杂碎，小林就也排到队伍中，准备买半斤鸭杂。摊主有两个人，一个操安徽口音的在剁鸭子，另一个老板模样的人在收钱。可等排到小林，小林要把钱交给老板时，老板看他一眼，两人眼睛一对，禁不住都叫道：

"小林！"

"小李白！"

两人都丢下鸭杂和钱，笑着搂抱到一起。这个"小李白"是小林的大学同学，当年在学校时，两人关系很好，都喜欢写诗，一块加入了学校的文学社。那时大家都讲奋斗，一股子开天辟地的劲头。"小李白"很有才，又勤奋，平均一天写三首诗，诗在一些报刊还发表过，豪放洒脱，上下几千年，秦皇汉武，唐宗宋祖，都不在话下，人称"小李白"。惹得许多女同学追他。毕业以后，大家烟消云散。"小李白"也分到一个国家机关。后来听说他坐不了办公室，自己辞职跑到一个公司去了，现在怎么又卖起了板鸭？"小李白"见到了小林，生意也不做了，一切交给剁鸭子的安徽人，拉小林到旁边树下聊天。两人抽着烟，小林问：

"你不是在公司吗，怎么又卖起了板鸭？"

"妈了个×，公司倒闭了，就当上了个体户，卖起了板鸭！不过卖板鸭也不错，跟自己开公司差不多，一天也弄个百儿八十的！"

小林吓了一跳，又问：

"你还写诗吗？"

"小李白"朝地上啐了一口浓痰：

"狗屁！那是年轻时不懂事！诗是什么，诗是搔首弄姿混扯淡！如果现在还写诗，不得饿死！混呗，你结婚了吗？"

小林说：

"孩子都三岁了！"

"小李白"拍了一下巴掌：

"看，还说写诗，写姥姥！我可算看透了，不要异想天开，不要总想着出人头地，就在人堆里混，什么都不想，最舒服，你说呢？"

小林深有同感，于是点点头。又问：

"你有孩子了吗？"

"小李白"伸出三个手指头。小林吃了一惊：

"你敢不计划生育？"

"小李白"一笑：

"结了三个，离了三个，现在又结了一个。结一个下一个果，离婚人家不要孩子，我可不就落了三个！不卖鸭子成吗？家里五六张嘴等着吃食哩！"

小林也一笑，觉得"小李白"到底是"小李白"，诗虽然不写了，但那股洒脱劲还没褪下。两人又谈了半天，天快黑了，"小李白"突然想起什么，照小林肩上拍了一掌：

"有了！"

小林吓了一跳：

"什么有了？"

"小李白"说：

"我得出去十来天，去外地弄鸭子，这里没人收账，我正愁找不到人，你以后每天下班，来替我收收账算了！"

小林忙摆手：

"别，别，我还得上班。再说，我也不会卖鸭子！"

"小李白"说：

"我知道你是爱那个面子！你还是天真幼稚，现在普天下谁还要面子？要面子一股子穷酸，不要面子享荣华富贵。就你小林清高？看你的穿戴神情，也是改不掉的穷酸受罪模样。你下班来替我收账，帮我十天，我每天给你二十块钱！"

然后，不由分说，将一个大鸭子塞到小林手里，把小林推走了。

小林边摇头笑边提着鸭子回到家，老婆正不高兴他这么晚才回来，孩子也没准时接；又看他手里提鸭子，以为是花钱买的，叫道：

"你成贵族了，吃这么大的鸭子！"

小林将鸭子扔到饭桌上，瞪了老婆一眼：

"人家送的！"

小林老婆吃了一惊：

"你当官了？也有人给你送东西！"

小林便将菜市场的巧遇原原本本给老婆说了。最后把"小李白"让他看鸭子收账的事也说了。没想到老婆一听这事倒高兴，同意他去卖鸭子，说：

"一天两小时，也不耽误上班，两个小时给你二十块钱，比给资本家端盘子挣得还多，怎么不可以！从明天起孩子我来接，你去卖鸭子吧，这事你能干得下来！"

小林倒在床上，手扣住后脑勺说：

"干是干得下来，只是面子上挂不住，卖鸭子！"

小林老婆说：

"管他呢！讲面子不是穷了这么多年？你又不是找老婆，我不怕你丢面子，你还怕什么！"

一地鸡毛

1693

于是，从第二天起，小林每天下午下班，就坐在板鸭车后边卖鸭子收款。一开始还真有些不好意思，穿上白围裙，就不敢抬眼睛，不敢看买鸭子的是谁，生怕碰到熟人。回家一身鸭子味，赶紧洗澡。可干了两天，每天能捏两张人民币，眼睛、脸就敢抬了，碰到熟人也不怕了。回来澡也不洗了。习惯了就自然了。小林感到就好像当娼妓，头一次接客总是害怕，害臊，时间一长，态度就大方了，接谁都一样。这时小林觉得长期这样卖鸭子也不错，每月可多得六百元的收入，一年下来不就富了？可惜"小李白"只出去十天，十天回来，小林就干不成了。如果自己早一点见到"小李白"就好了。

鸭子卖到第九天，这天小林正坐在车后卖鸭子，又碰到一个熟人。本来现在小林已经不怕熟人了，但这个熟人不同别的熟人，小林还是有些害怕，他是小林办公室的处长老关。老关家住别处，本来不逛这个菜市场，怎么他今天逛到这里来了？当老关看到板鸭车后坐的是自己的部下，吃惊得眼睛瞪得溜圆。小林也感到不好意思。小林第二天上班，就准备老关找他谈话。果然，老关找他单独"通气"。不过这时小林一点不怕老关，大家都在社会上混，又不是在单位卖鸭子，下班挣个零花钱有什么不可以？有钱到底过得愉快，九天挣了一百八，给老婆添了一件风衣，给女儿买了一个五斤重的大哈密瓜，大家都喜笑颜开。这与面子，与挨领导两句批评相比，面子和批评实在算不了什么。当然小林在单位混了这么多年，已不像刚来单位时那么天真，尽说大实话；在单位就要真真假假，真亦假来假亦真，说假话者升官发财，说真话倒霉受罚。于是在老关要求他解释昨天的事时，小林故作天真地一笑，说卖板鸭的是他的同学，他觉得好玩，就穿上同学的围裙坐那里试了一试，喊了两嗓子，纯粹是闹着玩，正好被领导碰上，他并没有真的卖鸭子，给单位丢名誉。老关听到情况是这样，就松了一口气，说：

"我说呢，堂堂一个国家干部，你也不至于卖鸭子！既然是闹着玩，这事就算了，以后别这么闹就是了！"

小林忙答应一声，两人便分了手。等老关走远，小林朝地上啐了一口唾沫，怎么不至于卖鸭子，老子就是卖了九天鸭子！可惜今天是最后一天了。如果能长期这样，我这个鸭子还真要长期卖下去。

可惜，这天下午，"小李白"准时从外地回来了，小林就告别了板鸭车。临别时"小李白"把最后二十块钱交给小林，交代他以后想吃鸭子就来拿；以后他到外地弄鸭子，还请他来看摊。小林这时一点也没不好意思，声音很大地答应：

"以后你需要我帮忙，你尽管言声！"

第七章

孩子上幼儿园已经三个月了。小林或小林老婆每天接送。平心而论，孩子上幼儿园以后，家务比以前多了，家里没有保姆，刷碗、擦地、洗衣洗单子，都要自己动手；孩子每天清早送、晚上接，都要准时；不像过去家里有保姆担着，回去的早晚没关系。家务虽然重了，但因为家里没有保姆，孩子一天不在家，让人心理上轻松许多；孩子接回来，关起门也是自己一家人，没有外人。保姆一走，每月省下一百多元钱，扣除孩子的入托费，还剩五六十，经济上也显得宽裕了，老婆也舍得吃了，时不时买根香肠，有时还买只烧鸡。两人在一起讨论起来，都说没有保姆的好处多，接着说了用保姆的一连串毛病。但现在人家已经走了，两人还边啃烧鸡边声讨人家，未免显得有些小气。不说她也罢。以后两人说保姆少了。

孩子入托好是好，但小林和小林老婆一直有一个心理问题，还没有解决。因为孩子入托是沾了印度家庭的光，是为了给人家孩子当陪读。清早一送孩子，晚上一接孩子，就想起这档子事，让人心理上不愉快。接送过程中，常碰到印度女人或她的丈夫，招呼还是要打，但打过招呼就有一种羞愧和不自然。不过孩子不懂事，有时从幼儿园出来，还和印度女人的孩子拉着手，玩得很愉快。但什么事情都有一个过程，时间一长，小林和小林老婆就把这事看得轻了。有时又一想，什么陪读不陪读，只要能进幼儿园，只要孩子愉快就行了。就好像帮人家卖鸭子，面子是不好看，领导也批评，但二百块钱总是到手了。只是有时见了印度家的人依然愤怒，愤怒起来心里要骂一句：

"帮我联系幼儿园，我也不承你的情！"

孩子在幼儿园也有一个习惯过程。开始几天，孩子哭着不去，送时哭，接时也哭。这是年幼不懂事，大人只要坚持下来，孩子也没办法。坚持一段孩子就习惯了。等孩子熟悉了新环境，老师、别的孩子，她都认识了，于是也就不哭了。小林有时觉得那么小的孩子，在无奈中也会渐渐适应环境，想起来有些心酸。可老放在身边怎么成，她就不长大了吗？长大混世界，不更得适应？于是也就不把这辛酸放到心上。这时有了世界杯足球赛，小林前几年爱看足球，看得脸红心跳，觉得过瘾，世界性的明星，都能说出口。那时觉得人生的一大目的就是看足球，世界杯四年一次，人生才有几个四年？但后来参加工作，结婚以后，足球就渐渐不看了。看它有什么用？人家球踢得再好，也不解决小林身边任何问题。小林的问题是房子、孩子、蜂窝煤和保姆、老家来人。所以对热闹的世界充耳不闻。现在孩子入了幼儿园，小林心理轻松一些，看到今天晚上要决赛，也禁不住心里痒痒起来；由于转播是半夜，他想跟老婆通融通融，半夜起来看一次转播。于是下班接孩子回来，猛干家务。老婆看他有些反常，问他有什么事，他就觍着脸把这事说了，并说今天晚上上场的有马拉多纳。谁知老婆仍是那么不通情达理，她的思路仍没有转过弯来，竟将围裙摔到桌子上：

"家里蜂窝煤都没有了，你还要半夜起来看足球，还是累得轻！你要能让马拉多纳给咱家拉蜂窝煤，我就让你半夜起来看他！"

小林一阵扫兴，连忙摆手：

"算了，算了，你别说了，我不看了，明天我去拉蜂窝煤不就行了！"

于是也不再干家务，坐在床前犯傻，像老婆有时在单位不顺心回到家坐床边犯傻的样子。这天夜里，小林一夜没睡着。老婆半夜醒来，见小林仍睁着眼在那里犯傻，倒有些害怕，说：

"你要真想看，你看吧！明天不误拉蜂窝煤就行了！"

这时小林一点兴致都没有了，一点不承老婆的情，厌恶地说：

"我说看了？不看足球，还不让我想事情了！"

第二天早起，小林就请了一上午假，去拉蜂窝煤。拉完蜂窝煤下午到单位，新来的大学生便来征求他对昨晚足球的意见。小林恶狠狠地说：

"个鸡巴足球，有什么看的！我从来不看足球！"

接着就自己去翻报纸。倒把大学生吓了一跳。晚上下班回来，老婆见他仍在闹情绪，蜂窝煤也拉来了，倒觉得有点对不住他，自己忙里忙外弄孩子，还看着他的脸色说话。这倒叫小林有些过意不去，心里的恶气才稍稍出了一些。

这天晚上，小林和小林老婆正准备吃饭，查水表的瘸腿老头来了。本来今天不该查水表，但查水表的老头来了，就不敢不让他查。小林和小林老婆停止弄饭，让他查。这次老头除了拿着关水门的扳手，身上还背着一个大背包，背包似乎还很重，累得老头一脸的汗。小林看着大背包，心里吓了一跳，不知老头又要搞什么名堂。果然，老头查完水表，又理所当然地坐到了小林家的床上。小林站在他跟前，不知他想说年轻时喂马，还是继续说上次偷水的事。但老头这两件事都没有说，而是突然笑嘻嘻的，对小林说：

"小林，我得求你一件事！"

小林吃了一惊，说：

"大爷，您说哪儿去了，都是我有事求您，您哪里会有事求我？"

老头说：

"这次真有事求你。你不是在某部某局某处工作吗？"

小林点点头。

老头说：

"某省某地区某县的一件批文，是不是压在你们处里？"

小林想了想，想起似乎是有这么一个文，压在处里，似乎是压在女小彭手上；女小彭这些天忙着去日坛公园学气功，就把这事给压下了。于是说：

"好像是有这件事！"

老头拍着巴掌说：

"这就对了！某省某县是我的老家呀！老家为这件事着急得不得了，县长书记都来了，找到我，让我想办法！"

小林吃一惊，县长书记进京，竟要求到一个查水表的老头身上？但又想起他年轻时曾给大领导喂过马，于是就想通了。

老头继续说：

"我能想什么办法？我让他们打听一下批文压在哪个部哪个局哪个处，他们打听出来，我一听真是凑巧，这个处正好是你在的处，我忽然想咱们俩认识，于是今天就求到你头上了！这事情好办吗？"

小林在机关待了五六年，机关那一套还不熟悉？这事情说好办就好办，明天他给女小彭说一句话，女小彭抹口红的工夫，这批件就从她手里出去了；说不好办也不好办，如果陌生人公事公办去找女小彭，如果女小彭正在做气功你打扰了她，或者因为别的事她正心情不好，这批件就难说了；她会给你找出批件的好多毛病，找出国家的种种规定，不能审批的原因，最后还弄得你心服口服，以为是批件本身有毛病而不是别的什么原因。瘸老头说的这批件，就看小林帮忙不帮忙，如果帮忙，明天就可以批；如果不帮忙，这批件就仍然得压一些日子。但瘸老头不是一般的老头，管着给他们查水表，这个忙看样子得帮。但小林已不是过去的小林，小林成熟了。如果放在过去，只要能帮忙，他会立即满口答应，但那是幼稚；能帮忙先说不能帮忙，好办先说不好办，这才是成熟。不帮忙不好办最后帮忙办成了，人家才感激你。一开始就满口答应，如果中间出了岔子没办成，本来答应人家，最后没办成，后倒落人家埋怨。所以小林将手搭在后脑勺上，将身子仰到被子垛上说：

"这事情不好办哪！批文是有这么一个批文，但我听说里边有好多毛病呢，不是说批就能批的！"

瘸老头虽然以前给大领导喂过马，但毕竟是多年以前的事了，现在沦落成一个查水表的，不懂其中奥妙，已经多年矣，所以赶忙迎着小林笑：

"是呀是呀，我也给老家县长书记说，北京中央不比地方，各项规定严着哩。不过小林你还是得帮帮忙！"

小林老婆这时也听出了什么意思，凑过来说：

"大爷，他就会偷水，哪里会帮您这大忙！"

瘸老头一脸尴尬，说：

"那是误会，那是误会，怪我乱听反映，一吨水才几分钱，谁会偷水！"

接着又忙把他的背包拉开，掏出一个大纸匣子，说：

"这是老家人的一点心意，你们收下吧！"

然后不再多留，对小林眨眨眼，瘸着腿走了。老头一走，小林老婆说：

"看来以后生活会有转变！"

小林问：

"怎么有转变？"

小林老婆指着纸盒子说：

"看，都有人开始送礼了！"

接着将纸盒子打开，掏出礼物一看，两人大吃一惊，原来是一个小型的微波炉，在市场上要七八百元一台。小林说：

"这多不合适，如果是一个布娃娃，可以收下，七八百元的东西，如何敢收！明天给他送回去！"

老婆也觉得是。晚上吃饭，两人都心事重重的。到了晚上，老婆突然问他：

"我只问你，那个批文好办吗？"

小林说：

"批文倒好办，我明天给女小彭说一下马上就可以批！"

小林老婆拍了一下巴掌：

"那这微波炉我收下了！"

小林担心地说：

"这不合适吧？帮批个文，收个微波炉，这不太假公济私了？再说，也给瘸老头留下话柄呀！"

小林老婆说：

"给他把事情办了，还有什么话柄？什么假公济私，人家几千几万地倒腾，不照样做着大官！一个微波炉算什么！”

　　小林想想也是，就不再说什么。小林老婆马上将微波炉电源插上，拣了几块白薯放到里边试烤。几分钟之后，满屋的白薯香。打开炉子，白薯焦黄滚烫，小林老婆、小林、孩子三人，一人捧一块“稀溜稀溜”吃。小林老婆高兴地说，微波炉用处多，除了烤白薯，还可以烤蛋糕，烤馍片，烤鸡烤鸭。小林吃着白薯也很高兴，这时也得到一个启示，看来改变生活也不是没有可能，只要加入其中就行了。这天晚上，他与老婆又亲热了一回。由于有微波炉的刺激，老婆又很有激情。昨天发生的足球事件，这时也显得无足轻重了。第二天上班，小林找到女小彭。果然，谈笑之间，两人就把那个批件给处理了。

　　微波炉用了两个星期，孩子突然出了毛病。本来去幼儿园她已经习惯了，接送都不哭了，有时还一蹦一跳地进幼儿园。但这两天突然反常，每天早上都哭，哭着不去幼儿园，或说肚子疼，或说要拉屎；真给她便盆，什么也拉不出来。呵斥她一顿，强着送去，路上倒不哭了，但怔怔的，犯愣，像傻了一样。小林和小林老婆都有些害怕，断定她在幼儿园出了毛病，要么是小朋友欺负了她，使她见了这个小朋友就害怕；要么问题出在阿姨身上，阿姨不喜欢她，罚她站了墙根或是让她当众出丑，伤了她的自尊心，使她害怕再见阿姨。小林和小林老婆便问孩子因为什么，孩子倒哭着说：

　　“我没有什么呀，我没有什么呀！”

　　于是小林老婆只好接孩子时在其他家长中进行调查。调查的结果，原来毛病出在小林和小林老婆身上。他们大意了，大意之中过了元旦；元旦之前，别的家长都向阿姨们送东西，或多或少，意思意思，唯独小林家没有意思，于是迹象就出现在孩子身上。老婆埋怨小林：

　　“你也真是，孩子进了幼儿园，你连个元旦都记不住！幼儿园阿姨背地里不知嘲笑咱多少回了，肯定说咱们抠门、寒酸！”

　　小林也说：

　　“大意了大意了，过去送礼被人家推出去，就害怕送礼，谁知该送礼的时候，又把这事给忘了！”

　　于是就跟老婆商量补救措施，看补送一些什么合适。真要说送什么，两人又犯了愁。送个贺年卡、挂历，显得太小气，何况新年已过去了；送毯子、衣服又太大，害怕人家不收。小林说：

　　“要不问问孩子？”

　　小林老婆说：

一
地
鸡
毛

"问她干什么，她懂个屁！"

小林还是将孩子叫过来，问孩子知不知道其他孩子给老师送了什么，没想到孩子竟然知道，答：

"炭火！"

小林倒吃一惊：

"炭火？为什么送炭火？给老师送炭火干什么？"

于是让老婆第二天再调查。果然，孩子说对了，有许多家长在元旦给老师送了"炭火"。因为现在冬天了，冬天北京时兴吃涮羊肉，大家便给老师送"炭火"。小林说：

"这还不好办？别人送炭火，咱也送炭火！"

但等真要去买炭火，炭火在北京已经脱销了。小林感到发愁，与老婆商量送点别的算了，何况别人家已经送了炭火，咱再送也是多余，不如送点别的。但孩子记住了"炭火"，每天清早爬起来第一句话便是：

"爸爸，你给老师买炭火了吗？"

看着一个三岁孩子这么顽固地要送"炭火"，小林又好气又好笑，拍了一下床说：

"不就是一个炭火吗，我全城跑遍，也一定要买到它！"

果然，最后在郊区一个旮旯小店里买到了炭火。不过是高价的。高价能买到也不错。小林让老婆把炭火送到幼儿园。第二天，女儿就恢复了常态，高兴去幼儿园。女儿一高兴，全家情绪又都好起来。这天晚上吃饭，老婆用微波炉烤了半只鸡，又让小林喝了一瓶啤酒。啤酒喝下去，小林头有些发晕，满身变大。这时小林对老婆说，其实世界上事情也很简单，只要弄明白一个道理，按道理办事，生活就像流水，一天天过下去，也蛮舒服。舒服世界，环球同此凉热。老婆见他喝多了，瞪了他一眼，一把将啤酒瓶夺了过来。啤酒虽然夺了过去，但小林脑袋已经发蒙，这天夜里睡得很死。半夜做了一个梦，梦见自己睡觉，上边盖着一堆鸡毛，下边铺着许多人掉下的皮屑，柔软舒服，度年如日。又梦见黑压压无边无际的人群向前涌动，又变成一队队祈雨的蚂蚁。一觉醒来，已是天亮，小林摇头回忆梦境，梦境已是一片模糊。这时老婆醒来，见他在那里发傻，便催他去买豆腐。这时小林头脑清醒过来，不再管梦，赶忙爬起来去排队买豆腐。买完豆腐上班，在办公室收到一封信，是上次来北京看病的小学老师他儿子写的，说自上次父亲在北京看了病，回来停了三个月，现已去世了；临去世前，曾嘱咐他给小林写封信，说上次到北京受到小林的招待，让代他表示感谢。小林读了这封信，难受一天。现在老师已埋入黄土，上次老师来看病，也没能给他找个医院。到家里也没让他洗个脸。小时候自己掉到冰窟窿里，老师把棉袄都给他穿。但伤心一天，等一坐上班车，想着家里的大白菜堆到一起有些发热，等他回去拆堆散热，就把老师的事给放到一边了。死的已经死了，再想也没有用，活着的还是先考虑大白菜为好。小林又想，如果收拾完大白菜，老婆能用微波炉再给他烤点鸡，让他喝瓶啤酒，他就没有什么不满足的了。

原载《小说家》1991年第1期

第五届《小说月报》优秀中篇小说"百花奖"

一
地
鸡
毛

新中国 70 年优秀文学作品文库

中篇小说卷

活着

余 华

第一章

　　我比现在年轻十岁的时候，获得了一个游手好闲的职业，去乡间收集民间歌谣。那一年的整个夏天，我如同一只乱飞的麻雀，游荡在知了和阳光充斥的农村。我喜欢喝农民那种带有苦味的茶水，他们的茶桶就放在田埂的树下，我毫无顾忌地拿起积满茶垢的茶碗舀水喝，还把自己的水壶灌满，与田里干活的男人说上几句废话，在姑娘因我而起的窃窃私笑里扬长而去。我曾经和一位守着瓜田的老人聊了整整一个下午，这是我有生以来瓜吃得最多的一次，当我站起来告辞时，突然发现自己像个孕妇一样步履艰难了。然后我与一位当上了祖母的女人坐在门槛上，她编着草鞋为我唱了一支《十月怀胎》。我最喜欢的是傍晚来到时，坐在农民的屋前，看着他们将提上的井水泼在地上，压住蒸腾的尘土，夕阳的光芒在树梢上照射下来，拿一把他们递过来的扇子，尝尝他们的盐一样咸的咸菜，看看几个年轻女人，和男人们说着话。

　　我头戴宽边草帽，脚上穿着拖鞋，一条毛巾挂在身后的皮带上，让它像尾巴似的拍打着我的屁股。我整日张大嘴巴打着哈欠，散漫地走在田间小道上，我的拖鞋吧嗒吧嗒，把那些小道弄得尘土飞扬，仿佛是车轮滚滚而过时的情景。

　　我到处游荡，已经弄不清楚哪些村庄我曾经去过，哪些我没有去过。我走近一个村子时，常会听到孩子的喊叫："那个老打哈欠的人又来啦。"

　　于是村里人就知道那个会讲荤故事会唱酸曲的人又来了。其实所有的荤故事所有的酸曲都是从他们那里学来的，我知道他们全部的兴趣在什么地方，自然这也是我的兴趣。我曾经遇到一个哭泣的老人，他鼻青脸肿地坐在田埂上，满腹的悲哀使他变得十分激动，看到我走来他仰起脸哭声更为响亮。我问他是谁把他打成这样的？他用手指挖着裤管上的泥巴，愤怒地告诉我是他那不孝的儿子，当我再问为何打他时，他支支吾吾说不清楚了，我就立刻知道他准是对儿媳干了偷鸡摸狗的勾当。还有一个晚上我打着手电赶夜路时，在一口池塘旁照到了两段赤裸的身体，一段压在另一段上面，我照着的时候两段身体纹丝不动，只是有一只手在大腿上轻轻搔痒，我赶紧熄灭手电离去。在农忙的一个中午，我走进一家敞开大门的房屋去找水喝，一个穿短裤的男人神色慌张地挡住了我，把我引到井旁，殷勤地替我打上来一桶水，随后又像耗子一样窜进了屋里。这样的事我屡见不鲜，差不多和我听到的歌谣一样多，当我望着到处都充满绿色的土地时，我就会进一步明白庄稼为何长得如此旺盛。

那个夏天我还差一点谈情说爱，我遇到了一位赏心悦目的女孩，她黝黑的脸蛋至今还在我眼前闪闪发光。我见到她时，她卷起裤管坐在河边的青草上，摆弄着一根竹竿在照看一群肥硕的鸭子。这个十六七岁的女孩，羞怯地与我共同度过了一个炎热的下午，她每次露出笑容时都要深深地低下头去，我看着她偷偷放下卷起的裤管，又怎样将自己的光脚丫子藏到草丛里去。那个下午我信口开河，向她兜售如何带她外出游玩的计划，这个女孩又惊又喜。我当初情绪激昂，说这些也是真心实意。我只是感到和她在一起身心愉快，也不去考虑以后会是怎样。可是后来，当她三个强壮如牛的哥哥走过来时，我才吓一跳，我感到自己应该逃之夭夭了，否则我就会不得不娶她为妻。

我遇到那位名叫福贵的老人时，是夏天刚刚来到的季节。

那天午后，我走到了一棵有着茂盛树叶的树下，田里的棉花已被收起，几个包着头巾的女人正将棉秆拔出来，她们不时抖动着屁股摔去根须上的泥巴。我摘下草帽，从身后取过毛巾擦去脸上的汗水，身旁是一口在阳光下泛黄的池塘，我就靠着树干面对池塘坐了下来，紧接着我感到自己要睡觉了，就在青草上躺下来，把草帽盖住脸，枕着背包在树荫里闭上了眼睛。

这位比现在年轻十岁的我，躺在树叶和草丛中间，睡了两个小时。其间有几只蚂蚁爬到了我的腿上，我沉睡中的手指依然准确地将它们弹走。后来仿佛是来到了水边，一位老人撑着竹筏在远处响亮地吆喝。我从睡梦里挣脱而出，吆喝声在现实里清晰地传来，我起身后，看到近旁田里一个老人正在开导一头老牛。

犁田的老牛或许已经深感疲倦，它低头伫立在那里，后面赤裸着脊背扶犁的老人，对老牛的消极态度似乎不满，我听到他嗓音响亮地对牛说道："做牛耕田，做狗看家，做和尚化缘，做鸡报晓，做女人织布，哪头牛不耕田？这可是自古就有的道理，走呀，走呀。"

疲倦的老牛听到老人的吆喝后，仿佛知错般地抬起了头，拉着犁往前走去。

我看到老人的脊背和牛背一样黝黑，两个进入垂暮的生命将那块古板的田地耕得哗哗翻动，犹如水面上掀起的波浪。

随后，我听到老人粗哑却令人感动的嗓音，他唱起了旧日的歌谣，先是咿呀啦呀唱出长长的引子，接着出现两句歌词——

　　　皇帝招我做女婿，路远迢迢我不去。

因为路途遥远，不愿去做皇帝的女婿。老人的自鸣得意让我失声而笑。可能是牛放慢了脚步，老人又吆喝起来："二喜、有庆不要偷懒，家珍、凤霞耕得好，苦根也行啊。"

一头牛竟会有这么多名字？我好奇地走到田边，问走近的老人："这牛有多少名字？"

老人扶住犁站下来，他将我上下打量一番后问："你是城里人吧？"

"是的。"我点点头。

老人得意起来："我一眼就看出来了。"

我说："这牛究竟有多少名字？"

老人回答："这牛叫福贵，就一个名字。"

"可你刚才叫了几个名字。"

"噢——"老人高兴地笑起来，他神秘地向我招招手，当我凑过去时，他欲说又止，他看到牛正抬着头，就训斥它："你别偷听，把头低下。"

牛果然低下了头，这时老人悄声对我说：

"我怕它知道只有自己在耕田，就多叫出几个名字去骗它，它听到还有别的牛也在耕田，就不会不高兴，耕田也就起劲啦。"

老人黝黑的脸在阳光里笑得十分生动，脸上的皱纹欢乐地游动着，里面镶满了泥土，就如布满田间的小道。

这位老人后来和我一起坐在了那棵茂盛的树下，在那个充满阳光的下午，他向我讲述了自己。

四十多年前，我爹常在这里走来走去，他穿着一身黑颜色的绸衣，总是把双手背在身后，他出门时常对我娘说："我到自己的地上去走走。"

我爹走在自己的田产上，干活的佃户见了，都要双手握住锄头恭敬地叫一声："老爷。"我爹走到了城里，城里人见了都叫他先生。我爹是很有身份的人，可他拉屎时就像个穷人了。他不爱在屋里床边的马桶上拉屎，跟牲畜似的喜欢到野地里去拉屎。每天到了傍晚的时候，我爹打着饱嗝，那声响和青蛙叫唤差不多，走出屋去，慢吞吞地朝村口的粪缸走去。

走到了粪缸旁，他嫌缸沿脏，就抬脚踩上去蹲在上面。我爹年纪大了，屎也跟着老了，出来不容易，那时候我们全家人都会听到他在村口嗷嗷叫着。几十年来我爹一直这样拉屎，到了六十多岁还能在粪缸上一蹲就是半晌，那两条腿就和鸟爪一样有劲。我爹喜欢看着天色慢慢黑下来，罩住他的田地。我女儿凤霞到了三四岁，常跑到村口去看她爷爷拉屎，我爹毕竟年纪大了，蹲在粪缸上腿有些哆嗦，凤霞就问他："爷爷，你为什么动呀？"

我爹说："是风吹的。"

那时候我们家境还没有败落，我们徐家有一百多亩地，从这里一直到那边工厂的烟囱，都是我家的。我爹和我，是远近闻名的阔老爷和阔少爷，我们走路时鞋子的声响，都像是铜钱碰来撞去的。我女人家珍，是城里米行老板的女儿，她也是有钱人家出身的。有钱人嫁给有钱人，就是把钱堆起来，钱在钱上面哗哗地流，这样的声音我有四十年没有听到了。

我是我们徐家的败家子，用我爹的话说，我是他的孽子。

我念过几年私塾，穿长衫的私塾先生叫我念一段书时，是我最高兴的。我站起来，拿着本线装的《千字文》，对私塾先生说："好好听着，爹给你念一段。"

年过花甲的私塾先生对我爹说：

"你家少爷长大了准能当个二流子。"

我从小就不可救药，这是我爹的话。私塾先生说我是朽木不可雕也。现在想想他们都说对了，当初我可不这么想，我想我有钱啊，我是徐家仅有的一根香火，我要是灭了，徐家就得断子绝孙。

上私塾时我从来不走路，都是我家一个雇工背着我去，放学时他已经恭恭敬敬地弯腰蹲在那里了，我骑上去后拍拍雇工的脑袋，说一声："长根，跑呀。"

雇工长根就跑起来，我在上面一颠一颠的，像是一只在树梢上的麻雀。我说一声："飞呀。"

长根就一步一跳，做出一副飞的样子。

我长大以后喜欢往城里跑，常常是十天半月不回家。我穿着白色的丝绸衣衫，头发抹得光滑透亮，往镜子前一站，我看到自己满脑袋的黑油漆，一副有钱人的样子。

我爱往妓院钻，听那些风骚的女人整夜叽叽喳喳和哼哼哈哈，那些声音听上去像是在给我挠痒痒。做人哪，一旦嫖上以后，也就免不了要去赌。这个嫖和赌，就像是胳膊和肩膀连在一起，怎么都分不开。后来我更喜欢赌博了，嫖妓只是为了轻松一下，就跟水喝多了要去方便一下一样，说白了就是撒尿。赌博就完全不一样了，我是又痛快又紧张，特别是那个紧张，有一股叫我说不出来的舒坦。以前我是做一天和尚撞一天钟，整天有气无力，每天早晨醒来犯愁的就是这一天该怎么打发。我爹常常唉声叹气，训斥我没有光耀祖宗。

我心想光耀祖宗也不是非我莫属，我对自己说："凭什么让我放着好端端的日子不过，去想光耀祖宗这些累人的事。再说我爹年轻时也和我一样，我家祖上有两百多亩地，到他手上一折腾就剩一百多亩了。"我对爹说："你别犯愁啦，我儿子会光耀祖宗的。"

总该给下一辈留点好事吧。我娘听了这话咪咪笑，她偷偷告诉我：我爹年轻时也这么对我爷爷说过。我心想就是嘛，他自己干不了的事硬要我来干，我怎么会答应。那时候我儿子有庆还没出来，我女儿凤霞刚好四岁。家珍怀着有庆有六个月了，自然有些难看，走路时裤裆里像是夹了个馒头似的一撇一撇，两只脚不往前往横里跨，我嫌弃她，对她说："你呀，风一吹肚子就要大上一圈。"

家珍从不顶撞我，听了这糟蹋她的话，她心里不乐意也只是轻轻说一句："又不是风吹大的。"

自从我赌博上以后，我倒还真想光耀祖宗了，想把我爹弄掉的一百多亩地挣回来。那些日子爹问我在城里鬼混些什么，我对他说："现在不鬼混啦，我在做生意。"

他问："做什么生意？"

他一听就火了，他年轻时也这么回答过我爷爷。他知道我是在赌博，脱下布鞋就朝我打来，我左躲右藏，心想他打几下就该完了吧。可我这个平常只有咳嗽才有力气的爹，竟然越打越凶了。我又不是一只苍蝇，让他这么拍来拍去。我一把捏住他的手，说道："爹，你他娘的算了吧。老子看在你把我弄出来的分上让让你，你他娘的就算了吧。"

我捏住爹的右手，他又用左手脱下右脚的布鞋，还想打我。我又捏住他的左手，这样他就动弹不得了，他气得哆嗦了半晌，才喊出一声："孽子。"

我说："去你娘的。"

双手一推，他就跌坐到墙角里去了。

我年轻时吃喝嫖赌，什么浪荡的事都干过。我常去的那家妓院是单名，叫青楼。里面有个胖胖的妓女很招我喜爱，她走路时两片大屁股就像挂在楼前的两只灯笼，晃来晃去。她躺到床上一动一动时，压在上面的我就像睡在船上，在河水里摇呀摇呀。我经常让她背着我去逛街，我骑在她身上像是骑在一匹马上。

我的丈人，米行的陈老板，穿着黑色的绸衫站在柜台后面。我每次从那里经过时，都要揪住妓女的头发，让她停下，脱帽向丈人致礼："近来无恙？"

我丈人当时的脸就和松花蛋一样，我呢，嘻嘻笑着过去了。后来我爹说我丈人几次都让我气病了，我对爹说："别哄我啦，你是我爹都没气成病。他自己生病凭什么往我身上推？"

他怕我，我倒是知道的。我骑在妓女身上经过他的店门时，我丈人身手极快，像只耗子忽地一下蹿到里屋去了。他不敢见我，可当女婿的路过丈人店门总该有个礼吧。我就大声嚷嚷着向逃窜的丈人请安。

最风光的那次是小日本投降后，国军准备进城收复失地。

那天可真是热闹，城里街道两旁站满了人，手里拿着小彩旗，商店都斜着插出来青天白日旗，我丈人米行前还挂了一幅两扇门板那么大的蒋介石像，米行的三个伙计都站在蒋介石左边的口袋下。

那天我在青楼里赌了一夜，脑袋昏昏沉沉像是肩膀上扛了一袋米，我想着自己有半个来月没回家了，身上的衣服一股酸臭味，我就把那个胖大妓女从床上拖起来让她背着我回家，叫了抬轿子跟在后面，我到了家好让她坐轿子回青楼。

那妓女嘟嘟哝哝背着我往城门走，说什么雷公不打睡觉人，才睡下就被我叫醒，说我心肠黑。我把一块银元往她胸口灌进去，就把她的嘴堵上了。走近了城门，一看到两旁站了那么多人，我的精神一下子上来了。

我丈人是城里商会的会长，我很远就看到他站在街道中央喊："都站好了，都站好了，等国军一到，大家都要拍手，都要喊。"

有人看到了我，就嘻嘻笑着喊：

"来啦，来啦。"

我丈人还以为是国军来了，赶紧闪到一旁。我两条腿像是夹马似的夹了夹妓女，对她说："跑呀，跑呀。"

在两旁人群的哄笑里，妓女呼哧呼哧背着我小跑起来，嘴里骂道："夜里压我，白天骑我，黑心肠的，你是逼我往死里跑。"

我咧着嘴频频向两旁哄笑的人点头致礼，来到丈人近前，我一把扯住妓女的头发："站住，站住。"

妓女哎哟叫了一声站住脚。我大声对丈人说："岳父大人，女婿给你请个早安。"

那次我实实在在地把我丈人的脸丢尽了，我丈人当时傻站在那里，嘴唇一个劲地哆嗦，半晌才沙哑地说一声："祖宗，你快走吧。"

那声音听上去都不像是他的了。

我女人家珍当然知道我在城里这些花花绿绿的事，家珍是个好女人，我这辈子能娶上这么一个贤惠的女人，是我前世做狗吠叫了一辈子换来的。家珍对我从来都是逆来顺受，我在外面胡闹，她只是在心里打鼓，从不说我什么，和我娘一样。

我在城里闹腾得实在有些过分，家珍心里当然有一团乱麻，乱糟糟的不能安分。有一天我从城里回到家中，刚刚坐下，家珍就笑盈盈地端出四样菜，摆在我面前，又给我斟满了酒，自己在我身旁坐下来伺候我吃喝。她笑盈盈的样子让我觉得奇怪，不知道她遇上了什么好事，我左思右想也想不出这天是什么日子。我问她，她不说，就是笑盈盈地看着我。

那四样菜都是蔬菜，家珍做得各不相同，可吃到下面都是一块差不多大小的猪肉。起先我没怎么在意，吃到最后一碗菜，底下又是一块猪肉。我一愣，随后我就嘿嘿笑了起来。

我明白了家珍的意思，她是在开导我：女人看上去各不相同，到下面都是一样的。我对家珍说："这道理我也知道。"

道理我也知道，看到上面长得不一样的女人，我心里想的就是不一样，这实在是没办法的事。

家珍就是这样一个女人，心里对我不满，脸上不让我看出来，弄些拐弯抹角的点子来敲打我。我偏偏是软硬不吃，我爹的布鞋和家珍的菜都管不住我的腿，我就是爱往城里跑，爱往妓院钻。还是我娘知道我们男人心里想什么，她对家珍说："男人都是馋嘴的猫。"

我娘说这话不只是为我开脱，还揭了我爹的老底。我爹坐在椅子里，一听这话眼睛就眯成了两条门缝，嘿嘿笑了一下。我爹年轻时也不检点，他是老了干不动了才老实起来。

我赌博时也在青楼，常玩的是麻将、牌九和骰子。我每赌必输，越输我越想把我爹年轻时输掉的一百多亩地赢回来。

刚开始输了我当场给钱，没钱就去偷我娘和家珍的首饰，连我女儿凤霞的金项圈也偷了去。后来我干脆赊账，债主们都知道我的家境，让我赊账。自从赊账以后，我就不知道自己输了有多少，债主也不提醒我，暗地里天天都在算计着我家那一百多亩地。

一直到解放以后，我才知道赌博的赢家都是做了手脚的，难怪我老输不赢，他们是挖了个坑让我往里面跳。那时候青楼里有一位沈先生，年纪都快到六十岁了，眼睛还和猫眼似的贼亮，穿着蓝布长衫，腰板挺得笔直，平常时候总是坐在角落里，闭着眼睛像是在打盹。等到牌桌上的赌注越下越大，沈先生才咳嗽几声，慢悠悠地走过来，选一位置站着看，看了一会便有人站起来让位："沈先生，这里坐。"

沈先生撩起长衫坐下，对另三位赌徒说：

"请。"

青楼里的人从没见到沈先生输过，他那双青筋突暴的手洗牌时，只听到哗哗的风声，那副牌在他手中忽长忽短，刷刷地进进出出，看得我眼睛都酸了。

有一次沈先生喝醉了酒，对我说：

"赌博全靠一双眼睛一双手，眼睛要练成爪子一样，手要练成泥鳅那样滑。"

小日本投降那年，龙二来了。龙二说话时南腔北调，光听他的口音，就知道这人不简单，是闯荡过很多地方、见过大世面的人。龙二不穿长衫，一身白绸衣，和他同来的还有两个人，帮他提着两只很大的柳条箱。

那年沈先生和龙二的赌局，实在是精彩，青楼的赌厅里挤满了人，沈先生和他们三个人赌。龙二身后站着一个跑堂的，托着一盘干毛巾，龙二不时取过一块毛巾擦手。他不拿湿毛巾拿干毛巾擦手，我们看了都觉得稀奇。他擦手时那副派头像是刚吃完了饭似的。起先龙二一直输，他看上去还满不在乎，倒是他带来的两个人沉不住气，一个骂骂咧咧，一个唉声叹气。沈先生一直赢，可脸上一点赢的意思都没有，沈先生皱着眉头，像是输了很多似的。他脑袋垂着，眼睛却跟钉子似的钉在龙二那双手上。沈先生年纪大了，半个晚上赌下来，就开始喘粗气，额头上汗水渗了出来，沈先生说："一局定胜负吧。"

龙二从盘子里取过最后一块毛巾，擦着手说："行啊。"

他们把所有的钱都押在了桌上，钱差不多把桌面占满了，只在中间留个空。每个人发了五张牌，亮出四张后，龙二的两个伙伴立刻泄气了，把牌一推说："完啦，又输了。"

龙二赶紧说："没输，你们赢啦。"

说着龙二亮出最后那张牌，是黑桃Ａ，他的两个伙伴一看立刻嘿嘿笑了。其实沈先生最后那张牌也是黑桃Ａ，他是三Ａ带两Ｋ，龙二一个伙伴是三Ｑ带两Ｊ。龙二抢先亮出了黑桃Ａ，沈先生怔了半晌，才把手中的牌一收说："我输了。"

龙二的黑桃Ａ和沈先生的都是从袖管里换出来的，一副牌不能有两张黑桃Ａ，龙二抢了先，沈先生心里明白也只能认输。那是我们第一次看到沈先生输，沈先生手推桌子站起来，向龙二他们作了个揖，转过身来往外走，走到门口微笑着说："我老了。"

后来再没人见过沈先生，听说那天天刚亮，他就坐着轿子走了。

沈先生一走，龙二成了这里的赌博师傅。龙二和沈先生不一样，沈先生是只赢不输，龙二是赌注小常输，赌注大就没见他输过了。我在青楼常和龙二他们赌，有输有赢，所以我总觉得自己没怎么输，其实我赢的都是小钱，输掉的倒是大钱，我还蒙在鼓里，以为自己马上就要光耀祖宗了。

我最后一次赌博时，家珍来了，那时候天都快黑了，这是家珍后来告诉我的，我当时根本不知道天是亮着还是要黑了。家珍挺了个大肚子找到青楼来了，我儿子有庆在他娘肚子里长到七八个月了。家珍找到了我，一声不吭地跪在我面前，起先我没看到她，那天我手气特别好，掷出的骰子十有八九是我要的点数，坐在对面的龙二一看点数嘿嘿一笑说："兄弟我又栽了。"

龙二摸牌把沈先生赢了之后，青楼里没人敢和他摸牌了，我也不敢，我和龙二赌都是用骰子，就是骰子龙二玩得也很地道，他常赢少输，可那天他栽到我手里了接连地输给我。

他嘴里叼着烟卷，眼睛眯缝着像是什么事都没有，每次输了都还嘿嘿一笑，两条瘦胳膊把钱推过来时却是一百个不愿意。

我想龙二你也该惨一次了。人都是一样的，手伸进别人口袋里掏钱时那个眉开眼笑，轮到自己给钱了一个个都跟哭丧一样。我正高兴着，有人扯了扯我的衣服，低头一看是自己的女人。看到家珍跪着我就火了，心想我儿子还没出来就跪着了，这太不吉利。我就对家珍说："起来，起来，你他娘的给我起来。"

家珍还真听话，立刻站了起来。我说：

"你来干什么？还不快给我回去。"

说完我就不管她了，看着龙二将骰子捧在手心里跟拜佛似的摇了几下，他一掷出脸色就难看了，说道："摸过女人屁股就是手气不好。"

我一看自己又赢了，就说：

"龙二，你去洗洗手吧。"

龙二嘿嘿一笑，说道：

"你把嘴巴子抹干净了再说话。"

家珍又扯了扯我的衣服，我一看，她又跪到地上。家珍细声细气地说："你跟我回去。"

要我跟一个女人回去？家珍这不是存心出我的丑？我的怒气一下子上来了，我看看龙二他们，他们都笑着看我，我对家珍吼道："你给我滚回去。"

家珍还是说："你跟我回去。"

我给了她两巴掌，家珍的脑袋像是拨浪鼓那样摇晃了几下。挨了我的打，她还是跪在那里，说："你不回去，我就不站起来。"

现在想起来叫我心疼啊，我年轻时真是个乌龟王八蛋。这么好的女人，我对她又打又踢。我怎么打她，她就是跪着不起来，打到最后连我自己都觉得没趣了，家珍头发披散眼泪汪汪地捂着脸。我就从赢来的钱里抓出一把，给了旁边站着的两个人，让他们把家珍拖出去，我对他们说："拖得越远越好。"

家珍被拖出去时，双手紧紧捂着凸起的肚子，那里面有我的儿子啊，家珍没喊没叫，被拖到了大街上，那两个人扔开她后，她就扶着墙壁站起来，那时候天完全黑了，她一个人慢慢往回走。后来我问她，她那时是不是恨死我了，她摇摇头说："没有。"

我的女人抹着眼泪走到她爹米行门口，站了很长时间，她看到她爹的脑袋被煤油灯的亮光印在墙上，她知道他是在清点账目。她站在那里呜呜哭了一会，就走开了。

家珍那天晚上走了十多里夜路回到了我家。她一个孤身女人，又怀着七个多月的有庆，一路上到处都是狗吠，下过一场大雨的路又坑坑洼洼。

第二章

早上几年的时候，家珍还是一个女学生。那时候城里有夜校了，家珍穿着月白色的旗袍，提着一盏小煤油灯，和几个女伴去上学。我是在拐弯处看到她，她一扭一扭地走过来，高跟鞋敲在石板路上，滴滴答答像是在下雨，我眼睛都看得不会动了，家珍那时候长得可真漂亮，头发齐齐地挂到耳根，走去时旗袍在腰上一皱一皱，我当时就在心里想，我要她做我的女人。

家珍她们嘻嘻说着话走过去后，我问一个坐在地上的鞋匠："那是谁家的女儿？"

鞋匠说："是陈记米行的千金。"

我回家后马上对我娘说：

"快去找个媒人，我要把城里米行陈老板的女儿娶过来。"

家珍那天晚上被拖走后，我就开始倒霉了，连着输了好几把，眼看着桌上小山坡一样堆起的钱，像洗脚水似的倒了出去。

龙二嘿嘿笑个不停，那张脸都快笑烂了。那次我一直赌到天亮，赌得我头晕眼花，胃里直往嘴上冒臭气。最后一把我押上了平生最大的赌注，用唾沫洗洗手，心想千秋功业全在此一掷了。我正要去抓骰子，龙二伸手挡了挡说："慢着。"

龙二向一个跑堂挥挥手说：

"给徐家少爷拿块热毛巾来。"那时候旁边看赌的人全回去睡觉了，只剩下我们几个赌的，另两个人是龙二带来的。我是后来才知道龙二买通了那个跑堂，那跑堂将热毛巾递给我，我拿着擦脸时，龙二偷偷换了一副骰子，换上来的那副骰子龙二做了手脚。我一点都没察觉，擦完脸我把毛巾往盘子里一扔，拿起骰子拼命摇了三下，掷出去一看，还好，点数还挺大的。

轮到龙二时，龙二将那副骰子放在七点上，这小子伸出手掌使劲一拍，喊了一声："七点。"

那副骰子里面挖空了灌了水银，龙二这么一拍，水银往下沉，抓起一掷，一头重了滚几下就会停在七点上。

我一看那副骰子果然是七点，脑袋嗡的一下，这次输惨了。继而一想反正可以赊账，日后总有机会赢回来，便宽了宽心，站起来对龙二说："先记上吧。"

龙二摆摆手让我坐下，他说：

"不能再让你赊账了，你把你家一百多亩地全输光了。再赊账，你拿什么来还？"

我听后一个哈欠没打完猛地收回，连声说：

"不会，不会。"

龙二和另两个债主就拿出账簿，一五一十给我算起来，龙二拍拍我凑过去的脑袋，对我说："少爷，看清楚了吗？这可都是你签字画押的。"

我才知道半年前就欠上他们了，半年下来我把祖辈留下的家产全输光了。算到一半，我对龙二说："别算了。"

我重新站起来，像只瘟鸡似的走出了青楼，那时候天完全亮了，我就站在街上，都不知道该往哪里走。有一个提着一篮豆腐的熟人看到我后响亮地喊了一声："早啊，徐家少爷。"

他的喊声吓了我一跳，我呆呆地看着他。他笑眯眯地说："瞧你这样子，都成药渣了。"

他还以为我是被那些女人给折腾的，他不知道我破产了，我和一个雇工一样穷了。我苦笑着看他走远，心想还是别在这里站着，就走动起来。

我走到丈人米行那边时，两个伙计正在卸门板，他们看到我后嘻嘻笑了一下，以为我又会过去向我丈人大声请安，我哪还有这个胆量？我把脑袋缩了缩，贴着另一端的房屋赶紧走了过去。我听到老丈人在里面咳嗽，接着呸的一声一口痰吐在了地上。

我就这样迷迷糊糊地走到了城外，有一阵子我竟忘了自己输光家产这事，脑袋里空空荡荡，像是被捅过的马蜂窝。到了城外，看到那条斜着伸过去的小路，我又害怕了，我想接下去该怎么办呢？我在那条路上走了几步，走不动了，看看四周都看不到人影，我想拿根裤带吊死算啦。这么想着我又走动起来，走过一棵榆树，我只是看一眼，根本就没打算去解裤带。其实我不想死，只是找个法子与自己赌气。我想着那一屁股债又不会和我一起吊死，就对自己说："算啦，别死啦。"

这债是要我爹去还了。一想到爹，我心里一阵发麻，这下他还不把我给揍死？我边走边想，怎么想都是死路一条了，还是回家去吧。被我爹揍死，总比在外面像野狗一样吊死强。

就那么一会工夫，我瘦了整整一圈，眼都青了，自己还不知道，回到了家里，我娘一看到我就惊叫起来，她看着我的脸问："你是福贵吧？"

我看着娘的脸苦笑地点点头，我听到娘一惊一乍地说着什么，我不再看她，推门走到了自己屋里，正在梳头的家珍看到我也吃了一惊，她张嘴看着我。一想到她昨晚来劝我回家，我却对她又打又踢，我就扑通一声跪在她面前，对她说："家珍，我完蛋啦。"

说完我就呜呜地哭了起来，家珍慌忙来扶我，她怀着有庆哪能把我扶起来？她就叫我娘。两个女人一起把我抬到床上，我躺到床上就口吐白沫，一副要死的样子，可把她们吓坏了，又是捶肩又是摇我的脑袋，我伸手把她们推开，对她们说："我把家产输光啦。"

我娘听了这话先是一愣，她使劲看看我后说："你说什么？"

我说："我把家产输光啦。"

我那副模样让她信了，我娘一屁股坐到了地上，抹着眼泪说："上梁不正下梁歪啊。"

我娘到那时还在心疼我，她没怪我，倒是去怪我爹。

家珍也哭了，她一边替我捶背一边说：

"只要你以后不赌就好了。"

我输了个精光，以后就是想赌也没本钱了。我听到爹在那边屋子里骂骂咧咧，他还不知道自己是穷光蛋了，他嫌两个女人的哭声吵他。听到我爹的声音，我娘就不哭了，她站起来走出去，家珍也跟了出去。我知道她们到我爹屋子里去了，不一会我就听到爹在那边喊叫起来："孽子。"

这时我女儿凤霞推门进来，又摇摇晃晃地把门关上。凤霞尖声细气地对我说："爹，你快躲起来，爷爷要来揍你了。"

我一动不动地看着她，凤霞就过来拉我的手，拉不动我她就哭了。看着凤霞哭，我心里就跟刀割一样。凤霞这么小的年纪就知道护着她爹，就是看着这孩子，我也该千刀万剐。

我听到爹气冲冲地走来了，他喊着：

"孽子，我要剐了你，阉了你，剁烂了你这乌龟王八蛋。"

我想爹你就进来吧，你就把我剁烂了吧。可我爹走到门口，身体一晃就摔到地上气昏过去了。我娘和家珍叫叫嚷嚷地把他扶起来，扶到他自己的床上。过了一会，我听到爹在那边像是吹唢呐般地哭上了。

我爹在床上一躺就是三天，第一天他呜呜地哭，后来他不哭了，开始叹息，一声声传到我这里，我听到他唉声说着："报应啊，这是报应。"

第三天，我爹在自己屋里接待客人，他响亮地咳嗽着，一旦说话时声音又低得听不到。到了晚上的时候，我娘走过来对我说，爹叫我过去。我从床上起来，心想这下非完蛋不可，我爹在床上歇了三天，他有力气来宰我了，起码也把我揍个半死不活。我对自己说，任凭爹怎么揍我，我也不要还手。我向爹的房间走去时一点力气都没有，身体软绵绵，两条腿像是假的。我进了他的房间，站在我娘身后，偷偷看着他躺在床上的模样，他睁圆了眼睛看着我，白胡须一抖一抖，他对我娘说："你出去吧。"

我娘从我身旁走了出去，她一走我心里是一阵发虚，说不定他马上就会从床上蹦起来和我拼命。他躺着没有动，胸前的被子都滑出去挂在地上了。

"福贵啊。"

爹叫了我一声，他拍拍床沿说：

"你坐下。"

我心里咚咚跳着在他身旁坐下来，他摸到了我的手，他的手和冰一样，一直冷到我心里。爹轻声说："福贵啊，赌债也是债，自古以来没有不还债的道理。我把一百多亩地，还有这房子都抵押出去了，明天他们就会送铜钱来。我老了，挑不动担子了，你就自己挑着钱去还债吧。"

爹说完后又长叹一声。听完他的话，我眼睛里酸溜溜的，我知道他不会和我拼命了，可他说的话就像是一把钝刀子在割我的脖子，脑袋掉不下来，倒是疼得死去活来。爹拍拍我的手说："你去睡吧。"

第二天一早，我刚起床就看到四个人进了我家院子，走在头里的是个穿绸衣的有钱人，他朝身后穿粗布衣服的三个挑夫摆摆手说："放下吧。"

三个挑夫放下担子撩起衣角擦脸时，那有钱人看着我喊的却是我爹："徐老爷，你要的货来了。"

我爹拿着地契和房契连连咳嗽着走出来，他把房地契递过去，向那人哈哈腰说："辛苦啦。"

那人指着三担铜钱，对我爹说：

"都在这里了，你数数吧。"

我爹全没有了有钱人的派头，他像个穷人一样恭敬地说："不用，不用，进屋喝口茶吧。"

那人说："不必了。"

说完，他看看我，问我爹：

"这位是少爷吧？"

我爹连连点头。他朝我嘻嘻一笑，说道：

"送货时采些南瓜叶子盖在上面，可别让人抢了。"

这天开始，我就挑着铜钱走十多里路进城去还债。铜钱上盖着的南瓜叶是我娘和家珍去采的，凤霞看到了也去采，她挑最大的采了两张，盖在担子上，我把担子挑起来准备走，凤霞不知道我是去还债，仰着脸问："爹，你是不是又要好几天不回家了？"

我听了这话鼻子一酸，差点掉出眼泪来，挑着担子赶紧往城里走。到了城里，龙二看到我挑着担子来了，亲热地喊一声："来啦，徐家少爷。"

我把担子放在他跟前，他揭开瓜叶时皱皱眉，对我说："你这不是自找苦吃，换些银元多省事。"

我把最后一担铜钱挑去后，他就不再叫我少爷，他点点头说："福贵，就放这里吧。"

倒是另一个债主亲热些，他拍拍我的肩说：

"福贵，去喝一壶。"

龙二听后忙说："对，对，喝一壶，我来请客。"

我摇摇头，心想还是回家吧。一天下来，我的绸衣磨破了，肩上的皮肉渗出了血。我一个人往家里走去，走走哭哭，哭哭走走。想想自己才挑了一天的钱就累得人都要散架了，祖辈挣下这些钱不知要累死多少人。到这时我才知道爹为什么不要银元偏要铜钱，他就是要我知道这个道理，要我知道钱来得千难万难。这么一想，我都走不动路了，在道旁蹲下来哭得腰里直抽搐。那时我家的老雇工，就是小时候背我去私塾的长根，背着个破包裹走过来。他在我家干了几十年，现在也要离开了。他很小就死了爹娘，是我爷爷带回家来的，以后也一直没娶女人。他和我一样眼泪汪汪，赤着皮肉裂开的脚走过来，看到我蹲在路边，他叫了一声："少爷。"

我对他喊："别叫我少爷，叫我畜生。"

他摇摇头说："要饭的皇帝也是皇帝，你没钱了也还是少爷。"

一听这话我刚擦干净脸眼泪又下来了，他也在我身旁蹲下来，捂着脸呜呜地哭上了。我们在一起哭了一阵后，我对他说："天快黑了，长根你回家去吧。"

长根站了起来，一步一步地走开去，我听到他嗡嗡地说："我哪儿还有什么家呀。"

我把长根也害了，看着他孤身一人走去，我心里是一阵一阵的酸痛。直到长根走远看不见了，我才站起来往家走，我到家的时候天已经黑了。家里原先的雇工和女佣都已经走了，我娘和家珍在灶间一个烧火一个做饭，我爹还在床上躺着，只有凤霞还和往常一样高兴，她还不知道从此以后就要受苦受穷了。她蹦蹦跳跳走过来，扑到我腿上问我："为什么他们说我不是小姐了？"

我摸摸她的小脸蛋，一句话也说不出来，好在她没再往下问，她用指甲刮起了我裤子上的泥巴，高兴地说："我在给你洗裤子呢。"

到了吃饭的时候，我娘走到爹的房门口问他："给你把饭端进来吧？"

我爹说："我出来吃。"

我爹三根指头执着一盏煤油灯从房里出来，灯光在他脸上一闪一闪，那张脸半明半暗，他弓着背咳嗽连连。爹坐下后问我："债还清了？"

我低着头说："还清了。"

我爹说："这就好，这就好。"

他看到了我的肩膀，又说：

"肩膀也磨破了。"

我没有作声，偷偷看看我娘和家珍，她们两个都泪汪汪地看着我的肩膀。爹慢吞吞地吃起了饭，才吃了几口就将筷子往桌上一放，把碗一推，他不吃了。过一会，爹说道："从前，我们徐家的老祖宗不过是养了一只小鸡，鸡养大后变成了鹅，鹅养大了变成了羊，再把羊养大，羊就变成了牛。我们徐家就是这样发起来的。"

爹的声音哑哑的，他顿了顿又说：

"到了我手里，徐家的牛变成了羊，羊又变成了鹅。传到你这里，鹅变成了鸡，现在是连鸡也没啦。"

爹说到这里嘿嘿笑了起来，笑着笑着就哭了。他向我伸出两根指头："徐家出了两个败家子啊。"

没出两天，龙二来了。龙二的模样变了，他嘴里镶了两颗金牙，咧着大嘴巴嘻嘻笑着。他买去了我们抵押出去的房产和地产，他是来看看自己的财产。龙二用脚踢踢墙基，又将耳朵贴在墙上，伸出巴掌拍拍，连声说："结实，结实。"

龙二又到田里去转了一圈，回来后向我和爹作揖说道："看着那绿油油的地，心里就是踏实。"

龙二一到，我们就要从几代居住的屋子里搬出去，搬到茅屋里去住。搬走那天，我爹双手背在身后，在几个房间踱来踱去，末了对我娘说："我还以为会死在这屋子里。"

说完，我爹拍拍绸衣上的尘土，伸了伸脖子跨出门槛。我爹像往常那样，双手背在身后慢悠悠地向村口的粪缸走去。那时候天正在黑下来，有几个佃户还在地里干着活，他们都知道我爹不是主人了，还是握住锄头叫了一声："老爷。"

我爹轻轻一笑，向他们摆摆手说：

"不要这样叫。"

我爹已不是走在自己的地产上了，两条腿哆嗦着走到村口，在粪缸前站住脚，四下里望了望，然后解开裤带，蹲了上去。

那天傍晚我爹拉屎时不再叫唤，他眯缝着眼睛往远处看，看着那条向城里去的小路慢慢变得不清楚。一个佃户在近旁俯身割菜，他直起腰后，我爹就看

活
着

不到那条小路了。

我爹从粪缸上摔了下来，那佃户听到声音急忙转过身来，看到我爹斜躺在地上，脑袋靠着粪缸一动不动。佃户提着镰刀跑到我爹跟前，问他："老爷你没事吧？"

我爹动了动眼皮，看着佃户嘶哑地问：

"你是谁家的？"

佃户俯下身去说：

"老爷，我是王喜。"

我爹想了想后说：

"噢，是王喜。王喜，下面有块石头，硌得我难受。"

王喜将我爹的身体翻了翻，摸出一块拳头大的石头扔到一旁。我爹重又斜躺在那里，轻声说："这下舒服了。"

王喜问："我扶你起来？"

我爹摇摇头，喘息着说：

"不用了。"

随后我爹问他：

"你先前看到过我掉下来没有？"

王喜摇摇头说：

"没有，老爷。"

我爹像是有些高兴，又问：

"第一次掉下来？"

王喜说："是的，老爷。"

我爹嘿嘿笑了几下，笑完后闭上了眼睛，脖子一歪，脑袋顺着粪缸滑到了地上。

那天我们刚搬到了茅屋里，我和娘在屋里收拾着，凤霞高高兴兴地也跟着收拾东西，她不知道从此以后就要受苦了。

家珍端着一大盆衣服从池塘边走上来，遇到了跑来的王喜，王喜说："少奶奶，老爷像是熟了。"

我们在屋里听到家珍在外面使劲喊："娘，福贵，娘……"

没喊几声，家珍就在那里呜呜地哭上了。那时我就想着是爹出事了，我跑出屋看到家珍站在那里，一大盆衣服全掉在地上。家珍看到我叫着："福贵，是爹……"

我脑袋嗡的一下，拼命往村口跑，跑到粪缸前时我爹已经断气了，我又推又喊，我爹就是不理我，我不知道该怎么办，站起来往回看，看到我娘扭着小脚又哭又喊地跑来，家珍抱着凤霞跟在后面。

我爹死后，我像是染上了瘟疫一样浑身无力，整日坐在茅屋前的地上，一会眼泪汪汪，一会唉声叹气。凤霞时常陪我坐在一起，她玩着我的手问我："爷爷掉下来了。"

看到我点点头，她又问：

"是风吹的吗？"

我娘和家珍都不敢怎么大声哭，她们怕我想不开，也跟着爹一起去了。有时我不小心碰着什么，她们两人就会吓一跳，看到我没像爹那样摔倒在地，她们才放心地问我："没事吧。"

那几天我娘常对我说：

"人只要活得高兴，穷也不怕。"

她是在宽慰我，她还以为我是被穷折腾成这样的，其实我心里想着的是我死去的爹。我爹死在我手里了，我娘我家珍，还有凤霞却要跟着我受活罪。

我爹死后十天，我丈人来了，他右手提着长衫脸色铁青地走进了村里，后面是一抬披红戴绿的花轿，十来个年轻人敲锣打鼓拥在两旁。村里人见了都挤上去看，以为是谁家娶亲嫁女，都说怎么先前没听说过，有一个人问我丈人："是谁家的喜事？"

我丈人板着脸大声说：

"我家的喜事。"

那时我正在我爹坟前，我听到锣鼓声抬起头来，看到我丈人气冲冲地走到我家茅屋前，他朝后面摆摆手，花轿放在了地上，锣鼓息了。当时我就知道他是要接家珍回去，我心里咚咚乱跳，不知道该怎么办。

我娘和家珍听到响声从屋里出来，家珍叫了声："爹。"

我丈人看看他女儿，对我娘说：

"那畜生呢？"

我娘赔着笑脸说：

"你是说福贵吧？"

"还会是谁。"

我丈人的脸转了过来，看到了我，他向我走了两步，对我喊："畜生，你过来。"

活
着

我站着没有动,我哪敢过去。我丈人挥着手向我喊:"你过来,你这畜生,怎么不来向我请安了?畜生你听着,当初是怎么娶走家珍的,我今日也怎么接她回去。你看看,这是花轿,这是锣鼓,比你当初娶亲时只多不少。"

喊完以后,我丈人回头对家珍说:

"你快进屋去收拾一下。"

家珍站着没动,叫了一声:

"爹。"

我丈人使劲跺了下脚说:

"还不快去。"

家珍看看站在远处地里的我,转身进屋了。我娘这时眼泪汪汪地对他说:"行行好,让家珍留下吧。"

我丈人朝我娘摆摆手,又转过身来对我喊:

"畜生,从今以后家珍和你一刀两断,我们陈家和你们徐家永不往来。"

我娘的身体弯下去求他:

"求你看在福贵他爹的分上,让家珍留下吧。"

我丈人冲着我娘喊:

"他爹都让他气死啦。"

喊完我丈人自己也觉得有些过分,便缓一下口气说:"你也别怪我心狠,都是那畜生胡来才会有今天。"

说完丈人又转向我,喊道:

"凤霞就留给你们徐家,家珍肚里的孩子就是我们陈家的人啦。"

我娘站在一旁呜呜地哭,她抹着眼泪说:

"这让我怎么去向徐家祖宗交代?"

家珍提了个包裹走了出来。我丈人对她说:

"上轿。"

家珍扭头看看我,走到轿子旁又回头看了看我,再看看我娘,钻进了轿子。这时凤霞不知从哪里跑了出来,一看到她娘坐上轿子了,她也想坐进去,她半个身体才进轿子,就被家珍的手推了出来。

我丈人向轿夫挥了挥手,轿子被抬了起来,家珍在里面大声哭起来,我丈人喊道:"给我往响里敲。"

十来个年轻人拼命地敲响了锣鼓,我就听不到家珍的哭声了。轿子上了路,我丈人手提长衫和轿子走得一样快。我娘扭着小脚,可怜巴巴地跟在后面,一直跟到村口才站住。

这时凤霞跑了过来，她睁大眼睛对我说：

"爹，娘坐上轿子啦。"

凤霞高兴的样子叫我看了难受，我对她说：

"凤霞，你过来。"

凤霞走到我身边，我摸着她的脸说：

"凤霞，你可不要忘记我是你爹。"

凤霞听了这话咯咯笑起来，她说：

"你也不要忘记我是凤霞。"

第三章

福贵说到这里看着我嘿嘿笑了，这位四十年前的浪子，如今赤裸着胸膛坐在青草上，阳光从树叶的缝隙里照射下来，照在他眯缝的眼睛上。他腿上沾满了泥巴，刮光了的脑袋上稀稀疏疏地钻出来些许白发，胸前的皮肤皱成一条一条，汗水在那里起伏着流下来。此刻那头老牛蹲在池塘泛黄的水中，只露出脑袋和一条长长的脊梁，我看到池水犹如拍岸一样拍击着那条黝黑的脊梁。这位老人是我最初遇到的，那时候我刚刚开始那段漫游的生活，我年轻无忧无虑，每一张新的脸都会使我兴致勃勃，一切我所不知的事物都会深深吸引我。就是在这样的时刻，我遇到了福贵，他绘声绘色地讲述自己，从来没有过一个人像他那样对我和盘托出，只要我想知道的，他都愿意展示。

和福贵相遇，使我对以后收集民谣的日子充满快乐的期待，我以为那块肥沃茂盛的土地上福贵这样的人比比皆是。在后来的日子里，我确实遇到了许多像福贵那样的老人，他们穿着和福贵一样的衣裤，裤裆都快耷拉到膝盖了。他们脸上的皱纹里积满了阳光和泥土，他们向我微笑时，我看到空洞的嘴里牙齿所剩无几。他们时常流出混浊的眼泪，这倒不是因为他们时常悲伤，他们在高兴时甚至是在什么事都没有的平静时刻，也会泪流而出，然后举起和乡间泥路一样粗糙的手指，擦去眼泪，如同掸去身上的稻草。

可是我再也没遇到一个像福贵这样令我难忘的人了，对自己的经历如此清楚，又能如此精彩地讲述自己。他是那种能够看到自己过去模样的人，他可以准确地看到自己年轻时走路的姿态，甚至可以看到自己是如何衰老的。这样的老人在乡间实在难以遇上，也许是困苦的生活损坏了他们的记忆，面对往事他们通常显得木讷，常常以不知所措的微笑搪塞过去。他们对自己的经历缺乏热情，仿佛是道听途说般的只记得零星几点，即便是这零星几点也都是自身之外的记忆，用一两句话表达了他们所认为的一切。在这里，我常常听到后辈们这样骂他们："一大把年纪全活到狗身上去了。"

福贵就完全不一样了，他喜欢回想过去，喜欢讲述自己，似乎这样一来，他就可以一次一次地重度此生了。他的讲述像鸟爪抓住树枝那样紧紧抓住我。

家珍走后，我娘时常坐在一边偷偷抹眼泪。我本想找几句话去宽慰宽慰她，一看到她那副样子，就什么话也说不出来了。倒是她常对我说："家珍是你的女人，不是别人的，谁也抢不走。"

我听了这话，只能在心里叹息一声，我还能说什么呢？好端端的一个家成了砸破了的瓦罐似的四分五裂。

到了晚上，我躺在床上常常睡不着，一会恨这个，一会恨那个，到头来最恨的还是我自己。夜里想得太多，白天就头疼，整日无精打采，好在有凤霞，凤霞常拉着我的手问我："爹，一张桌子有四个角，削掉一个角还剩几个角？"

也不知道凤霞是从哪里听来的，当我说还剩三个角时，凤霞高兴得咯咯乱笑，她说："错啦，还剩五个角。"

听了凤霞的话，我想笑却笑不出来，想到原先家里四个人，家珍一走就等于是削掉了一个角，况且家珍肚里还怀着孩子，我就对凤霞说："等你娘回来了，就会有五个角了。"

家里值钱的东西都变卖光了以后，我娘就常常领着凤霞去挖野菜，我娘挎着篮子小脚一扭一扭地走去，她走得还没有凤霞快。她头发都白了，却要学着去干从没干过的体力活。

看着我娘拉着凤霞看一步走一步，那小心的样子让我眼泪都快掉出来了。

我想想再不能像从前那样过日子了，我得养活我娘和凤霞。我就和娘商量着到城里亲友那里去借点钱，开个小铺子。我娘听了这话一声不吭，她是舍不得离开这里，人上了年纪都这样，都不愿动地方。我就对娘说："如今屋子和地都是龙二的了，家安在这里跟安在别处也一样。"

我娘听了这话，过了半晌才说：

"你爹的坟还在这里。"

我娘一句话就让我不敢再想别的主意了，我想来想去只好去找龙二。

龙二成了这里的地主，常常穿着丝绸衣衫，右手拿着茶壶在田埂上走来走去，神气得很。镶着两颗大金牙的嘴总是咧开笑着，有时骂看着不顺眼的佃户时也咧着嘴，我起先还以为他对人亲热，慢慢地就知道他是要别人都看到他的金牙。

龙二遇到我还算客气，常笑嘻嘻地说：

"福贵，到我家来喝壶茶吧。"

我一直没去龙二家是怕自己心里发酸，我两脚一落地就住在那幢屋子里了，如今那屋子是龙二的家，你想想我心里是什么滋味。

其实人落到那种地步也就顾不上那么多了，我算是应了人穷志短那句古话了。那天我去找龙二时，龙二坐在我家客厅的太师椅子里，两条腿搁在凳子上，一手拿茶壶一手拿着扇子，看到我走进来，龙二咧嘴笑道："是福贵，自己找把凳子坐吧。"

他躺在太师椅里动都没动，我也就不指望他泡壶茶给我喝。我坐下后龙二说："福贵，你是来找我借钱的吧？"

我还没说不是，他就往下说道：

"按理说我也该借几个钱给你，俗话说是救急不救穷，我啊，只能救你的急，不会救你的穷。"

我点点头说："我想租几亩田。"

龙二听后笑眯眯地问：

"你要租几亩？"

我说："租五亩。"

"五亩？"龙二眉毛往上吊了吊，问，"你这身体能行吗？"

我说："练练就行了。"

他想一想说："我们是老相识了，我给你五亩好田。"

龙二还是讲点交情的，他真给了我五亩好田。我一个人种五亩地，差点没累死。我从没干过农活，学着村里人的样子干活，别说有多慢了。看得见的时候我都在田里，到了天黑，只要有月光，我还要下地。庄稼得赶上季节，错过一个季节就全错过啦。到那时别说是养活一家人，就是龙二的租粮也交不起。俗话说是笨鸟先飞，我还得笨鸟多飞。

我娘心疼我，也跟着我下地干活，她一大把年纪了，脚又不方便，身体弯下去才一会工夫就直不起来了，常常是一屁股坐在了田里。我对她说："娘，你赶紧回去吧。"

我娘摇摇头说："四只手总比两只手强。"

我说："你要是累成病，那就一只手都没了，我还得照料你。"

我娘听了这话，才慢慢回到田埂上坐下，和凤霞待在一起。凤霞是天天坐在田埂上陪我，她采了很多花放在腿边，一朵一朵举起来问我叫什么花，我哪知道是什么花，就说："问你奶奶去。"

我娘坐到田埂上，看到我用锄头就常喊：

"留神别砍了脚。"

我用镰刀时，她更不放心，时时说：

"福贵，别把手割破了。"

我娘老是在一旁提醒也不管用，活太多，我得快干，一快就免不了砍了脚割破手。手脚一出血，可把我娘心疼坏了，扭着小脚跑过来，捏一块烂泥巴堵住出血的地方，嘴里一个劲儿地数落我，一说得说半晌，我还不能回嘴，要不她眼泪都会掉出来。

我娘常说地里的泥是最养人的，不光是长庄稼，还能治病。那么多年下来，我身上哪儿弄破了，都往上贴一块湿泥巴。我娘说得对，不能小看那些烂泥巴，那可是治百病的。

人要是累得整天没力气，就不会去乱想了。租了龙二的田以后，我一挨到床就呼呼地睡去，根本没工夫去想别的什么。说起来日子过得又苦又累，我心里反倒踏实了。我想着我们徐家也算是有一只小鸡了，照我这么干下去，过不了几年小鸡就会变成鹅，徐家总有一天会重新发起来的。

从那以后，我是再没穿过绸衣了，我穿的粗布衣服是我娘亲手织的布，刚穿上那阵子觉得不自在，身上的肉被磨来磨去，日子一久也就舒坦了。前几天村里的王喜死了，王喜是我家从前的佃户，比我大两岁，他死前嘱咐儿子把他的旧绸衣送给我，他一直没忘记我从前是少爷，他是想让我死之前穿上绸衣风光风光。我啊，对不起王喜的一片好心，那件绸衣我往身上一穿就赶紧脱了下来，那个难受啊，滑溜溜的像是穿上了鼻涕做的衣服。

那么过了三个来月，长根来了，就是我家的雇工。那天我正在地里干活，我娘和凤霞坐在田埂上。长根拄着一根枯树枝，破衣烂衫地走过来，手里挎着个包裹，还拿一只缺了口的碗，他成了个叫花子。是凤霞先看到他的，凤霞站起来叫着他喊："长根，长根。"

我娘一看到是从小在我家长大的长根，赶紧迎了上去。长根抹着眼泪说："太太，我想少爷和凤霞，就回来看一眼。"

长根走到田间，看到我穿着粗布衣服满身是泥，呜呜地哭，说道："少爷，你怎么成这样子了。"

我输光家产以后，最苦的就是长根了。长根替我家干了一辈子，按规矩老了就该由我家养起来。可我家一破落，他也只好离开，只能要饭过日子。

看到长根回来时的模样，我心里一阵发酸，小时候他整天背着我走东逛西，我长大后也从没把他放在眼里。没想到他还回来看我们，我问长根："你还好吧？"

长根擦擦眼睛说："还好。"

我问："还没找到雇你的人家？"

长根摇摇头说："我这么老了，谁家会雇我？"

听了这话，我眼泪都要掉出来了。长根却不觉得自己苦，他还为我哭，说道："少爷，你哪受得起这种苦。"

那天晚上，长根在我家茅屋里过的。我和娘商量着把长根留在家里，这样一来日子会更苦，我对娘说："苦也要把他留下，我们每人剩两口饭也就养活他了。"

我娘点点头说："长根这么好的心肠。"

第二天早晨，我对长根说：

"长根，你一回来就好了，我正缺一个帮手，往后你就住在这里吧。"

长根听后看着我笑，笑着笑着眼泪掉了出来，他说："少爷，我没有帮你的力气了，有你这份心意我就够了。"说完长根就要走，我和娘死活拦不住他，他说："你们别拦我了，往后我还要来看你们。"

长根那天走后，还来过一次，那次他给凤霞带来一根扎头发的红绸，是他捡来的，洗干净后放在胸口专门来送给凤霞。长根那次走后，我就再没有见到他了。

我租了龙二的田，就是他的佃户了，便不能再像过去那样叫他龙二，得叫他龙老爷。起先龙二听我这么叫，总是摆摆手说："福贵，你我之间不必多礼。"

时间一久他也习惯了，我在地里干活时，他常会走过来说几句话。有一次我正割着稻子，凤霞跟在后面捡稻穗，龙二一摇一摆走过来，对我说："福贵，我收山啦，往后再也不去赌啦。赌场无赢家，我是见好就收，免得日后也落到你这种地步。"

我向龙二哈哈腰，恭敬地说：

"是，龙老爷。"

龙二指指凤霞，问道：

"这是你的崽子吗？"

我又哈哈腰，说一声：

"是，龙老爷。"

我看到凤霞站在那里，手里拿着稻穗，直愣愣地盯着龙二看，就赶紧对她说："凤霞，快向龙老爷行礼。"

凤霞也学我的样子向龙二哈哈腰，说道：

"是，龙老爷。"

我时常惦记着家珍，还有她肚子里的孩子。家珍走后两个多月，托人捎来了一个口信，说是生啦，生了个儿子出来，我丈人给取了个名字叫有庆。我娘悄悄问捎话的人："有庆姓什么？"

那人说："姓徐呀。"

那时我在田里，我娘扭着小脚急匆匆地跑来告诉我，她话没说完，就擦起了眼泪。我一听说家珍给我生了个儿子，扔了手里的锄头就要往城里跑，跑出了十来步，我不敢跑了，想想我这么进城去看家珍他们母子，我丈人怕是连门槛都不让我跨进去。我就对娘说："娘，你赶紧收拾收拾，去看看家珍他们。"

我娘也一遍遍说着要进城去看孙子，可过了几天她也没动身，我又不好催她。按我们这里的习俗，家珍是被她娘家的人硬给接走的，也应该由她娘家的人送回来。我娘对我说："有庆姓了徐，家珍也就马上要回来了。"

她又说："家珍现在身体虚，还是待在城里好。家珍要好好补一补。"

家珍是在有庆半岁的时候回来的。她来的时候没有坐轿子，她将有庆放在身后的一个包裹里，走了十多里路回来的。

有庆闭着眼睛，小脑袋靠在他娘肩膀上一摇一摇回来认我这个爹了。

家珍穿着水红的旗袍，手挽一个蓝地白花的包裹，漂漂亮亮地回来了。路两旁的油菜花开得金黄金黄，蜜蜂嗡嗡叫着飞来飞去。家珍走到我家茅屋门口，没有一下子走进去，站在门口笑盈盈地看着我娘。

我娘在屋里坐着编草鞋，她抬起头来后看到一个漂亮的女人站在门口，家珍的身体挡住了光线，身体闪闪发亮。我娘没有认出来是家珍，也没有看到家珍身后的有庆。我娘问她："是谁家的小姐，你找谁呀？"

家珍听后咯咯笑起来，说道：

"是我，我是家珍。"

当时我和凤霞在田里，凤霞坐在田埂上看着我干活，我听到有个声音喊我，声音像我娘，也有些不像，我问凤霞："谁在喊？"

凤霞转过身去看一看说：

"是奶奶。"

我直起身体，看到我娘站在茅屋门口弯着腰使劲喊我，穿水红旗袍的家珍抱着有庆站在一旁。凤霞一看到她娘，撒腿跑了过去。我在水田里站着，看着我娘弯腰叫我的模样，她太使劲了，两只手撑在腿上，免得上面的身体掉到地上。凤霞跑得太快，在田埂上摇来晃去，终于扑到了家珍腿上，抱着有庆的家珍蹲下去和凤霞抱在一起。我这时才走上田埂，我娘还在喊，越走近他们，我脑袋里越是晕晕乎乎的。我一直走到家珍面前，对她笑了笑。家珍站起来，眼睛定定地看了我一阵。我当时那副穷模样使家珍一低头轻轻抽泣了。

我娘在一旁哭得呜呜响，她对我说：

"我说过家珍是你的女人，别人谁也抢不走的。"

家珍一回来，这个家就全了。我干活时也有了个帮手，我开始心疼自己的女人了，这是家珍告诉我的，我自己倒是不觉得。我常对家珍说："你到田埂上去歇会儿。"

家珍是城里小姐出身，细皮嫩肉的，看着她干粗活，我自然心疼。家珍听到我让她去歇一下，就高兴地笑起来，她说："我不累。"

我娘常说，只要人活得高兴，就不怕穷。家珍脱掉了旗袍，也和我一样穿上粗布衣服，她整天累得喘不过气来，还总是笑盈盈的。凤霞是个好孩子，我们从砖瓦的房屋搬到茅屋里去住，她照样高高兴兴，吃起粗粮来也不往外吐。弟弟回来以后她就更高兴了，再不到田边来陪我，就一心想着去抱弟弟。有庆苦啊，他姐姐还过了四五年好日子，有庆才在城里待了半年，就到我身边来受苦了，我觉得最对不起的就是儿子。

这样的日子过了一年后，我娘病了。开始只是头晕，我娘说看着我们时糊里糊涂的。我也没怎么在意，想想她年纪大了，眼睛自然看不清。后来有一天，我娘在烧火时突然头一歪，靠在墙上像是睡着了。等我和家珍从田里回来，她还那么靠着。家珍叫她，她也不答应，伸手推推她，她就顺着墙滑了下去。家珍吓得大声叫我，我走到灶间时，她又醒了过来，定定地看了我们一阵，我们问她，她也不答应，又过了一阵，她闻到焦煳的味道，知道饭煮煳了，才开口说道："哎呀，我怎么睡着了。"

我娘慌里慌张地想站起来，她站到一半腿一松，身体又掉到地上。我赶紧把她抱到床上，她没完没了地说自己睡着了，她怕我们不相信。家珍把我拉到一旁说："你去城里请个郎中来。"

请郎中可是要花钱的，我站着没有动。家珍从褥子底下拿出了两块银元，是用手帕包着的。看看银元我有些心疼，那可是家珍从城里带来的，只剩下这两块了。可我娘的身体更叫我担心，我就拿过银元。家珍把手帕叠得整整齐齐重新塞到褥子底下，给我拿出一身干净衣服，让我换上。我对家珍说："我走了。"

家珍没说话，跟着我走到门口，我走了几步回过头去看看她，她往后理了理头发向我点点头。自从家珍回来以后，我还是第一次离开她。我穿着虽然破烂可是干干净净的衣服，脚上是我娘编的新草鞋，要进城去了。凤霞坐在门口的地上，怀里抱着睡着的有庆，她看到我穿得很干净，就问："爹，你不是下田吧？"

我走得很快，不到半个时辰就走到城里。我已有一年多没去城里了，走进城里时心里还真有点发虚，我怕碰到过去的熟人，我这身破烂衣服让他们见了，不知道他们会说些什么话。我最怕见到的还是我丈人，我不敢从米行那条街走，宁愿多绕一些路。城里几个郎中的医术我都知道，哪个收钱黑，哪个收钱公道我也知道。我想了想，还是去找住在绸店隔壁的林郎中，这个老头是我丈人的朋友，看在家珍的分上他也会少收些钱。

我路过县太爷府上时，看到一个穿绸衣的小孩正踮着脚，使劲想抓住敲门的铜环。那孩子的年纪就和我凤霞差不多大，我想这可能是县太爷的公子，就走上去对他说："我来帮你敲。"

小孩高兴地点点头，我就扣住铜环使劲敲了几下，里面有人答应："来啦。"

这时小孩对我说：

"我们快跑吧。"

我还没明白过来，小孩贴着墙壁溜走了。门打开后，一个仆人打扮的男人一看到我穿的衣服，什么话没说就伸手推了我一把。我没料到他会这样，身体一晃就从台阶上跌下来。

我从地上爬起来，本来我想算了，可这家伙又走下来踢了我一脚，还说："要饭也不看这是什么地方。"

我的火一下子上来了，我骂道：

"老子就是啃你家祖坟里的烂骨头，也不会向你要饭。"

他扑上来就打，我脸上挨了一拳，他也挨了我一脚。我们两个人就在街上扭打起来。这小子黑得很，看看一下子打不赢我，就瞅着我的裤裆抬脚。我呢，好几次踢在他屁股上。

我们两个都不会打架，打了一阵听到有人在后面喊："难看死啦，这两个畜生打架打得难看死啦。"

我们停住手脚，往后一看，一队穿黄衣服的国民党大兵站在那里，十来门大炮都由马车拉着。刚才喊叫的那个人腰里别着一把手枪，是个当官的。那仆人真灵活，一看到当官的就马上点头哈腰："长官，嘿嘿，长官。"

长官向我们两个挥挥手说：

"两头蠢驴，打架都不会，给我去拉大炮。"

我一听这话头皮阵阵发麻，他是拉我当壮丁的。那仆人也急了，走上前去说："长官，我是本县县太爷家里的。"

长官说："县太爷的公子更应该为党国出力嘛。"

"不，不。"仆人吓得连声说，"我不是公子，打死我也不敢。排长，我是县太爷的仆人。"

"操你娘。"长官大声骂道，"老子是连长。"

"是，是，连长，我是县太爷的仆人。"

那仆人怎么说都没用，反而把连长说烦了，连长伸手给他一巴掌："少他娘的说废话，去拉大炮。"他看到了我，"还有你。"

我只好走上去，拉住一匹马的缰绳，跟着他们往前走。我想到时候找个机会再逃跑吧。那仆人还在前面向连长求情，走了一段路后，连长竟然答应了，他说："行，行，你回去吧，你小子烦死我了。"

仆人高兴坏了，他像是要跪下来给连长叩头，可又没有下跪，只是在连长面前不停地搓着手。连长说："还不滚蛋。"

仆人说："滚，滚，我这就滚。"

仆人说着转身走去，这时候连长从腰里抽出手枪来，把胳膊端平了，闭上一只眼睛向走去的仆人瞄准。仆人走出了十多步回过头来看看，这一看把他吓得傻站在那里一动不动，像只夜里的麻雀一样让连长瞄准。连长这时对他说："走呀，走呀。"

仆人扑通一声跪在地上，连哭带喊：

"连长，连长，连长。"

连长向他开了一枪，没有打中，打在他身旁，飞起的小石子划破了他的手，手倒是出血了。连长握着手枪向他挥动着说："站起来，站起来。"

他站了起来。连长又说："走呀，走呀。"

他伤心地哭了，结结巴巴地说：

"连长，我拉大炮吧。"

连长又端起胳膊，第二次向他瞄准，嘴里说着："走呀，走呀。"

仆人这时才突然明白似的，一转身就疯跑起来。连长打出第二枪时，他刚好拐进了一条胡同。连长看看自己的手枪，骂了一声："他娘的，老子闭错了一只眼睛。"

连长转过身来，看到了站在后面的我，就提着手枪走过来，把枪口顶着我的胸膛，对我说："你也回去吧。"

我的两条腿拼命哆嗦，心想他这次就是两只眼睛全闭错，也会一枪把我送上西天。我连声说："我拉大炮，我拉大炮。"

我右手拉着缰绳，左手捏住口袋里家珍给我的两块银元，走出城里时，看到田地里与我家相像的茅屋，我低下头哭了。

我跟着这支往北去的炮队，越走越远，一个多月后我们走到了安徽。开始的几天我一心想逃跑，当时想逃跑的不止是我一个人，每过两天，连里就会少掉一两张熟悉的脸，我心想他们是不是逃跑了，我就问一个叫老全的老兵。老全说："谁也逃不掉。"

老全问我夜里睡觉听到枪声没有，我说听到了，他说："那就是打逃兵的，命大的不被打死，也会被别的部队抓去。"

老全说得我心都寒了。老全告诉我，他抗战时就被拉了壮丁，开拔到江西他逃了出来，没几天又被去福建的部队拉了去。当兵六年多，没跟日本人打过仗，光跟共产党的游击队打仗。这中间他逃跑了七次，都被别的部队拉了去。最后一次他离家只有一百多里路了，结果撞上了这一支炮队。老全说他不想再跑了，他说："我逃腻了。"

我们渡过长江以后就穿上了棉袄。一过长江，我想逃跑的心也死了，离家越远我也就越没有胆量逃跑。我们连里有十来个都是十五六岁的孩子，有一个叫春生的娃娃兵，是江苏人，他老向我打听往北去是不是打仗，我就说是的。其实我也不知道，我想当上了兵就逃不了要打仗。春生和我最亲热，他总是挨着我，拉着我的胳膊问："我们会不会被打死？"

我说："我不知道。"

说这话时我自己心里也是一阵阵难受。过了长江以后，我们开始听到枪炮声，起先是远远传来，我们又走了两天，枪炮声越来越响。那时我们来到了一个村庄，村里别说是人了，连牲畜都见不着。连长命令我们架起大炮，我知道这下是真要打仗了。有人走过去问连长："连长，这是什么地方？"

连长说："你问我，我他娘的去问谁？"

连长都不知道我们到了什么地方，村里人跑了个精光，我望望四周，除了光秃秃的树和一些茅屋，什么都没有。过了两天，穿黄衣服的大兵越来越多，他们在四周一队队走过去，又一队队走过来，有些部队就在我们旁边扎下了。又过了两天，我们一炮还未打，连长对我们说："我们被包围了。"

被包围的不只是我们一个连，有十来万人的国军全被包围在方圆只有二十来里路的地方里，满地都是黄衣服，像是赶庙会一样。这时候老全神了，他坐在坑道外的土墩上吸着烟，看着那些来来去去的黄皮大兵，不时和中间某个人打声招呼，他认识的人实在是多。老全走南闯北，在七支部队里混过，他嘻嘻哈哈和几个旧相识说着脏话，互相打听几个人名，我听他们不是说死了，就是说前两天还见过。老全告诉我和春生，这些人当初都和他一起逃跑过。老全正说着，有个人向这里叫："老全，你还没死啊？"

老全又遇到旧相识了，哈哈笑道：

"你小子什么时候被抓回来的？"

那人还没说话，另一边也有人叫上老全了。老全扭脸一看，急忙站起来喊："喂，你知道老良在哪里？"

那个人嘻嘻笑着喊道：

"死啦。"

老全沮丧地坐下来，骂道：

"妈的，他还欠我一块银元呢。"

接着老全得意地对我和春生说：

"你们瞧，谁都没逃成。"

刚开始我们只是被包围住，解放军没有立刻来打我们，我们还不怎么害怕，连长也不怕，他说蒋委员长会派坦克来救我们出去的。后来前面的枪炮声越来越响，我们也没有很害怕，只是一个个都闲着没事可干，连长没有命令我们开炮。有个老兵想想前面的弟兄流血送命，我们老闲着也不是个办法，他就去问连长："我们是不是也打几炮？"

连长那时候躲在坑道里赌钱，他气冲冲地反问："打炮，往哪里打？"

连长说得也对，几炮打出去要是打在国军兄弟头上，前面的国军一气之下杀回来收拾我们，这可不是闹着玩的。连长命令我们都在坑道里待着，爱干什么就干什么，就是别出去打炮。

被包围以后，我们的粮食和弹药全靠空投。飞机在上面一出现，下面的国军就跟蚂蚁似的密密麻麻地拥来拥去，扔下的一箱箱弹药没人要，全都往一袋袋大米上扑。飞机一走，抢到大米的国军兄弟两个人提一袋，旁边的人端着枪，保护他们，那么一堆一堆地分散开去，都走回自己的坑道。

没过多久，成群结伙的国军向房屋和光秃秃的树木拥去，远近的茅屋顶上都爬上去了人，又拆茅屋又砍树，这哪还像是打仗，乱糟糟的响声差不多都要盖住前沿的枪炮声了。才半天工夫，眼睛望得到的房屋树木全没了，空地上全都是扛着房梁、树木和抱着木板、凳子的大兵，他们回到自己的坑道后，一条条煮米饭的炊烟就升了起来，在空中扭来扭去。

那时候最多的就是子弹了，往哪里躺都硌得身体疼。四周的房屋被拆光，树也砍光后，满地的国军提着刺刀去割枯草，那情形真像是农忙时在割稻子，有些人满头大汗地刨着树根。还有一些人开始掘坟，用掘出的棺材板烧火。掘出了棺材就把死人骨头往坑外一丢，也不给重新埋了。到了那种时候，谁也不怕死人骨头了，夜里就是挨在一起睡觉也不会做噩梦。煮米饭的柴越来越少，米倒是越来越多。没人抢米了，我们三个人去扛了几袋米回来，铺在坑道当睡觉的床，这样躺着就不怕子弹硌得身体难受了。

等到再也没有什么可当柴煮米饭时，蒋委员长还没有把我们救出去。好在那时飞机不再往下投大米，改成投大饼，成包的大饼一落地，弟兄们像牲畜一样扑上去乱抢，叠得一层又一层，跟我娘纳出的鞋底一样，他们嗷嗷乱叫着和野狼没什么两样。

老全说："我们分开去抢。"

这种时候只能分开去抢，才能多抢些大饼回来。我们爬出坑道，自己选了个方向走去。当时子弹在很近的地方飞来飞去，常有一些流弹蹿过来。有一次我跑着跑着，身边一个人突然摔倒，我还以为他是饿昏了，扭头一看他半个脑袋没了，吓得我腿一软也差一点摔倒。抢大饼比抢大米还难，按说国军每天都在拼命地死人，可当飞机从天那边飞过来时，人全从地里冒了出来，光秃秃的地上像是突然长出了一排排草，跟着飞机跑，大饼一扔下，人才散开去，各自冲向看好的降落伞。大饼包得也不结实，一落地就散了，几十上百个人往一个地方扑，有些人还没挨着地就撞昏过去了，我抢一次大饼就跟被人吊起来用皮带打了一顿似的全身疼。到头来也只是抢到了几张大饼。回到坑道里，老全已经坐在那里了，他脸上青一块紫一块的，他抢到的饼也不比我多。老全当了八年兵，心地还是很善良，他把自己的饼往我的上面一放，说等春生回来一起吃。我们两个就蹲在坑道里，露出脑袋张望春生。

过了一会，我们看到春生怀里抱着一堆胶鞋猫着腰跑来了，这孩子高兴得满脸通红，他一翻身滚了进来，指着满地的胶鞋问我们："多不多？"

老全望望我，问春生：

"这能吃吗？"

春生说："可以煮米饭啊。"

我们一想还真对，看看春生脸上一点伤都没有，老全对我说："这小子比谁都精。"

后来我们就不去抢大饼了，用上了春生的办法。抢大饼的人叠在一起时，我们就去扒他们脚上的胶鞋，有些脚没有反应，有些脚乱蹬起来，我们就随手捡个钢盔狠狠揍那些不老实的脚，挨了揍的脚抽搐几下都跟冻僵似的硬了。我们抱着胶鞋回到坑道里生火，反正大米有的是，这样还免去了皮肉之苦。我们三个人边煮着米饭，边看着那些光脚在冬天里一走一跳的人，嘿嘿笑个不停。

第四章

前沿的枪炮声越来越紧，也不分白天和晚上。我们待在坑道里也听惯了，经常有炮弹在不远处爆炸，我们连的大炮都被打烂了，这些大炮一炮都没放，就成了一堆烂铁，我们更加没事可干了。那么一些日子下来，春生也不怎么害怕了，到那时候怕也没有用。枪炮声越来越近，我们总觉得还远着呢。最难受的就是天越来越冷，睡上几分钟就冻醒一次。炮弹在外面爆炸时常震得我们耳朵里嗡嗡乱叫，春生怎么说也只是个孩子，他迷迷糊糊睡着时，一颗炮弹飞到近处一炸，把他的身体都弹了起来，他被吵醒后怒气冲冲地站在坑道上，对前面的枪炮声大喊："你们他娘的轻一点，吵得老子都睡不着。"

我赶紧把他拉下来，当时子弹已在坑道上面飞来飞去了。

国军的阵地一天比一天小，我们就不敢随便爬出坑道，除非饿极了才出去找吃的。每天都有几千伤号被抬下来，我们连的阵地在后方，成了伤号的天下。有那么几天，我和老全、春生扑在坑道上，露出三个脑袋，看那些抬担架的将缺胳膊断腿的伤号抬过来。隔上不多时间，就过来一长串担架，抬担架的都猫着腰，跑到我们近前找一块空地，喊一、二、三，喊到三时将担架一翻，倒垃圾似的将伤号扔到地上就不管了。

伤号疼得嗷嗷乱叫，哭天喊地的叫声是一长串一长串响过来。

老全看着那些抬担架的离去，骂了一声：

"这些畜生。"

活
着

伤号越来越多，只要前面枪炮声还在响，就有担架往这里来，喊着一、二、三把伤号往地上扔。地上的伤号起先是一堆一堆，没多久就连成一片，在那里疼得嗷嗷直叫，那叫喊我一辈子都忘不了，我和春生看得心里一阵阵冒寒气，连老全都直皱眉。我想这仗怎么打呀？

天一黑，又下起了雪。有一长段时间没有枪炮声，我们就听着躺在坑道外面几千没死的伤号呜呜的声音，像是在哭，又像是在笑，那是疼得受不了的声音，我这辈子就再没听到过这么怕人的声音了。一大片一大片，就像潮水从我们身上涌过去。雪花落下来，天太黑，我们看不见雪花，只是觉得身体又冷又湿，手上软绵绵一片，慢慢地化了，没多久又积上了厚厚一层雪花。

我们三个人紧挨着睡在一起，又饿又冷，那时候飞机也来得少了，都很难找到吃的东西。谁也不会再去盼蒋委员长来救我们了，接下去是死是活谁也不知道。春生推推我，问："福贵，你睡着了吗？"

我说："没有。"

他又推推老全，老全没说话。春生鼻子抽了两下，对我说："这下活不成了。"

我听了这话鼻子里也酸溜溜的。老全这时说话了，他两条胳膊伸了伸说："别说这丧气话。"

他身体坐起来，又说：

"老子大小也打过几十次仗了，每次我都对自己说：老子死也要活着。子弹从我身上什么地方都擦过，就是没伤着我。春生，只要想着自己不死，就死不了。"

接下去我们谁也没说话，都想着自己的心事。我是一遍遍想着自己的家，想想凤霞抱着有庆坐在门口，想想我娘和家珍。想着想着心里像是被堵住了，都透不过气来，像被人捂住了嘴和鼻子一样。

到了后半夜，坑道外面伤号的呜咽渐渐小了下去，我想他们大部分都睡着了吧。只有不多的几个人还在呜呜地响，那声音一段一段的，飘来飘去，听上去像是在说话，你问一句，他答一声，声音凄凉得都不像是活人发出来的。那么过了一阵后，只剩下一个声音在呜咽了，声音低得像蚊虫在叫，轻轻地在我脸上飞来飞去，听着听着已不像是在呻吟，倒像是在唱什么小调。周围静得什么声响都没有，只有这样一个声音，长久地在那里转来转去。我听得眼泪都流了出来，把脸上的雪化了后，流进脖子就跟冷风吹了进来。

天亮时，什么声音也没有了，我们露出脑袋一看，昨天还在喊叫的几千伤号全死了，横七竖八地躺在那里，一动不动，上面盖了一层薄薄的雪花。我们这些躲在坑道里还活着的人呆呆看了半响，谁都没说话。连老全这样不知见过多少死人的老兵也傻看了很久，末了他叹息一声，摇摇头对我们说："惨啊。"

说着，老全爬出了坑道，走到这一大片死人中间翻翻这个，拨拨那个，老全弓着背，在死人中间跨来跨去，时而蹲下去用雪给某一个人擦擦脸。这时枪炮声又响了起来，一些子弹朝这里飞来。我和春生一下子回过魂来，赶紧向老全叫："你快回来。"

老全没管理我们，继续看来看去。过了一会，他站住了，来回张望了几下，才朝我们走来。走近了他向我和春生伸出四根指头，摇着头说："有四个，我认识。"

话刚说完，老全突然向我们睁圆了眼睛，他的两条腿僵住似的站在那里，随后身体往下一掉跪在了那里。我们不知道他为什么这样，只看到有子弹飞来，就拼命叫："老全，你快点。"

喊了几下后，老全还是那么一副样子，我才想完了，老全出事了。我赶紧爬出坑道，向老全跑去，跑到跟前一看，老全背脊上一摊血，我眼睛一黑，哇哇地喊春生。等春生跑过来后，我们两个人把老全抬回到坑道，子弹在我们身旁时时忽地一下擦过去。

我们让老全躺下，我用手顶住他背脊上那摊血，那地方又湿又烫，血还在流，从我指缝流出去。老全眼睛慢吞吞地眨了一下，像是看了一会我们，随后嘴巴动了动，声音沙沙地问我们："这是什么地方？"

我和春生抬头向周围望望，我们怎么会知道这是什么地方，只好重新去看老全。老全将眼睛紧紧闭了一下，接着慢慢睁开，越睁越大，他的嘴歪了歪，像是在苦笑，我们听到他沙哑地说："老子连死在什么地方都不知道。"

老全说完这话，过了没多久就死了。老全死后脑袋歪到了一旁，我和春生知道他已经死了，互相看了半响，春生先哭了，春生一哭我也忍不住哭了。

后来，我们看到了连长。他换上老百姓的衣服，腰里绑满了钞票，提着个包裹向西走去。我们知道他是要逃命了，衣服里绑着的钞票让他走路时像个一扭一扭的胖老太婆。有个娃娃兵向他喊："连长，蒋委员长还救不救我们？"

连长回过头来说：

"蠢蛋，这种时候你娘也不会来救你了，还是自己救自己吧。"一个老兵向他打了一枪，没打中。连长一听到子弹朝他飞去，全没有了过去的威风，撒开两腿就疯跑起来，好几个人都端起枪来打他，连长哇哇叫着跳来跳去在雪地里逃远了。

枪炮声响到了我们鼻子底下，我们都看得见前面开枪的人影了，在硝烟里一个一个摇摇晃晃地倒下去。我算计着自己活不到中午，到不了中午就该轮到我去死了。一个来月在枪炮里混下来后，我倒不怎么怕死，只是觉得自己这么死得不明不白实在是冤，我娘和家珍都不知道我死在何处。

我看看春生，他的一只手还搁在老全身上，愁眉苦脸地也在看着我。我们吃了几天生米，春生的脸都吃肿了。他伸舌头舔舔嘴唇，对我说："我想吃大饼。"

到这时候死活已经不重要了，死之前能够吃上大饼也就知足了。春生站了起来，我没叫他小心子弹，他看了看说："兴许外面还有饼，我去找找。"

春生爬出了坑道，我没拦他，反正到不了中午我们都得死，他要是真吃到大饼那就太好了。我看着他有气无力地从尸体上跨了过去，这孩子走了几步还回过头来对我说："你别走开，我找着了大饼就回来。"

他垂着双手，低头走入了前面的浓烟。那个时候空气里满是焦煳和硝烟味，吸到嗓子眼里觉得有一颗一颗小石子似的东西。

中午没到的时候，坑道里还活着的人全被俘虏了。当端着枪的解放军冲上来时，有个老兵让我们举起双手，他紧张得脸都青了，叫嚷着要我们别碰身边的枪，他怕到时候连他也跟着倒霉。有个比春生大不了多少的解放军将黑洞洞的枪口对准我，我心一横，想这次是真要死了。可他没有开枪，对我叫嚷着什么，我一听是要我爬出去，我心里一下子咚咚乱跳了，我又有活的盼头了。我爬出坑道后，他对我说："把手放下吧。"

我放下了手，悬着的心也放下了。我们一排二十多个俘虏由他一人押着向南走去，走不多远就汇入到一队更大的俘虏里。到处都是一柱柱冲天的浓烟，向着同一个地方弯过去。

地上坑坑洼洼，满是尸体和炸毁了的大炮枪支，烧黑了的军车还在噼噼啪啪。我们走了一段后，二十多个挑着大白馒头的解放军从北横着向我们走来，馒头热气腾腾，看得我口水直流。押我们的一个长官说："你们自己排好队。"

没想到他们是给我们送吃的来了，要是春生在该有多好，我往远处看，不知道这孩子是死是活。我们自动排出了二十多个队形，一个挨着一个每人领了两个馒头，我从没听到过这么一大片吃东西的声音，比几百头猪吃东西时还响。大家都吃得太快，有些人拼命咳嗽，咳嗽声一声比一声高，我身旁的一个咳得比谁都响，他捂着腰疼得眼泪横流。更多的人是噎住了，都抬着脑袋对天空直瞪眼，身体一动不动。

　　第二天早晨，我们被集合到一块空地上，整整齐齐地坐在地上。前面是两张桌子，一个长官模样的人对我们说话，他先是讲了一通解放全中国的道理，最后宣布愿意参加解放军的继续坐着，想回家的就站出来，去领回家的盘缠。

　　一听可以回家，我的心怦怦乱跳，可我看到那个长官腰里别了一支手枪又害怕了，我想哪有这样的好事。很多人都坐着没动，有一些人走出去，还真的走到那桌子前去领了盘缠，那个长官一直看着他们，他们领了钱以后还领了通行证，接着就上路了。我的心提到了嗓子眼，那个长官肯定会拔出手枪来毙他们，就跟我们连长一样。可他们走出很远以后，长官也没有掏出手枪。这下我紧张了，我知道解放军是真的愿意放我们回家。这一仗打下来我知道什么叫打仗了，我对自己说再也不能打仗了，我要回家。我就站起来，一直走到那位长官面前，扑通跪下后就哇哇哭起来，我原本想说我要回家，可话到嘴边又变了，我一遍遍叫着："连长，连长，连长——"

　　别的什么话也说不出来，那位长官把我扶起来，问我要说什么。我还是叫他连长，还是哭。旁边一个解放军对我说："他是团长。"

　　他这一说把我吓住了，心想糟了。可听到坐着的俘虏哄地笑起来，又看到团长笑着问我："你要说什么？"

　　我这才放心下来，对团长说：

　　"我要回家。"

　　解放军让我回家，还给了盘缠。我一路急匆匆往南走，饿了就用解放军给的盘缠买个烧饼吃下去，困了就找个平整一点的地方睡一觉。我太想家了，一想到今生今世还能和我娘和家珍和我一双儿女团聚，我又是哭又是笑，疯疯癫癫地往南跑。

　　我走到长江边时，南面还没有解放，解放军在准备渡江了。我过不去，在那里耽搁了几个月。我就到处找活干，免得饿死。我知道解放军缺摇船的，我以前有钱时觉得好玩，学过摇船。好几次我都想参加解放军，替他们摇船摇过长江去。

　　想想解放军对我好，我要报恩。可我实在是怕打仗，怕见不到家里人。为了家珍她们，我对自己说："我就不报恩了，我记得解放军的好。"

　　我是跟在往南打去的解放军屁股后面回到家里的，算算时间，我离家都快两年了。走的时候是深秋，回来是初秋。我满身泥土走上了家乡的路，后来我看到了自己的村庄，一点都没变，我一眼就看到了，我急匆匆往前走。看到我家先前的砖瓦房，又看到了现在的茅屋，我一看到茅屋忍不住跑了起来。

离村口不远的地方，一个七八岁的女孩，带着个三岁的男孩在割草。我一看到那个穿得破破烂烂的女孩就认出来了，那是我的凤霞。凤霞拉着有庆的手，有庆走路还磕磕绊绊。我就向凤霞有庆喊："凤霞，有庆。"

凤霞像是没有听到，倒是有庆转回身来看我，他被凤霞拉着还在走，脑袋朝我这里歪着。我又喊："凤霞，有庆。"

这时有庆拉住了他姐姐，凤霞向我转了过来。我跑到跟前，蹲下去问凤霞："凤霞，还认识我吗？"

凤霞张大眼睛看了我一阵，嘴巴动了动没有声音。我对凤霞说："我是你爹啊。"

凤霞笑了起来，她的嘴巴一张一张，可是什么声音都没有。当时我就觉得有些不对劲，只是我没往细里想。我知道凤霞认出我来了，她张着嘴向我笑，她的门牙都掉了。我伸手去摸她的脸，她的眼睛亮了亮，就把脸往我手上贴，我又去看有庆，有庆自然认不出我，他害怕地贴在姐姐身上，我去拉他，他就躲着我，我对他说："儿子啊，我是你爹。"

有庆干脆躲到了姐姐身后，推着凤霞说：

"我们快走呀。"

这时有一个女人向我们这里跑来，哇哇叫着我的名字，我认出来是家珍，家珍跑得跌跌撞撞，跑到跟前喊了一声："福贵。"

就坐在地上大声哭起来。我对家珍说：

"哭什么，哭什么？"

这么一说，我也呜呜地哭了。

我总算回到了家里，看到家珍和一双儿女都活得好好的，我的心放下了。他们拥着我往家里走去，一走近自家的茅屋，我就连连喊："娘，娘。"

喊着我就跑了起来，跑到茅屋里一看，没见到我娘，当时我眼睛就黑了一下，折回来问家珍："我娘呢？"

家珍什么也不说，就是泪汪汪地看着我，我也就知道娘到什么地方去了。我站在门口脑袋一垂，眼泪便刷刷地流了出来。

我离家两个月多一点，我娘就死了。家珍告诉我，我娘死前一遍一遍对家珍说："福贵不会是去赌钱的。"

家珍去城里打听过我不知多少次，竟会没人告诉她我被抓了壮丁，我娘才这么说。可怜她死的时候，还不知道我在什么地方。我的凤霞也可怜，一年前她发了一次高烧后就再不会说话了。家珍哭着告诉我这些时，凤霞就坐在我对面，她知道我们是在说她，就轻轻地对着我笑。看到她笑，我心里就跟针扎一样。有庆也认我这个爹了，只是他仍有些怕我，我一抱他，他就拼命去看家珍和凤霞。随便怎么说，我都回到家里了。头天晚上我怎么都睡不着，我和家珍，还有两个孩子挤在一起，听着风吹动屋顶的茅草，看着外面亮晶晶的月光从门缝里钻进来，我心里是又踏实又暖和，我一会就要去摸摸家珍，摸摸两个孩子，我一遍遍对自己说："我回家了。"

我回来的时候，村里开始搞土地改革了，我分到了五亩地，就是原先租龙二的那五亩。龙二是倒大霉了，他做上地主，神气了不到四年，一解放他就完蛋了。共产党没收了他的田产，分给了从前的佃户。他还死不认账，去吓唬那些佃户，也有不买账的，他就动手去打人家。龙二也是自找倒霉，人民政府把他抓了去，说他是恶霸地主。被送到城里大牢后，龙二还是不识时务，那张嘴比石头都硬，最后就给毙掉了。

枪毙龙二那天我也去看了。龙二死到临头才泄了气，听说他从城里被押出来时眼泪汪汪、流着口水对一个熟人说："做梦也想不到我会被毙掉。"

龙二也太糊涂了，他以为自己被关几天就会放出来，根本不相信会被枪毙。那是在下午，枪决龙二就在我们的一个邻村，事先有人挖好了坑。那天附近好几个村里的人都来看了，龙二被五花大绑地押了过来，他差不多是被拖过来的，嘴巴半张着呼哧呼哧直喘气。龙二从我身边走过时看了我一眼，我觉得他没认出我来，可走了几步他硬是回过头来，哭着鼻子对我喊道："福贵，我是替你去死啊。"

听他这么一喊，我慌了，想想还是离开吧，别看他怎么死了。我从人堆里挤出去，一个人往外走，走了十来步就听到"砰"的一枪，我想龙二彻底完蛋了，可紧接着又是"砰"的一枪，下面又打了三枪，总共是五枪。我想是不是还有别的人也给毙掉，回去的路上我问同村的一个人："毙了几个？"

他说："就毙了龙二。"

龙二真是倒霉透了，他竟挨了五枪，哪怕他有五条命也全报销了。

毙掉龙二后，我往家里走去时脖子上一阵阵冒冷气，我是越想越险，要不是当初我爹和我是两个败家子，没准被毙掉的就是我了。我摸摸自己的脸，又摸摸自己的胳膊，都好好的，我想想自己是该死却没死，我从战场上捡了一条命回来，到了家龙二又成了我的替死鬼，我家的祖坟埋对了地方，我对自己说："这下可要好好活了。"

我回到家里时，家珍正在给我纳鞋底，她看到我的脸色吓一跳，以为我病了。当我把自己想的告诉她，她也吓得脸蛋白一阵青一阵，嘴里咝咝地说："真险啊。"

后来我就想开了，觉得也用不着自己吓唬自己，这都是命。常言道，大难不死必有后福。我想我的后半截该会越来越好了。我这么对家珍说了，家珍用牙咬断了线，看着我说："我也不想要什么福分，只求每年都能给你做一双新鞋。"

我知道家珍的话，我的女人是在求我们从今以后再不分开。看着她老了许多的脸，我心里一阵酸疼。家珍说得对，只要一家人天天在一起，也就不在乎什么福分了。

福贵的讲述到这里中断，我发现我们都坐在阳光下了，阳光的移动使树荫悄悄离开我们，转到了另一边。福贵的身体动了几下才站起来，他拍了拍膝盖对我说："我全身都是越来越硬，只有一个地方越来越软。"

我听后不由高声笑起来，朝他耷拉下去的裤裆看看，那里沾了几根青草。他也嘿嘿笑了一下，很高兴我明白他的意思。然后他转过身去喊那头牛："福贵。"

那头牛已经从水里出来了，正在啃吃着池塘旁的青草，牛站在两棵柳树下面，牛背上的柳枝失去了垂直的姿态，出现了纷乱的弯曲，在牛的脊背上刷动，一些树叶慢吞吞地掉落下去。老人又叫了一声："福贵。"

牛的屁股像是一块大石头慢慢地移进了水里，随后牛脑袋从柳枝里钻了出来，两只圆滚滚的眼睛朝我们缓缓移来。老人对牛说："家珍他们早在干活啦，你也歇够了。我知道你没吃饱，谁让你在水里待这么久？"

福贵牵着牛到了水田里，给牛套上犁的工夫，他对我说："牛老了也和人老了一样，饿了还得先歇一下，才吃得下去东西。"

我重新在树荫里坐下来，将背包垫在腰后，靠着树干，用草帽扇着风。老牛的肚皮耷拉下来，长长一条，它耕地时肚皮犹如一只大水袋一样摇来晃去。我注意到福贵耷拉下去的裤裆，他的裤裆也在晃动，很像牛的肚皮。

那天我一直在树荫里坐到夕阳西下，我没有离开是因为福贵的讲述还没有结束。

我回家后的日子苦是苦，过得还算安稳。凤霞和有庆一天天大起来，我呢，一天比一天老了。我自己还没觉得，家珍也没觉得，我只是觉得力气远不如从前。到了有一天，我挑着一担菜进城去卖，路过原先绸店那地方，一个熟人见到我就叫了："福贵,你头发白啦。"

其实我和他也只是半年没见着,他这么一叫,我才觉得自己是老了许多。回到家里,我把家珍看了又看,看得她不知出了什么事,低头看看自己,又看看背后,才问:"你看什么呀?"

我笑着告诉她:"你的头发也白了。"

那一年凤霞十七岁了,凤霞长成了女人的模样,要不是她又聋又哑,提亲的也该找上门来了。村里人都说凤霞长得好,凤霞长得和家珍年轻时差不多。有庆也有十二岁了,有庆在城里念小学。

当初送不送有庆去念书,我和家珍着实犹豫了一阵,没有钱啊。凤霞那时才十二三岁,虽说也能帮我干点田里活,帮家珍干些家里活,可总还是要靠我们养活。我就和家珍商量是不是把凤霞送给别人算了,好省下些钱供有庆念书。别看凤霞听不到,不会说,她可聪明呢,我和家珍一说起把凤霞送人的事,凤霞马上就会扭过头来看我们,两只眼睛一眨一眨,看得我和家珍心都酸了,几天不再提起那事。

眼看着有庆上学的年纪越来越近,这事不能不办了。我就托村里人出去时顺便打听打听,有没有人家愿意领养一个十二岁的女孩。我对家珍说:"要是碰上一户好人家,凤霞就会比现在过得好。"

家珍听了点着头,眼泪却下来了。做娘的心肠总是要软一些。我劝家珍想开点,凤霞命苦,这辈子看来是要苦到底了。有庆可不能苦一辈子,要让他念书,念书才会有个出息的日子。总不能让两个孩子都被苦捆住,总得有一个日后过得好一些。

村里出去打听的人回来说凤霞大了一点,要是减掉一半岁数,要的人家就多了。这么一说我们也就死心了。谁知过了一个来月,两户人家捎信来要我们的凤霞,一户是领凤霞去做女儿,另一户是让凤霞去侍候两个老人。我和家珍都觉得那户没有儿女的人家好,把凤霞当女儿,总会多疼爱她一些,就传口信让他们来看看。他们来了,见了凤霞夫妻两个都挺喜欢,一知道凤霞不会说话,他们就改变了主意,那个男的说:"长得倒是挺干净的,只是……"

他没往下说,客客气气地回去了。我和家珍只好让另一户人家来领凤霞。那户倒是不在乎凤霞会不会说话,他们说只要勤快就行。

凤霞被领走那天,我扛着锄头准备下地时,她马上就提上篮子和镰刀跟上了我。几年来我在田里干活,凤霞就在旁边割草,已经习惯了。那天我看到她跟着,就推推她,让她回去。她睁圆了眼睛看我,我放下锄头,把她拉回到屋

活着

1741

里，从她手里拿过镰刀和篮子，扔到了角落里。她还是睁圆眼睛看着我，她不知道我们把她送给别人了。当家珍给她换上一件水红颜色的衣服时，她不再看我，低着头让家珍给她穿上衣服，那是家珍用过去的旗袍改做的。家珍给她扣纽扣时，她眼泪一颗一颗滴在自己腿上。凤霞知道自己要走了。我拿起锄头走出去，走到门口我对家珍说："我下地了，领凤霞的人来了，让他带走就是，别来见我。"

我到了田里，挥着锄头干活时，总觉得劲使不到点子上。

我是心里发虚啊，往四周看看，看不到凤霞在那里割草，觉得心都空了。想想以后干活时再见不到凤霞，我难受得一点力气都没有。这当儿我看到凤霞站在田埂上，身旁一个五十来岁的男人拉着她的手。凤霞的眼泪在脸上哗哗地流，她哭得身体一抖一抖，凤霞哭起来一点声音也没有，她时不时抬起胳膊擦眼睛，我知道她这样做是为了看清楚她爹。那个男人对我笑了笑，说道："你放心吧，我会对她好的。"

说完他拉了拉凤霞，凤霞就跟着他走了。凤霞手被拉着走去时，身体一直朝我这边歪着，她一直在看着我。凤霞走着走着，我就看不到她的眼睛了，再过一会，她擦眼睛抬起的胳膊也看不到了。这时我实在忍不住了，歪了歪头眼泪掉了下来。家珍走过来时，我埋怨她："叫你别让他们过来，你偏要让他们过来见我。"

家珍说："不是我，是凤霞自己过来的。"

凤霞走后，有庆不干了。起先凤霞被人领走时，有庆瞪着眼睛还不知道出了什么事，直到凤霞走远了，他才挠着头一步一步往回走。我看到他朝我这里张望几下，就是不过来问我。他还在家珍肚子里时我就打过他，他看到我怕。

吃午饭时，桌子旁没有了凤霞，有庆吃了两口就不吃了，眼睛对着我和家珍转来转去。家珍对他说："快吃。"

他摇摇小脑袋，问他娘：

"姐姐呢？"

家珍一听这话头便低下了，她说：

"你快吃。"

这小家伙干脆把筷子一放，对他娘叫道："姐姐什么时候回来？"

凤霞一走，我心里本来就乱糟糟的，看到有庆这样子，一拍桌子说："凤霞不回来啦。"

有庆吓得身体抖了一下，看看我没再发火，他嘴巴歪了两下，低着脑袋说：

"我要姐姐。"

家珍就告诉他，我们把凤霞送给别人家了，为了省下些钱供他上学。听到把凤霞送给了别人，有庆嘴一张哇哇地哭了，边哭边喊："我不上学，我要姐姐。"

我没理他，心想他要哭就让他哭吧，谁知他又叫了："我不上学。"把我的心都叫乱了，我对他喊："你哭个屁。"

有庆给吓住了，身体往后缩缩，看到我低头重新吃饭，他就离开凳子，走到墙角，突然又喊了一声："我要姐姐。"

我知道这次非揍他不可了，从门后拿出扫帚走过去，对他说："转过去。"

有庆看看家珍，乖乖地转了过去，两只手扶在墙上，我说："脱掉裤子。"

有庆脑袋扭过来，看看家珍，脱下了裤子后又转过脸来看家珍，看到他娘没过来拦我，他慌了。我举起扫帚时，他怯生生地说："爹，别打我好吗？"

他这么说，我心也就软了。有庆也没有错，他是凤霞带大的，他对姐姐亲，想姐姐。我拍拍他的脑袋，说："快去吃饭吧。"

过了两个月，有庆上学的日子到了。凤霞被领走时穿了一件好衣服，有庆上学了还是穿得破破烂烂，家珍做娘的心里怪难受的，她蹲在有庆跟前，替他这儿拉拉，那儿拍拍，对我说："都没件好衣服。"

谁想到有庆这时候又说：

"我不上学。"

都过去了两个月，我以为他早忘了凤霞的事，到了上学这一天，他又这么叫了。这次我没有发火，好言好语告诉他，凤霞就是为了他上学才送给别人的，他只有好好念书才对得起姐姐。有庆倔劲上来了，他抬起脑袋冲我说："我就是不上学。"

我说："你屁股又痒啦？"

他干脆一转身，脚使劲往地上蹬着走进了里屋，进了屋后喊："你打死我，我也不上学。"

我想这孩子是要我揍他，就提着扫帚进去。家珍拉住我，低声说："你轻点，吓唬吓唬就行了，别真的揍他。"

我一进屋，有庆已经卧在床上了，裤子褪到大腿一面，露着两片小屁股，他是在等我去揍他。他这样子反倒让我下不了手，我就先用话吓唬他："现在说上学还来得及。"

他尖声喊：

活

着

"我要姐姐。"

我朝他屁股上揍了一下。他抱着脑袋说：

"不疼。"

我又揍了一下。他还是说：

"不疼。"

这孩子是逼我使劲揍他，真把我气坏了。我就使劲往他屁股上揍，这下他受不了，哇哇地哭，我也不管，还是使劲揍。有庆总还小，过了一会，他实在疼得挺不住，求我了："爹，别打了，我上学。"

有庆是个好孩子。他上学第一天中午回来后，一看到我就哆嗦一下，我还以为他是早晨被我打怕了，就亲热地问他学校好不好，他低着头轻轻嗯了一下，吃饭的时候，他老是抬起头来看看我，一副害怕的样子，让我心里很不是滋味，想想早晨我出手也太重了。到饭快吃完的时候，有庆叫了我一声："爹。"

他说："老师要我自己来告诉你们，老师批评我了，说我坐在凳子上动来动去，不好好念书。"

我一听火就上来了，凤霞都送给了别人，他还不好好念书。我把碗往桌上一拍，他先哭了，哭着对我说："爹，你别打我。我是屁股疼得坐不下去。"

我赶紧把他裤子剥下来一看，有庆的屁股上青一块紫一块，那是早晨揍的，这样怎么让他在凳子上坐下去。看着儿子那副哆嗦的样子，我鼻子一酸，眼睛也湿了。

凤霞让别人领去才几个月，她就跑了回来。凤霞回来时夜深了，我和家珍在床上，听到有人在外面敲门，先是很轻地敲了一下，过了一会又敲了两下。我想是谁呀，这么晚了。爬起来去开门，一开门看到是凤霞，都忘了她听不到，赶紧叫："凤霞，快进来。"

我这么一叫，家珍一下子从床上下来，没穿鞋就往门口跑。我把凤霞拉进来，家珍一把将她抱过去呜呜地哭了。我推推她，让她别这样。

凤霞的头发和衣服都被露水沾湿了，我们把她拉到床上坐下，她一只手扯住我的袖管，一只手拉住家珍的衣服，身体一抖一抖哭得都哽住了。家珍想去拿条毛巾给她擦擦头发，她拉住家珍的衣服就是不肯松开，家珍只得用手去替她擦头发。过了很久，她才止住哭，抓住我们的手也松开了。我把她两只手拿起来看了又看，想看看那户人家是不是让凤霞做牛做马地干活，看了很久也看不出个究竟来，凤霞手上厚厚的茧在家里就有了。我又看她的脸，脸上也没有什么伤痕，这才稍稍有些放心。

凤霞头发干了后，家珍替她脱了衣服，让她和有庆睡一头。凤霞躺下后，睁眼看着睡着的有庆好一会，偷偷笑了一下，才把眼睛闭上。有庆翻了个身，把手搁在凤霞嘴上，像是打他姐姐巴掌似的。凤霞睡着后像只小猫，又乖又安静，一动不动。

有庆早晨醒来一看到他姐姐，使劲搓眼睛，搓完眼睛看看还是凤霞，衣服不穿就从床上跳下来，张着个嘴一声声喊："姐姐，姐姐。"

这孩子一早晨嘻嘻笑个不停。家珍让他快点吃饭，还要上学去。他就笑不出来了，偷偷看了我一眼，低声问家珍："今天不上学好吗？"

我说："不行。"

他不敢再说什么，当他背着书包出门时狠狠蹬了几脚，随即怕我发火，飞快地跑了起来。有庆走后，我让家珍拿身干净衣服出来，准备送凤霞回去，一转身看到凤霞提着篮子和镰刀站在门口等着我了，凤霞哀求地看着我，叫我实在不忍心送她回去，我看看家珍，家珍看着我的眼睛也像是在求我。我对她说："让凤霞再待一天吧。"

我是吃过晚饭送凤霞回去的，凤霞没有哭，她可怜巴巴地看看她娘，看看她弟弟，拉着我的袖管跟我走了。有庆在后面又哭又闹，反正凤霞听不到，我没理睬他。

那一路走得真是叫我心里难受，我不让自己去看凤霞，一直往前走，走着走着天黑了，风飕飕地吹在我脸上，又灌到脖子里去。凤霞双手捏住我的袖管，一点声音也没有。天黑后，路上的石子绊着凤霞，走上一段凤霞的身体就摇一下，我蹲下去把她两只脚揉一揉，凤霞两只小手搁在我脖子上，她的手很冷，一动不动。后面的路是我背着凤霞走去，到了城里，看看离那户人家近了，我就在路灯下把凤霞放下来，把她看了又看，凤霞是个好孩子，到了那时候也没哭，只是睁大眼睛看我，我伸手去摸她的脸，她也伸过手来摸我的脸。她的手在我脸上一摸，我再也不愿意送她回到那户人家去了，背起凤霞就往回走。凤霞的小胳膊勾住我的脖子，走了一段她突然紧紧抱住了我，她知道我是带她回家了。

回到家里，家珍看到我们怔住了，我说：

"就是全家都饿死，也不送凤霞回去。"

家珍轻轻地笑了，笑着笑着眼泪掉了出来。

第五章

　　有庆念了两年书，到了十岁光景，家里日子算是好过一些了，那时凤霞也跟着我们一起下地干活，凤霞已经能自己养活自己了。家里还养了两头羊，全靠有庆割草去喂它们。每天蒙蒙亮时，家珍就把有庆叫醒，这孩子把镰刀扔在篮子里，一只手提着，一只手搓着眼睛跌跌撞撞走出屋门去割草，那样子怪可怜的，孩子在这个年纪是最睡不醒的，可有什么办法呢？没有有庆去割草，两头羊就得饿死。到了有庆提着一篮草回来，上学也快迟到了，急忙往嘴里塞一碗饭，边嚼边往城里跑。中午跑回家又得割草，喂了羊再自己吃饭，上学自然又来不及了。有庆十来岁的时候，一天两次来去就得跑五十多里路。

　　有庆这么跑，鞋当然坏得快。家珍是城里有钱人家出身，觉得有庆是上学的孩子了，不能再光着脚丫，给他做了一双布鞋。我倒觉得上学只要把书念好就行，穿不穿鞋有什么关系。有庆穿上新鞋才两个月，我看到家珍又在纳鞋底，问她是给谁做鞋，她说是给有庆。

　　田里的活已经把家珍累得说话都没力气了，有庆非得把他娘累死。我把有庆穿了两个月的鞋拿起来一看，这哪还是鞋，鞋底磨穿了不说，一只鞋连鞋帮都掉了。等有庆提着满满一篮草回来时，我把鞋扔过去，揪住他的耳朵让他看看："你这是穿的，还是啃的？"

　　有庆摸着被揪疼的耳朵，咧了咧嘴，想哭又不敢哭。我警告他："你再这样穿鞋，我就把你的脚砍掉。"

　　其实是我没道理，家里的两头羊全靠有庆喂它们，这孩子在家干这么重的活，耽误了上学时间总是跑着去，中午放学想早点回来割草，又跑着回来。不说羊粪肥田这事，就是每年剪了羊毛去卖了的钱，也不知道能给有庆做多少双鞋。我这么一说以后，有庆上学就光脚丫跑去，到了学校再穿上鞋。

　　有一次都下雪了，他还是光着脚丫在雪地里吧嗒吧嗒往学校跑，让我这个做爹的看得好心疼，我叫住他："你手里拿着什么？"

　　这孩子站在雪地里看着手里的鞋，可能是糊涂了，都不知道说什么。我说："那是鞋，不是手套，你给我穿上。"

　　他这才穿上了鞋，缩着脑袋等我下面的话。我向他挥挥手："你走吧。"

　　有庆转身往城里跑，跑了没多远，我看到他又脱下了鞋。

　　这孩子让我一点办法都没有。

　　到了一九五八年，人民公社成立了。我家那五亩地全划到了人民公社名下，只留下屋前一小块自留地。村长也不叫村长了，改叫队长。队长每天早晨站在村口的榆树下吹口哨，村里男男女女都扛着家伙到村口去集合，就跟当兵一样，队长将一天的活派下来，大伙就分头去干。村里人都觉得新鲜，排着队下地干活，嘻嘻哈哈地看着别人的样子笑，我和家珍、凤霞排着队走去还算整齐，有些人家老的老小的小，中间有个老太太还扭着小脚，排出来的队伍难看死了，连队长看了都说："你们这一家啊，横看竖看还是不好看。"

家里五亩田归了人民公社，家珍心里自然舍不得，过去的十来年，我们一家全靠这五亩田养活，眼睛一眨，这五亩田成了大伙的了，家珍常说："往后要是再分田，我还是要那五亩。"

谁知没多少日子，连家里的锅都归了人民公社，说是要煮钢铁。那天队长带着几个人挨家挨户来砸锅，到了我家，笑嘻嘻地对我说："福贵，是你自己拿出来呢，还是我们进去砸？"

我心想反正每家的锅都得砸，我家怎么也逃不了，就说："自己拿，我自己拿。"

我将锅拿出来放在地上，两个年轻人挥起锄头就砸，才那么三五下，好端端的一口锅就被砸烂了。家珍站在一旁看着心疼得都掉出了眼泪，家珍对队长说："这锅砸了往后吃什么？"

"吃食堂。"队长挥着手说，"村里办了食堂，砸了锅谁都用不着在家做饭啦，省出力气往共产主义跑，饿了只要抬抬腿往食堂门槛里放，鱼啊肉啊撑死你们。"

村里办起了食堂，家中的米盐柴什么的也全被村里没收了，最可惜的是那两头羊，有庆把它们养得肥肥壮壮的，也要充公。那天上午，我们一家扛着米、端着盐往食堂送时，有庆牵着两头羊，低着脑袋往晒场去。他心里是一百个不愿意，那两头羊可是他一手喂大的，他天天跑着去学校，又跑着回来，都是为家里的羊。他把羊牵到晒场上，村里别的人家也把牛羊牵到了那里，交给饲养员王喜。别人虽说心里舍不得，交给王喜后也都走开了，只有有庆还在那里站着，咬着嘴唇一动不动，末了可怜巴巴地问王喜："我每天都能来抱抱它们吗？"

村里食堂一开张，吃饭时可就好看了，每户人家派两个人去领饭菜，排出长长一队，看上去就跟我当初被俘虏后排队领馒头一样。每家都是让女人去，叽叽喳喳声音响得就和晒稻谷时麻雀一群群飞来似的。队长说得没错，有了食堂确实省事，饿了只要排个队就有吃有喝了。那饭菜敞开吃，能吃多少就吃多少，天天都有肉吃。最初的几天，队长端着个饭碗嘻嘻笑着挨家串门，问大伙：

"省事了吧？这人民公社好不好？"

大伙也高兴，都说好。队长就说：

"这日子过得比当二流子还舒坦。"

家珍也高兴，每回和凤霞端着饭菜回来时就会说："又吃肉啦。"

家珍把饭菜往桌上一放，就出门去喊有庆。有庆有庆地喊上一阵子，才看见他提着满满一篮草在田埂上横着跑过去。

这孩子是给两头羊送草去。村里三头牛和二十多头羊全被关在一个棚里，那群牲畜一归了人民公社，就倒霉了，常常挨饿，有庆一进去就会围上来。有庆就对着它们叫："喂喂，你们在哪里？"

他的两头羊在羊堆里拱出来，有庆才会把草倒在地上，还得使劲把别的羊推开，一直侍候自己的羊吃完，有庆这才呼哧呼哧满头是汗地跑回家来，上学也快迟到了，这孩子跟喝水似的把饭吃下去，抓起书包就跑。

看着他还是每天这么跑来跑去，我心里那个气，嘴上又不好说，说出来怕别人听到了会说我落后。有一次我实在忍不住了，就说："别人拉屎你擦什么屁股？"

有庆听了这话，没明白过来，看了我一会后扑哧笑了，气得我差点没给他一巴掌，我说："这羊早归了公社，关你屁事。"

有庆每天三次给羊送草去，到了天快黑的时候，他还要去一次抱抱那两头羊。管牲畜的王喜见他这么喜欢自己的羊，就说："有庆，你今晚就领回家去吧，明天一早送回来就是了。"

有庆知道我不会让他这么干，摇摇头对王喜说："我爹要骂我的，我就这么抱一抱吧。"

日子一长，棚里的羊也就越少，过几天就要宰一头。到后来只有有庆一个人送草去了。王喜见了我常说："就有庆还天天惦记着它们，别人是要吃肉了才会想到它们。"

村里食堂开张后两天，队长让两个年轻人进城去买煮钢铁的锅，那些砸烂的锅和铁皮什么的都堆在晒场上，队长指着它们说："得赶紧把它们给煮了，不能老让它们闲着。"

两个年轻人拿着草绳和扁担进城去后，队长陪着城里请来的风水先生在村里转悠开了，说是要找一块风水宝地煮钢铁。穿长衫的风水先生笑眯眯地走来走去，走到一户人家跟前，那户人家就得倒吸一口冷气，这弓着背的老先生只要一点头，那户人家的屋子就完蛋了。

队长陪着风水先生来到了我家门口，我站在门前心里咚咚地打鼓。队长说："福贵，这位是王先生，到你这儿来看看。"

"好，好。"我连连点着头。

风水先生双手背在身后，前后左右看了一会，嘴里说："好地方，好风水。"

我听了这话眼睛一黑，心想这下完蛋了。好在这时家珍走了出来，家珍看到是她认识的王先生，就叫了一声。王先生说："是家珍啊。"

家珍笑着说："进屋喝碗茶吧。"

王先生摆了摆手，说道："改日再喝，改日再喝。"

家珍说："听我爹说你这些日子忙坏了？"

"忙，忙。"王先生点着头说，"请我看风水的都排着队呢。"

说着王先生看看我，问家珍：

"这位就是？"

家珍说："是福贵。"

王先生眼睛笑得眯成了一条缝，点着头说：

"我知道，我知道。"

看着王先生这副模样，我知道他是想起我从前赌光家产的事。我就对王先生嘿嘿笑了。王先生向我们双手抱拳说："改日再聊。"

说过他转身对队长说：

"到别处去看看。"

队长和风水先生一走，我才彻底松了一口气，我这间茅屋算是没事了，可村里老孙家倒大霉了，风水先生看中了他家的屋子。队长让他家把屋子腾出来，老孙头呜呜地哭，蹲在屋角就是不肯搬，队长对他说："哭什么，人民公社给你盖新屋。"

老孙头双手抱着脑袋，还是哭，什么话都不说。到了傍晚，队长看看没有别的法子了，就叫上村里几个年轻人，把老孙头从屋里拉出来，将里面的东西也搬到外面。老孙头被拉出来后，双手抱住了一棵树，怎么也不肯松手，拉他的两个年轻人看看队长说："队长，拉不动啦。"

队长扭头看了看，说：

"行啦，你们两个过来点火。"

那两个年轻人拿着火柴，站到凳子上，对着屋顶的茅草划燃了火柴。屋顶的茅草本来就发霉了，加上头天又下了一场雨，他们怎么也烧不起来。队长说："他娘的，我就不信人民公社的火还烧不掉这破屋子。"

说着队长卷了卷袖管准备自己动手。有人说:"浇上油,一点就燃。"

队长一想后说:"对啊,他娘的,我怎么没想到,快去食堂取油。"

原先我只觉得自己是个败家子,想不到我们队长也是个败家子。我啊,就站在不到百步远的地方,看着队长他们把好端端的油倒在茅草上,那油可都是从我们嘴里挖出来的,被他们一把火烧没了。那茅草浇上了我们吃的油,火苗子呼呼地往上蹿,黑烟在屋顶滚来滚去。我看到老孙头还是抱着那棵树,他是眼睁睁看着自己的窝没了。老孙头可怜,等到屋顶烧成了灰,四面土墙也烧黑了,他才抹着眼泪走开,村里人听到他说:"锅砸了,屋子烧了,看来我也得死了。"

那晚上我和家珍都睡不踏实,要不是家珍认识城里看风水的王先生,我这一家人都不知道要到哪里去了。想来想去这都是命,只是苦了老孙头,家珍总觉得这灾祸是我们推到他身上去的,我想想也是这样。我嘴上不这么说,我说:"是灾祸找到他,不能说是我们推给他的。"

煮钢铁的地方算是腾出来了,去城里买锅的也回来了。他们买了一只汽油桶回来,村里很多人以前没见过汽油桶,看着都很稀奇,问这是什么玩意,我以前打仗时见过,就对他们说:"这是汽油桶,是汽车吃饭用的饭碗。"

队长用脚踢踢汽车的饭碗,说:

"太小啦。"

买来的人说:"没有更大的了,只能一锅一锅煮了。"

队长是个喜欢听道理的人,不管谁说什么,他只要听着有理就相信。他说:"也对,一口吃不成个大胖子,就一锅一锅煮吧。"

有庆这孩子看到我们很多人围着汽油桶,提着满满一篮草不往羊棚送,先挤到我们这儿来了。他的脑袋从我腰里一擦一磨地钻出来,我想是谁呀,低头一看是自己儿子。有庆对着队长喊:"煮钢铁桶里要放上水。"

大伙听了都笑。队长说:

"放上水?你小子是想煮肉吧。"

有庆听了这话也嘻嘻笑,他说:

"要不钢铁没煮成,桶底就先煮烂啦。"

谁知队长听了这话,眉毛往上一吊,看着我说:"福贵,这小子说得还真对。你家出了个科学家。"

队长夸奖有庆,我心里当然高兴,其实有庆是出了个傻主意。汽油桶在原先老孙头家架了起来,将砸烂的锅和铁皮什么的扔了进去,里面还真的放上了水，桶顶盖一个木盖，就这样煮起了钢铁。里面的水一开，那木盖就扑扑地跳，水蒸气呼呼地往外冲，这煮钢铁跟煮肉还真是差不多。

队长每天都要去看几次，每次揭开木盖时，里面发大水似的冲出来蒸气都吓得他跳开好几步，嘴里喊着："烫死我啦。"

等到水蒸气少了一些，他就拿着根扁担伸到桶里敲了敲，敲完后骂道："他娘的，还硬邦邦的。"

村里煮钢铁那阵子，家珍病了。家珍得了没力气的病，起先我还以为她是年纪大了才这样的。那天村里挑羊粪去肥田，那时候田里插满了竹竿，原先竹竿上都是纸做的小红旗，几场雨一下，红旗全没了，只在竹竿上沾了些红纸屑。家珍也挑着羊粪，她走着走着腿一软坐在了地上。村里人见了都笑，说是："福贵夜里干狠了。"

家珍自己也笑了，她站起来试着再挑，那两条腿就哆嗦，抖得裤子像是被风吹的那样乱动起来。我想她是累了，就说："你歇一会吧。"

刚说完，家珍又坐到了地上，担子里的羊粪泼出来盖住了她的腿。家珍的脸一下子红了，她对我说："我也不知道是怎么了。"

我以为家珍只要睡上一觉，第二天就会有力气的。谁想到以后的几天家珍再也挑不动担子了，她只能干些田里的轻活。好在那时是人民公社，要不这日子又难熬了。家珍得了病，心里自然难受，到了夜里她常偷偷问我："福贵，我会拖累你们吗？"

我说："你别想这事了，年纪大了都这样。"

到那时我还没怎么把家珍的病放在心上，我心想家珍自从嫁给我以后，就没过上好日子，现在年纪大了，也该让她歇一歇。谁知过了一个来月，家珍的病一下子重了，那晚上我们一家守着那汽油桶煮钢铁，家珍病倒了，我才吓一跳，才想到要送家珍去城里医院看看。

那时候钢铁煮了有两个多月了，还是硬邦邦的，队长觉得不能让村里最强壮的几个劳动力整日整夜地守着汽油桶，他说："往后就挨家挨户轮了。"

轮到我家时，队长对我说：

"福贵，明天就是国庆节了，把火烧得旺些，怎么也得给我把钢铁煮出来。"

我让家珍和凤霞早早地去食堂守着，好早些把饭菜打回来，吃完了去接替人家，我怕去晚了人家会说闲话。可是家珍和凤霞打了饭菜回来，左等右等不见有庆回来，家珍站在门前喊得额头都出汗了，我知道这孩子准是割了草送到羊棚去了。我对家珍说："你们先吃。"

活
着

1751

说完我出门就往村里羊棚去，心想这孩子太不懂事了，不帮着家珍干些家里的活，整天就知道割羊草，胳膊一个劲地往外拐。我走到羊棚前，看到有庆正把草倒在地上，棚里只有六只羊了，全挤上来抢着吃草，有庆提着篮子问王喜："他们会宰我的羊吗？"

王喜说："不会了，把羊吃光了，上哪儿去找肥料，没有了肥料田里的庄稼就长不好。"

王喜看到我走进去，对有庆说：

"你爹来了，你快回去吧。"

有庆转过身来，我伸手拍拍他的脑袋，这孩子刚才问王喜时的可怜腔调，让我有火发不出。我们往家里走去，有庆看到我没发火，高兴地对我说："他们不会宰我的羊了。"

我说："宰了才好。"

到了晚上，我们一家就守着汽油桶煮钢铁了，我负责往桶里加水，凤霞拿一把扇子扇火，家珍和有庆捡树枝。直干到半夜，村里所有人家都睡了，我都加了三次水，拿一根树枝往里捅了捅，还是硬邦邦的。家珍累得满脸是汗，她弯腰放下树枝时都跪在了地上。我盖上木盖对她说："你怕是病了。"

家珍说："我没病，只是觉得身体软。"

那时候有庆靠着一棵树像是睡着了，凤霞两只手换来换去地扇着风，她是胳膊疼了。我去推推她，她以为我要替她，转过脸来直摇头，我就指指有庆，要她把有庆抱回家去，她这才点着头站起来。村里羊棚里传来咩咩的叫声，睡着的有庆听到这声音咯咯地笑了，当凤霞要去抱他时，他突然睁开眼睛说："是我的羊在叫。"

我还以为他睡着了，看到他睁开眼睛，又说是他的羊什么的，我火了，对他说："是人民公社的羊，不是你的。"

这孩子吓一跳，睡意全没了，眼睛定定地看着我。家珍推推我，说我："你别吓唬他。"

说着蹲下去对有庆轻声说：

"有庆，你睡吧，睡吧。"

这孩子看看家珍，点点头闭上了眼睛，没一会工夫就呼呼地睡去了。我把有庆抱起来，放到凤霞背脊上，打着手势告诉凤霞，让她和有庆回家去睡觉，别来了。

凤霞背着有庆走后，我和家珍坐在了火前，那时天很凉，坐在火前暖和，家珍累得一点力气都没了，胳膊抬起来都费劲，我就让家珍靠着我，说："你就闭上眼睛睡一会吧。"

家珍的脑袋往我肩膀上一靠，我的瞌睡也来了，脑袋老往下掉，我使劲挺一会，不知不觉又掉了下去。我最后一次往火里加了树枝后，脑袋掉下去就没再抬起来。

我不知道自己睡了有多久，后来轰的一声巨响，把我吓得从地上一下子坐起来。那时候天都快亮了，我看到汽油桶已经倒在了地上，火像水一样流成一片在烧，我身上盖着家珍的衣服，我立刻跳起来，围着汽油桶跑了两圈，没见到家珍，我吓坏了，吼着嗓子叫："家珍，家珍。"

我听到家珍在池塘那边轻声答应，我跑过去看到家珍坐在地上，正使劲想站起来，我把她扶起来时，发现她身上的衣服都湿透了。

我睡着以后，家珍一直没睡，不停地往火上加树枝，后来桶里的水快煮干了，她就拿着木桶去池塘打水，她身上没力气，拿着个空桶都累，别说是满满一桶水了，她提起来才走了五六步就倒在地上，她坐在地上歇了一会，又去打了一桶水，这回她走一步歇一下，可刚刚走上池塘人又滑倒了，前后两桶水全泼在她身上，她坐在地上没力气起来了，一直等到我被那声巨响吓醒。

看到家珍没伤着，我悬着的心放下了，我把家珍扶到汽油桶前，还有一点火在烧，我一看是桶底煮烂了，心想这下糟了。家珍一看这情形，也傻了，她一个劲地埋怨自己："都怪我，都怪我。"

我说："是我不好，我不该睡着。"

我想着还是快些去报告队长吧，就把家珍扶到那棵树下，让她靠着树坐下。自己往我家从前的宅院，后来是龙二、现在是队长的屋子跑去，跑到队长屋前，我使劲喊："队长，队长。"

队长在里面答应："谁呀？"

我说："是我，福贵，桶底煮烂啦。"

队长问："是钢铁煮成啦？"

我说："没煮成。"

队长骂道："那你叫个屁。"

我不敢再叫了，在那里站着不知道该怎么办，那时候天都亮了，我想了想还是先送家珍去城里医院吧，家珍的病看样子不轻，这桶底煮烂的事待我从医院回来再去向队长作个交代。我先回家把凤霞叫醒，让她也去，家珍是走不动了，我年纪大了，背着家珍来去走二十多里路看来不行，只能和凤霞轮流着背她。

我背起家珍往城里走，凤霞走在一旁，家珍在我背上说："我没病，福贵，我没病。"

我知道她是舍不得花钱治病，我说：

"有没有病，到医院一看就知道了。"

家珍不愿意去医院，一路上嘟嘟哝哝的。走了一段，我没力气了，就让凤霞替我。凤霞力气比我都大，背着她娘走起路来咚咚响。家珍到了凤霞背脊上，不再嘟哝什么，突然笑起来，宽慰地说："凤霞长大了。"

家珍说完这话眼睛一红，又说：

"凤霞要是不得那场病就好了。"

我说："都多少年的事了，还提它干什么。"

城里医生说家珍得了软骨病，说这种病谁也治不了，让我们把家珍背回家，能给她吃得好一点就吃得好一点，家珍的病可能会越来越重，也可能就这样了。回来的路上是凤霞背着家珍，我走在边上心里是七上八下，家珍得了谁也治不了的病，我是越想越怕，这辈子这么快就到了这里，看着家珍瘦得都没肉的脸，我想她嫁给我后没过上一天好日子。

家珍反倒有些高兴，她在凤霞背上说：

"治不了才好，哪有钱治病。"

快到村口时，家珍说她好些了，要下来自己走，她说："别吓着有庆了。"

她是担心有庆看到她这副模样会害怕，做娘的心里就是想得细。她从凤霞背上下来，我们去扶她，她说自己能走，说："其实也没什么病。"

这时村里传来了锣鼓声，队长带着一队人从村口走出来，队长看到我们后高兴地挥着手喊道："福贵，你们家立大功啦。"

我是丈二和尚摸不着头脑，不知道立了什么大功，等他们走近了，我看到两个村里的年轻人抬着一块乱七八糟的铁，上面还翘着半个锅的形状，和几片耷出来的铁片，一块红布挂在上面。队长指指这烂铁说："你家把钢铁煮出来啦，赶上这国庆节的好时候，我们上县里去报喜。"

一听这话我傻了，我还正担心着桶底煮烂了怎么去向队长交代，谁想到钢铁竟然煮出来了。队长拍拍我的肩膀说："这钢铁能造三颗炮弹，全部打到台湾去，一颗打在蒋介石床上，一颗打在蒋介石吃饭的桌上，一颗打在蒋介石家的羊棚里。"

说完队长手一挥，十来个敲锣打鼓的人使劲敲打起来，他们走过去后，队长在锣鼓声里回过头来喊道："福贵，今天食堂吃包子，每个包子都包进了一头羊，全是肉。"

他们走远后，我问家珍：

"这钢铁真的煮成了？"

家珍摇摇头，她也不知道是怎么煮成的。我想着肯定是桶底煮烂时，钢铁煮成的。要不是有庆出了个馊主意，往桶里放水，这钢铁早就能煮成了。等我们回到家里时，有庆站在屋前哭得肩膀一抖一抖，他说："他们把我的羊宰了，两头羊全宰了。"

有庆伤心了好几天，这孩子每天早晨起来后，用不着跑着去学校了。我看着他在屋前游来荡去，不知道该干什么，往常这个时候他都是提着个篮子去割草了。家珍叫他吃饭，叫一声他就进来坐到桌前，吃完饭背起书包绕到村里羊棚那里看看，然后无精打采地往城里学校去了。

村里的羊全宰了吃光了，那三头牛因为要犁田才保住性命，粮食也快吃光了。队长说到公社去要点吃的来，每次去都带了十来个年轻人，打着十来根扁担，那样子像是要去扛一座金山回来，可每次回来仍然是十来个人十来根扁担，一粒米都没拿到。队长最后一次回来后说："从明天起食堂散伙了，大伙赶紧进城去买锅，还跟过去一样，各家吃各家自己的。"

当初砸锅凭队长一句话，买锅了也是凭队长一句话。食堂把剩下的粮食按人头分到各家，我家分到的只够吃三天。好在田里的稻子再过一个月就收起来了，怎么熬也能熬过这一个月。

村里人下地干活开始记工分了，我算是一个壮劳力，给我算十分，家珍要是不病，能算她八分，她一病只能干些轻活，也就只好算四分了。好在凤霞长大了，凤霞在女人里面算是力气大的，她每天能挣七个工分。

家珍心里难受，她挣的工分少了一半，想不开，她总觉得自己还能干重活，几次都去对队长说，说她也知道自己有病，可现在还能干重活。她说："等我真干不动了再给我记四分吧。"

队长一想也对，就对她说：

"那你去割稻子吧。"

家珍拿着把镰刀下到稻田里，刚开始割得还真快，我看着心想是不是医生弄错了。可割了一道，她身体就有些摇晃了，割第二道时慢了许多。我走过去问她："你行吗？"

她那时满脸是汗，直起腰来还埋怨我：

"你干你的，过来干什么？"

她是怕我这么一过去，别人都注意她了，我说："你自己留意着身体。"

她急了，说："你快走开。"

我摇摇头，只好走开。我走开后没过多久，听到那边扑通一声，我心想不好，抬头一看家珍摔在地上了。我走到跟前，家珍虽说站了起来，可两条腿直哆嗦，她摔下去时头碰着了镰刀，额头都破了，血在那里流出来。她苦笑着看我，我一句话不说，背起她就往家里去，家珍也不反抗，走了一段，家珍哭了，她说："福贵，我还能养活自己吗？"

"能。"我说。

以后家珍也就死心了，虽然她心疼丢掉的那四个工分，想着还能养活自己，家珍多少还是能常常宽慰自己。

家珍病后，凤霞更累了，田里的活一点没少干，家里的活她也得多干，好在凤霞年纪轻，一天累到晚，睡上一觉就又有力气有精神了。有庆开始帮着干些自留地上的活，有天傍晚我收工回家，在自留地锄草的有庆叫了我一声，我走过去，这孩子手摸着锄头柄，低着头说："我学会了很多字。"

我说："好啊。"

他抬头看了我一眼，又说：

"这些字够我用一辈子了。"

我想这孩子口气真大，也没在意他是什么意思，我随口说："你还得好好学。"

他这才说出真话来，他说：

"我不想念书了。"

我一听脸就沉下了，说：

"不行。"

其实让有庆退学，我也是想过的，我打消这个念头是为了家珍，有庆不念书，家珍会觉得是自己的病拖累他的。我对有庆说："你不好好念书，我就宰了你。"

说过这话后，我有些后悔，有庆还不是为了家里才不想念书的，这孩子十二岁就这么懂事了，让我又高兴又难受，想想以后再不能随便打骂他了。这天我进城卖柴，卖完了我花五分钱给有庆买了五颗糖，这是我这个做爹的第一次给儿子买东西，我觉得该疼爱疼爱有庆了。

我挑着空担子走进学校，学校里只有两排房子，孩子在里面咿呀咿呀地念书，我挨个教室去看有庆。有庆在最边上的教室，一个女老师站在黑板前讲些什么，我站在一个窗口看到了有庆，一看到有庆我气就上来了，这孩子不好好念书，正用什么东西往前面一个孩子头上扔。为了他念书，凤霞都送给过别人，家珍病成这样也没让他退学，他嘻嘻哈哈跑到课堂上来玩了。当时我气得什么都顾不上了，把担子一放，冲进教室对准有庆的脸就是一巴掌。有庆挨了一巴掌才看到我，他吓得脸都白了，我说："你气死我啦。"

我大声一吼，有庆的身体就哆嗦一下，我又给他一巴掌，有庆缩着身体完全吓傻了。这时那个女老师走过来气冲冲问我："你是什么人？这是学校，不是乡下。"

我说："我是他爹。"

我正在气头上，嗓门很大。那个女老师火也跟着上来，她尖着嗓子说："你出去，你哪像是爹，我看你像法西斯，像国民党。"

法西斯我不知道，国民党我就知道了。我知道她是在骂我，难怪有庆不好好念书，他摊上了一个骂人的老师。我说："你才是国民党，我见过国民党，就像你这么骂人。"

那个女老师嘴巴张了张，没说话倒哭上了。旁边教室的老师过来把我拉了出去，他们在外面将我围住，几张嘴同时对我说话，我是一句都没听清。后来又过来一个女老师，我听到他们叫她校长，校长问我为什么打有庆，我一五一十地把凤霞过去送人，家珍病后没让有庆退学的事全说了，那位女校长听后对别的老师说："让他回去吧。"

我挑着担子走时，看到所有教室的窗口都挤满了小脑袋，在看我的热闹。这下我可把自己儿子得罪了，有庆最伤心的不是我揍他，是当着那么多老师和同学出丑。我回到家里气还没消，把这事跟家珍说，家珍听完后埋怨我，她说："你呀，你这样让有庆在学校里怎么做人。"

我听后想了想，觉得自己确实有些过分，丢了自己的脸不说，还丢了我儿子的脸。这天中午有庆放学回家，我叫了他一声，他理都不理我，放下书包就往外走，家珍叫了他一声，他就站住了，家珍让他走过去。有庆走到他娘身边，脖子就一抽一抽了，哭得那个伤心啊。

第六章

后来的一个多月里，有庆死活不理我，我让他干什么他马上干什么，就是不和我说话。这孩子也不做错事，让我发脾气都找不到地方。

想想也是自己过分，我儿子的心叫我给伤透了。好在有庆还小，又过了一阵子，他在屋里进出脖子没那么直了。虽然我和他说话，他还是没答理，脸上的模样我还是看得出来的，他不那么记仇了，有时还偷偷看我。我知道他，那么久不和我说话，是不好意思突然开口。我呢，也不急，是我的儿子总是要开口叫我的。

食堂散伙以后，村里人家都没了家底，日子越过越苦，我想着把家里最后的积蓄拿出来，去买一头羊羔。羊是最养人的，能肥田，到了春天剪了羊毛还能卖钱。再说也是为了有庆，要是给这孩子买一头羊羔回来，他不知道会有多高兴。

我跟家珍一商量，家珍也高兴，说你快去买吧。当天下午，我将钱揣在怀里就进城去了。我在城西广福桥那边买了一头小羊，回来时路过有庆他们的学校，我本想进去让有庆高兴高兴，再一想还是别进去了，上次在学校出丑，让我儿子丢脸，我再去，有庆心里肯定不高兴。

等我牵着小羊出了城，走到都快能看到自己家的地方，后面有人噼噼啪啪地跑来，我还没回头去看是谁，有庆就在后面叫上了："爹，爹。"

我站住脚，看着有庆满脸通红地跑来，这孩子一看到我牵着羊，早就忘了他不和我说话这事，他跑到我跟前喘着气说："爹，这羊是给我买的？"

我笑着点点头，把绳子递给他说：

"拿着。"

有庆接过绳子，把小羊抱起来走了几步，又放下小羊，捏住羊的后腿，蹲下去看看，看完后说："爹，是母羊。"

我哈哈地笑了，伸手捏住他的肩膀，有庆的肩膀又瘦又小，我一捏住不知为何就心疼起来。我们一起往家里走去时，我说道："有庆，你也慢慢长大了，爹以后不会再揍你了，就是揍你也不会让别人看到。"

说完我低头看看有庆，这孩子脑袋歪着，听了我的话，反倒不好意思了。

家里有了羊，有庆每天又要跑着去学校了，除了给羊割草，自留地里的活他也要多干。没想到有庆这么跑来跑去，到头来还跑出名堂来了。城里学校开运动会那天，我进城去卖菜，卖完了正要回家，看到街旁站着很多人，一打听知道是那些学生在比赛跑步，要在城里跑上十圈。

当时城里有中学了，那一年有庆也读到了四年级。城里是第一次开运动会，念初中的孩子和念小学的孩子都一起跑。

我把空担子在街旁放下，想看看有庆是不是也在里面跑。过了一会，我看到一伙和有庆差不多大的孩子，一个个摇头晃脑跑过来，有两个低着脑袋跌跌撞撞，看那样子是跑不动了。

他们跑过去后，我才看到有庆，这小家伙光着脚丫，两只鞋拿在手里，呼哧呼哧跑来了，他只有一个人跑来。看到他跑在后面，我想这孩子真是没出息，把我的脸都丢光了。可旁边的人都在为他叫好，我就糊涂了，正糊涂着看到几个初中学生跑了过来，这一来我更糊涂了，心想这跑步是怎么跑的。

我问身旁一个人：

"怎么年纪大的跑不过年纪小的？"

那人说："刚才跑过去的小孩把别人都甩掉了几圈了。"

我一听，他不是在说有庆吗？当时那个高兴啊，是说不出来的高兴。就是比有庆大四五岁的孩子，也被有庆甩掉了一圈。我亲眼看着自己的儿子，光着脚丫，鞋子拿在手里，满脸通红第一个跑完了十圈。这孩子跑完以后，反倒不呼哧呼哧喘气了，像是一点事情都没有，抬起一只脚在裤子上擦擦，穿上布鞋后又抬起另一只脚。接着双手背到身后，神气活现地站在那里看着比他大多了的孩子跑来。

我心里高兴，朝他喊了一声：

"有庆。"

挑着空担子走过去时我大模大样，我想让旁人知道我是他爹。有庆一看到我，马上不自在了，赶紧把背在身后的手拿到前面来，我拍拍他的脑袋，大声说："好儿子啊，你给爹争气啦。"

有庆听到我嗓门这么大，急忙四处看看，他是不愿意让同学看到我。这时有个大胖子叫他："徐有庆。"

有庆一转身就往那里去，这孩子对我就是不亲。他走了几步又回过头来说："是老师叫我。"

我知道他是怕我回家后找他算账，就对他挥挥手："去吧，去吧。"

那个大胖子手特别大，他按住有庆的脑袋，我就看不到儿子的头，儿子的肩膀上像是长出了一只手掌。他们两个人亲亲热热地走到一家小店前，我看着大胖子给有庆买了一把糖，有庆双手捧着放进口袋，一只手就再没从口袋里出来。走回来时有庆脸都涨红了，那是高兴的。

那天晚上我问他那个大胖子是谁。他说：

"是体育老师。"

我说了他一句:"他倒是像你爹。"

有庆把大胖子给他的糖全放在床上,先是分出了三堆,看了又看后,从另两堆里各拿出两颗放进自己这一堆,又看了一会,再从自己这堆拿出两颗放到另两堆里。我知道他要把一堆给凤霞,一堆给家珍,自己留着一堆,就是没有我的。谁知他又把三堆糖弄到一起,分出了四堆,他就这么分来分去,到最后还是只有三堆。

过了几天,有庆把体育老师带到家里来了,大胖子把有庆夸了又夸,说他长大了能当个运动员,出去和外国人比赛跑步。有庆坐在门槛上,兴奋得脸上都出汗了。当着体育老师的面我不好说什么,他走后,我就把有庆叫过来,有庆还以为我会夸他,看着我的眼睛都亮闪闪的,我对他说:"你给我、给你娘你姐姐争了口气,我很高兴。可我从没听说过跑步也能挣饭吃,送你去学校,是要你好好念书,不是让你去学跑步,跑步还用学?鸡都会跑!"

有庆脑袋马上就垂下了,他走到墙角拿起篮子和镰刀,我问他:

"记住我的话了吗?"

他走到门口,背对着我点点头,就走了出去。

那一年,稻子还没黄的时候,稻穗青青的刚长出来,就下起了没完没了的雨,下了差不多有一个来月,中间虽说天气晴朗过,没出两天又阴了,又下上了雨。我们是看着水在田里积起来,雨水往上涨,稻子就往下垂,到头来一大片一大片的稻子全淹没到了水里。村里上了年纪的人都哭了,都说:"往后的日子怎么过呀?"

年纪轻一些的人想得开些,总觉得国家会来救济我们的,他们说:"愁什么呀,天无绝人之路,队长去县里要粮食啦。"

队长去了三次公社,一次县里,他什么都没拿回来,只是带回来几句话:"大伙放心吧,县长说了,只要他不饿死,大伙也都饿不死。"

那一个月的雨下过去后,连着几天的大热天,田里的稻子全烂了,一到晚上,风吹过来是一片片的臭味,跟死人的味道差不多。原先大伙还指望着稻草能派上用场,这么一来稻子没收起,稻草也全烂光了,什么都没了。队长说县里会给粮食的,可谁也没见到有粮食来,嘴上说说的事让人不敢全信,不信又不敢,要不这日子过下去谁也没信心了。

大伙都数着米下锅,积蓄下来的粮食都不多,谁家也不敢煮米饭,都是熬粥喝,就是粥也是越来越稀。那么过了两三个月,也就坐吃山空了。我和家珍商量着把羊牵到城里卖了，换些米回来，我们琢磨着这羊能换回来百十来斤大米，这样就可以熬到下一季稻子收割的时候。

家里人都有一两个月没怎么吃饱了，那头羊还是肥肥的，每天在羊棚里咩咩叫时声音又大又响，全是有庆的功劳，这孩子吃不饱整天叫着头晕，可从没给羊少割过一次草，他心疼那头羊，就跟家珍心疼他一样。

我和家珍商量以后，就把这话对有庆说了。那时候有庆刚把一篮草倒到羊棚里，羊沙沙地吃着草，那声响像是在下雨，他提着空篮子站在一旁，笑嘻嘻地看着羊吃草。

我走进去他都不知道，我把手放在他肩上，这孩子才扭头看了看我，说："它饿坏了。"

我说："有庆，爹有事要跟你说。"

有庆答应一声，把身体转过来。我继续说：

"家里粮食吃得差不多了，我和你娘商量着把羊卖掉，换些米回来，要不一家人都得挨饿了。"

有庆低着脑袋一声不吭，这孩子心里是舍不得这头羊，我拍拍他的肩说："等日子好过一些了，我再去买头羊回来。"

有庆点点头，有庆是长大了，他比过去懂事多了。要是早上几年，他准得又哭又闹。我们从羊棚里走出来时，有庆拉了拉我的衣服，可怜巴巴地说："爹，你别把它卖给宰羊的好吗？"

我心想这年月谁家还会养着一头羊，不卖给宰羊的，去卖给谁呢？看着有庆那副样子，我也只好点点头。

第二天上午，我将米袋搭在肩上，从羊棚里把羊牵出来，刚走到村口，听到家珍在后面叫我，回过头去看到家珍和有庆走来。家珍说："有庆也要去。"

我说："礼拜天学校没课，有庆去干什么？"

家珍说："你就让他去吧。"

我知道有庆是想和羊多待一会，他怕我不答应，让他娘来说。我心想他要去就让他去吧，就向他招了招手，有庆跑上来接过我手里的绳子，低着脑袋跟着我走去。

这孩子一路上什么话都不说，倒是那头羊咩咩叫唤个不停，有庆牵着它走，它时时脑袋伸过去撞一下有庆的屁股。羊也是通人性的，它知道是有庆每天去喂它草吃，它和有庆亲热。它越是亲热，有庆心里越是难受，咬着嘴唇都要哭出来了。

活着

看着有庆低着脑袋一个劲地往前走，我心里怪不是滋味的，就找话宽慰他，我说："把它卖掉总比宰掉它好。羊啊，是牲畜，生来就是这个命。"

走到了城里，快到一个拐弯的地方时，有庆站住了脚，看看那头羊说："爹，我在这里等你。"

我知道他是不愿看到把羊卖掉，就从他手里接过绳子，牵着羊往前走，走了没几步，有庆在后面喊："爹，你答应过的。"

我回头问："我答应什么？"

有庆有些急了，他说：

"你答应不卖给宰羊的。"

我早就忘了昨天说过的话，好在有庆不跟着我了，要不这孩子肯定会哭上一阵子。我说："知道。"

我牵着羊拐了个弯，朝城里的肉铺子走去。先前挂满肉的铺子里，到了这灾年连个肉屁都看不到了，里面坐着一个人，懒洋洋的样子。我给他送去一头羊，他没显得有多高兴。

我们一起给羊上秤时，他的手直哆嗦，他说："吃不饱，没力气了。"

连城里人都吃不饱了。他说他的铺子有十来天没挂过肉了，他的手往前指了指，指到二十米远的一根电线杆，说："你等着吧，不出一个小时，买肉的排队会排到那边。"

他没说错，才等我走开，就有十来个人在那里排队了。米店也排队，我原以为那头羊能换回百十来斤米，结果我只背回家四十斤米。我路过一家小店时，掏出两分钱给有庆买了两颗硬糖，我想有庆辛辛苦苦了一年，也该给他甜甜嘴。

我扛着四十斤大米往回走，有庆在那地方走来走去，踢着一颗小石子。我把两颗糖给他，他一颗放在口袋里，剥开另一颗放进嘴里。我们往前走去，有庆将糖纸叠得整整齐齐拿在手上，然后抬起脑袋问我："爹，你吃吗？"

我摇摇头说："你自己吃。"

我把四十斤米扛回家，家珍一看米袋就知道有多少米，她叹息一声，什么话也没说。最难的是家珍，一家四张嘴每天吃什么？愁得她晚上都睡不好觉。日子再苦也得往下熬，她每天提着篮子去挖野菜，身体本来就有病，又天天忍饥挨饿，那病真让医生说中了，越来越重，只能挂着根树枝走路，走上二十来步就要满头大汗。别人家挖野菜都是蹲下去，她是跪到地上，站起来时身体直打晃。我见了心里不好受，对她说："你就别出门了。"

她不答应，挂着树枝往屋外走，我抓住她的胳膊一拉，她身体就往地上倒。

家珍坐到地上呜呜地哭上了，她说："我还没死，你就把我当死人了。"

我是一点办法都没有。女人啊，性子上来了什么事都干，什么话都说。我不让她干活，她就觉得是在嫌弃她。

没出三个月，那四十斤米全吃光了。要不是家珍算计着过日子，掺和着吃些南瓜叶、树皮什么的，这些米不够我们吃半个月。那时候村里谁家都没有粮食了，野菜也挖光了，有些人家开始刨树根吃了。村里人越来越少，每天都有拿着个碗外出去要饭的人。队长去了几次县里，回来时都走不到村口，一屁股坐在地上直喘气，在田里找吃的几个人走上去问他："队长，县里什么时候给粮食？"

队长歪着脑袋说："我走不动了。"

看着那些外出要饭的人，队长对他们说：

"你们别走了，城里人也没吃的。"

明知道没有野菜了，家珍还是整天拄着根树枝出去找野菜，有庆跟着她。有庆正在长身体，没有粮食吃，人瘦得像根竹竿。有庆总还是孩子，家珍有病路都走不动了，还是到处转悠着找野菜，有庆跟在后面，老是对家珍说："娘，我饿得走不动了。"

家珍上哪儿去给有庆找吃的，只好对他说：

"有庆，你就去喝几口水填填肚子吧。"

有庆也只能到池塘边去咕咚咕咚地喝一肚子水来充饥了。

凤霞跟着我，扛着把锄头去地里掘地瓜。那些田地不知道被翻过多少遍了，可村里的人还都用锄头去掘，有时干一天也只是掘出一根烂瓜藤来。凤霞也饿得慌，脸都青了，看她挥锄头时脑袋都掉下去了。这孩子不会说话，只知道干活。

我往哪儿走，她就往哪儿跟，我想想这样不行，我得和凤霞分开去挖地瓜，老凑在一起不是个办法。我就打着手势让凤霞到另一块地里去。谁知道凤霞一和我分开，就出事了。

凤霞和村里王四在一块地里挖地瓜。王四那人其实也不坏，我被抓了壮丁去打仗那阵子，王四和他爹还常帮家珍干些重活。人一饿就什么缺德事都干得出来，明明是凤霞挖到一个地瓜，王四欺负凤霞不会说话，趁凤霞用衣角擦上面的泥时，一把抢了过去。凤霞平常老实得很，到那时她可不干了，扑上去要把地瓜抢回来。王四哇哇一叫，旁边地里的人见了都看到是凤霞在抢。王四对着我喊："福贵，做人得讲良心啊，再饿也不能抢别人家的东西。"

我看到凤霞正使劲掰他捏住地瓜的手指，赶紧走过去拉开凤霞，凤霞急得眼泪都出来了，她打着手势告诉我是王四抢了她的地瓜，村里别的人也看明白了，就问王四："是你抢她的？还是她抢你的？"

王四做出一副委屈的样子，说：

"你们都看到的，明明是她在抢。"

我说："凤霞不是那种人，村里人都知道。王四，这地瓜真是你的，你就拿走。要不是你的，你吃了也会肚子疼。"

王四用手指指凤霞，说道：

"你让她自己说，是谁的。"

他明知道凤霞不会说话，还这么说，气得我身体都哆嗦了。凤霞站在一旁嘴巴一张一张没有声音，倒是泪水刷刷地流着。我向王四挥挥手说："你要是不怕雷公打你，就拿去吧。"

王四做了亏心事也不脸红，他直着脖子说：

"是我的我当然要拿走。"

说着他转身就走，谁也没想到凤霞挥起锄头就朝他砸去，要不是有人惊叫一声，让王四躲开的话，可就出人命了。王四看到凤霞砸他，伸手就打了凤霞一巴掌，凤霞哪有他有力气，一巴掌就把凤霞打到地上去了。那声音响得就跟人跳进池塘似的，一巴掌全打在我心上。我冲上去对准王四的脑袋就是一拳，王四的脑袋直摇晃，我的手都打疼了。王四回过神来操起一把锄头朝我劈过来，我跳开后也挥起一把锄头。

要不是村里人拦住我们，总得有一条命完蛋了。后来队长来了，队长听我们说完后骂我们："他娘的，你们死了让老子怎么去向上面交代。"

骂完后队长说："凤霞不会是那种人，说是你王四抢的也没人看见，这样吧，你们一家一半。"

说着队长向王四伸出手，要王四把地瓜给他。王四双手拿着地瓜舍不得交出来，队长说："拿来呀。"

王四没办法，哭丧着脸把地瓜给了队长。队长向旁人要过来一把镰刀，将地瓜放在田埂上，咔嚓一声将地瓜切成两半。队长的手偏了，一半很大，另一半很小。我说："队长，这怎么分啊？"

队长说："这还不容易。"

又是咔嚓一声将大的切下来一块，放进自己口袋，算是他的了。他拿起剩下的两块地瓜给我和王四，说："差不多大小了吧？"

其实一块地瓜也填不饱一家人的肚子，当初心里想的和现在不一样，在当初那可是救命稻草。家里断粮都有一个月了，田里能吃的也都吃得差不多了，那年月拿命去换一碗饭回来也都有人干。

和王四争地瓜的第二天，家珍拄着根树枝走出了村口，我在田里见了问她去哪儿，她说：

"我进城去看看爹。"

做女儿的想去看爹，我想拦也不能拦，看着她走路都费劲的模样，我说："让凤霞也去，路上能照应你。"

家珍听了这话头也不回地说：

"不要凤霞去。"

那些日子她脾气动不动就上来，我不再说什么，看着她慢慢吞吞往城里走，她瘦得身上都没肉了，原先绷起的衣服变得松松垮垮，在风里荡来荡去。

我不知道家珍进城是去要吃的，她去了一天，快到傍晚时才回来。回来时都走不动路了。是凤霞先看到她，凤霞拉了拉我的衣服，我转过身去才看到家珍站在那条路上，身体撑在拐杖上向我们招手，她抬起胳膊时脑袋像是要从肩膀上掉下去了。

我赶紧跑过去，等我跑近了，她身体一软跪在了地上，双手撑着拐杖声音很轻地叫："福贵，你来，你来。"

我伸手去扶她起来，她抓住我的手往胸口拉，喘着气说："你摸摸。"

我的手伸进她胸口一摸，人就怔住了，我摸到了一小袋米，我说："是米。"

家珍哭了，她说：

"是爹给我的。"

那时候的一袋米，可就是山珍海味了。一家人有一两个月没尝过米的味道了，那种高兴劲啊，实在是说不出来。我让凤霞扶着家珍赶紧回家，自己去找有庆。有庆那时正在池塘旁躺着，他刚喝饱了池水，我叫他："有庆，有庆。"

这孩子脖子歪了歪，有气无力地答应了一声。我低声对他说："快回家去喝粥。"

有庆一听有粥喝，不知哪来的力气，一下子坐了起来，叫道："喝粥？"

我吓了一跳，急忙说：

"轻点。"

可不能让别人家知道，家珍是把米藏在胸口衣服里带回来的。等一家人回到了家里，我关上门插上木销，家珍这才从胸口拿出那一小袋米，往锅里倒了半袋，加上水后凤霞就生火熬粥了。我让有庆站在门后，从缝里看着有没有村里人走来。水一开，米香就飘满了屋子，有庆在门后站不住了，跑到锅前凑上去鼻子闻了又闻，说："好香啊。"

我把他拉开，说：

"去门后看着。"

这孩子猛吸了两口热气才回到门后，家珍笑起来，说道："总算能让你们吃上一顿好的了。"

说着家珍掉出了眼泪，她说：

"这米是从我爹牙缝里挤出来的。"

这时外面有人走来，走到门口叫：

"福贵。"

我们吓得气都不敢出了，有庆站在那里弓着腰一动不动，只有凤霞笑嘻嘻地往灶里添柴，她听不到。我拍拍她，让她手脚轻一点。听着屋里没有声音，外面那人很不高兴地说："烟囱呼呼地冒烟，里面没人答应。"

过了一会，那人像是走开了。有庆又在门后往外望了一阵，才悄悄地告诉我们："走啦。"

我和家珍总算舒了一口气。粥熬成后，我们一家四口人坐在桌前，喝起了热腾腾的米粥。这辈子我再没像那次吃得那么香了，那味道让我想起来就要流口水。有庆喝得急，第一个喝完，张着嘴大口大口地吸气，他嘴嫩，烫出了很多小泡，后来疼了好几天。等我们吃完后，队长他们来了。

村里人也都有一两个月没吃上米了，我们关上门，烟囱往外呼呼地冒烟，他们全看到了。刚才有人来叫门，我们没答应，他回去一说，来了一伙人，队长走在前头。他们猜到我们有好吃的，都想来吃一口。

队长一进屋鼻子就一抖一抖了，问：

"煮什么吃啦，这么香？"

我嘿嘿笑着没说话，我不说话队长也不好再问。家珍招呼着他们坐下，有几个人不老实，又去揭锅又掀褥子，好在家珍将剩下的米藏在胸口了，也不怕他们乱翻。队长看不下去了，他说："你们干什么，这是在别人家里。出去，出去，他娘的都出去。"

队长把他们赶走后，起身关上门，也不先和我们套套近乎，一下子就把脸凑过来说："福贵，家珍，有好吃的分我一口。"

我看看家珍，家珍看看我，平日里队长对我们不错，眼下他求上我们了，总不能不答应。家珍伸手从胸口拿出那个小袋子，抓了一小把给队长，说："队长，就这么多了，你拿回去熬一锅米汤吧。"

队长连声说："够了，够了。"

队长让家珍把米放在他口袋里，然后双手攥住口袋嘿嘿笑着走了。队长一走，家珍眼泪马上就下来了，她是心疼那把米。看着家珍哭，我只能连连叹气。

这样的日子一直熬到收割稻子以后，虽说是歉收，可总算又有粮食了，日子一下子好过多了。谁知家珍的病越来越重了，到后来走路都走不了几步，都是那灾年把她给糟蹋成这样的。家珍不甘心，干不了田里活，她还想干家里的活。她扶着墙到这里擦擦，又到那里扫扫，有一天她摔倒后不知怎么爬不起来了，等我和凤霞收工回到家里，她还躺在地上，脸都擦破了。我把她抱到床上，凤霞拿了块毛巾给她擦掉脸上的血，我说："你以后就躺在床上。"

家珍低着头轻声说道：

"我不知道会爬不起来。"

家珍算是硬的，到了那种时候也不叫一声苦。她坐在床上那些日子，让我把所有的破烂衣服全放到她床边，她说："有活干心里踏实。"

她拆拆缝缝给凤霞和有庆都做了件衣服，两个孩子穿上后看起来还很新。后来我才知道她把自己的衣服也拆了，看到我生气，她笑了笑说："衣服不穿坏起来快。我是不会穿它们了，可不能跟着我糟蹋了。"

家珍说也给我做一件，谁知我的衣服没做完，家珍连针都拿不起了。那时候凤霞和有庆睡着了，家珍还在油灯下给我缝衣服，她累得脸上都是汗，我几次催她快睡，她都喘着气摇头，说是快了。结果针掉了下去，她的手哆嗦着去拿针，拿了几次都没拿起来，我捡起来递给她，她才捏住又掉了下去。家珍眼泪流了出来，这是她病了以后第一次哭，她觉得自己再也干不了活了，她说："我是个废人了，还有什么指望？"

我用袖管给她擦眼泪，她瘦得脸上的骨头都突了出来。我说她是累的，照她这样，就是没病的人也会吃不消。我宽慰她，说凤霞已经长大了，挣的工分比她过去还多，用不着再为钱操心了。家珍说："有庆还小啊。"

那天晚上，家珍的眼泪流个不停，她几次嘱咐我："我死后不要用麻袋包我，麻袋上都是死结，我到了阴间解不开，拿一块干净的布就行了，埋掉前替我洗洗身子。"

她又说："凤霞大了，要是能给她找到婆家我死也闭眼了。

有庆还小，有些事他不懂，你不要常去揍他，吓唬吓唬就行了。"

　　她是在交代后事，我听了心里酸一阵苦一阵，我对她说："按理说我是早就该死了，打仗时死了那么多人，偏偏我没死，就是天天在心里念叨着要活着回来见你们，你就舍得扔下我们？"

　　我的话对家珍还是有用的，第二天早晨我醒来时，看到家珍正在看我，她轻声说："福贵，我不想死，我想每天都能看到你们。"

　　家珍在床上躺了几天，什么都不干，慢慢地又有点力气了，她能撑着坐起来，她觉得自己好多了，心里高兴，想试着下地，我不让，我说："往后不能再累着了，你得留着点力气，日子还长着呢。"

　　那一年，有庆念到五年级了。俗话说是祸不单行，家珍病成那样，我就指望有庆快些长大，这孩子成绩不好，我心想别逼他去念中学了，等他小学一毕业，就让他跟着我下地挣工分去。谁知道家珍身体刚刚好些，有庆就出事了。

　　那天下午，有庆他们学校的校长，那是县长的女人，在医院里生孩子时出了很多血，一只脚都跨到阴间去了。学校的老师马上把五年级的学生集合到操场上，让他们去医院献血，那些孩子一听是给校长献血，一个个高兴得像是要过节了，一些男孩子当场卷起了袖管。他们一走出校门，我的有庆就脱下鞋子，拿在手里就往医院跑，有四五个男孩也跟着他跑去。我儿子第一个跑到医院，等别的学生全走到后，有庆排在第一位，他还得意地对老师说："我是第一个到的。"

　　结果老师一把把他拖出来，把我儿子训斥了一通，说他不遵守纪律。有庆只得站在一旁，看着别的孩子挨个去验血，验血验了十多个没一个血对上校长的血。有庆看着看着有些急了，他怕自己会被轮到最后一个，到那时可能就献不了血了。他走到老师跟前，怯生生地说："老师，我知道错了。"

　　老师嗯了一下，没再理他，他又等了两个进去验血，这时产房里出来一个戴口罩的医生，对着验血的男人喊："血呢？血呢？"

　　验血的男人说："血型都不对。"

　　医生喊："快送进来，病人心跳都快没啦。"

　　有庆再次走到老师跟前，问老师：

　　"是不是轮到我了？"

　　老师看了看有庆，挥挥手说：

　　"进去吧。"

　　验到有庆血型才对上了，我儿子高兴得脸都涨红了，他跑到门口对外面的人叫道："要抽我的血啦。"

抽一点血就抽一点，医院里的人为了救县长女人的命，一抽上我儿子的血就不停了。抽着抽着有庆的脸就白了，他还硬挺着不说，后来连嘴唇也白了，他才哆嗦着说："我头晕。"

抽血的人对他说：

"抽血都头晕。"

那时候有庆已经不行了，可出来个医生说血还不够用。抽血的是个乌龟王八蛋，把我儿子的血差不多都抽干了。有庆嘴唇都青了，他还不住手，等到有庆脑袋一歪摔在地上，那人才慌了，去叫来医生，医生蹲在地上拿听筒听了听说："心跳都没了。"

医生也没怎么当回事，只是骂了一声抽血的："你真是胡闹。"

就跑进产房去救县长的女人了。

第七章

那天傍晚收工前，邻村的一个孩子，是有庆的同学，急匆匆跑过来，他一跑到我们跟前就扯着嗓子喊："哪个是徐有庆的爹？"

我一听心就乱跳，正担心着有庆会不会出事，那孩子又喊："哪个是他娘？"

我赶紧答应："我是有庆的爹。"

孩子看看我，擦着鼻子说：

"对，是你，你到我们教室里来过。"

我心都要跳出来了，他这才说：

"徐有庆快死啦，在医院里。"

我眼前立刻黑了一下，我问那孩子：

"你说什么？"

他说："你快去医院，徐有庆快死啦。"

我扔下锄头就往城里跑，心里乱成一团。想想中午上学时有庆还好好的，现在说他快要死了。我脑袋里嗡嗡乱叫着跑到城里医院，见到第一个医生我就拦住他，问他："我儿子呢？"

医生看看我，笑着说：

"我怎么知道你儿子？"

我听后一怔，心想是不是弄错了，要是弄错可就太好了。

我说：

"他们说我儿子快死了，要我到医院。"

准备走开的医生站住脚看着我问：

"你儿子叫什么名字？"

我说："叫有庆。"

他伸手指指走道尽头的房间说：

"你到那里去问问。"

我跑到那间屋子，一个医生坐在里面正写些什么，我心里咚咚跳着走过去问："医生，我儿子还活着吗？"

医生抬起头来看了我很久，才问：

"你是说徐有庆？"

我急忙点点头，医生又问：

"你有几个儿子？"

我的腿马上就软了，站在那里哆嗦起来，我说："我只有一个儿子，求你行行好，救活他吧。"

医生点点头，表示知道了，可他又说：

"你为什么只生一个儿子？"

这叫我怎么回答呢？我急了，问他：

"我儿子还活着吗？"

他摇摇头说："死了。"

我一下子就看不见医生了，脑袋里黑乎乎一片，只有眼泪哗哗地掉出来，半晌我才问医生："我儿子在哪里？"

有庆一个人躺在一间小屋子里，那张床是用砖头搭成的。

我进去时天还没黑，看到有庆的小身体躺在上面，又瘦又小，身上穿的是家珍最后给他做的衣服。我儿子闭着眼睛，嘴巴也闭得很紧。我有庆有庆叫了好几声，有庆一动不动，我就知道他真死了，一把抱住了儿子，有庆的身体都硬了。中午上学时他还活生生的，到了晚上他就硬了。我怎么想都想不通，这怎么也应该是两个人，我看看有庆，摸摸他的瘦肩膀，又真是我的儿子。我哭了又哭，都不知道有庆的体育教师也来了。他看到有庆也哭了，一遍遍对我说："想不到，想不到。"

体育老师在我边上坐下，我们两个人对着哭，我摸摸有庆的脸，他也摸摸。过了很久，我突然想起来，自己还不知道儿子是怎么死的。我问体育老师，这才知道有庆是抽血被抽死的。当时我想杀人了，我把儿子一放就冲了出去。冲到病房看到一个医生就抓住他，也不管他是谁，对准他的脸就是一拳，医生摔到地上乱叫起来，我朝他吼道："你杀了我儿子。"

吼完抬脚去踢他，有人抱住了我，回头一看是体育老师，我就说："你放开我。"

体育老师说："你不要乱来。"

我说："我要杀了他。"

体育老师抱住我，我脱不开身，就哭着求他："我知道你对有庆好，你就放开我吧。"

体育老师还是死死抱住我，我只好用胳膊肘拼命撞他，他也不松开，让那个医生爬起来跑走了。很多的人围了上来，我看到里面有两个医生，我对体育老师说："求你放开我。"

体育老师力气大，抱住我我就动不了，我用胳膊肘撞他，他也不怕疼，一遍遍地说："你不要乱来。"

这时有个穿中山服的男人走了过来，他让体育老师放开我，问我："你是徐有庆同学的父亲？"

我没理他，体育老师一放开我，我就朝一个医生扑过去，那医生转身就逃。我听到有人叫穿中山服的男人县长，我一想原来他就是县长，就是他女人夺了我儿子的命，我抬腿就朝县长肚子上蹬了一脚，县长哼了一声坐到了地上。体育老师又抱住我，对我喊："那是刘县长。"

我说："我要杀的就是县长。"

抬起腿再去蹬，县长突然问我：

"你是不是福贵？"

我说："我今天非宰了你。"

县长站起来，对我叫道：

"福贵，我是春生。"

他这么一叫，我就傻了。我朝他看了半晌，越看越像，就说："你真是春生。"

春生走上前来也把我看了又看，他说：

"你是福贵。"

看到春生我怒气消了很多，我哭着对他说：

"春生你长高长胖了。"

春生眼睛也红了，说道：

活
着

1771

"福贵，我还以为你死了。"

我摇摇头说："没死。"

春生又说："我还以为你和老全一样死了。"

一说到老全，我们两个都呜呜地哭上了。哭了一阵我问春生："你找到大饼了吗？"

春生擦擦眼睛说："没有，你还记得？我走过去就被俘虏了。"

我问他："你吃到馒头了吗？"

他说："吃到的。"

我说："我也吃到了。"

说着我们两个人都笑了，笑着笑着我想起了死去的儿子，我抹着眼睛又哭了，春生的手放到我肩上，我说："春生，我儿子死了，我只有一个儿子。"

春生叹口气说："怎么会是你的儿子？"

我想到有庆还一个人躺在那间小屋里，心里疼得受不了，我对春生说："我要去看儿子了。"

我也不想再杀什么人了，谁料到春生会突然冒出来，我走了几步回过头去对春生说："春生，你欠了我一条命，你下辈子再还给我吧。"

那天晚上我抱着有庆往家走，走走停停，停停走走，抱累了就把儿子放到背脊上，一放到背脊上心里就发慌，又把他重新抱到了前面，我不能不看着儿子。眼看着走到了村口，我就越走越难，想想怎么去对家珍说呢？有庆一死，家珍也活不长，家珍已经病成这样了。我在村口的田埂上坐下来，把有庆放在腿上，一看儿子我就忍不住哭，哭了一阵又想家珍怎么办？想来想去还是先瞒着家珍好。我把有庆放在田埂上，回到家里偷偷拿了把锄头，再抱起有庆走到我娘和我爹的坟前，挖了一个坑。

要埋有庆了，我又舍不得。我坐在爹娘的坟前，把儿子抱着不肯松手，我让他的脸贴在我脖子上，有庆的脸像是冻坏了，冷冰冰地压在我脖子上。夜里的风把头顶的树叶吹得哗啦哗啦响，有庆的身体也被露水打湿了。我一遍遍想着他中午上学时跑去的情形，书包在他背后一甩一甩的。想到有庆再不会说话，再不会拿着鞋子跑去，我心里是一阵阵酸疼，疼得我都哭不出来。我那么坐着，眼看着天要亮了，不埋不行了，我就脱下衣服，把袖管撕下来蒙住他的眼睛，用衣服把他包上，放到了坑里。我对爹娘的坟说："有庆要来了，你们待他好一点，他活着时我对他不好，你们就替我多疼疼他。"

有庆躺在坑里，越看越小，不像是活了十三年，倒像是家珍才把他生出来。

我用手把土盖上去，把小石子都拣出来，我怕石子硌得他身体疼。埋掉了有庆，天蒙蒙亮了，我慢慢往家里走，走几步就要回头看看，走到家门口一想到再也看不到儿子，忍不住哭出了声音，又怕家珍听到，就捂住嘴巴蹲下来，蹲了很久，都听到出工的吆喝声了，才站起来走进屋去。凤霞站在门旁睁圆了眼睛看我，她还不知道弟弟死了。

邻村的那个孩子来报信时，她也在，可她听不到。家珍在床上叫了我一声，我走过去对她说："有庆出事了，在医院里躺着。"

家珍像是信了我的话，她问我：

"出了什么事？"

我说："我也说不清楚，有庆上课时突然昏倒了，被送到医院，医生说这种病治起来要有些日子。"

家珍的脸伤心起来，泪水从眼角淌出，她说："是累的，是我拖累有庆的。"

我说："不是，累也不会累成这样。"

家珍看了看我又说：

"你眼睛都肿了。"

我点点头："是啊，一夜没睡。"

说完我赶紧走出门去，有庆才被埋到土里，尸骨未寒啊，再和家珍说下去我就稳不住自己了。

接下去的日子，白天我在田里干活，到了晚上我对家珍说进城去看看有庆好些了没有。我慢慢往城里走，走到天黑了，再走回来，到有庆坟前坐下。夜里黑乎乎的，风吹在我脸上，我和死去的儿子说说话，声音飘来飘去都不像是我的。

坐到半夜我才回到家中，起先的几天，家珍都是睁着眼睛等我回来，问我有庆好些了吗？我就随便编些话去骗她。过了几天我回去时，家珍已经睡着了，她闭着眼睛躺在那里。我也知道老这么骗下去不是办法，可我只能这样，骗一天是一天，只要家珍觉得有庆还活着就好。

有天晚上我离开有庆的坟，回到家里在家珍身旁躺下后，睡着的家珍突然说："福贵，我的日子不长了。"

我心里一沉，去摸她的脸，脸上都是泪。家珍又说："你要照看好凤霞，我最不放心的就是她。"

家珍都没提有庆，我当时心里马上乱了，想说些宽慰她的话也说不出来。

第二天傍晚，我还和往常一样对家珍说进城去看有庆，家珍让我别去了，她要我背着她去村里走走。我让凤霞把她娘抱起来，抱到我背脊上。家珍的身体越来越轻了，瘦得身上全是骨头。一出家门，家珍就说："我想到村西去看看。"

那地方埋着有庆，我嘴里说好，腿脚怎么也不肯往那地方去，走着走着走到了东边村口。家珍这时轻声说："福贵，你别骗我了，我知道有庆死了。"

她这么一说，我站在那里动不了，腿也开始发软。我的脖子上越来越湿，我知道那是家珍的眼泪，家珍说："让我去看看有庆吧。"

我知道骗不下去，就背着家珍往村西走，家珍低声告诉我："我夜夜听着你从村西走过来，我就知道有庆死了。"

走到了有庆坟前，家珍要我把她放下去，她扑在了有庆坟上，眼泪哗哗地流，两只手在坟上像是要摸有庆，可她一点力气都没有，只有几根指头稍稍动着。我看着家珍这副样子，心里难受得要被堵住了，我真不该把有庆偷偷埋掉，让家珍最后一眼都没见着。

家珍一直扑到天黑，我怕夜露伤着她，硬把她背到身后。家珍让我再背她到村口去看看，到了村口，我的衣领都湿透了，家珍哭着说："有庆不会在这条路上跑来了。"

我看着那条弯曲着通向城里的小路，听不到我儿子赤脚跑来的声音，月光照在路上，像是撒满了盐。

那天下午，我一直和这位老人待在一起，当他和那头牛歇够了，下到地里耕田时，我丝毫没有离开的想法，我像个哨兵一样在那棵树下守着他。

那时候四周田地里庄稼人的说话声飘来飘去，最为热烈的是不远处的田埂上，两个身强力壮的男人都举着茶水桶在比赛喝水，旁边年轻人又喊又叫，他们的兴奋是他们处在局外人的位置上。福贵这边显得要冷清多了，在他身旁的水田里，两个扎着头巾的女人正在插秧，她们谈论着一个我完全陌生的男人，这个男人似乎是一个体格强壮有力的人，他可能是村里挣钱最多的男人，从她们的话里我知道他常在城里干搬运的活。一个女人直起了腰，用手背捶了捶，我听到她说："他挣的钱一半用在自己女人身上，一半用在别人的女人身上。"

这时候福贵扶着犁走到她们近旁，他插进去说："做人不能忘记四条，话不要说错，床不要睡错，门槛不要踏错，口袋不要摸错。"

福贵扶着犁过去后，又扭过去脑袋说：

"他呀，忘记了第二条，睡错了床。"

那两个女人嘻嘻一笑，我就看到福贵一脸的得意，他向牛大声吆喝了一下，看到我也在笑，对我说："这都是做人的道理。"

后来，我们又一起坐在了树荫里，我请他继续讲述自己，他有些感激地看着我，仿佛是我正在为他做些什么，他因为自己的身世受到别人重视，显示出了喜悦之情。

我原以为有庆一死，家珍也活不长了。有一阵子看上去她真是不行了，躺在床上喘气都是呼呼的，眼睛整天半闭着，也不想吃东西，每次都是我和凤霞把她扶起来，硬往她嘴里灌着粥汤。家珍身上一点肉都没有了，扶着她就跟扶着一捆柴火似的。

队长到我家来过两次，他一看家珍的模样直摇头，把我拉到一旁轻声说："怕是不行了。"

我听了这话心直往下沉，有庆死了还不到半个月，眼看着家珍也要去了。这个家一下子没了两个人，往后的日子过起来可就难了，等于是一口锅砸掉了一半，锅不是锅，家不成家。

队长说是上公社卫生院请个医生来看看，队长说话还真算数，他去公社开会回来时，还真带了个医生回来。那个医生很瘦小，戴着一副眼镜，问我家珍得了什么病，我说："是软骨病。"

医生点点头，在床边坐下来，给家珍切脉，我看着医生边切脉边和家珍说话，家珍听到有人和她说话，只是眼睛睁了睁，也不回答。医生不知怎么搞的没找到家珍的脉搏，他像是吓了一跳，伸手去翻翻家珍的眼皮，然后一只手捧住家珍的手腕，另一只手切住家珍的脉搏，脑袋像是要去听似的歪了下去。过了一会，医生站起来对我说："脉搏弱得都快摸不到了。"

医生说："你准备着办后事吧。"

做医生的只要一句话，就能要我的命。我当时差点没栽到地上，我跟着医生走到屋外，问他："我女人还能活多久？"

医生说："出不了一个月。得了那种病，只要全身一瘫也就快了。"

那天晚上家珍和凤霞睡着以后，我一个人在屋外坐到天快亮的时候，先是呜呜地哭，哭了一阵我就开始想从前的事，想着想着又掉出了眼泪，这日子过得真是快，家珍嫁给我以后一天好日子都没过上，眼睛一眨就到了她要去的时候了。后来我想想光哭光难受也没用，事到如今也只好想些实在的事，给家珍的后事得办得像样一点。

队长心好，他看到我这副样子就说：

"福贵，你想得开些，人啊，总是要死的，眼下也别想什么了，只要让家珍死得舒坦就好。这村里的地，你随便选一块，给家珍做坟。"

其实那时候我也想开了，我对队长说：

"家珍想和有庆待在一起，他俩得埋在一个地方。"

有庆可怜，包了件衣服就埋了。家珍可不能再这样，家里再穷也要给她打一口棺材，要不我良心上交代不过去。家珍当初要是嫁了别人，不跟着我受罪，也不会累成这样，得这种病。我在村里挨家挨户地去借钱，我也不知道自己怎么了，一说起给家珍打口棺材，就忍不住掉眼泪。大伙都穷，借来的钱不够打棺材，后来队长给我凑了些村里的公款，才到邻村将木匠请来。

凤霞起先不知道她娘快去了，她看到我一闲下来就往先前村里的羊棚跑，木匠就在那里干活。我在那里一坐就是半晌，都忘了吃饭。凤霞来叫我，叫了几次看到棺材的形状出来了，她才觉察到了一些，睁圆了眼睛做手势问我，我心想凤霞也该知道这些，就告诉了她。

这孩子拼命地摇头，我知道她的意思，就用手势告诉她，这是给家珍准备的，是给家珍以后用的。凤霞还是摇头，拉着我就往家里走。回到了家中，凤霞还拉着我的袖管，她推推家珍，家珍眼睛睁开来。她就使劲摇我的胳膊，让我看家珍活得好好的。然后右手伸开了往下劈，她是要我把棺材劈掉。

凤霞心里根本就没想她娘会死，就是这样告诉她，她也不会相信。看着凤霞的样子，我只好低下头，什么手势都不做了。

家珍在床上一躺就是二十多天，有时觉得她好些了，有时又觉得她真的快去了。后来有一个晚上，我在她身旁躺下准备熄灯时，家珍突然抬起胳膊拉了拉我，让我别熄灯。家珍说话的声音跟蚊子一样大，她要我把她的身体侧过来。我女人那晚上把我看了又看，叫了好几声："福贵。"

然后笑了笑，闭上了眼睛。过了一会，家珍又睁开眼睛问我："凤霞睡得好吗？"我起身看看凤霞，对她说："凤霞睡着了。"

那晚上家珍断断续续地说了好些话，到后来累了才睡着。

我却怎么都睡不着，心里七上八下的，家珍那样子像是好多了，可我老怕这是不是人常说的回光返照。我的手在她身上摸来摸去，还热着我才稍稍放心下来。

第二天我起床时，家珍还睡着，我想她昨晚上睡得晚，就没叫醒她，和凤霞喝了点粥下地去干活。那天收工早，我和凤霞回到家里时，我吓了一跳，家珍竟然坐在床上了，她是自己坐起来的。家珍看到我们进去，轻声说："福贵，我饿了，给我熬点粥。"

当时我傻站了很久，我怎么也想不到家珍会好起来了，家珍又叫了我一声，我才回过神来，我眼泪哗哗地流了出来，我忘了凤霞听不到，对凤霞说："全靠你，全靠你心里想着你娘不死。"

人只要想吃东西，那就没事了。过了一阵子，家珍坐在床上能干些针线活了，照这样下去，家珍没准又能下床走路。

我提着的心总算可以放下了，心里一踏实，人就病倒了。其实那病早就找到我了，有庆一死，家珍跟着是一副快去的样子，我顾不上病，也就不觉得。家珍没让医生说中，身体慢慢地好起来，我脑袋是越来越晕，直到有一天插秧时昏倒了地上，被人抬回家，我才知道自己是病了。

我一病倒，凤霞可就苦了，床上躺着两个人，她又服侍我们又要下地挣工分。过了几天，我看着凤霞实在是太累，就跟家珍说好多了，拖着个病身体下田去干活，村里人见了我都吃了一惊，说："福贵，你头发全白了。"

我笑笑说："以前就白了。"

他们说："以前还有一半是黑的呢，就这么几天你的头发全白了。"

就那么几天，我老了许多，我以前的力气再也没有回来，干活时腰也酸了背也疼了，干得猛一些身上到处淌虚汗。

有庆死后一个多月，春生来了。春生不叫春生了，他叫刘解放。别人见了春生都叫他刘县长，我还是叫他春生。春生告诉我，他被俘虏后就当上了解放军，一直打到福建，后来又到朝鲜去打仗。春生命大，打来打去都没被打死。朝鲜的仗打完了，他转业到邻近一个县，有庆死的那年他才来到我们县。

春生来的时候，我们都在家里。队长还没走到门口就喊上了："福贵，刘县长来看你啦。"

春生和队长一进屋，我对家珍说：

"是春生，春生来了。"

谁知道家珍一听是春生，眼泪马上掉了出来，她冲着春生喊："你出去。"

我一下子愣住了。队长急了，对家珍说：

"你怎么能这样对刘县长说话。"

家珍可不管那么多，她哭着喊道：

"你把有庆还给我。"

春生摇了摇头，对家珍说："我的一点心意。"

春生把钱递给家珍，家珍看都不看，冲着他喊："你走，你出去。"

队长跑到家珍跟前，挡住春生，说：

"家珍，你真糊涂，有庆是事故死的，又不是刘县长害的。"

春生看家珍不肯收钱，就递给我：

"福贵，你拿着吧，求你了。"

看着家珍那样子，我哪敢收钱。春生就把钱塞到我手里，家珍的怒火立刻冲着我来了，她喊道："你儿子就值两百块？"

我赶紧把钱塞回到春生手里。春生那次被家珍赶走后，又来了两次，家珍死活不让他进门。女人都是一个心眼，她认准的事谁也不能让她变。我送春生到村口，对他说："春生，你以后别来了。"

春生点点头，走了。春生那次一走，就几年没再来，一直到"文化大革命"的时候，他才又来了一次。

城里闹上了"文化大革命"，乱糟糟的满街都是人，每天都在打架，还有人被打死，村里人都不敢进城去了。村里比起城里来，太平多了，还跟先前一样，就是晚上睡觉睡不踏实，毛主席的最新最高指示总是在深更半夜里来，队长就站在晒场上拼命吹哨子，大伙听到哨子便赶紧爬起来，到晒场去听广播。队长在那里喊："都到晒场来，毛主席他老人家要训话啦。"

我们是平民百姓，国家的事不是不关心，是弄不明白，我们都是听队长的，队长是听上面的。只要上面怎么说，我们就怎么想，怎么做。我和家珍最操心的还是凤霞，凤霞不小了，该给她找个婆家。凤霞长得和家珍年轻时差不多，要不是她小时候得了那场病，说媒的早把我家门槛踏平了。我自己是力气越来越小，家珍的病看样子要全好是不可能了，我们这辈子也算经历了不少事，人也该熟了，就跟梨那样熟透了该从树上掉下来。可我们放心不下凤霞，她和别人不一样，她老了谁会管她？

凤霞说起来又聋又哑，可她也是女人，不会不知道男婚女嫁的事。村里每年都有嫁出去娶进来的，敲锣打鼓热闹一阵，到那时候凤霞握着锄头总要看得发呆，村里几个年轻人就对凤霞指指点点，笑话她。

村里王家三儿子娶亲时，都说新娘漂亮。那天新娘被迎进村里来时，穿着大红的棉袄，咪咪笑个不停。我在田里望去，新娘整个儿是个红人了，那脸蛋红扑扑特别顺眼。

田里干活的人全跑了过去，新郎从口袋里摸出飞马牌香烟，向年长的男人敬烟，几个年轻人在一旁喊："还有我们，还有我们。"

新郎嘻嘻笑着把烟藏回到口袋里，那几个年轻人冲上去抢，喊着："女人都娶到床上了，也不给根烟抽。"

新郎使劲捂住口袋，他们硬是掰开他的手指，从口袋里拿出香烟后一个人举着，别的人跟着跑上了一条田埂。

剩下的几个年轻人围着新娘，嘻嘻哈哈肯定说了些难听的话，新娘低头直笑。女人到了出嫁的时候，是什么都看着舒服，什么都听着高兴。

凤霞在田里，一看到这种场景，又看呆了，两只眼睛连眨都没眨，锄头抱在怀里，一动不动。我站在一旁看得心里难受，心想她要看就让她多看看吧。凤霞命苦，她只有这么一点看看别人出嫁的福分。谁知道凤霞看着看着竟然走了上去。走到新娘旁边，痴痴笑着和她一起走过去。这下可把那几个年轻人笑坏了，我的凤霞穿着满是补丁的衣服，和新娘走在一起，新娘穿得又整齐又鲜艳，长得也好，和我凤霞一比，凤霞寒碜得实在是可怜。凤霞脸上没有脂粉，也红扑扑的和新娘一样，她一直扭头看着新娘。

村里几个年轻人又笑又叫，说：

"凤霞想男人啦。"

这么说说我也就听进去了，谁知没一会工夫难听的话就出来了，有个人对新娘说："凤霞看中你的床了。"

凤霞在旁边一走，新娘笑不出来了，她是嫌弃凤霞。这时有人对新郎说："你小子太合算了，一娶娶一双，下面铺一个，上面盖一个。"

新郎听后嘿嘿地笑，新娘受不住了，也不管自己新出嫁该害羞一些，脖子一直就对新郎喊："你笑个屁。"

我实在是看不下去，走上田埂对他们说：

"做人不能这样，要欺负人也不能欺负凤霞，你们就欺负我吧。"

说完我拉住凤霞就往家里走。凤霞是聪明人，一看到我的脸色，就知道刚才出了什么事，她低着头跟我往家走，走到家门口眼泪掉了下来。

后来我和家珍商量着怎么也得给凤霞找一个男人，我们都是要死在她前面的，我们死后有凤霞收作，凤霞老这样下去，死后连个收作的人都没有。可又有谁愿意娶凤霞呢？

家珍说去求求队长，队长外面认识的人多，打听打听，没准还真有人要我们凤霞。我就去跟队长说了，队长听后说："也是，凤霞也该出嫁了，只是好人家难找。"

我说："哪怕是缺胳膊断腿的男人，只要他想娶凤霞，我们都给。"

说完这话自己先心疼上了，凤霞哪点比不上别人，就是不会说话。回到家里，跟家珍一说，家珍也心疼上了。她坐床上半晌不说话，末了叹息一声，说：

"事到如今也只能这样了。"

过了没多久，队长给凤霞找着了一个男人。那天我在自留地上浇粪，队长走过来说："福贵，我给凤霞找着婆家了，是县城里的人，搬运工，挣钱很多。"

我一听条件这么好，不相信，觉得队长是在和我闹着玩，我说："队长，你别哄我了。"

队长说："没哄你，他叫万二喜，是个偏头，脑袋靠着肩膀，怎么也起不来。"

他一说是偏头，我就信了，赶紧说：
"你快让他来看看凤霞吧。"

队长一走，我扔了粪勺就往自己茅屋跑，没进门就喊："家珍，家珍。"

家珍坐在床上以为出了什么事，看着我眼睛都睁圆了。我说："凤霞有男人啦。"

家珍这才松了口气，说：
"你吓死我了。"

我说："不缺腿，胳膊也全，还是城里人呢。"

说完我呜呜地哭了，家珍先是笑，看到我哭，眼泪也流了出来。高兴了一阵，家珍问："条件这么好，会要凤霞吗？"

我说："那男的是偏头。"

家珍这才有些放心。那晚上家珍让我把她过去的一些衣服拿出来，给凤霞做了件衣服，家珍说："凤霞总得打扮打扮，人家都要来相亲了。"

没出三天，万二喜来了，真是个偏头，他看我时把左边肩膀翘起来，又把肩膀向凤霞和家珍翘翘，凤霞一看到他这副模样，咧着嘴笑了。

第八章

万二喜穿着中山服，干干净净的，若不是脑袋靠着肩膀，那模样还真像是城里来的干部。他拿着一瓶酒一块花布，由队长陪着进来。家珍坐在床上，头发梳得很整齐，衣服破了一点，倒很干净，我还专门在床下给家珍放了一双新布鞋。凤霞穿着水红衣服低着头坐在她娘旁边。家珍笑嘻嘻地看着她未过门的女婿，心里高兴着呢。

万二喜把酒和花布往桌上一放，就翘着肩膀在屋里转一圈，他是在看我们的屋子。我说："队长，二喜，你们坐。"

二喜嗯了一声在凳子上坐下，队长摆摆手说："我就不坐了，二喜，这是凤霞，这是她爹和娘。"

凤霞双手放在腿上，看到队长指着她，就向队长笑，队长指着家珍，她转过去向家珍笑。家珍说："队长，你请坐。"

队长说："不啦，我还有事，你们谈吧。"

队长转身要走，留也留不住，我送走了队长，回到屋中指指桌上的酒，对二喜说："让你破费了，其实我有几十年没喝酒了。"

二喜听后嗯了一声，也不说话，翘着个肩膀在屋里看来看去，看得我心里七上八下。家珍笑着对他说："家里穷了一点。"

二喜又嗯了一声，翘着肩膀去看家珍。家珍继续说："好在家里还养着一头羊几只鸡，福贵和我商量着等凤霞出嫁时，把鸡羊卖了办嫁妆。"

二喜听后还是嗯了一下，我都不知道他心里想什么。坐了一会，他站起来说要走了。我想这门亲事算是完了。他都没怎么看凤霞，老看我们的破烂屋子。我看看家珍，家珍苦笑一下，对二喜说："我腿没力气，下不了地。"

二喜点点头走到了屋外。我问他：

"聘礼不带走了？"

他嗯了一下，翘着肩膀看看屋顶的茅草，点了点头后就走了。

我回到屋里，在凳子上坐下，想想有些生气，就说："自己脑袋都抬不起来，还挑三拣四的。"

家珍叹了口气说：

"这也不能怪人家。"

凤霞聪明，一看到我们的样子，就知道人家没看上她，站起来走到里面的房间，换了身旧衣服，扛着把锄头下地去了。

到了晚上，队长来问我：

"成了吗？"

我摇摇头说："太穷了，我家太穷了。"

第二天上午，我在耕田时，有人叫我：

"福贵，你看那路上，像是到你家相亲的偏头来了。"

我抬起头来，看到五六个人在那条路上摇摇摆摆地走来，还拉着一辆板车，只有走在最前面那人没有摇摆，他偏着脑袋走得飞快。远远一看我就知道是二喜来了，我是一点也想不到他会来。

二喜见了我，说道：

活
着

"屋顶的茅草该换了，我拉了车石灰粉粉墙。"

我往那板车一望，有石灰有两把刷墙的扫帚，上面搁着个小方桌，方桌上是一个猪头。二喜手里还提着两瓶白酒。

那时候我才知道二喜东张西望不是嫌我家穷，他连我屋前的草垛子都看到眼里去了。屋顶的茅草我早就想换了，只是等着农闲到来时好请村里人帮忙。

二喜带了五个人来，肉也买了，酒也备了，想得周到。他们来到我们茅屋门口，放下板车，二喜像是进了自己家一样，一手提着猪头，一手提着小方桌，走了进去，他把猪头往桌上一放，小方桌放在家珍腿上。二喜说："吃饭什么的都会方便一些。"

家珍当时眼睛就湿了，她是激动，她也没想到二喜会来，会带着人来给我家换茅草，还连夜给她做了个小方桌，家珍说："二喜，你想得真周到。"

二喜他们把桌子和凳子什么的都搬到了屋外，在一棵树下面铺上了稻草，然后二喜走到床前要背家珍，家珍笑着摆摆手，叫我："福贵，你还站着干什么。"

我赶紧过去让家珍上我背脊，我笑着对二喜说："我女人我来背，你往后背凤霞吧。"

家珍敲了我一下，二喜听后嘿嘿直笑。我把家珍背到树下，让她靠着树坐在稻草上。看着二喜他们把草垛子分散了，扎成一小捆一小捆，二喜和另一个人爬到屋顶，下面留着四个，替我家翻屋顶的茅草。我看一眼就知道二喜带来的人都是干惯这活的，手脚都麻利。下面的用竹竿挑着往上扔，二喜和另一个人在上面铺。别看二喜脑袋靠着肩膀，干活一点都不碍事，茅草扔上去他先用脚踢一下，再伸手接住。有这本领的人，在我们村里是一个都找不出来。

没到中午，屋顶的活就干完了。我给他们烧了一桶茶水，凤霞给他们倒茶水，跑前跑后忙个不停，她也高兴，看到家里突然来了这么多干活的人，凤霞笑开的嘴就没合上。

村里很多人都走过来看，一个女的对家珍说："女婿没过门就干活啦，你好福气啊。"

家珍说："是凤霞好福气。"

二喜从屋顶上下来，我对他说：

"二喜，歇一会。"

二喜用袖管擦擦脸上的汗说：

"不累。"

说完又翘起肩膀往四处看，看到左边一块菜地问我："这是咱家的地吗？"

我说："是啊。"

他就进屋拿了把菜刀，下到地里割了几棵新鲜的菜，又拿进屋去。不一会，他在里面切猪头了，我去拦他，让他把这活留给凤霞，他还是用袖管擦着汗说："不累。"

我只好出来去推凤霞，凤霞站在家珍旁边，我把她往屋里推的时候，她还不好意思地扭着头看家珍，家珍笑着挥手让她进去，她这才进了茅屋。

我和家珍陪着二喜带来的人喝茶说话，中间我走进去一次，看到二喜和凤霞像是两口子，一个烧火，一个做饭炒菜。

两个你看看我，我看看你，看过后都咧着嘴笑了。

我出来和家珍一说，家珍也笑了。过了一会，我忍不住又想去看看，刚站起来家珍就叫住我，偷偷说："你别进去了。"

吃过午饭，二喜他们用石灰粉起了墙，我家的土墙到了第二天石灰一干，变成白晃晃一片，像是城里的砖瓦房子。粉完了墙天还早着，我对二喜说："吃了晚饭再走吧。"

他说："不吃了。"

就着肩膀向凤霞翘了翘，我知道他是在看凤霞。他低声问我和家珍："爹，娘，我什么时候把凤霞娶过去？"

一听这话，一听他叫我和家珍爹娘，我们欢喜得合不上嘴。我看看家珍后说："你想什么时候就什么时候。"

接着我又轻声说："二喜，不是我想让你破费，实在是凤霞命苦，你娶凤霞那天多叫些人来，热闹热闹，也好叫村里人看看。"

二喜说："爹，知道了。"

那天晚上凤霞摸着二喜送来的花布，看看笑笑，笑笑看看。有时抬头看到我和家珍在笑，心里一慌，脸就红了。看得出来凤霞喜欢二喜，我和家珍高兴，家珍说："二喜是个实在人，心眼好，把凤霞给他，我心里踏实。"

我们把家里的鸡羊卖了，我又领着凤霞去城里给她做了两身新衣服，给她添置了一床新被子，买了脸盆什么的。凡是村里别人家女儿有的，凤霞都有，拿家珍的话说是："不能委屈凤霞了。"

二喜来娶凤霞那天，锣鼓很远就闹过来了，村里人全挤到村口去看。二喜带来了二十多个人，全穿着中山服，要不是二喜胸口戴了朵大红花，那样子像是什么大干部下来了呢。

十几面锣同时敲着，两个大鼓擂得咚咚响，把村里人耳朵震得嗡嗡乱响，最显眼的是中间有一辆披红戴绿的板车，车上一把椅子也红红绿绿。一走进村里，二喜就拆了两条大前门香烟，见到男子就往他们手里塞，嘴里连连说："多谢，多谢。"

村里别人家娶亲嫁女时，抽的最好的香烟也不过是飞马牌，二喜将大前门一盒一盒送人，那气派把谁家都比下去了。

拿到香烟的赶紧都往自己口袋里放，像是怕人来抢似的，手指在口袋里摸索着抽出一根放在嘴上。

跟在二喜身后那二十来人也卖力，锣鼓敲得震天响，还扯着嗓子喊，他们的口袋都鼓鼓的，见到村里年轻的女人和孩子，就把口袋里的糖果往他们身上扔。这样大手大脚把我都看呆了，心想扔掉的都是钱啊。

他们来到我家茅屋前，一个个进去看凤霞，锣鼓留在外面，村里的年轻人就帮着敲上了。凤霞那天穿上新衣服可真漂亮，连我这个做爹的都想不到她会这么漂亮，她坐在家珍床前，在进来的人里挨个找二喜，一看到二喜赶紧低下了头。

二喜带来的城里人见了凤霞都说：

"这偏头真有艳福。"

后来过了好多年，村里别的姑娘出嫁时，他们还都会说凤霞出嫁时最气派。那天凤霞被迎出屋去时，脸蛋红得跟番茄一样，从来没有那么多人一起看着她，她把头埋在胸前都不知道该怎么办，二喜拉着她的手走到板车旁，凤霞看看车上的椅子还是不知道该干什么。个头比凤霞矮的二喜一把将凤霞抱到了车上，看的人哄地笑起来，凤霞也咪咪笑了。二喜对我和家珍说："爹，娘，我把凤霞娶走啦。"

说着二喜自己拉起板车就走。板车一动，低头笑着的凤霞急忙扭过头来，焦急地看来看去。我知道她是在看我和家珍，我背着家珍其实就站在她旁边。她一看到我们，眼泪哗哗流了出来，她扭着身体哭着看我们。我一下子想起凤霞十三岁那年，被人领走时也是这么哭着看我，我一伤心眼泪也出来了，这时我脖子也湿了，我知道家珍也在哭。我想想这次不一样，这次凤霞是出嫁，我就笑了，对家珍说："家珍，今天是办喜事，你该笑。"

二喜是实心眼，他拉着板车走时，还老回过头去看看他的新娘，一看到凤霞扭着身体朝我们哭，他就不走了，站在那里也把身体扭着。凤霞是越哭越伤心，肩膀也一抖一抖了，让我这个做爹的心里一抽一抽，我对二喜喊："二喜，凤霞是你的女人了,你还不快拉走。"

凤霞嫁到了城里,我和家珍就跟丢了魂似的,怎么都觉得心慌。往常凤霞在屋里进进出出也不怎么觉得,如今凤霞一走,屋里就剩我和家珍,两个人看来看去,都看了几十年了,像是还没看够。我还好,在地里干活能分掉点想凤霞的心思。家珍就苦了,整天坐在床上,整天闲着,没有了凤霞,做娘的心里能不慌张?先前她在床上待着从不说什么,这么一来她可就难受了,腰也酸了背也疼了,怎么都不舒服。我也知道那滋味,整天在床上,比下地干活还累,身体都活动不了。我就在黄昏的时候背着她到村里去走走。村里人见了家珍,都亲热地问长问短,家珍心里也舒畅多了,她贴着我耳朵问:"他们不会笑话我们吧?"

我说:"我背着自己的女人有什么好笑话的。"

家珍开始喜欢提一些过去的事,到了一处,她就要说起凤霞,说起有庆从前的事,说着说着就笑。来到了村口,家珍说起那天我回来的事,家珍在田里干活,听到有个人大声叫凤霞,叫有庆,抬头一看看到了我,起先还不敢认。家珍说到这里笑着哭了,泪水滴在我脖子上,她说:"你回来就什么都好了。"

按规矩凤霞得一个月以后回来,我们也得一个月以后才能去看她。谁知凤霞嫁出去还不到十天,就回来了。那天傍晚我们刚吃过饭,有人在外面喊:"福贵,你到村口去看看,像是你家的偏头女婿来了。"

我还不相信,村里人都知道我和家珍想凤霞都快想呆了,我觉得村里人是在捉弄我们,我跟家珍说:"不会吧,才十来天工夫。"

家珍急了,她说:

"你快去看看。"

我跑到村口一看,还真是二喜,翘着左边的肩膀,手里提着一包糕点,凤霞走在他旁边,两个人手拉着手,笑眯眯地走来。村里人见了都笑,那年月可是见不到男女手拉着手的,我对他们说:"二喜是城里人,城里人就是洋气。"

凤霞和二喜一来,家珍高兴坏了;凤霞在床沿上一坐,家珍拉住她的手摸个没完,一遍遍说凤霞长胖了,其实十来天工夫能长多少肉?我对二喜说:"没想到你们会来,一点准备都没有。"

二喜嘿嘿地笑,他说他也不知道会来,是凤霞拉着他,他糊里糊涂地跟来了。

凤霞嫁出去没过十天就回来,我们也不管什么老规矩了,我是三天两头往城里跑,说起来是家珍要我去的,我自己也想着要常去看看他们。我往城里跑

活
着

得这么勤快，跟年轻时一样了，只是去的地方不一样。

去的时候，我就在自留地里割上几棵青菜，放在篮子里提着，穿上家珍给我做的新布鞋。我割菜时鞋上沾了点泥，家珍就叫住我，要我把泥擦掉。我说："人都老了，还在乎什么鞋上有泥。"

家珍说："话可不能这么说，人老了也是人，是人就得干净一些。"

这倒也是，家珍病了那么多年，在床上下不了地，头发每天都还是梳得整整齐齐的。我穿得干干净净走出村口，村里人见我提着青菜，就问："又去看凤霞？"

我点点头："是啊。"

他们说："你老这么去，那偏头女婿不赶你走？"

我说："二喜才不会呢。"

二喜家的邻居都喜欢凤霞，我一去，他们就夸她，说她又勤快又聪明。扫地时连别人家的屋前也扫，一扫就扫半条街，邻居看到凤霞汗都出来了，走过去拍拍她，让她别扫了，她这才笑眯眯地回到自己屋里。

凤霞以前没学过织毛衣，我们家穷，谁也没穿过毛衣。凤霞看到邻居的女人坐在门前织毛衣，手穿来插去的，心里喜欢她就搬着把凳子坐到跟前看，一看就看半天，人都看呆了。

邻居家的女人看着凤霞这么喜欢，便手把手教她。这么一教可把她们吓一跳，凤霞一学就会，才三四天，凤霞织毛衣和她们一样快了。她们见了我就说："要是凤霞不聋不哑有多好。"她们也在心里可怜凤霞。后来只要屋里的活一忙完，凤霞便坐到门前替她们织毛衣。整条街的女人里就数凤霞毛衣织得最紧最密，这下可好了，她们都把毛线送过来，让凤霞替她们织。凤霞累是累了一些，可她心里高兴。毛衣织成了给人家，她们向她跷跷大拇指，凤霞张着嘴就要笑半天。

我一进城，邻居家的女人就过来挨个告诉我，凤霞这儿好，那儿好，我听到的全是好话，听得我眼睛都红了，我说："城里人就是好，在村里是难得听到说我凤霞好。"

看到大家都这么喜欢凤霞，二喜又疼爱她，我心里高兴啊。回到家里，家珍总是埋怨我去得太久。这也是，家珍一个人在家里伸直了脖子等我回去说些凤霞的新鲜事，左等右等不见我回来，心里当然要焦急。我说："一见了凤霞就忘了时间。"

每次回到家里，我都要坐在床边说半晌，凤霞屋里屋外的事，她穿什么颜色的衣服，家珍给她做的鞋穿破了没有。家珍什么都知道，她是没完没了地问，我也没完没了地说，说得我嘴里都没有唾沫了，家珍也不放过我，问我："还有什么忘了说了？"

一说说到天黑，村里人都差不多要上床睡觉了，我们都还没吃饭，我说："我得煮吃的了。"

家珍拉住我，求我：

"你再给我说说凤霞。"

其实我也愿意多说说凤霞，跟家珍说我还嫌不够，到田里干活时，我又跟村里人说了，说凤霞又聪明又勤快，在城里怎么好，怎么招人喜爱，毛衣织得比谁都快。村里有些人听了还不高兴，对我说："福贵，你是老昏了头，城里人心眼坏着呢，凤霞整天给别人家干活还不累死。"

我说："话可不能这么说。"

他们说："凤霞替她们织毛衣，她们也得送点东西给凤霞，送了吗？"

村里人心眼就是小，尽想些捡便宜的事。城里的女人可不是他们说的那么坏，我有两次听到她们对二喜说："二喜，你去买两斤毛线来，也该让凤霞有件毛衣。"

二喜听后笑笑，没作声。二喜是实在人，娶凤霞时他依了我的话，钱花多了，欠下了债。到了私下里，他悄悄对我说："爹，我还了债就给凤霞买毛线。"

城里的"文化大革命"是越闹越凶，满街都是大字报，贴大字报的人都是些懒汉，新的贴上去时也不把旧的撕掉，越贴越厚，那墙上像是有很多口袋似的鼓了出来。连凤霞、二喜他们屋门上都贴了标语，屋里脸盆什么的也印上了毛主席他老人家的话，凤霞他们的枕巾上印着：千万不要忘记阶级斗争；床单上的字是：在大风大浪中前进。二喜和凤霞每天都睡在毛主席的话上面。

我每次进城，看到人多的地方就避开，城里是天天都在打架，我就见过几次有人被打得躺在地上起不来。难怪队长再不上城里开会了，公社常派人来通知他去县里开三级干部会议，队长都不去，私下里对我们说："城里天天都在死人，我吓都吓死了，眼下进城去开会就是进了棺材。"

队长躲在村里哪里都不去，可他也只是过了几个月的安稳日子，他不出去，别人找上门来了。那天我们都在田里干活，远远地看到一面红旗飘过来，来了一队城里的红卫兵。队长也在田里，看到他们走来，当时脖子就缩了缩，提心吊胆地问我："该不会来找我的吧？"

领头的红卫兵是个女的，他们来到了我们跟前，那女的朝我们喊："这里为

活着

什么没有标语,没有大字报?队长呢?队长是谁?"

队长赶紧扔了锄头跑过去,点头哈腰地说:

"红卫兵小将同志。"

那个女的挥挥手臂问:

"为什么没有标语和大字报?"

队长说:"有标语,有两条标语呢,就刷在那间屋子后面。"

那女的看上去最多只有十六七岁,她在我们队长面前神气活现,眼睛斜了斜就算是看过队长了。她对几个提着油漆桶的红卫兵说:"去刷上标语。"

那几个红卫兵就朝村里的房子跑去,去刷标语了。领头的女孩对队长说:"让全村人集合。"

队长急忙从口袋里掏出哨子拼命吹,在别的田里干活的人赶紧跑了过来。等人集合得差不多了,那女的对我们喊:"你们这里的地主是谁?"

大伙一听这话全朝我看上了,看得我腿都哆嗦了,好在队长说:"地主解放初就毙掉了。"

她又问:"有没有富农?"

队长说:"富农有一个,前年归西了。"

她看看队长,对我们大伙喊:

"那走资派有没有?"

队长赔着笑脸说:

"这村里是小地方,哪有走资派?"

她的手突然一伸,都快指到队长的鼻子上了,她问:"你是什么?"

队长吓得连声说:

"我是队长,是队长。"

谁知道她大喊一声:

"你就是走资本主义道路的当权派!"

队长吓坏了,连连摆手说:

"不是,不是,我没走。"

那女的没理他,朝我们喊:

"他对你们进行白色统治,他欺压你们,你们要起来反抗,要砸断他的狗腿。"

村里人都看傻了,平日里队长可神气了,他说什么我们听什么,从没人觉得队长说得不对。如今队长被这群城里来的孩子折腾得腰都弯下去了,他连连求饶，我们都说不出口的话他也说了。队长求了一会，转身对我们喊："你们出来说说呀，我没欺压你们。"

大伙看看队长，又看看那些红卫兵，三三两两地说："队长没有欺压我们，他是个好人。"

那个女的皱着眉看我们，说：

"不可救药。"

说完她朝几个红卫兵挥挥手：

"把他押走。"

两个红卫兵走过去抓住队长的胳膊。队长伸直了脖子喊："我不进城，乡亲们哪，救救我，我不能进城，进城就是进棺材。"

队长再喊也没用，被他们把胳膊扭到后面，弯着身体押走了。大伙看着他们喊着口号杀气腾腾地走去，谁也没上去阻拦，没人有这个胆量。

队长这么一去，大伙都觉得凶多吉少，城里那地方乱着呢，就算队长保住命，也得缺条胳膊少条腿的。谁知没出三天，队长就回来了，一副鼻青脸肿的模样，在那条路上晃晃悠悠地走来。在地里的人赶紧迎上去，叫他："队长。"

队长眼皮抬了抬，看看大伙，什么话没说，一直走回自己家，呼呼地睡了两天。到了第三天，队长扛着把锄头下到田里，脸上的肿消了很多，大伙围上去问这问那，问他身上还疼不疼，他摇摇头说："疼倒没什么，不让我睡觉，他娘的比疼还难受。"

说着队长掉出眼泪，说：

"我算是看透了，平日里我像护着儿子一样护着你们，轮到我倒霉了，谁也不来救我。"

队长说得我们大伙都不敢去看他。队长总还算好，被拉到城里只是吃了三天的拳脚。春生住在城里，可就更惨了。我还一直不知道春生也倒霉了，那天我进城去看凤霞，在街上看到一伙戴着各种纸帽子、胸前挂着牌牌的人被押着游街。起先我没怎么在意，等他们来到跟前，我吓了一跳，走在最前头的竟是春生。春生低着头，没看到我，从我身边走过去后，春生突然抬起头来喊："毛主席万岁。"

几个戴红袖章的人冲上去对春生又打又踢，骂道："这是你喊的吗？他娘的走资派。"

春生被他们打倒在地，身体搁在那块木牌上，一只脚踢在他脑袋上，春生的脑袋像是被踢出个洞似的咚的一声响，整个人趴在了地上。春生被打得一点声音都没有，我这辈子没见过这么打人的，在地上的春生像是一块死肉，任他们用脚去踢。再打下去还不把春生打死了，我上去拉住两个人的袖管，说："求你们别打了。"

他们用劲推了我一把，我差点摔到地上，他们说："你是什么人？"

我说："求你们别打了。"

有个人指着春生说：

"你知道他是什么人，他是旧县长，是走资派。"

我说："这我都不知道，我只知道他是春生。"

他们一说话，也就没再去打春生，喊着要春生爬起来。春生被打成那样了，怎么爬得起来，我就去扶他，春生认出了我，说："福贵，你快走开。"

那天我回到家里，坐在床边，把春生的事跟家珍说了，家珍听了都低下头，我就说："当初你不该不让春生进屋。"

家珍虽然嘴上没说什么，其实她心里想的也和我一样。

过了一个多月，春生偷偷地上我家来了，他来时都深更半夜，我和家珍已经睡了，敲门把我们敲醒，我打开门借着月光一看是春生，春生的脸肿得都圆了，我说："春生，快进来。"

春生站在门外不肯进来，他问：

"嫂子还好吧？"

我就对家珍说：

"家珍，是春生。"

家珍坐在床上没有答应，我让春生进屋，家珍不开口，春生就不进来，他说："福贵，你出来一下。"

我回头又对家珍说：

"家珍，是春生来了。"

家珍还是没理我，我只好披上衣服走出去，春生走到我家屋前那棵树下，对我说："福贵，我是来和你告别的。"

我问："你要去哪里？"

他咬着牙齿狠狠地说：

"我不想活了。"

我吃了一惊，急忙拉住春生的胳膊说：

"春生，你别糊涂，你还有女人和儿子呢。"

一听这话，春生哭了，他说：

"福贵，我每天都被他们吊起来打。"

说着他把手伸过来：

"你摸摸我的手。"

我一摸，那手像是煮熟了一样，烫得吓人，我问他："疼不疼？"

他摇摇头："不觉得了。"

我把他肩膀往下按，说道：

"春生，你先坐下。"

我对他说："你千万别糊涂，死人都还想活过来，你一个大活人可不能去死。"

我又说："你的命是爹娘给的，你不要命了也得先去问问他们。"

春生抹了抹眼泪说：

"我爹娘早死了。"

我说："那你更该好好活着，你想想，你走南闯北打了那么多仗，你活下来容易吗？"

那天我和春生说了很多话，家珍坐在屋里床上全听进去了。到了天快亮的时候，春生像是有些想通了，他站起来说要走了，这时家珍在里面喊："春生。"

我们两个都怔了一下，家珍又叫了一声，春生才答应。我们走到门口，家珍在床上说："春生，你要活着。"

春生点了点头。家珍在里面哭了，她说：

"你还欠我们一条命，你就拿自己的命来还吧。"

春生站了一会说：

"我知道了。"

我把春生送到村口，春生让我站住，别送了，我就站在村口，看着春生走去。春生都被打瘫了，他低着头走得很吃力。我又放心不下，对他喊："春生，你要答应我活着。"

春生走了几步回过头来说：

"我答应你。"

春生后来还是没有答应我，一个多月后，我听说城里的刘县长上吊死了。一个人命再大，要是自己想死，那就怎么也活不了。我把这话对家珍说了，家珍听后难受了一天，到了夜里她说："其实有庆的死不能怪春生。"

到了田里的活一忙，我就不能常常进城去看凤霞了。好在那时是人民公社，村里人在一起干活，我用不着焦急。只是家珍还是下不了床，我起早摸黑，既不能误了田里的活，又不能让家珍饿着，人实在是累。年纪大了，要是年轻他二十岁，睡上一觉就会没事，到了那个年纪，人累了睡上几觉也补不回来，干活时手臂都抬不起来，我混在村里人中间，每天只是装装样子，他们也都知道我的难处，谁也不来说我。

第九章

农忙时凤霞来住了几天，替我做饭烧水，侍候家珍，我轻松了很多。可是想想嫁出去的女儿就是泼出去的水，凤霞早就是二喜的人了，不能在家里待得太久。我和家珍商量了一下，怎么也得让凤霞回去了，就把凤霞赶走了。我是用手一推一推把她推出村口的，村里人见了嘻嘻笑，说没见过像我这样的爹。我听了也嘻嘻笑，心想村里谁家的女儿也没像凤霞对她爹娘这么好，我说："凤霞只有一个人，服侍了我和家珍，就服侍不了我的偏头女婿了。"

凤霞被我赶回城里，过了没多久又回来了，这次连偏头女婿也来了。两个人在远处拉着手走来，我很远就看到了他们，不用看二喜的偏脑袋，就看拉着手我也知道是谁了。二喜提着一瓶黄酒，咧着嘴笑个不停。凤霞手里挎着个小竹篮子，也像二喜一样笑。我想是什么好事，这么高兴？

到了家里，二喜把门关上，说：

"爹，娘，凤霞有啦。"

凤霞有孩子了，我和家珍嘴一咧也都笑了。我们四个人笑了半晌，二喜才想起来手里的黄酒，走到床边将酒放在小方桌上，凤霞从篮里拿出碗豆子。我说："都到床上去，都到床上去。"

凤霞坐到家珍身旁，我拿了四只碗和二喜坐一头。二喜给我倒满了酒，给家珍也倒满，又去给凤霞倒，凤霞捏住酒瓶连连摇头，二喜说："今天你也喝。"

凤霞像是听懂了二喜的话，不再摇头。我们端起了碗，凤霞喝了一口皱皱眉，去看家珍，家珍也在皱眉，她抿着嘴笑了。我和二喜都是一口把酒喝干，一碗酒下肚，二喜的眼泪掉了出来，他说："爹，娘，我是做梦也想不到会有今天。"

一听这话，家珍眼睛马上就湿了。看着家珍的样子，我眼泪也下来了，我说："我也想不到，先前最怕的就是我和家珍死了凤霞怎么办，你娶了凤霞，我们心就定了，有了孩子更好了，凤霞以后死了也有人收作。"

凤霞看到我们哭，也眼泪汪汪的。家珍哭着说："要是有庆活着就好了，他是凤霞带大的，他和凤霞亲着呢，有庆看不到今天了。"

二喜哭得更凶了，他说：

"要是我爹娘还活着就好了，我娘死的时候捏住我的手不肯放。"

四个人越哭越伤心，哭了一阵，二喜又笑了，他指指那碗豆子说："爹，娘，你们吃豆子，是凤霞做的。"

我说："我吃，我吃，家珍，你吃。"

我和家珍看来看去，两个人都笑了，我们马上就会有外孙了。那天四个人哭哭笑笑，一直到天黑，二喜和凤霞才回去。

凤霞有了孩子，二喜就更疼爱她。到了夏天，屋里蚊子多，又没有蚊帐，天一黑二喜便躺到床上去喂蚊子，让凤霞在外面坐着乘凉，等把屋里的蚊子喂饱，不再咬人了，才让凤霞进去睡。有几次凤霞进去看他，他就焦急，一把将凤霞推出去。这都是二喜家的邻居告诉我的，她们对二喜说："你去买顶蚊帐。"

二喜笑笑不作声，瞅空儿才对我说：

"债不还清，我心里不踏实。"

看着二喜身上被蚊子咬得到处都是红点，我也心疼，我说："你别这样。"

二喜说："我一个人，蚊子多咬几口捡不了什么便宜，凤霞可是两个人啊。"

凤霞是在冬天里生孩子的，那天雪下得很大，窗户外面什么都看不清楚。凤霞进了产房一夜都没出来，我和二喜在外面越等越怕，一有医生出来，就上去问，知道还在生，便有些放心。到天快亮时，二喜说："爹，你先去睡吧。"

我摇摇头说："心悬着睡不着。"

二喜劝我："两个人不能绑在一起，凤霞生完了孩子还得有人照应。"

我想想二喜说得也对，就说：

"二喜，你先去睡。"

两个人推来推去，谁也没睡。到天完全亮了，凤霞还没出来，我们又怕了，比凤霞晚进去的女人都生完孩子出来了。

我和二喜哪还坐得住，凑到门口去听里面的声音，听到有女人在叫唤，我们才放心。二喜说："苦了凤霞了。"

过了一会，我觉得不对，凤霞是哑巴，不会叫唤的，这么对二喜说，二喜的脸一下子白了，他跑到产房门口拼命喊："凤霞，凤霞。"

里面出来个医生朝二喜喊道：

"你叫什么，出去。"

二喜呜呜地哭了，他说：

活
着

“我女人怎么还没出来。”

旁边有人对我们说：

“生孩子有快的，也有慢的。”

我看看二喜，二喜看看我，想想可能是这样，就坐下来再等着，心里还是咚咚乱跳。没多久，出来一个医生问我们：“要大的？还是要小的？”

她这么一问，把我们问傻了，她又说：

“喂，问你们呢。”

二喜扑通跪在了她跟前，哭着喊：

“医生，救救凤霞，我要凤霞。”

二喜在地上哇哇地哭，我把他扶起来，劝他别这样，这样伤身体，我说：“只要凤霞没事就好了，俗话说留得青山在，不怕没柴烧。”

二喜呜呜地说：

“我儿子没了。”

我也没了外孙，我脑袋一低也呜呜地哭了。到了中午，里面有医生出来说：“生啦，是儿子。”

二喜一听急了，跳起来叫道：

“我没要小的。”

医生说：“大的也没事。”

凤霞也没事，我眼前就晕晕乎乎了，年纪一大，身体折腾不起啊。二喜高兴坏了，他坐在我旁边身体直抖，那是笑得太厉害了。我对二喜说：“现在心放下了，能睡觉了，过会再来替你。”

谁料到我一走凤霞就出事了，我走了才几分钟，好几个医生跑进了产房，还拖着氧气瓶。凤霞生下了孩子后大出血，天黑前断了气。我的一双儿女都是生孩子上死的，有庆死是别人生孩子，凤霞死在自己生孩子。

那天雪下得特别大，凤霞死后躺到了那间小屋里，我去看她一见到那间屋子就走不进去了，十多年前有庆也是死在这里的。我站在雪里听着二喜在里面一遍遍叫着凤霞，心里疼得蹲在了地上。雪花飘着落下来，我看不清那屋子的门，只听到二喜在里面又哭又喊，我就叫二喜，叫了好几声，二喜才在里面答应一声，他走到门口，对我说：“我要大的，他们给了我小的。”

我说：“我们回家吧，这家医院和我们前世有仇，有庆死在这里，凤霞也死在这里。二喜，我们回家吧。”

二喜听了我的话，把凤霞背在身后，我们三个人往家走。

那时候天黑了，街上全是雪，人都见不到，西北风呼呼吹来，雪花打在我们脸上，像是沙子一样。二喜哭得声音都哑了，走一段他说："爹，我走不动了。"

我让他把凤霞给我，他不肯，又走了几步他蹲了下去，说："爹，我腰疼得不行了。"

那是哭的，把腰哭疼了。回到了家里，二喜把凤霞放在床上，自己坐在床沿上盯着凤霞看，二喜的身体都缩成一团了。我不用看他，就是去看他和凤霞在墙上的影子，也让我难受得看不下去。那两个影子又黑又大，一个躺着，一个像是跪着，都是一动不动，只有二喜的眼泪在动，让我看到一颗一颗大黑点在两个人影中间滑着。我就跑到灶间，去烧些水，让二喜喝了暖暖身体，等我烧开了水端过去时，灯熄了，二喜和凤霞睡了。

那晚上我在二喜他们灶间坐到天亮，外面的风呼呼地响着，有一阵子下起了雪珠子，打在门窗上沙沙乱响。二喜和凤霞睡在里屋子里一点声音也没有，寒风从门缝冷飕飕地钻进来，吹得我两个膝盖又冷又疼，我心里就跟结了冰似的一阵阵发麻，我的一双儿女就这样都去了，到了那种时候想哭都没有了眼泪。我想想家珍那时还睁着眼睛等我回去报信，我出来时她一遍一遍嘱咐我，等凤霞一生下来赶紧回去告诉她是男还是女。凤霞一死，让我怎么回去对她说？

有庆死时，家珍差点也一起去了，如今凤霞又死到她前面，做娘的心里怎么受得住。第二天，二喜背着凤霞，跟着我回到家里。那时还下着雪，凤霞身上像是盖了棉花似的差不多全白了。一进屋，看到家珍坐在床上，头发乱糟糟的，脑袋靠在墙上，我就知道她心里明白凤霞出事了，我已经连着两天两夜没回家了。我的眼泪刷刷地流了出来，二喜本来已经不哭了，一看到家珍又呜呜地哭起来，他嘴里叫着："娘，娘……"

家珍的脑袋动了动，离开了墙壁，眼睛一动不动地看着二喜背脊上的凤霞。我帮着二喜把凤霞放到床上，家珍的脑袋就低下来去看凤霞，那双眼睛定定的，像是快从眼眶里突出来了。我是怎么也想不到家珍会是这么一副样子，她一颗泪水都没掉出来，只是看着凤霞，手在凤霞脸上和头发上摸着。二喜哭得蹲了下去，脑袋靠在床沿上。我站在一旁看着家珍，心里不知道她接下去会怎么样。那天家珍没有哭也没有喊，只是偶尔地摇了摇头。凤霞身上的雪慢慢融化了以后，整张床上都湿淋淋了。

凤霞和有庆埋在了一起。那时雪停住了，阳光从天上照下来，西北风刮得更凶了，呼呼直响，差不多盖住了树叶的响声。埋了凤霞，我和二喜抱着锄头

活着

铲子站在那里，风把我们两个人吹得都快站不住了。满地都是雪，在阳光下面白晃晃刺得眼睛疼，只有凤霞的坟上没有雪，看着这湿漉漉的泥土，我和二喜谁也抬不动脚走开。二喜指指紧挨着的一块空地说："爹，我死了埋在这里。"

我叹了口气对二喜说：

"这块就留给我吧，我怎么也会死在你前面的。"

埋掉了凤霞，孩子也可以从医院里抱出来了。二喜抱着他儿子走了十多里路来我家，把孩子放在床上。那孩子睁开眼睛时皱着眉，两个眼珠子瞟来瞟去，不知道他在看什么。看着孩子这副模样，我和二喜都笑了。家珍是一点都没笑，她眼睛定定地看着孩子，手指放在他脸旁，家珍当初的神态和看死去的凤霞一模一样，我当时心里七上八下的，家珍的模样吓住了我，我不知道家珍是怎么了。后来二喜抬起头来，一看到家珍他立刻不笑了，垂着手臂站在那里不知怎么才好。过了很久，二喜才轻声对我说："爹，你给孩子取个名字。"

家珍那时开口说话了，她声音沙沙地说：

"这孩子生下来没有了娘，就叫他苦根吧。"

凤霞死后不到三个月，家珍也死了。家珍死前的那些日子，常对我说："福贵，有庆、凤霞是你送的葬，我想到你会亲手埋掉我，就安心了。"

她是知道自己快要死了，反倒显得很安心。那时候她已经没力气坐起来了，闭着眼睛躺在床上，耳朵还很灵，我收工回家推开门，她就会睁开眼睛，嘴巴一动一动，我知道她是在对我说话，那几天她特别爱说话，我就坐在床上，把脸凑下去听她说，那声音轻得跟心跳似的。人啊，活着时受了再多的苦，到了快死的时候也会想个法子来宽慰自己，家珍到那时也想通了，她一遍一遍地对我说："这辈子也快过完了，你对我这么好，我也心满意足，我为你生了一双儿女，也算是报答你了，下辈子我们还要在一起过。"

家珍说到下辈子还要做我的女人，我的眼泪就掉了出来，掉到了她脸上。她眼睛眨了两下微微笑了，她说："凤霞、有庆都死在我前头，我心也定了，用不着再为他们操心，怎么说我也是做娘的女人，两个孩子活着时都孝顺我，做人能做成这样我该知足了。"

她说我："你还得好好活下去，还有苦根和二喜，二喜其实也是自己的儿子了，苦根长大了会和有庆一样对你好，会孝顺你的。"

家珍是在中午死的。我收工回家，她眼睛睁了睁，我凑过去没听到她说话，就到灶间给她熬了碗粥。等我将粥端过去在床前坐下时，闭着眼睛的家珍突然捏住了我的手，我想不到她还会有这么大的力气，心里吃了一惊，悄悄抽了抽，抽不出来，我赶紧把粥放在一把凳子上，腾出手摸摸她的额头，还暖和着，我才有些放心。家珍像是睡着一样，脸看上去安安静静的，一点都看不出难受来。谁知没一会，家珍捏住我的手凉了，我去摸她的手臂，她的手臂是一截一截地凉下去，那时候她的两条腿也凉了，她全身都凉了，只有胸口还有一块地方暖和着，我的手贴在家珍胸口上，胸口的热气像是从我手指缝里一点一点漏了出来。她捏住我的手后来一松，就瘫在了我的胳膊上。

"家珍死得很好。"福贵说。那个时候下午即将过去了，在田里干活的人开始三三两两走上田埂，太阳挂在西边的天空上，不再那么耀眼，变成了通红一轮，涂在一片红光闪闪的云层上。

福贵微笑地看着我，西落的阳光照在他脸上，显得格外精神。他说："家珍死得很好，死得平平安安、干干净净，死后一点是非都没留下，不像村里有些女人，死了还有人说闲话。"

坐在我对面的这位老人，用这样的语气谈论着十多年前死去的妻子，使我内心涌上一股难言的温情，仿佛是一片青草在风中摇曳，我看到宁静在遥远处波动。

四周的人离开后的田野，呈现了舒展的姿态，看上去是那么的广阔，无边无际，在夕阳之中如同水一样泛出片片光芒。福贵的两只手搁在自己腿上，眼睛眯缝着看我，他还没有站起来的意思，我知道他的讲述还没有结束。我心想趁他站起来之前，让他把一切都说完吧。我就问："苦根现在有多大了？"

福贵的眼睛里流出了奇妙的神色，我分不清是悲凉，还是欣慰。他的目光从我头发上飘过去，往远处看了看，然后说："要是按年头算，苦根今年该有十七岁了。"

家珍死后，我就只有二喜和苦根了。二喜花钱请人做了个背篓，苦根便整天在他爹背脊上了，二喜干活时也就更累，他干搬运活，拉满满一车货物，还得背着苦根，呼哧呼哧的气都快喘不过来了。身上还背着个包裹，里面塞着苦根的尿布，有时天气阴沉，尿布没干，又没换的，只好在板车上绑三根竹竿，两根竖着，一根横着，上面晾着尿布。城里的人见了都笑他，和二喜一起干活的伙伴都知道他苦，见到有人笑话二喜，就骂道："你他娘的再笑？再笑就让你哭。"

苦根在背篓里一哭，二喜听哭声就知道是饿了，还是撒尿了，他对我说："哭的声音长是饿了，哭的声音短是屁股那地方难受了。"

也真是，苦根拉屎撒尿后哭起来嗯嗯的，起先还觉得他是在笑。这么小的人就知道哭得不一样。那是心疼他爹，一下子就告诉他爹他想干什么，二喜也用不着来回折腾了。

苦根饿了，二喜就放下板车去找正在奶孩子的女人，递上一毛钱轻声说："求你喂他几口。"

二喜不像别人家孩子的爹，是看着孩子长大。二喜觉得苦根背在身上又沉了一些，他就知道苦根又大了一些。做爹的心里自然高兴，他对我说："苦根又沉了。"

我进城去看他们，常看到二喜拉着板车，汗淋淋地走在街上，苦根在他的背篓里小脑袋吊在外面一摇一摇的。我看二喜太累，劝他把苦根给我，带到乡下去。二喜不答应，他说："爹，我离不了苦根。"

好在苦根很快大起来，苦根能走路了，二喜也轻松了一些，他装卸时让苦根在一旁玩，拉起板车就把苦根放到车上。

苦根大一些后也知道我是谁了，他常常听到二喜叫我爹，便记住了。我每次进城去看他们，坐在板车里的苦根一看到我，马上尖声叫起来，他朝二喜喊："爹，你爹来了。"

这孩子还在他爹背篓里时，就会骂人了，生气时小嘴巴噼噼啪啪，脸蛋涨得通红，谁也不知道他在说些什么，只看到唾沫从他嘴里飞出来，只有二喜知道，二喜告诉我："他在骂人呢。"

苦根会走路会说几句话后，就更精了，一看到别的孩子手里有什么好玩的，嘻嘻笑着拼命招手，说："来，来，来。"

别的孩子走到他跟前，他伸手便要去抢人家手里的东西，人家不给他，他就翻脸，气冲冲地赶人家走，说："走，走，走。"

没了凤霞，二喜是再也没有回过魂来，他本来说话不多，凤霞一死，他话就更少了，人家说什么，他嗯一下算是也说了，只有见到我才多说几句。苦根成了我们的命根子，他越往大里长，便越像凤霞，越是像凤霞，也就越让我们看了心里难受。二喜有时看着看着眼泪就掉了出来，我这个做丈人的便劝他："凤霞死了也有些日子了，能忘就忘掉她吧。"

那时苦根有三岁了，这孩子坐在凳子上摇晃着两条腿，正使劲在听我们说话，眼睛睁得很圆。二喜歪着脑袋想什么，过了一会才说："我只有这点想想凤霞的福分。"

后来我要回村里去，二喜也要去干活了，我们一起走了出去。一到外面，二喜贴着墙壁走起来，歪着脑袋走得飞快，像是怕人认出他来似的，苦根被他拉着，走得跌跌撞撞，身体都斜了。我也不好说他，我知道二喜是没有了凤霞才这样的。邻居家的人见了便朝二喜喊："你走慢点，苦根要跌倒啦。"

二喜嗯了一下，还是飞快地往前走。苦根被他爹拉着，身体歪来歪去，眼睛却骨碌骨碌地转来转去。到了转弯的地方，我对二喜说："二喜，我回去啦。"

二喜这才站住，翘了翘肩膀看我。我对苦根说："苦根，我回去了。"

苦根朝我挥挥手尖声说：

"你走吧。"

我只要一闲下来就往城里去，我在家里待不住，苦根和二喜在城里，我总觉得城里才像是我的家，回到村里孤零零一人心里不踏实。有几次我把苦根带到村里住，苦根倒没什么，高兴得满村跑，让我帮他去捉树上的麻雀，我说我怎么捉呀，这孩子手往上指了指说："你爬上去。"

我说："我会摔死的，你不要我的命了？"

他说："我不要你的命，我要麻雀。"

苦根在村里过得挺自在，只是苦了二喜，二喜是一天不见苦根就受不了，每天干完了活，累得人都没力气了，还要走十多里路来看苦根，第二天一早起床又进城去干活了。我想想这样不是个办法，往后天黑前就把苦根送回去。家珍一死，我也就没有了牵挂，到了城里，二喜说："爹，你就住下吧。"

我便在城里住上几天。我要是那么住下去，二喜心里也愿意，他常说家里有三代人总比两代人好，可我不能让二喜养着，我手脚还算利索，能挣钱，我和二喜两个人挣钱，苦根的日子过起来就阔气多了。

第十章

这样的日子过到苦根四岁那年，二喜死了。二喜是被两排水泥板夹死的。干搬运这活，一不小心就磕破碰伤，可丢了命的只有二喜，徐家的人命都苦。那天二喜他们几个人往板车上装水泥板，二喜站在一排水泥板前面，吊车吊起四块水泥板，不知出了什么差错，竟然往二喜那边去了，谁都没看到二喜在里面，只听他突然大喊一声："苦根。"

二喜的伙伴告诉我，那一声喊把他们全吓住了，想不到二喜竟有这么大的声音，像是把胸膛都喊破了。他们看到二喜时，我的偏头女婿已经死了，身体贴在那一排水泥板上，除了脚和脑袋，身上全给挤扁了，连一根完整的骨头都找不到，血肉跟糨糊似的粘在水泥板上。他们说二喜死的时候脖子突然伸直了，嘴巴张得很大，那是在喊他的儿子。

苦根就在不远处的池塘旁，往水里扔石子，他听到爹临死前的喊叫，便扭过头去叫："叫我干什么？"

他等了一会，没听到爹继续喊他，便又扔起了石子。直到二喜被送到医院里，知道二喜死了，才有人去叫苦根："苦根，苦根，你爹死啦。"

苦根不知道死究竟是什么，他回头答应了一声："知道啦。"

就再没理睬人家，继续往水里扔石子。

那时候我在田里，和二喜一起干活的人跑来告诉我："二喜快死啦，在医院里，你快去。"

我一听说二喜出事了被送到医院里，马上就哭了，我对那人喊："快把二喜抬出去，不能去医院。"

那人呆呆看着我，以为我疯了。我说：

"二喜一进那家医院，命就难保了。"

有庆、凤霞都死在那家医院里，没想到二喜到头来也死在了那里。你想想，我这辈子三次看到那间躺死人的小屋子，里面三次躺过我的亲人。我老了，受不住这些。去领二喜时，我一见那屋子，就摔在了地上。我是和二喜一样被抬出那家医院的。

二喜死后，我便把苦根带到村里来住了。离开城里那天，我把二喜屋里的用具给了那里的邻居，自己挑了几样轻便的带回来。我拉着苦根走时，天快黑了，邻居家的人都走过来送我，送到街口，他们说："以后多回来看看。"

有几个女的还哭了，她们摸着苦根说：

"这孩子真是命苦。"

苦根不喜欢她们把眼泪掉到他脸上，拉着我的手一个劲地催我："走呀，快走呀。"

那时候天冷了，我拉着苦根在街上走，冷风呼呼地往脖子里灌，越走心里越冷，想想从前热热闹闹一家人，到现在只剩下一老一小，我心里苦得连叹息都没有了。可看看苦根，我又宽慰了，先前是没有这孩子的，有了他比什么都强，香火还会往下传，这日子还得好好过下去。

走到一家面条店的地方，苦根突然响亮地喊了一声："我不吃面条。"

我想着自己的心事，没留意他的话，走到了门口，苦根又喊了："我不吃面条。"

喊完他拉住我的手不走了，我才知道他想吃面条，这孩子没爹没娘了，想吃面条总该给他吃一碗。我带他进去坐下，花了九分钱买了一小碗面，看着他哧溜哧溜地吃了下去，他吃得满头大汗，出来时舌头还在嘴唇上舔着，对我说："明天再来吃好吗？"

我点点头说："好。"

走了没多远，到了一家糖果店前，苦根又拉住了我，他仰着脑袋认真地说："本来我还想吃糖，吃过了面条，我就不吃了。"

我知道他是在变个法子想让我给他买糖，我手摸到口袋，摸到个两分的，想了想后就去摸了个五分出来，给苦根买了五颗糖。

苦根到了家说是脚疼得厉害，他走了那么多路，走累了。

我让他在床上躺下，自己去烧些热水，让他烫烫脚。烧好了水出来时，苦根睡着了，这孩子把两只脚架在墙上，睡得呼呼的。看着他这副样子，我笑了。脚疼了架在墙上舒服，苦根这么小就会自己照顾自己了。随即心里一酸，他还不知道再也见不着自己的爹了。

这天晚上我睡着后，总觉得心里闷得发慌，醒来才知道苦根的小屁股全压在我胸口上了，我把他的屁股移过去。过了没多久，我刚要入睡时，苦根的屁股一动一动又移到我胸口，我伸手一摸，才知道他尿床了，下面湿了一大块，难怪他要把屁股往我胸口上压。我想就让他压着吧。

第二天，这孩子想爹了。我在田里干活，他坐在田埂上玩，玩着玩着突然问我："是你送我回去？还是爹来领我？"

村里人见了他这模样，都摇着头说他可怜，有一个人对他说："你不回去了。"

他摇了摇脑袋，认真地说：

"要回去的。"

到了傍晚，苦根看到他爹还没有来，有些急了，小嘴巴翻上翻下把话说得飞快，我是一句也没听懂，我想着他可能是在骂人了，末了，他抬起脑袋说："算啦，不来接就不来接，我是小孩认不了路，你送我回去。"

我说："你爹不会来接你，我也不能送你回去，你爹死了。"

他说："我知道他死了，天都黑了还不来领我？"

我是那天晚上躺在被窝里告诉他死是怎么回事，我说人死了就要被埋掉，活着的人就再也见不到他了。这孩子先是害怕得哆嗦，随后想到再也见不到二喜，他呜呜地哭了，小脸蛋贴在我脖子上，热乎乎的眼泪在我胸口流，哭着哭着他睡着了。

活
着

过了两天，我想该让他看看二喜的坟了，就拉着他走到村西，告诉他，哪个坟是他外婆的，哪个是他娘的，还有他舅舅的。我还没说二喜的坟，苦根伸手指指他爹的坟哭了，他说："这是我爹的。"

我和苦根在一起过了半年，村里包产到户了，日子过起来也就更难。我家分到一亩半地。我没法像从前那样混在村里人中间干活，累了还能偷偷懒。现在田里的活是不停地叫唤我，我不去干，就谁也不会去替我。

年纪一大，人就不行了，腰是天天都疼，眼睛看不清东西。从前挑一担菜进城，一口气便到了城里，如今是走走歇歇，歇歇走走，天亮前两个小时我就得动身，要不去晚了菜会卖不出去，我是笨鸟先飞。这下苦了苦根，这孩子总是睡得最香的时候，被我一把拖起来，两只手抓住后面的箩筐，跟着我半开半闭着眼睛往城里走。苦根是个好孩子，到他完全醒了，看我挑着担子太沉，老是停住歇一会，他就从两只箩筐里拿出两棵菜抱到胸前，走到我前面，还时时回过头来问我："轻些了吗？"

我心里高兴啊，就说：

"轻多啦。"

说起来苦根才刚满五岁，他已经是我的好帮手了。我走到哪里，他就跟到哪里，和我一起干活，他连稻子都会割了。

我花钱请城里的铁匠给他打了一把小镰刀，那天这孩子高兴坏了，平日里带他进城，一走过二喜家那条胡同，这孩子忽地一下蹿进去，找他的小伙伴去玩，我怎么叫他，他都不答应。那天说是给他打镰刀，他扯住我的衣服就没有放开过，和我一起在铁匠铺子前站了半晌，进来一个人，他就要指着镰刀对那人说："是苦根的镰刀。"

他的小伙伴找他去玩，他扭了扭头得意扬扬地说："我现在没工夫跟你们说话。"

镰刀打成了，苦根睡觉都想抱着，我不让，他就说放到床下面。早晨醒来第一件事便是去摸床下的镰刀。我告诉他镰刀越使越快，人越勤快就越有力气，这孩子眨着眼睛看了我很久，突然说："镰刀越快，我力气也就越大啦。"

苦根总还是小，割稻子自然比我慢多了，他一看到我割得快，便不高兴，朝我叫："福贵，你慢点。"

村里人叫我福贵，他也这么叫，也叫我外公。我指指自己割下的稻子说："这是苦根割的。"

他便高兴地笑起来，也指指自己割下的稻子说："这是福贵割的。"

苦根年纪小，也就累得快，他时时跑到田埂上躺下睡一会，对我说："福贵，镰刀不快啦。"

他是说自己没力气了。他在田埂上躺一会，又站起来神气活现地看我割稻子，不时叫道："福贵，别踩着稻穗啦。"

旁边田里的人见了都笑，连队长也笑了，队长也和我一样老了，他还在当队长，他家人多，分到了五亩地，紧挨着我的地。队长说："这小子真他娘的能说会道。"

我说："是凤霞不会说话欠的。"

这样的日子苦是苦，累也是累，心里可是高兴，有了苦根，人活着就有劲头。看着苦根一天一天大起来，我这个做外公的也一天比一天放心。到了傍晚，我们两个人就坐在门槛上，看着太阳落下去，田野上红红一片闪亮着，听着村里人吆喝的声音，家里养着的两只母鸡在我们面前走来走去，苦根和我亲热，两个人坐在一起，总是有说不完的话，看着两只母鸡，我常想起我爹在世时说的话，便一遍一遍去对苦根说："这两只鸡养大了变成鹅，鹅养大了变成羊，羊养大了又变成牛。我们啊，也就越来越有钱啦。"

苦根听后咯咯直笑，这几句话他全记住了，多次他从鸡窝里掏出鸡蛋来时，总要唱着说这几句话。

鸡蛋多了，我们就拿到城里去卖。我对苦根说："钱积够了我们就去买牛，你就能骑到牛背上去玩了。"

苦根一听眼睛马上亮了，他说：

"鸡就变成牛啦。"

从那时以后，苦根天天盼着买牛这天的来到，每天早晨他睁开眼睛便要问我："福贵，今天买牛吗？"

有时去城里卖了鸡蛋，我觉得苦根可怜，想给他买几颗糖吃吃。苦根就会说："买一颗就行了，我们还要买牛呢。"

一转眼苦根到了七岁，这孩子力气也大多了。这一年到了摘棉花的时候，村里的广播说第二天有大雨，我急坏了，我种的一亩半棉花已经熟了，要是雨一淋那就全完蛋。一清早我就把苦根拉到棉花地里，告诉他今天要摘完，苦根仰着脑袋说："福贵，我头晕。"

我说："快摘吧，摘完了你就去玩。"

苦根便摘起了棉花，摘了一阵他跑到田埂上躺下，我叫他，叫他别再躺着，苦根说："我头晕。"

我想就让他躺一会吧，可苦根一躺下便不起来了，我有些生气，就说："苦根，棉花今天不摘完，牛也买不成啦。"

苦根这才站起来，对我说：

"我头晕得厉害。"

我们一直干到中午，看看大半亩棉花摘了下来，我放心了许多，就拉着苦根回家去吃饭，一拉苦根的手，我心里一怔，赶紧去摸他的额头，苦根的额头烫得吓人。我才知道他是真病了，我真是老糊涂了，还逼着他干活。回到家里，我就让苦根躺下。村里人说生姜能治百病，我就给他熬了一碗姜汤，可是家里没有糖，想往里面撒些盐，又觉得太委屈苦根了，便到村里人家那里去要了点糖，我说："过些日子卖了粮，我再还给你们。"

那家人说："算啦，福贵。"

让苦根喝了姜汤，我又给他熬了一碗粥，看着他吃下去。

我自己也吃了饭，吃完了我还得马上下地，我对苦根说："你睡上一觉会好的。"

走出了屋门，我越想越心疼，便去摘了半锅新鲜的豆子，回去给苦根煮熟了，里面放上盐。把凳子搬到床前，半锅豆子放在凳子上，叫苦根吃，看到有豆子吃，苦根笑了，我走出去时听到他说："你怎么不吃啊？"

我是傍晚才回到屋里的，棉花一摘完，我累得人架子都要散了。从田里到家才一小段路，走到门口我的腿便哆嗦了，我进了屋叫："苦根，苦根。"

苦根没答应，我以为他是睡着了，到床前一看，苦根歪在床上，嘴半张着能看到里面有两颗还没嚼烂的豆子。一看那嘴，我脑袋里嗡嗡乱响了，苦根的嘴唇都青了。我使劲摇他，使劲叫他，他的身体晃来晃去，就是不答应我。我慌了，在床上坐下来想了又想，想到苦根会不会是死了，这么一想我忍不住哭了起来。我再去摇他，他还是不答应，我想他可能真是死了。我就走到屋外，看到村里一个年轻人，对他说："求你去看看苦根，他像是死了。"

那年轻人看了我半晌，随后拔脚便往我屋里跑。他也把苦根摇了又摇，又将耳朵贴到苦根胸口听了很久，才说："听不到心跳。"

村里很多人都来了，我求他们都去看看苦根，他们都去摇摇，听听，完了对我说："死了。"

苦根是吃豆子撑死的，这孩子不是嘴馋，是我家太穷，村里谁家的孩子都过得比苦根好，就是豆子，苦根也是难得能吃上。我是老昏了头，给苦根煮了这么多豆子，我老得又笨又蠢，害死了苦根。

往后的日子我只能一个人过了，我总想着自己日子也不长了，谁知一过又过了这些年。我还是老样子，腰还是常常疼，眼睛还是花，我耳朵倒是很灵，村里人说话，我不看也能知道是谁在说。我是有时候想想伤心，有时候想想又很踏实，家里人全是我送的葬，全是我亲手埋的，到了有一天我腿一伸，也不用担心谁了。我也想通了，轮到自己死时，安安心心死就是，不用盼着收尸的人，村里肯定会有人来埋我的，要不我人一臭，那气味谁也受不了。我不会让别人白白埋我的，我在枕头底下压了十元钱，这十元钱我饿死也不会去动它的，村里人都知道这十元钱是给替我收尸的那个人，他们也都知道我死后是要和家珍他们埋在一起的。

这辈子想起来也是很快就过来了，过得平平常常，我爹指望我光耀祖宗，他算是看错人了，我啊，就是这样的命。年轻时靠着祖上留下的钱风光了一阵子，往后就越过越落魄了，这样反倒好，看看我身边的人，龙二和春生，他们也只是风光了一阵子，到头来命都丢了。做人还是平常点好，争这个争那个，争来争去赔了自己的命。像我这样，说起来是越混越没出息，可寿命长，我认识的人一个挨着一个死去，我还活着。

苦根死后第二年，我买牛的钱凑够了，看看自己还得活几年，我觉得牛还是要买的。牛是半个人，它能替我干活，闲下来时我也有个伴，心里闷了就和它说说话。牵着它去水边吃草，就跟拉着个孩子似的。

买牛那天，我把钱揣在怀里走着去新丰，那里是个很大的牛市场。路过邻近一个村庄时，看到晒场上围着一群人，走过去看看，就看到了这头牛，它趴在地上，歪着脑袋吧嗒吧嗒掉眼泪，旁边一个赤膊男人蹲在地上霍霍地磨着牛刀，围着的人在说牛刀从什么地方刺进去最好。我看到这头老牛哭得那么伤心，心里怪难受的。想想做牛真是可怜，累死累活替人干了一辈子，老了，力气小了，就要被人宰了吃掉。

我不忍心看它被宰掉，便离开晒场继续往新丰去。走着走着心里总放不下这头牛，它知道自己要死了，脑袋底下都有一摊眼泪了。

我越走心里越是定不下来，后来一想，干脆把它买下来。

我赶紧往回走，走到晒场那里，他们已经绑住了牛脚，我挤上去对那个磨刀的男人说："行行好，把这头牛卖给我吧。"

赤膊男人手指试着刀锋，看了我好一会才问："你说什么？"

我说："我要买这牛。"

他咧开嘴嘻嘻笑了，旁边的人也哄地笑起来。我知道他们都在笑我，我从怀里抽出钱放到他手里，说："你数一数。"赤膊男人马上傻了，他把我看了又看，还搔搔脖子，问我："你当真要买？"

我什么话也不去说，蹲下身子把牛脚上的绳子解了，站起来后拍拍牛的脑袋，这牛还真聪明，知道自己不死了，一下子站起来，也不掉眼泪了。我拉住缰绳对那个男人说："你数数钱。"

那人把钱举到眼前像是看看有多厚，看完他说："不数了，你拉走吧。"

我便拉着牛走去，他们在后面乱哄哄地笑，我听到那个男人说："今天合算，今天合算。"

牛是通人性的，我拉着它往回走时，它知道是我救了它的命，身体老往我身上靠，亲热得很，我对它说："你呀，先别这么高兴，我拉你回去是要你干活，不是把你当爹来养着的。"

我拉着牛回到村里，村里人全围上来看热闹，他们都说我老糊涂了，买了这么一头老牛回来，有个人说："福贵，我看它年纪比你爹还大。"

会看牛的告诉我，说它最多只能活两年三年的，我想两三年足够了，我自己恐怕还活不到这么久。谁知道我们都活到了今天，村里人又惊又奇，就是前两天，还有人说我们是——"两个老不死。"

牛到了家，也是我家里的成员了，该给它取个名字，想来想去还是觉得叫它福贵好。定下来叫它福贵，我左看右看都觉得它像我，心里美滋滋的，后来村里人也开始说我们两个很像，我嘿嘿笑，心想我早就知道它像我了。

福贵是好样的，有时候嘛，也要偷偷懒，可人也常常偷懒，就不要说是牛了。我知道什么时候该让它干活，什么时候该让它歇一歇，只要我累了，我知道它也累了，就让它歇一会，我歇得来精神了，那它也该干活了。

老人说着站了起来，拍拍屁股上的尘土，向池塘旁的老牛喊了一声，那牛就走过来，走到老人身旁低下了头。老人把犁扛到肩上，拉着牛的缰绳慢慢走去。

两个福贵的脚上都沾满了泥，走去时都微微晃动着身体。

我听到老人对牛说：

"今天有庆、二喜耕了一亩，家珍、凤霞耕了也有七八分田，苦根还小都耕了半亩。你嘛，耕了多少我就不说了，说出来你会觉得我是要羞你。话还得说回来，你年纪大了，能耕这么些田也是尽心尽力了。"

老人和牛渐渐远去，我听到老人粗哑的令人感动的嗓音在远处传来，他的歌声在空旷的傍晚像风一样飘扬，老人唱道——少年去游荡，中年想掘藏，老

年做和尚。

炊烟在农舍的屋顶袅袅升起，在霞光四射的空中分散后消隐了。

女人吆喝孩子的声音此起彼伏，一个男人挑着粪桶从我跟前走过，扁担吱呀吱呀一路响了过去。慢慢地，田野趋向了宁静，四周出现了模糊，霞光逐渐退去。

我知道黄昏正在转瞬即逝，黑夜从天而降了。我看到广阔的土地袒露着结实的胸膛，那是召唤的姿态，就像女人召唤着她们的儿女，土地召唤着黑夜来临。

原载《收获》1992 年第 6 期
第六届《小说月报》优秀中篇小说"百花奖"

无处告别

——

陈　染

黛二小姐与朋友

黛二小姐慵困倦怠地躺在床上胡思乱想着什么。晨光已透过窗幔斜洒在被子上。窗帘是黯红色的，虽然窗外远处的街上已是车水马龙，人流不息，天空已是雪亮灿白，一清如洗，房间里却仍然是一片黯黯淡淡的暖颜色。黛二小姐被松软的被子拥裹着乏乏的不想起来。那被子是淡紫色的，这颜色温馨、优雅、高贵，散发出一股女人独有的特质。她的身体裹在被子里瘦瘦的一束，像一缕光线，轻盈柔软地抹在床上……

黛二小姐的头有些疼，早晨一睁开眼睛第一个感觉就是从她的太阳穴深处、眼眶四周以及上牙床里边隐隐约约浑浑然然散发出一股遥远又近逼、浅淡又深刻的疼痛，好像不是睡完一整夜觉刚刚醒来，而是熬了一夜神思正准备努力去睡而又无法睡着。

黛二小姐长期有这种周期性头疼的毛病，以前她不知道这种头疼缘于何故，就从家里翻出几本医药方面的陈年旧书来看。家里的书很多，可是没人搞医，便没有医书。好不容易找到一本破得不像样的《赤脚医生手册》，书上第一页赫然写着：把医疗卫生的重点放到农村去。黛二想这肯定是她母亲早年下乡改造时带回来的土货，她甚至从那书页上闻到一股黑亮亮的田地里水稻的清香以及秋日阳光下田垄上玉米的金黄。于是，黛二小姐把它丢到卫生间的纸筐里去，又翻别的医书。可一转身，觉得不合适，又把那书捡回来。母亲这辈子没扔过什么东西，连黛二上幼儿园时穿的小袜子都不扔，黛二每每总是趁母亲不在家稀里哗啦把家里的陈年旧物席卷一空扔掉。母亲虽像守护纪念品一般守护那些

久远年代的破烂，但黛二小姐偷偷扔掉，母亲却也没发现什么。黛二想，这书扔到卫生间纸筐里被母亲看到，又得说她败家子。楼下正有收废品破烂的吆喝声，于是，她走到阳台上，朝着楼下地上摊散着的废报纸、破锅烂伞投去。

黛二小姐看的第二本医药书是她自己从书摊上买来的《实用中医精神病学》。这书并不只是讲精神病，更多的是讲由精神因素引起的各种疾病，从人的神经类型、心理气质、阴阳虚实等方面入手谈开去。黛二一边看一边自我分析，然后对症下药，选中了天麻丸和地黄口服液。断断连连吃了一段时间不见效，她就不吃了。

直到前几天，她才从一本美国人写的《女性的恐惧》中得知自己患了女人独有的压力症，这书是她去年底从纽约带回来的。书上写患此症的女人有以下几点症状，各人不一：

闭经（月经丧失）；

阴道痉挛（性交疼痛）；

经前期紧张（多症状头痛）；

性感缺乏（阻止性唤起）。

黛二小姐想，幸亏自己的症状只是头疼，要是再有别的，可多麻烦。黛二生得娇弱，秀丽，眼睛又黑又大，妩媚又显忧郁，芳龄二十六岁，虽还未结婚成家，但性方面的知识已着实不少，写本《女性性困惑大全》估计已不成问题。女友们有了什么问题，比如前一时期缪一妊娠反应很重，吐得死去活来，就来向黛二讨教咨询；比如麦三，平时与男人们眉来眼去，勾肩搭背，牵人心魄，可到了关键时候，谁要干真格的，那可没门。遇了问题，她也来找黛二。三女子都算得上好看，但又各有不同。缪一凄艳而诡秘，讳莫如深又像简单无心，使人闹不清她是过于老成还是太天真幼稚；黛二瘦削清秀、内心忧郁，身上散发一股子知识女性的多愁善感、孤独傲慢；麦三天生丽质、天真明亮、热情虚荣。三女子并无血缘关系，只因以前格外要好，好得有时使男人们插不进来，望而兴叹，她们便私下里按年龄由大到小排成了一、二、三。

黛二出生在书香世家，父亲是一位著名的文学教授。多年前去世后留下一屋子书，黛二从小耳濡目染，习文弄墨，不免染上爱好文学艺术而又没什么大出息的那种"半截子"人的毛病，性情敏感、忧虑、激动、夸张，有时还写首诗什么的，忧伤一番，但始终没上路，不是她父亲那块料。黛二这种头疼的毛病大概也是她的神经类型以及性情特点使然。

这会儿，黛二倦意十足地躺在床上不想起来，她把双臂交叉抱在胸前，两膝屈着，侧身而卧。这姿势使她产生某种空虚，由于空虚，又产生某种幻想，又由于幻想，使她感到某种深刻的孤独。她把手在自己弱不禁风的躯体上抚摸了一下，一根根肋骨犹若绷紧的琴弦，身上除了骨架上一层很薄的脂肪，几乎没有多余的东西。然而一双饱满的乳房却在黛二小姐瘦骨伶仃的胸前绽开。几个月前，这身体这乳房还在一双男人的大手里揉弄，无论那种抚摸是否幸福，黛二毕竟感到与自己之外的东西在交融。这会儿，她的的确确只有自己一个人了。黛二不由自主把手伸向自己的胸部抱紧，仿佛重温什么，回味什么。她想起了她的一个叫墨非的男友曾经对她说的话："黛二，你不能独自在河边漫步，你过于自爱，我担心你会跳进河里拥抱你自己。"想到这儿，黛二不觉浑身一阵寒冷。

这几年来，云云雨雨，陈仓暗度，黛二着实接触过几位男人，但她的内心始终没有被调动起来，肉体的充实无法替代精神的某种要求，而没有精神，与男人在一起就像干活一样没激情。激情和快感从某种意义上讲是两回事。黛二小姐称某种快感为"愉快的体力劳动"。老实说，黛二并不很性感，她的瘦削与柔弱使男人们见了就生出心疼与怜爱之情，就想保护她，但多数情况下男人并不想蹂躏她。黛二小姐本身对这种缺乏精神的"愉快的体力劳动"也没有表现出足够的热情。所以常常落得精神与肉体全孤独的境地。为此黛二颇感遗憾，她很羡慕麦三，麦三高大丰满，性欲饱满旺盛，离开男人三天就活不下去。据麦三的丈夫墨非讲，麦三做起爱来就像秋天里金黄的麦浪起伏跌宕，悦耳动听。黛二小姐自愧弗如。她想，除了工作，总得有些业余爱好，喜欢做爱也是一种业余爱好。毕竟要比什么业余爱好全没有要好。

黛二小姐躺在床上盘算起自己的那个周期日子。快了，快了，来了就不头疼了。她正想着，望着一室的寂然正要习惯性地沉浸到对往事的追忆或对未来的冥想，电话铃就响了起来。

仅凭那电话铃声的叫法以及来电话的时间，她就能大致断定这来者肯定是个侵略性极强的老熟人，他觉得他有权力让电话铃顽强地叫下去，他知道黛二小姐这会儿肯定在家，无论她起床没起床也无论她想不想接电话，她都不得不拿起话筒和他说话。缪一的电话就不这样，她总是让电话怯怯地叫上两声，如果没人接，就会周全又体贴地想黛二这会儿正忙着什么，也许正在卫生间，也许正和男朋友亲密着脱不开身，于是就挂断，过会儿再来。麦三时有强词夺理不容分说飞扬跋扈之举，神经兮兮地半夜里敲来电话，你以为是什么天大的紧迫之事，可她半夜来电话只是汇报说她晚上吃了今年以来第一颗草莓，气得黛二第二天夜里同一时间打电话告诉她，自己今年还没有吃过草莓。但麦三是决不会一清早就让电话吵起来没完没了的。

电话闹了一阵，黛二断定这人不会善罢甘休了，就磨磨蹭蹭晃下床，袅袅娜娜驾雾腾云一般移到门厅，眼睛似睁没睁，目光迷蒙松散，拿起话筒，毫无精神地丢了声"喂"？

"黛二，你穿上裤子了吗？"

"我一猜就是你，讨厌！"

"嘿嘿，你还是别穿上衣服的好。"

"不穿你也看不见。"

"看不见也有感觉啊！"

"别流氓了。你等一下我穿上衣服。"

黛二小姐放下话筒去披外衣。

来者如黛二所料，正是墨非。墨非是个记者，以前黛二父亲在时，他常来家里，然后回去写篇豆腐块专访，报道一下黛教授最新动态。黛二父亲过世后，他仍然来家里，说是看望伯母，实际上只是想看上黛二小姐几眼，说说他那让他头疼的老婆麦三，并在口头上娱乐一番，操这操那的，可动真的却从来对黛二小姐不敢冒犯，顶多当黛二把茶杯递到他手里时，他误把黛二小姐的手和着茶杯一起接过来握在手里。男人嘛，总是别家的女子比自家的女人好。握一下也没掉二两肉或失去什么，攥一下就攥一下吧，估计他的勇气也就到此为止了。黛二觉得并无危险，所以她总是装着毫无感觉地忽略过去，也不揭穿什么，只是在心里为麦三感叹一番。

黛二并不是个轻浮浪荡的女子，她很有自己的操守。黛教授生前结识不少文化界名流，起先名流们来家里是与父亲切磋商榷的，左一商右一榷，就知道了黛教授有个女儿生得娇柔妩媚，又书生气质，当与黛教授谈得口干舌燥神倦心疲之际，望一望静静坐在一旁的黛二小姐，便比喝一杯醇香的清茶还能提神解渴。黛二偶尔冒出一两句颇有见地的话，便震惊四座。大家总是不信这种很有头脑的见解会出自秀丽柔弱的黛二小姐之口，这份冷峻与清醒不应该是黛二小姐所拥有的。黛二渐渐地结识了不少文化界名人。

黛二家里从来民主气氛好，没大没小，没上下尊卑之分。黛教授生病之前，常常四肢着地，在地毯上爬来爬去，由黛二和黛二母亲轮番骑。黛教授一边爬一边说，他第一爱我党，第二爱黛二。黛二就叫起来，那我妈妈就跟你离婚啊！黛教授就说：你妈是党员，最初就是因为爱党才爱上你妈的。再说，离了婚咱们也不用怕，你妈她爱吃饼干，给她买两包饼干，她就能再嫁给我。

生长在这样一个家里，黛二从骨子里散发着潇洒和傲气。她与名人们坐在一起表面上也常常戏谑调侃，性这个性那个，但黛二的分寸感与自重使男人们自尊起来，望而却步，谁也不敢轻举妄动。更何况黛二的本质并不是这种轻浮随便之人，她喜欢静静地彼此深入内心的交谈。

墨非就是这群文化人里的一个。

黛二小姐披了一件黑色风衣重新走回门厅，拿起话筒。墨非曾经说过，这件黑色的风衣穿在黛二身上显得凄艳而高贵，宛若一个刚刚丧夫的小寡妇一般哀怨动人。

"喂，说吧。"黛二说。墨非说："什么时候中国的电话能带屏幕装置就好了。"

"我可不装屏幕。有的人是只想说说话而不想见面的。若装上那玩意儿，就像大敞家门，客人随时可以进来会面一样。我觉得不自由。"

"我劝你还是装一个好，这样我们兄弟们便在早晨你还没起床时打过来电话，你不穿什么就接，这有多么美好。"

"去你的。"

"你真保守，又不是什么机密，又摸不着，你怕什么！"

"我可要告诉麦三了。"

"你要是真告诉她，那可帮了我的忙了。"

最后，墨非说他上午去北京日报社办事，中午顺路想过来和黛二小姐吃顿饭。黛二犹豫了一下，就说那好吧。

放了电话，黛二就忙着洗漱梳头，化妆收拾。黛二小姐的眼睛很大很黑，她的又黑又大的眼睛之所以和街上许许多多流动着的又黑又大的眼睛不同，那是由于黛二小姐赋予了这双眼睛丰富而混乱的内容。当这双眼睛静静地望着你的时候，便把她的忧伤、妩媚、冷清以及闪动跳跃的才思一同倾注到你的内心；她的目光像一只柔软的手臂，触觉真实地抚在你身上，然后渗透到你的心里。在化妆的项目里，黛二最重视的一项就是涂眼影，她觉得眼影给人一种迷蒙神秘的魅力，在视觉上产生一种凹陷的立体错觉；黛二化妆的第二个重点部位是嘴唇，她喜欢一种泛亮的黯红色，妩媚而性感；黛二从不往脸颊上涂脂抹粉，她的肤色天生白里透红。这与她的体质有一定关系。中医学讲，体质瘦弱的人大多属于阴虚体质，容易疲乏口渴，神经衰弱，脸颊时常发热泛红。黛二小姐从小娇生惯养，身体娇弱，体力或神思过于劳累的时候，脸颊便像化了淡妆一般泛着淡淡的红晕，所以黛二从不用精心涂抹粉脂。

化完妆，黛二小姐带着挑剔的目光审视镜中的自己：镜中那女人虽还未容颜衰老、香消玉殒，但她已隐隐感到那光滑的脸孔后面透出了无法掩饰的精神疲倦与心力交瘁。黛二转身离开了镜子，躲开了那种不愉快的自我醒悟与剖析。

黛二提了菜兜离开了家，她准备买些熟肉、蔬菜。她一边走，一边盘算起钱。自从去年底回国，至今日有五个月了，白住白吃母亲她心里总觉忐忑。有朋友来找黛二闲谈，一到了吃饭时间她就不知如何是好，赶紧去看母亲的态度，黛二心里便觉得压抑。

想起找工作的事，黛二心里就发起狠来。这些狗男人，平时好话一大车，说得天花乱坠，可要真有事找到他头上他就开始装了。就说这个墨非，老婆麦三三天两头地跟他吵架闹离婚，每一次黛二都给他们和稀泥。上一次是由于墨非在家里写稿子，麦三在个模特儿队干活，扭腰摆胯风韵招摇地在这个 OK 那个 OK 走了一天，下班回到家就埋怨丈夫在家里一天都不收拾房子，这哪儿像个家，纯粹是个狗窝！如果墨非站起来给麦三递上拖鞋，象征性地在她的纤腰上捏捏几下，便什么事也没有了。可他听麦三这么一说，好像他在家里写稿子不是干活，倒像是轻松休息了一天，便说："好了，现在公狗工作完毕，开始休息，请母狗做饭吧。""谁是母狗？""你不是说狗窝吗？"于是两人就开始为只有墨非是公狗而墨非老婆并不是母狗的问题吵起来。吵了一会儿，墨非就自己乐起来，自己大小也是个文化人，虽然当个小记者琐琐碎碎没什么大出息，但总不至于连自己是男人还是公狗都闹不清楚。不是有个名人说："与人争辩就表示自己已经糊涂了。"于是墨非住嘴，只是嘿嘿发笑。麦三见他没有回声，竟敢以无声嘲笑她，就说："这也不是一天两天了，离婚算了。"可到了夜里，白天说的一切便都不算数，麦三又变成了热情的麦浪。

黛二小姐一边走路一边沉思。她又想起了麦三与墨非的另一次战争。那是由海湾战争引起的。当时海湾危机日益逼近，墨非紧张忙碌得顾不上吃饭和喝水，下了班就坐在收音机旁拨呀拨，美国之音、英国 BBC、苏联、朝鲜、中国台湾，凡能刺刺啦啦调出声的任何台都听。听完，就到了电视新闻节目时间，墨非又一屁股坐在电视机前。麦三叫他吃饭，他像没听见一样；麦三把饭碗端给他，他连头也不扭一下。老婆终于按捺不住，说："有病！你忙什么急什么？你又不是萨达姆·侯赛因，装什么革命家呀，马克思写《资本论》还一边啃面包一边写呢，溥仪皇帝还坐在马桶上一边屙屎一边批阅国家大事呢。"

墨非说："你没看我这儿忙得不行吗？"

于是老婆麦三长叫一声："好呀，海湾战争比我还重要，这日子没法过了。我告诉你姓墨的——门在那儿！"

墨非说："等海湾战争完了行不行，我这儿忙着你又不是看不见。"然后他把食指竖在嘴唇上嘘了一下，叫老婆别再出声，继续埋头专注于海湾动态中。

黛二小姐一边买菜一边在阴雨来临之前变得凄凉了的街头涌满思绪。空气潮湿起来，街旁的绿草和矮树上露珠闪烁。黛二觉得自己握着菜兜的手有些发麻，就把菜兜换到另一只手上去。她举起那只发麻的手观看，深深的勒痕把那只手分隔成两种色彩，一半青白，另一半紫红。她把这只忽然变得畸形了的手抚在自己的大腿上轻轻滑动。黛二小姐善于发现和体察自己的感觉，包括生理的，心理的，当那感觉一失去平衡，她总能迅速地做出反应并使之重新恢复平衡。

黛二想，墨非老婆每次闹离婚不是我帮他们调和？可我的事你们从来也不上心！黛二怀着愤懑的心情买了肉菜回到家。

墨非已等在门口了。

"我一猜你就给我买好吃的去了。"他说。

黛二淡漠地说："看你这肚子，跟怀孕五个月似的。"

"真可惜不是这么回事，虚晃一着。"

黛二把菜袋往他手里一丢，仍是没好气："拿着。"然后开了房门，径自进屋，换了拖鞋。

"不就是肚子鼓了一点嘛！你等着。"墨非说罢一头扎进卫生间，黛二愣愣地站在那儿，一会儿，卫生间里哗一阵冲水声，墨非出来了。

"看，怎么样，平坦了吧。"

黛二哭笑不得，转身进厨房洗菜烧饭。

黛二实际上很懂得墨非那轻松自如的表面之下所掩饰的东西。两年前墨非曾玩命追求过她，穷追不舍一年零两个月之久，后来麦三无比投入地爱上他，才结束了那一切。墨非转头火速与麦三结婚，快得使人觉得他跟赌气似的。墨非不是走死胡同钻牛角尖的人，夫妻不成，仍愿和黛二做朋友。虽说墨非一直没有过越轨之举，但黛二清楚他心里的愿望并不是没有。

黛二很想提起她工作的事，但忽然觉得这种拜托毫无力量。她深信女人是用情绪思索，男人是用屁股思索。她颇知时下美女们和那些不算美但也不算丑的女人们是如何利用男人们的特点过五关、斩六将、攻破天下、百事百通的。麦三就曾经说："你以为那公关小姐、女经理容易哪，凭什么这钱这好事往你身上跑而不往别人身上跑！那钱不是干出来的，是睡出来的。"当时黛二很不屑。可是，经过一系列事实，比如缪一这个美貌而才情丰富的女友，从边远的北国小镇不费吹灰之力就调到了北京一所大学工作这一事实，她信了。同时，她心里格外难受。

黛二毕竟是黛二，天塌下来靠脑袋顶，无论如何没必要靠屁股。男人嘛，情有可原，这是雄性激素使然；女人若是靠屁股思索办事，就不太合本性了。何况天还没有塌下来。

中午饭黛二小姐做了青椒炒鱼片，赛螃蟹，糖醋炒藕丝，番茄肉丸，又切了刚刚买的火腿肉和三色蛋，把冰箱里剩的几块干烧带鱼段也拿出来，最后还做了一小盆酸辣汤。

两杯尖庄酒下肚，墨非的话多起来。黛二怕他喝多了胡说八道，就一个劲让他多吃菜。

墨非说他这些日子上火，吃不下干的，没唾沫，想喝稀的。黛二说，酒不是稀的，是浓的，你要是想喝稀的我就把汤端上来，墨非好像没听见一样，一个劲自己灌自己。一边喝一边说："去火的药都吃了一车了，这火就是不下去，吃得整天跑厕所。再不下去，我就不是人了。"

"不是人是什么？"

"火炉子！"

黛二乐起来，本想挖苦他几句，可一抬头见他神情不对，就收起笑容，说："我看你是心火。"墨非不吱声。

黛二站起来端汤。起身之际，忽然眼前一阵发黑，黛二就站在原地一动不动。墨非正要操东操西地发泄一下这些日子的恼火，忽见黛二站起来就不动了，闭着眼，脸上掠过一阵青白，然后慢慢血涌上来才又恢复了往常的润色。墨非吓了一跳，慌忙站起来扶住黛二："心火就心火吧，你也别这么吓唬我呀。你没事吧？"黛二缓过来，说："我早上什么东西也没吃，坐在这儿空腹陪你喝酒，怎么会不头晕！"

墨非扶黛二坐下，赶忙去厨房端汤。端了汤回来，说："幸亏是你端汤前头发晕了，否则汤洒了倒没什么，这么漂亮的汤盆砸了，伯母回来肯定得说我的不是。"

黛二说："怪不得麦三总跟你闹离婚，连话你都不会说，你不怕烫了我，反倒先心疼汤盆。"

墨非说："我是想这么说，可是话说出来它自己就拐了弯。"

"行了行了，是不是你和麦三又在闹离婚？"

"要离，就离好了，每次闹了半天都是没个结局，真没意思。"

接着墨非痛说一番革命家史。说完了，轻松起来。然后靠着酒劲握住了黛二的手说："黛二。黛二。"黛二望见他眼里已爬满红丝，一副又憨又痴的样子，心里紧了一下。几年来，他几乎事无大小巨细，都向她倾谈，这份信任与韧性使黛二很是感动。她很想借着晕乎劲靠在他的肩上，被他紧紧抱住，把几年来身心的一切疲倦都交付给这似乎玩世轻浮而本质却极真诚的肩膀。她实在累了。黛二想，以前真该待他好些，特别是他与麦三结婚之前。可一转念又想，爱情这东西不是理智可以完全决定的。他善良、成熟、亲切，你可以信赖他；他才华横溢、智慧丰富，你可以欣赏他；他家缠万贯、挥金如土，你可以羡慕他；他官运亨通、权势无比，你可以恭维他。但这都不是使黛二产生把身体和生命交付于他的东西，更不是委身于男人的理由。黛二对墨非所怀有的情感，从来就不是爱情。于是黛二即刻战胜自己一时的软弱心理，说："快别这样。回头我要告诉麦三的。"

"我盼望你告诉她或让我告诉她，可是你不会同意。"墨非不但没松开黛二的手腕，反而更用力握住。他的目光直直地射在黛二脸上，那目光混杂着哀求。他的呼吸急促起来，胸部一起一伏。局势发展之快令黛二意想不到。黛二不动声色，僵持了一会儿，她觉得手臂被攥得发疼了，就轻轻地但却有力地说："松开我，墨非，别闹！"

"黛二，黛二……"墨非把头沉沉地俯在黛二的肩上。她的心乱跳起来，她把目光超过他的头部落在他倾斜俯靠着黛二的脊背上——那里正不平静地随着他急迫的呼吸一起一伏。

"松开我。别讨厌！你把我弄疼了。"

墨非脱开黛二的肩，松开手，转身扎进卫生间，并且闩上了门。黛二还没反应过来，就从卫生间里低低传出男人的沉沉的抽泣声。黛二觉得今天实在蹊跷，她望望一桌狼藉，听着卫生间里的声音，心里很不是滋味，面对一室寂然，她坐在那儿不知如何是好。坐了大约十分钟，卫生间的门开了，墨非眼睛红红地出来。

"不会哭还算什么男人！黛二请你原谅了。"墨非给了自己一个台阶，挺了挺上身，把肩膀抖了抖，没再坐下。他从自己的书包里取出几盒安神健脑液递给黛二："社会主义的优越性！给你黛二，你还是回国的好。"

黛二望着他，心里乱七八糟。惦记着她这头疼毛病的，也就墨非这么一个朋友，黛二心里感动着，嘴上却说："墨非你别再管我了，好好和麦三过吧。过日子就这么回事，你要是娶了我也是一样的。"

墨非不说什么转身走了，出了门又折回身，说："黛二，工作的事你找一找缪一吧，她公公是那个谁谁，那谁谁眨一下眼，缪一的户口就一路绿灯地进了北京。让缪一的公公帮你在本市找个工作还算什么难事？"

"我不会求她的。"

"就让她跟她公公说你一颗赤子之心，回到祖国却没有工作。"

"你听着，我不会找她。"

"黛二，听我的。我没权没官这事帮不上你，只能给你出出主意。你别感情用事了，谁当官谁有理，放下你那大小姐的架子吧。你要想活下去就得记住，别人全是你爷爷！"

墨非走了。黛二站在门口看着他走出楼道，宽大高耸的背影转向楼梯，然后是一阵踏踏的下楼声。那声音渐渐远了，淡了，却越来越重地敲在黛二的心上。这个麦三，当时风风火火非墨非不嫁，现在嫁了，又一阵风一阵雨地闹离婚。那么热爱做爱的女人，胃口却极挑剔，观念古板得要命，非墨非不可。离了墨非看她怎么活。黛二深知麦三这种女人，她整天在外飘摇，走起路来屁股扭上天，一派浪荡风尘女子样。可墨非不在的日子，她宁肯晚上躺在床上抱着枕头幻想，也不会去找其他的追慕者。

黛二想，哪天得找麦三好好聊聊了。

黛二小姐与现代文明

本来黛二小姐出国前是想给自己留条后路的。她原来在北京的一所大学里教哲学课。黛二小姐对于哲学的兴趣和热爱，虽然不似渴望得到一位为之动心的恋人那般浓烈，也不比她在灯火阑珊处拥吻一个爱慕者更具有天赋，但她的确对哲学拥有某种神秘的兴趣。这种兴趣早在童年时期便呈现出来。那时候她不喜欢上学，上小学的第一天她用力牵住父亲的手，生怕父亲会松开她，把她丢在一群陌生的脸孔中间走掉。她问父亲能否拨一下时针，让她重新退到六岁，让七岁永不到来。这实际上就是童年的黛二对于时光能否倒流的关注与发问。长大后黛二果然进了哲学系，毕业分配时她毅然决然地选择了哲学教师的职业。黛二小姐出国前，原想向学院请个一年的长假，待出去后视情形而定。她躲在家里默默地展望了自己的未来：出国——结婚——移民——有钱——性交——

空虚——孤独——逃跑……黛二小姐虽然生得柔弱，但内心却挺有力量，她对自己、对别人、对情感、对世界都有相当的把握力；她不很会保护自己，常常把自己亮在光秃秃进退维谷的境地，四处无遮，或把自己抛出去，落到危险的边缘，但她绝对能够凭借心力控制局面；她可以做到很爱一个人然而爱得不动声色；她还可以做到让她不爱的人自己就先主动离开她，避她唯恐不及；她还具有极强的想象力，她的头脑可以镇定自若地走在时间的前头。很多事还没开始，她已经能够知道结局。所以，黛二小姐对自己未来的展望，确信无比。她知道自己会逃回来，给自己留后路是绝对必要的。

没想到办理护照时，公安局要单位领导的鉴定。于是黛二就去向学院领导要一份个人鉴定。那鉴定写好后是用信封封着交给黛二的。那天，她去人事处办公室，处长白白胖胖，脑袋又大又圆，灰白的胡须在嘴唇四周蓬开，俨然一个大胖猫。黛二小姐进屋之际，他欠了欠屁股，伸出大手，松松地一握，并没有站起身，一派老前辈大首长的架势。黛二本能地想冷笑，把一边的嘴角微微上提，眼睛半睁半闭，既妩媚又蔑人。这种冷笑从来都是黛二小姐对付那种装模作样、酸文假醋的人的最厉害的武器。你傲慢我就比你更傲慢。这世界上最能调动起黛二小姐对抗情绪的东西就是对她傲慢。黛二很想把冷笑丢过去，但一转念，跟这种不读书的只会玩弄手腕和权术的家伙接上火实在没必要，不对等，人的尊严只有在你值得尊重的人面前才需要保持。更何况此事事关重大，没有好鉴定就得不到护照，得不到护照，你就根本别想出国。于是，黛二收敛起本能，转换为微笑。黛二向那胖猫似的人事处长用微笑战术打动了半天，结果仍然不让她看那份鉴定。黛二心下就想这鉴定可能不妙，坏话连篇也说不定，可黛二不想再冲那张胖猫脸微笑了，她觉得自己若是再笑下去就会变成小丑。在中国小丑已经那么多，任何一个夹缝里都会像诞生春天一样诞生小丑的面孔，这其中有些面孔带有表演性质，掩藏着悲哀；而有些面孔早已弄假成真，习以为常。这几年来，黛二小姐用心地观察过成千上万的面孔，并对它们做出细致的分析。走在街上，黛二唯一的爱好就是这件事。可是有一天她忽然自嘲地丢掉了满街观察面孔的嗜好，她发现她可以从商店橱窗里的各种面具脸谱上不费吹灰之力地就看到人们的面孔。

这会儿，站在人事处办公室里，她想，幸亏那胖猫不是掌管人们擢升贬抑、封爵免官，掌管人间阴晴圆缺、生杀大权的大人物。黛二接了信封转身就走了。

她回到家里思想斗争了一天，但终于不敢拆开信封。

第二天，黛二小姐心中忐忑地到市公安局办理护照手续。她望望小小一间办公室里黑压压挤满一屋子人，人人的脸上都漾着一种毫无主宰自己命运力量的讨好神情。房间里空气混浊，一片嘈杂。黛二站了一会儿队，心里有点恶心想呕吐，中暑似的感觉。于是就跑到前边去加塞儿。一个穿制服的警官见了黛二柔弱的微笑，倒变了一下面孔，温和了一点。可一见黛二手里那未曾开启的信封和一大堆乱乱的材料，就不耐烦地说："把材料按顺序整理好，后边排队。"黛二转身就要去排队。那警官本以为黛二会立刻甜甜软软地请求他照顾一下，可见她立刻转身去排队，就不高兴地丢出一句："我又不是拆信封的，一律拆好信封、捋顺了拿过来。"黛二昨天思想斗争了一天，没想到这会儿公安局的人亲口说让自己拆开再交上去。黛二就高兴地去排队，一边排队一边看那鉴定。可一看那鉴定，黛二的血就涌到脸上，颊上泛出淡淡的红晕。全部鉴定只写了两个字：一般。黛二心灰意冷！工作四年半了，黛二无论对教学工作还是她个人的研究课题，都投入了很大的热情，并在大学生中和学术界都开始崭露头角，她的成绩有目共睹。黛二望着那"一般"二字，先是一阵寒心，接着她便被愤懑所吞没。不干了，不干了，黛二冲动起来。

办完了护照手续，黛二小姐就"杀"回学院想辞职。她气咻咻坐上了汽车，一路上城市的拥挤与内心的空落交叠着向她迎面压来。她在脑子里把与人事处长要说的话默想了一遍，然后又站在人事处长的角度向自己反击，刁难自己，再然后她又想对策回敬过去。黛二在脑子里你一句我一句激烈争论了半天，可到了学院大门口，定了定神，又折身走掉了。她这才想起来，一个月后到公安局领取护照时还要人事处开证明方能取出，现在闹翻了，到时候人家就是不给开证明，护照你就别想取出来。

黛二小姐心里发堵，头发空，站在学院大门外的街上又疲倦又伤感，喘了几口气，就不声不响地走掉了。

黛二沿着一条被明晃晃的太阳晒得发蔫的大路走了。午后的街显得寂然而耀眼，脚下的柏油路变得有点松软。这条街她已经走过无数遍了，可是忽然之间她对着这熟悉的一切产生一股奇怪的生疏感。

一个月后，由单位人事处开了证明，黛二取回护照，她知道国内方面的手续算是彻底完结了。于是，毫不迟疑地返回学院辞了职。你以为我稀罕你那大学教师的职位呢！人活得总不能像条狗那样，总还得有一点尊严，出去后就是拾破烂也不回来了，黛二小姐像许多受了委屈的人在出国前夕一样，默默地在心里发誓。

回家的一路上，她历数自己几年来全身心投入过的情感的毁灭，历数自己所看重的事业成绩被别人轻视忽略的种种事端，眼睛里浸浸的亮亮的。回到家，黛二写了"永别"两个字赫然贴在书柜的玻璃门上。跟谁别、别什么，她自己也闹不清。反正那两个字是一种情绪，一种挑战。

但黛二毕竟是黛二，"永别"只贴了一天，就被她悄然取下来。黛二小姐善于自省，虽然一方面她是个情绪化的人，但却也很有自持的控制力。她感到自己太投入了，投入得毫无掩饰，被明白人一眼即可以看穿。于是，她把"永别"换成了"游韧八荒"贴在书柜上。这样，既掩饰了自己，增添了超然洒脱的韵味，同时又含有"永别"的情绪。

其实，黛二小姐心里有底，她出国绝对不会过拾破烂的日子。黛二的那个经济担保人约翰·琼斯原来是黛二父亲的一个研究中国文学的学生，高大英俊，混浊的灰蓝色眼睛让人看上去永远脉脉含情，胸脯上密密麻麻长满黑毛。他的中国话说得不很好，但却增添了一种语词的创造性。比如，他最后一次与黛教授分手告别时说：但愿我们早日相碰（应该是相逢）。黛教授去世后，他就专门研究起黛教授的著作来。琼斯来了几次中国，对黛二小姐颇有情义，一起并肩坐在长沙发上时，总是"无意"地碰她的小腿和膝盖。后来有几次他试图拥抱她，都被黛二小姐机智地岔开了。

有一次，琼斯要黛二小姐和他跳贴面舞，黛二同意了，那正是一个月白风清的夏日夜晚，在约翰·琼斯的宿舍里，他熄灭了室内的灯，窗外的月光和梧桐树幽幽的清香一起流淌进来，琼斯高大的个头把瘦小的黛二像拐棍一样揽在怀里，抱在腋下。他那双覆盖面很大的手在黛二小姐瘦削的脊背上来来回回抚摸，他甚至垂下头轻轻舔舐黛二的耳朵和脖颈。琼斯那有力急迫的心跳声和他身上的那东西热热地贴在黛二的胸口和腹部，室内弥漫的温情的格调和他那充满激情的爱抚，几乎使黛二小姐失去最后的抗拒力量。

乐曲结束，黛二就装着毫无感觉地分开了，尽管她的后背、腰部、耳朵和脖颈都很敏感，很有感觉。

上一次约翰·琼斯回国时说，他这一生若是能娶黛二小姐这么一位纤秀柔美的东方女子为太太，就别无所求了。分别时，黛二也动了心，眼睛里湿润起来。可一见他那一身浓浓重重的黑毛毛，黛二又退却了，终于没能拥到他的怀里。黛二深知阻碍她拥到他怀里的东西并不是那些黑毛毛，这只是说得出来的东西，说不出来的才是真正的障碍。

这次他请黛二小姐出去，动机很显然。黛二想关了灯也许就想不起那身黑茸茸的毛了，想不起任何能够成为障碍的东西。不就是睡在一起，晚上和他做爱吗？做就做吧，天下乌鸦一般黑，天下男人都一样，不是和这男人做爱就是和那男人做爱，反正都是做爱。这时候，她把天底下所有的男人全部去粗取精、去旁除杂，只剩下男人身上那个关键的家伙——一支填满火药的枪。黛二小姐忽然觉得恐惧，琼斯的枪就在她的脑子里一直转呀转。于是，几个画面就在黛二小姐的眼前摇晃起来：一只公鹿在追逐一只疲弱的母鹿，它们翻越栅栏，穿过树林，爬上山坡，漫过沙滩，终于来到一条淌着涓涓甜水的小溪边，它们喘息着饮水……她看到一枝香醇的黄花或一株直挺挺的小树，插在一只空洞的瓶子里……她看到一辆飞驰的汽车像一道危险的闪电，猛地冲撞进入一间从未打开过门窗的房子，于是，墙壁坍塌了，窗棂陨落了，轰然倾倒的石灰壁流溢出乳白色的灰浆……黛二小姐知道，出国肯定是一支枪在等着她，不出国也肯定是一支枪在等她；结婚是一支枪；不结婚也是一支枪。她别无选择。于是，她在脑子里就预先把自己嫁掉了。

当时，黛二小姐的两位女友缪一和麦三都先后与别人同居和结婚，这无形给了黛二一种压力。她终于感到单身女人之间的情义是多么的脆弱，多么的不堪一击。她与缪一、与麦三都曾经有一段时间好得一星期不见面就想念，都曾经发誓不嫁男人。特别是黛二小姐与缪一，她们躲在黛二家的阳台上，夏日的夜晚无比漫长和深情，她们望着神秘而幽蓝的苍穹，诉说彼此遥远的往昔、梦幻和苦苦寻索的爱情，来自久远时代的声音漫漫浸透她们的心灵。很多时候，她们为悠长无际的天宇所感动，为对方的人格力量和忧伤的眼睛所感动，泪水情不自禁漫漫溢出。夜晚，她们回到房间里，睡在一张大床上，她们的中间隔着性别，隔着同性之间应有的分寸和距离，保持着应有的心理空间和私人领域，安安静静睡过去。有时，黛二会忽然感到一阵彻骨的孤独，她知道同性之间的情谊到此为止了。但黛二想，无论如何总比一个人睡觉要温暖，毕竟能够感到深入的心灵交融。

与同性朋友的情感是一种极端危险的力量，黛二小姐始终这样认为。这需要她们彼此互相深刻地欣赏、爱慕、尊重和为之感动。同时还要有一种非精神化的自然属性的互不排斥甚至喜爱。她们之间最不稳定和牢靠的东西就是信赖。这种情感可以发展得相当深刻、忘我，富于自我牺牲，甚至谁也离不开谁，但同时又脆弱得不堪一击，一触即溃。稍不小心，转瞬之间就滑向崩溃的边缘。冥冥中，两个人的情感之间隔着一层薄薄的纸，这种情感稍一有所偏差，就会变得无法存在下去。比如欣赏滑向妒忌，爱慕走向病态，那么这张薄纸顷刻之间就会碰破；而两个文化女子之间若没了这张薄纸，那么便什么都不会有，不会存在。所以，黛二从来都把发展同性之间的情感视为玩火。这一切的复杂和危险在异性朋友那里并不存在。

缪一、麦三先后与人同居、结婚，黛二更加充分认识到在物质化的世界里，物质与肉体的力量是多么强大，精神与心灵的力量是多么脆弱，前者终究是简单，而后者就复杂了。这世界上过分强调后者的人是最麻烦最倒霉的人。黛二不幸地想，自己命中注定要属于这最麻烦最倒霉的人了。黛二小姐心里乱乱的，情感朝着各个可能的方向堆积，说不清的孤寂与惆怅。

出国前黛二小姐的购物热情轰轰烈烈，她平时并不很喜欢盲目地逛商场，不像许多女人那样并不想买什么也能在商店里转上两小时。她平时多数情况是直奔"主题"，除了服装、艺术品、书籍的柜台顺便扫上几眼，其他的物品都忽略过去。然而，出国前夕黛二小姐好像得了购物狂癖，见什么买什么，想把这辈子穿的用的读的全买齐了，仅胸罩就买了十几个。黛二小姐长得瘦削，她想美国东北部城市的人，个个人高马大，说不定买不到她所需要的型号。于是就更加拼命地买。

黛二小姐与母亲肯定是一番生离死别，自不待言。她到个体摊上买了个漂亮的卡片，写满了给面对长久分离一下子变得不知如何是好的母亲的最恰当最安慰的话：

亲爱的妈妈：

现在我们俩相依为命的生活发生了变化，但这是希望的开始，而不是从此没有了希望。我们的目的是能够在一起，而不是分开。现在的状态是暂时的，我一结婚就接您出去，团聚。

您若是在我走后哭哭泣泣就太傻了，把生活调整成健康、轻快、充实同时又有所追求的状态才是聪明的，也是我盼望妈妈的。

我实际上对自己的选择格外理智，一人在外，无论遇到什么困难，哭归哭，但我绝不是那种傻哭下去的人，我会想办法解决，我有能力战胜自己的弱点，战胜孤独，把无聊充实起来。我们总是得活下去的，干脆活得高兴。

我一年内接妈妈出来。等着我。

爱您的黛二

黛二小姐把卡片悄悄锁在自己的抽屉里等待飞离北京的那一天，在离开家门之前，把抽屉钥匙、家门钥匙和她对自己的家所拥有的全部温馨或伤感的记忆一同留给妈妈，从此便浪迹天涯了……

黛二小姐与缪一最后的一次分手，有些使人黯然神伤。那时，缪一已与"谁谁的儿子"同居很久了。黛二是忽然从墨非与麦三那儿听到这消息的。那"谁谁的儿子"黛二早有耳闻，就在文化界、艺术圈横行霸道，招摇撞骗。那些学者、歌星、影星什么的凡想出名成功的，都先要到他那儿拜把头，否则就别想成功。黛二对缪一的选择无比失望，倒不完全在于和他这种狗男人同居，更多的是黛二感到缪一对她遮掩、隐藏了，这使得她们的深挚的友情出现了裂缝。她一直以为缪一是对她无所不谈的。缪一的行为使黛二已经建立起来的对于友谊的信仰，开始动摇了。但黛二还是很快就把情绪调整到宽容与理解的立场，缪一毕竟有她的难处，自有她的难言之隐，难诉之苦。她从遥远的北方小镇流落到北京，除了"谁谁的儿子"，艰难的境况使她别无选择。黛二很清楚缪一的往昔，黛二觉得她在那种处处防卫别人的恶劣的环境中生活得太久了，她的精神情感与物质世界长期植根于那样一片贫瘠的土壤，以至于她那自我保护（自私）的本能与汲取外在（别人）的根系便格外发达。她极少给予和付出，因为她从来没有安全感。现在，缪一这种以自身为代价寻求"谁谁儿子"的庇护的行为，实际上正是她长期形成的某种东西的延续。黛二很快就理解了这一切，并向麦三、墨非解释这个世界的艰难。但黛二注定已无法摆脱某一种失望。从缪一身上，黛二看到女人最终的薄弱。

那天，黛二送缪一下楼。夜晚满天星斗，天空深邃，一片静谧，秋意融融。她们站在楼下的星空下，缪一说着什么。月亮静静地挂在空中。她们迎视而立，徐徐秋风把黛二披在肩上的忧郁的黑发飘扬起来，缪一系在腰带里的上衣也被夜风鼓荡起来。黛二觉得有点冷，便把双臂交叉抱在胸前，凝视着缪一；缪一那永远悒郁不欢的艳丽以及为着没有爱情的生活而显现出来的慵倦感染着黛二。可是黛二除了理解，还能给她什么呢？

"你会把我忘掉的，在美国那种现代世界。"缪一说。

"不会。"黛二说。

"我让你失望了？"

黛二把头转向一边。

"……"

她们站着不动，也不再说什么。星离雨散，分离在即，对往昔的追忆与对未来的茫然之情将她们吞没。黛二忽然感到一种莫名的畏惧，从缪一的神情中，黛二看到她正在鼓起一种勇气走向黛二，靠向黛二，那是最后的告别。黛二莫名其妙生出一种胆怯，她闪了一下身，向后退了一步，说："别！"

就这一个字，黛二丢给缪——堵深厚而无法穿越的墙。

明显地，缪一泄了一口气，好像放下了一身重压，从矛盾中抽出身来，又站了一会儿，她转身走了，为了缓和尴尬，她说了句"真讨厌"！黛二愧疚交加，怅然若失，不知说什么。她在心里对自己说：你真他妈的是个不折不扣的中国女人。

黛二与麦三、墨非没能告别，他们到外省旅行结婚去了。黛二知道，若是能够与他们告别，也不会像与缪一告别那般沉重，麦三不止一次对黛二发狠地说："将来我出国时，在飞离北京地面的那一刻，你猜我会怎么着？我就冲着北京发灰的蓝天最后看一眼，然后无比辽阔地大叫一声——"

"一声什么？"墨非急问。

"——一个字。"

大家都知道那一个字是什么，便都开心地笑起来，实际上，老天都知道麦三多么离不开墨非，离不开这块土地上的许许多多。她只不过善于做美国梦而已，而且做梦已经做得相当专业了。

黛二也曾想象自己告别北京时会怎样。依照黛二对自己本性的认识，她觉得自己会心里哭着而脸上笑着。为了避免最后分别的场面，她宁肯与任何人不辞而别，偷偷摸摸走掉。

可是，真的到了飞离北京的那一刻，黛二小姐却气鼓鼓地生着母亲的气，母亲一个劲地叫她穿呀穿，恨不得让她把春夏秋冬把南北两极和赤道全穿在身上。正是初冬嘛，是个麻烦的季节。

银灰色的波音747像一个心焦急迫的情人以拥抱的姿势向着东太平洋投去。一路上，黛二脱呀脱，为前前后后的高鼻子绿眼睛们表演着脱衣舞。

啊——美国，用它那强大的现代文明冲洗吞没着黛二小姐，同时又用它无与伦比的病态和畸形发展了黛二小姐心灵深处的某种东西。她原以为美国的现代文明可以解脱她的与生俱来的忧戚与孤独，以为那里的自由、刺激、疯狂会使她的精神平衡起来。于是她把自己当作一只背井离乡、失去家园的风筝，带着一股绝望的快乐和狂热，在纽约的街头、酒吧、超级市场、赌场、小型影院、红灯区里飘摇。可是，不到一个月她就厌倦了，她独自走在纽约繁华而凄凉的街头，却梦想起太平洋西岸同一纬度上的那个城市。纽约城衰老的黄昏时分北京是黎明在即了！她想念起北京那人烟浩荡、尘土飞扬的街景。于是，黛二小姐像在中国时一样又开始把自己关在公寓里，窗帘紧闭，与世隔绝，躲在房间里把收音机、电视机调呀调，可中国连点影子都没有，仿佛在这个世界上并不存在中国这么大的一块土地。收音机和电视机里全是哇啦哇啦洋鬼子的疯狂，或缠缠绵绵如泣如诉的洋鬼子的悲戚忧伤。黛二躲在昏暗的房间里思念着远方，可是那远方分明是她刚刚拼尽力气逃出来的。黛二小姐对自己深深失望，那里不属于她，这里也不属于她，她与世界格格不入，她觉得自己是一个失败的人。

黛二小姐与约翰·琼斯的关系格外微妙。她的确从这个高大的洋男人身上获得了关于这个世界的零零琐琐、微微末末。琼斯是个性爱老手，经验丰盛，无论黛二小姐有没有情绪，他都能有办法把她的热情调动起来，一直干到黛二小姐疲倦得几乎晕过去。约翰·琼斯把性生活说得与做得都十分彻底与赤裸，毫无淫秽与猥亵之意，好像交合只是由他一个人来完成的而没有另一个人的存在，做爱的时候他也是睁着眼睛。黛二小姐非常不习惯，觉得不自在，好像是当众被人剥掉外衣一般。睁着眼睛使黛二小姐觉得在美妙的风景前遮挡了一层乌玻璃，使她难以看清风景，难以进入意境。虽然黛二与琼斯每次做爱时都很投入，但事后黛二心中总要隐隐生出某种羞愧之情。这羞愧依然是精神因素在作怪。黛二小姐觉得她与琼斯之间除了性爱之外没有什么共同的情感体验，他们除了作为一个男人和一个女人凭本能营造起来的世界外，没有其他共同的世界。黛二觉得自己只是一个性器具在与约翰·琼斯交合，而她内心的东西却从来不曾被唤醒。

琼斯并不同意黛二小姐的说法，他认为他相当珍视黛二的智慧、容貌、才情，他们并不只是两架性器具的交融与满足。而且他认为与黛二小姐的性爱是人类情感最深刻的形式。黛二觉得他说得有道理，但内心仍是觉得空空荡荡。

为了证明他的情感，有一天，琼斯把黛二带到一家成人玩具商店。黛二望着那一堆堆活生生的人造生殖器、乳房、大腿，心里一阵恶心。那造型之逼真，质感之真实，型号之丰富，令黛二小姐瞠目。琼斯说，如果只是需要性器官的满足，他到这里转一圈，就可以把全部欲望需要买回家。

黛二小姐觉得她没有任何话再可以反驳琼斯。她也为自己的缺憾虚空之感而感到惊异。最后，她总结为爱情的缺乏。她坚信爱情与做爱，情爱与性爱是互相关联的两回事。同时，她认清了自己的本来面目，自己从来就是个非常不现代的女人。

黛二也曾试图脱离琼斯的怀抱，独立起来，另辟天下。但想想自己单弱的体力、微薄的财力、蹩脚的英语以及那在美国毫无用武之地的却让她无法丢弃的哲学，再一看美国佬无论男女老幼都一个个孤雁幽魂似的无所归宿，便立刻失去革命勇气。她躲在异乡的黑房子里，不打开灯，运用自己出色的想象力再一次对自己立身美国的未来进行一番展望，最后无非是这样的结局：挣钱（机械地）——疲倦（身心的）——性交（以缓解忧虑为目的的）——孤独（病态的）——自杀（解脱地）。

于是，不到三个月，黛二小姐给约翰·琼斯留下一封简短而伤感的信，就当机立断毅然决然地又像个焦急迫切的情人一般，孤鸟似的以拥抱的姿势飞回了中国。她留给琼斯的那封信，至今她倒背如流，那是世界上最绝望的信。

黛二小姐的急速往返，令她的熟人们目瞪口呆。现代文明留不住她，移民留不住她，约翰·琼斯那充满激情的身体留不住她，黛二小姐的一些亲戚就抱怨起黛二母亲：看把黛二娇惯的，一点苦吃不得。她们原想指望黛二打前阵，然后一个个鱼贯而出，不曾想黛二这么没出息，好好的繁华世界不待，非回这破败不堪的北京小胡同过清苦的日子。大家对黛二颇感失望。黛二小姐心中被种种情感堆得满满的，却是难吐真言。她想，就是说了，别人也不会懂。所以，干脆不说什么。对一般的熟人，她只是说："不习惯。"对亲密些的朋友，她也只是说："太孤独。"

黛二把自己重又关在自己以往的房间里，关在对往昔的追忆与对未来的幻想的惯性中。只是往日仅存的那一份激情也被耗尽了。整整一个深冬，她都躲在自己的充满阳光的房间里，雪花或风沙敲在她的玻璃窗户上，空气格外干燥，黛二像一个墨守成规、刻板单调的女人那样，躺在沙发里，一天一天捧着普鲁斯特的《追忆似水年华》冥想，于平淡中感悟那远远的忧伤；录音机里徐徐涌出她所喜爱的崔健的摇滚乐，那歌声千回百转，荡气回肠，凄凉伤感，它在黛二小姐多愁善感的肢体上流动，她不禁泪水涟涟，一遍又一遍倾听：

> 你要我留在这地方
> 你要我和他们一样
> 我看着你默默地说
> 噢，不能这样
> 我想要回到老地方
> 我想要走在老路上

麦三在长城饭店有一场小型的时装模特儿观摩表演，墨非约了黛二小姐与缪一，说请务必到场，有要事商谈。

傍晚，天色发黄，接着就刮起大风，尘土把城市覆盖得一片混沌。这种天气去聚会，非得有特别的动力不可，若不是墨非说有要事商谈，若不是缪一也去，黛二小姐肯定要在大风黄沙面前退而却步了。

黛二小姐蜷缩在浓郁的黑色风夜里，脸上一层无法遮掩的四处无落、飘零无依的忧虑与茫然。她把自己的眼睛藏在墨镜后边，天空和大地全变得黯黯淡淡。

黛二先去找缪一。她一身风沙按响了缪一家的门铃。这是黛二回国后第一次去缪一家。在门外等了半天，终于有个很怯的老妇人的声音隔门传出："谁呀？"黛二说是来找缪一，那老妇人才打开门。毕竟是"谁谁儿子"的家，连保姆都比一般家庭里的保姆显得高傲。那老妇人请黛二换了拖鞋，抖掉身上的风尘，才引她走进缪一的卧房。

缪一蓬着头，眼窝深陷，目光凄切松散，面色憔悴靠在床上。黛二进屋的时候，缪一刚刚吐完一大场，这会儿才平息下来。黛二没想到缪一变化如此之大，也没想到她的妊娠反应会这么严重。黛二并不赞同缪一对于生活的选择方式，更不赞同她要这个孩子，可缪一对自己的决定表现出一种非常理性的坚定不移。黛二便知趣地不再说什么。缪一的表情显得冷漠，里边掺杂着自卑与诡秘，这其中自然有非常切身然而又无法告人的东西。黛二深知人的复杂与矛盾，深知做人之难，并不想多询问什么，缪一那维护自尊的淡漠，使黛二把刚才一时涌起的怜惜之情不露声色地藏在表情里边了。黛二很想说，有什么事需要她，她会尽力。但她终于没有说。

缪一说，她无法一同去看时装表演，她要吐完一个月或两个月再说。

黛二坐在沙发里喘了几口气，就起身走了。她重新回到大风里，她的长发飘飘扬扬，让那些躲在街两旁的商店、餐馆里的感不到风的人看到风。街上人流涌动，摩肩接踵，嘈杂喧闹。黛二望望拥挤在身前身后的人流，觉得自己在中国实际上从来都是一个人孑然自处。

她凝望着人流，那人流很像冷漠的风，从远古一直流淌至今，从太平洋东边的纽约城穿越大洋流淌至北京。它带着往昔人们的喜悦哀伤，带着悠悠岁月，从黛二小姐身边漠然滑过，然后又顺着黛二小姐的一切流向远方和未来。它与她毫无关联，它无法安慰她的心灵，无论在哪儿。她感到自己像一株被遗弃在人流之河的堤岸旁的孤树，看着千百年的岁月流淌着的古老的面孔沉思苦索，她看到每个面孔都是一个城堡，她被夹在无数城堡之间倦怠不堪，忧伤自怜，像个真正的傻瓜。她再一次感到某种真诚的东西正与她无可奈何地慢慢远离……

墨非已等候在长城饭店门口多时了，远远地见黛二独自一人被大风推拥着裹来，便迎上去拉黛二。

一见面，墨非就欢喜地告诉黛二他想出了一个绝妙的主意。黛二问什么绝妙的主意这么兴奋，是不是麦三的美国梦有了门。墨非就一股脑儿地把自己几天来的谋划讲出来。

仍然是黛二目前最迫切需要解决的工作问题。墨非那个报社的副社长老刘专管人事，老刘是黛二父亲生前的好友，私交甚笃，墨非知道这点，若黛二作为亡友之女去请刘伯伯帮忙找份工作应该不成问题。但老刘有些特点全社众所周知，墨非十分通情达理、善解人意，首先考虑到老刘的难处。老刘这人在报社几个副社长中是学历最浅、资格最短、著作最少的一个，在社里站住脚全仗走正直无私、不搞歪门邪道这一条路，这一条是他唯一安身立命站稳脚跟使之在历次风波中立于不败之地的法宝。墨非在社里工作多年，深知社里领导层的底细。正社长在社里站得住是凭借热情，由于这种热情，使他拥有某种关系，他常常出入这部长那部长家里，回到报社与同事言语间不免流露出对这部长或那部长的亲密之情，总是抑制不住地像称呼从小一起长大的老熟人那样称呼部长们的小名。缪一公公的小名就常挂在正社长嘴边，墨非就听过不下五六次。

墨非深知官人们的利害关系，所以想出一个转圈法，即由缪一的公公写个短函给正社长，推荐黛二一颗赤子之心回归祖国的怀抱，盼正社长给予解决工作问题，正社长与黛二无识无交，肯定转手推给负责人事的副社长老刘接办受理，以便向缪一公公交差。这事落在老刘手里便好办了。在上边转了一圈最后落到老刘手里与这事从一开始提名就落到老刘手里非常不同。转圈法虽然啰唆，但老刘批准起来就非常正直无私、秉公办事，非常理直气壮，不仅没有私情，而且帮了上司的忙，一举而多得，真乃万全之策。

黛二听完转圈法就无可奈何地笑起来。墨非啊墨非，三个约翰·琼斯加起来也想不出你这迂回战术，她望着墨非，望着才年长于自己不过七八岁的却完全是另一代在夹缝里长大、做人的朋友，心里一阵酸楚和悲哀。

一阵掌声把黛二和墨非的目光引到台上，正好麦三伴着浓郁醇香的亚热带风光和音乐款款而来，她的眼睛左看右看，顾盼流连，胯部风骚地摆动。灯光的色彩打到她半裸的身上，金黄、肉红。她身上线条的流动感以及滚热的质感，压迫着人们的眼睛。一股健康的生命力呼唤起台下人们情欲般的浓烈掌声。

黛二小姐低下头来，望望自己苍白的肌肤，便奇怪地站起身离开了饭店，把自己埋没在夜晚的黑暗中。

黛二回到家，向母亲讲述了墨非设计的转圈法。她才讲了一步棋，黛二母亲就全明白了，不用像墨非讲给黛二时那么一步一步掰开揉碎、和盘托出。母亲毕竟是受过革命大熔炉久经洗炼的人，一点即明。于是，黛二与母亲欢喜起来，总算有了头绪。然后又是一番感慨：这世界有权力的靠权力，有金钱的靠金钱，有屁股的靠屁股，不想用屁股又无权力、金钱的就得靠智慧了。黛二小姐进而又想，无论战场还是情场，中国人能够打败美国佬就全仗这智慧了。

喔，纽约！走回故土旧路才几个月，纽约已恍如隔世，远在天涯了。

黛二小姐与母亲

黛二父亲去世后的这几年，黛二与母亲这两个单身女人的敏感日子真是过得举步维艰。倒还不在于一般缺乏男人的家庭里那些最显薄弱的环节。比如，黛二小姐与母亲现在住的这套房子，从黛教授在世时一起搬进来住，至今已有五年了，煤气管道从一住进来就完好齐备，但五年来形同虚设，从来没有通过气，害得黛二家每月把个煤气罐换来换去，好在当时黛教授有辆公家小汽车。黛教授去世了，人走茶凉，曲尽人散，人去车空。黛二小姐后来几次试着自己去换煤气罐，可她实在体单力弱，纤纤的胳臂无论如何提不动那煤气罐，终于没有成功，但这并不难，黛二小姐给墨非一个电话敲过去，事情就解决了。比如，黛二家的抽水马桶，三天两头漏水，滴滴答答哗哗啦啦，水声潺潺，缠绵不绝，黛二小姐左试右探，便掌握了水箱的构造，出了问题，黛二三下两下就解决了；家里的电线也常出故障，黛二小姐对于电路简直无师自通，不仅任何电路故障难不住她，她还可以把家里的电路改造修缮一新，弄得那些小彩灯、击电音响、电动玩具，左闪右亮，令人耳目一新，为之悦然。

黛二小姐与母亲这两个单身女人的生活最为艰难的问题是她们都拥有异常敏感的神经和情感，稍不小心就会碰伤对方，撞得一塌糊涂。她们的日子几乎是在爱与恨的交叉中度过。

黛二母亲在失去伴侣后，全部的注意力和情感都倾投到黛二身上，这就要求黛二得付出与之相当的注意力和情感才能使母亲得到平衡。可是这对黛二来讲太难了，她有自己更感兴趣的世界，有自己的朋友、伴侣和未来。于是，注意力的不公平使得她们的生活异常紧张，常常闹翻。

在黛二小姐的记忆里，这几年她的每一个生活阶段中，母亲都会从黛二身边选中一位黛二小姐最为珍视的朋友作为她内心里最搁不下的人。黛二母亲一感到被冷落或不被注意，就会抛出这位"假想敌"与黛二小姐论战一番。

黛二小姐回国后与母亲的第一场"战争"是由缪一引起的。

缪一与"谁谁的儿子"同居很长时间以后，忽然有一天缪一发现自己怀孕了，才急忙去办结婚登记手续的，时下的婚前体检政策是必须先打胎才允许结婚。黛二小姐那时刚回国不几天，听缪一说很想要这个孩子，黛二就托了人，冒名顶替代缪一做了婚前体检。

当时正是隆冬二月。那天早晨六点钟，小闹钟就按指定时间忠实而悦耳地叫了起来。房间里仍是一片昏暗，黛二小姐打开床头灯，伸出胳臂拿过小闹钟，把闹针向后调了十分钟，可闹铃还叫，黛二又把闹针向后调了十分钟，闹铃仍然不依不饶地叫。到底是日本货，不把人闹起来不罢休。这么一折腾，黛二小姐睡意已去，便披衣起床。叠被洗漱、梳头化妆、穿上外衣，一切匆匆忙忙而又井然有序。要求空腹体检，便免去早餐。

缪一已在妇产医院门前等她了。缪一站在冷风里瑟瑟发抖，神情忧郁，面色憔悴。她们走进了妇产医院，一股热热的暖气伴着来苏味流进她们的鼻孔，缪一依然苗条，那时还一点看不出是个孕妇，她的脸上带着歉疚。黛二很想安慰她没关系，可她什么也没说，只在她不安的肩上轻轻搂了一下。然后她们并排坐在一张绿色的长椅上，开始填写那份婚前体检表，姓名，年龄，性别，婚史，月经周期，流量，颜色，等等。

然后黛二小姐便开始了漫长而痛苦的检查。静脉抽血，手指验血，X 光透视，妇科生殖系统检查（直肠检查）。

检查生殖系统的妇科医生是个四十多岁的女人，短发齐耳，面庞冷峻，目光威严看上去很像一尊雕塑。她的眼光在黛二小姐身上打量了一下，然后毫无表情地说："上床。脱掉裤子，包括内裤。把腿分开。"黛二小姐感到十分难为情，便动作缓慢地开始脱。那女人转过身去，从柜子里取出一副消过毒的橡皮手套戴上，又在一只手指上涂了些润滑剂，然后猛地转回身来，冷冷地说："快着！"黛二小姐扑哧一声乐出来，那声音好像是一位已经等得焦急万分、等得不耐烦了的很有权威性的情人发出的，可是黛二小姐还没乐完，只觉女医生那戴了手套的一只手指猛地一下就从后边戳进了黛二小姐的子宫。黛二一声尖叫。

"你干吗？"女医生不紧不慢仍然用刚才那平平的语调说，"你不是初婚吗？初婚就这样检查。"黛二小姐这才明白了什么叫直肠检查，她在心里叫苦连天，无声地骂着他妈的。女医生在黛二小姐的子宫、卵巢等地方摸够了，就说："行了，起来吧，没问题。"黛二一边提裤子，一边在心里发着狠："难道我要你告诉我我没问题吗？"

黛二小姐从妇科出来，皱着眉头，苦痛不堪。见了缪一第一句话就说："真不明白男人搞同性恋搞个什么意思！"

黛二从来没有替谁受过这份罪，晚上回到家自然是说起这事。母亲认为黛二对她关心太少，对别人倒满心热诚，言语间就透出对黛二的不满。不满就不满吧，可是母亲话锋一转就骂起那"谁谁的儿子"是什么狗东西，臭流氓！说缪一居然用这种形式……下边的话就不好听了。黛二站着不动，盯住母亲那发直的眼神，她觉得母亲太缺少对人的理解、同情，太不宽容，如此小心眼神经质，毫无往日那种温良优雅的知识女性的教养，近似一种病态。一股怒火直往黛二小姐的头顶冲，她忽然一字一顿郑重警告母亲："我不允许您这样说我的朋友！无论她做了什么，她现在还是我的朋友。您记住了，我只说这一次！"然后黛二转身就走了。她一个人在光秃秃的北京冬季的街头毫无目的地走，她为母亲难过，为她的孤独难过。她懂得母亲。

第一场战争之后，她们又发生过无数次争论，黛二小姐厌倦至极，每当这时，她就在心里发誓一定要离开这个用爱心来折磨她的女人。她甚至已经看到了自己和母亲这样单身下去的生活前景——早晚有一天，母亲将把黛二小姐视为世界上第一号敌人。

每当这时，黛二总是丢一句："有病！"然后摔上门，躲进自己的房间。黛二小姐的屋门上有一块很大的玻璃，她平时总是把玻璃用窗帘遮挡住，她很不习惯自己在房间里的活动——譬如沉思默想、读书，走来走去、追忆或幻想，被外边察看观视。每当她和母亲闹翻了互相怨恨的时候，黛二小姐总觉得母亲会隔着门窗从窗帘的边边沿沿的缝隙处察看她。这时候她便感到一双女人的由爱转变成恨的眼睛在她的房间里扫来扫去。黛二不敢去看房门，她怕和那双疑虑的、全心全意爱她的目光相遇。黛二平时面对母亲的眼睛一点不觉恐惧，但黛二莫名其妙地害怕用自己的目光与门缝里隐约透射进来的目光相遇。

夜晚，黛二小姐躺在床上，月光斜射进来，一缕惨白的光线抹在黛二小姐的被子上，像是拥抱她，抚摸她，挤压她，她似乎觉得那光线拥有重量和质感，拥有呼吸和温度。那缕光线从天国而来，伸入她的心房，抚摸她的内心。外边起风了，一阵瑟瑟声响，黛二小姐紧张地猛然打开灯，向房门望去。那房门紧闭，没有任何动静。黛二小姐的心脏狂跳了一阵才平息下来。黛二细心地发现房门玻璃窗上的布帘卷起一个角，她轻轻溜下床，从抽屉里翻出一个摁钉，把那窗帘的卷角展平，用摁钉按在门框上。

回到床上，黛二小姐辗转不眠，她被自己的行为吓坏了。怕什么呢？是自己疯了吗？黛二被自己搞得恐慌起来。

事情过去也就过去了，母亲仍旧用她原有的方式顽强地爱着黛二。母亲按墨非筹划的那个战略，去找了黛教授生前好友——副社长老刘，老刘表现出应有的热情。黛二母亲说明来龙去脉，即由缪一的公公"谁谁"提名把黛二推荐给正社长，正社长绝对不敢扣压"谁谁"的推荐信，肯定转手推给负责人事的老刘，而老刘现已心中有数，材料一到手就批准通过。老刘满口应允。转了一个圈子，把"谁谁"、正社长全牵进来，不全是为他老刘光明磊落地做人吗！不全是为让他老刘继续保持公正无私的形象吗！老刘自然没什么可说的。中国人做人真难啊！真是有人把中国这点子事琢磨透了。

黛二母亲高高兴兴为女儿办完了事，流着汗回到家，还老远地买了许多黛二喜欢吃的东西，为黛二祝贺。黛二望着母亲，五十多岁的人了，没了男人，独挑一家，实在不易，她心里掠过一阵感动，真该对母亲好一些，黛二小姐想。

于是，黛二与母亲又开始恢复非战争时期的晚间散步。她们拉着手，无比亲密。傍晚的小风吹得格外安详、惬意，天空纯净幽蓝，一切又宁和起来。她们又开始畅想未来，回忆过去。她们在北京傍晚的街头浮想联翩，神思走得很远很远。

可平静不了几天就又会出问题。为一些鸡毛蒜皮的小事，两个人也可以把事态扩大到观念与情感的大问题上。

有一天下午，邻居403家的胖男人到黛二家用一下电话。黛二和母亲正分别在各自的房间里忙着自己的事，母亲正在赶写一篇论文，参考书多得铺天盖地，她先是在桌子上干，此起彼伏错落有致的书本层层叠叠盖满一桌，黛二母亲的脑袋在参差跌宕的书上跳跃，后来，黛二母亲在桌上实在施展不开就挪到床上。再后来，参考书不断膨胀、爆炸，床上也施展不开，就干脆挪到地毯上。一时间，地毯上白花花的一片茫然，无立足之地，黛二母亲全神贯注地在地毯上爬文章，黛二见了窃笑不已。五十多岁的人了，何必呢！这论文哪里是写出来的，简直是爬出来的。正在这时，门铃脆脆地响了，邻居403男人过来用电话。黛二与母亲纷纷从各自的房间迎到门厅与403招呼寒暄。403为人一向拘谨、腼腆，由于身上多余的脂肪太多，特别是胸部和腹部，颤颤巍巍颇似女人，于是他心理障碍重重，至今没有娶到女人。有时候上下楼时正巧碰到黛二或其他女人，403便会退回去，侧身面壁楼道，回避一下。今天403能够鼓足勇气到黛二家用电话实在英雄气概非凡，要知道这可是有着两个单身女人的家啊。403的电话很简短，黛二和母亲刚刚寒暄完各自回屋，还没坐稳，门厅的电话已经用完了。黛二与母亲又分别迎出来。黛二说："您什么时候需要用电话就过来用，没关系。"403说："谢谢，谢谢。"本来这样互相客客气气就此说再见就结束了。可黛二母亲忽然冒出一句："到屋里坐坐吧。"403说："不用，不用。"黛二母亲说："没关系，没关系。"黛二母亲怕冷淡了人家，就多说了这么一句；而403怕辜负了黛二母亲的好意，就留下来坐坐。到了大家真的坐下来，又实在无话可说，吭吭哧哧半天，方方面面都找不到共同的话题。黛二手里正攥着一份报纸，就说："报纸的纸张越来越差了。"403就说："真是的。"黛二母亲说："报纸的价格越来越贵了。"403就又说："真是的。"然后这人说："你们单位是不是有一个叫×××的。他是我小学同学的哥哥。我们并没什么联系。"那人又说："你们单位是不是有一个叫××的，她是我同事的四姨，我并没有见过她。"拖了十分钟时间，电话铃叫响了，403像是得到了救人之急的撤退令，立刻起身告辞。

403走后，黛二母亲就抱怨时间不够用，论文写不完。黛二就给母亲提出没必要留403再坐坐，没必要做两厢不情愿的事。母亲就说黛二不懂事，从来六亲不认，邻里不联，老死不相往来，一派臭小姐作风。黛二又说母亲活得累，做了一辈子无用功也不自知。就说母亲正在写的这篇论文吧，题目叫什么《我是你吗》，这不是浪费国家纸张是什么？于是争吵的话题大开去。母亲说："中国的未来要全是你这种人接班那就完蛋了。"黛二回敬说："中国落在我们这代人身上才有希望。"

拥有一个有知识有头脑又特别爱你的母亲，最大的问题就是她有一套思想方法，她总是要向你证明她是正确的，并且总在告诉你应该如何处事做人，如何决定一件事。你无法像对待一个家庭妇女母亲那样糊弄她、敷衍她，但你又绝对无法听从她。

一波未平一波又起。没过两天，楼里又发生了失窃案件。几名流窜到北京的外地人在黛二家居住的楼里大肆洗劫，连撬了五户人家。据说用的办法再土不过，不是那种受到训练的正规小偷。这五户人家的门全是被人用脚踢开的，动静之大、声音之响自不待言，可是楼里在家的人都说没听见任何异常。出事那天下午，黛二母亲正在家里埋头写那个《我是你吗》的论文，确实没听见。看来楼里的隔音效果真是不错。于是，贼走关门，亡羊补牢，被盗的几户纷纷安装防盗门。有一户人家看上了黛二家的防盗门，觉得又气派漂亮，又结实防盗，就过来询问。黛二母亲从书稿纸堆里抬起头，热情地请人家屋里坐。人家说不进屋了，只是来看看铁门，问问安装情况。黛二母亲又诚恳地请人家进屋，人家再次表示只想看看铁门，依旧站在门外不进屋。黛二母亲连着邀请了三次后，黛二小姐终于忍耐不住插了一句："人家只是想谈谈防盗门的事，不想进屋。"

铁门的事谈完了，黛二母亲开始向黛二发起进攻了，说她一点礼貌也没有，当着外人就让她下不来台。于是，由铁门事件又开始升华，又上升到人生态度与情感问题的高度。结果，缪一和那个爱着黛二小姐的美国佬全被母亲扯进来，说得声声入心，句句浸泪。最后连麦三与墨非也被扯进来。"他们出的是什么馊主意鬼办法？找个工作绕来绕去一点不正直！那墨非自己有了老婆，还对别人家的女子讨好干什么，勾勾搭搭的！"

"哼！"黛二冷笑一声，"还有呢，请说下去。"

"看看你交的这些男男女女的朋友，一个个全是——"

"流氓。"

"我可没这么说。我简直不明白你为什么总要出格，一件接一件地干荒唐事！你就不能像个听话的女孩儿那样！"

"那样不胡思乱想，不做梦，安分守己过日子。"

"这可是你自己说的。反正是没必要跟那些男男女女的勾勾搭搭。"

黛二的血压本来一直低得厉害，脑袋里常常发空发凉，严重的时候她甚至无法集中神思，无法控制自己的注意力；这会儿，她忽然觉得一股热火直往脑袋里冲，脑袋里满满的，无数多的句子涌在血液里寻找出口。她冲动起来："我就是喜欢勾勾搭搭，就是喜欢当婊子，你别指望我！"

黛二小姐头发晕腿发软冲出家门。她知道她和母亲之间的任何一个小问题最终都会慢慢酝酿到两人情感不公平的问题上。黛二沿着人迹凋零的夜晚的街独自漫走，她想念起约翰·琼斯高大的身躯和怀抱，想念起他把她揽在臂下悠然走路的温情，想念起琼斯那好得要命的身体对黛二无尽无休的爱抚和要求。现在，她已经独自一人很久了。身体的亲昵与爱抚毕竟使永远处于精神孤独状态下的黛二小姐得到一些缓解。我的回国难道真是错误的选择吗？她想。

夜风很凉地打在黛二小姐身上，街上光秃秃人影全无，只有惨白的街灯孤零零悬挂空中。黛二小姐想尽快把情绪控制住，然后回家像没事一样。她不愿被母亲窥视到她的内心，不愿被她分担，她也无法分担。

夜半，黛二小姐回到家，母亲已经熄灯睡下。她脱光衣服在卫生间潦潦草草洗个澡，就关上自己的屋门躺在床上。她熄了灯，在黑暗中冥想，她的头脑异常清晰，神思活跃。她感觉到静谧的夜是一张大大的黑帘子，正遮挡着什么一触即发的东西。她听到空气在流动，在她的头顶，脸颊上呲呲蔓延，黑暗中无数只舌头在窸窸窣窣叹息，无数缕长长的黑发在空中舞荡翻飞，无数只苍白的手臂像冰凉的水伸向她的额头，无数双女人的乳房悬挂空中燃起彩灯，无数只阳具在黑土地上长成参天大树，无数只小鸟像高大的骏马在云霄飘游翱翔。

黛二猛地睁大眼睛，房间里黑漆漆什么也看不见，一阵惊惧从她的脚底蹿上头顶，她想起了和母亲争吵时那直直的病态的目光，黛二一动不敢动，母亲是孤独的，可怜的。黛二预感有一天终究会发生什么，这会儿，她恍惚感到一个披着头发的女人阴森森又悄然无声地扑向她，那双冰凉僵硬的手就要扼在她的脖子上了。她再也不能迟疑，鼓足了绝望的勇气，怀着牺牲掉胳臂的决心，从被子里伸出手臂，啪一下打开床头灯。随着橙黄色的光亮降临，室内一片寂然和空荡，一切毫无踪影。她长长地出了一口气。

白天的时候，黛二小姐多了一个恐惧。她无法把握母亲的又爱又恨的情绪，她知道孤独是全人类所面临的永恒困境，她很怕有一天会发生什么意外的事。她每次去母亲的房间变得礼貌起来，总是先在门外叫母亲，听到应声才敢推开门。黛二很害怕忽然有一天一个场面像晴天霹雳迎面击来——在黛二与母亲各自在自己的房间里待了半天之后，黛二为了说一件什么事，忽然推开母亲房间的门，一瞬间她看到那女人——她唯一的亲人自杀了，头发和鲜血一起向下垂，惨白、猩红、残酷、伤害、恶心、悲伤一起向她撞击……

黛二小姐被这种想象搞得头疼欲裂，心神恍惚，她为自己的想象流下眼泪。她宁肯自己去死，也不想活着失去母亲。她爱母亲。

战争平息的时候，黛二小姐依旧与母亲在傍晚时候闲闲款款地散步，街是灰白色的，天空没有风。街两旁连绵矗立的楼房，窗子敞开着，无数故事像一首首歌儿流入空中。既有悲伤，又有欢乐；既有孤寂，又有充实。

黛二小姐与世界

缪一的肚子一日一日鼓胀起来，它已经不安于衣服的遮掩了。黛二见到她的时候，她的桌上、床上已经堆满各种"孕妇手册""胎教种种"等孕妇们关注的东西。由于怀孕，由于生活的稳定与安全，她的身体内部涌出一股新的力量，看上去她踏实了许多，消失了以往那种四处无依的忧郁，脸上多了一层以前从未有过的满足与骄傲的少妇之态。黛二小姐很是惊讶。她们仅才一个多月不曾见面，缪一就发生了这般巨大的变化。隆起的肚子不时地使黛二联想起与子宫与性行为相关联的活动，又由于这种联想，那个男人也被拉了进来，这使得黛二感到无比丑恶。

黛二给缪一买去了很多营养品。这举动本来完全是出于她们以往真挚的友情。缪一却忽然像一个习惯了受礼办事的太太那样，理所当然地欣然接受，然后是一番关于黛二工作问题的真诚的客套，以及关于自身婚姻生活的真诚的假话。黛二立刻敏锐地感到一股强大的隔膜与疏远向她压迫而来，她静静听着，不想再说什么。这时，她才感到自己长时间以来对于友谊的信仰是完全地被愚弄了。黛二坐在那儿，一动不动，神思活跃，她想着这个世界上存在着各种各样的利用，男人可以利用他的肉体和激情，女人可以利用她的头脑与真诚。她想，如果她拥有大权和大钱，被利用的方面还会更多。她还想，她在被利用的时候肯定也利用了别人，这个世界就是在利用和被利用的平衡中运转，这是多么的正常啊，自己就是这样生存的，所有人都是这样生存的，尽管许多人自己不承认。一时间这些思绪搅得黛二心事重重，心乱如麻。想着人的前景，黛二心里一片空茫。

黛二本想起身走掉，但已经跟缪一的公公约好，就硬撑着坐下来，神情冷冷地不再说什么。

傍晚，黛二在缪一的陪同下去了"谁谁"家。黛二问是否要给"谁谁"买些礼物。缪一说："你给他买什么都不算什么，干脆什么都先别买，以后再说吧。"于是黛二就先不买什么，等着以后再说。

黛二扶着缪一走进"谁谁"家的时候，正有个气功师刚刚给"谁谁"看完病。他新近得了一种小便失禁的毛病，像退回幼儿时期一般，早晨醒来总是一床冰凉的尿湿；甚至在白天精神稍有紧张的时候，或在大会发言时的几声咳嗽，也会使他的裤裆洇湿一片。为此，"谁谁"吃过很多中医偏方，连西医也试过了——尽管"谁谁"对西医深恶痛绝，但都没有疗效。

缪一从一进"谁谁"的房间立刻换了容颜，父亲长父亲短，问寒问暖，殷勤备至。看到缪一如此苦心经营，黛二心里有说不出的滋味，她深深吸了几口气，使自己可以坐在沙发里面不至于起身走掉。

那气功师却在一眼之间给黛二小姐留下了不可磨灭的印象。他身材颀长但不干巴，看上去不到五十岁，体态中散发一种底蕴十足的温情与魅力，他那镇定自若的神情给人一种宗教般的超然的悟性。他的手很大，那手在空中划来倒去的时候，黛二在心里遥遥感到一股博大温热的神力。

这时，一声嘶哑的老鸦般的声音从黛二小姐的头顶和脚尖钻入她的身体，她一时没有搞清那是什么声音。待她敏觉地从那声音传出的方向追寻到发出声音的初始点时，她望见"谁谁"的嘴唇在吃力地翕动。她还没有来得及回味并判断一下"谁谁"说了什么，她已被"谁谁"的秘书很礼貌地引领到另一个房间。那秘书的毛笔字非常漂亮，他悬腕运笔，几分钟时间，黛二所需要的推荐信已经写好，那秘书又回到"谁谁"的房间签了字，事情顺利得有些令黛二意想不到。

办完事，黛二就起身告辞。她不想再与缪一打招呼，她知道自己除了对缪一还拥有一份怜悯，再也没有其他。于是，黛二就悄悄地走掉了。

走出"谁谁"家住宅的时候，户外夜晚的天空像梦境一样安详，黛二小姐独自站在"谁谁"家门外梦境一般的空旷里，她想起了那个忽然变得陌生了的女友的隆起的肚子以及世界上千千万万通过不同的黑暗渠道钻入女人们日益隆起的肚子里去的事情。她的神思滑向远方。她知道自己在梦幻里活得太久了。她站在那里，望着幽静如荒漠的苍穹，重温起自己在夜梦中最常出现的几个景象：第一个场面，就是她独自一人在四际荒凉的沙漠里无尽地跋涉，秋风掀起她的衣服，裤管里也爬满幽幽的风声，她永远在走，却永远也无法抵达目的地；第二个场面，就是她在拥挤不堪、嘈杂纷乱的楼群之间被许多人追赶，她刚刚甩掉一个，就又冒出一个，无数个埋伏四周的追赶者永远会从意想不到的方位向她袭来；第三个场面，就是一两只颜色凄艳、阴暗的母猫永远不住地绊她的脚，它们的目光散发出一股狂热、病态而绝望的光芒。黛二小姐冥冥中感悟到：那无尽的沙漠正是她的人生；那拥挤的楼群正是纷乱的情场；那凄厉的艳猫正是危险的友情。

一阵夜风裹在黛二小姐的身上，把她从邈远幽深的天空拉了回来。她无可奈何地笑了一下，她知道自己把世界上的一切都看得过于认真和严重了，把天空和大地当成了真正的悲剧舞台，把自己当成了真正的悲剧演员，并且过于真诚执着地恪守自己的演员职业了。

这会儿，黛二小姐开始判断自己的位置，她的空间方位感从来都很差，她一边费劲地明确回家的归途，一边为自己茫然混乱的思绪与情感寻找一条出路。

这时，那气功师从"谁谁"家告辞出来了，他向黛二小姐这边走过来。于是，很偶然地他们同行了几步。气功师的目光在黛二身上停留了一瞬间，然后说："你经常头疼是不是？如果你愿意，我可以帮助你。"黛二抬头望望他的眼睛，它散发出一种征服者般无可抵御的温情，那神情就是一声无声的军令。

"我有个诊所，自己干。主要是搞气功。"

"花费很高吗？"

"一般是收费的。我最近正在搞中枢神经系统以及一些穴位的研究。对你可以免费。"

黛二望着他，默默地在心里叫了声："老天爷，就是他。"她稀里糊涂点了点头，说："愿意。"

他们分手的时候，悠闲的月亮把他们的影子拉得很长，远处运送货物的火车汽笛声遥远地传过来，把夜晚衬托得格外宁静，黛二小姐望着气功师那超然之躯和温和的背影产生了某种想象，她的内心忽然生出一股柔情。

第二天是星期一，黛二特地早早起床，按照气功师指定的时间和地点来到他的私人诊所。

那诊所就设在他家里，开门的正是气功师本人。他身上雪白的大褂透出一般职业医师的冷峻而和蔼的气质，提醒来者他来看的只是一位可以信赖的医生而不是为了叙忆某种旧情的朋友，他不会对你的任何私人问题有所侵犯。黛二在进去的一瞬间，环视了这里的格局。这里明显地拥有家居的特点，同时又明显地弥漫着一股淡淡的悦人腑肺草药的清香。她被气功师引领到一个房间里，这房间完全是医务诊室的陈设，使黛二看不出一丝一毫的生活痕迹。

从一进屋，黛二就感到一股涌动的气场在她身前身后身上身下徐徐滚动。到底是气功师，不是一般的中医或西医师，黛二一直对气功深感兴趣，就像早年迷恋哲学那样对气功存有很深的好奇心。气功能否治病她不清楚，但她对此作为一种物质的存在深信无疑。她以为气功是与巫术、宗教、神话、灵魂、科学、生命和宇宙都有着某种关联的东西，在其背后拥有着一个神秘莫测光怪陆离的世界。黛二小姐对于这种虚幻而邈远的力量的兴趣，完全是出于她的精神世界对于某一种解脱欲望的企盼，她企盼宇宙间存有一种力量，它使人能够在念灰思焦、郁悒孤寂、心怀仇恨、盛怒烦躁、悲伤绝望中保持精神的平衡。在处处碰壁的情景中，在理智的经验没有出路的情况下，有所解脱，凭借这种力量终南捷径，逃到超然的领域里去。

黛二小姐被气功师扶上一张很平的窄床，平躺下来。床很硬，由于头部没有东西可枕，黛二产生一种挺胸抬头之感。也许是因为这姿势使她僵持，也许是因为她一览无余地仰卧在一个陌生男人的注视之下，她感到全身绷得很紧，无法放松。

气功师请黛二小姐放松并且闭上眼睛，黛二就动了动身体，使身体的曲线在这只平展展的窄床上尽量找到几个较为舒服的支撑点，然后闭上眼睛。

黛二小姐感到一股热中带麻的气场罩在她的头顶和额头上，那气场流动着从她的头皮表层深入进去。她的眼睛微合，隐约可以看到气功师的双手平展着悬在她的头部，那气流随着他的双手的缓缓移动而流动。黛二小姐只僵持紧张了几分钟，便感到绷紧的神经松弛下来，那种舒服的柔软感从她的头部逐渐向身体下沉，顷刻间爬满全身。

这种轻松与柔软之感激起黛二小姐某种潜在的意念，激起她渴望看到某种奇迹的欲望，她几乎涌起了人类本有神秘力量的信仰。

这时，黛二小姐感到气功师的手掌发射出来的气场开始从她的头部向她的身体流动，被气流淌过的部位就感到一股灼热，她完完全全专注于品味自己的感觉，这感觉先是隐隐的，而后那气流便强烈起来，像手指一样真实地触摸在黛二的身上。她挣扎着从迷蒙中猛地睁开眼睛，望见那气功师眼睛微合，立在床边，双手在距黛二小姐身体两尺开外的空中向下悬举。什么都没发生。她放心地喘了几口气，重又闭上眼睛。现在，黛二小姐已明显地感觉到她身体里的某种东西为理智所抵挡不住地被渐渐调动起来，她被一种无形的力量触摸、挤压、揉弄，于这种力量撩拨起她对于约翰·琼斯那双宽大的手掌和怀抱的追忆与想象。她努力地用意志去和这种欲念抗衡，结果这一欲念却在她的身体上越来越强烈和集中地呈现出来，她几乎要叫了出来……

这时，一个声音却从黛二小姐身体上空的一个部位响了起来："好了，起来吧。"气功师语调平平地说。这语调使她想起了她在替缪一做婚前妇科检查时那个冷冰冰刻板板的女医生的声音。

黛二起身下了床，气功师已远远地坐到一边的黑色转椅里去，神情里透出一种正直的疏远，黛二为自己没有由来的想象感到羞愧。气功师不动声色地静静察看了黛二一会儿，问："有什么感觉吗？"黛二说："很有感觉。"气功师说："你的气感比较敏感，有的人是刀枪不入呢。"

黛二很想就气功治病的问题询问开去，谈到更深层次的东西。可是，气功师说："好了，下星期这个时候欢迎你再来。你的头疼会好起来。"然后气功师站了起来，做出到此为止的身体语言。黛二欲言又止，他的冷峻与镇定自若已经使她的内心热情起来，她觉得自己格外安全。于是，黛二忽然像那种黏人的女人一样，莫名其妙地想与他畅谈，她想说："别这么快就分手，跟我说点什么吧。"然而，她终于什么也没有说。黛二站起身，告辞了。

旋转下楼的时候，黛二感受到前所未有的清爽。她一级一级慢慢走下去，仿佛刚刚用生命敲开了一座神秘之门。黛二小姐浮想联翩，形离神滞地走出了气功师的大楼，走在白得耀眼的中午的街上。黛二小姐在阳光浓烈的街上走了很久，从一个路口到另一个路口。每一步她都感到非同往日，尽管街景仍然是往日那种大同小异的街景，她的心境格外好，满街平淡的烟囱、楼群、电线杆、断垣、窗棂和废弃物都显得充满奇异。

这些天来，黛二小姐一直处在兴奋状态中，无论气功师还是工作问题。是那样一种随时准备投入、应战的高亢。

"谁谁"的信，几天前已由墨非亲自交到报社正社长手里。墨非说，是在报社门口有个年轻姑娘请他转交社长。黛二很怕把这么重要的信寄丢；或是明明寄到了，社长就是说没收到。人心叵测，事情不能一开头就砸了。

缪一来过一次电话，说社长已给"谁谁"回过话了，此事已转交负责人事的副社长老刘手里了。黛二拿着话筒半天没出声，她心里很乱，觉得她们好像已经很久没有交谈了，像以前那样的充满真诚地交谈。现在，连缪一的声音都变得陌生遥远起来。她很想隔着电话线说点什么题外话，但黛二忽然有了一阵时过境迁的茫然之感。于是，她只说了声："谢谢！多保重。"就挂断了电话。这电话从某种意义上讲是永远地挂断了。放下电话，黛二的神思乱乱的，半天才转了过来，镇定了情绪。

这一个星期，黛二小姐在多重等待与想象中度过。她很清楚，工作问题是个切身实际的存在，气功师问题是个虚幻缈然的存在。

星期一上午，她又如约去了气功师的诊所。一进房门，她就从气功师的脸上感到异样的亲切和温情，这是她所盼望看到的。那种遥远的距离感实在使黛二感到一种莫名的诱惑。气功师先询问了她头疼的情况，黛二几乎把头疼忘记了，她难道不是为此而来的吗？她想了起来。

气功师先请黛二脊背朝上地趴在那张硬床上，他这次要先做按摩。气功师并不是用整个手掌触摸她，只是用饱满的手指尖在黛二瘦棱棱的脊背上像针灸那样点按揉钻。他说人体中枢神经系统的穴位几乎全部在脊椎骨两侧。他不时地用一种空灵邈远的声音说着：放——松——放——松——放——松……这声音仿佛从很远的高空沉淀下来，如缥缈悠然的古风琴徐徐落下，淌在黛二身上，使她陷入一种轻松的倦怠。

黛二小姐觉得酸胀酥麻一起涌来，从她的后背神经绵延到全身。她想永远这样趴下去，时间不再流逝，世界到此停滞运转，让脊背上那美妙温馨、柔意缱绻的触觉永远通过穴位的点按爬满周身，让耳畔那宗教般毫无淫意的亲切之声永远萦绕于心。

这几年来，黛二小姐通过自己的生活体验，感悟到亲切有两种：一种是理智的，它需要通过长时间的交谈、接触才能获得，他的智慧、人格力量以及魅力慢慢才能浸润到你的心灵；另一种是感性的、直观的，他用他的神态、眼睛、身体、嗓音、语言、气质顷刻间就把感觉传递给你，抓住你，你无须知道他更多，无须调动起你的思想与他周旋便可以获得。

气功师明显地属于第二种。这是使一个年轻女子愿意亲密于他的最有利的开始。黛二小姐真的动心了。

这时，气功师请黛二小姐翻过身来仰面躺着，于是她就乖乖地翻过身来。气功师便不再触碰她的身体，他又把双手悬在距黛二小姐身体两尺左右的高度，手心向下，对黛二小姐做起气功。黛二仍然先是头部一阵轰热酥麻，然后这种感觉就在她的身体上绵延流淌起来。渐渐地，这种感觉就又像上一次一样在她身体某些地方集中起来。黛二又开始调动意志与她的感觉抗争。

黛二小姐心中忽然升起一片温情，这情感像一道光芒，使她的理智欲从身体里退出，使之像一只虫子那样从她那沉寂的脚底脱离出去。她仿佛站在远远的地方，注视自己，她看见自己始终是一面空窗子，永远孤零零地敞开着，曾经有人沉入过那面窗子，但那种沉入使她无所适从，比没人沉入更为孤寂，于是她便坚定地摆脱了它。现在，终于有一个她渴望的人伫立窗前了，正向那面窗子里边窥望，这忽然降临的一切使黛二小姐内心盈满起来。

这时，黛二似乎听到上方一种模模糊糊的声音在召唤她，同时她切身感到一只手放到了她的肩上，这只手真实的触摸，立刻改变了局势，把她彻底拉出了理智之外的真实。黛二忽然觉得自己是个病弱无助的小女孩，正软弱无力地渴求着气功师那散发着阳光的身体进入她的显得阴郁的身体，进入她颤抖湿润的呼吸，进入她的企盼色彩的魂兮；她渴望他用心灵的手臂将她紧紧抱住，引导她飞翔，整日整夜地飞翔。她终于把他的手向自己拉了过来……黛二闭上了眼睛。

气功师开始解她的外衣和裙带，然后是她的内衣、内裤。黛二没有反抗。一切在缓慢地进行，当她那由于瘦削而显得缺乏松软的皎白光滑的肢体赤裸地躺在他眼前的一瞬间，她几乎把自己封闭了许多年的心灵也交付出来，赤裸出来。这种突然而来的全身心的投降与缴械之感立刻将她吞没……

黛二小姐起来的时候，意志重新回到她身上，她的脸上透出淡淡的羞涩。

她想把话题引开去，引到她感兴趣的关于宇宙间的神秘力量上边去，远离刚才那种令人难为情的事情。可气功师却神秘莫测地在一旁暗自发笑，并不想谈什么。

黛二莫名其妙地看着他，说："你不想跟我谈谈吗？"

"我们——谈什么？"

"比如气功。比如很多。"黛二低下头。

"当然。你，嗯，是个可爱的姑娘。可是，很遗憾，我必须先……嗯，我也许不该告诉你，我的，嗯，实验成功了。"

"什么实验？"

"刚才的事情。有关中枢神经系统和某个穴位的发现……还有，嗯，某种诱导的传递。"

黛二小姐愣住了，然后她的脸颊红涨起来，她坐在沙发里一动不动，半天没出声，然后，她慢慢站起来，走过去，走到气功师面前："这么说，我该祝贺你了？"黛二的眼里射出冷冷的光芒。她很想在他的脸上来一个耳光，说一句"请接受我的祝贺！"然后离开。但那张脸颊对着她充满了温情与愧疚，她从未见过一张这样能打动她的脸。黛二望着他，她无法抵抗他的魅力，黛二转身向房门走去。

"请别走！"气功师艰难地出了声，"事情并不像你想象的那样……嗯，我们可以谈谈吗？如果你允许我重新开始。"

黛二转回身，看着他。半天，她说："重新什么？实验？做爱？"

"别想得那么糟。你需要帮助。这种头疼不像拔掉一颗坏牙那么简单。你同时还要学会克制自己的忧虑、多思，学会放松，不能总心事重重。生活嘛，往往……"

"好了，我知道怎样生活。我很好。再见。"

黛二拉开房门，走了出去。

午日的阳光像一头猛兽，一下子把黛二小姐光秃秃地亮在空旷里。清晨那温情、虚幻的薄雾遁去了。肮脏的街赤裸裸地平躺在阳光里，黛二仰起头，空中的高压线、电线以及从楼群的窗子里像一只只手臂倾斜伸出的众多的电话线，密密麻麻地在城市的上空铺展开一张罗网，高大的楼群像一个个巨人傲慢地高出这张罗网，低垂着头颅俯视着它。黛二小姐忽然生出一个念头：城市若这般发展下去，再过几年，当有人从楼顶纵身跳下来想结束她年轻或年迈的生命时，恐怕难以实现她的夙愿了——自杀者的身体会像一只折断翅膀的小鸟从楼顶滑落下来，然后一头撞在罗网上，一股强大的向下压力和脆弱的向上弹力抗衡了一下，罗网便被冲破了，自杀者被反作用力缓冲了一下，然后不重地落在大地上，她的身子扭曲地滚动一阵，然后像个失败者一样爬起来走掉。黛二小姐不知为何忽然想象出这样一个场面。

她拐进一条静僻的荒径，这荒径的一侧满是野草、垃圾和废弃的铁板，另一侧是稀稀落落的几间破败的平房，似乎是民工们的集体宿舍或堆放工具的仓库。一条弯曲丑陋的铁轨向着小径深处爬去。面对眼前这种荒漠孤寂、忧心忡忡的景致，面对这种最易使人的内心陷入回忆和悲叹的情调，黛二没有像以往那样习惯性地沉浸到悲观中，而是嘲讽地对自己笑了一下。

黛二小姐为自己这些日子以来充满想象的荒废日子感到好笑。当她平展肢体仰卧在气功师充满魔力的注视之下时，他的声音、他的气息、他的诱导几乎把她的精神和肉体全部调动起来，她甚至觉得几年来苦苦寻索的东西终于魔幻般出现了，她几乎把这种获得视为一种信仰的获得，可是忽然之间，那一切就崩溃了，像一声冷笑从脸上悠然滑落，散去，那感觉瞬息之间便轰然丧失。她又成了一个人。

黛二小姐的胃部剧烈抽动了一下，然后是一声细微的空鸣。她想起自己从昨天晚饭后到现在还没有吃过东西，饥饿感提醒她已是午饭时候了。然而，黛二却没有一点吃东西的欲望，她迅速登上一辆通往市中心的汽车，向墨非那个报社驶去。黛二去找副社长老刘了。

黛二带着一股愤怒的微笑，朝报社大门口荷枪而立的门卫打招呼，她把自己调整到相当随便和熟悉的神态，仿佛是每天出出进进的工作人员或宿舍家属，这样可以免去麻烦的登记。然而，黛二并没能蒙混过去，门卫把她从出出进进的几个人中一眼识出来，叫住。于是，黛二便只好乖乖登记，老老实实地把自己的大名和副社长老刘的大名分别写在"来访者"和"探望人"两个栏目里。进了大门，黛二就后悔起来，怎么那么听话呢？又不查证件，写个什么名字不行！她一边想着一边敲响了老刘的房门。

老刘见了黛二自是一番长辈亲情，先回忆了与黛教授生前的莫逆之情，然后是一番人生苦短、好人命薄的感叹，再然后落到黛二的工作问题上。人毕竟不是棋子，墨非这盘棋的谋划未能顺利如愿，堵塞胶滞当然出现在中间环节——正社长身上。至今，副社长老刘并没有收到正社长转推过来的黛二的材料。黛二觉得不对，那边说转交了，这边说并没收到，这里边有一个人在说谎。这时，老刘说，兴许正社长给"谁谁"通了信儿以后，就把这信压在抽屉里忘了。黛二望望老刘，觉得他是站在自己一边的。于是，她请老刘想办法从侧面启发一下正社长，可老刘说不行。他说正社长风里来雨里去，革命经验相当丰富，嗅觉灵敏之极，任何一种不触痛痒的侧面启发，都会立刻引起正社长的警觉，从而识破老刘与黛二早已暗中勾结，只是想拿他正社长当跳板的诡计。黛二对老刘说，干脆别绕圈子了，您就直接自荐自批得了，我实在等待不下去了，我只想要一份工作。老刘立刻面带难色，支支吾吾重新说起他在社里能够立得住脚全仗那出法宝的道理。老刘给黛二出了个主意，他让黛二打着"谁谁"的旗号去正社长家探望，送一份礼物就说是"谁谁"让带给他的。这事肯定就行了。黛二这才猛然想起来，"谁谁"的家还欠着一次"探望"呢。于是，她点了点头，谢了老刘走了出来。

一出报社大门，黛二小姐就望见一群人围观着一只漂亮的长毛黄狗。街上人头攒动，川流不息，黛二想，人们活得真是越来越聪明了，未来的日子养狗的也会越来越多，人们不得不学会喂养各式各样的狗了——无所事事的狗，肥头大耳的狗，满腹经纶的狗，唯命是从的狗，狗仗人势的狗……

老实说，黛二小姐并不想要什么工作，她正在做着与本性相悖的又一次努力。她只是想挣钱从而获得生活的独立；只是想向别人证明她并不是无法适应这个世界而处处都逃跑；证明她也具有一个被社会认同的女子的社会价值。她知道只要她活着，就得面对这一切，无处可逃，也无处告别。

空气沉闷起来。街道两侧的白杨树高得有些触目惊心，从很高的上空洒下被风搅动的叶子的唰唰声，那声音高深莫测，仿佛使人感到这个世界危机四伏，许多潜在的危险随时会从头顶倾压下来。

一阵猛烈的抽痛从黛二小姐的胃部散射出来。她被疼痛压迫得踉踉跄跄，远远看上去俨然一个病弱的老妪。

路旁正有一个电话亭，黛二吃力地溜进去。

"我找墨非。"

"我是。"

"……"

"喂，谁呀？喂？"

"……"

"喂，说话？"

"墨非，你还想带我出去玩吗？"黛二忽然哽咽起来，她努力使自己的声音听上去像往常一样。

"噢，黛二。那还用问！已经等你几年了。"

"……"黛二的眼泪抑制不住地流下来。

"喂，到底谁呀？是黛二吗？"

"是我。"

"喂，你在干什么，黛二怎么了？"

"墨非……我累极了，饿极了。我觉得……没意思了。"

"黛二，我给你写了封长信，我们需要谈谈，你不能再这样东跑西逃了，我也不能再过这种日子了，我得和你在一起，你需要帮助。"

"……"

"黛二，你在听吗？我去接你，告诉我你在哪儿？"

她挂断了电话。

终于下雨了，霏霏细雨顷刻间把街面浸得湿漉漉的。

初夏的洒满雨泪的街上只剩下黛二小姐像一条瘦棱棱的鱼儿踯躅而行。她的头发淋湿了，忧郁的黑色风衣裹在她的身上。黛二弯曲着腰，把头软弱无力地歪靠在自己一侧的肩上，筋疲力尽。刚才，街上还是人影憧憧，喧闹嘈杂，忽然之间只留下黛二小姐独自倾听自己脚下的嗒嗒声，一股曲尽人散的荒寂和着凉凉的雨水浸透了黛二小姐的全身。

她独自在雨街走着，她把自己几年来积蓄的各种毁灭感一件一件细细数来。这种细数和品味使她感到一种自虐的快感。她在这种愉快中，一方面体味着孤独的自由，又一方面感受到不可遏制的空虚。她没有哀伤，也没有悲叹。她知道自己永远处在与世告别的恍惚之中，然而却永远无处告别。她知道自己在与世界告别的时候，世界其实才真正诞生。

无论如何黛二小姐得往前走。路面上的雨水在她脚下慢慢腾起，飞溅的水珠像一只只银鸟在她脚前脚后飞舞。在雨雾中，黛二小姐仿佛远远地看到多少年以后的一个凄凉的清晨的场景：上早班的路人围在街角隐蔽处的一株高大苍老、绽满粉红色花朵的榕树旁，人们看到黛二小姐把自己安详地吊挂在树枝上，她那瘦瘦的肢体看上去只剩下裹在身上的黑风衣在晨风里摇摇飘荡……那是最后的充满尊严的逃亡地。

黛二小姐没有掉转身，她沿着雨街一直向前走下去，面对自己那种满怀自怜的想象，她的嘴角卷起一丝嘲讽的微笑！

双鱼星座

——

徐小斌

　　双鱼星座，黄道十二宫的最后一个星座。

　　神秘的海王星主宰着这一星座。海王星是一切艺术灵感的发源地。因此，出生在这一生辰星位的人，敏感、神秘、耽于幻想，经常在只有冥想而无行动的特殊意境中生活。假若他是男性，则有一种天真、忠厚的气质，有乌托邦思想倾向，但也常常会有一种惰性和优柔寡断；假若她是女性，则有一种奇异的魅力，她异常渴望爱情，她的一生只幻想着一件事，那就是爱和被爱——爱情，是她生命的唯一动力。她虽然聪明绝顶，但很可能一事无成，因为脆弱、漫不经心、自由放任会毁掉她的灵性；而她幻想中的爱情则充斥着危险——那是所罗门的瓶子，一旦禁锢的魔鬼溜出瓶子，便会在毁掉别人的同时，毁掉她自身。

　　想象力丰富的双鱼座人说：我相信。

　　表达爱情的方式：被动的。

　　是一个：感情纯真的人。

　　渴望：爱的欢乐。

　　弱点：不会说"不"字。

　　喜欢：幻想。

　　害怕：被遗忘。

　　寻求：捷径。

　　秉性：听任自然。

　　假期生活：海边。

　　开支：心中无数。

　　吉祥物：马头鱼尾怪兽。

吉祥植物：一切能引起幻觉的水生植物。

吉祥宝石：翡翠。

吉祥日：星期四。

吉祥色彩：水色。

吉祥数字：9。

理想居住地：埃及、波斯、巴厘岛、火奴鲁鲁。

出生在双鱼座的大人物：爱因斯坦、施特劳斯、米开朗琪罗、哥白尼、雨果、肖邦、拉威尔。

出生在双鱼座的小人物：卜零。

一

那一轮星座就挂在对面的山墙上。

薄而纤弱的空气丝绸一般抖动着，整个夜晚漂浮在一片倒影和反光之中，玻璃鱼缸一样地衬托出一对浮动的鱼——那是星星的网结成的。星星珠串一般穿起两个菱形的脉络，宁静而精致。

记不清多长时间了，卜零眼里的星星似乎蒙上了一层陈旧的颜色，她看不见那银色甲壳虫似的闪烁，只能看到失去光泽的星体，蒙受着一层陈年旧色。像一张旧照片那样平面而泛黄。这种失去光泽的星星令人恐惧。韦说你的视网膜出问题了，你得去医院看看。韦反复说了多次。卜零总是答应着，但一到清早就忘了。毕竟，白昼比黑夜的时间要长。

卜零在一家市级电视台写剧本。她写的剧本，大半都不能用。侥幸上了一两集的单本戏，还被排在零点以后播出。哪个导演也不愿接她的本子。譬如有一次她在开场戏中写道：日。外。河边。春天，踏着湿漉漉的脚步走来了。又如，她这样形容男主人公：他的外衣和灵魂都是灰色的，像一条灰色河流中的水分子。

剧组里的人短不了拿这样的本子开玩笑。卜零也从不到剧组去。所以，实行全员聘任制的方案刚一出台，卜零就知道自己的饭碗快要保不住了。

幸好，那一轮星座每天晚上都如期而至，可以很长时间地吸引卜零的目光。不必说话，也不必麻烦别人。

自从卜零从一本书上知道那叠在一起的两个菱形是双鱼星座，是属于她的生辰星位，她常常调侃地默望。

二

韦不知什么时候已经坐上车了。

有一天黄昏，卜零像平常那样走上阳台去眺望远方尚未出现的星星，一辆小轿车静静驶来，暗绿色萤火虫似的。一个年轻的司机轻捷地跳下来，很恭敬地打开车门，韦便从容不迫地下了车。韦挺胸凸腹的派头正好与司机的谦恭态度形成反差。

卜零当时强烈地感觉到韦缺一双男式高跟皮鞋。很奇怪，C市这两年像是接到了什么统一命令似的，男士的鞋跟一律不再隆起。卜零为此曾专程跑到一家日制皮鞋专卖店，花了七百多元买了一双四十三码的高跟男鞋，据说是从日本直接进口的。很虔诚地请韦试过了，即使是鞋跟鞋尖塞满了棉花，依然是大。卜零对一切数字都只有模糊概念，包括避孕套的大小型号。韦便半开玩笑地说：恐怕不是给我买的吧？是不是还在想着一米八二？

一米八二是他们夫妻间一个约定俗成的符号。很简单，卜零过去的男朋友身高一米八二。韦把卜零从他手里夺过来颇费了一番心思，因此总是耿耿于怀。韦在今天姑娘们的眼中属于"全残"，但卜零却对此视而不见。卜零从来不重视过去时。因此当她头一次看到那失去光泽的星星时吓了一跳，以为是上天给予她的某种启示。

后来一米八二到南方的一家公司里当了总经理。前些年曾携带大量钱财珠宝来到C市，所有看到他的熟人都认为他将和卜零鸳梦重温。实际上也是这样，他找到卜零，嗫嚅着对她说，过去的观念太陈旧了，好像爱就非得结婚似的。实际上他们完全可以成为不必结婚的爱人。他把卜零搂进怀里，吻她。他的脸涨得血红，他的手烫得她皮肤生疼，但她的身体却始终是冰凉的，脸色惨白如同冰雪。待他脸上的潮红渐渐退却，她客气而冷淡地把他送到门厅，她的目光越过他看着他身后的门。那门竟缓缓地洞开了，韦不合时宜地夹着公文包走进来。韦和一米八二擦肩而过的时候，她迅速而又准确地计算了一下，他们大约相差十三四厘米的样子（当然，依然是模糊概念）。那时韦还在一家政府机关里做小职员，穿着很寒酸。

韦什么也没说。甚至连一句话都没问。卜零返回到沙发上坐了下来，捡起织了半截的毛衣。这是深灰和浅褐两色线织成的玉蜀米花。卜零耐心地织着，一粒粒的玉蜀米在她手下凸起。后来她织成了一件十分时髦的大毛衣。但是韦穿在身上像个口袋。当天晚上韦下班之后就把毛衣脱了。韦脱掉了这件大毛衣之后便拒绝卜零为他购买的所有衣物。至今这件大毛衣依然静静地躺在柜橱里，发出一股强烈的樟脑味。

不过那时韦依然很尊崇卜零。韦惊奇写剧本的人能在一张张白纸上从无到有地变出些黑字。韦从不在乎那些黑字说的是什么。

三

直到韦调到一家大公司。一天深夜韦从一家歌舞厅回来，一边还在回味着鹿鞭的香味。韦看到卜零正坐在窗前写一个剧本。他看到那些枯燥的黑字源源不断地从她手下流出，忽然感到操作这些黑字的女人十分贫弱。韦这时才悟到自己娶的原来是个百无一能的女人。他的耳畔于是又响起甘美水果一般的歌唱。年轻丰腴的少女，乳房在灯光下如同旋转的星球，裙裾飘动宛若金莲花的舞蹈。更重要的是，她们懂得最简单的交换价值：一只绵羊等于两把斧子。

黑字的神秘性大概就是在那时消失的。

四

韦做了总经理之后更加早出晚归。卜零渐渐领略了"商人妇"的滋味。夜深人静的时候，卜零无法入睡。卜零于是学会在百无聊赖的时候用照镜子来消磨时间的方法。

卜零的容貌，似乎该算作争议很大、变化很大的那一种。有人说卜零很美丽，而另外一些人说卜零根本不美。卜零心里有数，说她美的大半是男人，特别是五十岁左右的男人；说她不美的则百分之百是女人，尤其是六十岁以上的老太太。

卜零对自己的容貌一点儿也不自信。

有一次，一个同事借给卜零一本书。这是一本奇怪的书，上面画满了各种各样的图像，那是女性分解了的各个部位。这本书囊括了全球各个人种、各种肤色的女性。卜零对着镜子一个部位一个部位地对照，终于发现自己接近西亚、北非那一族的女性。书上写着：地中海式体形，丰乳，突臂，细腰，腿肥硕，略短，肤色较暗，毛发浓密。卜零于是开始冥想：或许她的某个祖先来自古埃及或古波斯，肩上搭一条美丽的地毯，背一袋黑面包干，骑着骆驼自西向东而来，先在古敦煌的石窟中落脚，做了一名工匠。后来，一位被放逐的唐代公主爱上了这工匠，就在那布满团花、卷草和菱环纹的藻井下面，公主散开发髻，摘掉钗环宝钿，脱去云头履，波斯工匠拜倒在她的石榴裙下，第一次吻了她额前的五出梅花。公主额前的梅花顿时金光闪闪晶莹亮丽。于是在这佛国宝地他们生儿育女代代繁衍……这故事美则美矣，还是多少有些落套，卜零想。卜零不愿做皇族的后裔。最好祖先是亚历山大大帝东征时的一名武士。在青铜色的盾牌后面他看中了一个东方舞姬。那舞姬身穿银红绸衣，戴极大的珍珠，长巾飘拂，一臂上举，一臂下弯，身侧左倾，舞姬跳的是唐代名舞《绿腰》，静时如池柳依依、楚楚动人，动时如云飞鹤翔、雪回花舞……卜零浮想联翩不能自已，仿佛自己便成了那舞姬。她做几个动作，再瞥一眼镜子，忽然像发酵的酒一般涌动起来，卜零知道自己一直在躲避着什么，这躲避着的就像关闭在铁窗里的囚徒一般一有机会便越狱逃跑。这时她的心跳加速血流加快，镜中，一种病态的红润渐渐席卷了她，一股燥热空洞地涌起，她扯去衣衫，无助地站在镜前舞姬般扭动身体，她觉得一股热流正逼向那个隐秘之处，她闭上眼睛，把自己想象成正在被武士占有的舞姬。于是闭上眼睛的卜零心目中的意象变得朦朦胧胧神神秘秘难以言说……

很久之后卜零才清醒过来。她仰躺着，忽然明白上面根本不是什么天空。上面是天花板，四周是墙壁。这个狭窄的空间里只有她自己。要命的是此时世界上只有她一个人。那股热流依然在体内涌动着，没有降温。她哆嗦着抓住身旁的杯子向镜子砸去，随着一声意料中的爆响，她看到自己暗栗色的身体变成了碎片，她笑起来，笑得泪水喷涌而出，她浸泡在自己的泪水中像一条垂死的鱼。

五

卜零生日那天的烛光晚会安排在一家四星级的饭店里。

卜零曾坚持着不过生日。过一年就要大一年，老一年，卜零掩耳盗铃地想忘掉自己的年龄。

但是韦自有安排。韦不仅要为她过生日，还要利用这个机会大大炫耀一下。所以他给卜零娘家所有的亲戚都打了电话。亲戚们不来往已经有好几年了。近来他们已从不同渠道获悉关于韦的发达，正在寻找重新联络的纽带，因此韦的电话让他们喜出望外。他们早早便来饭店，拥着患早期脑血栓的母亲，显示出一派欢乐祥和的景象。

卜零扶母亲坐在上座。母亲伸出鸡爪般青筋毕露的手指兴奋地指向圆桌中心。卜零惊异地看到圆桌的中心不知什么时候出现了一个大蛋糕。塔式的，大约有六层。每一层都有精致的奶油花和生日快乐的字样。那种浅米黄和巧克力色很幸福地搭配在一起，越发衬托出几个字的鲜红欲滴，这种鲜红因为过分华丽而引不起食欲。烛光珍珠般地滑落在亚麻绣花台布上。女眷们腕上的银丝手镯和金色指环交相辉映，显示出一种温润可人的怀旧情调。卜零知道那蛋糕一定很贵。

韦真是个好丈夫。母亲、哥哥、弟弟和所有的亲戚不约而同地说。这时韦来了，后面跟着他的司机。

六

韦大概是有意制造这种戏剧性效果的。他在宾客全体起立的隆重欢迎面前领袖般地挥了挥手臂，尽量挥得潇洒和自然。大家自然一致称赞韦。那些经过过滤的溢美之词足以使韦把前些年在这个家庭遭受的荼毒忘得一干二净。韦的面孔漾着油光，金丝眼镜闪闪发亮。韦的全身都像镀了金似的发出光彩。患脑血栓说不清话的岳母用慈祥的目光打量着心爱的女婿。哥哥和弟弟和嫂子和弟媳们则把一种嫉羡交错的眼光投向卜零。韦发现了这个，便知道自己已经赢得了满分。韦在心里不出声地笑了。

卜零却发现他忽略了一个细节——他不该和那个司机一起进来。尽管韦西装笔挺而司机只随随便便地穿着便装，韦精心做了最时髦的发型而司机只是留着最普通的头发。韦被司机修长的双腿衬着像被裁掉了一截。连韦矜持的微笑也被淹没了——司机那灿烂的笑使整个房间都变得明亮起来。卜零觉得韦更适合走在司机后面。

生日快乐！司机石向卜零问候，态度依然很谦恭。

谢谢。她礼节性地点点头，随即觉察出那双亮眼背后潜藏的危险。

七

那位来自古埃及或古波斯的巫师就坐在地毯上。地毯的图案像一幅美丽的铜版画一般精致。上面密密麻麻地绣着枝叶茂密的树林。林木深处有金黄色的林妖在舞蹈。卜零第一眼看到巫师的时候就想起俄罗斯童话中的老妖婆。好像这老妖与地毯上美艳的林妖们有着一种什么神秘的默契似的，她们浑然一体。巫师容貌丑陋而破败。看不出她的年龄。她面前的小桌子上摆着一个多棱多面的水晶球，水晶球把她破败的脸分割成规整的几何图形。

关于这位巫师，C城有着各种各样的传闻。这些传闻使一贯信奉唯物主义的韦也暗暗心惊。韦之所以选择这饭店，大半正是为了这位巫师。但韦在卜零面前并不想承认这个。韦表情淡漠地看着卜零走近那神秘的老女人。那女人坐在那里，俨然是一位神话中的人物。她的头发高高盘起，上面插着一支毛茸茸的鸟羽，从额头沿面颊一侧垂下，遮住了大半张脸。她穿了一件黑衣，细工洞明，透出肌肤的芳香，似乎又有些海藻的腥气。她用一只眼诡秘地盯着卜零，那只眼发出幽暗的银蓝色的光，像是伏卧着的银色蝾螈。

她用可笑的汉语发音问了卜零的姓名和阳历生辰。接着她说：姑娘，请你说一句话，随便说一句什么。

卜零想了想。卜零的大脑呈现出一片空白。这时卜零看水晶球中朦胧显现的月桂树。月桂树的纹路很像是精美的刺青。

刺青是世界上最美丽的杀菌药。卜零说。

巫师微微一笑。巫师的笑容居然十分动人。巫师把自己藏在水晶球后面，球体慢慢转动着，每一道晶莹的折射都令人胆战心惊。

你很聪明。巫师说。但是你活不长。

那没关系。

巫师惊讶地看了看眼前的中国女人，接着说：你的家庭看上去很好，但其实你并不爱你的丈夫。

那又怎样？

巫师把声音压到最低：今年春天，你会遇到一个男人。

一个男人？一个什么样的男人？卜零竭力避开水晶球的折射。这时她感觉到那折光似乎返照着一个影像，那影像似乎就立在她的身后。

巫师笑起来，用极难听的汉语发音慢慢地说：你真的不知道么？你一生都在想男人。卜零几乎晕厥了。她慢慢回过头去——身后真的站着个人，是石，那个司机。这时他正睁着那双亮眼怯生生地盯着她。巫师的话无疑他是听到了，卜零觉得全身的血都涌到脸上，而石的脸也像被返照似的红了。这真是个尴尬的场面。

你有什么事吗？卜零避开那很亮的眼光。

我……我也想听听。我今天也过生日。

你也是双鱼星座?

那双亮眼眨了一下,像水晶球泛起的涟漪。

呵——这么说你比我整整小一轮。卜零的眼睛在睫毛掩护下悄悄打量他。这年轻司机的面容几乎是完美的。前额光洁明亮,鼻梁修长挺直,瞳孔不是黑色,而是一种透明的湖水色,有许多的亮光汪在里面要从这湖水中溢出来。卜零从没见过这么漂亮的男人。更奇怪的是他身上有一种与身份不相符的高贵,虽然他羞涩谦卑又小心翼翼,不留神的时候仍会流露出一种落难王子般的高贵气质。卜零奇怪这种高贵从何而来。或许,蛋糕是他买的吧?卜零想。

蛋糕的确是石买的。韦上车后就证实了这一点。小石跑遍了大半个C市呢!还坚决不要钱!你还不谢谢人家?!可卜零拿不准石究竟是为了她还是为他的老板。石转动着方向盘嗫嚅了几句。可惜看不见他此刻的表情。卜零的位置只能看见他的背影,他总喜欢穿一件写有"今宵属于你"的白色文化衫。这几个字使她联想到头上插着的草标。或许仅仅是烟幕弹吧。她可以看到握着方向盘和筋节突起的胳膊和旁边那条肥硕的白手臂的奇异对比。她把车窗放下来。坐在石身旁的韦回过身,韦说卜零你别忘了明天去看眼睛。

八

一个月之后的一天晚上,韦大腹便便地从浴室里走出来,边用毛巾揩着肚子上的水珠边对卜零说:春天了,一起去乐水度假村钓钓鱼好不好?

卜零当然说好。卜零的工作没有任何进展,最近很怕见老板,很想躲到一个地方散散心。何况,她知道石也同行。

不知从何时起,韦已经离不开石了。石不但是司机,还是听差、保姆和马弁。韦兴致勃勃地给石打了电话,让他准备好三根钓竿、三顶遮阳伞和三只小凳子。韦知道石肯定有这些东西的——石是个钓鱼的行家。

那一天天气特别好。C城的天空出现了少有的蔚蓝色,并且有一丝丝白云飘浮在天空,看上去像是一束弯卷的玻璃纤维。刚刚落过雨的湖水很明丽,倒映出两岸沙沙作响的杨树,再远处有一片桃林,盛开着粉红色的鲜艳花朵。好天气总是带来好心情。石从"萤火虫"的后备厢里拿出钓竿,穿上鱼饵。石很利索地把三根钓竿和三柄阳伞安好。三人并排坐着,韦在中间,石和卜零在两边。韦不时讲些符合老总身份的笑话。气氛很愉快。第十七分钟的时候韦的鱼漂忽然动了。韦和卜零一起欢叫着把鱼钓上来，却是一条尺多长的白鳝！韦红光满面地大喊：快摘钩儿快摘钩儿！石扑过去把白鳝按住放在网兜里，然后把网兜一头拴在岸上，一头浸入水中。韦十分得意，反复让周围的垂钓者们证实钓到白鳝何等不易。吃中饭的时候，韦买了整整一箱啤酒款待石，并且请度假村的小餐厅把白鳝烹了，三个人吃得赞不绝口。吃罢饭韦照例要小憩一下，于是石和卜零便有了单独交谈的机会。

这是个新开发的旅游区，游者甚少，因此干净和安谧。水是新鲜的碧蓝，偶尔漾起雪白的泡沫，鲜奶一般醇浓。中间隔着一张空凳和一支寂寥的钓竿，石和卜零都充分感受到对方的存在。

石连钓了四条鱼，卜零的钓竿却毫无动静。不断扩散的水的波纹很容易使人产生错觉，卜零觉得鱼漂好像动了一下，她急急地拉，竿弯了，根本拉不动。卜零暗暗祈祷这是一条与众不同的大鱼。卜零使尽了全身力气仍然拉不动，却被一种反作用力拉得渔竿脱手。钓竿就那么轻飘飘地在风中转了半个圈儿，一头栽入湖中。卜零觉得自己也跟着栽进去了似的。

石走过来，一双亮眼充满了幸灾乐祸的笑意。垂钓者们都看过来，卜零也只好捂了脸，低垂着眸子吃吃地笑，她不敢承接石的目光，只软软地抬起一只手臂指着正在漂移的钓竿：真糟糕，掉水里了。卜零这时并不知道她这样子非常好看。石咯咯一笑：没关系，只要你没掉水里就成。卜零的两腮立刻滚烫起来。卜零那只举起的手臂流露出一种不可言说的优雅意味。那是极优美的线条，像水流划出的弧线那样。卜零的肤色有些发暗，这时在阳光下变成浅黄色，半透明的，石榴石一样美丽，这种半透明的黄足以引起任何遐想。石看到这种黄色就恢复了某种记忆。石记起那天的生日晚会，在巫师的水晶球面前，卜零蓦然回眸，脸色就像湖边盛开的桃花一样鲜艳，她那惊慌失措的样子像一只被追逐的牝鹿一样美丽。石无论如何不敢相信她已年近四十。她当时说她比他大一轮，但她说这话其实只是为了掩饰她的惊慌。

石沿着湖边断砖砌成的斜面下到水中。卜零俯视着他。她刚好可以看到他宽肩阔背上不断活动着的肌肉群。他那筋节突起的手臂正伸向水面的钓竿。他身上有什么东西让她怦然心动。人体内一定隐藏着某种密码，只有高度契合才能互相感应。不知何时开始卜零发现只要她接近这小司机的身体，便会有一种强烈的异样感觉，因此卜零开始有意地躲避——在她这个年龄已经不允许做这种毫无可能性的游戏。但是，她身体内部的那个囚徒，那个饥饿的囚徒却常常不合时宜地冲出她精神化的牢笼——越狱逃跑。

石把钓竿捞上来了。石告诉卜零，刚才钓竿拉不动不是因为有了大鱼，而是卜零不小心把鱼钩嵌进水底的石缝里去了。石说需要立即换一个鱼钩。

九

石点了支烟，伸出一只大手。石说姐姐你给我看看手相吧。不知从什么时候起石背着人就叫卜零姐姐了。卜零犹豫了一下，接过那只大手，用手指轻抚石手掌上的纹路。卜零发现石的掌心似乎蒙上了一层白霜，而所有的掌纹都断裂了，模糊不清。石有点羞怯地说姐姐你看不清吧，我这只手被汽油给烧过，要不下回我刷干净了再请你看？看来得用刷猪毛的刷子——卜零扑哧笑出来。石这种大男孩式的腼腆让人心醉。每到这时候他的一双大眼睛也胀得绯红。卜零又让他伸出另一只手。卜零貌似认真实际心不在焉地端详一遍之后，说你三个月之内要有一次大灾，这灾和一个女人有关系。石惊呆了，石问这灾怎么才能躲得过去，卜零摇摇头继续说你这辈子有三个女人，其中一个女人能解救你，可另外两个会让你更倒霉。石大睁着眼睛想了半天，什么？三个女人？他问。卜零的目光软软地淌过去：怎么了？是嫌多了，还是嫌少了？石摇摇头，大眼睛里全是迷茫。卜零觉得他这种表情美得出奇。卜零说你是不是有什么秘密？让我瞧瞧。卜零又接过他那只被汽油烧了的手。

卜零再次握住这只手的同时她觉得事情要糟了。一种情绪忽然以不可阻挡之势涌动出来。因为涌得太急太快她感到头晕目眩。那只绝对沧桑的粗糙的手充满了性感。他近在咫尺，每一次呼吸都使她心旌摇荡，他的身体还没碰到她她便感到全身震颤，她渴望这双手来捏碎她。她被这强烈的渴望压迫得抬不起头说不出话——而在韦面前，她甚至毫无羞怯感。韦雪白肥满的腹部让她恶心。她与韦做爱的唯一要求便是关灯。在黑暗中她可以把韦想象成任何一个男人，唯独不是韦。

石等了很久，等到不正常的那么久了，石忽然感觉到有点不妙。握住他手的那只手温润如玉，那只温润如玉的手起了一种微微的痉挛。接着他看到那张死死沉下去的脸。满头秀发纷垂下来，遮蔽着她的表情。她的表情使人幻想湖水中一根青草的容颜。因为头垂得太低，她的胸部悄然暴露，从他的位置可以看到她的两个乳房的上半圆，那半透明的杏子黄的石榴石，乳房弧形的圆润纯金一样的温暖，石觉得嘴唇陡然干渴起来，他慌乱地往嘴里放一颗烟却忘了打火，后来总算把火打着了而火苗毫不留情地灼伤了他迟疑的手。

这时阳光非同寻常地有力度，云彩的斜影在远处山脊上摇晃，偌大一个湖面好像只有他们两个人。天空在俯视着一种美丽，这种撕人心肺的无言之美。

就在这时韦伸着懒腰走来了。

韦看到卜零和石很近地坐在一起，卜零似乎还拉着石的一只手。韦很奇怪这两个人在一起会有什么话说。卜零吃了一惊似的站起来。韦倒是很大度，拎起小凳子说你们慢慢聊着，我到那边去钓鱼。说罢就扛起渔竿向对岸走去。当韦快要走到对岸的时候石犹豫着站起来。石问姐姐你过去吗？卜零坚决地摇了摇头。卜零的拒绝是希望石也同样拒绝，但是石说那姐姐你一人在这儿钓吧，我得跟韦总过去。卜零沉默良久说其实你不过去也没关系。卜零说这句话几乎用了全身的力气。但是石笑笑说还是过去好吧。说罢便扛起渔竿拎着凳子走了。太阳把他长长的影子一直投到卜零眼前。卜零胸中溢满了的东西从眼里流出来了。对着空旷的湖水她泪流满面不能自已。

十

第二天，卜零的老板找她谈话。

卜零的老板原是南方人，前两年刚调入市台。老板个子很小，心计却极深，他很知道如何使用卜零这样的女人。这时他端坐在椅子上，很严肃地说：有一个题材，你去抓抓看。要下到少数民族的寨子里，最边远的寨子。现在台里要大批裁人，这也许是你最后的机会了。哦，费了好大劲才联系上的哟！

卜零向老板表示了感谢，就立即去买了火车票。卜零心中对巫师的话似信非信。那个在春天里相遇的男人，或许仅仅是遥远的爱情灰烬中的一个回响，它用面纱把你遮住，给你一种非物质的感觉，使你误入歧途，以为它是走向另一世界的通道，可实际上，它不过是个陷阱。

要命的是，卜零的怀疑背后仍然存有希望，她的怀疑正是为了她的希望。她的希望背后是一个年轻男人的影子，那个男人在空旷的湖水的背景下向她伸出一只手，他说姐姐给我看看手相吧。

台里规定，处级以上干部才能享受乘飞机的待遇。所以卜零只好买火车票。

十一

临行那天正好韦要与某国的投资集团签约。暗绿色的"萤火虫"先把韦送到集团公司的大厦前，然后才转向去车站的路。一路上韦半闭着眼睛一言不发。石按照韦惯常的要求打开车内的收音机收听新闻。播音员平板的语调迫使卜零向韦做出求和的身体语言，韦却毫不理睬。卜零看见韦眼角上残留的黄色分泌物。她下意识地伸出手，然后手指像被施了定身法似的停在空中——她害怕触碰韦的身体，害怕韦会做出过度的反应。但是真正对她构成威胁的，却是前面反光镜里的那双眼睛。

不知多久了，卜零总是习惯地坐在正对反光镜的那一面，在镜里端详自己的面容。镜面呈现的淑女般的面孔往往会使她产生莫名其妙的联想。卜零看到淑女面孔的背后有一座空漠的房子。那房子通常有着一种幽冥般的寂静。一个走来走去的女人面对一面形状古怪的大镜子，慢慢脱下自己的衣服。光鲜的外衣里面，是肮脏的胸罩和内裤。那些内衣的层层花边都染上了别的颜色，或者说，是被岁月腐蚀得面目皆非。那一双大乳房在反光镜里寂寞地眺望。

卜零忍不住泪水涔涔。

石小心翼翼地把卜零的提包送上车。他看到一向温柔可亲的老板娘在流泪。那眼泪像是在掩饰着什么，又像在逃避着什么。她穿着细羊毛黑衣的身子惊惶不定像一只随时准备飘逝的蝴蝶。石很想把这个哭泣的女人搂进怀里。但是石实际上连碰也没敢碰她。石只是战战兢兢地说姐姐听说那地方的香水质量不错，要是方便你给带一瓶来吧，车上要用。卜零点了点头并没有回头看他，她觉得自己哭过的脸一定很难看。

十二

火车走了四天四夜。卜零像一尊石像那样不吃不喝也不动，直到火车进入一个遥远的山寨。

寨子里有一只长长的木鼓，那是族人的通天神器。那些古铜色或暗褐色的男人女人们常常在夜晚围着木鼓和篝火跳舞。明亮的篝火像古绸缎一般缠绕着这一群舞着的男女。男人用半只葫芦舞动，而女人则用美丽的树叶来装饰自己，姑娘都有着精光灿烂的大眼睛和漆黑如墨的长发，还有被槟榔汁染黑的厚嘴唇。那些形状奇异的绿色、黄色或红色的树叶在那些古铜色或暗褐色的身体上闪烁，令人想起远古时代开辟鸿蒙的女娲。妙就妙在这来自远古的女人生长在现代的太阳下，在太阳的气味中妇人们背着背篓抽着水烟裸着被晒黑的乳房踽踽独行，与舞蹈着的姑娘们叠印成为独特的风景。

卜零忽然觉得他们便是自己遥远的族人。

卜零被当作贵客请进寨主的家。有一位头发灰白的老人端坐在那里，脸大而浮肿，像是被蒸过的黑荞麦窝头。卜零知道那便是头人了。他坐在火塘边默默地吸着水烟。袅袅的烟尘雾一般笼罩着周围男人女人的脸。有一种强烈的气味呛得她几乎透不过气来。她要找的那一对夫妇影视搭档也来了。从很远的地方赶来。在周围一片浓重的肤色中他们显得苍白如纸。他们很恭敬地把写好的剧本交给卜零，卜零看了一眼题目便收下了。题目是《南国红豆总相思》。做导演的夫人说，本子写的是一个汉族女人在边远寨子里的经历。

为了欢迎卜零和夫妻搭档的到来，寨子做了过节才吃的菜。这些菜从外形来看便使人惊心动魄，它们仿佛是某些动植物的化石或标本，半透明的，蛹似的伏卧在那里。卜零看到它们被许多长指甲的手指抓起来，送到自己面前的木碗里。

家酿酒似乎很厉害，两碗下去，剧作家的舌头便已经发黏了。剧作家当众搂住自己的妻子，像孩子撒娇那样呢喃着。剧作家穿着的宽而大的T恤衫，很明显地透出两片漆黑的乳晕，圆形膏药似的糊在女人似的胸脯上，双了几层的下巴和脖子连在一起，但是依然很脆弱，像被卸掉颈骨似的，他的脖子软塌塌地耷拉着。卜零一直担心地看着他的颈子。他笑眯眯的风度很好，说出话来声音细而软——绝不像是从这样伟岸的身躯里发出来的。夫人徐娘半老风韵犹存，一口吴侬软语，眼光总是闪闪地往空中飘，一脸浪漫少女的浓情和率真。让人看上去真真是琴瑟和谐，令人羡慕。

在大家端起木碗歌唱的时候，卜零看见做导演的夫人抓起一缕被切割得很细的牛肠举起来，牛肠在光线下呈现出粉红色的阴影，导演向它心满意足地伸出舌头。

那舌头肥而厚，上面有暗色的舌苔。

卜零觉得喉咙里的东西一下子涌出来，和水烟喷射的粉尘一起在火塘边飘舞。

十三

族人认为卜零剧烈的腹痛和呕吐一定是中了邪。

这痛点是不断变化的。犹如一条看不见的鞭子不断变化着落点。奇痛之时，连杜冷丁也不管用。她像掉在油锅里那样徒劳地挣扎，她的脸上呈现出枯叶飘落又腐烂的颜色。

　　族人说：她是中邪了，她一定是中邪了。头人命令两个剽悍的青年牵来一头牛。那牛庞大而温顺，大睁着两只惊惶的眼睛，眼里似有泪水滚动。一个青年抓起一把雪亮的长刀。长刀鸣叫出器官撕裂和分割赤金的声音。卜零看见牛眼忽然凸了出来，然后又凹进去。这一凸一凹之间，牛眼爆发出一种奇特的惊惧，有一把刀血淋淋地从牛翻卷着的伤口拔了出来，牛像一团水一般柔软地匍匐下去，血流如注。浓紫的血像完全成熟的紫葡萄一样，颜色浓艳得无法化解。

　　有人把新鲜的血滴进酒里递给卜零。卜零连想也没想便一饮而尽，这时如果有人告诉她毒药可以治愈腹痛她也会毫不犹豫地喝下去。

　　卜零觉得剧痛好像突然消失了。头脑一下子十分清醒。她清醒地发现夫妻搭档已经走了，那个叫作《南国红豆总相思》的剧本放在火塘旁边，因无人看顾而十分冷清。

　　这时已是边寨的夜晚。卜零看见双鱼星座在夜幕中飘浮起来，她看到这叠在一起的菱形便十分亲切，毕竟大家还是生活在同一个天空下。她惊奇地发现那星座已褪去陈旧的颜色，恢复了亮度。她当然也想起那个和她共属一个生辰星位的年轻男人。这星座或许是某种箴言的象征。

十四

　　就在卜零疼痛的那个夜晚，韦再次走进那个有巫师算命的饭店。巫师今天的精神似乎不佳，她在水晶球后面的脸显得十分疲惫。她听韦说明了来意之后就让韦把右手放在小桌子上。韦犹豫着说应该是左手吧，不是男左女右么？巫师听了之后就抬头看他一眼，巫师说你的命很硬，在你前头有个姐姐，在你后头有个弟弟，但是都没活下来，对吗？只这一句话便使韦高凸的腹部收敛起来。事实的确如此，但是韦尽量不动声色。巫师接着说你夫人的命虽然硬一些但也硬不过你，你夫人如果……如果爱上别人的话一定会像进地狱一样痛苦，你们虽然不太相合，但是不会离婚。

　　对不起，你刚才说什么，我夫人如果另有所爱的话会怎么样？……

　　巫师并不抬起沉重的鱼一样的眼皮：我是说，如果她爱上了别人，就会像进地狱一样痛苦。懂了吗？比如说，她会肚子疼……

　　肚子疼？！

　　巫师狡黠地笑了一下：当然啦，我这是打个比方。

韦心神不定地看着水晶球后面的那张破败的脸：那么，我的事业呢？我的前程会怎么样？

巫师显然已经很不耐烦，巫师没有回答韦的话，只是疲惫地指了指眼前的蜡烛，蜡烛正呈现出软化的滴落形态。

十五

石把韦送到家的时候已近晚上十点。一路上韦沉默不语。石已经习惯了韦的沉默，但是今天韦的沉默里还有一种明显的愤慨。石知道这与算命有关。石几乎一字不落地听了老板夫妇的命运。石并不认为这巫师比那些街头行骗者高明多少。奇怪的是他一向认为高不可攀的两个聪明人竟也如此轻信。直到家门口韦才长叹一声说卜零这个人真是荒唐，她竟然相信这种老妖婆说的话。石急忙附和说这种老妖婆一定是在外国骗不下去，到中国骗钱来了。韦已经下了车，听了这话又停住脚步，韦说小石你真的这么认为吗？石的脸红了但是幸好有夜色掩盖着。

石说真的韦总，您千万别相信这种人的话，现在这种骗子太多了。韦点点头拍拍石的肩膀，韦说你说得对小石，看来你比我们家卜零还明白点儿。石的脸更红了，石说韦总您也不能这么说，不是我明白，是卜零大姐太善了。韦这时才微微露出点笑模样儿。韦走到台阶时忽然举目向天，天空晴朗星汉灿烂。韦轻轻咕噜了一句：也不知道她的眼睛怎么样了。石听到这话就知道他是想卜零了。

石也常常在想卜零，卜零是他以前没见过的那一类女人。卜零对于他充满了新鲜感，他觉得这女人聪明而天真，时而忧郁时而奔放，令人迷眩。并且常常引起他的冲动。但石是很实际的人，知道自己不该存有非分之想。对于他来说，卜零不过是飘在天上的云彩，虽然美，却够不着。石从来不想勉强自己去够那些够不着的东西，何况，这里还牵涉到他的饭碗。

石家距这里还有十来分钟的路程，但石没有回家，而是把暗绿色的"萤火虫"调头向西北方向驶去。正西北方五十来公里临近郊区的地方有一座饭店，这饭店此刻正灯火通明。石把车停在饭店门口，然后步行走向临近花园的一扇小门，那是内部职工的专用门。石推门进去，却杳无人迹。石正在惘然四顾，一个苗条的黑影从他身后的石榴树旁闪了出来。这自然是个女人，一个石正在寻找的女人。石从一类女人的身边逃开，走向另一类女人。

十六

石的故事是这个年代最缺乏想象力的故事。石已婚，和妻子不睦，于是有了情人。情人是西北饭店贵宾厅的服务员。在妻子回娘家的时候，石把情人莲子接到家里来。第二天清早，在韦上班之前，再把莲子送回。所以石总是显得很忙。但是石乐此不疲。石打算在莲子满二十二周岁的时候再考虑换老婆的事。现在距此还有整整两年。石还有足够的时间全面考察她。石对莲子是认真的，这无可指责。唯一的不平等是莲子并不知道石是有妇之夫。

现在莲子已经坐在石家的沙发上，喝着石倒给她的红葡萄酒。莲子总是惊异着这房间的凌乱。石告诉莲子这是他姐姐的家，而姐姐长期在外。莲子喝着红葡萄酒的时候石把床单收拾了一下，然后石坐在莲子的身边，像熟练工种把手伸向她的衣扣。石着迷于这个过程。他从来不愿意让女人自己动作。他喜欢把一个穿着华丽的女人一点点剥得精光。在做这事的时候他从来不看对方的眼睛。即使这样，他的脸上也常常泛起羞怯的潮红，他的神态很让女人们着迷和误解，以为他是完全没有经验的童男子，其实没有经验的正是她们自己。

莲子的上身已闪烁在灯光下，但她仍然没有放下那一杯酒。她怯怯地问他的姐姐什么时候回来。他含糊地咕噜了一句就抓住她的一只乳房，她的乳房小而娇嫩不能盈握，但是十分洁白，显然是一种典型的小家碧玉式。他忽然不合时宜地想起另一对乳房，那一对饱满得要滴出汁水似的，黄色石榴石一般美丽。

我们老板夫人给我算命，说有个女人会给我带来灾难，是你吗？石边说边紧紧拥抱住了莲子，莲子含情脉脉看了他一眼：你说是就是，你说不是就不是。

这样的回答使石心旌摇荡，他喜欢她这种彻底的顺从。他迅速脱去衣服。她淡粉色的乳头正饥渴地向上翘起，仿佛等待着吸吮，他咬住了那一点粉红，这时他感到他身下的那个身子开始扭动。她的乳头在他嘴里勃动着，娇嫩得仿佛入口即化，那一点淡淡的温热直化入他的心里。他咕噜着说我托人给你买香水了，你就等着吧。她双眼迷蒙的同时还没忘了问是什么牌子，他简单回答了一句反正是名牌你会满意的，然后他们就被激动冲动淹没了。

十七

过了拉木鼓节，卜零就要离开寨子了。头人很郑重地把魔巴和儿女叫到一起，对卜零说：孩子，我们是最重友情的，你在我们这里受了委屈，可我们看得出你也是个重感情的孩子。有件小礼物送给你，寨子里别的不敢说，玉石和茶叶是有的……喏，你看看这个，满不满意？族人从身上掏出一个戒指，翡翠戒面晶莹欲滴，碧绿无染。

卜零记起自己的吉祥宝石正是翡翠，眼泪几乎滴落下来。卜零说大叔我来这儿真给你们添麻烦了。这礼物我不能要，我只想知道什么地方有卖香水的，我想买一瓶高档香水。

头人听到香水二字就皱起了眉毛。头人说要买香水只能到邻近的那座城市去，那里是开放城市有着各国的名牌香水。可是需要过一座竹桥，那竹桥摇来晃去就连当地人也很少有人敢走。你过不去你肯定过不去。头人摇着头断然地说。这样吧，让我的孙子帮你跑一趟，好不好？卜零想了一下说不行。卜零说我必须自己去，这是我的一个朋友托买的，我必须亲自去挑。头人听了眨眨眼说我明白了。头人接着让自己的孙子阿旺陪卜零过桥。无论卜零怎么推让，头人坚持着给卜零带上了那枚翡翠戒指，头人说：孩子，魔巴的手摸过的玉石能保护你，过竹桥的时候一定要带上它。卜零看见那灰白头发的忧伤光泽便知道自己已经别无选择。

小伙子阿旺提心吊胆地盯着走在前面的汉族女人卜零。卜零执意不肯走在后面。卜零说她看见前面人的双脚会非常害怕。但是卜零上了竹桥才感到前面茫然一片更令人害怕。那竹桥柔软得像一根弓弦一般，只要踏上去，便会深深陷落。

下面是一片烟波浩渺的大水，两岸高大的森林把浓重的阴影投射到水面上，卜零看到水便想起那个年轻的男人，那个垂钓者。他把鱼钩甩向湖面，愿者上钩。卜零想自己不过是一条冻僵的鱼，哪里有暖流便游向哪里，哪怕那暖流里藏着无数钓饵。

阿旺看见汉族女人卜零的双腿在不住地颤抖，她的惨白一直延伸到脚面。

十八

卜零走过竹桥之后像是大病了一场。阿旺惊奇地发现这个女人好像一下子显得苍老和难看。在南国明亮的阳光下，她脸上的皱纹十分明显。她的衣裳贴着她汗湿的身体，那身体仍然在颤抖，无法抑制。阿旺于是试探着说我们先休息一下好不好？但是汉族女人卜零坚决地摇摇头。卜零说阿旺你还是带我去香水市场吧，你出来时间太长你爷爷会担心的。

但是这里的香水市场让卜零失望。的确各种牌子很多，但真货却不多。从装潢华丽的盒子里只要拿出香水瓶，闻到的便是廉价香水的味道。年轻的阿旺是鉴别香水的专家。阿旺看到卜零不厌其烦地打开一只只的香水瓶，紫外线充足的阳光直射在她身上，她就像一棵焦渴的植物一样正在慢慢委顿。卜零被强烈的阳光晃得睁不开眼，她看到的只是许许多多的香水瓶，晶莹而多芒，使她想起水晶球。

快要夕阳西下的时候阿旺说卜零老师我们走吧，我带你到别处去。有个地方也许有你要的香水。卜零问那地方远吗，阿旺没回答。阿旺挥手叫了一辆三轮车，阿旺请卜零坐上去，对车夫说了一句什么，然后车夫就蹬起来，阿旺飞快地跟着走，阿旺无论如何不肯上车。

十九

在这座城市的尽头是山。山上有古老的岩画。夕阳西下的时候，卜零看到山的断层变成了单纯的色块，被斜阳熏陶得光熠四射。卜零还是头一次体验到这种纯粹的颜色。有无数根古朴而美丽的线隐藏在岩石上。那些线深深地刻出远古时代的生活。鱼和鸟以及许多的生殖器官构成了这种生活。夸张的乳房和生殖器变成了符号成为母系社会的骄傲。卜零像一个遁世者一样站在山上，等着太阳和月亮交接的那一瞬，这时的天空总有无尽的空白需要填补。

阿旺把卜零带到山脚下的一座作坊里。很远卜零便闻到一股醉人的香气。作坊像神话般地矗立在山脚下。有无数雪白新鲜的花朵堆在这里。体积庞大，却轻似羽毛。有六个体态纤秀的少女把这些花朵捧进热油里搅拌，搅拌时不断地向里面加香料。豆蔻、桂皮、番红花、白檀香木、橙花香精、迷迭香酊……这许多的芳香变成香脂，再掺入优质酒精，然后放进纯银的蒸馏器中过滤。蒸馏器制成了孔雀开屏的形状，只要轻轻按一下按钮，便会有金橙色的浓缩液体从孔雀嘴里流出。有个黑衣女人坐在蒸馏器旁边。卜零惊奇地看着这一切，她几乎是眼睛不眨地盯着，生怕眼前的神话会忽然消失。

那个黑衣女人忽然开口了。只是在那女人开口说话的时候卜零才注意到她。

看她第一眼的时候卜零大吃一惊——卜零以为巫师本人正坐在那里！但是这种感觉很快消失了，这女人要比巫师美和年轻得多，可以说和巫师唯一的共同之处只是都穿黑衣服，还有，神态上有一点相像。

女人的话卜零并不懂。阿旺便和她搭腔。他们一问一答说了好长时间，阿旺回身告诉卜零说卜零老师你可以买香水了,这里的香水都是最好的,大姑说她从来不卖给外人,看在爷爷的分上她卖给你一瓶,但是请你不要到外面说。卜零听了连连点头,在阿旺的指导下她拿过一只中等大小的香水瓶,然后从这个银质蒸馏器里滤出了一瓶香水。香水在瓶中清澈透明,发出金橙色的亮光,神秘而美妙,令人遐想。黑衣女人看了看卜零狂喜的表情,伸出一只被槟榔汁染黑了的手。

卜零不知所措地向她笑笑。阿旺低声说:她是在向你要钱哩!

卜零的脸红了。卜零从手袋里掏出二百元钱放在那只手上。那只手仍然平平地伸着,没有攘拢来的意思。卜零又往那只手上放了一百元,卜零的手有点发抖。但那沾着槟榔汁的暗褐色的手仍然一动不动。

卜零发红的脸又变白。小伙子阿旺对那个女人哇啦哇啦地叫起来。但那女人斜着眼睛,根本无动于衷。

卜零很费力地从左手无名指上退下那个翡翠戒指。这是头人亲自给她戴在手上的。戒面大而光洁,翠绿欲滴,水色很好。卜零把戒指放在那只手上。阿旺惊奇地看见那只暗褐色的手慢慢握紧,终于不再张开。

我们还会再见面的。那女人忽然用汉话对卜零说。她的声音又低又哑,使人想起年迈的乌鸦。

就在这一瞬,卜零从黑衣女人脸上露出的阴险笑意中,忽然感到她就是巫师,或者说,她不过是巫师的幻影,是巫师无数面目中的一张脸。

二十

回 C 城的火车晚点了整整四小时。

本来应当是晚上十点左右到站,可现在已是深夜两点。卜零曾打电报让韦派司机来接,韦也很痛快地答应了,可现在,夜深人静,连 TAXI 也杳无踪迹,谁也不会在这个肮脏的地方干等四个小时,所以,没什么可埋怨的。

卜零提着行李袋出站,一路踉跄着。行李袋里是一堆号码不明的衣服和一瓶香水。一路芳香使列车的乘务员们充满了愉悦之情。但是现在这香气正毫无意义地消失在夜气里。

C 城的这个车站十分破旧和肮脏。从某种意义来说,这已经是个废弃的车站。只有为所有相遇的车让位的慢车才偶尔经过这里。卜零所以订这趟车仅仅是因为它最便宜。韦自从进入大公司以后不再把薪水如数交给老婆,只有在高兴的时候给老婆一点零花钱。而卜零在台里的处境更是尴尬。更糟的是卜零被人认定是大款的太太，这个头衔给她带来的还不仅仅是难堪。

卜零在一片黑暗中绝望地躲避着垃圾的臭气。那一座残破的铁桥隔绝了市声。这时她忽然发现，有个男人就站在铁桥那边，一动不动，就像被浇铸在那里似的。他长长的影子被风刮得飘忽不定。

卜零努力把骤然涌出的泪水吞咽下去。那个年轻的男人走过来，一声不吭地接过她的行李袋。在黑暗中他们互相看不清对方的脸，但卜零觉得他充满着与生俱来的亲情。卜零费了好大力气才克制住自己没有投入他的怀中。卜零只好想出一句话来掩饰自己：你要的香水我给你买回来了。

石点头说我知道了，老远我就闻见香味了，谢谢你姐姐。玩得好么？这时他们上了车，暗绿色的车就停在铁桥那边。卜零上了车还没忘了说买这香水可不容易，是我冒着生命危险买的。石踩离合器的脚停顿了一下，石没听明白香水和"生命危险"有什么关系。卜零看见石发怔的样子决定不再说什么就笑了一下，她的笑让石觉得这句话纯粹是一个玩笑。于是石心安理得地把离合器踩下去，又踩了一脚油门。飞驰的车把一种优雅的芳香洒了一路。

二十一

少女莲子一进石家的门便闻见那股醉人的芳香。莲子冷落了那杯红葡萄酒，只是揭开香水瓶盖不断嗅着。在被石双臂环拥的时候仍然把香水瓶抓在手里。香气使他们格外亢奋。石把香水喷向她的耳廓，她的腋窝，她的肚脐……直到她的全身发出水百合花一样的芳香。石觉得这香水像润滑剂一样使莲子更加柔软和光滑。

石点了一支烟。石说这瓶香水要"悠着点儿使"。石说这是我们老板的夫人从老远的地方买来的。莲子微微带一点醋意地一笑，你好像老提你们老板的夫人，她是个什么样的人？漂亮吗？石深深吸一口烟。聪明。特聪明。我要是有她那份才我早发了！……她这个人可真不错。石说。

二十二

卜零回来后第一件事就是读那个题为《南国红豆总相思》的剧本。

那一对夫妻搭档现在影视界正是如日中天。剧作家前些年就获过几次奖，雨交加。正是因为这样的天气石才没把莲子接来。但是石几乎是毫不犹豫地站了起来。石说我得出一趟车我有点事，还没等大家反应过来石就抓起挂在门后的雨衣冲了出去。他不知道老板夫人发生了什么事。

现在这暗绿色的豪华车正浸泡在雨地里，雨点打在车身上像枪弹一样沉重，尽管有雨刷不停运动，车前方仍是白茫茫一片。石像平常那样为老板夫人打开车门，但是他马上大大吃了一惊。一向尊贵可爱的夫人浑身透湿，脸上一片片隆起的红斑使她面容大变，她双眸噙着泪水，声音发抖：我知道你会来的……我知道……石一边拉开手刹一边说你怎么了姐姐？卜零流泪不语。我们现在去哪儿？石的话还没说完，一声抽泣好像从冥间绽出，然后是压抑的撕裂心肺的哭声。是啊，去哪儿，哪儿是我能去的地方呢？呜咽着说出这几句话卜零更感觉到心底深处的疼痛。石完全不知所措了。卜零伏着身子，丰满的双肩和细腰在剧烈地抽动着，泪水像蛛丝一样沾在他的身上，他觉得浑身燥热起来，但他仍然一动不敢动。

回家吧，韦总肯定要着急了。石嗫嚅着说。但是这句话立即引起卜零更汹涌的泪水。不，他早就睡了，他肯定早就睡着了，你别高抬我了，我在他心里算不上什么。石叹了口气说那怎么办呢姐姐，你别哭了再哭我也要哭了。卜零抬起哭肿的眼睛看看他，石的眼圈果然是红的，石的一双大男孩似的眼睛十分疲倦。卜零扑在他拉手刹的那只胳膊上哭得喘不上气来。卜零觉得她的整个世界只剩了这个年轻男人。她想向他诉说，诉说她每天难以忍受的孤独与寂寞，那些屈辱、难堪和不公正像一只巨大的网罩着她，而外面是冰河，碎裂的冰块时刻都在吸收着她身体的热力，把她的生命一点点地抽走。她看到这个，却无法改变，她需要在冻僵之前寻找一个证人，在上帝面前为她作证。

石的克制已经达到了极限。假如再有两分钟的时间，他一定会紧紧地把这个痛哭的女人搂进怀里。可是卜零抬起身来了，卜零慢慢停止了哭泣。于是石的全身也跟着松弛下来。车窗外的雨渐渐小了。石拉开手刹踩了离合器。街灯昏暗的光使一切显得迷离。石放了一支曲子。乐声里他看到卜零凝然不动的侧影。有一颗晶莹的泪珠就挂在她的颊上。石明白地看到自己的处境。石每天都在为生计奔波，他不能不顾忌他的老板，他的老板也就是他的衣食，是他未来计划的最终决策者。他的莲子每天都在问：我们什么时候结婚？

那天夜里石最大胆的行为也不过是抚摸了一下卜零的头发。卜零的头发很黑，又粗又硬，不像莲子那样，黄而稀软，渗透了莫名其妙的柔情。

已过，冷雨凄风如同幽魂一般包围着她，她紧抱着双臂在风雨中发抖，那把尼龙伞被冷风揪着仿佛随时准备从她的臂腕里飞走，就像一只无家可归的纸鸢那样。当时她的一双脚结结实实地泡在雨水里，寒气从脚心钻上来，在毛孔中渗入奇痒。她在身上抓了两下，发现身上的斑点正在成片地涌起，那密密麻麻的红斑，让人看着就揪心。

卜零在风雨里苦苦地想，怎么也想不明白聪明的老板为什么要这样做。因为老板一向会做顺水人情，而他的票是可以报销的。卜零不明白老板为什么讨厌她到必须撵她下车的地步。

老板初来的时候其实是相当重视卜零的，起码是非常感兴趣。但是卜零完全不懂与领导相处之道。她并不知道领导说话不算数恰恰是一种领导艺术的成熟和灵活，也并不知道被领导利用的时候应当感觉到是一种幸福而不是屈辱，否则你就真正是不知好歹了，也很容易让领导扫兴，最重要的，你得学会尊重领导，你得明白领导喜欢什么，讨厌什么。可这一切卜零都做不到，岂止是做不到，还常常背道而驰，这也就难怪老板对她失望了。世上有一种女人可以轻而易举地得到男人的同情和欣赏，这种女人可以穿着银色的剔花马甲，一边修剪着手指甲一边向男人投去一个意味深长的眼风，同时或嫣然一笑，或泪水晶莹——表情视需要而定，那么她的全部愿望都可实现。但世上也有另一种女人，缺乏一切女性的假面和道具，而她们的心灵又总是很丰富，总是很顽强地在塑造世上不可能存在的男性，她们从不为现实现世的利益所动，却甘愿为虚无缥缈的幻象去死。这种女人自然是真实男人们敌视和排斥的对象。卜零正属于后一种女人，在她清醒的时候她知道自己在劫难逃。

现在卜零正站在风雨中的一个公共汽车站旁，冰凉的雨水不断地从额发上滚落下来，脸上身上布满了成片的红斑。一辆车驶过，随随便便地往她身上溅了许多泥水，仿佛她已变成个"准站牌"似的。事实上她一动不动的样子确实没有什么生命的感觉。

这泥水及时提醒了卜零。她在附近找到一家公用电话，她带着一种蛮横态度敲开大门，在主人惊奇的目光下她拨了号码。十五分钟之后，卜零看到那辆暗绿色的"萤火虫"从茫茫雨雾里静静地驶来了。

二十三

接到卜零电话的时候石正在和朋友搓麻将，看看表已是深夜，外面又是风后来就传他与元配妻子离了婚，娶了现在这位做导演的夫人。他们的婚姻应当算作珠联璧合了。迄今为止他们婚后已合作了四部作品，两部获奖，另两部引起众说纷纭。所以老板格外重视他们的本子。

卜零仔细看了本子，却完全不知所云。唯一给她留下深刻印象的，是剧本平均每隔两页便有一处形容女主人公"雪白的颈子"。卜零注意到导演的颈子并不白，因此她想这雪白的颈子大概是别的什么部位的代名词，不过因为其他部位不太好提，所以以"颈"来代替而已。女主人公在短短六集戏里遭到了三次强奸，每次激起男人兽欲的都是"雪白的颈子"。卜零觉得这样的颈子实在罪大恶极，不如用锅灰抹了，就像过去良家妇女对付日本兵那样，或者，干脆斩断。

卜零对老板说出的意见是"庸俗"。但这个意见立即遭到老板的迎头痛击。老板说卜零你该好好想想了，你怎么永远和群众的想法格格不入？电视剧就是大众传媒，就是俗艺术，就是面向广大群众的，你工作了这么多年连这个基本出发点都不懂？也难怪你总是完不成任务了！一席话说得卜零无地自容。老板接着说有问题可以谈出来让他们改嘛。没听说电视剧本一次成的。于是卜零按照老板的意思发了封邀请信，邀请那位著名剧作家来京面洽修改剧本一事，那位剧作家很快回函表示乐意合作。

一个阴雨连绵的晚上，老板为了表示诚意亲自去接站。老板和卜零很虔诚地并排站着，准备列队欢迎剧作家。老板不断地说一些并不可笑的笑话，卜零便也很迎合地笑。后来老板再也说不出什么来了。卜零也觉得喉头哽住了，笑不出来。雨越下越大，雨伞和雨具已全不管用。这时老板发现一行人热热闹闹地从站台走出来，在雨夜的紫光灯下这群人面目模糊奇形怪状。卜零依稀认出剧作家肥胖疲软的脖子，卜零还没来得及确认，就看见老板已经一步跨了过去。风把老板的伞一下子掀翻了。老板已顾不得许多，远远便向剧作家伸出手来。老板精心吹过的头发湿漉漉地贴在头上显得很滑稽。对方怔了一会儿才跟老板寒暄起来。老板瘦小的身子在剧作家伟岸的身躯面前十分猥琐可怜。做导演的夫人也急忙伸过手来，暴雨中夫人仍然不忘优雅的姿态和得体的言辞。在这种场合下卜零总是不知道说什么才好。

于是四个人打了一辆"夏利"，在亲切热烈的交谈声中逃离车站。事情已经转悲为喜，卜零的心情也渐渐由阴转晴，谁知在路过某个站牌的时候，老板借助昏暗的路灯向外看了一下，忽然语调激动地招呼卜零下车，说这是离卜零家最近的一个车站。卜零还没反应过来便在大家众口一词的"再见"声中下了车，简直好像是被什么人撵下来似的。下车之后她发现站牌周围空无一人，末班车

二十四

尽管确立了一流的写作班子,《南国红豆总相思》的拍摄计划还是落空了。这是因为上级领导发了话,说是该剧本有着严重的问题。首先涉及对少数民族的政策问题,实际上仅仅这一个问题剧本就足够被枪毙了,何况还有另一个问题:格调不高。知道后一个问题之后大家争相传看剧本,所有看过的人都跳起来说:这么脏的本子居然要投拍?这是谁组的稿?!于是遮天蔽日的眼光统统压向卜零。老板上当了,上卜零的当了。大家都替老板鸣不平,而老板也似乎相信了这种说法。卜零清晰地记着关于"庸俗"的意见及老板的态度,于是卜零在和老板擦肩而过的时候紧盯着他的眼睛。但是老板的眼睛像一片荒原一样一马平川,毫无内容。

卜零逃避这种很有声势的围剿的唯一办法是回归家庭。卜零努力使自己做个好妻子。每天离丈夫下班还有一个来小时的时候,她就开始拉开架势,剥丈夫最爱吃的豌豆,在这豌豆上市的季节卜零剥豌豆把手指甲都染成了绿色,而不管豌豆剥出来的数量是多少,最后肯定要被风卷残云地吃完,连最后的几片青豆衣也要被韦冲了做汤喝。

韦因为常常吃香槟大菜而格外眷恋家里的素食。卜零炒菜放油很少,又不惯放酱油,因此炒的青菜便都透出鲜绿。韦觉得吃卜零炒的菜是一种享受,但是这种享受久而久之便成为一种刚性过程——完全不可逆转。偶然卜零没有按时做好饭,韦就像天要塌下来似的。

卜零觉得韦洞察一切,任何细枝末节也休想逃出他的眼睛。譬如,韦命令点煤气灶的火柴不能丢掉,要码放整齐,在需要同时点两个灶眼的时候,就可以节省一根火柴。千万别以为韦是吝啬之人,在很多方面韦是挥霍无度的。譬如每周日韦都要去转一趟附近的鞋市,买回一大堆各种号码的鞋子。卜零说别买了,没的糟蹋钱,韦说这点东西要几个钱,就源源不断地买回来。韦买其他东西也很大手,每次买排骨要买十斤以上,同时再买鱼买鸡,一大堆冷冻食品往冰柜里一放,想尽办法也吃不动,最后大半都扔了。卜零笑着说你每次少买点好不好,别像农民进城似的那么贪。听到这话韦便大发雷霆,韦大吼大叫地说我好不容易休息一天,给你买了你还挑三拣四,鸡蛋里挑骨头,没茬儿找茬儿!以后我不管了,你买!韦吼起来中气十足,排山倒海,卜零顿觉自己无容身之处。韦最忌讳的就是别人说他像农民,因为他的确生长在农村。

但是韦也有许多优点,最重要的一条就是生活有规律。他的生活规律从来雷打不动。在手持游戏机刚刚风行的时候卜零买了一个回来玩，卜零玩起游戏机来也像写剧本那么投入以致忘了时间。韦提醒卜零说该烧水了，卜零答应着仍然一路玩下去。终于韦忍无可忍地大叫一声：这日子没法过了！！呼啸着便上来抢游戏机。那个长方形的黑色游戏机最终被摔成了碎片。卜零看着那一堆碎片，连眼泪也不会流了，只觉得眼前是一堆沉船的碎片，自己已落入黑夜的大海里，连最后的碎片也被人夺走了。她只能眼睁睁地被海潮淹没……

卜零觉得这个空屋里有一种青苔的气氛。在她无事可做的时候，她会忽然想起关于"刺青是世界上最美丽的杀菌药"之类的废话。想起这个她就联想到那个在春天里出现的男人。她祈祷那将是爱情灰烬中的最后一次回响。那一片晶莹而多芒的香水瓶和巫师的水晶球一样，都是她的吉祥物，是她的箴言。她小心翼翼地走向那个男人。但是他比她还要胆怯。在那个暴风雨的夜晚，她闻到了他身上的气味，听到了他狂烈的心跳，但他像一个生病的香木俑人那样一动不动。而在那之前，他脸上曾挂着灿烂的笑，在一片茫茫湖水旁伸出一只手，他说姐姐你给我看看手相吧。

卜零想这原因无非有两个，一是他怕丢掉饭碗，一是他并不爱她。无论是哪一种原因，都应当就此止步了。卜零决定克制自己的欲望。唯一的办法便是远离这个男人。有时身份的悬殊会带来意想不到的羞辱。

卜零一度想有个孩子，但是韦没有生育能力。韦知道自己没有生育能力之后就对房事不再有兴趣。韦说将来咱们可以要个孩子。卜零说要不要都没关系，结婚并不是为了生孩子的。韦沉着脸问那结婚是为了什么？卜零张口结舌答不出来。韦轻蔑地看了她一眼就沉溺到公司的事务中去了。韦的不同寻常就在于他能一天一天地保持沉默。沉默是金。沉默使韦变得像苏格拉底一样深不可测。但是卜零知道这沉默的背后其实是空虚。他的沉默迫使我们制造商标——卜零脑子里忽然又冒出一句奇怪的废话。卜零知道假如韦正点回家，他就能在饭后坐在电视机前，从《新闻联播》开始直看到全天节目结束。无论卜零转换话题也罢，搔首弄姿也罢，都一律地毫无效果。卜零觉得自己在韦的眼中完全化作了一团空气。韦在高兴的时候自诩"坐怀不乱"，常常以此为自豪。卜零说既然如此还要结什么婚啊？韦说这样还不好吗，你放心啊。我起码不会在外面泡妞儿。卜零说还是泡妞好些，起码证明你对女人还是有兴趣，我很怕对女人没兴趣的男人，这样的男人一般缺点人味儿。卜零说完这话就走了。韦想了又想，觉得除了卜零有病这个原因之外别无解释。韦觉得卜零的病日益严重了，包括看星星的时候看出旧照片的颜色，都绝非什么正常现象。

气十足。所以卜零在唱歌的时候总感到脸的一侧在发烧，烧得滚烫。卜零甚至不敢转一转眼珠。饱经世故的达老板当然一如既往地笑着，可卜零猜不出石这时会是什么表情。幸好韦唱歌的兴趣并不大。在铁板烧烤端上来的时候，韦的话锋已转入正题。通红透亮的肉片在铁板上泛着油珠嗞嗞作响。韦端起一杯酒对达说你是老大哥生意做得很成功，希望今后在各方面多多关照。达端起杯子一饮而尽。韦又举起第二杯酒，韦说我们两个公司今后肯定有联手的机会，公司大概最近会有人事变动，你明白吧，别的我也就不多说了，来，为我们今后的合作干杯！两个高脚杯碰在一起，酒杯里的液体泛出许多泡沫。韦端起第二杯酒的时候卜零就看了他一眼。这时石以潜移默化的方式拿起另一个话筒。屏幕上显现出一个穿三点式泳装的女人，那女人在沙滩上不断挺胸收腹做波浪状。卜零很奇怪几乎所有的影碟都离不开一个三点式的女人，而每一张女人的脸都相似得让人吃惊。那些女人的皮肤苍白得像被水浸泡很久的白色羊皮纸，她们显得那么贫弱没有一根线条有生命的色彩，或许这就是被男人们企盼的那种贫弱吧，因为这一族的男人也同样贫弱疲软，他们害怕炫目的生命色彩，他们害怕那种强烈的色彩会把他们淹没。

卜零和石的歌声合作得天衣无缝。此前卜零并不知道石有这么好的唱歌天赋。石的歌声像亚热带的熏风吹过槟榔树一般发出沙沙的声音。石唱得很投入，在"让我将生命中最闪亮的那一段与你分享，让我用生命中最嘹亮的歌声来陪伴你""希望你能爱我到地久到天长，希望你能陪我到海枯到石烂"这类滚烫的句子出现的时候，卜零看到石的脸微微有点红，眼睛立即也有了一种潮红。那潮红湿润得仿佛可以渗出水来。卜零从来没有在任何男人脸上看到过这种生动美丽的表情。

卜零忽然感到那一股热流再次不合时宜地涌动出来。她死死盯着那个拿着话筒的健壮的胳膊，她想扑上去，掐他，把他掐紫，她想让这强壮的双臂紧拥，然后坠入久久想象中的境地而被虐待，让自己的身体能像水一样在他粗大的双手里流动变形，她不再惧怕羞辱，这年轻强壮的男人才是帝王。她渴盼着一种他施加给她的剧痛。她要在那剧痛中敞开自己，让那个禁闭在牢笼中的囚徒发出高亢凄厉的歌唱。

二十六

那一天玩得很晚了，大概有凌晨两点那么晚了。把达送回家之后，石照例地送老板夫妇。老板夫妇照例地一言不发。石早已习惯了这种沉默。因为达家很远要经过一段高速公路。回来的时候仍要途经高速路然后斜插入市内。上高速路的时候石紧闭车窗挂上五挡那速度风驰电掣一般。这时韦半闭着眼睛在养神，韦从半睁半闭的眼睛里看到卜零起伏颤动的乳峰，韦的心里忽然一阵恐慌，有了预感似的感到了什么。这时卜零忽然开口了。卜零说你今天对达经理说的公司有变动是什么意思，韦睁眼看了看她说这是公司的事你别管那么多好不好。韦其实并不知道卜零对这些根本毫无兴趣，卜零只是因为像平常那样惧怕沉默而寻找一个她自以为韦会感兴趣的话题而已。卜零于是不再说话，韦却又忍不住似的说公司的变动近一个月就会见分晓，刘总这回死定了，说完这话之后韦大声说小石你可别出去瞎讲。石嚅嗫着说我怎么会呢韦总您放心吧。韦于是一发不可收地说上周和日本财团谈判，虽然合同明确了是由日方提供备用零件技术培训等项目，但是并没注明是有偿提供还是无偿提供，这个漏洞有可能让中方受损百万以上，韦说作为中方谈判的首席代表刘总他不可能会忽视这一点，韦像个智者一样半眯着眼睛说那么就剩下了一种解释——他和日方做了幕后交易！韦笑笑说刘老总的胃口真是越来越大了！卜零大睁着眼睛想了半天，卜零说你既然发现了为什么不及时指出来？韦像看外星人似的看了卜零一会儿，韦说你不认为这是个千载难逢的好机会么？卜零噎了一下。卜零的目光深得如雕刻的冰凌。这时车里的灯光幽暗，石正在放一支忧伤的歌曲。卜零淡淡地说你找到了机会可你们公司失掉了机会。韦半天说不出话来，后来又哈哈笑了，笑过之后韦像很有经验的电影明星那样低声说：我的天，我老婆什么时候变成活雷锋了？韦很不愿意在石面前失分寸，于是韦接着说：当然，身边睡个雷锋比身边睡个赫鲁晓夫强吧。哈哈……还没等韦笑完卜零就做了一个惊险动作，卜零叫石停车，因为叫得突然车速又太快石还没有停稳卜零就拉开车门跳了下去。卜零在高速路上像一只松鼠那样一下子搓出去十几米远。韦急忙闭眼，他害怕血肉模糊的尸身，但是他刚刚闭眼就听到一声惨叫，他还没来得及断定那是谁的声音他就在原地转了一圈，然后车戛然停止。

等到骑着摩托的巡逻警察走过来的时候，韦才发现司机石伏在方向盘上。韦这才依稀记起刚才那声惨叫像是石的声音。韦下了车向巡逻警察指着卜零摔出去的方向说不出话来，韦的下巴一直在发抖，他眼前反复出现一具被碾压成碎片的女尸，警察的问话韦一句也没有听见。警察顺着他手指的方向看去，在高速公路的那一边，有一个女人正慢慢站起，那女人的黑色剪影很好看。女人的长发在空中飘舞。那是卜零。

后来韦知道卜零除了胳膊上蹭破一点皮之外奇迹般地毫发无伤。

二十七

石被连夜送往医院。韦断然拒绝卜零想去看石的要求。直到第二天韦上班之后，卜零立即拨了石的呼机。二十分钟之后有人回电话说，石现已转到市立第三医院骨科病房，是因急刹车和快速打轮碰撞而造成的右臂肘关节错位。卜零一改平时懒洋洋的作风，像慢镜头拍摄的《摩登时代》里卓别林的飞快动作，用高压锅做了个清蒸鱼，然后放进保温桶里，这鱼还是石前两天钓到的。一路颠簸裙子上洒了许多鱼汤。卜零就带着那许多鱼汤的污迹推开了骨科病房的大门。

卜零第一眼看到石的时候觉得他变丑了。大约是伤痛和惊吓的缘故。裸着上身的石在病床上坐着，医生正在给他检查。石的右侧肩臂被马马虎虎地包扎起来，他的脸色苍黄如纸，他受惊的眼睛求救似的望着医生，而医生十分淡漠，像摆弄一个人体模型似的摆弄着他。石的身体随着医生手指的触碰痉挛着。这时卜零轻轻叫了他一声。

卜零并没有看到她所渴望的那种目光。石只是很费劲地微笑了一下，尽量平静地说了一句"你好"，然后对医生和周围的人说这是我姐姐。但医生和周围的人都像是没听见似的。卜零看到石鳖黑健壮的身体无助地暴露在众人面前。医生像看原始溶洞中的骨殖那样随随便便地看了看石的 X 光片一眼，然后对卜零说，他这种错位只有两种办法，一是做手术，用钉子来固定，二是不做手术，用绷带来固定。石还没听完就说我不做手术。这样便只好用绷带来固定了。医生叫来两个穿手术服的壮小伙子，两人一边一个把石抓牢，医生便拿了器械和绷带开始操作，也许说上刑更准确一点，因为石虽然不曾喊出声，从他身体的挣扎和淋漓汗水来看，他的忍耐已经达到了极限。周围的人都盯着他那鳖黑的不断扭动的身体，那身体现在已经汗湿发亮。卜零从众人眼光中看到怜悯背后的一种快感。仿佛发生在那个肉体身上的剧痛带有某种戏剧性或表演色彩，那是一种埋藏很深、很难表述的东西，使人想起古罗马斗兽场的腥风血雨。

那一天石和卜零很晚才回家。捆扎之后石吃了半条清蒸鱼，是卜零一口一口喂的。卜零喂了一半像忽然想起什么似的问你太太怎么没来？石勉强笑笑说我和她有大半年都不说话了，合不来。卜零说难怪你从来不提你太太。石好像不愿意继续这个话题，石说我们可以走了，大夫说我可以不住院。卜零拿了些药两人一前一后走出医院大门。外面天已全黑，在黑暗中石忽然停步，石说姐姐我眼里进了沙子你帮我擦擦吧。卜零这才看到石的眼睛亮晶晶的似有泪水游动。卜零掏出手绢擦了一下，又擦了一下，石的泪变成了一条汩汩不息的河流。顷刻之间卜零觉得自己也化成了一团水，水一样柔软和顽强地汇入那条河流。

二十八

石每天都给卜零打电话。一听到那沙沙的声音叫一声姐姐，卜零的心里就温柔地缩紧。后来卜零说你别叫姐姐了，石问那叫什么，卜零说随便，就是别叫姐姐，当你的姐姐我觉得累。石温存地低笑了一声，石说那就让我好好伺候你。等我好了以后开车带你跑遍全城，你愿意上哪儿玩都行。卜零说你就不怕你的韦总说你把我拐跑了？对方沉默了一分钟之后说如果你不怕我就不怕。卜零怔了一会儿心狂跳起来。这句话从石的嘴里说出来很像是一个宣言。她忽然觉得他们之间有了一种默契，一种同谋式的默契。这种默契令她神往的同时胆战心惊。

如果不是石想看录像带，卜零大概不会再次堕入老板的陷阱。石在电话里说姐姐要是方便的话帮我借几盘警匪片吧，也许看着别人流血我身上会好受一点。卜零扑哧笑出来，卜零当天便回到阔别已久的单位不顾旁人惊奇的目光长驱直入老板的办公室。石现在在卜零心里至高无上是受宠的王储，卜零在有这些感觉的时候心里总是很充实。因为单位规定只有老板这一级以上的干部才享有借带子的权力，所以卜零打算放弃自己的骄傲暂时与老板和解。卜零惊奇地发现自己竟也如此实用主义只不过促使实用的动力与旁人有点不同罢了。

老板很痛快地答应借带子，并且可以破例地借上五盘。但是老板话锋一转说卜零我也需要你的帮助。这一段我压力很大，你回家休假了，上面追究《南国红豆总相思》，我只好一人承担，这倒没什么。问题是现在是一年一度的献血，适龄人要么体检不合格要么出去拍戏了，完不成任务扣奖金不说还会出一系列问题，你看是不是能从大局出发报一下名！卜零觉得自己一下子被赶到了一个死角根本没有回旋余地。卜零只好做出视死如归的样子说好吧什么时候体检。老板笑了。老板说如果你同意的话今天就检，如果合格的话今天就献，因为这是最后的期限了，你看好吗？

卜零从来没见老板笑得这么粲然。从这粲然的笑容里卜零再度感受到老板的人格魅力。卜零疑惑过去对老板的看法或许仅仅是主观偏见。老板心里是有数的。只不过围绕着老板的那些人有点差劲罢了。

卜零由老板亲自陪着就那么走进献血室。冷冰冰的针管触到她的胳膊时她忽然感到她不过是被笑眯眯地押送进屠宰场的一只小牲口，顿时她觉得那针管寒彻骨髓。她想抽回自己的胳膊，可是已经被一只铁钳样的手牢牢攥住，这时她闻见一股麝香一般浓烈的死亡气息，她看见紫葡萄一般的血的时候就想起那只濒死的一凸一凹的牛眼，那血是如此相像，在许多目光的焦点中浓艳得无法化解。

二十九

几乎是在卜零走进献血室的同时，石的家门被敲开了。石以为是老婆忘带了什么东西。石受伤之后妻子仍然坚持上班。因为上班的地点很近可以随时回来。午睡是肯定要在家里睡的。这时大概是下午两点多钟，妻子午睡后刚刚又去上班。妻子对他的伤势采取一种淡然的态度。

但是走进来的并不是妻子。这是个苗条秀弱的青年女人，白色鸟羽一般轻盈地飘了进来，看上去是刻意修饰了一番，一只鲜红的木制发卡束着一头柔软发黄的头发，同样鲜红的高领无袖长裙勾勒出来她纤柔的线条，越发衬出两只银白的裸臂和臂上戴着的银丝玛瑙手镯。她是莲子。

石觉得心脏好像一下子不会跳了。石的惊慌立即感染了莲子。莲子你怎么了，石做梦也没想到没有那辆暗绿色的"萤火虫"莲子也能从五十多里之外的郊区找到这里。石说我不是说过让你别来么？我姐姐马上要回家了，今天就要回来，你还是快走吧。莲子垂泪说人家不是不放心想来看看你么。只一句话石便软下来，莲子这种女人的无知无能和似水柔情都同样能打动男人的心。石说那你先喝点水吧你自己倒，但是莲子仍然无助地站在那里，两只裸臂像受伤的鸟翅一般垂落着，头微微地向后仰，每当这种时候石便要伸臂环拥住她，但石现在清醒地知道今天无比危险，妻子随时都有回家的可能。石狠狠心说我姐姐一会儿就来，喝完水你就走。但是莲子眼泪汪汪地说你真的不想把我们的关系告诉你姐姐么？石坚决地摇摇头。莲子走过来轻抚着石胳膊上的青紫说出一句话，石听了这句话后几乎晕厥过去。莲子说我怀孕了。

就在石处于混乱状态的时候莲子静静地卸去了自己的衣服，然后从容地在自己身上洒满香水。莲子说看来我得有好长时间来不了。莲子的身体在白昼的光线中通明透亮。石说不你得去做人工流产，你得先答应我去做人工流产。莲子咬紧牙关一声不吭。莲子的泪水在枕边汇聚成一个冰凉的湖泊。石于是把一切危险都忘了不顾一切地疯狂地动作起来。那个柔软驯顺的身体因他的激情呻吟着，直到他精疲力竭地撑起身子他才觉得他太粗暴了。他问莲子他把她弄疼了没有。莲子白得透明的脸上似乎十分迷乱，莲子说没什么我里外整个儿都是你的。你想怎么样就怎么样，今天我还能怎么样呢。石听了这话就觉得心里的热流直烫到眼窝里，他像抱孩子一样把莲子搂进怀里，莲子乖乖地偎依着他，像一只受伤的小鸟。石越发觉得自己罪恶深重。

就在这时门响了。

石惊慌失措地抓起衣裳他无论如何也穿不上，倒是莲子从容不迫地整好床穿好衣裳去开门，石甚至忘了阻止她，石就那么拿着衣裳架着胳膊在床上发呆。他听到门开了，有一个熟悉的女人声音在问，小石在吗？

三十

卜零觉得敲开这扇门非常难。像敲开一扇天堂或地狱之门一样难。她等了那么那么久。她身体的一部分好像还在继续淌着血，只是血的颜色已经不那么浓艳了，它们变成了一些浅色的汁液，生命就是由这样一些汁液构成的，如今它们走了，于是仅仅剩了一些躯壳，像浸在池中的苎麻一样摇摇欲坠。

那个年轻女人像一个秀弱的影子一样飘了出来，带出一股熟悉的优雅香气。卜零觉得视觉上再度出了毛病，她很难看清这个女人。在盛夏下午的阳光下，她觉得这个女人缺乏立体感，或者干脆说，她像是一幅女人的卷轴，就那么平平地贴在了门边，被阳光挤出一条瘦瘦长长的影子。

卜零其实并没有特别注意石的惊慌，她过度集中于对那个年轻女人的思考，更确切地说，她在进行关于某种香气的回忆。所以当石向她和盘托出的时候，她甚至在很长的时间里在想，那女人的苍白使人想起浮冰，一种可以被溶成月光那么雪白的浮冰。卜零的脑子里忽然又冒出一句废话：她是被紫鲨鱼吻过的多边形浮冰。卜零之所以有这样美丽的想象，是因为当年轻女人转过身去的时候，卜零看到她后背的拉锁开了，有一抹雪白从华丽的红色中闪出。

年轻女人在临走时用极度疑惑的目光盯着卜零，卜零同样不明白那目光的意义。在那种香气消失之后卜零才闻到一股精液的气味。她看到那个凌乱的床，那是一场大风席卷而去的苍凉墓地。于是卜零用一种墓地般的声音问石，卜零说我记得我曾经给你带过一瓶香水，你说你车上要用的，怎么一直没见你用？

石的头深深地垂下去。卜零猜他现在的表情一定生动美丽像个初涉世事的童男子。石说姐姐真对不起我对你没说实话，那香水给她用了，她挺喜欢。卜零点点头。卜零说她可能不知道这香水的来历要是知道了可能更喜欢。卜零淡淡地说这香水是用很多鲜花制成的，那些鲜花都是一色的雪白，加了很多香料和优质的酒精，那个山脚下的小作坊里，有六个鲜花一样的妙龄少女，女老板是个黑衣女人。那女人是个巫师，就是那个给我算过命的巫师，她说过我在春天会遇见一个男人。卜零说到这里就停住了，她看见石的眼睛异乎寻常地惊慌，石向她走来，石说姐姐你怎么了，你到底是怎么了？！她看到石的手伸向她的额头，她就忽然闻见精液的气味，她飞快地挡开他的手，她大叫了一声别碰我！她用了那么大的声音，四壁仿佛反复响起回声。

不知过了多久石才轻轻地说姐姐这事儿我早就想告诉你就是没有机会。你那次给我看手相说我有三个女人，当时我就想说我只有两个，一个是我老婆一个是她，我和她已经有两年多时间了，有件事我想请你帮忙，我想只有你才能救我们……她怀孕了，你能不能帮她联系个医院……

做人流吗？卜零的嘴角上挂着一丝冷笑。

石点头。

为什么不要下来？这可是你自己的骨血。

那怎么行？我老婆那边怎么办？姐姐我对她是真心，是真心要娶她，可现在不行，可能要一两年以后我才具备娶她的条件，现在这时候，你就救救我们吧！

姐姐，只有你能帮我……

卜零摇摇头。卜零说不我做不到。而且……卜零古怪地看了他一眼接着说，也可能我们以后就见不到了。

为什么姐姐为什么？

因为……因为我想和韦离婚。我离开韦，也就不会和你有任何联系了。

干什么呀姐姐？都快四十岁的人了还离什么婚啊？

快四十的人是不是就不是人了？卜零说完这句话就向门外走去，在门口卜零又回过头，在阳光下卜零的脸色一片青灰如同戏装中的鬼魅。卜零对石一字一字地说你欠我的，你得还。卜零的脸和声音吓得石胆战心惊。卜零走出很远才感觉到右臂的沉重，她看到那五盘带子仍然拿在手里。那里面好像浸着血液，牛的一凸一凹的眼睛，还有精液的腥气席卷而来，迷惘的阳光把行人们分割成了碎片，然后定格。

三十一

　　从盛夏到初秋的三个月是韦一生中最痛苦的三个月。他的痛苦在于他铁的生活规律被打破了。他不知道怎么对待躺在床上的卜零。那一天，几个陌生人把昏迷不醒的卜零抬了回来，韦着实吓了一大跳。韦想这类文艺型的女人实在乖张，甚至用自虐的方式来引起别人的注意——韦实在不理解卜零献血的举动，而且是在完全没有和他商量的情况下，他认为这起码是对于家庭的不负责任。他甚至想这可能是卜零逃避剥豌豆的一个诡计。自从卜零躺下之后剥豌豆的重任全落在韦身上，韦每天下班之后的第一件事就是剥豌豆，到豌豆季节结束的时候韦的指甲染上了洗不掉的绿色。这绿色甚至被刘总注意到了，刘总笑笑说绿指甲倒没什么，只要不是绿帽子就行。气得韦在当天的梦里向刘总肥硕的脑袋举起了刀子。自从那次合同的事之后刘总老是这么对待他，就在那次韦向卜零和石宣布公司即将变动的消息，并且由此发生卜零跳车小石受伤的戏剧的第二天，韦便得知刘老总已和日方签了堵塞漏洞的追加合同。韦这才自责自己太沉不住气了，好事是不能让别人过早知道的，特别是很有成功希望的好事。难怪那个怪异的巫师举过一支正在滴落的蜡烛作为他事业的隐喻。

　　但韦并不是那么容易屈服的。韦的信条之一便是"善败者不亡"。韦在立秋的那一天第三次走进那座有巫师算命的饭店。三层的那个埃及餐厅呈现出一种衰落的气象。用餐的人们像秋风落叶一样零落而萧条。曾经鲜艳美丽过的波斯花纹地毯现在像树皮一样薄而肮脏，上面洒满了烟头的灼痕。巫师已经回国了，原来她算命的那张桌子依然摆在那里，布满了灰尘。在放置水晶球的那个地方现在放着一盏巨大的花瓶式台灯。韦想巫师的口袋大约已经满得要溢出来了。不知那个巨大的水晶球如何放置在飞机上。或许会放在空中小姐的座舱里，巫师吃完中国式烤鸡之后，或许会利用剔牙的工夫给哪位运气好的小姐算上一命，然后带着一种玩味的态度去欣赏小姐美丽的脸上或狂喜或忧伤的表情。当然，如果发生空难那么那水晶球就会飞出窗外碎裂成无数繁星，若干年之后再以陨石的身份返回地面。

　　这时一位小姐拿着菜谱走来，轻声问：几位？

　　韦像被别人追逐着似的逃离那家饭店。那个花瓶式台灯的昏黄灯光令他昏昏欲睡。这件事他当然没有告诉躺在床上的卜零。他觉得卜零的形象在他眼里越来越模糊，他惧怕这个模糊的形象。他觉得躺在床上的这个女人就是一种情欲的化身，她像一团烈火一样可以毫不费力地吞食他，他过去天天盼着她会安静下来会像"古井水"一样"波澜誓不起"。她现在真正安静下来了，她的眼睛从早到晚盯着天花板，对任何事情都毫无兴趣，但是她仍然使他害怕。有一次他明明听见她在嘟囔着但他问她说什么的时候她却断然否认，而等他刚一转头便清楚地听到她在说什么"紫鲨鱼……浮冰……"他断定她是走火入魔了。因此当他回家后看到她，听她说老板来过，单位通知把她除名的消息之后，他本来以为又是她幻想的什么故事情节。

三十二

但是老板送来的大包慰问品还摆在那里。有月饼、葡萄、莱阳梨、红富士……还有一大堆冷冻食品。所有的礼品加起来有上千元了，老板说是单位"慰问献血的同志"的，老板语调亲切真挚，谈吐幽默而迷人，老板连说了六个笑话，这些笑话确实很好笑，卜零已经有好久没这么愉快过了。老板在说完笑话之后就把头转来转去地看卜零家里的陈设，老板说你家很朴素呀，你先生不是大老板吗？卜零说我先生是那种挣不了钱的大老板。老板说我可是听说你是大款的太太，出门儿就坐豪华车的，单位这点钱挣不挣对你来讲算不了什么。卜零说那可太冤枉了，对我来说单位这点钱是我的全部。老板听到这里好像吃了一惊似的，老板说那太糟糕了，这简直是个天大的误解。卜零惊讶地看着他。老板显得很沉痛地说有件事我不能不告诉你，下个月你就不要去单位上班了。卜零的反应出乎老板的意料，在宣布这类消息的时候对方几乎一律地要大哭大闹寻死觅活，倘是男人便要大发雷霆以死相拼，但卜零的反应似乎过于平静，以至老板以为她还没听懂。于是老板进一步解释说单位的情况你也是知道的，僧多粥少，上级领导从年初开始就想裁人，有人向他汇报了你的情况，说你长期完不成任务动不动就不上班，这次参加献血的同志最多休了二十天，可你连休了三个月，也没有假条，领导在这次中层干部会上点了你，我为你争了很久，可没用，所以……卜零仍然一语不发，但是老板发现卜零的眼睛里出现了两朵绿色的火苗像蛇信子一样喷吐毒光。但卜零的嘴角上似乎还带着笑意，那是一种"毒笑"，老板不知为什么有些害怕，接着卜零说出一句话来更加让他恐慌。卜零看着他的眼睛说老板你说的这时间不对吧，我想裁人的决定应该在我献血之前，我猜得对吗？老板的肌肉在微微抽搐，老板到底是英雄好汉，老板想结束这场无意义的谈话了。老板说：你真聪明，充满智慧。卜零笑笑又说出一句让人惊心动魄的废话。卜零说这个时代的智慧是一种通往绝境的智慧。卜零在说这话的时候平静如水。老板惊奇地发现卜零又有新的变化，这个女人的脸仍像过去一样妩媚，但那丰富的表情却已荡然无存。没有一根线条能够泄露她的内心秘密。就是过去那双可以一览无余地看到她内心世界的那双眼睛，现在也不过像一面玻璃镜那样镶嵌在脸上，从里面折射出的正是对镜者本人。老板在站起身的时候说你这句话可以进名言录了，为了你这句话我请你喝咖啡。晚上八点，花非花咖啡厅。

老板走出去的时候仍然在想卜零的变化。卜零这个女人在他心里始终是个谜。往往是他自以为已经完全掌握了她的时候，她忽然有一种新的谜一般的变化。老板刚刚调到市台时第一个注意到的就是卜零。这个女人并没有标准美人的脸，却从整个表情和体态上充盈着一种生动和妩媚，给人一种"异邦异族"的感觉。老板开始的时候很对卜零动了些念头。应该说这种念头对于老板这样的人是很不容易的。演艺界美女如云围绕着老板每天都有人给老板打饭、打水、清扫办公室乃至做各样的事情，要知道是老板在决定着生杀大权。可是卜零好像一直把他视作一团空气，老板觉得这个女人在用轻蔑毁灭着他，使他产生一种失败感。更让他不能容忍的是卜零常常不顾场合地顶撞他，譬如有一次开会的时候，老板为了活跃气氛，谈到《南国红豆总相思》里关于雪白的颈子的描写，老板说他当时就向作者提出过删改的问题，但作者修改的结果却是增加了两次强奸。老板和众人哈哈大笑。卜零站起来说老板你说话不能完全不顾事实，据我所知根本就没这回事儿，这纯粹是演绎。老板说比"春天踏着湿漉漉的脚步走来了"还演绎吗？众人又是一阵哄堂大笑。卜零却继续认真地说这两句话根本不可比，因为我的话最多受人嘲笑而你的话伤害了别人。说完了这句话大家就安静下来，老板从那时开始就想把卜零请走了。

但是老板的好奇心使他犯了一个错误，他想探究这个女人之谜而约她去喝咖啡，他觉得如果不把卜零作为他的部下而把她作为一个纯粹的女人来交往的话，也许会有味道得多。但是他忘了考虑代价的问题，以致犯了一个对于他来讲十分罕见的错误。

三十三

老板走后约十分钟的样子卜零起床对镜梳洗。卜零好久没有照镜子了，卜零觉得好像过了一个世纪那么长。但是镜里的女人依旧。稍稍瘦了一点，眉宇间却有了一种决绝的神气。卜零用最精美的迪奥粉做底霜。她挑了一种淡赭石色，这种颜色和她的肤色很相配，并且使皮肤发出一种瓷一样晶莹的粉彩。唇膏她用了浓艳的深绛色。然后她戴上两只很大的锡制耳环，一个美丽的阿拉伯公主在镜中出现了。她发现自己似乎很适合浓妆。

后来她从镜中看到了韦推门进来。她没有回头，就在镜中注视着韦的脸说老板来过了，单位已经把她除名。韦听了之后好像并没有什么反应。卜零说我要出去一趟晚上要晚点回来。韦这时才看到老板送来的东西，韦说这么说你们老板真的来过了？卜零说当然是真的我虽然献了血可脑子还没献出去。韦这才有些恐慌，韦说你刚才说什么你们单位把谁除名了？卜零这才回头看着韦指了指自己的鼻子，卜零说你的老婆从今往后要靠你养活了，韦总你不害怕吧？韦一下子跳起来，韦的身体里像装了一条暗簧似的，韦大吼着说你不要处处犯神经病，平时你一点小事就掉眼泪可现在这么大的事你倒不哼不哈了！快把你们老板的电话给我，趁还没有公布之前做做工作还来得及！卜零冷冷地看着他。卜零说你要怎么样？求他吗？

韦说当然难道你现在还放不下你的臭架子！现在多少下海的人又折回来找铁饭碗，端个铁饭碗容易吗？你什么都不懂，告诉你你要是想让我养门儿都没有！我没有这个义务我不会给你一分钱的……别废话了快把电话给我！卜零说我要是不给呢？

韦说那我就直接到你们单位去找老板！卜零勃然变色，卜零说你要是迈出这个门一步，我就杀了你！卜零说这话的时候眼睛里又冒出那种绿色的火苗，这种绿色使卜零看上去充满了雌兽的气味。韦有点惊慌但立刻用冷笑掩饰了这种惊慌，韦冷笑着说你不就会窝里横吗？你在你的老板面前怎么什么都说不出来？你看上去挺聪明，其实是个不折不扣的笨蛋！笨蛋笨蛋！……韦就那么长笑着转过头去，但是韦的笑容很快就定格在脸上了，而且是永远刻在脸上。就在韦转身向外走的那一瞬，卜零用一根很长的冰冻里脊击中了他的后脑。

这根冷冻里脊是老板送来的冷冻食品的一部分。冻得很结实，像一根粗大的铁棒。卜零清醒地记起曾经读过一则著名的英语小故事，故事里说有位女士杀了她的先生，用的是一根冻硬的羊腿，在警方来调查的时候，这位女士把羊腿放进烤箱里，待警方搜查一无所获准备离去的时候，她很热情地请警察们享用美味的烤羊腿。这个小故事中表现出的智慧是一种属于女人的独特智慧。这的确是一种通向绝境的智慧。

所以卜零把烤箱打开，把时间定在五十分钟，把冰冻里脊放了进去。然后卜零盛妆走出大门。

三十四

卜零在走到这一片街区的时候记忆有些模糊。在她的记忆中好像没有这座宫殿式的建筑。这座建筑的外墙是由一系列长长的画廊组成的。这些古怪的画充满了动人的官能之美。那些淌着血的树林里,有蓝色的鸟羽在飘动,树林的阴影覆盖着湖面,湖里的鱼聚在阴影处吸呱着绿荫的凉意,蝴蝶和蛇在树林里藏匿,它们没有任何隐喻或象征的意义,一个面对画面的女人冷冷地呆立着,还有色彩浓艳的裁缝或小丑在怪笑,他们似乎都处在无生无死的境界,这画廊使人想起一个狭长的活体解剖室。在那树林的深处,好像随时都会有幽灵从里面飞出来。

就在卜零犹豫着的时候,她看见宫殿式建筑里走出来两个人,都穿着白大褂,她这才恍然大悟。原来她要找的医院确实是在这里,不过是改装了一下门面而已。

接着她发现那两个人其中之一就是她要找的人。那是她唯一的医生朋友。那医生管理着一种剧毒药品。

那医生把她让了进去。医生的模样没变,仍然留着一绺小八字胡。当医生听到她需要的药品之后并没有任何惊奇的表示,只是简单地问:你用它做什么?卜零说我先生是摄影师,他做暗房的时候需要这个。卜零刚刚说完就后悔了,她忽然想起前次曾告诉医生先生在公司里工作,但是医生似乎根本没介意卜零的回答,他再没问什么。医生走进里屋拿出了一小瓶药,看上去只有小指甲盖那么一点点,医生说每次只能用百分之一。让你先生一定要带着胶皮手套操作,事后一定要好好洗手,医生送卜零出门的时候还在叮嘱。但是这话让卜零听起来更像是一种职业性的医嘱。

花非花咖啡厅就在斜对面的街角处,旁边是一个小邮局。卜零像影子一样闪进了邮局,她奇怪的是没有任何人注意她,卜零觉得自己好像已经秘密地穿上了一件隐身衣。卜零在填写汇款单的地方悄悄拿起一瓶墨水,卜零迅速地把那一小包东西倒进去,然后掏出钢笔吸了几下墨水。卜零没有忘记在出门的时候把剩下的墨水洒在外面的土地上。

卜零走进咖啡厅的时候老板已经等候多时了。老板刻意修饰了一番,显得风度翩翩潇洒自如。老板是那样亲切善意地对待她,这真是个迷人的男子,卜零觉得和他谈话真是一件愉快开心的事。他们谈得十分投机,精彩纷呈,很多美丽的语词像肥皂泡一样从他们的嘴里源源不断地喷吐出来，卜零觉得不记录它们真是太可惜了。老板说你是个很有趣的女人，这我没猜错，我希望我们以后可以常常有这样的谈话，并且，不仅仅是谈话。老板说完这话就意味深长地看着卜零。卜零也心领神会地看着老板，眼神既娇羞又有一种妩媚，卜零的表情恰到好处，以至连老板这样的人也感到心旌摇荡。但这并不妨碍卜零在老板去洗手间的时候向老板的杯子里挤出几滴墨水。卜零挤得果断而准确，没有一滴洒在外面。

　　卜零走出咖啡厅的时候老板已经趴在桌子上了，那样子像是熟睡。卜零走出去的时候仍然没人注意她，因此她觉得这一切真是简单极了，简单得让人觉得乏味。

三十五

　　卜零回到家里。卜零依稀记得家里的地毯上应当有一个人，但现在地上空空如也。卜零知道自己的时候不多了，于是她很快拨了石的电话。在听到石的声音的时候她战栗了一下。石说姐姐怎么这么长时间没你的消息，你怎么了生病了吗？卜零没有说话，她觉得自己一张嘴似乎就会流下泪来。石在那边说，我给你打电话，没人接，刚刚还打过，我已经好多了，再过两天就能给韦总开车了。卜零的眼泪已经流下来，她半张着嘴像鱼一样艰难地喘着气，她手里拿着的水果刀已经滑落在地毯上，但就在这时她闻见了香水和精液混在一起的味道。她闻见这股味道就想作呕，于是她脸上的泪水就那么一下子干涸了。她在电话里对石说：你来吧，来看看我。

　　石走进来的时候卜零已经重新化好妆。此时正是晚上九点钟。石进门就闻见一股鸡肉的香味，他觉得这个家是那么温馨。卜零正在做枸杞炖鸡。卜零走出来的时候石大大地吃了一惊。卜零穿着漂亮的阿拉伯长袍，戴着锡制耳环，化着浓妆，显得明艳逼人。石想起他看过的电影《后宫》。那个美丽的在苏丹后宫浴池里洗浴的女人。那浴池里洒满了鲜花。想起这个石的脸就红了。卜零微笑着给石端来一碗枸杞炖鸡，卜零说我早就想请你吃我亲手做的饭，你吃吧，以后也许就没机会了。石埋下头来吃，石的眼睛里充满了感激。石问姐姐我托你的那件事怎么样了？卜零看着他，眼里流露出掩饰不住的忧伤。卜零说就是你那个情人的事吗？哦，我正在办，我认识一个大夫——说到这里卜零忽然哆嗦了一下，她惘然四顾，好像想起了什么，但是很快她便平静了。她微笑了一下，她的微笑异常明媚。石觉得像是一股雪天里的泉水在流动。石说姐姐你怎么变得这么漂亮像个公主似的？石说完这话脸又红了。卜零笑笑说我给你跳个舞吧，你看看公主怎么跳舞，愿意吗？石抬起大眼睛看着卜零，他隐约觉得有点什么不对头的地方，但是还没容他细细思索，卜零就扭动身体跳了起来。卜零跳得的确很美，她双臂上举，身体颤出许多优美的波浪状弧线，但是石很快目瞪口呆地看到，卜零每转动一圈便脱下一件衣服或饰物，卜零脱下它们就远远地扔掉像丢掉什么垃圾似的。

终于卜零全身赤裸着站在他面前了。石捂住了脸。但指缝里仍能看到他红得要冒血的脸。他的眼睛又出现了那种潮红，潮湿得仿佛要渗出水来。卜零毫不留情把他的手扯开。卜零的眼睛像星星一样在他眼前飘闪聚散，卜零轻轻地问：我美吗？石的潮红的眼睛里全是乞求，石的眼前一片红雾什么也看不清，但卜零并没有放过他，卜零狠狠地一把揪住他的头发：说啊，回答我啊！连这句话都不敢说，你是男人吗？！石像被击中了一样清醒过来，眼前的人不再是老板娘或者其他什么，她不过是个女人，一个充满动感的肉体，比起莲子，这个肉体饱满得快要炸裂，成熟得快要滴出汁水。这肉体的每一根线条都颤动着一种残忍的狞厉之美，那似乎是一种决绝的召唤，一种远古时代的金钺之声的回响。石站起来，像古罗马的斗士一样抓住了这只雌兽，他在抓住她的时候好像吼叫了一声。

事后卜零无数次地回想她是从什么地方找到那把水果刀的，梦中的记忆总是不大清晰。卜零的皮肤像光滑的古绸缎一样呈出淡淡的赭石色，当石的大手触碰到这皮肤的时候卜零打了个寒噤，那是一种长久渴盼之后的逆反，恰如一个饿过头的人见了饭就恶心似的。但是最重要的，是卜零再次闻见了香水和精液混合在一起的味道，从那股味道里她看见了紫葡萄般浓艳的血。这血洗清了她的全部羞耻，她觉得自己比任何时候都清醒。情欲已成为身外之物而遭到弃绝——她不知道这是超越还是更大的不幸。她看见石像一只发情的狗一样匍匐在她的脚边，含糊不清地喘息着，她带着一种不动声色的玩味态度不断地撩拨他却让他无法得逞。她看见石的肉体徒劳地翻滚着，眼睛仿佛要滴出血来。卜零微笑了。卜零的全身心都在享受着复仇的快感。在两性战争中，她觉得战胜对方比实际占有还要令人兴奋得多。

卜零刺向石的时候翻天覆地倒出了那天的话，卜零对他说，我说过你欠我的你得还。现在，你还吧。但是石比那两个男人难对付得多。水果刀深深地扎下去，却没有血。她感到刀尖像是刺向一团水，石的皮肤可以和刀尖一起向下

新中国70年优秀文学作品文库

中篇小说卷

无限压缩，然后再随着刀尖膨胀起来。卜零惊慌起来她的刀落得又急又快，但是石的身体却像水那样不断变形完全不受伤害。卜零大汗淋漓真希望这不过是一场梦魇。

这场梦的结尾处是走进来几个警察模样的人，为首的一个人高高举着逮捕证。卜零看到他的眼里藏着阴险的笑意，她在刹那间竟感到他是巫师的化身。

三十六

韦回家后在楼下信箱里找到了一封奇怪的信，那信的背后粘着一根山鸡毛。信是写给卜零的。

卜零睡梦中的脸全是汗水，嘴里不断地说着梦话，韦相信她一定是在做噩梦。韦推醒了她。卜零刚睁开眼看见韦的时候很惊慌，那样子就像是见了鬼似的。

卜零好不容易才确信眼前是一封鸡毛信而不是逮捕证。卜零慌慌地拆开信。信是阿旺写来的。阿旺说爷爷听说卜零用戒指换香水的事，很过意不去，爷爷现在已经把戒指从大姑手里要了回来，爷爷说欢迎卜零再次去山寨，爷爷说，"卜零老师很可能是我们的族人"。

卜零看信之后呆了半晌。接着她看见旁边的桌子上放满了食品。卜零皱着眉头问这些吃的是谁送来的，韦看了她一眼说你这人怎么了献点血连神经也献出毛病来了？这不是你们老板送来的吗？你还说你们单位把你除名了，咱们还吵了一架然后我就走了，你怎么都忘了？卜零呆呆地说这么说这一切都是真的了，韦说你说什么。卜零说没什么，但是我记得老板送来的是两根里脊怎么就剩一根了？韦看了看说这我倒不记得，怎么几根里脊你倒记得挺清楚。卜零的神色有点诡谲，卜零说那你今天怎么回来这么早。韦瘫坐在沙发上双手抱头说今天也不知怎么搞的后脑勺儿疼，刚才那阵可真疼，现在好多了。卜零使劲捂着嘴才没叫出声来。她感到前所未有的恐惧。然而接下来韦的电话更使她的恐惧达到了极点。

韦拨了石的号码让他翌日上班，韦听了几句话就把电话挂上了。韦皱着眉头说小石这人怎么搞的，休病假还休上瘾了，说不知怎么突然心口疼，人儿不大毛病还不小！卜零听了这话之后就走到阳台上。卜零看到晴朗的夜空里星汉灿烂，双鱼星座仍然在老位置上，那一对鱼形的脉络似乎比其他星座更加纤美。卜零想明天一定要给老板打个电话。卜零想说：喂，你认识花非花咖啡厅吗？

三十七

卜零从车站买票回来已经很晚了。她买了一张去边寨的卧铺。她想上次的确是太匆忙了，那夕阳下的有着美丽岩画的山，那神话般的小作坊，那六个鲜花一样的少女，那个黑衣女人，那寨子里敲响的木鼓，那些篝火和舞蹈，甚至那只流出紫葡萄一般浓艳的鲜血的牛……这一切都成为一位民族老人的背景。那老人的灰白头发闪着忧伤的光泽，老人把一枚戒指放在她的手心里，老人说孩子你戴着吧，魔巴摸过的玉石会保佑你的。

卜零看到街心花园里有几个孩子在玩，在秋风里追逐着，有一个男孩手里拿着一只弹弓。卜零好久没见过这玩意儿了。现在的孩子被变形金刚占有着，很少对别的什么有兴趣。卜零走过去拍拍那个男孩的头，卜零说让我玩玩好吗？男孩点点头困惑地看着她。卜零说阿姨小时候打弹弓可准了，现在你也未必玩得过我，男孩指着遥远的夜空说阿姨你要是能把星星打下来我就服你。卜零笑了，卜零指着远远的星座说知道吗那叫双鱼星座，那是一条公鱼和一条母鱼。男孩说阿姨你错了，得说是一条雄鱼和一条雌鱼。卜零笑笑说还是你说得对，你看阿姨把那条雄鱼打下来。男孩说不行，那两条鱼是叠在一起的，一打就都打下来了，卜零说那就同归于尽吧！然后就夹了一块石头把弹弓高高举起，卜零用尽全身的气力把石头射向那星座。那个小石头向夜空里飞去，像流星一样瞬息即逝。

也就是在这一瞬间，天边的一扇门悄悄地开了，上帝本人探出头来。上帝看见了那个不安分的夏娃的后裔。上帝隐约记起在伊甸园里夏娃的恶劣表现。为了偷吃智慧树的禁果，上帝给予了她最严厉的惩罚：让她妊娠，让她流血，让她忍受比男人大得多的苦痛。但一切已经迟了，因为她已在男人之先吃了那禁果。上帝想到这里不免有些沮丧，他不再看那个不自量力的女人一眼就关上了天门。他向女人把天门永远关上了。

这时石子陨落，天边传来遥远而空寂的回声。

原载《大家》1994 年第 3 期

第一届鲁迅文学奖